제주 올레 여행기!

탐라할망,
폭삭 속았수다!

제주 올레 여행기! **탐라할망, 폭삭 속았수다!**

발행일   2018년 1월 22일

지은이   김 명 돌
펴낸이   손 형 국
펴낸곳   (주)북랩
편집인   선일영   편집   오경진, 권혁신, 최예은, 최승헌
디자인   이현수, 김민하, 한수희, 김윤주   제작   박기성, 황동현, 구성우, 정성배
마케팅   김회란, 박진관, 유한호
출판등록   2004. 12. 1(제2012-000051호)
주소   서울시 금천구 가산디지털 1로 168, 우림라이온스밸리 B동 B113, 114호
홈페이지   www.book.co.kr
전화번호   (02)2026-5777   팩스   (02)2026-5747

ISBN   979-11-5987-947-0 03810 (종이책)   979-11-5987-948-7 05810 (전자책)

(주)북랩 성공출판의 파트너
북랩 홈페이지와 패밀리 사이트에서 다양한 출판 솔루션을 만나 보세요!

홈페이지 book.co.kr • **블로그** blog.naver.com/essaybook • **원고모집** book@book.co.kr

제주 올레 여행기!

탐라할망,
폭삭 속았수다!

김명돌 글·사진

북랩 book Lab

차 례

제주 올레, 길 위의 인문학

인류 문명의 위대함은 일보다는 놀이에 있다. 인간의 삶이란 그 자체로 놀이판이다. 생존과 상관없는 일에 몰두하고 보람을 찾을 수 있기에 인간은 비로소 인간답다. 인간은 호모사피엔스(지혜 있는 인간)이기 이전에 호모 루덴스, 놀이하는 인간이다. 즐겁지 않은 놀이는 놀이가 아니다. 걷기여행은 육체적으로 힘이 든다. 하지만 정신적으로는 육체의 고통을 초월한 즐겁고 행복한 놀이다. 힘든 세상사, 삶을 놀이로 즐길 때 비로소 너그러워질 수 있다. 일체유심조라, 모든 것은 마음먹기에 달렸으니 삶을 즐겨야 한다. 새장 밖의 새는 안으로 들어가려 하고 새장 안의 새는 나가고 싶어 한다. 중요한 것은 어디에 있느냐가 아니라 어디를 향해 움직이느냐다. 자유의 실은 왼쪽이나 오른쪽으로 통하는 것이 아니라 자신의 마음으로 통해 있다. 더 좋은 삶을 살고 싶다면 먼저 자기 자신을 바라보고, 삶을 놀이로 즐겨야 한다. 걷기여행은 자신을 찾아서 삶을 즐기는 최고의 놀이다.

2007년 1월 2일부터 용인(회사)에서 문경새재를 넘어 안동(고향)으로 걸어가는 9일 간 260㎞ 도보여행을 시작으로, 지난 십년 간 다양하게 길 위를 걸었다. 2008년 1월 1일부터 8일 간 다시 안동에서 죽령을 넘어 용인으로, 그리고 2010년 국토 최남단 마라도에서 시작하여 땅끝마을 해남에서 인제 서화면 아들이 근무 중인 군부대를 거쳐 최북단 고성의 통일전망대에 이르는 790㎞ 국토종주, 지리산에서 진부령까지 680㎞ 백두대간 종주, 지리산둘레길 285㎞, 북한산둘레길 71.5㎞, 4대강 자전거종주 997㎞, 해파랑길 770㎞ 종주, 대한민국 백대명산 등 대한민국 장거리 트레일은 모두 걸었다.

남은 길은 제주 올레. 2015년 12월 31일 올레 1~2코스를 걷고, 2016년 1월 1일 한라산 일출산행 이후 17일 간 425㎞ 제주 올레를 완주했다. 1월 19일 이른 아침 육지로 가기 위해 제주항에서 승용차를 선적했으나 풍랑으로 다시 하선하여 이틀 후에야 뭍으로 나올 수 있었다. 그리고 2016년과 2017년 제주를 찾아 계절별로 코스별로 다시 선택해 올레를 걸었다. 영산 한라산을 코스별로 일곱 차례 산행을 하고, 한라산둘레길을 구간별로 걸었다. 60여 개의 오름을 오르고 곶자왈을 찾아 원시의 밀림을 누볐다. 모두 600㎞ 이상 제주 올레를 걸었고, 한라산 산행은 120㎞를 넘었다. 한라산둘레길 80여㎞, 곶자왈과 오름을 탐방한 거리 등을 모두 합하면 1,000㎞가 넘는 제주의 길을 걸었다.

해마다 관광객만 1500만 명이 넘는 섬나라, 놀멍 쉬멍 걸은 만큼 아름다운 제주를 만났다. 걸어가는 길 위에서 제주사람, 제주해녀, 제주자연, 제주바람, 제주음식, 제주언어, 제주신화, 제주문화, 제주역사를 만나고 향유했다. 그리고 그 길 위에서 '참다운 나'를 만났다.

제주의 시공간 속에서 자신을 관찰하고 성찰하고 통찰할 수 있었다. 흔히 인생은 고행(苦行)이라 한다. 인생은 고행(孤行), 누구도 대신 걸어 줄 수 없는 외로운 여행이다. 고행(苦行)은 고독하게 고뇌하는 고통스러운 여행이지만 자신을 찾아가는 관문이다. 고행(苦行)은 고행(鼓行)으로 고행(高行)에 이르는 길, 인생이라는 고해(苦海)를 헤쳐 가는 거룩한 수행이다. 나 홀로 걷기여행은 '나'를 찾아 고행을 즐기는 최고의 놀이다.

누구에게나 우주의 중심은 자기(自己) 자신(自身)이다. 유랑자의 자유(自由)를 누리며 '나는 누구인가'라는 자아(自我)를 찾아 사색하면서 스스로를 돌아보는 자성(自省)의 시간을 가지고, 스스로를 믿는 자신(自信)의 감정 위에서, 하늘은 스스로 돕는 자를 돕는다는 자조(自助)의 정신으로, 넘어져도 일어서는 자립(自立)의 정신으로, 스스로 주도하는 자주(自主)의 정신으로, 자존(自存)의 품위를 스스로 지키는 자존(自尊)의 정신으로, 스스로를 사랑하는 자애(自愛)의 정신으로, 자유를 즐기는 자쾌(自快)의 정신으로, 애기애타의 자비(慈悲)의 마음으로 제주 올레를 걸었다. 그리고 자신(自新)을 만났다. 달나라에 간 사람이 놀란 것은 달에서 바라보는 지구의 아름다움이었다고 하듯 제주 올레 길에서 만난 자신의 모습은 행복했다. 온 우주가 자아의 신화를 이루며 살아가기를 축복하는 기운을 느꼈다.

제주 올레는 2007년 1코스를 개장하고 2012년 11월 24일 마지막으로 21코스를 개장하면서 제주도를 한 바퀴 놀아가는 총 26개 코스, 425㎞의 올레길이다. (사)제주 올레 서명숙 이사장은 2006년 자기 자신을 찾아 스페인의 '산티아고 순례길'을 걸으면서 자신의 고향 제주에 길을 내야겠다는 희망을 만났다. "희망이란 본래 있다고도

할 수 없고 없다고도 할 수 없다. 그것은 마치 땅 위의 길과 같다. 본래 땅에는 길이 없었다. 걸어가는 사람이 많아지면 그것이 곧 길이 되는 것이다."라는 중국의 사상가 루쉰의 말처럼 희망은 현실이 되어 2007년 9월 8일 제주에 올레길이 탄생했고, 이제 10년의 세월이 지났다. 무모하게 여겨졌던 그 희망은 결국 이루어졌다. 서명숙 이사장과 탐사대장 서동철, 서동성 두 동생을 비롯한 많은 제주도민들, 후견인들은 제주 최고, 대한민국 최고의 힐링과 명상의 공간을 만들었다. 제주 올레 코스가 지나가는 마을은 모두 107개, 길을 유지하고 관리하는 데는 지역주민과 자원봉사자의 역할이 컸다. 주민들은 올레길을 수시로 청소하고 1,000여 명의 자원봉사자는 비바람에 훼손된 올레 리본을 수시로 교체하며 마을길을 복구하는 작업에 앞장섰다. 제주 올레의 탄생은 기적이었다. 기적 중의 기적이었다.

제주 올레는 2017년 현재 대한민국 도보여행 열풍의 진원지로 각광을 받으며 세계적 히트상품으로 우뚝 올라섰다. 첫해 3,000여 명에 그쳤던 탐방객은 어느새 770만 명, 국민 7명 중 1명이 다녀간 대표적인 걷기 여행길이 되었다. 올레코스를 전 구간 완주한 올레꾼은 1,600여 명으로 집계됐다. 그리고 제주 올레는 세계적인 도보여행 코스가 되어 일본 규슈와 몽골 울란바토르에 '자매의 길'이 생겨났고, 캐나다·영국·스위스·호주·이탈리아·그리스 등 8개국 9개 코스와도 '우정의 길'을 맺어 연계사업을 추진 중이다. 제주 올레는 해외 올레길 개발에 직접 나서는 한편 글로벌 홍보마케팅 프로젝트를 진행하고 있다.

필자는 2017년 6~7월, 31일간의 여정으로 '산티아고 순례길'을 걸었다. 프랑스의 생장 피드포르에서 출발하여 27일이 지나서 800㎞

지점의 산티아고 데 콤포스텔라에 도착했고, 다시 유럽의 땅끝 피스테라까지 4일 간 100㎞ 여정을 걸었다. 아름다운 피레네 산맥을 넘어 파란 하늘, 끝없이 펼쳐지는 메세타 평원, 마을마다 중세풍의 성당들, 그리고 성 야고보의 전설을 비롯한 갖가지 신화와 전설들, 포도밭, 밀밭 등등 '산티아고 순례길'은 육체적으로는 고행이었지만 정신적으로는 너무나 아름답고 행복한 여정이었다. 순례길을 걸으며 내내 머릿속을 떠나지 않는 하나의 생각이 있었다. 그리고 돌아와서 여러 차례 질문을 받았다. '산티아고 순례길'과, 한라산을 비롯한 오름과 곶자왈, 아름다운 바다와 자연경관, 설문대할망과 만덕할망, 살아있는 여신 제주해녀, 갖가지 신화와 전설이 있는 '제주 올레', 그 중에 과연 어느 길이 더 뛰어난지에 대한 생각이었다. 그리고 지극히 객관적인 시각으로 정리했다. '산티아고 순례길'보다는 '제주 올레'가 훌륭하다고. 역시 팔은 안으로 굽는 걸까. 천년 역사의 '산티아고 순례길'이 십년 역사의 '제주 올레'에게 희망의 박수를 보낸다. 재미와 힐링, 명상의 제주 올레가 신명나는 놀이판으로 다가온다.

사람은 대개 할머니에 대한 아름다운 기억을 갖고 있다. 아련한 추억으로 스쳐가는 아버지의 어머니, 어머니의 어머니를 제주 올레에서 느끼고 싶었다. 필자의 사랑하는 어머니는 아이들의 할머니이기에 아이들에게 할머니에 대한 추억을 일깨우고 싶었고, 이 글을 읽는 독자들에게도 어머니와 할머니를 상기시키고 싶었다. 그래서 탐라할방과 함께 실을 섰다.

동행자 탐라할망은 제주의 할망이고 제주사람들의 할망이며 살아있는 모든 사람의 할망이다. 할망이라는 말은 제주와 경북에서 할머니를 칭하는 방언이다. 특히 제주신화에서 할망은 여신을 의미한다.

글 속의 탐라할망은 설문대할망이고, 백주또할망이고, 영등할망이고, 당케할망이고, 세명주할망이고, 만덕할망이기도 하다. 탐라할망은 냉바리의 어머니, 왕바리의 어머니로서 자신이 창조한 제주도와 한라산을 자연해설사, 문화해설사, 역사해설사, 숲해설사로 하나하나 풀어헤치는 제주 인문학의 대가이다.

모든 길은 첫 한 걸음으로 시작된다. 천리 길도 한 걸음부터다. 길을 걸으면 첫 한 걸음과 다음 한 걸음은 다르다. 첫날의 한 걸음과 다음날의 한 걸음은 다르다. 한 걸음 사이에 이전 것은 지나가고 새로운 것이 다가온다. 하늘이 다르고 바다가 다르고 산이 다르고 나무가 다르고 꽃이 다르고 풀이 다르고 사람이 다르고, 무엇보다 자신이 다르다. 한 걸음의 변화가 자신에게 이른다는 사실을 깨닫는 순간 절로 짜릿한 쾌감이 스쳐간다. 걷고자 의도했던 상태로 점점 변해가고 있다는 것을 느끼며 한 걸음에 취해 스스로 즐거워한다. 자신도 모르는 사이에 한 걸음 한 걸음마다 한 꺼풀 한 꺼풀씩 영혼과 육체의 껍질을 벗는다. 마지막 한 걸음의 순간이 기다려지고, 진화한 자신을 미리 즐긴다. 제주 올레의 한 걸음, 한라산 산행과 한라산둘레길의 한 걸음은 '나' 자신을 찾아가는 신성한 의식이었다.

신의 위대함이 자연의 창조에 있다면 인간의 위대함은 길 위에 만들어진 역사의 창조에 있다. 신의 창조물인 대자연 앞에서 인간은 길을 만들고, 그 길을 통해 자신의 역사를 써내려 간다. 왼쪽 한 발이 나아가면 오른쪽 한 발이 나아간다. 두 다리가 위치를 바꾸며 한 걸음, 한 걸음, 또 한 걸음이 이어진다. 그렇게 두 발로 걸어간 길이 인생이 되고 역사가 되고 소풍이 되고 즐거운 놀이가 된다. 누구나 길을 글로 쓴다면 자기가 걸어온 길을 쓸 수밖에 없다. 필자는 완전한 행복을 위해 낯선 길을 걸었고 그 길을 글로 남겼다.

길과 글은 모음 'ㅣ'와 'ㅡ'의 차이이다. 언제나 길을 걷는 것보다 글을 쓰는 것이 지난하다. 길이든 글이든 힘든 여정이기에 체득한 그 흔적은 아름답다. 한 인간이 걸어온 추억의 시간과 공간들, 뒤돌아보면 모두가 다시 어루만지고 싶은 순간들이기에 그대로 망각의 허공으로 흘려보낼 수만은 없었다. 한 해의 지나간 일들이 바람의 정령처럼 되살아나는 연말에 즈음하여 무릎 꿇어 기도하는 마음으로 제주 올레의 여정을 책 속에 담아 넣는다.

모든 것이 합력하여 선을 이룬다. 길을 걷고 글을 쓸 수 있었던 것은 고마운 조력자들 덕분이다. 특히 다섯 형제 가운데 이제 이 세상에 둘만 남은 우리 형제, 형의 회갑을 축하하면서 20주년을 맞이한 광교세무법인 용인의 가족들, 특히 20년을 함께한 예쁜 사무장의 건강을 기원하면서 깊은 감사의 인사를 전한다. 호모 루덴스여, 카르페 디엠!

2017년 11월 생일에
김명돌

제주 올레 **26코스**

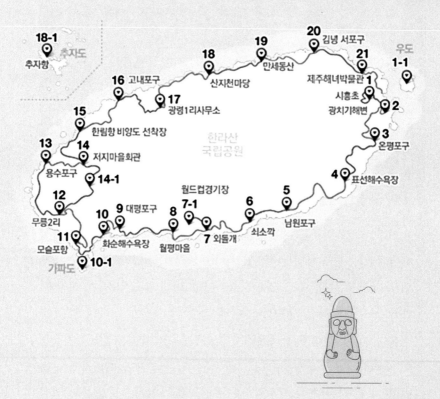

18-1
추자항
추자도

16 고내포구
18
산지천마당
19
만세동산
20 김녕 서포구
21
제주해녀박물관
1-1
우도

17
광령1리사무소
시흥초
광치기해변
1
2
15
한림항 비양도 선착장
한라산
국립공원
13
14 저지마을회관
3
온평포구
용수포구
14-1
4 표선해수욕장
12
무릉2리
10 9 대평포구
월드컵경기장
8
7-1
5
6
남원포구
11
모슬포항
화순해수욕장
월평마을
7 외돌개
쇠소깍
10-1
가파도

성산일출 – 시작이 반!

📍 **1코스** 시흥에서 광치기올레 15.1km

시흥초등학교-말미오름-알오름-종달해변-성산일출봉-광치기해변

　　2015년 12월 31일, 여명이 밝아온다. 옛 그리스 사람들처럼 항상 새벽의 여신을 숭상하던 한 나그네가 세찬 겨울바람 속에 제주 올레의 시작점에 섰다. '길을 가는 것은 어렵고, 앞에 놓인 길은 여러 갈래'라는 이태백의 말처럼 여러 갈래 길에서 이제 제주 올레 길을 출발한다. 바람의 섬에서 올레종주의 바람을 안고 길을 간다. 먹구름이 새벽하늘을 가득 덮고 있는 땅 위에 검은 물체가 희미하게 나타난다. 점점 가까이 다가온다. 귀신인가, 보니 사람이다. 등산복 차림의 할머니, 등에는 배낭을 둘러멘 새벽의 여신이다.

"안녕하세요? 할머니도 올레길 가시게요?"

"함께 가려고 왔지!"

"예? 저하고요?"

"그래. 길동무하려고!"

할머니는 말없이 앞장서서 걷는다. 붉은 상의, 붉은 배낭의 단아한 모습, 의아스러운 눈빛으로 동행한다. 로버트 루이스 스티븐슨의 〈도보여행〉에는 "도보여행을 할 때는 반드시 혼자 떠나야 한다. 도보여행에는 자유가 가장 중요하기 때문이다. 그때그때 마음 가는 대로 발길을 멈추거나 다시 출발하거나, 이 길로 가거나 저 길로 가는 것이 반드시 가능해야 한다"고 하건만 어떻게 해야 하나, 하는 생각이 스쳐간다.

서귀포시 성산읍 시흥리(始興里)에서 1코스를 시작하는 올레길은 제주시 구좌읍 종달리(終達里)에서 21코스를 마무리하고, 특별한 묘미의 5개를 더해 모두 26개 코스, 425㎞이다. 시흥리에서 시작하여 종달리가 종점인 올레길, 유시유종(有始有終)의 길이다. 제주 올레의 첫 마을 시흥리는 100여 년 이전만 해도 정의현에 속했다. 그 무렵 제주도에 부임한 목사(牧使)가 맨 처음 제주를 둘러볼 때 정의현의 시흥리에서 시작해서 남서쪽으로 대정현을 거쳐 섬을 한 바퀴 돌아서 제주목의 종달리에서 마쳤다. 당시 제주도는 제주목, 정의현, 대정현 3개의 행정구역으로 나누어져 있었다.

그때 그 시절 제주목사를 연상하며 제주도 한 바퀴, 순행을 시작한다. 비가 내린다. 가라고 내리는 가랑비인지 있으라고 내리는 이슬비인지, 부슬부슬 비가 내리기 시작한다. 바다에서 피어올라 구름으로 흘러 다니는 비의 나그네, 여행을 마치고 다시 대지를 촉촉이 적시는 비가 내린다. 성난 바람을 타고 점차 세차게 내린다. 사르트르는 '인생은 B(Birth)와 D(Death) 사이의 C(Choice)'라고 하지 않았던가. 특별한 선택, 거창한 도전(Challenge), 나그네에게 하늘이 내리는 축하의 샴페인, 긍정이 최상이다. 할머니가 말을 건넨다.

"한 해의 마지막 날에 내리는 겨울비라, 제법 운치 있네. 비 내리는 꼭두새벽에 그대는 무슨 일이야?"

"오히려 할머니께서 이런 날씨에 웬일인지 궁금합니다. 평범해 보이시지는 않지만."

"한 해의 마지막 날 새벽, 오늘 같은 특별한 날 과연 어떤 사람이 올레길을 나설까, 귀한 손님이 올 것 같은 예감에 기다리고 있었다네."

"특별한 날, 귀한 손님이요?"

"그렇지. 늙은 말의 지혜(老馬之智)라고나 할까? 오래 살면 대충 보여. 날이면 날마다 올레를 걷는 할망이 오늘 같은 날 길을 걷는 별난 손님, 그 정도는 내가 안내해 줘야지."

"고맙습니다만 저는 26개 코스를 한 번에 종주하려고 하는데……."

"괜찮아. 함께 해! 왜? 불편한가? 요정이 아니고 할망이라서? 나는 평생 제주도에서만 살아온 제주의 자연환경해설사, 문화관광해설사, 숲해설사, 제주 올레해설사 등등 누부누부 만물해설사야. 그러니 내가 길잡이를 해주면 좋잖아?"

"예기치 못한 일이지만, 좋습니다. 부탁드리겠습니다."

"인연이야. 할망하고 함께 하는 올레길, 특별한 인연이라고 생각하

게. 만남을 우연으로 생각하기보다는 기적으로 여기면 정말 기적이
일어나지."

올레1코스 안내소에 도착했으나 이른 시간이라 문이 잠겨 있다.
처마 밑에서 비옷을 입는다. '두산봉트레킹코스' 입구, 입간판이 두
산봉(해발 145.9m)을 소개한다. 말의 머리를 닮았다고 해서 '말미오름'
이라고도 불리는, 올레길에서 만나는 첫 번째 오름이다. 소망쉼터에
는 평화, 사랑, 건강을 소원하는 소망통나무가 걸려 있다. 드디어 해
설사 할머니의 첫 스토리텔링이 시작된다.

"오름이 뭔지 알아? 제주에서만 들을 수 있는 생소한 단어인데 작
은 기생화산이야. 제주에는 한라산을 중심으로 368개의 크고 작은
오름이 있어. 제주에서 오름을 오르는 일은 바다를 구경하는 것만
큼이나 자연스럽고 당연한 일이야. 올레길에서도 30여 개의 오름을
지나가. 그래서 제주 올레는 마을올레이면서 하늘올레, 바당올레,
바람올레, 돌담올레, 해녀올레, 오름올레이기도 해."

가파른 길을 따라 오름에 올라서니 어둠은 물러나고 가느다란 빗
줄기를 실은 거친 바람이 몰아친다. 목책의 경계를 따라 남동쪽 능
선을 걷는다. 소와 말을 방목한다는 표시, 울타리문을 지나간다. '간
세(Ganse)'를 소개하는 원판이 풀밭에 누워 있다. 제주 조랑말을 뜻
하는 간세는 제주 올레의 상징으로 '게으름뱅이'란 뜻을 지니고 있
다. 게으름뱅이처럼 놀멍 쉬멍 걸으라며 출발점에서부터 곳곳에서
기다린다.

제주 동쪽바다의 광활한 풍경이 펼쳐진다. 타원형의 종달리해안
앞바다가 훤히 내려다보이고, 멀리 먹구름 속에 성산일출봉과 우도

가 마주하고 있는 모습이 장관이다. 오름의 끝인 지미오름, 원추형의 다랑쉬오름, 그 옆에 납작한 쌍봉 모양의 용눈이오름, 높은오름과 손지봉 등 오름의 물결이 구름처럼 흘러간다. 할망이 침묵을 깬다.

"좋은 계절 두고 하필이면 한겨울의 연말연시에 제주 올레 종주를 나섰는가?"

"걷기에는 사계절이 다 좋지만 저는 겨울이 특히 좋아요. 이왕에 걷는 것, 고행을 즐긴다고나 할까요. 성취감도 더 크게 느껴지고요. 그래서 겨울이 오면 자꾸만 어디론가 떠나고 싶어요. 제주 올레는 동해안 해파랑길(770㎞), 백두대간(680㎞)과 더불어 대한민국 3대 장거리트레일인데, 두 곳은 다녀오고 제주 올레를 빼놓을 수는 없지요. 후훗! 숙제하러 왔지요. 즐겁고 유쾌한 자발적 숙제요."

"숙제? 숙제는 해야지. 숙제는 놀이처럼 재미있게 해야지. 어차피 해야 할 일이라면 즐기면서 말이야. 걷기를 좋아하는 모양이지? 언제부터?"

"평소 일상적으로 걷기를 좋아해요. 등산도 좋아하고요. 아침으로 10㎞, 일주일에 도합 50㎞ 달리고 걷는 운동을 10년 넘게 해오는 걸요. 새는 하늘을 날고 물고기는 물속을 헤엄치듯이 사람은 땅 위를 걷는 것이 자연스러우니까요. 2007년 새해벽두에 일터가 있는 경기도 용인에서 경상도 안동의 고향까지 걸어가는 260㎞ 여행이 걷기 여행의 시작이지요."

"고향으로는 왜 걸어가?"

"후훗! 과거 급제해서 문경새재 넘어 금의환향 하는 옛 영남신비들 흉내 내 본 것이지요. 금의야행(錦衣夜行)이 아닌 금의환향이요. 초나라 항우도 일찍이 고향 가서 자랑하고 싶어 했고 천하를 통일한 유방도 그러했지요. 용인에서 세무사로서 10년, 이만하면 고향으로 걸어가며 자랑하고 싶었던 게지요."

"재미있네. 그래, 누구에게 자랑해? 고향에는 누가 있는데?"

"당시에는 부모님이 계셨지요. 지금은 모두 떠나셨지만. 자랑요? 어머니하고, 제 자신한테 하지요. '니, 잘했다'고. '정말 열심히 살았다'고. 그러면서 걸었지요."

할머니는 미소 지으며 앞서 걸어간다. 말미오름의 분화구 능선을 따라 돌아가니 한라산이 시야에 들어온다. 몇 해 전에 걸었던 1코스, 오늘은 그때와 달리 한라산을 선명하게 볼 수 없다. 하지만 맑으면 맑은 대로, 흐리면 흐린 대로, 이 대로 저 대로 김삿갓의 시(詩) 대(竹)로, 그런 대로 멋과 운치를 즐긴다. 완만한 내리막을 내려와 올레길 표시 리본을 따라 농로를 걸어간다.

붉게 핀 동백꽃을 즐기며 다시 밋밋한 초원길, 새알을 닮은 원형의 알오름(126.5m)을 올라간다. 말미오름은 서귀포시 성산읍, 알오름은 제주시 구좌읍이다. 서귀포시에서 시작한 제주 올레는 알오름에서 제주시로 들어왔다가 종달리 해안도로에서 다시 서귀포로 돌아간다. 올레1코스를 조성하며 제주시와 서귀포시의 조화를 염두에 둔 올레 개척자의 지혜로운 착상이다. 알오름에서 다시 할머니의 스토리텔링이 시작된다.

"우리나라에 제주도가 있다는 것은 신이 내린 축복이야. 현재의 제주특별자치도 깃발이 '삼다삼무기'로 제작되었다는 사실을 아는가? 누구보다 제주를 사랑했던 곤충학자 석주명이 제주도의 지역적 특성을 '삼다삼무의 섬'으로 함축한 이래 삼다삼무는 제주도의 상징어가 되었지. 삼다(三多)는 돌 많고(石多), 바람 많고(風多), 여자 많다(女多)는 것을 의미하고, 삼무(三無)는 도둑 없고(盜無), 거지 없고(乞無), 대문 없다(大門無)는 것을 의미해. 삼다가 고난의 상징이면 삼무는 고난을 극복한 극복의 상징이지."

"고난의 상징, 극복의 상징이라 하시니 의미심장하네요?"

"제주인들은 요람에서 무덤까지 돌과 인연을 갖기에 돌에서 왔다가 돌로 돌아가는 사람들로 비유해. 제주인은 길돌 구들 위에서 태어나서 산담에 둘러싸인 작지왓(자갈밭)의 돌무덤 속에 묻히지. 사는 집의 벽체가 돌이고, 울타리와 올레, 그리고 수시로 밟고 다니는 잇돌(디딤돌)이 모두 돌이야. 생산 활동의 터인 밭들이 돌밭(자갈밭)이요, 밭담도 돌이요, 어장도 온통 돌이지. 이처럼 돌이 많아서 기름진 땅이 귀하고 물이 귀해. 돌이 많아 지표수가 귀해서 물을 얻기 위해 갖은 노력을 해야 했어.

제주도의 바람은 그 종류가 많기도 하고 이름도 다양해. 연평균 풍속이 4.7㎧로 서울 2.5㎧, 중강진 1.3㎧와 비교해 월등히 강하지. 태풍도 우리나라에서 가장 많이 통과해. 바람은 한여름의 가뭄을 해갈시키기도 하고, 수중의 해초류를 뜯어 올려 거름으로 이용할 수 있게 하는 등 생존에 유리함도 수지만, 불리함이 더 많아.

제주도는 자연 지리적으로 척박하고 열악한 환경이어서 누구나 자기 몫의 일을 열심히 해야 했어. 노인들도 아이들도 노동력의 개체였지. 특히 여성들은 고된 물질이나 밭일, 집안일을 감당해내며 격랑의 세월을 살아야 했지. 해녀들은 바다 밭을 삶의 터전으로 삼아 삶을 다지며 억척스럽게 살았어. 그래서 돌과 바람과 여자의 삼다는 고난의 상징이야.

도둑이 없다, 거지가 없다, 대문이 없다는 '삼무'는 노동의 대가 없이 함부로 남의 물건을 취하지 않는 제주인들의 순박하고 강인한 정신력이야. 도둑 없고 거지가 없으니 대문이 없을 수밖에. 그 대신 정주목에 정낭을 걸쳐두어 주인이 있고 없고를 나타내며 마소의 침입을 방지했지. 대문 없음은 서로 믿고 도우며 살아가는 공동체 의식이 깔려있어. 그래서 극복의 상징이지."

"거기까지는 생각지 못했는데, 정말 의미가 있네요. 지난 해 네팔로 해서 히말라야 트레킹을 갔을 때 히말라야 산촌마을에서 돌담과 정주목을 보았어요. 어떻게 이럴 수가, 할 정도로 제주도와 똑같은 것을 보고 깜짝 놀라서 제주 사람들이 여기까지 흘러왔는가, 생각도 했지요. 그런데 제주도에는 삼보도 있잖아요?"

"자연과 민속, 언어라는 삼보(三寶)가 있지. 육지와는 전혀 다른 자연과 민속, 제주인만의 독특한 언어와 생활문화는 이국적인 이미지를 풍겨. 제주에 오면 누구나 새로운 세계의 자유와 평화의 설렘을 느끼게 되지."

"할머니, 정말 대단한 해설사시네요. 제주도에 대한 개괄적인 설명도 해 주시지요."

"좋지! 제주도는 한반도 남서 해상에 있는 대한민국 최대의 섬으로 모두 9개의 유인도와 55개의 무인도로 이루어져 있어. 유인도는 본도와 우도·상추자도·하추자도·비양도·횡간도·추포도·가파도·마라도가 있지. 제주도는 남북 간의 거리가 31㎞, 동서간의 거리가 73㎞로 동서로 가로놓인 모양의 타원형이야. 한라산을 정점으로 동서사면은 매우 완만한 경사를 이루지만 남북사면은 급한 사면을 이루고 있어. 한라산을 중심으로 북부의 제주시와 남부의 서귀포시로 나누는데, 최북단은 제주시 추자면 대서리이고 최남단은 서귀포시 대정읍 마라리의 마라도야. 북으로 목포와의 거리는 141.6㎞, 부산과의 거리는 286.5㎞, 동으로 대마도와는 255.1㎞이지.

면적은 1,848.85㎢로 대한민국 면적(99,720㎢)의 약 2%이고 서울 면적(605.21㎢)의 약 세 배 넓이야. 흔히 말하는 평으로 환산하면 제주도는 약 6억 평, 서울은 약 2억 평이지. 그런데 제주도 인구는 유동인구를 포함해서 대략 80만으로 서울의 1/12이니 서울 사람들이 제주도에 오면 막혔던 숨이 탁 트여서 좋아하지. 일제강점기의 제주도는 전라남도의 한 군 단위에 불과했고, 해방 후인 1946년에야 비로소 도(道)로 승격되었어. 1955년에 제주읍이 시로 승격하였고 현재는 제주특별자치도에 2행정시 7읍 5면으로 이루어져 있지.

제주도는 화산섬으로 높이 1,950m의 한라산이 넓게 퍼진 것이 제주도가 되었으니, 제주도가 곧 한라산이고 한라산이 곧 제주도지. 원래는 육지에 붙어 있었지

만 마지막 빙하가 물러가고 해수면이 올라오면서 신석기시대로 들어가기 직전인 약 1만5천년 전에 한반도와 분리되었어. 4면의 청정한 바다 위에 우뚝 솟은 한라산은 1,800여종의 식물과 수천 마리의 노루가 서식하는 동·식물의 보고야. 제주도는 2002년 생물권보존지역으로 선정되었고, 2007년 세계자연유산, 2010년 세계지질공원, 2011년 12월 21일에는 세계7대자연경관으로 선정되어 세계적으로 아름다운 자연경관으로 인정받았어. 2017년에는 제주해녀가 유네스코에 무형문화유산으로도 선정되었지.

제주도는 언어 소통의 어려움 없이 이국적인 정취를 느낄 수 있고, 입맛에 맞는 먹거리 볼거리 즐길거리가 풍부한 섬으로 해수욕을 하거나 산을 오르거나 오름을 오르거나 해안길을 걷거나 숲길을 걷거나 곶자왈을 걷거나 자신만의 테마를 담아 여행할 수 있는 신통방통한 매력이 있는 섬이지. 특히 서명숙이라는 냉바리가 10년 전부터 올레길을 조성하여 그 길을 완성하면서 제주도는 걸으면 걷는 만큼 살아있는 자연과 잘 알려지지 않은 비경을 맛볼 수 있는 섬이 되었어."

촉촉이 스치는 비바람을 맞으며 알오름을 내려와 양천 허씨 제주 입도조인 허손의 묘를 지나 종달마을에 도착한다. 제주의 어촌마을은 식수로 사용할 수 있는 용천수 이용이 쉬운 해안가에서 취락이 형성되었다. 배를 쉽게 정박시킬 수 있는 포구를 중심으로 어촌이 형성되면서 도대불, 불턱, 노천목욕탕 등이 만들어졌다. 보호수가 하늘을 향해 힘차게 솟구치며 줄기와 가지를 뻗어 올린다. 할머니의 제주자랑은 쉼 없이 계속된다.

"이 마을이 올레21코스의 종점이자 제주 올레의 종착지인 종달리야. 한라산을 등진 368개의 오름이 이어져 오다가 마침내 그 헤아림

을 멈춘 오름의 끝 지미오름(해발 166m)도 이 땅끝마을에 있지. 지미
(地尾)오름, 곧 땅끝오름은 제주 땅의 꼬리 부분으로 종달리 마을 어
느 곳에서나 볼 수 있어. 삼국시대의 유물이 발견된 역사의 마을, 갈
대숲에서 물꿩과 남방개, 용눈이오름에서 피어나는 향유화가 관찰
되는 학술의 마을, 지미오름의 일출과 체험어장의 맛조개잡이, 해안
선을 따라 이어지는 해안도로가 아름다운 체험의 마을이지."

할머니의 이야기를 들으며 퐁낭(팽나무)과 소금밭이었던 갈대밭을
지나서 종달리 해안도로에 올라선다. 탁 트인 바다와 갯벌이 시원스
레 펼쳐진다. 수많은 갈매기들이 비를 맞으며 해변에 앉아 있다. 종
달리 해안은 물이 빠지면 갯벌을 드러내 조개를 캐는 할머니들을
볼 수 있다. 바다 건너 우도와 성산일출봉이 시야에 들어온다. 가슴
저리는 멋있는 풍경이다.

설문대할망의 오줌발에 떨어져 나간 섬 속의 섬 우도, 제주도에 딸
린 섬 가운데 가장 큰 섬으로 종달리 해안에서 2.8㎞ 거리다. 흑산
도가 검게 보여서 흑산도(黑山道)라 불리듯 우도는 섬이 소가 누워 있
는 듯 보여서 우도(牛島)라 불린다. 흑산도나 우도가 그러하듯 섬은
대부분 안이 아닌 섬 밖에서 본 모습으로 이름이 지어진다. 그래서
우도를 낳은 화산인 우두봉(132m)은 '쇠머리오름'이다. 우도에는 올레
1-1코스가 있으니 훗날의 만남을 기약한다.

"예로부터 제주도가 장수의 섬이라고 하던데 삶의 조건이 열악한
데 어떻게 장수의 섬이 되었을까요?"

"제주목사 이형상의 〈탐라순력도〉에 정의현성에서 치러진 노인잔
치가 있어. 그 그림에 80세 이상 노인이 17명, 90세 이상이 5명이 나
타나. 제주목에서는 80세 이상이 183명, 90세 이상이 23명, 100세 이
상이 3명이나 나타나지. 그래서 예로부터 제주도를 인다수고(人多壽

考), 장수하는 사람이 많다고 했어. 오늘날에도 제주도는 건강한 노인들이 많고, 특히 팔순 넘은 할머니가 바다에 들어가 물질하는 경우도 많지. 장수의 힘이 우영팟에서 나온다는 이야기 들어보았는가?"

"우영팟이 뭐지요?"

"우영팟은 텃밭의 제주말이지. 제주도에는 무한한 음식의 보물창고로 한라산과 제주바다, 그리고 우영팟이 있어. 도심농업이 세계에서 가장 잘 발달한 쿠바처럼 제주도 구도심의 오래된 구옥들에는 예외 없이 손바닥만한 자투리땅이 있지. 우영팟은 제주의 생활사에 소중한 공간이야. 제주도의 토속음식은 기본적으로 거친 음식들이 많아. 곡식과 해초, 자연에 가까운 거친 음식과 사시사철 우영팟의 싱싱한 채소, 이 두 가지가 제주도 장수의 힘이지.

지금은 자취를 감춘 우영팟 한 귀퉁이의 돗통시, 즉 돼지우리의 똥돼지도 제주사람들에게는 황금이나 마찬가지였어. 제주사람들의 똥사랑은 유별났지. 사람똥, 돼지똥, 닭똥 할 것 없이 각각의 용도에 맞게 퇴비를 만들어 논밭에 뿌렸어. 그렇게 키운 식물을 사람이 먹고 돼지가 먹고 닭이 먹었어. 그리고 다시 똥이 태어났지. 자연계의 순환, 똥을 중심으로 한 생태계의 순환이었어. 우영팟 한 귀퉁이의 돗통시는 제주 사람들의 환경 친화정신의 산물이었지. 따스한 기후의 제주, 돌담으로 가려진 우영팟은 한겨울에도 제주사람들에게 배추나 마늘을 공급했어."

"제주도가 열악한 환경이라고 생각했는데 과거에도 현재에도 장수의 섬이라는 게 신기하게 느껴지네요. 혹시 다산 정약용의 '노인육쾌'라고 들어보셨어요?"

"노인육쾌(老人六快)는 노인이 누릴 수 있는 여섯 가지 즐거움이지. '대머리가 되어 감고 빗질하는 수고로움이 없어 좋고 백발의 부끄러움 또한 면해서 좋다는 게 첫째고, 둘째는 이빨이 없으니 치통이 없어 밤새도록 편안히 잘 수 있어 좋다. 다만 턱이 위 아래로 크게 움직여 씹는 모양이 약간 부끄러울 뿐이다. 셋째는 눈이 어두워져 글이 안 보이니 공부할 필요가 없어 좋다. 넷째, 귀가 먹었으니 시비를 다투는 세상의 온갖 소리 들리지 않아 좋다. 다섯째, 붓 가는 대로 마구 써도 퇴고할 필요 없어 좋다. 여섯째, 가장 하수를 골라 바둑을 두니 여유로워서 좋다.'고 하지."

"우와, 할머니는 정말 만물박사시네요!"

도로변의 해녀상이 멀리 바다를 바라본다. '어서오십시오. 서귀포시'라는 표석이 제주시와 서귀포시의 경계임을 알려준다. 목화휴게소의 난로 옆에서 말린 한치와 어묵으로 몸을 녹인다. 가게 주인이 물어온다.

"아니! 한 해 마지막 날에, 그것도 이렇게 비 오는 날씨에, 어쩌면 이렇게 이른 시간에 오세요?"

비에 젖은 나그네에게 보이는 측은지심이다.

"따뜻한 국물이 좋아요. 기다려줘서 정말 고맙네요. 요즘도 걷는 사람 많아요?"

"겨울이라 아무래도 뜸하지요. 그래서 사람 보니 반갑네요."

날고 싶을 때 허공을 날 수 있는 새들, 헤엄치고 싶을 때 물속을 유영할 수 있는 물고기들, 피고 싶을 때 향기를 뿜으며 필 수 있는 꽃들, 걸을 수 있을 때 그곳을 걸을 수 있는 사람들, 모두가 얼마나 행복한가, 추운 겨울날 남들이 떠나지 않을 때 길을 떠날 수 있는 차별화, 이를 즐길 수 있는 자신은 얼마나 행운아인가, 하며 기쁨에 젖어 다시 길을 나서자 할머니는 어느 새 제주 최고의 조개죽으로 소문난 '시흥해녀의 집' 앞을 지나고 있다. 시흥리 앞바다는 제주에서 유일하게 조개잡이가 이루어진다. 밤에는 횃불로, 낮에는 연기로 급한 소식을 전하던 통신수단이었던 오소포연대를 지나간다. 아직 통신이 발달하기 전에 산에는 봉수대를 두었고 구릉이나 해변에는 연대를 두었으니, 연대나 봉수대가 있는 곳은 시야가 확 트여 대부분 경관이 좋다. 오조해녀의 집을 지나서 성산갑문, 성산항으로 걸어간다. 걷기라는 곡진한 행위를 통해 육체와 정신이 온전히 하나가 되어 춤을 춘다.

걷기는 몸을 구성하는 600개 이상의 근육과 함께 200여 개의 뼈를 모두 동원하는 온몸 운동이다. 특히 발바닥을 통해 몸 전체에 뻗은 신경을 자극하고 다리의 혈액순환을 활발하게 일으켜 근육을 단련시켜 주는 중요한 역할을 한다. 걷기는 문명의 발달을 가져왔다. 다른 동물과는 달리 인간은 두 발로 걷는 직립보행을 하면서 두 손을 사용하여 두뇌 용적을 끊임없이 늘렸다. 4백만 년 전 두 발로 걷기 시작한 인간은 400g이었던 뇌를 지금의 1400g으로 진화시킬 수 있었다. 잘 걸으면 뇌가 깨어난다. 다리를 움직이면 움직일수록 뇌로 가는 에너지 공급이 활발해진다. 뇌로 가는 산소와 혈류가 증가할수록 뇌 호르몬의 분비가 왕성해진다. 뇌에 불이 켜지면 의식이 깨어나고 그때 자신의 참모습을 만날 수 있다. 간난 시절, 부모는 아이에게 걸음마를 시킨다. 세상살이를 준비하라고, 두 발을 내디디며 더 넓은 세상을 바라보며 길 위의 삶을 살아가라고. 걷는 것은 자신의 몸으로 마음으로 사는 것이다.

일상의 삶은 늘 빨리빨리를 요구한다. 달리는 것은 목적지를 향해서 오로지 속도를 요구한다. 길가에 펼쳐지는 풍경과 삶의 다양한 모습들은 중요하지 않다. 달리면서 생각은 철창에 가두어진다. 걷는 것은 속도를 요구하지 않는다. 삶의 속도와 생각의 속도, 영혼의 속도가 하나가 된다. 걷기는 생각을 선물하고 풍경을 선물하고 자신의 존재를 선물한다. 실존에 대한 감정을 되찾을 수 있다. 걸으면서 마주치는 자연에 게 마음을 열어 하늘과 바다와 산과 나무와 풀과 바람과 천지의 기운을 받아들이고, 그들에게 이야기하듯이 자신의 내면을 털어놓으면 새로운 지혜가 솟아난다. 걸을 때면 창의적이고 독창적인 아이디어가 바람처럼 다가온다.

바람이 거칠게 불어온다. 바람이 불면 온갖 것들이 다 소리를 지른다. 하지만 각기 다른 소리를 낸다. 바람은 평등하게 불지만 바람을 맞아서 내는 소리는 만물이 모두가 다르다. 바다의 소리, 숲의 소리, 거리의 소리, 나그네는 방랑의 소리를 낸다. 생명의 소리를 낸다. 애기애타(愛己愛他)! 올레에서 만난 자신의 소리를 낸다.

성산일출봉이 손에 닿을 듯하다. 길가 가게에서 할머니가 제주 전통 발효음료인 '쉰다리'를 마시고 가라며 불러 세운다. 마셔보니 새콤달콤, 쌉싸래하고 걸쭉한 느낌이 미숫가루와는 또 다른 맛이다. 쌀이나 보리가 귀한 제주에서 쉰밥이라고 버릴 수 없어 쉰밥에 누룩을 넣어 만든 발효 음료다. 성산포 시의 바다, 이생진 시인이 노래한 그리운 바다에 이른다. 시인의 〈그리운 바다 성산포〉에 실린 열아홉 편의 시를 새겨놓은 시비들을 시상에 젖어 스쳐긴다. 공원 한쪽에 '시의 우체통'이 자작시를 넣어 달라며 바라본다. '내가 만일 시인이라면……', 시인이 되어 시인의 노래를 우체통에 넣는다.

성산일출봉에 인파가 붐빈다. 거친 바람이 불어오는데도 제23회 성산일출축제를 준비하는 바쁜 손길들이다. 축제는 매해 12월 30일부터 다음해 1월 1일까지 3일간 열리는데, '대한민국에서 가장 아름다운 섬 제주도, 그 중에서도 제일 멋진 성산일출봉에서 열리는 축제'라는 명성을 얻고 있다.

수만 명의 관광객과 지역주민이 참여하여 숨비소리가요제, 투호놀이, 해맞이축하공연 등 다양한 행사가 열리고, 새해를 알리는 불꽃놀이로 축제의 정점을 찍는다. 참가자들은 새해 첫날 오전 5시부터 해맞이를 위해 성산일출봉에 올라 일출기원제를 올린다. '영주십경'의 제1경인 성산일출(城山日出)! 이렇게 흐린 날씨에 내일은 과연 성산에서 일출을 볼 수 있을까, 하는 의문이 스쳐간다.

금년 초인 2015년 1월 1일 아침, 폭설로 한라산 일출 산행이 금지되어 그 대신 성산일출봉으로 오다가 눈길에 교통사고를 당한 기억이 스쳐간다. 할머니의 해설이다.

"해 뜨는 오름 성산일출봉(해발 182m)은 제주의 자랑을 넘어 대한민국의 자랑이지. '유네스코자연과학분야 3관왕', '세계7대자연경관', '한국생태관광10선', '한국관광50년 기네스12선' 등 국내외에서 인정받는 제주 동해안 여행의 핵심코스야. 생김새가 99개의 봉우리를 거느린 웅장한 성채를 연상시키고, 봉우리에서 바라볼 때 태평양에서 떠오르는 해맞이가 유명하여 '성산일출봉'이란 이름을 얻었지. 약 10만 년 전 바다 속에서 수중 폭발한 화산체로 원래는 섬이었으나 1만 년 전 신양리 쪽 땅과 섬 사이에 자갈과 모래가 쌓이면서 서로 연결되었어."

인파로 물결치는 성산일출봉을 뒤로 하고 다시 온전히 자연의 품으로 나아간다. 거친 바람결에 파도가 굉음을 울리며 출렁인다. 감정의 물결도 따라 일렁인다. 밀물과 썰물, 어제와 오늘, 파도와 시간은 오고 가지만 그 흔적을 남기지 않는다. 파도는 수많은 시간을 철썩거렸으나 시간의 자취는 파도에 남아 있지 않다. 감정은 본성의 바다에서 일어나는 파도다. 파도는 일어났다가 이내 없어진다. 감정도 집착하지 않으면 저절로 사라진다. 감정에 충실하되 휩싸이지 않고 감정을 파도타기 하듯 조절할 수 있어야 한다. 내 몸이 내가 아니고 내 것이듯, 감정도 내가 아니라 내 것이다. 감정이 나라면 감정의 노예가 되지만 내 것이면 자유롭게 바꿀 수 있다. 일정한 거리를 두고 감정을 객관적으로 다룰 수 있다면 행복과 평화를 느끼게 된다. 할머니가 나그네의 마음을 알아차린 듯 말문을 여신다.

"인간의 마음은 선과 악이 싸우는 전쟁터야. 사람 마음에는 항상 두 마리 늑대가 싸우고 있지. 분노, 불안, 슬픔, 질투, 탐욕, 열등감, 죄의식, 이기심 등을 가진 한 마리, 다른 한 마리는 기쁨, 평안, 자유, 사랑, 인내, 온유, 겸손, 친절 등을 가지고 있어. 두 마리가 싸우면 어떤 늑대가 이길까?"

"……"

"그때마다 자신이 먹이를 주는 놈이 이기는 법이지."

"할머니는 참 대단하세요. 마치 어린 손자에게 쉽게 가르침을 주시는 것 같아요. 그런데 연세가 어떻게 되시는지, 주름살이 약간 있지만 워낙 고우셔서 흰머리 소녀 같아요."

"흰머리 소녀? 괜찮네. 주름살은 인생의 훈장이고 백발은 영광의 면류관이지. 백발의 면류관이라면 성서에 나오는 갈렙 알지? 모세의 명령으로 여호수아와 함께 가나안 땅에 정탐을 갔던 긍정의 사나이 말이야. 그럼, 이제부터는 나를 고운할망이라 부르면 어떨까?"

할머니는 짓궂게 미소를 지으신다.

"고운할망이요? 그럴까요? 그런데 고우시기는 한데 왠지 좀 거시기하네요. 제주 할머니, 그냥 탐라할망이라 하면 어때요? 서운하세요?"

"후후, 좋아. 탐라할망이라 하지. 그럼, 그대는 뭐라 부를까?"

"으음, 나그네, 방랑자, 유랑자, 순례자, 올레꾼……. 다 좋은데 올레자가 어떨까요?"

"올레자? 무슨 의미지?"

"제주 올레를 걷는 순례자요. 올레의 '올'과 순례자의 '례자'의 합성어요."

"올레자! 뭔가 종교적이고 신화적인 느낌이 드는데? 제주 올레가 순례길인가? 순례자는 또 뭐지?"

"제주 올레는 제주 창조의 여신 설문대할망과 함께하는 길이니 순
례하는 길이라고 할 수 있겠지요. 흙에서 와서 잠시 머물다가 다시
흙으로 돌아가는 이 땅은 창조주의 성지이고 인간은 모두가 그 땅
을 순례하는 순례자이기도 하고요."

"그래. 모든 인생은 어디에 있든 누구와 있든 평탄한 길을 걷든 험
한 길을 걷든 산길을 걷든 바닷길을 걷든 좁은 길을 걷든 넓은 길을
걷든 살아있는 날들은 모두가 인생의 길을 걷는 순례자지. 하지만
진정한 순례는 은총을 찾아 오르막길을 올라가는 영혼의 여행으로
반드시 고행이 따라야 돼. 올레종주는 쉽지 않은 길이니, 좋아! 신화
의 섬 제주에서 올레를 걷는 순례자, 올레자라 부르지. 그래, 올레
자! 어서 길을 가세."

"탐라할망! 고마워요, 함께해 주셔서."

인생의 가장 큰 축복은 탄생과 죽음, 그리고 만남이다. 미물이 아
닌 사람으로 태어나서 한 세상 살 수 있으니 축복이요, 영원히 살지
않고 떠날 수 있으니 축복이다. 무엇보다 그 속에서 얽히고설킨 인
연은 짧은 인생을 풍요롭게 한다. 인연에는 사람만이 아니라 길도 있
고 책도 있고 산도 있고 바람도 있고, 구름도 있고 헌옷도 있고 올레
도 있다. 함부로 인연을 맺어서는 안 되지만 좋은 인연은 인생이란
소풍길에 귀한 선물이다. 제주 올레에서 만난 신비한 할망, 파도소
리 밀려오는 바닷가를 상큼상큼 경쾌하게 걸어가는 할망은 올레자
와 과연 어떤 인연일까, 탐라할망의 뒷모습에서 설문대할망을 떠올
리며 광치기해변에서 올레1코스를 마무리한다.

환해장성 - 고을나양을나부을나!

📍 **2코스** 광치기에서 온평올레 14.5㎞

광치기해변-식산봉-대수산봉-혼인지-온평포구

걷기여행을 좋아했던 영국의 낭만주의 시인 윌리엄 워즈워스는 살아가면서 겪는 모든 체험의 흔적을 시간의 점이라 했다. 인생의 체험이나 인간적 자극, 책을 통한 지적 깨달음 등은 모두 시간의 점으로 몸과 마음에 기억된다. 이런 시간의 점이 모여 선이 되고 선이 모여 면이 된다. 한 인간의 면모는 그 사람이 살아오면서 겪은 수많은 체험의 점들이 선으로 연결되고 면으로 나타나 특유의 면모와 품격으로 되살아난 것이다. 신화의 섬 제주에서 올레자의 면모와 품격을 드높이기 위해 시공의 점으로 연결된 올레길을 걸어간다.

2015년 12월 30일 아침, 여수 엑스포여객터미널에서 제주항으로 가는 배에 올랐다. 전날 밤 여수에 도착하여 진남관에서, 이순신광장에서 이순신장군을 만났다. '약무호남 시무국가', '금신전선 상유십이'라 외치는 충무공의 목소리가 컴컴한 여수 앞바다에서 울려왔다. 한일골드스텔라호는 비 내리는 바다를 약 160㎞를 달려 오후 2시경에 제주항에 도착했다. 풍랑으로 심하게 흔들리는 배 안에서 세월호의 충격을 기억하는 사람들은 공포에 떨었다. 세찬 바람에 하늘이 춤을 추고 바다가 춤을 추고 배가 춤을 추는 제주로 가는 호된 신고식이었다. 제주도 '한 달 살기'를 위해 숙소를 정하려고 대정읍, 표선면, 조천읍을 다녔으나 결국 포기하고 그날그날 올레 걷기를 마치는 근처에서 숙박을 하기로 했다. 한 달 간의 떠돌이 생활은 생각만 해도 낭만적이었다. 1월 3일까지는 콘도에서 숙박을 하기로 했기에 예약해 둔 콘도로 가서 여장을 풀었다. 부슬부슬 비 내리는 제주의 낭만이 깊어갔다.

그리고 다음날, 이제 올레1코스를 지나 2코스를 시작한다. 행동가에게 시작이란 죽어서도 하고 싶은 새로운 도전, 이미 올레종주의 반을 지났다. 시작이 반이니까. 사람은 용기와 함께 젊어지고 두려움과 함께 늙어간다. 내가 지금 무엇을 해야 하는지는 오직 나만이 알고 있다. 나는 지금 황홀한 고행자가 되어 나만의 길, 나만의 역사를 만들어 간다. 걸으면 길이 나오고 길은 길에 연하여 있다. 길을 걸으면 새로운 세상이 나온다. 세상의 이야기는 나로

부터 시작된다. 불꽃이 일면 불이 나듯 길을 걸으면 아름다운 세상이 다가온다. 뜻을 이루기 위해서는 언제나 희생이 따라야 하듯 기회비용을 감내하고 목표를 이룬 환희에 찬 그날을 연상한다. 사람이 목표를 세우지만 이후에는 목표가 사람을 이끈다. 독수리가 하늘 높은 곳에서 응시하듯 남은 25개 코스 여정을 앞두고 호흡을 가다듬는다.

올레2코스는 광치기해변에서 온평포구에 이르는 길이다. 물빛 고운 바닷길, 잔잔한 저수지를 낀 들길, 호젓한 산길이 어우러진다. 식산봉에 올랐다가 옛 성이 있었던 고성리(古城里)를 지나서 대수산봉 정상에 오르면 1코스의 아름다운 제주 동부의 풍광이 시원하게 펼쳐지고, 고,양,부 삼신인이 벽랑국의 세 공주와 혼인식을 했다는 혼인지를 지나서 온평포구에 도착한다.

암반이 해초의 초록빛과 어우러져 파도에 출렁이며 진풍경을 연출하는 광치기해변, 병풍처럼 펼쳐진 장쾌한 모습의 성산일출봉이 가슴을 시원하게 한다. 소동파의 시를 노래하며 성산에서 볼 수 없는 또 다른 성산의 진면목을 성산을 벗어나서 바라본다. '불식여산진면목'이다.

"가로보면 산 고개요 비껴보면 봉우리 되니/ 원근과 고저가 각각 다르구나./ 여산의 참 모습은 알지 못하고/ 다만 인연 따라 이 몸이 산속에 있을 뿐이네."

광치기해변은 성산일출봉이 형성될 당시 분출된 화산재로 이루어진 해수욕장이다. 모래사장도 검은 빛을 띠고 썰물이 되면 화산재 암반층이 모습을 드러낸다. 단꿈에 젖은 신혼부부가 거센 바람에도 불구하고 비디오 촬영에 여념이 없는 싱그러운 모습에 탐라할망은 미소를 짓는다.

"광치기는 제주말로 '빌레가 넓다'는 뜻이야. 빌레는 암반이지. 바다와의 경계에 너른 바위들이 많아서 광치기해변이라 해. '광치기'에는 '관치기'라는 슬픈 전설이 있어. 어부들이 제주의 옛 뗏목인 테우를 타고 고기잡이를 나가던 옛날, 폭풍을 만나 배가 난파되면 여기에서 시신을 수습했기에 '관치기해안'이라고 했어. 억센 제주의 발음이 관치기에서 광치기로 변했지. 아름다운 해안 풍경 뒤에 숨겨진 애달픈 사연이야."

할망은 올레 정규코스가 아닌 섭지코지를 향하여 길을 안내한다.

"통밭알저수지와 식산봉을 지나고, 대수산봉과 혼인지를 거쳐 온평포구에 이르는 길이 정규코스지만, 올레자가 지난 번 그 길을 다녀갔다니까 이번에는 이 길로 가봐. 경관이 좋아."

가지 않은 길을 선택하는 할망에게 무언의 동조를 보내며 해안가를 따라 발걸음을 옮긴다. 갈매기가 힘껏 날갯짓을 하지만 제자리걸음이다. 앞으로 나아가지 않으면서 오히려 바람을 희롱한다. 바람도 강약을 조절하며 갈매기의 장단에 춤을 춘다.

"섭지코지는 제주 방언으로 '좁은 땅'이라는 뜻의 섭지와 '바다로 돌출되어 나온 지형'을 뜻하는 곳이라는 코지가 합쳐져 붙여진 이름이야. 해안절경을 즐기는 데는 제주에서 첫손에 꼽을 정도로 아름다운 곳이지. 설문대할망의 이름을 따서 설문대코지가 섭지코지가 되었다고도 해."

푸른 바다 위로 바람에 날리는 먹구름을 바라보며 놀멍 쉬멍 한가로이 걸어간다. 한가로이 거니는 사람은 단순히 이길 저길 떠도는 방랑자가 아니다. 한가로이 걷는다는 것 또한 자기 성찰을 하는 마음의 순례를 하는 것이다. 부처와 예수, 공자와 맹자는 모두 주유천하를 하는 길 위의 성인이었다. 끊임없이 이동하며 진리를 설파했다. 순례자는 성인들의 길이나 성지를 순례하는 사람이다. 신을 생각하고 성인을 생각하며 자신을 성화시키려는 생각을 하는 사람이다. 놀명 쉬명 제주 올레를 걷는 것은 성지를 되찾고자 길을 떠나는 십자군 원정과 같은 것, 평화의 섬을 순례하는 십자군이 되어 길을 간다. 시간이 썰물에 실려서 수평선 너머로 끌려가고 마음이 밀물에 실려서 몰려온다. 의식이 썰물에 실려서 수평선 너머로 흘러간다. 오늘날 수많은 사람이 제주를 찾지만 한때 제주사람들은 육지를 나갈 수 없었던 시절이 있었기에 할망이 묻는다.

"출륙금지령이라고 들어보았는가?"

"아니요."

"조선시대 제주사람들은 200년 간 육지에 나갈 수가 없었지. 출륙금지령(出陸禁止令) 때문이었어. 해마다 닥치는 기근과 관리들의 수탈, 왜구의 노략질로 제주사람들은 틈만 생기면 육지로 나가려 했어. 하지만 조선 조정은 이를 막았지. 김상헌은 32세 때 안무사로 제주에 파견되어 〈남사록〉이라는 기행문을 남겼는데, 1601년 당시의 상황을 이렇게 기록했어.

"육지 사람들은 제주에 오는 것을 마치 죽을 곳에 들어가는 것처럼 생각하여 모두 피하고, 이 섬사람들은 빈손으로 갔다가 빈손으로 들어온다고 해도 육지에 나가기를 마치 천당에 가는 것처럼 생각했다."

제주도 사람들은 육지를 오매불망 그리워해 제주도를 빠져나가서 경상도와 전라도 지방의 해안가를 떠돌며 고기 잡고 해산물을 따며 근근이 살았어. 그 수효가 늘어나자 조정의 관심사가 되었고, 결국 도망쳐 나오는 자들을 붙잡아 무거운 벌을 주었지. 조천포와 화북포를 제외한 모든 포구를 폐쇄하여 불법으로 나가고 들어오는 것을 막았어. 몰래 출륙한다는 것은 낙타가 바늘구멍을 통과하는 것만큼이나 어려웠지. 하지만 유민들은 죽기를 각오하고 섬을 빠져나갔어. 인조 7년인 1629년 8월 13일, 결국 출륙금지령이 내렸지. 특히 제주도 여자가 육지로 시집가는 것은 철저히 막았어. 출륙금지령은 효과가 있었고, 제주도는 육지와 더욱 단절되었어. 심지어 제주도 사람들에게 돛배를 만들어 부리는 것을 금하는 법을 만들었지. 사람들이 돛배를 타고 고기를 잡는다는 핑계로 먼 바다로 나갔다가 육지로 도망치는 것을 방지하기 위해서였어. 고려시대에 쌍돛을 다는 대중선을 진상했을 정도로 뛰어난 제주사람들의 조선기술은 이로 인해 사장되고, 탐라국부터 해상을 왕래하며 무역하는 배를 만들던 조선기술과 항해기술도 단절되었지. 하지만 제주도에서만 사용되는 언어와 문화, 제주의 전통 풍속이 보존되기도 했어. 출륙금지령이 풀린 것은 순조 23년인 1823년이었으니, 제주 사람들은 200년이나 마음대로 육지를 오갈 수 없었어. 출륙금지령이 풀리자 섬사람들은 서울로 상경하여 고을 수령들의 탐학을 고변했고, 새로운 문물은 쉴 새 없이 제주도로 밀려들었지.

출륙금지령이 풀린 지 다시 200년 가까이 지난 지금, 제주도는 밀려오는 사람들에 의해 심한 몸살을 앓고 있어. 제주도는 진화의 속도가 빠른 여행지로, 인파의 물결이 밀려들어. 변화의 폭과 물결은 정비례하지. 어제와 오늘이 달랐으니 내일도 달라져. 1997년 400만 명을 넘어선 제주도 관광객이 지금은 1500만 명을 돌파했고, 제주도는 관광객 유입으로 6년 연속 범죄발생률 전국 1위의 불명예를 안고 있어. 제주의 사람과 제주의 자연이 난도질당하고 있는 제주의 현실에 아아, 제주도가 울고 있지. 영산(靈山)인 한라산이 살점이 아프고 뼈가 욱신거리고 이리 틀리고 저리 틀리어 몸살을 앓고 있어."

비 그친 바다에 파도가 고요하고 올레자는 아늑한 해안길을 걸어 신양해수욕장에 도착한다. 한적한 겨울 해수욕장이 동그랗게 양옆으로 바다를 감싸 안고 있다. 수심이 얕고 파도가 잔잔해 여름날 어린아이들이 놀기에 좋다. 섭지코지를 앞에 두고 해안산책로가 끝났다. 탐라할망은 신양해수욕장에서 도로를 건너 해안길 따라 '해안누리길 환해장성로'를 앞서 걸어간다. '대한민국 해안누리길'은 해양수산부와 한국해양재단이 선정한 걷기 좋은 해안길이다. 인위적인 보행길 조성이 아닌 자연그대로 이거나, 이미 개발된 바닷길 중 주변경관이 수려하고 해양문화와 역사, 해양산업 등을 체험할 수 있는 곳을 엄선한 길이다. 2010년 해양수산부가 선정한 해안누리길은 전국의 36개 시·군·구에 53개(총 505㎞), 제주에는 9개(90.9㎞) 길이 있다.

해안누리길 1번은 백령도의 오군포·장촌해안길이며, 마지막 53번은 옹진군 삼형제섬길이다. 제주도의 해안누리길은 44코스 추자항~추자항 추자도 해안일주길 15㎞, 45코스 애월읍 구엄포구~고내포구 엄장해안길 4.8㎞, 46코스 대정서초등학교~신도1리버스정류장 노을해안로 10.6㎞, 47코스 월평송이슈퍼~대평포구 16.3㎞ 제주 올레8코스, 48코스 신양해수욕장~회진주유소 환해장성로, 49코스 하우목동항~천진항 항일해녀기념비 우도해안도로 17.0㎞, 50코스 닭머르입구~신촌리 잠수탈의장 닭머르길 1.8㎞, 51코스 함덕어촌계횟집~북촌포구휴게소 함덕북촌마을길 5.5㎞, 52코스 삼양1동선사유적지~삼양동검은모래해변앞 삼양역사올레길 9.6㎞이다.

올레길도 식후경이라, 12시를 알리는 배꼽시계의 종소리가 들려온다. 해변에서 조금 떨어진 해녀식당에 들어가니, 마음씨 곱게 생긴 해녀 냉바리가 탐라할망을 보자 반갑게 맞이하며 문어, 해삼, 성게, 소라 등을 푸짐하게 한 상 차려준다. 할망이 부어주시는 막걸리 한 잔 걸치니 풍류가객이 되어 세상 부러울 것 없다.

"바다는 가장 낮은 곳에서 모든 것을 다 받아들여서 바다야. 해불양수(海不讓水)라, 어떠한 물도 사양하지 않고 받아들이지. 하지만 사람의 식탐은 일순간에 끝나 버려. 극도의 쾌락은 일시적이야. 식탐도 음주도 성욕도 오래 지속할 수 없어. 극도의 쾌락을 오래 지속하면 죽음에 이르는 병이 되지. 하지만 불안과 고통은 비교적 오래 지속돼. 인간을 강하게 하기 위한 신의 오묘한 섭리이고 축복이야."

넉넉하고 푸른 바다가 올레자의 가벼운 식탐을 희롱하며 겨울바람을 선사한다. 한적한 해안길에 환해장성(環海長城)이 모습을 나타낸다. 탐라할망의 해설 본능이다.

"환해장성은 바다로 침입하는 적을 막기 위해 해안선을 따라 돌담으로 둥글게 축성한 성벽이지. 제주 해안에 3백리 환해장성이 있는데, 여기 온평리 해안가 2㎞ 장성이 잔존한 환해장성 가운데 가장 길어. 장성의 높이는 대략 2~2.5m 안팎이나 함덕리 환해장성같이 최고 4m의 경우도 있지. 현재 양호한 상태로 남아 있는 환해장성은 서귀포시의 이곳 온평, 신산과 제주시의 화북, 삼양, 애월, 행원 등 10군데야. 김상헌의 남사록(南槎錄)에는 '바닷가 일대에는 돌로 성을 쌓았는데, 잇따라 이어지며 끊어지지 아니한다. 섬을 돌아가며 다 그러하다. 이것은 탐라 때 쌓은 만리장성이다.'라고 기록하고 있어. 고려 원종 11년(1270) 삼별초가 제주로 진입할 것이라는 정보에 따라 이들을 막기 위해 처음 쌓기 시작했으나 제주 진입에 성공한 삼별초가 오히려 이를 활용해 최후까지 대몽항쟁을 벌였어. 조선시대에도 왜구의 잦은 침입을 막기 위해 보수를 계속하였는데, 장성의 돌 하나하나에는 제주사람들의 외세 저항 의지와 피와 땀이 서려 있지."

'연혼포(延婚浦)' '삼성혈관련유적지'라 쓰인 표석이 세월과 바람을 견디며 바다를 등지고 꿋꿋이 서 있다. '푸른 파도의 나라' 벽랑국(碧浪國) 공주들이 나무궤짝을 타고 온 황루알해안이다. 세 공주가 바위에 디딘 전설이 깃든 발자국을 바라본다. 할망이 들려주는 제주 사람들의 탄생 설화가 거친 파도에 밀려온다.

"연혼포는 삼성혈과 더불어 탐라의 개국신화이자 제주도 삼성신화(三姓神話)의 발원지야. 삼성혈(三姓穴)은 세 신인이 4,300여 년 전 모흥혈에서 용출한 곳이지. 태초에 한라산 기슭 삼성혈에 '고을나', '양을나', '부을나'라는 세 신인(神人)이 솟아났어. 이들은 사냥으로 짐승을 잡아 그 가죽으로 옷을 해 입고 고기를 먹으며 살았는데, 어느 날 동쪽 바다에 자줏빛 흙으로 봉인된 나무함이 떠내려 왔지. 세 신인이 이를 여니, 자줏빛 관복을 입은 사자(使者)와 푸른 옷을 입은 세 처녀, 그리고 우마(牛馬)와 오곡씨앗이 나왔어. 사자가 말하기를, '저는 동해 벽랑국 사자입니다. 우리 임금께서 세 공주의 혼처를 정하지 못해서 한탄하던 차에 서쪽 바다 건너의 신인이 배필이 없음을 아시고 세 공주님을 보내셨으니 혼례를 치르시고 장차 대업을 이루소서.' 하고는 구름을 타고 떠났지. 세 신인은 혼인지에서 혼례를 치루고 한라산에 올라 각자 활을 쏘아 화살이 떨어진 곳에 살 곳을 정한 후 오곡 씨앗을 뿌리고 소와 말을 기르니 날로 풍요로워졌어. 이때 세 신인이 도읍을 정하려고 활을 쏜 오름이 사시장올악이고,

세 신인이 도읍(都邑·주거지)을 정할 때 쏜 화살이 박힌 돌이 삼사석(三射石)이야. 이때부터 제주도에서 농경생활이 시작되었고, 세 신인의 후손인 고(高)씨, 양(良)씨, 부(夫)씨는 날로 번성하여 탐라국으로 발전하였어."

"제주에서 사람이 살았다는 가장 오래된 유적은 어디에 있어요?"

"애월읍 어음리에 있는 구석기시대의 빌레못동굴이야. 빌레못동굴은 동굴 주위에 두 개의 연못이 있고, 암반을 뜻하는 빌레가 합쳐져 이름이 붙여졌는데, 화산활동으로 7~8만 년 전에 만들어진 것으로 추정돼. 동굴의 총 길이는 11,748㎞로 세계에서 가장 길고 미로가 매우 많은 것으로 알려져 있지. 천연기념물로 지정해 놓고 열쇠로 꼭꼭 잠가 놓아 학자들끼리만 보고 일반 여행객들은 주변만 볼 수 있어. 타제석기, 순록과 황곰의 뼈 등 구석기시대의 유물이 발견되었는데, 이는 과거 제주도가 대륙과 연결되어 있었다는 연륙설을 증명하는 근거가 되고 있지."

"신석기시대 유적지도 있어요?"

"신석기시대의 유적지로는 수월봉 인근 한경면 고산리 선사유적이 우리나라에서 가장 오래된 유적으로 알려져 있고, 이 외에도 삼양동 선사유적지 등 청동기시대와 철기시대의 유적지들이 제주도에 산재해 있어. 고대 부족국가인 고양부의 삼성신화는 그 정확한 연대가 아직 알려지지 않고 있지."

"탐라국에 대한 기록은 언제부터 있지요?"

"탐라국은 삼국시대에 들어와서 고구려, 신라, 백제와 각각 교역한 것으로 〈삼국사기〉 등에서 확인되는데, 처음에는 백제에 조공하였다가 백제가 멸망한 후 통일신라 에 조공하였어. 신라 선덕여왕이 645년에 황룡사 9층 석탑을 세우고 각 층에 물리 칠 외적을 상징할 때 1층에 일본, 4층에 탐라를 지목했으니, 이때만 해도 탐라는 신라로부터 완전히 독립되어 있었지. 삼국사기에 '660년 신라가 백제를 멸망시키자 백제에 신속(臣屬)하던 탐라국주(耽羅國主) 도동음률이 신라에 내항(來降)하였다'고 했어. 통일신라 멸망 후에는 다시 고려에 조공했지. 탐라국이 조공관계에서 완전히 한반도 역사에 편입된 것은 숙종 10년(1105년)이야. 이때 탐라국은 지방행정구역의 하나인 탐라군(耽羅郡)으로 바뀌면서 독립적인 지위는 막을 내렸지. 그리고 1214년(고종 원년)에 탐라군을 제주군으로 고쳐 부르면서 탐라는 제주를 일컫는 옛 지명이 되었으니, 탐라국은 결국 고대왕국으로 발전하지 못했고, 제주라는 이름으로 바뀐 지는 어언 8백년이 지났어. 조선 태종은 1416년에 한라산을 경계로 산의 북쪽 지역은 제주목이라 하여 제주목사를 파견하고, 산의 남쪽 지역은 동서로 양분하여 동쪽이 정의현, 서쪽은 대정현이라 하여 현감을 파견하였지."

"고려에 복속될 당시 인구는 얼마나 되었을까요?"

"고려 원종 15년(1274년) 1만 223명이었던 제주도의 인구는 조선 세종 때 와서는 6만 3474명으로 급격히 증가하였어. 그래서 과밀인구를 조절하기 위해 실업자는 전라도와 충청도로, 범죄자는 황해도와 평안도로 강제 이주시키는 정책을 펼쳤지. 그러다가 30여 년이 흐른 후 섬 안의 굶주린 난민들이 육지로 유망해버려 인구가 급격히 감소하자 조정에서는 국법으로 강경조치를 취하게 되는데, 이른바 인조 때의 출륙금지령이야. 이로 인해 제주도민들은 약 200년 동안이나 계속해서 제주도에 갇혀 폐쇄된 생활을 해야만 했지.", "제주도는 언제 탄생했어요?"

"약 200만 년 전에 신생대의 화산활동에 의해 생성되었지. 한라산을 중심으로 한 타원형의 화산섬 제주도는 동서사면은 완만하고 남북사면은 약간 급한 경사를 이루고 있지. 섬의 곳곳에 368개의 오름이라 불리는 기생화산이 있고, 한라산 안에도 49개의 오름이 있어. 고도 200㎡ 이하의 해안지대가 섬 전체의 55.3%를 차지하고 있는데 해안지대와 주거지, 농경지 및 과수원으로 이용해. 200~500㎡의 중산간지대는 목장을 비롯한 관광지와 유휴지, 500~1000㎡는 산지 산림 및 목야지, 1000㎡ 이상은 한라산국립공원으로 지정, 보호하고 있지."

"제주도의 옛 이름은 왜 '탐라'라 했어요? 무슨 뜻이지요?"

"탐라는 '깊고 먼 바다의 섬나라'라는 뜻이지. 탐라 말고도 문헌에 따라 탐모라, 서모라, 탁라, 영주, 제주 등 다양해."

탐라할망의 박식한 역사해설을 들으며 연혼포를 지나서 오후 3시경 2코스 종점인 평온하고 태평한 마을 온평리 포구에 도착한다. 놀멍 쉬멍 걸으라는 제주 올레, 하루에 두 코스씩 걸을 계획을 하고 있으니, 제주 올레 개척자가 어디선가 '올레의 취지도 모르는 바보!'라고 놀리는 함성이 들려온다. 2015년 12월 31일 한 해의 마지막 날, 제주 올레 종주의 첫날을 온평포구에서 마무리한다. 새해 첫날인 내일 새벽 2시, 성판악에서 할망과 다시 만나기로 약속을 하고 헤어지는 온평포구에 평온한 겨울바람이 스쳐간다.

해가 바뀌고 두 달이 지난 2016년 2월 29일, 정규코스를 걷기 위해 다시 올레2코스를 찾았다. 전날 밤 대설주의보로 인해 청주공항에서 두 시간 넘게 출발이 지연되어 밤 11시경에야 숙소에 도착했다. 성산일출봉에서 일출을 볼 수 있을까, 하는 기대감으로 여명의 시간에 나섰지만 지난번과 마찬가지로 하늘은 먹구름으로 가득했다. 성산일출봉 아래에서 해물뚝배기로 든든하게 식사를 하고 광치기해변으로 향했다. 도로변에는 벌써 봄의 전령 노란 유채꽃이 피어 있고, 구름사이로 간간이 햇살이 비쳤다. 반갑게 맞아주는 탐라할망과 광치기해변에 다시 섰다. 시원한 바닷바람이 파도를 몰고 와서 오감을 자극했다. '2016년은 제주도를 사랑하리라' 생각했던 제주 올레, 다시 길을 나선다. '지호락(知好樂)'이라, 아는 것보다는 좋아하는 것이 좋고, 좋아하는 것보다는 즐기는 것이 좋다고 했으니 제주에서 제주를 배우고 제주를 좋아하고 제주를 즐기고 한라산을, 제주 올레를 즐긴다.

광치기해변에서 도로 건너 풍경 좋은 통밭알저수지를 지나간다. 바다의 일부였지만 성산갑문이 생겨 저수지가 되고, 저수지를 가로지르는 방파제가 생기면서 습지도 생겼다. 습지가 생기자 겨울이면 저어새, 큰고니 등 철새들이 찾아와 철새도래지를 이룬다. 날로 새롭고 또 날로 새롭다. 보아도 볼 때마다 잘 생긴 성산일출봉을 바라보며 걷다가 해발 60㎡ 남짓한 식산봉을 오른다. 할망의 해설이 시작된다.

"이 주변은 고려시대부터 왜구의 침입이 잦았던 곳이지. 식산봉(食山峰)이란 이름에는 군량미가 쌓인 것처럼 오름을 꾸며 왜구의 사기를 꺾어 쫓았다는 데서 전하지. 정상에 장군바위가 있어 바위오름이라고도 해."

식산봉에 올라 주변의 풍광을 즐기며 고요한 아침의 세상을 만난다. 생의 찬가를 부르며 오조리성터를 보고 오조리마을로 접어든다. 하얀 바탕에 빨간 글씨로 굵게 쓰인 '할망민박'이 해녀출신의 올레길 할망숙소라며 반긴다. '웰빙감귤과 커피 한 잔 먹으멍 쉬영 갑서!'라며 안내하는 올레길 무인쉼터에서 걸음을 멈추고 '커피 한 잔에 감귤 한 봉지를 곁들여 천원'이라는 훈훈한 인심과 쉼을 맛본다.

다시 길을 나서서 하얗게 핀 매화를 바라본다. 추운 겨울을 이겨내고 사군자 가운데 꽃을 가장 먼저 피우는 매화가 제주에는 벌써 봄이 왔음을 알린다. 매화는 매·난·국·죽 사군자(四君子)의 하나로 시련과 희망, 성취를 보여준다. 모진 추위를 이겨내고 가장 일찍 봄을 알리기 때문이다. 매화는 열매도 맺는다. 사군자 중 유일하게 결실을 이룬다. 난초는 여름날의 향기를, 국화는 가을의 가장 늦은 날까지 꽃을 피우고, 대나무는 한 겨울에도 푸름을 잃지 않는다. 선비들은 사군자에게 군자의 도를 배웠다.

오름에 물이 솟는 곳이 있어 '큰물뫼'라고도 불리는 대수산봉(137.3m)을 올라간다. 흐르는 물을 사이에 둔 고성리의 두 개 오름 중 큰 오름이다. 소나무와 삼나무 숲이 우거진 등산로를 따라 정상에 오르니 시원한 바람이 불어오고 확 트인 정경이 펼쳐진다. 1코스 시작점인 시흥리 말미오름에서부터 2코스 광치기해변까지 아름다운 제주의 동부가 한눈에 들어온다. 성산일출봉과 우도가 정겹게 마주보고, 뒤쪽으로는 희미한 한라산과 동북부의 오름이 눈길을 잡아끈다. 조선시대 봉수대가 있어 북동쪽의 성산봉수, 남서쪽의 독자봉수와 연락을 하던 흔적이 남아 있다. 옆에는 이동통신기지국 탑이 있으니 예나 지금이나 통신기지로서의 역할은 끊이지 않는다.

하얀색 빈 의자가 햇살에 반짝이며 주인을 기다리고 있다. 천하는 누리는 자의 것, 의자는 앉으면 주인이다. 사람 없는 빈 의자에 앉아서 대수산봉에서 바라보는 천하는 온전히 나의 것이라 여행의 즐거움을 만끽한다. 성산일출봉과 광치기해안, 섭지코지와 신양해수욕장을 바라보며 황홀한 풍광에 취해 넋을 잃었다가 정신을 가다듬고 길을 나선다. 정상을 묵묵히 지키는 의자의 뒷모습을 쳐다보며 지친 길손들에게 베푸는 자비의 마음에 경의를 표한다.

해야 할 의무에서 벗어나 하고 싶은 일을 하는, 자신의 의지대로 자신의 길을 걸어가는 가장 행복한 시절을 누린다. 삶의 어느 단계에서나 오늘, 지금 이 순간이 가장 소중하다. 자연이 보내는 소박한 풍경과 노래가 여행자의 마음을 어루만진다. 한라산의 높게 솟은 산줄기가 한 폭의 산수화를 펼쳐 보인다. 숲이 위로를 속삭인다. 자연이 연출한 겨울왕국이 노래한다. '살어리 살어리랏다 한라에 살어리랏다. 바다에 살어리랏다. 제주에 살어리랏다' 콧노래가 싱그럽다. 여성 혼자서는 다니기 힘들겠다는 생각이 스쳐간다.

제주 올레에는 나홀로 여성이 많다. 여성과 길, 요즈음은 나홀로 여행을 가는 여성들이 일상화되어 있다. 하지만 조선시대에는 길 떠나는 여성들을 쉽게 상상할 수 없었다. 여성과 길의 관계는 시대에 따라 달라졌다. 조선 사대부가의 길 위의 여인들, 여성들이 길을 떠나는 이유는 피화와 가출, 납치, 유배, 칠거지악으로, 주로 축출 때문이었다.

집을 나선 여인들은 주로 암자나 산 등 인적이 드물고 도승이 있는 초월적 공간에서 출산을 하거나 도술을 배우며 액운이 다하기를 기다렸다. 황진이처럼 자발적으로 떠돌아다니거나 기황후처럼 공녀로 집을 떠나는 특별한 여성들도 있었다.

시대가 변했다. 여행에는 여행의 즐거움과 유익도 중요하지만 여행의 최종 목적지인 출발지까지의 안전, 안전한 귀가가 무엇보다 중요하다. 산티아고 순례길에서 혼자 걷는 외국 여성은 많이 보았지만 혼자 걷는 한국 여성은 거의 만나기가 어려웠다. 접근성 때문일까, 두려움 때문일까, 하는 생각이 스쳐갔다.

숲길을 따라 내려온 발걸음은 고산리 공동묘지에 이른다. 꽤 넓은 공동묘지에 남향으로 묘비들이 세워져 있다. 밭 사이로 난 길을 따라 한적한 중산간 길을 걸어서 혼인지(婚姻池)에 도착한다. 삼성혈(三姓穴)에서 솟아난 탐라의 시조 고을나, 양을나, 부을나, 세 신인이 벽랑국에서 연혼포로 온 세 공주와 혼인한 자리다. 신방굴은 하나의 입구가 세 갈래로 나뉘어 합동결혼식 후에 합동으로 신방을 차린 굴이다. 연못 앞에는 '벽랑국세공주추모비' 표석과 점필재 김종직의 시비(詩碑)가 세워져 있다.

"먼 옛날 신인이/ 세 곳에 도읍하서/ 해 돋는 물가에서/ 배필을 맞으셨다네.
그 시절 삼성이/ 혼인했던 일은/ 전해 내려오는/ 주진의 전설과 같네."

신방을 차리기에 앞서 목욕을 했던 혼인지에서 제주의 뿌리를 찾아 탐라할망이 전해주는 달콤한 제주의 신화 속으로 걸어 들어간다.

"탐라의 개벽시조인 세 신인은 삼성혈에서 동시에 땅에서 솟아났지. 움푹 팬 구덩이에 세 개의 구멍이 나 있는데, 이 구멍은 비가 와도 물이 고이지 않고 눈이 내려도 그 안에 눈이 쌓이지 않지. 그 깊이가 바다로 통하기 때문이야. 주위에는 수령 500년이 넘는 노송들과 수십 종의 고목이 모두 신하가 읍(揖)하듯 혈 쪽으로 수그려서 경건함과 신비로움을 자아내고 있어. 세 신인은 수렵생활을 하다가 벽랑국 공주들이 가져온 망아지와 오곡 씨앗으로 농경생활을 시작했어. 그러다가 활을 쏘아 각자 살 곳을 정했는데, 그것이 일도(一徒),

이도(二徒), 삼도(三徒)동의 내력이지. 세 신인이 쏜 화살이 명중한 돌을 한데 모아 보존한 곳이 18코스, 제주시 화북동의 삼사석(三射石)이야. 삼성혈이 성역화된 것은 중종 때 제주목사 이수동에 의해서였고, 이어서 숙종과 영조 연간에 제를 봉했지. 정조는 여기에 '삼성사(三姓祠)'라는 사액을 내려 주었어. 조선왕조는 제례를 존중하였기에 제주의 삼성혈을 존중해 주었고, 이 전통은 오늘날까지 남아 매년 12월 10일 도지사가 건시대제(乾始大祭)를, 고·양·부 삼성의 후손들이 별도로 4월 10일에 춘제와 10월 10일에 추제를 지내고 있어."

지구는 무한한 우주 공간 속에서 세상을 밝히고 싶어 하는 작은 별이고, 인간은 영원한 시간 속에서 찰나의 순간을 잠시 스쳐가는 희미한 존재다. 우물 안 개구리는 동해 거북의 세상을 모른다. 제주의 신화가 올레자를 설레게 한다. 인간은 자연의 주인이 아니라 자연의 한 조각으로 그냥 지나가는 나그네일 뿐이다. 그래서 개미처럼 일하고 원앙처럼 사랑하면서 매미처럼 노래하고 기러기처럼 여행하고 베짱이처럼 즐기고 살아가는 여행자가 되어야 한다. 어딘가로 떠나지 않고는 어디에도 도달할 수 없다. 내 생각을 바라보는 자신의 경험, 진정한 나를 찾기 위해서는 생각에서 자유로워져야 한다.

탐라할망의 이야기에서 제주인들의 원형과 정체성을 새삼 느낄 무렵 세찬 눈보라가 몰아친다. 신비롭게 느껴졌던 혼인지의 분위기가 돌변하여 거센 바람이 불어오고 눈발이 휘날린다. 혼인지에서 마을로 들어서니 도로변에 온평리 마을회에서 걸어놓은 두 달 전에 없었던 하얀 바탕에 빨간 글씨의 현수막이 눈길을 끈다. "온평제2공항! 땅없는농민어디로가야하나?" 또 다른 현수막은 빨간 바탕에 하얀 글씨로 "우리마을두동강내는 제2공항결사반대"라고 적혀 있다. 온평리에 불어 닥친 거센 개발의 눈바람을 맞으며 2코스의 종점 온평포구에 도착했다. '아름다운 내일을 맞이하러 가자!'고 눈짓하며 올레2코스를 마무리했다.

한라일출 – 아, 한라산! 1

📍 **성판악코스** 성판악에서 백록담 9.6㎞

성판악휴게소 - 속밭 대피소 - 진달래밭 대피소 - 백록담

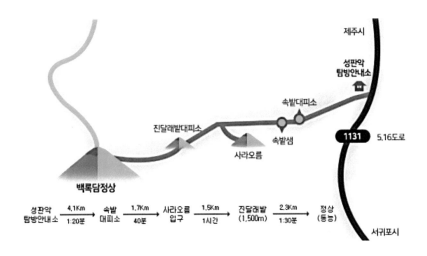

인생은 장미의 화원도 아니고 전쟁터도 아니다. 인생에서 사색해야 할 가장 중요한 일은 '어떻게 살 것인가' 하는 것이다. 누구나 행복을 추구한다. 행복은 환경의 결과가 아닌 마음의 상태이다. 행복한 성격은 억대 연봉보다 인생을 더욱 풍족하게 한다. 버려지거나 낭비되는 축복들, 그 축복들을 깨달을 수만 있다면 얼마나 더 많이 행복해 할 수 있을까! 고마움을 아는 것은 행복의 첩경이다. 매일같이 습관처럼 '고맙습니다!'를 외친다면 불행해질 수가 없다. 태양의, 바람의, 나무의, …… 사물의 존재의 고마움을 느끼면서 걸으면 철든 인간이다.

올레에서 만나는 한라산이 새삼 고맙게 여겨지는 행복한 하루가 펼쳐진다. 니체는 "나는 방랑하는 자이자 산을 오르는 자다. 내 어떤 숙명을 맞이하게 되든, 내 무엇을 체험하게 되든 그 속에는 반드시 방랑과 산 오르기가 있으리라. 사람은 결국 자기 자신을 체험하기 마련이니."라고 한다. 올레자 또한 방랑하고 산에 오르기를 기꺼이 고마워한다.

제주 올레를 나서며 가졌던 또 다른 목표는 한라산 새해 일출산행, 한라산에 코스별로 올라 한라산의 사계절을 느껴보기, 한라산 둘레길을 걷는 것이었다. 그래서 성판악코스와 관음사코스로 정상에 올라가 장엄한 새해 일출을 맛보았다. 성판악코스에서는 봄과 겨울을, 관음사코스에서는 가을과 겨울을, 돈내코코스에서는 여름을, 영실코스와 어리목코스에서는 겨울의 한라산을 즐겼다. 한라산 둘레길의 울울창창한 숲속에서 생명의 탄생과 신비, 그리고 아늑한 멋을 느꼈다. 엄마의 품 같은 한라산에서의 시공간은 참으로 즐겁고 행복했다.

예로부터 한라산은 제주인들에게 생명의 숨결을 불어넣어온 삶의 터전이었다. 제주인들은 한라산의 품속에서 대서사시와 같은 신화를 창조하고 제주만의 독특한 민속 문화를 빚어왔다. 한라산은 제주도를 만든 장본인으로 해발 고도에 따라 독특하고 다양한 동식물이 자생하는 제주 생명의 어머니였으니, 한라산은 제주도요 제주도는 곧 한라산이었다.

2016년 1월 1일 새벽 1시, 잠에서 깨어나자 때마침 휴대폰에서 '철새는 날아가고(El Condor Pasa)' 음악이 밀려온다. "형님! 새해 복 많이

받으세요!"라는 정든 목소리, 송구영신 예배를 마치고 집으로 돌아
가는 길이라며 새해 인사를 한다. "그래, 아우도 새해 복 많이 받
아!" 새해 첫 음성에 축복을 주고받고는 어둠을 뚫고 한라산으로 달
려간다.

새벽 2시, 성판악 주차장은 이미 아수라장이다. 1㎞ 가량 떨어진
도로변에 주차를 하고 등산로 입구에서 탐라할망을 만났다. 어제의
모습 그대로 예쁘고 여유로운 자태였다. 신비스러운 정체불명의 할
망, 어느덧 정이 들어 반가웠다. 등산로는 얼어붙어 빙판, 수많은 랜
턴 불빛이 길을 밝히고 사람들은 제각기 새해 소망을 담아 한 걸음
또 한 걸음 발걸음을 옮긴다. 해발 750㎜에서 시작하는 성판악 탐방
로, 어둠 속의 새하얀 겨울세상이다.

4.1㎞ 거리의 속밭대피소까지는 비교적 평탄한 길이다. 속밭대피
소에서 1.7㎞를 오르면 사라오름과 백록담 갈림길, 그리고 다시 1.5
㎞를 오르면 진달래밭대피소다. 한라산 겨울 등반에서 빼놓을 수
없는 백미는 진달래밭대피소에서 먹는 컵라면이다. 세찬 눈보라 속
에서 한결 더 운치 있고 맛있다. 몇 해 전 컵라면 유혹에 따라나선
중학생 막내아들과의 유쾌한 눈꽃산행이 스쳐간다. 윗세오름대피소
의 컵라면, 스위스 융프라우 전망대의 육개장 또한 일품이다. 맛 기
행은 여행의 또 다른 즐거움이다.

성판악코스로 정상까지는 9.6㎞, 한라산 탐방로 중에서 가장 길
다. 한라산을 오르는 코스는 모두 다섯이다. 성판악과 관음사코스
는 백록담 정상을 오를 수 있는 코스이며, 영실과 어리목, 돈내코코
스는 남벽분기점, 곧 남쪽 절벽 입구까지만 오를 수 있다. 관음사코
스도 낙석사고로 2015년 5월부터 통제되었기에 현재는 성판악이 정

상에 오를 수 있는 유일한 코스로 일출 산행에 인파가 넘쳐난다. 성판악(城板岳)은 한라산을 등반하는 동부능선 진입로에서 3㎞ 거리에 있는 오름이다. 판자로 세운 성널처럼 급하게 솟아올라 성널오름(1215m)이라고도 한다.

일출 예정 시각은 7시 30분이라, 여유로웠다. 너무 일찍 백록담에 도착하면 일출까지 추위에 견디기 어려우므로 7시경에 도착하도록 산행시간을 조절해야 했다. 아무래도 할망이 신경이 쓰였다.

"괜찮으시겠어요?"

"걱정 말아! 한라산은 내 분신이고 사계절 내 놀이터야."

"혹시 육지의 산에는 가 보셨어요?"

"나는 제주에만 살아서 육지에는 나가본 적이 없어. 내 고향은 제주의 하늘이고 산이고 바다야. 육지에는 가고 싶은 마음이 없어. 육지에 다리를 놓아주겠다던 설문대할망의 전설을 알아?"

"명주 100동(1동은 50필)으로 속곳을 하나 만들어주면 제주에서 육지까지 돌다리를 놓아주겠다고 한 이야기요?"

"그래. 제주 사람들은 모두 힘을 다하여 명주를 모았으나 99동밖에 모으질 못해서 할망의 속곳은 미완성이 되어 버렸고, 돌다리를 놓는 일도 중도에 그만두게 되었지. 그때 육지와 다리를 놓던 흔적이 조천읍 신촌리 앞바다에 있는 육지를 향해 뻗어나간 엉장매코지야."

"다리 놓는 전설은 왜요?"

"그때 명주 한 동을 다 채우지 못한 데에는 사연이 있어. 설문대할망은 제주에 명주가 99동밖에 없다는 것을 알고 있으면서 100동으로 속옷을 만들어 달라고 한 것이야."

"……"

"설문대할망은 제주도 창조의 신이야. 만약 다리가 놓아져 제주인들이 육지로 나가고 육지인들이 제주에 밀려오면 제주도가 어떻게 될까 생각했지. 인심도 달라지고 개발이라는 이름하에 섬 또한 망가지겠지. 모두가 설문대할망의 제주도를 사랑한 혜안이야. 이곳 한라산만 해도 영실, 어리목, 돈내코에서 오르는 남벽코스는 훼손되어 정상까지 등산로가 폐쇄되었어. 지금은 관음사코스도 삼거리대피소에서 정상까지는 갈 수가 없잖아. 그래서 사람들이 이렇게 붐비는 거야."

"맞아요. 제주도와 한라산에 사람이 이렇게 많은 것은 기적 같아요. 저는 1988년 여름에 신혼여행으로 한라산 등산을 했어요. 영실코스로 윗세오름대피소를 지나서 남벽분기점을 거쳐 백록담 정상에 올랐지요. 지금은 출입통제가 되었지만 당시에는 분화구 주변을 한 바퀴 돌기도 하고 백록담에 내려가 땀을 씻기도 했지요. 그리고 어리목으로 하산했는데, 상전벽해(桑田碧海)라, 지금은 정상으로 가는 길이 완전히 통제가 된 것을 보면 할망의 말씀이 가슴에 와 닿네요."

"제주도를 알려면 한라산을 만든 설문대할망의 전설을 알아야 돼. 제주도는 곧 한라산이고, 한라산이 곧 제주도니까."

"설문대할망이요? 이야기해 주세요."

"멀고 먼 아주 먼 옛날, 흑암 속에서 커다란 불기둥들이 사방팔방 하늘 높이 솟아오르고, 그 불덩어리들은 어두운 세상을 밝히면서 태양과 달과 별이 되고, 아래로 떨어져 내린 불덩어리들은 땅과 바다가 되었지. 그러던 어느 날 시커먼 연기와 함께 부글부글 끓어오르던 망망대해 바다 속에서 거대한 여인이 떠올라 하늘을 향해 우뚝 섰어. 여인은 젖은 치마폭 가득히 화산재와 돌덩이들을 담아 바다 가운데로 옮겨 섬을 만들기 시작했어. 그렇게 해가 가고 달이 가고 밤낮이 바뀌는 동안 마침내 섬이 만들어지고 한라산도 생겨났지. 그때 치마폭이 헤진 틈을 타고 흘러내린 흙들이 여기저기에 쌓여 360여 개의 오름이 생겨났어. 그런데 한라산 봉우리가 너무 높아 하늘의 은하수에 가닿는 것이 마음에 걸렸던 여인은 그 꼭대기를 꺾어 내던져 버렸어. 그때 파인 곳이 백록담이지. 남쪽 바닷가에 떨어진 꼭대기는 산방산이 되었고, 그래서 백록담 둘레와 산방산 둘레가 같아. 지질도 같지.

여인은 한라산, 산방산 등 아름다운 산과 오름들을 빚어낸 돌의 거장(巨匠)이야. 그런 의미에서 제주의 돌 하나하나가 모두 여인의 분신이지. 그 후 제주도에 살게 된 사람들이 어둠을 밝히는 방법을 몰라 밤이 되면 칠흑처럼 어두워 아무 일도 할 수 없을 때 여인은 성산일출봉 암벽에 있는 등경돌에 밤마다 불을 밝혀 주었고, 그 불은 고깃배들의 바닷길도 인도해 주었지. 이렇게 제주섬을 만들고, 등경불을 밝혀준 여인을 제주 사람들은 설문대할망이라 불렀어.

설문대할망은 키가 얼마나 컸던지 한라산을 베개 삼고 누워 두 다리는 관탈섬에 걸쳐 낮잠을 자기도 하였는데, 추자도 앞의 관탈섬까지의 거리는 약 49km이니, 설문대할망의 키는 한라산 높이(1,950m)의 약 25배나 되는 크기야. 설문대할망이 백록담에 걸터앉아 왼발은 관탈섬에, 오른발은 서귀포 앞바다의 지귀도에 걸치고 성산일출봉 분화구를 돌구덕 삼아 빨랫감을 담고는 우도를 돌 빨래판 삼아 빨래를 했다지. 자기의 키가 얼마나 큰지 시험해 보기 위해 제주시 용담동의 용연에 발을 들여 놓았는데 용연의 물은 설문대할망의 발등을 적셨어. 그러자 다시 서귀포시 서홍동에 있는 깊다고 소문난 홍리물에 들어가니 물이 무릎까지 닿았지. 마지막으로 설문대할망은 물이 끝없이 깊다는 한라산의 물장오리에 들어갔는데, 차츰차츰 물속에 빠져 들어가던 설문대할망은 이윽고 아주 자취를 감추고 말았어. 물장오리의 밑은 바다와 연결되어, 바다에서 솟아오른 설문대할망은 다시 바다로 돌아간 게지.

하지만 설문대할망은 여전히 죽지 않았어. 제주 사람들은 아무도 설문대할망이 죽었다고 생각하지 않아. 기독교에서 예수가 죽음에서 부활하여 승천하였고, 보혜사 성령이 강림하였던 것처럼, 불교에서도 윤회를 하는 것처럼, 설문대할망은 제주도 사람들의 가슴에 영원히 살아있어. 제주도 사람들은 한라산과 오름과 바람과 돌담과 숲과 나무와 풀잎, 모든 자연 하나하나에서 설문대할망의 숨결과 온기를 느끼며 지금도 고마워하지. 한라산은 설문대할망이 빚은 최고의 걸작품이야."

"그러면 설문대할망이 한라산 서남쪽 영실에서 오백장군의 죽을 쑤다가 가마솥에 빠져서 죽었다는 이야기는 어떻게 된 것이지요?"

"영실에서 가마솥에 죽은 이는 오백장군의 아버지라는 전설도 있어. 그 이야기는 영실 산행할 때 들려주기로 하지. 그런데 올레자는 백두산과 백두대간에 다녀왔다고 하던데 그에 대해 이야기해줘. 백두대간에서는 백두산과 한라산이 한 줄기라고도 한다며."

"백두대간은 백두산에서 지리산까지 1625㎞를 말하지요. 지리산을 다른 이름으로 두류산이라 하는데, 두(頭)는 백두산(白頭山)의 누이고 류(流)는 흐른다는 의미이니 백두산이 흘러 와서 두류산, 곧 지리산이 되었다고 해요. 한반도의 머리는 백두산, 강화도는 배꼽, 뼈대는 백두대간인데 백두산에서 흘러내린 백두대간은 지리산에서 멈추었다가 다시 월출산으로, 두륜산으로, 달마산으로 흘러내려 한라산까지 이어졌으니, 한라산은 백두대간의 뿌리요 종점이라고도 해요.

백두대간 종주는 남한 구간인 고성의 진부령에서 지리산까지 680㎞를 종주하는 것이지요. 2009년 30코스로 나누어 시작하였는데, 1년 4개월 만에 종주를 마치고 2010년 백두산을 산행했지요. 그 전에도 물론 백두산을 다녀왔지만 백두대간을 마치고 갔을 때는 참으로 감개무량했어요. 하늘에 닿을 듯 장엄한 봉우리들이 수려한 산수를 뽐내는 민족의 영산 백두산에 올라서 파란 하늘, 두둥실 흘러가는 흰 구름, 수려한 산수, 이들을 품에 안은 백두산 천지를 앞에 두고 넋을 잃고 바라보고, 그 장엄한 광경 앞에서 흐르는 눈물로 애국가를 불러본 추억은 영원히 잊지 못할 것 같아요. 한 줄기로 이어진 백두산에서 한라산, 한라산에서 백두산을 추억하는 멋은 황홀하고도 슬프지요."

별빛이 반짝이는 칠흑 같은 어둠 속에서 헤드랜턴을 켠 사람들이 거친 숨을 몰아쉬며 한라산을 오르고 있다. 모두가 가슴 가득 소망을 품고 정상에서 새로운 해를 맞이하려는 엄숙하고 경건한 마음이다. 사라오름 입구를 지나서 하얀 눈꽃으로 수놓은 진달래밭에 도착한다. 랜턴에 비쳐 아름다운 진달래밭에 진달래 대신 사람꽃이 가득하다. '화향백리(花香百里) 주향천리(酒香千里) 인향만리(人香萬里)'라, 사람의 향기가 한라산에, 진달래밭에 진동을 한다.

따뜻한 컵라면으로 몸을 녹이려는 행렬이 대피소 밖에 길게 줄을 지어 서 있고, 안팎으로 추위를 피하려는 산행객들로 북새통을 이룬다. 성판악에서 정상까지는 9.6㎞, 진달래밭에서는 이제 2.3㎞ 남았다. 평소라면 1시간 30분가량 소요된다. 현재시간 새벽 5시, 아직도 일출까지는 2시간 반 이상 남아 있어 여유롭게 휴식을 취하다가 5시 30분에 어둠을 뚫고 올라간다. 평소에는 야간 산행을 금지해서 진달래밭에서 13시 이후에는 입산을 통제한다.

가파른 오르막이 펼쳐진다. 거친 호흡, 하얀 입김 너머로 캄캄한 밤하늘이 드러나며 천상의 꽃들이 보석같이 반짝반짝 빛난다. 숲지대를 완전히 벗어나니 세찬 바람이 거칠게 환영인사를 한다. 얼굴이 꽁꽁 얼어붙는다. 제주의 밤하늘, 한라산의 새벽하늘이 펼쳐지고 온몸과 마음으로 신비스러운 대면을 한다. 태초에 그러했듯 바다와 하늘이 어둠 속에 구분되지 않고 하현달과 수많은 별들이 바다와 하늘을 아름답게 수놓는다. 남쪽 해안가 불빛이 서서히 시야에 들어온다. 서귀포의 아름다운 새벽 풍광이 펼쳐진다. 할망이 침묵을 깬다.

"독서여유산이라, 옛 사람들은 '독서는 산을 유람하는 것과 같다'고 했지?"

"퇴계 이황은 '산을 유람하는 것이 책 읽는 것과 같구나. 낮은 데서부터 공력을 다할 것이며 깊이를 얻는 것도 자신에 달렸어라' 하며 낮은 데서 차근차근 정성껏 밟아 오르는 착실한 독서로 높고 깊은 지혜에 스스로 도달하라고 했지요."

"그렇지. 청나라 기효람(1724~1805)은 독서의 즐거움을 '책 읽는 것, 마치 산에서 노니는 듯, 눈길 닿는 곳, 즐겁지 않을 것 없어라. 바위와 골짜기 거니는 것, 어찌 힘들다 하리오. 안개와 노을이 씻어주며 또한 깨우쳐주니 이내 가슴 시원해라. 사립문 종일 닫고 소리 내어 책 읽는 뜻이 여기에 있다네.'라고도 했지."

"목은 이색도 '글 읽기란 산을 오르는 것과 같아서 깊고 얕음이 모두 스스로 깨쳐 얻음에 달려있다.'고 했지요."

"한강 정구는 '독서는 산을 유람하는 것과 같아서 두루 돌아다녀도 그 뜻을 모르는 이가 있으니, 산수의 정취를 알아야 유람했다 할 수 있으리.'라고 하며, 이것저것 섭렵하는 데 치중하기보단 책의 뜻을 정확히 이해하는 데 주력하라고 했지."

"조운도(1718~1796)는 유청량산기에서 '산을 언뜻 보고 지나가기를 욕심내거나 힘들여 오르다 지치면 빼어난 경치를 구경할 수 없거늘, 내가 예전 읽었던 책은 이 산을 처음 볼 때와 마찬가지였으니 산을 유람하는 것이 독서와 비슷하다는 것을 깨달았다.'고 하며 책 읽을 때 건성으로 지나가지도 진을 빼며 힘들이지도 말라고 하지요. 모두가 등산과 독서에 대한 공통점을 풀어주는 명언이네요."

"그렇지. 산은 산대로 책은 책대로 제각기 형상이 있고 깨우침이 있지. 술 또한 독하고 약한 술이 있고, 강하고 약한 사람이 있어 산과 책과 비슷하다고 선비들은 말했어. 독서를 하듯 한라산에서는 한라산을 제대로 알아야지.

한라산은 고려시대까지 화산활동을 한 국내 유일의 휴화산이야. 용암이 분출되어 만들어진 한라산은 전체가 천연기념물로 지정되어 보호받고 있고, 한라산 천연보호구역에는 다양한 형태의 지형과 지질, 식물과 동물이 독특한 생태계를 구성하고 있어. 한라산을 오르며 발을 디디고, 눈으로 보고, 코로 향기를 맡으며, 귀로 소리를 듣고, 목으로 공기를 들이마시며, 피부로 정기를 느끼고 가슴으로 느끼는 모든 것이 천연기념물이라는 생각을 하면 새삼 전율이 스쳐가지."

천연기념물 일출 산행, 새해 첫날이 아니면 결코 볼 수 없는 한라산 풍경, 그것도 3대가 덕을 쌓아 하늘이 허락하여야만 일출 산행을 할 수 있다. 지난해도 일출 산행을 위해 제주도에 왔지만 강풍과 폭설로 인해 한라산 출입을 통제하여 결국 무산되었다. 오늘은 과연 일출을 볼 수 있을까, 설레는 가슴으로 가파른 나무계단을 걸어 올라간다. 정상이 얼마 남지 않은 거리 사이사이에 사람들은 벌써 일출을 바라볼 자리를 잡는다. 해 뜨기 직전이 가장 춥다고 하던가, 코끝을 얼리는 추위, 세찬 바람이 스쳐간다. 6시 50분 드디어 정상, 백록담에 도착한다. 일출까지는 50분 정도 기다려야 한다. 만남을 위한 기다림은 설렘의 시간, 기다림은 그리움의 또 다른 표현이다. 하얀 눈에 덮인 백록담의 모습이 아직은 어둠 속에 희미하다. 거센 바람이 불어와 날아갈 것 같은 전망 좋은 자리에서 동쪽하늘을 바라보며 '한라산 소주'를 꺼낸다. 한라산에서 한라산 소주라, 부러운 듯 주변에서 힐끔힐끔 쳐다보는 산행객들, 부러우면 지는 건데…….

"할망! 추운데 소주 한 잔 하세요!"

할망이 웃으며 좋아한다.

"한라산 소주? 그래, 좋지! 사람(人)이 산(山)에 있으면 신선(仙)이요, 산에 있는 여자는 선녀(仙女)이니 할망과 올레자는 신선과 선녀라, 한라산 정상에서 한라산 소주를 마시며 일출을 맞이하는 묘미, 한라산 신선과 선녀만이 할 수 있는 놀음이야."

"백록담(白鹿潭)은 백록(하얀 사슴)을 탄 신선이 사는 곳이라는 전설이 있는데 혹시 지금 초대할 수 있을까요?"

"예전에는 백록을 탄 신선이 백록으로 담근 술도 마셨지. 그런데 어느 날 천상에서 내려온 선녀들이 백록담에서 발가벗고 목욕하는 모습을 신선이 훔쳐보았다고 해서 옥황상제에게 탄원을 해서 신선이 쫓겨났어. 신선은 억울했지. 평소보다 일찍 오늘같이 어두울 때 나타나서 우연히 보게 되었을 뿐인데 말이야."

"백록을 잡으려는 사냥꾼이 쏜 화살에 신선이 엉덩이를 잘못 맞아 홧김에 산봉우리를 쳤는데, 날아간 것이 산방산이고 그 때 백록담이 탄생했다고도 하던데요?"

"그런 전설도 있지. 그래서 한라산을 머리가 없다는 두무악(頭無岳)이라고도 하지. 또 어머니의 병을 고치려고 사냥꾼이 백록을 잡으려 백록담을 찾았다가 신선이 백록을 구해주어 잡을 수가 없어서 할 수 없이 백록담에 고인 물을 떠서 어머니께 드렸더니 병이 나았다는 이야기도 있어. 전설이 많다는 이야기는 그만큼 사람들의 삶에 영향력이 컸다는 반증이지."

소주가 짜릿, 속을 뜨겁게 데운다. 하늘 멀리 여명이 밝아올 때 다시 페루의 마추픽추에서 전해오는 '엘 콘도 파사'가 한라산 백록담에서 울려 퍼진다. 거제도가 고향인 사랑하는 아우의 새해인사, 거제도에서 친구들과 일출을 보러 가는 길이란다. 운치가 극으로 치닫는다. 서서히 날이 밝아온다. 검푸른 하늘의 반짝이던 별빛은 그 빛을 잃어가고 하현달 또한 선명한 빛이 흐려진다.

"할망, 백두산은 눈에 덮인 정상이 하얗기에 흰머리산, 곧 백두산(白頭山)이라고 하는데, 한라산(漢拏山)은 왜 한라산이지요?"

"'한라'는 '은하수를 잡을 만치 높다'는 뜻이지. 한라라는 명칭은 고려 충렬왕 무렵인 1275년에 제주에 온 시승(詩僧) 혜일의 시에 처음으로 등장해. 혜일은 산방산의 산방굴사를 창건하기도 했어.

한라고기인(漢拏高幾仞) 한라의 높이는 몇 길이던가

절정저신연(絶頂猪神淵) 정상의 웅덩이에는 신기한 못물이 고였다.

파출북유거(派出北流去) 물결이 넘쳐 북으로 흘러가서

하위조공천(下爲朝貢川) 저 아래 조공천을 이루었네.

'한라'는 〈고려사〉 공민왕 18년(1369)의 기록에도 나오지. 한라산이란 공식지명은 공민왕 때 처음 등장했다고 볼 수 있어. 예로부터 원처럼 둥글다 해서 원산(圓山), 가마솥을 엎어놓은 것 같아서 부악(釜岳), 신선이 산다 해서 선산(仙山) 등으로도 불렸어. 한라산 정상에 올라 하늘을 우러르고 제주를 둘러보고 둘레 1720m, 깊이 108m의 타원형 분화구인 백록담을 바라보는 감동은 그 무엇과도 견줄 수 없는 설문대할망의 최고의 선물이지. 조선시대 제주로 부임해오는 관리나 유배객들은 기어코 위험한 한라산 정상에 오르려고 했지. 한라산의 풍광은 물론, 〈탐라지〉에서 소개하고 있는 남극노인성을 보기 위해서였어. 남극노인성은 유일하게 한라산 정상에서만 볼 수 있다는 남극의 별이야. 언제부터 시작됐는지 알 수 없지만 이 별을 한 번 보면 무병장수한다는 음양오행의 속설이 널리 퍼져 있었어."

"태백산이나 마니산, 지리산 등 육지의 산에서는 제단을 쌓고 하늘과 산신에게 제사를 지냈는데 한라산에서도 제사를 지냈어요?"

"백록담 북벽에 제단 흔적이 있어. 한라산 산신을 숭배하는 산신제는 고대로부터 시작됐을 것으로 추정하는데, 최초의 기록으로는 〈고려사〉에 고종 40년(1253) '겨울 10월, 왕이 한라산신에 제민의 호를 더하고 봄가을로 제를 지내게 하였다.'라는 기록이 나오지. 이후 산신에 대한 역사의 기록은 잇달아 등장하는데, 〈연려실기술〉에 '1470년 성종 원년, 목사 이약동이 한라산신묘를 세웠다. 이전에는 매번 한라산 정상에서 제를 지냈는데 얼어 죽는 자가 많았다. 이때 이르러 고을 남쪽 작은 산 아래에 묘단을 만들었다. 곧 산천단이다.' 라고 기록되어 있지."

"천연기념물 곰솔이 있는 산천단이요?"

"그렇지."

드디어 동남쪽 바다에 여명이 밝아오고 운해 너머로 서서히 붉게 타오른다. 백록담도 황홀한 자태를 드러낸다. 거울로 보는 듯 희미했던 백록담이 얼굴을 맞대고 보는 듯 선명하다. 눈부시게 아름다워 함부로 범접할 수 없는 신비한 기운이 감돈다. 제주의 중앙부에 솟아있어 제주가 한눈에 보이는 한라산 정상, 화구호인 백록담을 중심으로 동서로 약 14.4km, 남북으로 약 9.8km 뻗어있는 제주의 전경이 시원스레 펼쳐진다. 하늘이, 구름이, 바다가, 오름이, 제주도가, 눈으로 덮인 사라오름이 가까이에서 귀엽게 다가온다.

구름물결 저 끝에서 한 점 붉은 알이 서서히 찬란한 모습을 드러낸다. 바다가 아닌 구름이 태양을 부화한다. 일출의 장관이 펼쳐진다. 순간, '새해복많이받으세요!'라는 탄성의 물결이 한라산, 백록담에 울려 퍼진다. 여기저기 이쪽저쪽에서 감격스러운 외침이 한 목소리로 인사한다. 거친 바람이 불어오는 한라산 정상의 새해 아침! 운해 위에 펼쳐지는 일출 장관을 바라보며 희망찬 새해를 기원하는 사람들, 모두의 소원이 이루어지기를 바라며 올레자도 손을 모으고 마음을 모으고 정성을 모은다. 태양의 광선에 마음을 실어 한라산에서 백두산으로 달려간다. 한라산이 백두산을 만나고 백두산이 한라산을 반겨준다. 천지가 백록담으로 흘러들고 백록담이 천지를 맞이한다. 남과 북이 하나가 되고 북과 남이 형제가 된다. 너와 내가 우리가 되고 분단의 철책이 무너지고 한반도가 하나가 된다.

2016년 새해 아침, 구름 한 점 없이 맑고 선명한 푸른 하늘이 푸른 바다보다 더 푸르게 펼쳐진다. 시원한 공기가 코를 통해 폐로 스며들고, 폐를 통해 뇌로 파고드는 느낌이 상쾌하고 유쾌하고 경쾌하고 통쾌하다. 장엄한 태양이 아득하게 펼쳐진 구름바다 위로 뜨거운 광선을 쏘아 올리며 자신의 존재를 드러낸다. 지구의, 제주도의, 한라산의 모든 생명들이 잠에서 깨어난다. 새해의 유토피아, 이상향이 새 하늘에 그려진다.

　우주에 있는 모든 행성 가운데 하나의 행성, 지구에만 생명이 존재한다. 지구는 행운의 행성이고, 그 행성에서 살아가는 인간은 행운의 존재다. 약 50억 년 전 지구가 태어날 무렵 소행성이 지구에 충돌하고, 이로 인해 지구의 각도가 꺾여 태양으로부터 23.5도 기운 이 거대한 사건은 기적으로 나타났다. 기운 각도 때문에 계절이 나타났고, 극도의 더움과 추위가 생겨났다. 그리고 절정의 아름다운 경관이 생겨나면서 이것들은 지구에 생명이 사는데 최적의 조건이 되었다. 인간을 포함한 지구의 모든 생명체들은 태양으로 인해 생명력을 얻는다.

　일찍 일어난 부지런한 새 한 마리가 추위도 아랑곳없이 머리 위를 맴돈다. 소원을 전해주기 위해서 날아온 하늘의 전령인가, 하다가 히말라야 트레킹에서 만난 설산조(雪山鳥)가 떠오른다. 히말라야 설산에는 혹독한 추위에도 집 없이 사는 새가 있다. 설산조 또는 한고조(寒苦鳥)라 불리는 새다. 결심을 행동으로 옮기지 못하여 추위에 괴로워하는 새, 중국에서는 추워서 미친 듯이 울부짖는 새라 하여 한호조(寒号鳥)라고 한다.

　설산조는 둥지를 틀지 않기 때문에 밤이면 사나운 눈바람을 그대

로 맞으며 온몸이 얼어붙는 괴로움을 겪는다. 그래서 밤마다 '날이 밝으면 꼭 아늑한 둥지를 짓겠다'고 다짐한다. 그러나 날이 밝으면 햇볕에 꽁꽁 얼어붙은 몸이 녹듯 그 다짐도 사르르 녹아내린다. 그리고 또 다시 밤이 찾아오면 추위에 뼈마디가 얼어붙는 고통을 당한다. 그래서 한고조(寒苦鳥)다. 작심삼일보다 더한 작심 하룻밤 새, 그래서 작심삼일 보다 더한 말이 '너는 한고조다!'라는 말이다.

새해가 되면 사람들은 새로운 깨달음으로 새로운 결심, 새로운 각오를 한다. 하지만 행동하지 않는다면 아무런 소용이 없다. 백문(百聞)이 불여일견(不如一見)이요, 백견이 불여일각(覺)이요, 백각이 불여일행(行)이다. 백번 깨달아도 행동하지 않으면 의미가 없다. 사후약방문이라, 처방으로 약을 받아들고도 먹지 않고 슬그머니 버린다. 소 잃고는 이제라도 외양간을 고쳐야지 하면서 슬그머니 넘어간다. 그러면서 삶의 무상함만을 노래한다. 설산조는 평생을 그렇게 살다가 죽는다. 어찌 설산조처럼 살아갈 수 있을까. 일신우일신하며 좀 더 성숙한 모습으로 변해가야지, 한라산 정상에서 설산조의 아픔을 되새긴다.

영국의 사회개혁가 새뮤얼 스마일스는 "하늘은 스스로 돕는 자를 돕는다"는 '자조론(自助論)'을 쓰면서 자기에 대한 성실함만이 만인에게 통한다고 설파한다. 인간은 본능적으로 게으르다. 누군가는 '인간의 원죄는 교만도 불순종도 아니다. 그것은 원죄의 결과일 뿐이며 원죄는 생각의 게으름'이라고 말한다. 역사는 돌고 돈다. 비슷한 일들은 반복적으로 일어난다. 그러면서도 역사는 나선형으로 조금씩 발전해 간다. 거의 똑같은 일이 반복되지만 그래도 과거의 잘못 위에 더 나은 오늘을 만들고 내일을 건설해 간다. 헤겔의 정반합이다.

철새가 날아가는 애잔한 음률이 또 찾아든다. 언제나 멋스러운 둘째 아들이다. 오고가는 덕담, 새해 소망을 나누며 아버지와 아들로 살아가는 이 세상의 인연에 서로 감사한다. 아름다운 광경 앞에서 떠오르는 얼굴은 정녕 사랑하는 사람이라, 그리운 얼굴들이 스쳐간다. 그들을 위해서 마음을 모은다. 지구상에서 이런 행운을 맛볼 수 있는 사람은 얼마나 될까, 올레자는 진정 행운이요 풍운아다. 올레자가 홍에 겨워 〈아! 한라산〉 자작시 한 수를 읊는다.

"바다건너/ 삼다삼무삼보의 섬/ 그 가운데/ 머리 없는 산 두무악(頭無岳)/ 한 번 구경 오십시오! 일천구백오십미터라./ 그 높이가 은하수에 닿으니/ 봉우리를 떼어/ 산방산을 만들고/ 움푹 파인 웅덩이에/ 백록이 살아/ 신선이 백록 타고/ 처처에 전설을 남기네./ 원처럼/ 둥글둥글 둥글어서/ 원산(圓山)이요/ 가마솥 엎어놓은 형상이라/ 부악(釜岳)이니/ 가마솥에 밥 지어/ 둥글둥글/ 신선처럼 살라하는/ 제주도 설문대할망/ 재주도 참으로 신묘하구나."

추위와 거센 바람으로 사람들이 서서히 하산하기 시작한다.
"탐라할망, 한라산에서 한라산 한 잔 더 하실래요?"
"그래. 추운데 더 할까?"
먼 바다를 바라보는 할망의 눈길에 제주도를 향한 자애로움이 느껴진다.
"이 얼마나 아름다운 한라산이고 제주도인가?"
"그럼요. 이처럼 아름다운 제주도를 만든 설문대할망이 고맙기 그지없네요."
"오늘은 설문대할망이 특별히 인심을 쓴 것 같아. 해마다 보여주는 일출 광경 중에서도 아주 특별했어. 사람들의 정성에 설문대할망이 감동한 게지.”

“그렇게 말씀하시니 혹시 설문대할망이 탐라할망으로 현현하신 게 아니신지요?”

“후후, 그만. 자! 내가 정상주를 한 잔 더 권해주지. 새해 소원도 이루고, 올레길 종주를 포함한 제주도 여행이 죽는 날까지 특별한 의미가 있기를 기원하는 마음을 담아서.”

“한라산 정상에서 설문대할망이 권해주시는 한라산을 마시니 소원 성취하겠지요. 고맙습니다.”

8시 10분, 동일한 시공간을 함께한 사람들과 더불어 하산을 한다. 인생 경쟁의 승패는 공평하게 주어진 시간 속에서 누가 얼마나 최선을 다했는지에 따라 결정된다. 새해 첫날 추운 겨울 한라산에서 존재의 욕구, 자아실현의 욕구, 호모 루덴스의 욕구를 충족하며 행복감에 젖는다. ‘돈 되는 일’보다 ‘돈 안 되는 일’을 하면서 느끼는 성취감이 더 인간적이다. 생존에서 벗어나 놀이를 즐기는 순간 인간은 비로소 인간다워진다.

이별이 아쉬워 뒤돌아보고 또 돌아보고, ‘한라산 정상’ 표석 또한 아쉬운 이별의 배웅을 한다. 회자정리 거자필반이니, 이별은 또 다른 만남을 기약한다며 손을 흔든다. ‘내려올 때 보았네 올라갈 때 못 본 그 꽃’의 여유로 구름 위에서 아름다운 풍광에 젖는다. 펼쳐진 구름바다와 어우러진 새파란 하늘, 아침 햇살 속에서 느림의 미학을 즐기며 12시경에 성판악에 도착한다. 새해 첫날의 기적! 한라산의 품에서 신선이 된 올레자는 마냥 행복했다.

바당목장 - 생명의 바다!

📍 **3코스** 온평에서 표선올레 19.9㎞

온평포구-통오름-독자봉-김영갑갤러리-바다목장-표선해비치해변

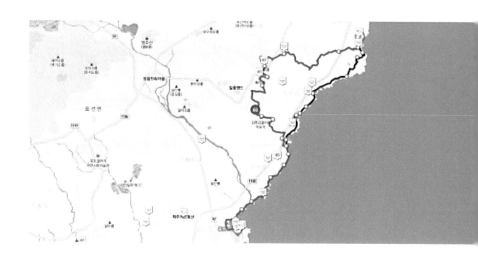

"나는 단지 해변에서 놀고 있는 소년과 같다. 때로 자갈이나 예쁜 조개껍데기를 발견하고는 즐거워하는 소년이다. 그러나 거대한 진실의 바다는 내 앞에 아직 발견되지 않은 채 펼쳐져 있다."고 아이작 뉴턴은 말한다. 거대한 세상의 바다가, 멀고 먼 제주 올레가 기다리는 아침이다. 생명 탄생의 어머니 바다, 푸른 바다가 아침노을에 물들어 장밋빛으로 변한다. 바람에 귀를 기울이기도 하고 나뭇잎의 정령을 느끼기도 하고 소라껍데기에서 바다의 고동을 듣기도 하면서 바람처럼 구름처럼 흐르고 또 흘러온 올레자가 하루를 시작한다. 장구한 세월을 지나온 바다가 올레자를 바라보며 미소 짓는다. 올

레자도 바다를 향해 미소 짓는다. 기쁨으로 가슴이 터져나가는 것 같다. 탐라할망과의 3일째, 할망에게도 웃음을 보낸다.

"3-A코스 중산간올레 14.6㎞, 3-B코스 해안올레 7.7㎞, 어디로 가지요?"

"올레자가 3-A는 다녀간 적이 있다고 했으니 이번에도 가지 않은 길, 3-B코스로 가야지."

"그럼 오늘은 편안한 해안길이네요. 프로스트의 '가지 않은 길'은 대개 남들이 가지 않은 길, 힘들고 어려운 길을 의미하는데 힘든 길이 아닌 가보지 않은 길이네요."

"'가지 않은 길'은 프로스트가 실의에 빠져 있던 20대 중반에 변변한 직업도 없이 문단에서도 인정받지 못하고, 이 대학 저 대학에서 공부는 했으나 학위도 받지 못한 채 기관지 계통의 질병에 시달리고 있을 때 쓴 시야. 당시 집 앞에 숲으로 이어지는 두 갈래 길이 있었는데 그 길과 자신이 살아온 인생을 돌아보며 이 시를 썼지. 세상에 그 누구도 두 길을 걸을 수는 없어. 신이 준 평등한 인간의 조건이야. 한 길에 들어서는 순간 결코 되돌아올 수 없는 시간을 거스를 수 없는 인간의 숙명이지."

여명의 아침, 바람이 고요하게 볼을 스쳐가고 파도가 잔잔하게 밀려온다. 여명은 온평포구에 천년 넘게 밝아오고, 바람은 바닷가에 천년 넘게 불어오고, 파도는 천년 넘게 밀려온다. 하지만 올레자는 잠시 스쳐가는 존재, 세속의 질곡에 갇혀 허우적거리는 동안 수 천, 수 만년의 아침이 미소 지으며 스쳐간 온평포구에서 올레자가 남아 있는 생애의 첫 아침을 감사하는 마음으로 신선하게 맞이한다. 가을 바람에 떨어지는 나뭇잎 한 조각 같은 인생이 제주 올레에서 새로운 하늘 새로운 바다 새로운 땅을 맛보고 즐거워한다.

갈매기 한 쌍이 날아간다. 갈매기들이 하늘을 날며 그리는 형상을 바라본다. 갈매기들의 움직임을 눈으로 좇아간다. 갈매기의 비행에서 갈매기의 눈으로 의미를 찾는다. 갑자기 갈매기가 급상승했다가 급강하한다. 바로 그 순간, 하늘에 환상이 스쳐간다. 바다는 언제나 넓은 수평선에 환상을 채우는 법, 올레자 자신이 갈매기가 되어 힘차게 비상한다. 높이, 아주 높이 날아간다. 창공에 푸른 바다에 아름다운 자국을 남기며 까마득히 멀리 사라져간다. 리처드 바크의 〈갈매기의 꿈〉, 갈매기 조나단의 꿈이 다가온다. 사랑에 빠지면 세상이 달리 보이고 만물이 다른 의미로 다가온다. 〈갈매기의 꿈〉이란 한 권의 책이 올레자란 한 인간에게 '높이 나는 새가 멀리 본다'며 30년 넘게 영향을 미치고 있으니 지독한 갈매기 사랑이다.

날씨는 여행의 맛을 좌우하는 중요한 요소다. 바닷가에 강한 바람, 혹독한 겨울바람이 불어오고 갈매기가 된 올레자가 초인이 되기 위해 바람을 즐기며 인내한다. 니체는 초인이 되라 한다. 초인에 이르기 위해서는 낙타와 사자, 어린아이의 단계를 거쳐야 한다. 의무를 수행하고 무거운 짐을 견디는 낙타의 정신을 익히면 다음 단계로 자유, 의무에 대해서도 "노!"라고 거부할 수 있는 사자의 정신을 가지라고 한다. 목장에서 사람이 주는 먹이를 받아먹는 양의 생활은 평온하다. 밀림에서 사냥해 먹고 사는 사자의 생활은 혹독하다. 하지만 사자에게는 양에게 없는 자유가 있다. 낙타에 머무르지 말고 사자가 되고, 사자가 되었으면 한 단계 위, '놀이', '놀이 정신'을 가진 어린아이가 되라 한다. 이는 창조를 위해 필요한 정신이다. 사자의 정신은 "노!"라고 말해 누군가를 쓰러뜨려야 한다. 자유를 위해 적을 쓰러뜨려야 한다. 하지만 어린아이는 순진무구하고 망각이고, 유희이고 새로운 출발이다. 스스로 굴러가는 수레바퀴이고 최초의 운동이자 신선한 긍정이다. 세계를 잃어버리면서 스스로 자신의 세계를 획득한다. 자신이 살아있는 세계를 기뻐하고 만족하며 생글생글 웃으며 놀이한다. 이는 인간 존재의 최종적인 모습이다. 자신을 적극적으로 긍정하는 강함이 자신뿐 아니라 조직과 세계를 움직이는, 그것을 니체는 '힘에의 의지'라고 말한다. 인생이란 여행을 놀이처럼 즐길 줄 아는 호모 루덴스는 진정한 어린아이, 곧 초인이다.

어린아이의 정신으로 나아간다. 만사만물이 놀이기구로 여겨진다. B코스는 이제 해안으로 7.7㎞ 걸어가서 다시 A코스와 만나 하나가 된다. '제주 올레3코스는 한국과 영국, 양국 간의 우정과 국제협력의 우정의 표시로써 영국의 국립트레일인 코츠월드웨이와 자매결연을 맺은 길이다.'라는 출발점에 세워진 우정의 트레일 안내판이 제주 올레의 위상을 전해준다. 2007년 처음 열린 제주 올레는 5년 전 일본의 규슈올레로, 2017년에는 몽골올레로 이어져 앞으로 '자매의 길', '우정의 길' 등 글로벌 프로젝트로 올레 브랜드를 확장하여 세계로 비상할 기대감을 준다.

길은 길에 연해 있다. 제주 올레는 '산티아고 가는 길(산티아고 데 카미노)'에서 영감을 받은 (사)제주 올레의 서명숙 이사장이 창조했다. 산티아고 순례길에서 만난 영국여자가 '당신의 나라에서 당신의 길을 만들어라'고 한 한 마디 말이 화두가 되어 탄생한 길이다. 서명숙 이사장은 제주 올레의 개척자요 제주여인의 억척스러움을 그대로 간직한 행복의 전령사다. 탐라할망은 서슴없이 말한다.

"제주의 역사는 100년, 500년, 아니 1,000년 이후에도 서명숙을 기억할 거야. 설문대할망의 전설을 이야기하고 우리 역사 최초의 여성 CEO 만덕할망과 제주해녀의 위대함을 이야기하듯 말이야."

제주 올레는 걷기 열풍을 타고 폭발적인 인기를 얻은 획기적인 아이디어였다. 나아가 대한민국 걷기열풍을 일으킨 주역이었다. 길 없는 길을 찾아서, 제주의 첫 마을과 마지막 마을을 연결해 2012년 제주 올레가 완성되었다. 끊어진 길은 잇고, 잊어진 길은 찾고, 사라진 길은 불러내어 만든 올레길은 올레길 표지로 자신의 존재를 드러낸다. 올레시작점의 표지석과 간세조형물, 리본, 화살표, 나무화살표, 플레이트 등 그 표지가 곧 올레의 모습이다. 지친 영혼들이 느릿느릿 걸으며 쉼을 만나고 자신을 만나고 제주의 속살을 만나는 제주 올레, 올레를 걸으면 자동차 여행으로 볼 수 없는 제주의 구석구석 속살의 매력을 볼 수 있고 숨결을 느낄 수 있다. 아름다운 제주를 찾는 수많은 올레객들 속에 올레자 또한 오늘 길 위에 서 있다. 놀멍 쉬멍 걸으멍 자신의 인생을 회상하고 소통하고 격려하고 꿈을 꾸는 행복한 올레를 걸어간다.

재미있는 통계는 제주 올레가 있는 걷기천국 제주도가 전국에서 비만 1위라는 사실이다. 2015년 전국 광역시·도별 비만 유병률 순위에서 제주도는 42.1%로 1위, 강원도는 41.6%로 2위를 차지했다. 제주도는 '복부비만(25.2%)'과 '고도비만(7.3%)'에서도 가장 높았다. 금연·절주·걷기 등 3가지 건강생활을 얼마나 잘 실천하고 있는지 조사한 결과 제주도와 강원도의 실천율이 가장 낮았다. 이 조사에서 강원도는 술을 가장 많이 마시고 담배를 가장 많이 피우는 지역으로, 제주도는 걷기운동을 가장 적게 하는 지역으로 조사됐다. 올레길을 걷기 위해 전국에서 올레꾼들이 모여들건만 아이러니하게도 등잔 밑이 어둡다.

상큼한 바람이 불어오는 바닷가에서 3-B 올레를 걸어간다. '농촌건강장수마을 신비스러운 물 공원쉼터'에서 온평리의 평온한 정기가 솟아난다. 지구상에 존재하는 모든 사물은 생물이든 무생물이든 정기를 가지고 있다. 한라산에는 한라산의 정기가 있고, 오름에는 오름의 정기, 곶자왈에는 곶자왈의 정기가 있다. 제주의 돌담에는 돌의 정기가 있고, 바다도 바위도 모래도 숲도 나무도 풀도 사슴도 토끼도 꿩도 참새도 모두 정기가 있다. 정기와 정기, 제주의 정기와 올레자의 정기가 만난 제주 올레, 참으로 행복한 여정이 흘러간다. 할망이 침묵을 깬다.

"강과 바다가 하나이듯, 삶과 죽음 또한 한 몸이야. 강이 흘러 바다로 가듯 삶은 흘러 죽음으로 가. 바다는 구름으로 윤회하여 비가 되어 돌고 돌아오듯 죽음은 출렁이는 물결 속에 탄생했던 그 생명의 바다 위로 훨훨 날아가는 즐거운 여행이야. 죽음의 여행이 아름다우려면 삶의 여행이 즐거워야 해."

바다 저 끝에서 움트는 밝은 빛을 배경으로 세 해녀 조각상이 웃으며 반겨준다. 온평어촌계양식장을 지나 '해안누리길 환해장성로'를 따라 걸어간다. 세월 따라 무너진 환해장성, 그 돌을 주워 만든 소망의 돌탑들이 장성 위에 길게 줄을 잇고, 다녀간 수많은 사람들의 소망이 애틋하게 늘어서 있다. 사람들은 과연 무엇을 소망하는가,

하는 생각이 스쳐간다.

하얀 개 한 마리가 장성 위에 앉아 소망을 안고 바다를 응시한다. 잡다한 상념을 내려놓고 일출을 기다리며 사색에 잠긴 모양이다. 올레자를 힐끗 쳐다보기만 할 뿐 무신경, 무아지경이다. 신기한 풍경에 탐라할망에게 짓궂게 묻는다.

"개에게도 불성(佛性)이 있어요?"

뜬금없는 질문에 할망은 답한다.

"부처는 '일체중생 개유불성'이라 했어. 만물에 모두 불성이 있다는 뜻이지. 태양, 달, 산, 나의 본성, 너의 본성, 개의 본성이 모두 하나이며, 만물이 비록 제각각 이름과 실체가 다르다 할지라도 모두 우주적 실체를 가지고 있다는 의미야."

"당나라 조주선사는 왜 개에게 불성이 없다고도 했다가 있다고도 했다가, 왜 그랬을까요?"

"후훗, '개에게 불성이 있으면 어쩔 것이요 없으면 어쩔 것인가? 그게 무엇이 그리 중요한가? 부질없는 망상의 싸움 그만하고 분별심으로 공부나 열심히 하라'는 말이지. 그러니 할망을 그만 놀려."

"할망은 불교 공부도 하셨나 봐요. 하기야 제주도는 신화의 섬이니까 세상 신들이 모두 다 있겠지요."

할망은 은근한 미소를 짓는다. 해안가 해녀 조각상들이 손으로 이마를 가리며 수평선 바다 멀리에도 불성이 있는지 바라본다. 옆에 있는 물개 조각상도 자신의 불성을 찾으려는 듯 흉내를 낸다. 환해장성 너머 동쪽바다에 서서히 붉은 빛이 강해지면서 태양이 불성을 드러낸다. 순간, 심술궂은 구름이 수평선을 수놓으며 훼방을 모색한다. 발길을 멈추고 아침노을 붉게 물든 먼 바다를 바라보며 어제 한라산 일출의 감동을 떠올리면서 오늘은 오늘의 태양을 기다린다. 구름의 장난에도 불구하고 오늘도 어김없이 태양이 솟아오른다.

괴테는 '태양이 빛나면 먼지도 빛난다'고 태양을 예찬하였건만 태양은 나의 하인이다. 아침이면 찾아와 인사를 하고 하루의 삶에 내 앞의 길을 밝혀주다가 저녁이면 조용히 물러나 숨는 겸손한 하인이다. 이제 그 모습을 드러내며 인사를 한다. 붉은 빛으로 하늘을 물들이고 바다를 물들인 태양이 주인의 마음을 물들이며 솟아오른다. 조용하던 갈매기 무리가 일제히 날아오른다. 수많은 갈매기가 하인 앞에서 춤을 추며 아침 나들이를 한다. 무리를 지어 흐르는 구름처럼, 떼를 지어 나는 갈매기처럼, 결을 이루며 흐르드는 파도처럼, 사람도 더불어 살아야 제 맛이거늘 올레자는 외로운 방랑자가 되어 낯선 제주 바닷가를 떠돈다. 오늘은 탐라할망도 침묵으로 자발적 고독을 즐긴다.

농개를 지나고 신산포구를 지나서 해안 따라 이어진 한적한 올레 길을 걸어간다. 신산환해장성을 지나서 어느덧 발걸음이 A코스와 만나는 지점에 이르렀다. 자장면을 먹으면 짬뽕이 그리워진다고 하듯 김영갑갤러리를 비롯한 3-A코스의 중산간 전경을 한 번 더 다시 찾아야지 하는 생각을 하며 해안 길을 걸어간다. 돌이켜보면 인생의 중요한 갈림길에서도 원하는 선택을 할 수 없었던 때가 많았다. 두 길을 다 갈 수 없기에 아파하고 번민하였다. 그 길은 멀고 험하였지만 돌아가는 길 또한 길이었고, 때로는 가장 빠른 길이었다. 제주 올레는 자의로 찾아온 성스러운 길이다. 올레란 '집에서 큰 길까지 나

있는 마을길'을 일컫는 제주방언이다. 그러나 실제는 제주의 풍광을 담은 해안과 산간의 여러 길들을 이어놓은 트레킹 루트다. 트레킹 (trekking)은 목적지가 없는 도보여행 또는 산과 들, 바람을 따라 떠나는 사색여행이다. 길을 걸으면서 자신을 찾고 신을 만나고 자연과 하나 되고 자연을 보호하는 여행이다.

우보천리 마보십리라, 제주 올레는 말의 걸음으로 십리 가서 지치지 말고 놀멍 쉬멍 우직한 소 걸으멍으로 천리를 가는 길이다. 실제 제주 올레는 425㎞, 천 리가 넘는 길이다. 그러니 호시우보, 호안우보, 호시우행, 보는 것은 호랑이처럼 매섭게 빠트리지 말고 걷는 것은 소처럼 뚜벅뚜벅 우직하게 걸으라 한다. 그러면서 제주 올레에서 죽어서도 잊지 못할 추억을 남기라 한다. 세월은 기다려 주지 않는 흐르는 물과 같고 시위를 떠난 화살과 같다. 그래서 '인생은 짧고 예술은 길다'고도 하고 '들판의 눈 위에 새겨진 기러기 발자국 같다'고도 한다. 죽어서 가는 멀고먼 여행길이 지루하지 않으려면, 지나온 삶을 반추하며 가는 저승길이 즐겁고 심심하지 않으려면, 이승의 삶에 풍성한 추억을 만들고 아름다운 소풍이었노라 고백할 수 있어야 한다. 제주 올레에서 긍정의 힘을 노래하고 희망의 자기암시로 몸과 마음에 기를 충전한다. 갑자기 드넓은 바당목장이 펼쳐지고 입구에는 신천목장 안내판이 길을 막는다. '개인 사유지로 하절기에는 한우를 방목하고 동절기에는 감귤껍질을 건조한다'는 내용이다. 초원과 바다가 맞닿은 아름다운 풍광으로 '각설탕' '내 생애 봄날' 등 여러 영화, 드라마, CF촬영도 이루어진 곳이란다. 10만평 규모의 넓은 목장에 늘여놓은 감귤껍질이 너무나 이색적인 모습이다. 주황색의 들녘 곳곳에서 껍질을 뒤집으며 일하는 사람들의 손길이 부산하다.

말을 하면 마치 기를 빼앗기는 것처럼 조용하던 탐라할망이 모처럼 말문을 여신다.

"감귤 주스를 만들고 남은 껍질을 자연의 볕에서 말려 약재나 차를 만드는 데 쓰고 질이 낮은 것은 사료로 쓰지."

해변에 기묘한 괴석이 내려다보이는 곳에 앉아 휴식을 취한다. 푸른 바다와 주황색 바당목장의 이색적인 풍광을 번갈아 바라보며 즐길 때, 갈매기가 어서 길을 나서라며 재촉을 한다. 신천바당목장을 벗어나자 바닷가 바윗돌에 모여 있던 갈매기 떼가 일제히 환호하듯 날아오른다. 반가이 손을 흔들며 나의 길을 간다. 아담하고 예쁜 바람코지 셀프카페에 들어서니, '신천리 부녀회 고마워요' 등 메모가 벽에 붙어있다. 냉장고에 김치가 있다기에 컵라면으로 추위를 녹일까 문을 여니 빈 공간이다. 따뜻한 커피 한 잔으로 몸을 녹이고 감사메모를 남긴다.

고픈 배처럼 밑으로 푹 꺼진 '배고픈다리'를 건너간다. 한라산에서 시작하여 바다로홀러드는 천미천(川尾川)의 꼬리부분이다. '놀멍 쉬멍 감서'라며 하천마을 표지석이 서 있다.

한라산 표고 1100m에서 발원하여 사려니숲길을 지나서 표고 200m까지, 서쪽에서 동쪽으로 성산읍과 표선면을 거쳐 흐르는 특이한 패턴의 천미천은 유로 연장이 25.7km, 유역면적이 126.14㎢로 제주도에서 유역면적이 가장 넓은 하천이다. 본류 외에도 수많은 지류를 아우르고 있는 수지형(樹枝形) 하천으로, 하천 주변에 분포한 해발 400m 이하 중산간의 목장들과 많은 오름들이 하천의 유로를 복잡하게 만들었다. 제주도의 하천은 대부분 마른 하천으로 유수하천은 12곳, 모두 수질이 양호하며 예래천은 유일하게 1등급이다. 한여름

세차게 쏟아지는 비는 섬을 통째로 떠내려 보낼 듯 대단한 강수량을 자랑한다. 연간 2000㎜ 내외의 강수량으로 수도권의 두 배의 비가 내렸다가 그 많은 물이 순식간에 자취를 감춘다. 그리고 다시 바닷가에서 뽀글뽀글 솟아난다.

제주는 빗방울이 모여 순식간에 마른 계곡에 하천을 만들고 폭포를 만든다. 무섭게 쏟아지던 빗줄기가 멎으면 언제 그랬냐는 듯 물은 순식간에 사라진다. 그 많은 물은 다 어디로 갔을까. 제주 지질의 대부분을 구성하는 현무암은 구멍이 숭숭 뚫려 물이 잘 빠진다. 땅으로 스며든 빗물은 지하로, 지하로 내려간다. 여러 겹의 용암층을 내려가 땅속 깊이 숨어든다. 각 층의 지질을 통과할 때마다 자연스레 정수가 되는 동시에 다양한 미네랄이 물에 녹아든다. 어떤 용암층을 통과하고 멈추는지에 따라 물의 특성도 달라진다. 화산암반수가 되기도 하고 탄산온천수가 되기도 한다. 제주는 물의 섬이다. 사방이 바다이기도 하지만 제주는 대한민국에서 가장 맛있는 물이 존재하는 신비한 섬이다. 제주의 물, 화산섬의 매력이 응축되고 맑고 깨끗한 물은 제주의 보물이다. 조천읍 교래리에서 취수한 화산암반수는 제주 삼다수의 원료로 쓰인다. 삼다수는 정화능력이 뛰어난 화산층을 약 20년 간 통과한 인내와 끈기의 상징이다.

땅속으로 내려가다 바닷물을 만나 더 이상 내려갈 수 없는 물은 땅위로 솟는다. 이 물이 바로 용천수다. 그래서 용천수는 대부분 해안가에 위치해 있다. 음용이 가능한 깨끗한 민물로 제주사람들에게 생명수와도 같은 물이다. 제주사람들은 물을 따라 해안가에 터를 잡고 마을을 이루었다. 지하로 스며든 빗물뿐만 아니라 섬을 둘러싼 바닷물도 용암층을 통과하며 특별한 물이 되었다. 수십만 년에 걸쳐 바닷물이 암반층을 통과하면서 육지로 스며들었는데, 소금기를 거르고 유해성분을 차단하는 동시에 미네랄이 풍부한 물이 되었다. 이는 전 세계에 제주와 하와이 단 두 곳에만 있는 용암해수다. 신기한 건 수십만 년 간 땅속 깊이 고여 있어도 썩지 않고 맑은 물을 유지한다는 것이다. 제주의 깨끗한 자연이 천연정수기 역할을 해 왔던 것이다.

빗물이 고이지 않고 땅속으로 스며들어 예로부터 생활용수가 귀했던 제주에는 '낯 씻을 때 물 하영 쓰민 저승 강 그물 다 먹어사 한다(얼굴 씻을 때 물 많이 쓰면 저승 가서 그 물 다 먹어야 한다)'며 물 아끼는 것을 강조한다. 물을 구하고 아끼는 일은 삶의 일부였으니, 이른 아침 물허벅을 지고 물 긷는 것이 하루의 시작이었다. 물 담당은 대부분 여성이 했다. 아프리카 케냐 여행에서 본 여인들, 머리에 양 손에 물동이를 메고 들고 매일 물을 찾아 수 ㎞를 걷는 것처럼 제주여인들도 물을 찾아 매일같이 걸었다. 제주의 용천수는 마을과 조금 떨어진 해안가 근처로 대개 1㎞, 멀게는 4~5㎞ 가량 걸어갔다. 이형상 목사의 〈남환박물〉에는 '백성들은 10리 내에서 물을 떠다 마신다. 멀면 40리에서 50리에 이르고, 물맛은 짜서 참을 수 없다'는 기록이 있다. 물이 귀했다. 물과 관련된 제주의 속담은 물의 중요성을 일깨운다. '정월 멩질날 물지지 말라.' '정월 초싱에 빈 허벅 만나민 재수엇다.' '정월 초하룰 날 물 허벅 지민 등 오그라진다' 등의 속담은 정초에 빈 허벅을 지고 물을 지러다니는 것은 새해를 맞을 준비 자세가 되어 있지 않음을 나무라는 말이다. '물항아리 비는 집 빨리 망한다'는 속담은 물항아리가 그 집안의 살림살이를 짐작하는 척도임을 뜻한다. 즉 물항아리가 비는 집은 문제가 있거나 게으르다고 여겼다.

그만큼 물은 제주인의 삶에 중요한 부분이었다.

 1970년대 상수도 시설이 보급되면서 귀하던 물은 이제 흔한 존재가 돼 버렸다. 물을 신성시 여기던 전통적 관념이 약해졌다. 심지어 땅속 깊이 있는 물을 뽑아 전국 각지로 판매를 하고 있으니 격세지감이다. 제주 사람들의 생활터전이던 1000여 개의 용천수도 하나 둘 허물어지고 사라져간다. 용천수는 지하로 내려가던 담수가 바닷물과의 밀도 차이로 인해 지층의 틈새로 솟아오르는 물이다. 중산간 지역 개발에 따라 용천수는 점점 줄어드는 추세다.

 제주의 물은 노는 물도 다르다. 제주에서 먹는 물만 좋은 게 아니다. 음력 7월 15일 백중날, 제주에선 폭포에서 여름날의 연희 '물맞이'를 하는 풍습이 있었다. 더위를 이겨내고 가을 추수라는 대업을 앞둔 일종의 의식이었다. 물맞이 방법은 간단했다. 폭포수 아래 서서 쏟아지는 물을 맞은 다음 주변 너른 바위에서 몸을 펼치고 암반욕을 하는 것이다. 최고의 물맞이터로는 소정방폭포와 돈내코의 원앙폭포가 있다. 원앙폭포는 두 물줄기가 마주보는 형세로 흘러 원앙폭포라 한다. 물이 이끄는 계곡 트레킹으로는 안덕계곡 탐방로와 효돈천 트레킹이 유명하다.

 올레 쉼터를 지나자 새하얀 백사장의 표선해수욕장이 펼쳐진다. 제주도에서 면적이 가장 넓은 해수욕장이다. '물이 빠졌을 때는 백사장을 가로질러 가세요. 맨발로 걸으면 더 슬겁습니다. 물이 찼을 때는 백사장의 가장자리로 돌아 도로 쪽으로 나가세요.'라고 쓰인 안내판에 스며든 '사단법인 제주 올레'의 정성이 잔잔한 감동을 준다. 8만여 평에 이르는 거대한 모래밭을 걸어간다. 신발을 벗으니 촉촉한 촉감이 부드럽게 지친 발을 애무한다. 뒤돌아본다. 걸어온 발자국이 선명하다.

표선해변에서는 1996년부터 해마다 백사대축제가 열린다. 승마대회, 낚시대회, 씨름대회 등 다채로운 행사로 그 인기가 더해진 서귀포시를 대표하는 축제다. 50여 년 전에는 멸치잡이 어장으로 유명했던 표선백사장에는 4·3사태의 아픈 상흔이 젖어있다. 중산간지대인 토산리, 가시리에 살던 사람들이 소개령이 내려진 줄 모르고 마을에 그대로 남아 있다가 토벌대에게 붙잡혀 이곳 표선백사장에 끌려나와 학살을 당했던 것이다.

바닷물이 천천히 밀려온다. 어린아이가 뛰어논다. 아버지는 아이를 잡으려 뒤따라간다. 엄마는 한없이 사랑스러운 모습으로 천진난만한 아이를 쳐다본다. 바라보는 나그네의 눈과 마음이 시원스레 즐겁다. 할망은 모래 위에 그림을 그리며 혼잣말을 한다. '쌀 한 톨에 우주가 들어 있듯 모래 하나에 천지창조의 비밀이 들어있고, 모래 하나에 행복이 깃들어 있지.' 백사장을 건너자 '해녀상(像)'이 노래를 부른다.

> 호오이 호오이 숨비소리/ 정겹게 들려오나/ 힘들고 어렵던 오래 전부터/ 고달픈 삶 꾸려오신/ 우리 어머니! 우리 누이!/ 태왁 하나 의지하여/ 망망대해 거칠 것 없어라/ 강인한 제주여성의 표상!/ 동쪽하늘의 샛별처럼/ 더욱 빛나고/ 우리 제주인의 마음속에/ 영원하리라!

3코스 종점에 제주 올레안내소가 보여 반갑게 찾아간다. '점심시간' 메모를 남기고 사람이 없다. 아직 제주 올레안내소의 안내를 받지 못한 올레자, 산티아고 순례길의 순례자 여권인 크레덴시알처럼 올레를 걷는 사람들은 코스를 지날 때와 중간지점에서 스탬프를 찍는 줄을 여태까지 몰랐다. 3코스를 마무리하고 '제주 올레도 식후경'이라 민생고 해결을 위해 발걸음을 옮긴다. 표선해변이 내려다보이는 전망 좋은 제주광어직판장, 세계 초일류상품으로 발돋움하는 제주광어에 한라산 한 병 곁들인 할망과의 정담 속에 제주 올레 여행이 꿈속 같이 흘러간다.

2월 29일, 3-A코스 중산간올레를 걸었다. 평온하고 태평스러운 온평리(溫平里) 바닷가에 "온평제2공항! 땅없는농민어디로가야하나?", "우리마을두동강내는 제2공항결사반대"라고 적힌 거센 개발 바람이 현수막을 날린다. 1941년 군용 활주로를 건설하여 사용하기 시작한 제주공항이 1968년에 제주국제공항으로 개항되었고, 이제 운항이 폭발적으로 증가하여 제주 제2공항을 건설하기로 2016년 확정되었다. 지난 1월 초에는 없었던 '제2공항 결사반대'라는 현수막이 거리에 온통 걸려있는 온평포구를 벗어나 중산간 길을 걸으며 통오름을 향해간다. 모양이 물통처럼 움푹 팬 오름이라 해서 붙여진 통오름(143.1m)이 다섯 개의 분화구를 에워싸고 화구 안에는 녹차밭과 돌무덤이 있다. 사방이 바다로 둘러싸인 외로운 섬 제주도에게 바다는 단절의 상징이었다. 돌이 많아 비옥하지 못하여 생산이 풍요롭지 못했던 제주, 그래서 항상 사나운 바닷바람과 맞서야 했다. 돌무덤은 차라리 한숨과 눈물로 쌓아놓은, 소박한 바람과 속절없는 희망을 하늘에 기원하는 제단이었다. 그리고 그 무덤의 주인들은 운명의 굴레를 벗고 산지사방 휘젓는 바람의 힘을 빌려 이상향 이어도에 이르는 소박한 꿈을 꾸었다.

통오름에서 멀리 한라산을 바라본다. 한라산이 통오름과 올레자를 내려다보고 있다. 예로부터 제주사람들은 한라산을 기준으로 방향을 가늠했고 시간을 가늠했다. 제주사람들에게 한라산은 영산이요 어머니요 하늘이었다. 한라산은 제주도를 창조한 신들의 거처였고 수많은 전설의 샘이었다. 국토의 변방, 고립되고 단절된 질곡의 역사, 숱한 애환과 사연들을 한라산은 묵묵히 지켜보았고, 포근히 품어주었다. 한라산은 제주도를 여행하는 동안 내내 여행자를 감싸준다. 어떤 날은 구름 속에서 희미하게, 또 어떤 날은 맑은 하늘아래 손에 잡힐 듯 가깝게 다가온다. 하늘에 맞닿아 은하수를 끌어당기는, 망망대해 푸른 물결 위에 떠 있는 한라산은 제주에서 어느 방향으로나 보인다.

분화구 능선을 유유히 걸어간다. 세차게 바람이 불어온다. 갈대가 바람에 휘날린다. 바람을 타고 갈대가 노래를 한다. 갈대가 갈대의 순정을 노래하고 올레자는 제주를 노래한다.

통오름에서 내려오니 도로변 밭에서 이십여 명의 '삼춘'들이 분주한 손길로 무를 수확한다. 제주도에서는 형님·아저씨·아주머니·할아버지·할머니 같은 살붙이가 아니면 남을 부를 때 모두 삼춘(삼촌)이라고 한다. 육지에서는 생소한 모습이다. 제주에는 무밭이 많아서인지 식당에서는 무생치 반찬을 자주 구경한다. 어릴 때 많이 먹던 엄마가 만들어준 맛이 생각나서 무생치는 항상 맛있게 먹는다. 삼나무 숲길을 걷다가 다시 나무데크로 된 계단을 따라 봉우리로 올라간다. 말굽형 오름인 독자봉(獨子峰 159m)이다. 홀로 떨어져 외롭게 보인다 하여 붙여진 이름이라 하건만 인근 마을에 독자가 많은 것이 오름의 영향이라고 한다.

길가에 매화가 활짝 피었다. 빨강 파랑 올레 리본과 어우러진 하얀 매화가 마음을 즐겁게 한다. 중국 선(禪)의 황금시대를 장식한 황벽선사는 살을 에는 티끌세상 매화를 통해 깨달음의 짙은 향을 노래했다. '불시일번한철골(不是一番寒徹骨) 쟁득매화박비향(爭得梅畵撲鼻香)', 뼛속 사무치는 추위를 이기지 않는 매화가 어찌 코끝 찌르는 향기를 얻을 수 있겠는가. 매화는 그렇게 얻은 향기를 팔지 않는다. 슬픔과 고통, 고난과 시련은 변장된 축복으로 그 또한 인생 놀이의 한 부분이다. 피와 땀과 눈물이 있어 성취는 아름답고 자랑스럽다. 추운 겨울의 올레종주, 과정의 즐거움에서 예정된 성취의 멋을 즐기며 길을 간다.

외로운 독자봉에 홀로 서서 풍경을 즐긴다. 혼자 밥 먹고 혼자 영화 보고 혼자 노래하는 대한민국, 혼밥 혼영 혼술 혼여 혼노는 어색하지 않을 뿐 아니라 오히려 사회 경제를 관통하는 하나의 트렌드가 되었다. 늦은 결혼과 고령화에 따른 1인 가구의 증가, 실업과 어려운 경제사정으로 대인기피도 원인이다. 나 홀로 가구 증가, 나 홀로 소비문화, 특히 노인 1인 가구의 빈곤은 사회의 심각한 문제다.

통오름이 발 아래로 내려다보인다. 성산일출봉에서 표선해수욕장까지 시원하게 펼쳐진 모습이 장관이다. 내려오는 길, 녹차밭을 지나서 도로변에 이른다. 삼달리 마을이다. 삼달분교 자리에 있는 '김영갑갤러리 두모악' 안내판이 '간세' 옆에 서있다. '김영갑갤러리 두모악'은 제주에 매혹된 사진작가 김영갑이 평생에 걸쳐 찍은 사진을 전시해 놓은 곳이다.

폐교를 개조하여 만든 갤러리에 들어서자 '외진 곳까지 찾아주셔서 감사합니다'라며 분홍빛 옷에 예쁜 모자를 쓴 아가씨 나무 조각 상이 반겨준다. 폐교 운동장에는 제주 중산간지역에서 볼 수 있는 꽃과 나무를 심고 돌담을 쌓아 정원을 꾸민, 중산간지역을 재현해 놓은 공간이다. '갤러리 두모악'은 20여 년 간 제주비경을 사진으로 남기며 치열하게 살다간 한 예술인의 혼을 전시해 놓았다. '두모악'은 한라산의 옛 이름이다. 조용한 할망에게 묻는다.

"할망, 김영갑은 오름을 좋아했다지요?"

"오름 중에도 특히 다랑쉬오름과 용눈이오름을 아주 좋아했지. 마라도에도 자주 갔어. 김영갑은 20여 년 전 아직 오름이 사람들의 관심을 끌지 못했을 때, 온종일 돌아다녀도 사람을 볼 수 없었고 운이 좋은 날에나 목동들과 들녘에 일하는 농부들을 먼발치에서나 볼 수 있는, 약초꾼들마저 찾지 않는 중산간지역의 오름을 찾아다녔지. 김영갑은 중산간오름에서 제주인의 정체성을 찾고자 했어. 척박함 속에서도 평화로움을 유지할 수 있는 그 무엇을 찾으면 자신에게도 그들이 누리는 것과 같은 평화가 찾아올 것이라 믿었지. 고통과 배고픔 속에서도 제주도를 떠날 수 없는 제주도 사람들의 마음에 이어도의 꿈이 있다는 것을 알았어. 제주사람들이 누리는 평화로움의 비결은 이상향, 이어도의 꿈이었다고 믿었지."

김영갑은 루게릭병을 앓다가 2005년 5월 29일 눈을 감았다. 그를 사랑하는 사람들은 그의 육신을 생전의 그가 갤러리 앞뜰에 심어놓은 감나무 밑에 뿌렸다. 김영갑은 말했다. "움직일 수 없게 되니까, 욕심 부릴 수 없게 되니까, 비로소 평화를 느낀다. 때가 되면 떠날 것이고, 나머지는 남아있는 사람들의 몫이다. 철들면 죽는 게 인생, 여한 없다. 원 없이 사진 찍었고, 남김없이 치열하게 살았다."

갤러리 입구에서 나무 아가씨의 인사를 받으며 길가에 나오자 변덕스러운 여인마냥 다시 눈보라가 매섭게 온몸을 강타한다. 옷깃을 여미며 도로를 건너 바닷가에 이르자 A코스와 B코스가 만나는 지점이다. 한 예술가의 치열한 삶이 영상 속의 얼굴과 겹치며 세찬 바닷바람에 일렁거린다. 갈매기 한 마리가 유영하듯 바람에 몸을 싣고 날아간다. 사방이 바다로 둘러싸인 환상의 섬 제주도, 섬 한가운데 높이 솟아오른 한라산, 제주도와 한라산의 품 안에서 아름다운 역사의 물결이 흘러간다.

귤림추색 - 밀감 냉바리!

📍 **4코스** 표선에서 남원올레 23.6㎞

표선해비치해변-해양수산연구원-해병대길-토산봉-태흥리포구-남원포구

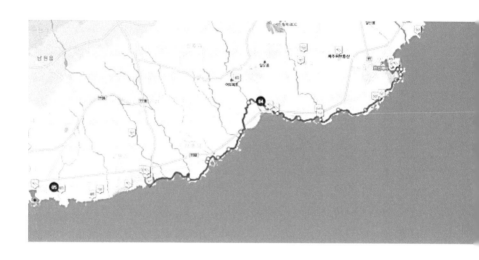

자연은 광활한 가슴을 지닌 어머니다. 인간은 어머니의 품을 벗어나듯 문명의 세계를 향해 자연을 떠난다. 태양이 안개를 걷어내고 세상을 환하게 비추듯 자연은 위대한 스승이다. 자연으로 돌아가야 한다. 인간이 만든 최고의 제도라는 문명사회에서 자연을 찾아서, 발길 닿은 적 없는 미지의 곳을 찾아서 떠나고 싶은 인간의 욕망은 끊임없이 계속된다. 달빛도 매일 밤 빛나는 것이 아니라 어둠에게 자리를 내줄 때도 있다. 문명을 떠나면 자연은 원시의 어둠 속에서 평온한 어머니의 가슴으로 반겨준다. 자연은 변화를 겪기 전의 원래의 상태로 돌아오는 회복력으로 인간을 치유한다. 제주 올레는 자연

으로 돌아가는 길이다.

　제주 올레에서 가장 길고 힘들다는 4코스, 해안을 따라 올레자가 유랑의 길을 걸어간다. 먼 바다에서 물결 따라 바다의 유랑자가 다가온다. 아무리 눈을 크게 떠도 보이지 않는, 깨알보다 천 배 만 배나 더 작은 마이크로 세계의 주인공 플랑크톤은 바다의 유랑자다. 흔히 바다생물 하면 고래나 상어부터 생각하지만 투명하게 보이는 바닷물 한 컵에도 무수히 많은 플랑크톤이 들어있다. 플랑크톤은 그리스어의 '플랑크토스'에서 나왔으며, 이는 '떠다니다. 표류하다.'라는 뜻이다. '떠살이생물'은 플랑크톤의 우리말 다른 이름이다. 말 그대로 물에 떠서 사는 생물이다. 플랑크톤이 되기는 아주 쉽다. 그저 물이 움직이는 대로 물에 떠서 살면 된다. 물에 떠서 살기만 하면 바이러스나 박테리아 같은 미생물도, 식물이나 동물 모두 플랑크톤이 될 수 있다. 플랑크톤은 물에 떠다니는 유랑자, 올레자는 뭍에 떠다니는 길 위의 유랑자다.

　표선에서 남원까지 올레4코스는 표선해수욕장을 출발해 해안도로를 따라 걷는, 절반은 아름다운 해안올레고 나머지 절반은 오름과 중산간올레다. 제주의 동부권 끝자락에 위치하고 있는 표선은 제주민속촌, 성읍민속마을 등이 있어 제주의 옛 정취가 살아있다. 표선면 성읍리(城邑里)는 조선시대 제주도를 제주목·대정현·정의현 셋으로 나누어 통치할 때 정의현(旌義縣)의 현청 소재지 고을이다. 대종 때인 1416년 성산일출봉 앞마을인 성산읍 고성리(古城里)에 현청을 두었으나 왜구가 자주 출몰하는 지역과 가깝다는 이유로 세종 5년인 1423년 지금의 성읍으로 현청을 옮겨왔다. 성읍은 군현제가 폐지되는 일제강점기 1914년까지 500년 가까이 제주도 동남쪽지역의 중심 도시였다.

성은 둘레가 약 1.2㎞로 북쪽을 제외한 세 방향에 문이 있었는데, 지금은 동쪽에 민가가 들어서 남문과 서문만 남았다. 숙종 28년(1702) 제주목사 이형상이 남긴 '탐라순력도'에 의하면 당시 성읍의 민가는 모두 1436호였다. 지금은 148채가 있는데 잘 보존된 5채는 중요민속자료로 지정됐다. 성읍은 1987년 국가지정 민속마을이 되었다. 성읍민속마을에 들어서면 제주도의 옛 시골마을에 들어선 듯 길 양 옆으로 전통방식의 제주 가옥들이 늘어서 있고, 곳곳에 흑돼지전문점과 제주 갈옷전문점 등 제주 향토문화를 소개하거나 판매하는 기념품점이 있다.

해비치리조트를 바라보며 걸어간다. 드라마 〈아이리스〉의 촬영지로 유명하다. 몽돌을 깔아 자갈길을 만들고 바다를 따라 돌담을 쌓았다. 해녀상이 하얀 등대와 어우러진다. 수년 전 억수같이 비가 쏟아지는 날 4코스를 걷고 해비치호텔에 묵었던 외로운 기억이 주마등처럼 스쳐간다. 야자수로 둘러싸인 아담한 해변을 지나간다. 해녀식당을 지나서 갈매기들이 떼를 지어 모여 있는 바닷가를 지나간다. 언제보아도 반가운 갈매기는 언제나 꿈과 희망의 상징이었다. 높이 나는 새가 멀리 본다고 하기에 멀리 보기 위해 높이 오르도록 자신을 계속해서 일신우일신(日新又日新)으로 채근했다.

거친 바람이 불어온다. 죽은 자는 태풍 앞에서 벌벌 떨지만 살아 있는 자는 태풍과 더불어 걷는다. 여인의 손길처럼 얼굴을 만지고 지나가던 바람이 심술궂은 아이처럼 이내 차갑고 거칠게 때린다. 태

어나는 곳도 목숨이 다하는 곳도 없이 그저 세상을 유랑하는 바람, 세상 어디로든 스며들고 하늘을 떠돌고 구름을 나르고 바다를 건너고 사랑하는 사람들의 목소리를 싣고 오가는 바람, 바람과 사람은 벗이다. 사람은 바람처럼 나타났다가 발자국도 없이 사라지고 바람은 사람처럼 나타났다가 흔적도 없이 사라진다. 사람과 바람은 하나다. 살아서 사람이고 바라서 바람이다. 살아야 사람이고 바라야 바람이다. 바람은 희망, 사람이 희망이다. 사람과 바람이 정처 없이 떠돌아다닌다.

포구에 들어오는 배를 위해 불을 밝혔던 옛 등대인 '광명대(光明臺)'에 올라선다. 전기가 없던 시절, 캄캄한 망망대해에서 바라보았을 광명대의 불빛을 상상해본다. 얼마나 반갑고 고마운 희망의 불빛이었을까. 할망은 말한다.

"전기가 들어오면서 지금의 등대에게 자리를 물려주었어. 광명등에 불을 켜는 사람을 '불칙이'라 하였는데, 고기를 잡을 수 없는 사람을 선택하여 그 역할을 맡기면 불칙이가 저녁 늦게까지 불을 켜고, 그 대가로 어부들이 잡아온 고기를 나누어 주었지."

바닷가 여기저기 피어있는 철없는 진달래를 본 탐라할망의 해설이 이어진다.

"제주를 상징하는 꽃은 참꽃, 진달래꽃이야. 참꽃의 잎은 세 잎씩 윤생하여 제주의 자랑인 삼다, 삼무, 삼보, 삼려를 나타내지. 삼려(三麗)는 제주가 자랑하는 세 가지 아름다움으로, 인심과 자연, 열매를 말해. 제주를 상징하는 색은 파랑으로 제주는 온통 푸르러. 푸른 바다, 푸른 하늘, 푸른 숲, 푸른 마음은 제주의 불멸, 번영, 진취, 무궁한 발전을 상징해. 전 세계 사람들은 파란색을 가장 좋아한다고 하지. 파랑은 영원하고 무한한 존재의 색으로 신뢰와 지성을 상징해. 전통적으로 파랑은 여성의 색으로 영리하고 차분하며 집중력을 더해주지. 활기 넘치는 빨강은 태양과 불의 색이고 조용한 파랑은 달과 물의 색으로 물과 공기처럼 투명한 물질이 깊어지면 파랗게 보여. 서양장기 챔피언을 이긴 최초의 컴퓨터 이름이 '딥 블루'라 하고, 동양에서는 청백리, 청출어람, 독야청청을 노래하지."

표선의 해맞이 명소인 당케포구가 모습을 드러낸다. 당케포구는 어선 50여 척이 드나드는 큰 포구로, 조선시대부터 있었는데 일제강점기 이후 일본 전복 채취선의 근거지가 되고 일본을 왕래하는 여객선 출입이 빈번해지면서 포구에 마을이 형성되었다. 표선의 대표적인 항구로서 역사적인 의미와 사연을 간직한 포구를 따라 해안을 걸어간다. 할망당이란 자그마한 기와당집 한 채가 있어 지금도 어민이나 해녀 등 마을사람들이 수시로 제를 지내 늘 열려있다. 할망당이 있어 포구는 당케포구라 불린다. 당케는 당이 있는 케를 일컬으며, 케는 경작지를 뜻하는 제주말이다.

"당케할망을 아는가?"

"설문대할망이 아니고 당케할망이요?"

"당케할망은 세명주할망이라고도 하는데, 표선해변은 당케할망이 만들었어. 표선해변이 옛날에는 깊은 바다였는데, 어부와 해녀를 보호하고 바다 조업의 안전을 위해 당케할망이 메웠지. 어느 날 마을 사람들이 아침에 일어나 보니 집에 있던 도끼와 팽이의 날이 모두 무디어지고, 소들은 등이 터지고 벗기어졌는데, 멸치잡이를 하던 구만여 평의 어장이 백사장으로 변해 있더라는 거야. 당케할망이 마을 사람들의 농기구와 소를 동원하여 남초곶에 있는 볼레낭(보리수)

나무들을 베어 바다에 집어넣어 바다를 메웠던 거지."

"우와! 당케할망 대단하네요!"

"당케할망, 곧 세명주할망을 이 마을 사람들은 '설멩디할망'이라고 부르기도 해."

"그럼 혹시 '설멩디할망'이 설문대할망 아닌가요?"

"그럴 수도 있지. 설문대할망은 제주의 창조신이야. 곳곳에 설문대 할망의 손길과 숨결이 닿지 않은 곳이 없으니까."

"제주를 두고 〈동국여지승람〉에는 '풍속이 산, 숲, 내와 못, 언덕, 나무와 돌에 모두 신의 제사를 지낸다'는 표현이 있을 정도라 제주를 신화의 고향이라 하던데 신이 그렇게 많은가요?"

"흔히 제주를 1만8천의 신이 살고 있는 신들의 고향, 그러니 신화의 고향이라고도 하지. 제주에는 마을마다 신당(神堂)이 있어서 여인네들은 자기 삶에서 일어난 좋고 힘든 일을 신당에 와서 신고해. 제주도에서는 대체로 신당을 본향당, 일뤠당(17일당), 여드레당(8일당), 해신당으로 분류하지. 마을 공동체의 신을 모시는 곳을 본향당이라 하고, 나머지는 개별 신앙의 성소야. 2005년도에 그 가운데 다섯을 제주도 민속문화재로 지정했어. 구좌읍 송당본향당, 회천동 새미하로 산당, 와흘리 와흘본향당, 수산리 수산본향당, 월평리 월평다리굿당이야. 지정 예고 때는 토산본향당이 포함되었는데, 지정에는 빠졌어."

"지정 예고까지 했는데 왜 빠졌어요?"

"토산본향당은 뱀신을 모시는 당이야. 토산리 여자들은 시집갈 때 뱀신이 반드시 따라간다는 믿음을 가졌어. 그래서 다른 지역 사람들은 토산 여자들과는 혼인을 피했고, 제주시로 공부하러 온 토산리 여학생은 하숙집 구하기도 어려웠어. 그러니 토산리 주민들이 원하지 않았을 수도 있지."

"뱀이 어떻게 신이 되었을까요?"

"토산의 뱀은 전라도 나주 금성산의 귀 달린 뱀이 바다를 건너왔다고 전해. 금성산은 영험한 산으로 태조 왕건이 금성산신의 도움을 받아 건국을 꾀했고, 고려시대 7대 명산으로 5개의 산신 사당이 있던 명산이지. 그 뱀이 바다를 건너왔으니 신성한 지위에 오를 수밖에."

"제주에는 '절 오백 당 오백'이라는 말이 있지요? 현재 제주에는 신당이 얼마나 남아 있어요?"

"당오백은 있어도 절 오백은 근거 없는 말이야. 제주에는 현재 400여 개의 신당이 존재하고 있어. 오늘날에도 마을 곳곳에 있는 신당을 볼 수 있지. 아쉽게도 신당들이 개발바람 앞에 속수무책으로 훼손되고 있어. 대부분의 신당이 사유지에 위치하고 있어 보존대책이 쉽지 않아. 사유지가 아닌 바닷가와 하천변의 신당도 마찬가진데 해안도로 개설이나 하천정비라는 이름으로 지형이 크게 바뀌고 있기 때문이지."

"제주사람들에게 신당은 지금도 커다란 의미가 있는가요?"

"당연하지. 신당은 제주 정체성의 뿌리야. 신당이 사라지면 제주 고유의 색체와 빛깔도 사라질 수밖에 없어. 또한 제주신당에 깃든 신화는 그리스신화만큼이나 보존가치가 높아. 신당은 신이 기거하시는 곳이기에 신앙인들에게는 여전히 신성한 곳이지. 그래서 가정의 안녕과 가족의 생로병사를 관장하는 신에게 제사를 지내러 갈 때는 3일 간 돼지고기도 먹지 않는 등 몸조심을 하지. 그런 제주의 신들이 개발바람에 쫓겨나고 있어."

"무슨 대책이 없을까요?"

"대책이라면 신당이 위치한 토지를 매입하거나 차선책으로 훼손

위기를 맞은 신당들을 마을 공동소유의 토지로 이전하는 방안인데, 그나마 땅값 상승으로 비용이 만만치 않아. 개발의 광풍(狂風)이 천혜의 자연경관뿐만 아니라 수백 년 이어져온 제주의 전통문화도 함께 파괴하고 있어."

"역사적으로도 제주목사 이형상(1653~1733)이 신당과 절을 많이 파괴했다지요?"

"이형상이 1년 남짓 재임하는 동안 제주의 신당 129개를 불태우고 천 명 가까운 심방(무당)을 강제로 귀농시켰어. 성리학을 숭배하는 선비의 시각에 제주도의 토속 신앙은 허튼 미신행위로 보였기 때문이지. 그는 무당들의 폐해를 막는다며 세 곳의 읍을 돌아다니면서 당과 절을 찾아가 신령이 있으면 보이라고 했어. 보이지 않으면 즉시 불태우거나 도끼로 찍어 넘겼지. 이형상에게 변을 당한 당신(堂神)들이 이형상에게 저주를 퍼부었는데, 그의 어린 두 아들의 팔을 배배 꼬아 곰배팔이로 만들어 버렸어."

"제주 사람들은 그래도 신당에서 신의 목소리를 듣는가 봐요?"

"제주에서는 항상 신과 독대(獨對)해. 가톨릭의 사제를 통해서 고해성사를 하는 것과는 달라. 제주의 신은 설문대할망이야. 할망은 하소연하는 모든 이야기를 남김없이 끝까지 들어줘. 무엇보다 할망에게 하는 이야기들은 소문이 나지 않아. 그러니 마음껏 눈물로 하소연하여 마음의 응어리를 푸는 거지. 제주의 여인들은 글을 몰라. 그래서 하얀 종이를 가슴에 대고 부비지. 소원을 빌 때 하얀 종이를 가슴에 대고 부비며, 시간 가는 줄도 모르고 빌고 또 빌고는 그 백지를 나뭇가지에 걸어둬. 그러면 할망은 백지에 찍힌 모든 사연을 읽어 보아. 글보다도, 그림보다도 더욱 선명한 백지에 얽힌 여인들의 한 많은 사연들을 할망은 눈물로 받아. 그런데 정작 할망은 아무것도 해 주지 아니해. 단지 스스로 느끼고 깨닫고 해답을 찾기를 바라는 거지."

"아름다운 얘기네요. 할망에게 바치는 제물은 어떻게 해요?"

"제물은 성의껏, 마음이야. 부자는 술 한 병에 과일, 없는 사람은 불을 켜고 마음의 정성만 드려도 할망은 좋아해. 없으면 안 내도 되지만 있는 사람이 쩨쩨하게 굴면 할망은 화를 내지. 할망은 욕심은 없지만 성의는 분별해. 마치 성경에 예수가 과부의 두 렙돈 헌금을 칭찬하듯이 그 성의를 보는 거지. 할망은 특히 색동옷을 좋아해. 그래서 넉넉한 사람은 할망이 해 입을 물색천을 드리지. 할망이 입지도 않을 색동옷을 좋아하는 데는 숨은 뜻이 있어. 색동옷이 입고 싶어서가 아니라 부자들은 자신에게 하듯, 가난한 자들에게 더욱 베풀고 살라는 의미야. 타향에서 돌아온 귀향객이 할망 앞에 섰을 때, 할망은 특히 그 마음을 보아. 색동옷일까, 하얀 종이일까, 할망은 그 중심을 생각해. 타향에서 부자가 되어 돌아온 사람은 제주도를 위해 많이 베풀라는 거지."

"옥황상제의 셋째 딸인 설문대할망이 유난히 땅에 대한 동경이 컸던 탓으로 옥황상제의 허락을 받아 하늘에서 내려왔다고 하던데, 사람을 향한 애정이 대단하네요."

"첫째 딸이라고도 하지. 허락받아 왔다고도 하고 쫓겨 왔다고도 하고. 그런 것들은 중요하지 않지. 중요한 것은 설문대할망의 사람을 향한 애정이야. 또한 사람들의 설문대할망을 향한 믿음이야."

"마치 예수가 하나님의 아들이냐 아니냐, 동정녀 마리아에게시 태어났느냐 아니냐, 부활을 했느냐 아니냐 하는 것보다 예수의 가르침이 중요하다는 일부 신학자들의 이야기와 흡사하네요. 설문대할망과 제주사람, 가슴이 짠해지네요."

농사짓기에 적합하지 않은 지질구조로 늘 먹고 살기가 힘이 들었던 제주, 그래서 힘든 현실을 신에 의존했던 제주였다. 순간, 갑자기 할망의 나이가 궁금했다.

"할망, 연세를 물어보면 결례가 될까요?"

"후훗, 물을 때 이미 결례를 범했어. 내 나이? 나이에도 여러 가지가 있지. 세월의 나이, 생물학적 나이, 정신적 나이, 사회적 나이, 자각의 나이, 그 중에 어떤 나이?"

"후훗, 다섯 가지 모두요."

"세월의 나이는 하도 오래 돼서 까먹었고, 건강의 나이는 아직 팔팔하고, 정신적 나이는 세월만큼이나 성숙해. 사회적 나이는 죽을 때가 지났는데 살아있고, 자각의 나이는 아직도 용기와 자신감이 있어. 사람은 스스로 느끼는 만큼 나이를 먹는 법이야. 스스로 젊다고 느끼면 젊게 살고 늙었다고 느끼면 늙은이가 돼. 실제로 육체에는 나이가 있지만 뇌에는 나이가 없어. 뇌는 컴퓨터처럼 입력하는 대로 출력하고, 주인이 생각하는 대로 움직여. '나는 건강하다'고 주문을 입력하면 신념과 자신감이 용솟음치지. 80에도 사랑의 정열을 불태운 괴테는 노인을 상실의 시대라고 해. 돈과 일, 건강과 친구, 그리고 꿈, 이 다섯 가지를 잃어버리면 노인이라는 거지. 반대로 나이가 80이라도 모두 가지고 있으면 젊은이이라는 거야. 특히 꿈을 잃어버리면 안 돼. 꿈이 없는 삶은 향기 없는 꽃과 같아. 꿈은 인생의 목표를 잃지 않고 적극적으로 살아가게 만드는 원동력이지. 꿈을 이루기 위해 끊임없이 도전하고 가능성을 찾아내는 사람은 결코 늙지 않아."

"그럼, 할머니의 꿈은 무엇인지요?"

"몽테뉴의 말처럼 '양배추를 심다가, 죽음에 무심한 채 아직 할 일이 남아 있을 때' 죽는 거지. 이렇게 올레자와 올레를 걸으며 즐겁게 살다가 죽는 거야. 즐거운 하루는 평온한 밤을 주고 보람된 일생은 평온한 죽음을 줘."

"항간의 건배사로 '9988123'이 있는데, '99세까지 88하게 살고, 하루 이틀 앓다가 사흘째 고통 없이 영원히 잠드는 것'으로 웰 빙에서 웰 다잉까지 건강을 원스톱으로 기원하지요. 할머니는 더 멋있네요. 할머니의 건강비법은 무엇이세요?"

"동서양을 막론하고 무병장수의 비결은 두한족열(頭寒足熱), 곧 머리는 시원하게, 발은 따뜻하게 보존하는 게지. 발을 따뜻하게 하려면 많이 걸어야 해. '걸음아 날 살려라' 하고 걸어야 하지. 걷는 것은 몸에도 마음에도 만병통치야. 생각이 많아지고 번뇌와 집착이 생길 때는 걸어야 해. 생각은 생각을 이길 수 없어. 꼬리에 꼬리를 물고 이어지는 생각으로 에너지를 소모하기보다는 떠오르는 생각을 관조하면서 기다려야 해. 이럴 때 발바닥 용천에 의식을 집중하면서 푸른 하늘과 먼 산을 바라보며 천천히 걸으면 머리는 맑아지고 생각은 단순하게 정리가 되지. 걸으면 불필요한 생각은 저절로 떨어져 나가고 신선한 에너지가 몸 구석구석까지 흘러 의식은 명료해지고 사고는 단순해져. 그래서 단추 구멍처럼 좁던 마음이 하늘과 같이 넓어지면서 중요한 것과 중요하지 않은 것이 자연스럽게 나눠지고, 나아가 판단력과 직관력이 발달하고 행동도 진취적으로 바뀌어."

"우와, 걷기에 대한 명 강의네요. 걷는 일이라면 저도 누구보다 많이 걸었다고 자부하는데, 괜히 어깨가 으쓱해지네요. 그런데 걸을 때는 걸음걸이가 중요하다고 생각해요. 할방의 걸음걸이는 징밀 가벼우면서 예쁘고 괜찮아 보여요. 저는 분당 탄천에서 하루에 10㎞, 일주일에는 대략 50㎞ 가량 걷고 뛰고 한 세월이 10년이 넘는데, 그때 다른 사람들의 걷는 모습을 보며 참으로 다양하구나 생각해요.

걸음걸이에 대해 어떻게 생각하세요?"

"올레자의 걸음걸이도 힘차고 반듯해. 괜찮아. 육영수 여사가 박정희 대통령과 처음 대면하고 난 후, 돌아가는 박정희의 뒷모습이 너무 든든하고 믿음직하여 아버지의 반대를 무릅쓰고 결혼하게 되었다고 하지. 걸음걸이는 그 사람의 성품이나 기질, 건강상태를 알려주고, 좋고 나쁜 인상을 심어줘. 거울에 얼굴을 비춰보듯 자신의 걸음걸이도 살펴보아야 해. 얼굴이 얼, 곧 마음이 통하는 굴이면 걸음걸이는 몸과 마음 모두를 나타내 보여주지."

"'관상은 신상만 못하고 신상은 심상만 못하다'라는 말과 통하네요."

"그렇지. 백범이 과거에 급제해서 출세를 해보고자 하는 야망이 있었으나, 돈이 판을 치는 세상에서 실력만으로는 급제하기 어렵다는 것을 알고 낙심해 있을 때 아버지가 '관상쟁이가 되면 평생 먹고 사는 걱정 없을 것이다'라고 하셨지. 물론 아버지는 농담 삼아 한 말이었지만 백범은 관상 보는 책을 사서 열심히 공부를 했지. 그런데 열심히 공부를 해서 자신의 관상을 보니 천하에 흉악한 상이었어. 또다시 낙심하여 책을 덮으려는 순간, '관상은 신상만 못하고 신상은 심상만 못하다'는 한 문장이 눈에 들어왔다지.

여유롭고 낙천적인 사람은 어깨를 펴고 느긋하게 걷지만, 걱정이 많고 불안한 사람은 어깨를 구부정하게 하고 종종걸음을 치지. 등줄기를 쭉 펴고 큰 보폭으로 힘차게 걷는 사람은 자신감 있는 이미지를 주지만, 고개를 숙이고 짧은 보폭으로 터벅터벅 걷는다면 패배자로 보이지. 힘찬 걸음걸이가 기질을 바꾸고 습관을 바꾸고 신념을 바꾸고 운명을 바꿔. 심생기(心生氣)라고, 마음이 가는 곳에 기운이 가지. 기는 의식을 따라 흘러. 성공해서 행복한 것이 아니라 행복해야 성공해. 행복하고 싶다면 행복한 느낌으로 걸어야 하고, 성공하고 싶다면 성공한 모습으로 걸어야 하고, 건강을 원한다면 건강한 모습으로 걸어야 해. 걷는 자세가 바르면 시야가 넓어지고 마음이 넓어지고, 그러면 세상이 즐거운 놀이터가 돼서 살맛이 나지."

가마리 해녀올레를 지나서 바닷가 자갈길을 걷다가 자그마한 숲 터널을 지나간다. 샤인빌 바다 산책로를 지나면서 바다를 뒤로 하고 망오름을 향해 도로를 건너, 망오름을 올라간다. 산 위에는 구름이 흘러가고 마음에는 느낌의 조각들이 떠간다. '저 침묵의 묵중한 산과 같이, 저 유연한 구름같이, 초근목피로 연명하더라도 자연과 더불어 자유롭게 살고 싶다. 씨줄 날줄로 얽힌 인연의 굴레에서 벗어나 가끔은 혼자이고 싶다. 내 안의 나를 보고 싶다. 가끔은 이렇게 홀홀 떠나 모든 것을 놓아 버리고 싶다. 가끔은 정말 자유인이, 자연인이 되고 싶다. 가끔은 바보가 되고 싶다. 그리고 바보처럼 웃고 싶다. 가끔은 눈을 감고 침묵하고 싶다. 우뚝 솟은 바위처럼 침묵하고 싶다. 무소의 뿔처럼 혼자 가고 싶다.'는 상념에 젖어 걷다가 감귤을 사러 오르막 길가 농원에 들어간다.

'안녕하세요?'라고 인사하라는 엄마의 말에 세 꼬마 중 둘째가 '아는 아저씨가 아닌데?'라고 하다가 이내 인사를 한다. 귤을 5천원만큼 달라하니 그냥 조금 가져가라고 한다. 다시 3천원만큼 달라하니 '천원만 내세요.' 하며 한 봉지를 건네준다. 착하게 생긴 아주머니의 후한 인심에 여행이 끝나고 택배로 감귤을 구입했으니, 아주머니의 상술은 가히 최고수다. 아이들에게 천 원씩을 주고 오름을 올라가는데 승용차가 앞질러 지나가다가 멈춰 선다. 창문을 열고 '올레길 걸으세요? 이거 가져가세요'라며 감귤 4개를 준다. 미소가 예쁘고 베푸는 마음씨도 예쁜 밀감 냉바리다. 할망이 감귤에 대한 해설을 한다.

"감귤은 3천만 년 전부터 생존했다고 보고 있는데, 세계적으로 어느 대륙에서나 사랑받는 과일이지. 지역에 따라 재배되고 생산되는 감귤의 종류는 왜귤, 금귤, 동정귤, 산귤, 청귤 감자, 유자 등 다양해. 우리나라에서 언제부터 감귤을 재배하였는지는 정확하지 않아. 〈고려사〉에 '백제 문주왕 2년 4월에 탐라에서 감귤이 헌상되었다'는 기록이 나와. 이때가 476년이니, 그 이전부터 재배하고 있었다고 볼 수 있지. 본격적으로 감귤재배가 이루어진 때는 태종 8년(1408)이야. 그 후 1900년대 들어서 현재의 개량 감귤이 도입되었지. 제주에 온자감귤이 처음 들어온 건 서귀포복자성당의 엄신부가 1911년 일본에서 들여온 복자나무를 심어 재배하였는데, 지금도 복자성당에는 나무가 있어. 제주 내에서도 서귀포 감귤이 우수한 이유는 도내 다른 지역보다 평균 온도가 1도 정도 높아 감귤 개화기가 일주일 빨라지고 햇빛도 그만큼 풍부하게 받기 때문이지."

"귤림추색(橘林秋色)은 영주십경의 하나지요?"

"그렇지. 귤림추색은 제주시 오현단 주변 귤 과원의 가을정취에서 연유하지. 제주에 첫 과원(果園)이 생긴 곳은 옛 주성(州城), 즉 지금의 제주시였어. 늦가을 주성에 올라서 바라보면 과원에 노랗게 익은 감귤들이 별세계를 이루었지. 조선시대에는 제주를 비롯하여 정의현, 대정현에도 과원들이 설치되어 한때 제주의 총 과원 수가 35개소에 이르렀는데, 해방 후 산남지역으로 감귤재배가 확대되면서 지금은 제주 전역에서 아름다운 귤림추색을 볼 수 있지."

올레길에서 처음으로 땀을 흘린다. 어제 한라산에서도 흘리지 않은 땀을 흘리며 호젓한 숲길 따라 망오름(136.5m)에 오른다. 오름의 모양이 토끼 모양을 닮아 토산봉, 토산망이라고도 부르고, 달처럼 은은하고 멋있게 생겼다고 하여 달산봉이라고도 한다. 봉수대에서 땀을 식히며 하늘을, 바다를 바라본다. 지나온 올레길이 아스라이 시야에 들어온다. 시원한 바람이 스쳐간다. 멀리서 희미하게 땅거미가 다가온다. 일모도원(日暮途遠)이라, 갈 길은 먼데 마음이 급해진다. 순간, '시간은 삶이며, 삶은 우리 마음속에 깃들여 있는 것'이라는 <모모>의 한 구절이 떠오른다. '서둘지 말자. 나는 내 시간의 주인, 여행은 내 마음 속에 깃들여 있는 것이니 결코 서둘지 말자. 자연은 결코 서두르지 않는다.'고 다짐한다. 할망이 마음을 알아차린 듯이 말문을 여신다.

"'급한 것은 악마로부터 나오고 인내는 지복(至福)의 문을 연다'는 속담이 있어. 천천히 꾸준히 걸어. 링컨은 '나는 천천히 걷는 사람입니다. 하지만 뒤로 가지는 않습니다'라고 했잖아. 놀멍 쉬멍 걸으멍이라, 걷다가 가끔은 쉬기도 해. 황소도 가끔은 쉬어야 하니까. 빨리 끝내는 것보다 훌륭하게 끝내는 것이 중요하지. 밤늦게 끝나면 어때."

'서두르지 말고, 쉬지 말고 일하라'는 괴테의 좌우명이었다. 서두르지 말라는 좋은데 쉬지 말라는 말은 가혹하다는 생각이 든다. 쉼표는 게으름과 다르니까.

하산길, 거슨새미라는 작은 못에 이른다. 샘이 바다 쪽으로 가지 않고 한라산 쪽으로 거슬러 흐른다고 해서 붙여진 이름이다. 할망이 거슨새미에 얽힌 전설을 들려준다.

"중국 진시황이 제주가 자신을 위협할 만한 왕이 나올 지세임을 알고 고종달이라고도 불리는 호종단(胡宗旦)에게 제주의 지맥과 수맥을 끊으라고 지시했지. 호종단은 종달리 바닷가로 들어와 자신의 이름을 함부로 쓴다면서 그곳 '물징거'라는 물의 혈을 뜨고, 이어서 서귀포 서홍리의 '샘이물'의 혈을 떴지. 이곳 토산리의 '거슨새미'와 '노단새미'의 혈을 뜨려 했지만 수호신인 뱀의 방해로 뜻을 이루지 못했어. 호종단은 이처럼 각처로 다니며 정혈에다 쇠꼬챙이를 쿡 찔러 지맥과 수맥을 끊었어. 제주에는 용천수가 발달해 있지만 마을에 따라 물이 안 나오는 곳이 있는데, 호종단이 물혈을 떴기 때문이야. 거슨새미는 아직까지 샘이 흐르고 있지."

"그래서 제주에 왕도 맹수도 안 나오는 건가요?"

"이는 외세에 대한 제주인의 피해의식과 강한 저항의식을 드러내는 것이야. 수호신을 통한 신앙의식으로 이를 극복하려는 발로지. 호종단은 제주의 수호신에게 죽임을 당하니까."

"그 뒤에 호종단은 어떻게 되었지요?"

"호종단은 탐라 땅을 제압한 뒤 중국으로 돌아가기 위해 차귀도에 이르렀어. 이때 한라산 호국신인 광양당신이 매가 되어 돛대 위에 날아와 앉으니 갑자기 북풍이 일어 배가 전복되어 죽었지. 그로 인해 '돌아가지 못했다'는 의미로 차귀(遮歸)라는 지명이 생겼어. 제주 서쪽에 있는 올레12코스의 차귀도(遮歸島)가 그 전설의 섬이야."

날이 저물어 가는 숲속에 나무들이 하늘을 향해 도열해 있다. 땅에 뿌리를 내리고 하늘로 줄기를 뻗는 나무는 하늘을 알고 땅을 아는 존재다. 하지만 사람들은 천지를 모르고 살아간다. 포장도로로 인해 땅을 밟을 기회가 잘 없고 하늘을 바라볼 여유도 없기 때문이다. 한 그루 나무가 되어 나만의 하늘을 바라보아야지, 하며 영천사를 거쳐 송천 삼석교를 지나면서 산길을 벗어나 해안가에 이른다. 평온한 바다가 위로를 해준다. 벌포연대 옆에 있는 소낭(소나무)쉼터에서 몸과 마음의 휴식을 갖는다. 어둠이 밀려온다. 땅도 바다도 하늘도 캄캄하다. 검은 하늘에는 별빛이, 검은 바다에는 불빛이 조화를 이루며 반짝인다.

태흥리 해안도로의 어두운 길을 걸어 드디어 남원포구, 4코스의 종점 제주 올레안내소에 도착한다. 오늘은 3코스와 4코스를 합하여 43.5㎞를 걸었다. 3일째 강행군이다. 놀멍 쉬멍 걸으라 했는데…… 하지만 서두른 적도 뛰어간 적도 없다. 단지 리듬에 따라 걸었을 뿐. 피로감과 성취감이 동시에 밀려온다. 비빔국수 곱빼기로 식사를 하고 택시를 타고 다시 승용차가 있는 온평리로 돌아간다. 아름다운 밤, 해변도로를 따라 택시는 순식간에 도착한다. 허무함이 밀려온다. 하루 종일 걸은 거리인데, 그래서 인생은 재미있다.

엄한지우 – 동백 비바리!

📍 **5코스** 남원에서 쇠소깍올레 13.1㎞

남원포구-큰엉입구-조배머들코지-넙빌레-예촌망-쇠소깍

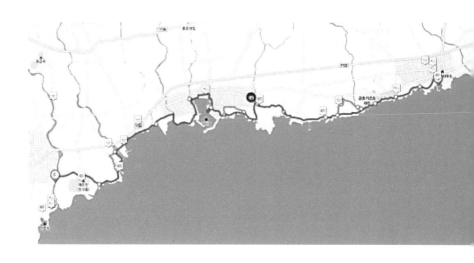

새는 날기 위해 태어났고 물고기는 헤엄치기 위해 태어났고 인간은 걷기 위해 태어났다. 인간은 스스로 운명을 만든다. 변화무쌍하고 불안정한 세상에서 가장 튼튼한 발판은 자기 자신에 대한 믿음이다. 자신이 특별한 사람이라는 자신감만큼 자신에게 유익한 것은 없다. 진정한 용기란 눈앞에 어떤 불행이나 위험이 닥쳐도 조용히 자신을 추스르며 당황하지 않고 자신의 길을 가는 것이다. 기둥이 약하면 집이 흔들리듯이 의지가 약하면 삶도 흔들린다. 실패란 보다 현명하게 다시 시작할 수 있는 기회다. 이미 바꿀 수 없는 과거의 불행은 빨리 잊고 오히려 그것을 디딤돌로 하여 더 멀리 뛰어야 한다.

한 번 실패와 영원한 실패를 혼동해서는 안 된다. 진정한 발견은 새로운 땅을 찾는 것이 아니라 새로운 눈으로 보는 것이다. 여가를 이용하지 못하는 사람은 항상 여가가 없다. 산다는 것은 호흡하는 것이 아니라 행동하고 것, 올레자가 문명을 떠나서 제주 올레에서 걷기여행으로 세상의 바람과 파도를 헤치며 여가를 즐긴다.

1월 3일 일요일 아침 7시, 12시간 만에 다시 어제의 자리로 돌아왔다. 희미하게 밝아오는 남원포구, 올레5코스를 시작한다. 남원포구에서 쇠소깍까지 가는 5코스는 대한민국에서 제일 아름다운 해안산책로 큰엉산책길을 지나서 동백나무 우거진 멋스러운 마을과 바닷가를 지나 민물과 바닷물이 만나는 쇠소깍에서 마무리하는 길이다. 흐린 날씨, 간간이 햇살이 비친다. 나흘째 하루하루 강행군이다. 올레자의 몸과 마음은 신세계에서 신명나서 신들린 춤을 추고, 신비에 찬 탐라할망은 언제나 평온한 모습이다. 오늘은 또 오늘의 길을 간다. 길은 늘 그 위를 걸음으로 디뎌서 가는 사람의 것이다. 그 길은 가는 동안만의 길이고, 가고 나면 가물거리며 신이 준 최고의 축복인 망각 속으로 흘러간다. 길을 걷는 것은 단잠처럼 편안하다. 걷는 것은 힘을 쓰는 것이 아니라 숨을 쉬는 것과 같다. 길 위에서는 갈 왕(往)과 올 래(來)가 같고, 지나가는 것과 다가오는 것이 다르지 않다. 산다는 것은 호흡하는 것이 아니라 걸어가는 것, 삶이란 얼마나 오래 살았느냐가 아니라 인생의 길을 얼마나 잘 걸었느냐의 문제다.

제주 올레안내소에는 역시 사람이 없다. 언젠가는 만나겠지, 하며 읍내를 벗어나 바닷가 도로변을 걸어간다. 감귤을 가득 실은 차량이 길가에 줄을 서 있는 진풍경이 이색적이다. 도둑 없고, 대문 없고, 거지 없는 섬, 삼무의 섬이 실감 난다. 돌이 많고, 바람이 많고, 여자가 많아서 삼다도는 이제는 여자보다 남자가 많아서 전설이 되었고, 지금은 중국 관광객이 많고, 카페가 많고, 펜션이 많아서 '신삼다도'로 대치되었다고 하는 우스개가 전한다.

해안도로 길가에 '남원읍을 사랑하는 사람들의 모임'에서 '이 길을 걷는 모든 분들이 행복해지길……' 바라며 조성한 '문화의 거리'라 쓰인 커다란 표석이 올레자를 행복하게 한다. 발길 따라 큰 바위에 도열한 시들을 읽어간다. 법정스님의 시 '존재의 집'을 음미해 본다.

"말은/ 생각을 담는 그릇이다./ 생각이 맑고 고요하면/ 말도 맑고 고요하게 나온다./ 생각이 야비하거나 거칠면/ 말도 또한 야비하고 거칠게 마련이다./ 그러므로 그가 하는 말로써/ 그의 인품을 엿볼 수 있다./ 그래서 말을 존재의 집이라 한다."

"언어는 존재의 집이다." 하이데거의 말이다. 존재는 언어라는 집 속에 깃든다. 어떤 말을 듣거나 써 놓은 글을 읽는다는 것은 그 속에 깃들어 있는 존재의 모습을 만난다는 것을 의미한다. 만물에는 다양한 언어들이 존재한다. 갈매기에게는 갈매기의 언어가 존재하고 바다에는 바다의 언어가 존재한다. 바람에게는 바람의 언어가 존재하고 사람에게는 사람의 언어가 존재한다. 만물은 언제나 그대로 스스로 자연의 언어로 존재한다. 그러한 만물의 언어와 호흡을 듣고 느끼는 사람은 능력 있는 자, 곧 침묵하는 자들이었다.

좋은 생각은 좋은 말을 낳고, 좋은 말은 좋은 행동을 낳고, 좋은 행동은 좋은 습관을 낳고, 좋은 습관은 좋은 인품을 낳고, 좋은 인품은 좋은 인생을 낳는다. '아브라함이 이삭을 낳고, 이삭은 야곱을 낳고, 야곱은 유다와 그의 형제들을 낳고……, 야곱은 마리아의 남편

요셉을 낳고 마리아에게서 그리스도라 칭하는 예수가 나시니라'라고 하는 예수그리스도의 계보가 아침의 바다에 흘러간다. 존재의 집에 좋은 생각을 담으면 그 삶은 마음의 천국에 이른다. 제주 올레는 좋은 생각을 품게 하는 행복한 여정이다.

노아의 자손들은 '끝이 하늘에 닿을 만한' 거대한 탑을 쌓았고, 이에 격노한 하나님은 탑을 쌓고 있던 사람들의 언어를 모조리 서로 다르게 바꾸어버렸다. 이때부터 인간은 세상 곳곳에 뿔뿔이 흩어져 서로 다른 말을 쓰며 살았다고 한다. 성경의 유명한 '바벨탑 신화'다. 언어는 국민·국토와 더불어 국가를 형성하는 요소다. 특히 언어는 민족의 얼을 계승하는 지주다. 러시아의 문호 투르게네프는 '조국의 아름다운 말이 잊히지 않게 해 달라'는 유언을 남겼다. 네팔이나 스위스는 여러 언어를 사용하는 부족들로 이루어진 나라다. 세계적으로 점차 소수민족의 언어가 없어지고 있다. 언어들이 사멸(死滅)하는 규모가 100년 전에는 실개울 정도였다면 21세기에는 홍수 수준으로 평한다. 인류역사를 돌이켜 볼 때 세상의 주도적인 언어는 보통 문명 발전을 이끌던 나라의 말이었다. 고대 서양의 그리스어, 로마시대의 라틴어, 동양의 한자어가 그랬다. 오늘날 영어는 이제 전 세계의 지식인의 두뇌를 지배하고 있다. 어쩌면 다시 바벨탑을 쌓고 있는지도 모른다.

방언은 사투리가 아닌 지방의 표준말이다. 방언을 보존하고, 지나친 외래어 사용은 자제해야 한다. 제주 언어는 지켜야 할 제주의 보물이다. 제주 언어에 대해서 숙종 때 제주목사 이형상이 글을 남겼다.

"관인이 말로는 대개 서울의 말과 같다고 하였으나 자기들이 주고받는 말 가운데 전혀 이해하여 알아들을 수 없는 것이 있다. 시골여자들이 관문에 고소하는 것은 재두루미 같기도 하고 바늘로 찌르는 소리 같기도 하여 더욱 알 수가 없다. 그래서 반드시 서리들로 하여금 번역하게 한 뒤에야 그 말을 알 수 있었다. 풍속이 중국과 더불어 떨어져 있지 않아서 그런가? 원나라 목자들이 서로 섞여서 전해져온 풍습 때문에 그런 것인가?"

제주도에서는 처녀를 비바리, 달걀은 독새기, 지렁이를 게우리, 오소리를 오로, 멍석을 덕세기, 봉숭아를 배염고장, 잠자리를 밥주리, 개미를 게염지, 호박을 둥지, 부뚜막을 소천, 무지개를 황고지, 입술을 입바위, 해산물을 바릇, 어부를 보재기라고 부른다. 여자가 많은 제주에서 어머니들이 자식들을 가르치는 것 또한 생판 다르다. '흠생이 말라'는 '어리광 부리지 마라'는 말이고, '촘람생이질 말라'는 말은 '경솔하게 나서지 마라'는 말이다.

붉은 닭이 "꼬끼요!" 하며 순우리말로 소리를 지르며 알을 부화하고 힘차게 기지개를 켠다. 닭 울음소리가 세상을 깨우고 바다를 깨우고 사람들을 깨우고 올레자의 여명을 깨운다. 날이 점차 밝아온다. 불그레한 수평선에 떠있는 구름 사이로 햇살이 간간이 비친다. 제주 제일의, 대한민국 제일의 해변경관길이라는 큰엉산책로가 나타난다. 해안가의 길이가 1.5㎞, 높이가 15~20m에 이르는 기암절벽이 성을 두르듯 서있고 중앙 부분에는 큰 바위 동굴이 있다. '엉'이라는 이름은 바닷가나 절벽 등에 언덕을 일컫는 제주말이니, '큰엉'은 큰 언덕이다. 바다의 큰 언덕, 해안절벽과 어우러진 짙은 물빛은 큰엉산책로를 해안가의 절경으로 손꼽히게 한다.

책 중에 최고의 책은 산책이다. 그것도 큰엉의 절경 속에 맛보는 산책은 산책 중의 산책이다. 바다에 떠있는 배들이 제각기 길을 가고 있다. 바다를 항해하는 배에게는 오직 하나의 올바른 길이 있을 뿐이다. 나침반의 다른 모든 방향은 그 배가 가려는 항구로부터 먼 곳을 가리킨다. 나침반은 어디로 가야 하는지 방향을 가리켜 준다. 옳은 항로가 반드시 그렇지 않은 항로보다 더 험난하거나 파도가 거세게 이는 것은 아니다. 탐라할망에게 어리광을 부린다.

"탐라할망! 젊어본 적이 있으니 인생 항로에 대해 가르침을 주실래요?"

"하루에 할 일이 시간대별로 다르다면 일생의 일도 나이에 따라 달리 생각해 봐야겠지?"

"그럼 요즘 100세 시대라고 하니까 20년 단위로 딱 잘라서 나누면요?"

"후훗, 재미있네. 옛 사람들은 대개 20세까지는 배움의 시간이라 했지. 꿈 많은 시절, 꿈을 선택하는 시절이라 다농기, 선봉기라 했어. 40세까지는 채움의 시기로 연마기라고 할까. 선택한 꿈의 완성을 위해 부단히 노력하고 땀 흘리는 시절이지. 그리고 60세까지는 절정의 시간으로 용비기, 마치 용이 하늘을 날아가듯 자신의 꿈을 펼치는 게지. 인생의 황금기라고 할 수 있겠지. 60이 넘으면 은퇴를 해야 하는 시기니 80세까지는 자유의 시간으로 풍류기, 정신적이든 경제적이든 풍류를 즐기며 자유를 누려야 할 시기이지. 80이 넘으면 모두가 모든 것이 평등해지니까 마음의 평화를 누리며 이 세상과의 이별을 기다려야지. 이렇게 5막으로 나누면 어떨까?"

"1막에서 5막까지 모두 소중하지만 '끝이 좋아야 다 좋다'고 쓸쓸한 죽음을 맞이하지 않으려면 특히 4막과 5막이 좋아야 하겠네요. 인간은 미래에 대한 희망 때문에 살아가는데 그 미래는 결국 죽음으로 이끌 뿐이잖아요?"

"사람들은 자신이 언젠가는 죽는다는 것을 알지만 대부분 잊어버리고 마치 죽음의 확실성에 대해 알지 못하는 것처럼 살아가지. 하지만 죽음을 알아야 삶을 더욱 아름답게 살아갈 수 있어. 살아 있을 때 잘 사는 게 죽을 때 잘 죽는 거야. 최고의 웰 빙(Well Being)이 곧 최고의 웰 다잉(Well Dying)이니까."

"불가에서도 인생은 고해(苦海)라 하는데 어떻게 살아야 잘 사는 것이지요?"

"사는 게 힘들면 신에게 의지해. 제주사람들처럼 말이야. 신을 믿고 섬겨. 신을 두려워하고 신을 사랑해 봐. '나의 힘이 되시고 위로가 되시는 신이시여 내가 당신을 사랑하나이다.'라고 고백해 봐. 그러면 신은 축복해 줄게야. '나는 무신론자라, 절대 그렇게는 못하겠다' 싶으면 자신을 사랑해야지. 사람들은 너무 지나치게 자신을 사랑하거나 현명하게 사랑할 줄을 몰라서 힘들어 하지. 자신을 사랑하는 사람은 인생을 고해라고 하기 이전에 자신의 모든 삶을 사랑해. '카르페 디엠!'이라고 외치면서 말이야."

"자신의 삶에 만족하면서 살라는 얘기이신가요?"

"그렇지. 인간은 죽음이라는 운명을 등에 지고 사는 동물인데 영원히 살 것같이 욕심이 너무 많아. 그 욕심 때문에 힘이 들어. 자족하면서 하루하루 살면 하루의 삶이 벌이 아니라 상이 되지. 강제로 시켜서 한다고 생각하면 벌이지만 좋아서 하면 상이잖아? 제주 올레 천 리 길 싫은데 강제로 걸으라고 시키면? 모두가 마음이 하는 짓이야."

"카뮈의 〈시지프의 신화〉가 생각나네요. 의미 없는 노력, 정신적 고통에서 벗어나려는."

"그렇지. 신에게 대적한 시시포스에게 내린 신들의 영원한 형벌, 그것이야. 시시포스는 바위를 산꼭대기까지 밀어 올려야 하는데, 산 꼭대기에 닿자마자 바위가 밑으로 굴러 내리지. 시시포스는 다시 바위를 밀어 올리는 의미 없는 일을 반복하도록 선고받았어. 시시포스의 끊임없는 노동은 매일 매일 똑같은 일을 반복하며 살아가는 현대인의 삶과 닮았어. 하지만 시시포스는 비참한 자기의 상황을 제대로 인식하고 상황의 부조리를 깨닫고 그것을 수용할 수 있을 만큼 자유로워지지. 결국 우리는 시시포스가 행복하다고 상상해야 해."

"마치 피할 수 없는 고통은 즐겨라, 하는 것처럼 바위를 다시 밀어 올리며 스스로 '좋아, 다시 한 번!' 하면 멋진 존재가 되는 거네요?"

"그렇지. 부조리한 운명에 꺾이지 않고 고난의 과정을 적극적으로 받아들이는 삶, 그것이 무신론자 카뮈의 실존주의야."

"할망은 신의 존재를 믿으세요?"

"신화의 고장에서 신을 믿는 것은 자연스러워. 유명한 '파스칼의 내기'를 아는가?"

"하느님이 존재하지 않는데 믿으면 죽어서 잃을 것이 없지만, 하느님이 존재하는데 믿지 않으면 지옥으로 떨어지고, 믿으면 영생복락을 누린다는 내기지요."

"그래. 내기에 대한 반론도 많지만 신은 인간들의 삶을 노래하는 작곡가고 인간은 그 지휘자라고 생각하고 신의 음성에 귀를 기울이면 어떨까?"

"좋은 말씀이세요. 산티아고 순례길에서는 마을마다 중심지에 교회가 있는데 마을의 역사가 곧 교회의 역사, 교회의 역사가 곧 사람들의 역사였지요. 우리 민족도 수많은 신을 믿어온 신들의 나라, 현재도 세계가 신기해하는 종교백화점, 나아가 종교시장이라고 하지요. 저는 〈종교단체에 대한 과세제도 연구〉라는 논제로 박사학위를 받은 걸요."

"올레자, 공부 열심히 했네."

나무숲이 우거진 산책로에 나무로 둘러싸인 한반도 지형이 나타난다. 옛 사람들의 관광(觀光)은 빛을 보러 가는 것, 빛은 임금이었다. 임금을 보기 위해서는 과거에 급제해야 하고, 과거를 보기 위해서는 한양으로 가야했다. 그 과정에서 고향을 떠나 다른 지역의 풍경이나 풍습, 문물을 구경할 수 있었다. 그래서 관광은 원래 특수계층의 사람들이나 누렸지만 지금은 여행이란 이름으로 누구나 누릴 수 있다. 아름다운 금수강산 대한민국에서 살아갈 수 있다는 사실이 행복으로 다가온다. 젊은 날 눈물겹게 살아왔기에 누릴 수 있는 오늘의 현실이 고맙게 여겨진다. 인생에는 공짜가 없다. 올레종주든 무엇이든 이루려면 피와 땀과 눈물의 3대 액체, 곧 용기와 노력과 정성이 따라야 한다. 고해나 헬조선 같은 단어를 좋아한다면 자충수요 자기감옥이다.

동백나무 고운 숲길 따라 바닷가 '마을의 자랑'이라는 '신그물'에 도착한다. 수도가 보급되기 전에 수량이 풍부하고 깨끗해 주민들의 주요 식수로 사용되었으며 민물장어가 서식하는 것으로도 유명한 용천수다. 테우를 매어 두던 테웃개였다. 파란 바다 파란 하늘을 바라보고 파도소리를 들으며 국립수산과학원에서 위미동백나무군락으로 들어간다. 돌담너머에 자리한 동백나무 군락에 간간이 꽃이 피어 있다. 아직은 만개의 때를 기다리고 있다. 탐라할망이 현맹춘할망과 친구라도 되는 듯 신이 났다.

"위미 동백나무군락은 감귤밭에 드는 거센 바닷바람을 막기 위해 방풍림으로 심었어. 1800년대 말 17세에 시집 온 현맹춘(1858~1933)할 망이 새벽별을 보고 일어나 저녁노을이 질 때까지 억척같이 일해서 번 돈으로 버둑(황무지)을 사들이고, 그때 한라산의 동백씨앗을 따다 뿌렸어. 그래서 할망을 버둑(황무지)할망, 동백숲은 돔박수월이라고 불렀지. 10㎝가 넘는 장대한 동백나무가 600그루 가까이 100년 넘게 감귤밭을 호위하는 길 위에서 세월의 힘, 인간의 힘, 여자의 힘을 실감해. 제주도에서는 여자로 태어나느니 마소로 태어나는 것이 낫다는 말이 있어. 여자들의 삶이 그만큼 고달팠다는 의미지."

어린 새댁이 뿌린 한라산 동백 씨앗의 의미를 되새기며 돌담을 따라 동백나무숲을 한 바퀴 돌아본다. 거센 바람을 막아서는 호위 무사들의 기개가 들려온다. 동백은 한겨울에 추위를 견디며 꽃을 피우기에 선조들은 그 기개를 높이 사 매화와 함께 귀히 여겼다. 그래서 추운 겨울의 세 벗인 소나무·대나무·매화나무를 세한지우(歲寒之友)라 칭하고, 여기에 동백을 더해 엄한지우(嚴寒之友)라 치켜세웠다. 겨울에 피는 동백과 매화, 화왕(花王)은 누구일까? 강희안은 1474년(성종 5) 〈양화소록〉에서 화목(花木)의 품종을 9등으로 나누어 매화는 높고 뛰어난 운치를 취해 1등을, 동백은 3등을 삼았다.

동백은 바닷가나 주로 산기슭 숲에 분포하여 12월부터 다음해 4월 사이에 개화한다. 동백꽃은 향기가 없다. 날개가 돋친 새는 뿔이 없는 법, 본디 조물주는 한 물건에 편사(偏私)하지 아니하는데, 동백에게는 청수(淸秀)한 꽃과 사철 빛나고 윤택한 녹색 잎을 주었으니 동

백은 화림(花林) 중에 뛰어나고 복을 갖추었다. 동백꽃은 향기가 없는 대신에 그 빛으로 동박새를 불러 꿀을 제공해 주며 새를 유인하는 조매화(鳥媒花)로 대개 붉은 빛이다. 홍도와 거문도에는 흰 동백꽃도 있어 서상(瑞祥)이라 하여 소중히 보호한다. 겨울에 꽃이 핀다고 하여 동백(冬栢)이라고 하는데 봄에 피는 것도 있어 춘백(春栢)이란 이름으로 불리기도 하고, 산다화(山茶花)라고도 한다. 동백은 오래 살며 변하지 않는 푸름으로 신성과 번영을 상징하는 길상(吉祥)의 나무로 취급되었다.

동백은 세 번 핀다. 나무에서 한 번, 땅에 떨어져서 한 번, 그리고 동백을 사랑하는 마음에서 한 번 핀다. 떨어진 동백꽃 또한 아름답다. 그래서 동백꽃은 중국의 문호 루쉰이 말한 조화석습(朝花夕拾)을 연상케 한다. 아침에 떨어진 꽃을 바로 쓸어내지 않고 그 운치를 충분히 음미하고 난 저녁에 꽃을 쓸어내는, 피었다 떨어진 꽃에서도 남아 있는 아름다움과 향내를 즐기는 여유로움을 가져야 한다. 동백꽃은 질 때의 모습이 특이하다. 꽃잎이 한 잎 두 잎 떨어지는 것이 아니라 꽃송이가 통째로 쑥 빠져 떨어진다. 그렇게도 싱싱하던 꽃잎이 시들지 않았는데도 뚝 떨어진다. 그래서 동백나무는 불길하다고 하여 제주도에서는 집 안에 심지 않는다. 일본에서는 그 모습이 마치 무사의 목이 잘려 땅에 떨어지는 것과 같은 느낌을 준다고 하여 춘수락(椿首落)이라고 하였다. 동백은 가장 아름다울 때 일순간에 져 버린다. 박수칠 때 떠나간다. 동백에게서 노자의 공성신퇴(攻城身退)를 배운다. "공명을 이루고 나면 물러나라." 멋있게 떠난 동백꽃의 뒷모습처럼 박수칠 때 떠나가는 장량 같은 역사의 인물이 있는가 하면, 박수칠 때 떠나지 못해 죽임을 당한 한신 같은 인물도 있다. 중국

월나라의 범려와 문종의 이야기다.

  월왕 구천(?~BC 465)의 대망(大望)을 이루는 데는 범려의 공이 가장
컸다. 범려는 22년이란 오랜 세월을 인내하며 부국강병의 길을 닦아
구천이 춘추시대 마지막 패자의 반열에 들어서게 했다. 그러나 어느
날 범려는 구천에게 이제 물러나겠다는 뜻을 피력했다. 구천은 만류
했지만 이튿날 새벽 범려는 뗏목을 타고 떠났다. 구천은 할 수 없이
범려의 동상을 만들고 후손과 신하들에게 범려의 은공을 절대로 잊
지 않도록 했다. 은퇴를 결심한 범려는 일찍이 자신과 함께 가장 공
이 많은 문종을 찾아 토사구팽을 이야기하며 함께 월나라를 떠나
조용히 살자고 제의했다. 그러나 문종은 거절했다. 천하의 패자가
된 월나라 구천은 와신상담의 고통을 잊고 교만과 사치에 빠졌다.
문종은 이를 충언으로 간하다가 꾸지람을 받고 결국 한 자루의 검
을 하사받았다. 죽음을 선택하라는 표시였다. 문종은 범려의 말을
듣지 않은 것을 후회하며 죽었다. 나아갈 때와 물러설 때, 사랑할 때
와 죽을 때, 모든 것은 때가 있으니 지금은 올레길을 걸을 때라 유
유자적 발걸음을 옮긴다.

  해안가에 '조배머들코지'라고 새겨진 표석이 사연을 안고 길을 가
로막는다. 한라산 정기가 흘러내려 형성된 높이가 70척이 넘는 거암
괴석들이 위미리 마을사람들의 신앙적 성소로 존재하였건만 일제
치하에 파괴된 사연과, 이에 지난날의 '조배머들코지'를 복원하여 마
을의 발전을 바라는 마음을 기록하였다.
  조배머들코지에서 마을 안으로 들어선다. 마을 뒤편에 하얀 눈 모
자를 쓴 한라산이 수호신마냥 마을을 내려다보고 있다. 도로변에

있는 빵집 솥에서 김이 무럭무럭 나온다. 어찌 그냥 갈쏘냐. 추운 겨울날 찐빵을 손에 들고 걸어가며 호호 불며 먹는 이 맛을 누가 알랴. 할망도 천진난만한 아이같이 좋아한다.

도로변에 늘어선 유명한 왕벚나무들이 꽃피는 봄날 다시 찾아 줄 거냐고 물어온다.

시절이 하수상하여 올동말동하지만 어차피 제주의 사계절을 다 느껴보겠다고 시작한 여행이니만큼 다시 찾겠노라 하고 마을을 벗어나 바닷가로 향한다. 위미 선인들의 식수원인 '고망물' 터에서 걸음을 멈춘다. 한라산에서 흘러내린 물맛이 일품이라서 1940년대에는 이 고망물을 이용하여 소주를 만든 공장이 인근에 있었다고 한다.

세계에서 가장 좋은 음식은 세계인들이 가장 즐겨먹는 음식이다. 그것이 무엇일까? 술은 동서고금을 막론하고 세계인이 가장 즐겨먹는 음식이다. 물 좋은 제주 최고의 술은 단연 생 막걸리인 '제주막걸리'다. 부드러운 제주막걸리는 유통기한이 1주일로 짧아 육지로 나가기가 힘들어 제주에서만 맛볼 수 있다. 제주도의 소주는 21도의 한라산소주와 17.5도의 한라산올래가 있다. 한라산소주는 전국 소주 점유율은 1% 정도이지만 제주도 내에서는 80% 이상을 점유한다.

제주도 술의 특징은 증류주와 약용주가 많다. 유난히 소주 종류가 다양하게 발달하고 또 많이 마신다. 몽골인들을 통해 증류기술을 배웠다고 전한다. 또한 몽골 의학도 함께 유입되면서 제주도 약초를 활용한 독특한 지네나 게를 넣어 만드는 약용주도 많이 생겨났다. 올레길에서 할머니들이 빚어서 파는 '쉰다리'라는 술은 몽골어로 우유, 요구르트를 뜻하는 'shuntari'에서 왔다고 한다.

"할머니! 술 좋아하세요?"

"술? 좋아하지. 좋아하는 단계를 넘어 즐기지. 지호락(知好樂)이라고 말이야."

"공자의 지호락을 배움이 아닌 술에 적용하니 재미있네요. 제주의 전통주로는 어떤 술이 있어요?"

"제주도는 '당오백 절오백의 섬'이라 할 정도로 예전에는 섬 전역에 무속신앙이 성행했어. 춘하추동, 사계절 내내 당에서 제사를 지내고 굿판을 벌였고, 이때 당신(堂神)에게는 반드시 술과 고기를 올렸지. 강신잔(降神盞)에 따르던 술이 오메기술과 고소리술이었어."

"오메기술, 고메기술은 어떤 술인가요?"

"오메기술은 좁쌀과 누룩으로 발효시킨 곡주로, 현존하는 민속주 가운데 구멍떡으로 빚은 유일한 술이지. 고소리술은 발효가 끝난 오메기술이나 기타 탁주를 증류시킨 소주야. 제주도는 돌이 많고 바람이 많은데다 화산 토양이 넓게 분포해 쌀농사가 어려웠기에 좁쌀과 같은 밭곡식으로 술을 빚는 일이 자연스러웠어. 좁쌀로 오메기술을 만들 때 좁쌀 껍질이 두꺼워 가루를 내어 만든 구멍떡이 '오메기떡'인데, 이것을 누룩과 함께 발효시키는 과정이 제주도만의 독특한 비법이지. 발효가 종료되면 위층과 아래층으로 분리되는데, 위층은 '윗국', 아래층은 '아랫국'이라 해서 윗국은 청주이고 아랫국은 탁주가 되어, 청주는 고급술로 제의나 귀한 손님 대접에 쓰고, 탁주는 일용주로 마시거나 고소리(또는 소줏돌)에 얹어 고소리술을 내리는 데 사용했어. 발효가 끝난 오메기술을 고소리라는 전통 소줏고리에 증류시킨 술을 고소리술이라고 하는 거지. 고소리술은 오메기술이 등장하고 나서 수백 년의 세월이 지난 다음 고려시대 몽골인이 제주에 정착하면서 전래된 술이야. 안동이나 개성의 소주가 유명한 것도 고려시대 몽골군이 그 지역에 주둔했던 연유이기도 해. 제주는 고려시대 100년 가까이 몽골군의 지배를 받았지. 1273년(원종 14)에 몽골군 500여 명이 제주에 주둔하기 시작해서, 1275년(충렬왕 원년)에 국립목마장을 제주 성산 수산평에 설치하고, 이를 관리 감독하기 위해 왕후·왕족들이 죄수 140여 명과 함께 제주로 왔어. 또한 1282년(충렬왕 8) 일본 정벌에 실패한 몽골군 1400여 명이 주둔하며 일본 정벌을 위한 병참기지로 삼았지. 이렇게 제주에 몽골인들이 유입되면서 고소리술 빚기가 시작되었어.

일제강점기 이전까지는 제주의 각 가정에서 오메기술과 고소리술을 빚어왔는데, 일제가 주류에 대한 조세를 부과하기 위해 주세법을 제정해서 가정에서 술을 빚는 것을 불법화하고 단속을 하면서 가정에서 밀주로만 이어왔어. 해방 이후에도 일제의 주세법을 그대로 통용하여 밀주를 엄하게 단속하면서 제주의 오메기술과 고소리술이 자취를 감추게 되었지. 그러다가 1985년 오메기술이 제주의 지정문화재가 되었고, 1990년에 무형문화재 제3호로 지정되면서 성읍민속마을에서 오메기술이 빚어져 오며 맥을 이어가고 있어.

오메기술과 고소리술은 예부터 당제, 포제, 조상 제례를 위해 쓰이던 술로 술을 빚는 시기나 재료에 정성을 들였어. 술을 빚을 때는 보통 3일 이상의 정성을 들였지. 시신을 보고나서 술독을 열어보지 말 것, 동네에 초상났을 때 성복하기 전에 술을 빚지 말 것, 술을 빚을 때 말을 많이 하지 말 것, 생리하는 여자는 술을 빚지 말 것, 마을 포제의 술은 여자가 빚지 말 것 등 지켜야 할 사항들도 많았어."

"그런데 음식점에서 소주를 주문하니 '시원한 것 드려요? 노지 것 드려요?' 하는데 '노지 것'이 무슨 말이지요?"

"노지 것이란 실온에서 보관하는 것을 말해. 노지는 밖이라는 의미야. '노지 감귤'은 하우스가 아닌 밭에서 재배한 귤이란 의미고. 제주 어르신들의 문화로 어르신들은 노지 것을 좋아해. 용기 있으면 한라산 흰색 노지 것에 한 번 도전해 봐."

술의 기원에 대해서는 정확하게 알려진 바는 없지만 술의 역사는 인류의 역사보다 앞섰다고 한다. 원시의 밀림 속 작은 물웅덩이에 과일이 떨어져 자연 발효가 되면서 알코올 성분이 생겼고, 그 물을 마신 원숭이가 비틀거리는 것을 보고 인간이 따라 한 것이 최초의 술이라고 한다.

바다와 비슷한 고도에서 술을 마시면 숙취가 없고 술맛이 좋다는 속설 때문일까, 제주의 해안에서 술자리를 하면 경치 좋고 안주 좋고 술 좋고 물 좋고 정자 좋아서 술이 술술 넘어간다고 하면 지나친 술주정일까. 제주술박물관에도 가 보고 오늘 저녁에는 한잔해야지 하는 기대감으로 걸음걸이에 힘을 낸다.

넙빌레를 지나고 공천포의 검은 모래해변을 지나서 옛 포구와 현대식 포구가 공존하는 한적한 어촌마을에 도착한다. 마을이 바닷가에 그물을 펼친 듯한 모습을 닮아서 '망장포'라 불린다. 고려 말엽 원나라로 물자와 말을 수송했던 까닭이라고도 하고 왜구의 동태를 살펴 봉화를 올리는 등 방어시설이 있어서 망장포(望場浦)라고도 한다. 한라산과 오름의 능선이 화려하게 펼쳐지는 바닷가를 걸어간다.

효돈천이 흘러내리는 다리를 건너 쇠소깍으로 간다. 한라산 백록담에서 발원하여 쇠소깍에서 바다로 흘러드는 약 13㎞의 효돈천은 한라산국립공원과 영천, 문섬, 범섬, 섶섬 일대와 더불어 '생물권보전지역지정구역'으로 지정되어 있다. 생물다양성 보전과 지속 가능한 이용을 조화시켜 여러 가지 혜택을 얻고, 이 이익을 다시 생물다양성에 활용하기 위해 유네스코가 지정한 뛰어난 생태계지역이다.

효돈천은 한라산 남쪽의 최대 하천으로 건천(乾川)이지만 중상류 일부 구간에는 상시 흐르는 물이 있어 '돈내코'와 같은 유원지가 형성되어 있다. 효돈천을 따라 하류로 내려가자 쇠소깍이 있어 승용차와 사람들이 북적거린다. 오랜만에 제주를 방문한 많은 관광객을 만난다.

쇠소깍은 효돈천이 마지막으로 머물다가 바다로 스며드는 길목으로, 현무암의 지하를 흘러 분출한 물이 바다와 만나 깊은 웅덩이를 이룬다. 신기하게 쇠소깍이 있는 효돈천 끝만 돌바닥이 아닌 흙바닥이어서 깊은 웅덩이가 만들어진 것이다. '소가 누워 있는 모습의 연못'이라는 뜻의 '쇠소'에 하천의 하구 부분으로 바다와 만나는 '끝'을 의미하는 '깍'을 붙여 쇠소깍이라 한다. 옛 사람들은 쇠소에 용(龍)이 산다고 하여 용소(龍沼)라 부르기도 했다.

양쪽 절벽은 병풍을 세워 두른 듯하고 물을 녹색으로 물들이는 바위 위 푸른 소나무가 절경을 이루는 쇠소깍, 한겨울인데도 많은 사람이 테우나 투명카약을 체험하고 있다. 테우는 여러 명이 함께 타고 투명카약은 2인승이다. 나무데크로 연결된 산책로를 따라 걷다가 정자에 올라앉는다. 쇠소깍에는 고운 물빛이 푸르러 눈이 부시고, 바다는 썰물로 물러나서 검은 모래사장이 시원하게 펼쳐진다. 세 해녀와 두 인어의 조각상이 이채롭게 조화를 이루는 길가 벤치에 앉아 먼발치 '땅이 바다로 들어가는 섬' 지귀도(地歸島)를 바라보며 올레5코스를 마무리한다.

정방하폭 – 영주십경!

📍 6코스 쇠소깍에서 서귀포올레 11km
쇠소깍-제지기오름-정방폭포-이중섭미술관-제주 올레여행자센터

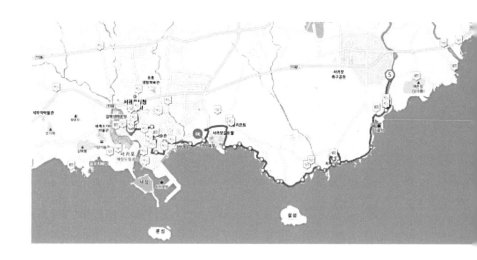

  디오게네스는 항상 미소를 띠며 모든 것을 다 버린 채 나무통에 들어가 살았다. 알렉산더는 어느 날 디오게네스를 찾아가 행복의 비결을 물었다. "폐하, 저는 지금 햇빛을 즐기고 있으니 가리지 말고 좀 비켜 주십시오." 발끈하는 부하들을 제지한 알렉산더는 자리를 떠나며 말했다. "햇빛 한 줄기만으로도 저렇게 감사하고 행복할 수 있다니! 참으로 부럽구나! 만약 다시 태어나면 디오게네스처럼 살고 싶다!" BC 323년 6월 13일, 두 사람은 같은 날 죽었다. 오늘은 남은 내 인생의 첫날이다. 오늘은 남은 내 인생의 가장 젊은 날이다. 올레자가 남은 인생의 첫날, 제주 올레를 젊음의 뜨거운 심장으로 춤을

추며 신선한 호흡으로 6코스를 시작한다.

쇠소깍을 뒤로하고 갈매기들 춤추는 조용한 해변길을 걸어간다. 올레6코스는 올레자가 걸을 당시 쇠소깍에서 외돌개에 이르는 코스였으나 2016년 말 쇠소깍에서 (사)제주 올레의 새로운 보금자리인 제주 올레여행자센터로 변경되었다. 쇠소깍을 출발하여 제지기오름과 보목포구를 거치고 정방폭포와 서복기념관, 이중섭거리와 서귀포 도심을 지나서 마무리하는 해안길과 도심길을 걸어가는 길이다.

하효항을 지나서 해안길을 걷다가 제지기오름을 올라간다. 오름 남쪽 중턱의 굴이 있는 곳에 사찰이 있었고, 사찰에 절지기가 있어서 절오름 또는 절지기오름이라 불리다가 제지기오름(94.8m)이 된 낮은 원추형의 오름이다. 철도침목 같은 나무토막으로 잘 만들어진 계단을 따라 올라가 정상에 서면 그림 같은 섶섬과 보목항이, 섶섬 동쪽에는 지귀도가 보인다. 서귀포시 지역에 있는 섬은 유인도가 두 개, 무인도가 아홉 개다. 유인도에는 가파도와 마라도, 무인도에는 지귀도, 섶섬, 문섬, 제2문섬, 새섬, 범섬, 제2범섬, 서건도, 형제도가 있다.

지귀도는 남원읍 위미리 해안에서 4㎞ 지점에 있는 섬으로, 섬 모양은 타원형으로 낮고 평평하여 섬 정상의 높이도 14m 정도이다. 한자로는 지귀도(地歸島)로 표시하는데, '땅이 바다로 들어가는 형태'에서 유래했다고 한다. 서귀포시 일대의 다른 섬과는 달리 완만한 침강해안으로 이루어져 수심이 얕고, 섬 주변을 자유로이 왕래할 수 있어 갯바위 낚시에 부담이 없다. 현재 관광유어장으로 지정되어 체험다이빙을 할 수 있다. 보목동 해안에서 400m 정도 떨어진 섶섬(森

島)은 나무가 많아 '숲섬'이라 불리었는데 변음 되어 '섶섬' 또는 '설피섬'이라 한다. 해발 159.5m로 섬 전체가 천연기념물 18호 '삼도파초일엽자생지'로 지정 보호되고 있으며, 홍귤이 자생하고 있다.

문섬(文島)은 섬에 아무 것도 없는 민둥섬이라는 뜻으로 해발 85.7m이다. 범섬과 함께 천연기념물 제421호 '문섬 및 범섬 천연보호구역'으로 지정 보호되고 있으며, 주변 해역에는 산호류가 많이 서식하고 있다. 서귀포항 앞에 있는 새섬은 서귀포시 서귀동 산1번지로 조선조 중엽부터 개간하여 농사를 지었으며 1960년대 중반까지 사람이 거주했다. 초가지붕을 잇는 새(띠)가 많이 생산되어 새섬이라 불리는데, 한라산이 폭발하면서 날아와 섬이 되었다는 전설이 있다.

범섬(虎島)은 섬 모습이 마치 범과 같아 범섬이라 하며 해발 87.2m이다. 천연기념물로 지정되어 있으며, 천연기념물 '흑비둘기(제215호)'의 번식·분포 남한계 지역이다. 범섬은 역사의 격전지로서 고려 말(1374년) 최영 장군이 당시 몽골족 목호들이 일으킨 목호의 난을 섬멸시키기 위해 전함 314척에 병사 25,605명을 통솔하여 목호들을 마지막으로 섬멸시키고 102년의 몽골지배(1273-1374)의 종지부를 찍은 역사의 전적지이다. 또한 설문대할망이 백록담을 베개로 하여 누우면 고근산에 허리를, 다리는 범섬에 닿았다 하며 이때 발가락에 의하여 형성된 구멍이 두 개가 있는데, 범의 콧구멍을 닮았다 하여 '콧구멍'이라 부른다.

섶섬·문섬·범섬은 대략 50만 년 전에 형성된 섬으로, 제주도의 기반 암석인 현무암과 달리 독특하게 조면암으로 구성되어 있다. 주상절리, 해식동굴이 발달하여 경관이 수려하다. 서건도는 모세의 기적을 체험할 수 있는 섬이다.

형제섬은 산방산 바로 앞에서 내려다보이는 안덕면 사계리에 위치한 무인도로, 사계리 포구에서 1.5㎞ 지점에 있다. 형제처럼 마주 떠 있는 섬으로 큰 섬을 본섬, 작은 섬을 옷섬이라 불렀다. 본섬에는 작은 모래사장이 있고, 옷섬에는 주상절리층이 있다. 썰물 때면 모습을 드러내는 새끼섬과 암초들이 보는 방향에 따라 3~8개로, 그 모양도 착각처럼 변한다.

보목포구에서 '쉰다리'로 원기를 회복하고, 이중섭 화백이 두 아들과 함께 게를 잡으며 행복한 시간을 보냈던 자구리해안을 지나고, 구두미포구, 보목하수처리장, KAL호텔을 지나서 파라다이스호텔 옆에 있는 소정방폭포에 이른다. 물이 바다로 바로 떨어지는 높이 7㎙의 축소된 정방폭포다. 300여 미터를 걸어 나무데크를 따라 내려가서 나무들이 감싸주는 그늘을 따라 정방폭포에 이른다. 천지연폭포, 천제연폭포와 더불어 제주도의 3대 폭포로 꼽히는 정방폭포가 칠색 영롱한 무지개를 만들며 물줄기가 시원하게 쏟아진다. 해변을 끼고 높이 치솟은 절벽에는 노송이 바다로 나뭇가지를 드리워 넘어질 듯 서있으며 각종 수목이 울창하다. 할망의 해설이 시작된다.

"우리나라에서, 나아가 동양에서 유일하게 물이 바다로 직접 떨어지는 해안 폭포로 경관도, 규모도, 물이 떨어지는 소리도 웅장한 정방폭포는 높이 23㎙, 너비 8㎙, 깊이 5㎙를 자랑해. 전설에 따르면 바다에서 금빛 구름이 한 무더기 솟아올라 그 속에서 황금색의 공룡이 나와 한참 동안 정방폭포를 바라보다가 그 모습이 너무 웅장하고 아름다워 흥에 겨워 춤을 추다가 사라졌다고 하지. 여름철의 정방폭포는 '정방하폭(正房夏瀑)'이라 하여 영주십경(瀛洲十景)에 손꼽히지. 제주의 시인 매계 이한우(1818~1881)는 제주의 아름다운 풍경 가운데 열 개를 선정해 영주십경이라 하였어. 성산일출(城山日出), 사봉낙조(紗峰落照), 영구춘화(瀛邱春花), 귤림추색(橘林秋色), 정방하폭, 녹담만설(鹿潭晚雪), 산포조어(山浦釣魚), 고수목마(古藪牧馬), 영실기암(靈室奇巖), 산방굴사(山房屈寺)를 일컫지."

"영주십이경이라고도 하던데요?"

"영주십이경이라 할 때는 용연야범(龍淵夜帆)과 서진노성(西鎭老星)을 추가하지."

"올레를 걸으면서 모두 구경할 수 있는가요?"

"지금은 없어진 지형도 있어 예전같이 볼 수는 없고, 사계절에 나타나는 경치니 계절 따라 걸어야지."

"하나하나 코스별로 설명해 주세요."

"좋아. 우선 개괄적으로 설명해 주지. 성산일출은 올레1코스, 성산일출봉에서 바라보는 해돋이고, 사봉낙조는 18코스, 사라봉에서 바라보는 낙조, 해넘이지. 영구춘화는 17코스 인근의 방선문, 곧 한천 상류 부근 영구벌의 봄꽃놀이 절경, 귤림추색은 17코스의 제주성에 올라 가을에 귤이 익어 주렁주렁 매달린 모습을 바라보는 절경인데, 일제강점기에 제주성을 허물어 그 돌로 산지포를 메워 제주항을 만들었으니 지금은 볼 수 없는 경관이지. 이제는 감귤을 제주 전역에서 재배하니 제주 전역에서 볼 수 있는 귤림추색이야. 정방하폭은 6코스, 여름철의 정방폭포로 바다에 나가서 원경(遠景)으로 바라볼 때 더욱 우아해 보여. 녹담만설은 늦은 봄 한라산 정상의 백록담에 흰 눈이 덮여있는 경치야. 봄이라 기화요초(琪花瑤草)가 봄을 맞이하여도 아직 눈에 덮여 있으니 빼어난 절경이지. 산포조어는 17코스 산지포(지금의 제주항)에서 낚시를 즐기는 멋인데 지금은 없어졌어. 고수목마는 제주시 일도동 남쪽 속칭 고마장이라고 하는 광활한 숲에 방목한 수천 마리의 말을 바라보는 맛이 일품이었다지.

　영실기암은 한라산 영실의 기암군의 신비로운 풍광이고, 산방굴사는 10코스 산방산 암벽에 파인 굴사에서 바라보는 해안풍경과 해넘이 광경이지. 용연야범은 16코스 용연에서 여름철 달밤에 뱃놀이하는 멋이고, 서진노성은 지금은 없지만 서귀포구의 언덕 위에 있던 서귀진이라는 성(城)에서 바라보는 경치로, 불로장수를 상징하는 남극노인성(南極老人星)을 바라보는 멋이지."

"우와! 할망, 정말 대단하시네요. 최고예요."

"아름다운 제주에 이 말고도 숨겨진 비경이 얼마나 많은지 몰라. 제주 올레를 걸으면 제주에 수십 번 골프나 다른 여행으로 와도 맛볼 수 없는 바로 그런 절경을 즐길 수 있지. 올레자, 올레종주 잘 왔어."

"그래요. 그런데 저기 폭포의 벽에는 '서불과차(徐不過此)'라고 새겨져 있네요?"

"진시황제의 사자인 서복이 불로초를 구하기 위해 2,200년 전 제주도에 왔다가 찾지 못하고 이 글을 새기고 서쪽으로 돌아갔다고 해. '서복이 서쪽으로 돌아간 포구'라 하여 서귀포(西歸浦)라는 지명이 유래되었다고도 하지. 서불과차는 이곳 서귀포 외에도 남해 금산과 거제도, 일본에도 새겨져 있어."

　정방폭포에서 놀아 나와 서복공원으로 들어간다. 중국에서 기증받은 서복의 동상이 중국풍의 장식으로 서 있다. 중국 국가 주석인 시진핑이 2005년 절강성 당 서기장 시절에 이곳을 방문했다. 서복은 진시황제의 불로불사의 소원을 풀어주기 위해 수천 명의 동남동녀를 데리고 영약(靈藥)을 찾아 바다 끝 신산(神山)으로 배를 타고 떠났으나 다시 중국으로 돌아가지 않았다고 전해진다.

"할망은 불로장생(不老長生)하고 싶지 않으세요?"

"장수는 예로부터 오복(五福)의 하나지. 하지만 인간은 태어나면서부터 죽음을 향해 달려가. 생로병사는 자연의 이치야. 불로장생은 원래 우리 민족의 선도사상(仙道思想)에 뿌리를 두고 있어. 여기에서 불로(不老)는 단순히 늙지 않는 것이 아니라 동사로서의 불(不)과 목적어로서의 노(老)로 '늙지 않게 한다'라는 적극적인 의미가 있지. 장생(長生)이라는 말도 그저 오래 산다는 의미가 아니라 자연과 하나 되는 이치를 터득하여 하늘에서 받은 생명까지도 자유롭게 연장할 수 있다는 뜻으로 쓰였어.

진정한 장생은 건강하고 자유롭게, 행복하고 평화롭게 놀이하듯이 자신이 하고 싶은 일을 하면서 오래 사는 것이라 할 것이야."

서복전시관에서 서귀포 시내 도심으로 걸어간다. 6-A 시장올레와 6-B 해안올레의 갈림길에서 오늘은 6-A, 그리고 나중에는 다시 6-B를 걸었다. 하지만 2016년 말 코스변경으로 6-B코스는 아예 없어지고, 6-A코스도 당초 이중섭거리를 지나서 '한국 관광 100선'에 선정된 서귀포매일올레시장을 거쳐 삼매봉에 올랐다가 외돌개에서 마무리를 하였지만, 이제는 서귀포매일올레시장까지 가지 않고 이중섭거리를 지나서 이내 우회하여 제주 올레여행자센터에서 마무리한다.

서귀포에서 가장 젊은 분위기의 거리라는 이중섭거리에 들어선다. 카페와 상점의 알록달록 예쁜 간판들이 나란히 줄지어 있고, 거리의 바닥과 가로수는 모두 이중섭의 작품을 본 따서 제작했다. 복원된 이중섭주거지를 지나고 이중섭과 아내의 사랑을 상징하는 연리지, 아고리(이중섭)와 아스파라가스(아내)의 사랑나무를 지나서 '이중섭 탄생 100주년 특별기획전 이중섭-〈내가 사랑하는 이름〉' 전시회가 열리고 있는 이중섭미술관으로 들어간다. 미술관에는 사람들이 붐빈다. 생이별한 가족과 다시 만나 행복하게 살고 싶은 바람을 경쾌한 움직임과 색채로 표현한, 아내와 아들 둘이 탄 소달구지를 끌고 있는 '길 떠나는 가족', 우리 백의민족을 상징하는 '흰 소' 등 많은 그림과 시들이 전시되어 있다. 마치 황소가 금방이라도 뛰쳐나올 것만 같은 그림과, 아내와 아이들에게 보낸 가족에 대한 그리움이 절절히 넘치는 가슴 뭉클한 편지를 둘러본다.

제주도를 사랑했던 화가 이중섭(1916~1956)은 그림을 사랑했고 가족을 사랑했다. 하지만 사랑하는 가족을 오랜 기간 만나지 못한 채 그리워하다가 41세에 쓸쓸하게 타계한 비운의 화가였다. 1916년 평양 인근의 평원군에서 태어나 고등학교를 졸업하고, 20세 때 일본의 제국미술대학에 유학하면서 이중섭은 화가로 활동했다. 25세 때 일본 여성 마사꼬(한국명 이남덕)와 연애를 시작했으나 마사꼬 집안의 반대로 결혼을 미루다가 28세인 1943년에 원산으로 귀국했다. 1945년 한국으로 찾아온 이남덕과 결혼하여 두 아들을 낳았으며, 1950년 한국전쟁 때까지 5년 간 인생의 가장 행복한 시절을 보냈다.

35세 때인 1950년 한국전쟁이 일어나자 이중섭은 원산을 떠나 부산으로 피난하였고, 이듬해인 1951년 1월부터 12월까지 서귀포에 안착하여 네 가족이 단란한 한 때를 보냈다. 1951년 12월 부산으로 이사한 이중섭은 1952년 7월 가족이 일본으로 건너가면서 가족에 대한 그리움으로 몸부림치게 된다. 종군화가로 근무하기도 했지만 다

방에 앉아 담뱃갑 속 은종이에 은지화(銀紙畵)를 그리며 그리움을 달래던 이중섭은 1953년 시인 구상(具常)의 도움으로 일본으로 건너가서 부인과 두 아들을 만나보고 열흘 만에 귀국했다. 하지만 이중섭은 귀국 후 가족에 대한 그리움으로 무절제한 생활을 했다.

1955년 1월, 40세 때 생애 처음이자 마지막으로 개인전을 열었던 이중섭은 가족에 대한 그리움을 술로 달래다가 1956년 6월 정신분열증 증세를 보여 입원했다가 퇴원했고, 9월에 행려병자로 적십자병원에서 생을 마감했다. 병명은 영양실조와 간염이었으며, 사망한 지 사흘 만에 찾아온 친구들은 밀린 병원비를 계산하고 이중섭을 화장한 뒤 유해를 망우리 공동묘지에 안장했다.

예술가 이중섭의 삶은 아름답기는커녕 불행했다. 이중섭 탄생 100주년을 맞이하여 '이중섭, 백년의 신화'전이 2016년 초부터 국립현대미술관 덕수궁관과, 서귀포이중섭미술관 등에서 열리며 또 하나의 신화를 썼다. 역대 국내 작가 개인전 사상 최다 관람객(25만2466명)을 기록했던 것이다. 그리고 그 열기는 부산시립미술관으로 옮겨져 2017년 2월까지 열렸고, 급기야 영동고속도로 횡성휴게소 화장실에 이중섭갤러리가 만들어졌다. 횡성의 대표 콘텐츠인 '소'를 역동적이고 다양하게 그린 갤러리다. 그리고 국내 회화 전시로는 처음으로 독일 'iF 디자인상'을 수상했다.

'백년의 신화가 된 이중섭'을 신화로 만든 것은 불행이었다. 진흙 속에서 연꽃이 피어나듯, 불행한 삶 속에서 불멸의 작품이 탄생했다. 그리고 그 주제는 그리움이었다. 가족과 떨어져 살아야만 했던 고통과 그리움이었다. 이중섭의 붓끝에는 가족에 대한 그리움이 특별히 '소'에 담겨 있었다.

그리움의 예술가라면 김소월을 꼽을 수 있다. 김소월의 그리움이 가져보지 못한 것에 대한 사무친 그리움이라면, 이중섭의 그리움은 가졌던 행복을 잃어버린 데 대한 애절한 그리움이었다. 김소월의 시가 겨레의 상실감을 달래주는 시대의 노래라면, 이중섭의 그림은 화풍이나 시대사조에는 관심 없는 자신의 아픔을 변형시킨 감정의 풍경이었다. 그래서인가, 고통과 그리움에 무절제한 생활을 한 천재화가 이중섭에게 인간적인 연민의 정은 느껴질지언정 특별히 존경할 만한 대상으로 여겨지지는 않는다면 거친 생각일까.

"할망은 혹시 화가 이중섭을 아세요?"

"그럼 알지. 제주에 내가 모르는 것이 있나?"

할망은 웃으시며 이야기를 이어가신다.

"이중섭이 서귀포에 온 것은 한국전쟁이 한창이던 1951년 1월이었어. 배에서 내린 이중섭을 맞이한 것은 종교단체였는데, 그들은 이중섭에게 서귀포에서 지내도록 권유했고, 서귀포로 향해 걷는 동안 눈발이 세게 몰아칠 때면 농가의 소 외양간에서 바람과 눈보라를 피했지. 이런 기억들로 〈피난민과 첫눈〉이란 작품이 태어났어. 이중섭은 이 마을 반장 부부가 방을 내주어 1.4평 정도의 작은 방에서 서로의 숨소리를 느끼며 웃으며 살았던 가장 행복한 시간을 보냈지.

피난민 배급과 고구마로 연명하던 당시 이중섭의 가족은 끼니를 때우기 위해 나물을 캐거나 바닷가로 나가 깅이(게)를 잡아와 삶아 먹었어. 그런 서귀포 시절도 꿈꾸는 이상향으로 묘사되고, 이중섭의 작품 세계에 자주 등장하는 바다, 아이들, 게, 물고기 등은 절망 속에서 맞이하는 희망의 표현이야. 피난 화가로 서귀포에서 11개월 동안 머물면서 이중섭은 서귀포의 풍광과 바다를 소재로 한 감명 깊은 작품들을 남겼지. 사랑하는 아내와 아들 둘, 네 사람이 살았다고 하기에는 믿기 어려울 정도로 좁은 방에서 분신과도 같은 '소'를 노래하며 삶의 의지를 불태웠어."

이중섭에 대한 할망의 기억은 계속해서 이어졌다. 이중섭의 시(詩) '소의 말'이 새겨진 조각상이 전시관 앞에 세워져 있다. 이중섭이 작은 방 벽면에 붙여놓은 글이다.

높고 뚜렷하고/ 참된 숨결
나려 나려 이제 여기에 / 고웁게 나려
두북 두북 쌓이고/ 철철 넘치소서

삶은 외롭고/ 서글프고 그리운 것
아름답도다 여기에/ 맑게 두 눈 열고

이중섭이 피난생활을 한 서귀포, 궁핍했을지언정 마음은 안정되고 행복했던 비운의 천재화가를 생각하며 올레의 돌담을 따라 재현해 놓은 이중섭 거리를 올라간다. 변경된 올레코스는 서귀포예술시장을 지나서 우회하면 이내 제주 올레여행자센터에서 마무리한다. 하지만 올레자는 변경 전의 서귀포매일올레시장으로 올라간다. 서귀포 시민들의 일상과 밥상을 책임지는 대표시장이다. 사람들이 붐비는 시장을 둘러보며 탐라할망은 서명숙과 제주 올레를 예찬한다.

"이 시장에는 스페인 산티아고 순례길에서 영감을 받아 올레길을 만든 (사)제주 올레 서명숙 이사장의 이름을 딴 식료품 가게 '서명숙상회'가 있어. 그 옛날부터 그녀의 어머니가 운영하던 상회의 이름이야. 제주 올레는 '서명숙올레'라고 해도 과언이 아니니 그 딸을 낳은 그 어머니의 혜안이 탁월해. 설문대할망이 제주를 창조한 신화의 여인이면, 우리 역사에 최초의 여성 CEO였던 만덕할망은 한양을 거쳐 금강산을 다녀온, 출륙금지령으로 나갈 수 없는 육지로의 길을 낸 역사의 여인이고, 서명숙은 아름다운 제주도의 속살을 세상 사람들이 볼 수 있도록 걷는 길을 연 냉바리 개척자지. 기자생활 그만두고 자발적 백수가 된 서명숙은 2006년 산티아고 길에서 자신의 고향 제주도를 생각하면서 산티아고 길보다 더 아름답고 평화로운 '나만의 길을 만들리라'는 꿈을 꾸었대. 꿈을 신념으로 끌어올려 제주에 돌아와 ㈜제주 올레를 설립하여 끊어진 길은 잇고 사라진 길은 불러내어 2007년 9월 8일 드디어 제주 올레 제1코스를 개장하고, 이후 6년이란 세월이 지나 2012년 11월에 21코스를 완성했어. 제주올레는 마을올레이고 바당올레이고 하늘올레이고 한라올레이고… 오름올레 섬올레 해녀올레 치유올레 평화올레 등등 그 이름과 의미와 경관이 아주 다양해. 놀멍 쉬멍 걸으멍 올레를 걷노라면 제주에 길을 내는 여자 서명숙이 제주 올레를 낸 깊은 의미를 알게 되지."

서귀포매일올레시장을 벗어나서 천지연폭포 상류에 위치한 칠십리시공원을 걸으며 서귀포의 아름다움을 노래한 시비들을 감상하고, 천지연폭포 전망대에서 장엄한 폭포의 전경을 바라본다. 칠십리시공원에서 시장올레와 해안올레가 다시 합쳐진다.

종주 후, 다시 6-B코스를 걸었다. 6-B코스는 바닷가 서귀포항을 지나서 천지연폭포를 거치지 않고 칠십리공원 야외공연장을 지나서 새섬 방향으로 간다. 탐라할망이 서귀포칠십리를 회상한다.
"서귀포에서 정의현청까지의 칠십리길은 정의현청에서 의귀까지가

30리, 의귀에서 서귀포까지가 40리야. 1679년에 간행된 김천구의 〈남천록〉에는 이 길을 잘 묘사해 놓았어. 길은 바닷가로 뚫려 있어서 험하지는 않았으나 70리 길에 의귀와 효돈을 제외하고는 인가가 없었지. 거친 새들만 들판 가득, 끝이 없어 보였어. 북쪽으로는 한라산이, 남으로는 바닷가 수평선까지 이어져 가끔씩 소와 말떼가 풀을 뜯으며 지나가는 경관이 마치 비단을 펼쳐 놓은 것처럼 아름다웠지. 서귀포 칠십 리 길은 수많은 시인가객이 그 아름다움을 예찬한 곳이야. 제주도에는 많은 축제가 있지만 서귀포의 대표축제는 1995년부터 열리고 있는 서귀포칠십리축제지. 불로장생을 테마로 전통혼례재현, 가문 잔칫상 시식 및 잔칫상 음식점 등 제주에서만 볼 수 있는 옛 전통을 체험할 수 있어."

천지연폭포로 나아간다. 제주를 찾는 관광객이면 꼭 들르는 명소 중 하나지만 올레꾼들은 명소를 무시하고 숨은 곳을 찾아 지나친다. 제주폭포의 맹주격으로 제주도내 폭포 가운데 유일하게 천연기념물 제27호로 지정될 만큼 아름다운 천지연폭포, 폭포 가는 길의 산책로와 연못, 계곡 풍경 또한 아름답다. 유명세만큼 관광객이 끊이지 않는다. 천제연폭포는 3단 폭포로 이어져 있다. 1단 폭포는 연못형태로 비가 많이 내리지 않으면 평상 시 폭포를 이루지 않는다. 돌계단을 오르면 2단 폭포가 시원한 소리를 내며 쏟아지고 선임교라는 철제교량을 지나면 3단폭포가 나타난다.

이른 시간이라 풍경이 한가롭다. 입구에서 폭포까지의 1㎞ 구간 천지연난대림지대는 천연기념물 258호이다. 명불허전, 쉼 없이 쏟아지는 폭포수, 그 아래 천지연(天地淵)은 수많은 생명을 품는다. 1㎞ 구간에는 무태장어와 담팔수군락지(천연기념물 제163호) 등을 비롯해 25

종의 어류와 447종의 식물이 서식하고 있다. 불과 1㎞의 비좁은 공간에 수많은 생물이 깃들어 산다. 할망의 해설이 시작된다.

"담팔수(膽八樹)는 제주에만 자생하는 희귀 수종으로 천지연폭포가 북방한계지야. 나뭇잎이 여덟 가지 빛을 낸다 해서 담팔수라 불리는데 7월에 꽃을 피우지. 연중 빨간색 잎이 드문드문 섞인 것이 특징인데 재미있는 전설이 있어. 인간계에 내려온 신들에게는 고향인 하늘 세계와 비슷한 휴식공간이 필요했지. 인간계에서의 생활이 외롭고 고단하지 않도록 하늘의 모습을 옮겨와 줄 것을 요구했는데, 옥황상제는 특별히 자신이 가꾸던 정원을 내려 보냈어. 하늘길과 이웃한 이 정원은 일 년 내 푸르고, 인간계에서는 많지 않은 식물들로 가득했는데, 그 중에서도 잎사귀가 여덟 달린 나무인 담팔수는 시간이 멈춘 듯 사시사철 푸르고 싱싱했지. 하지만 옥황상제는 신들이 인간계에서 시간을 잊지 않도록 오래된 잎사귀의 색만 빨간색으로 바꾸어 주었어. 하늘에서와는 달리 인간계에서는 시간이 매우 빠르게 흐르기 때문이었는데, 신들은 이 나뭇잎의 색을 보며 시간을 가늠할 수 있었지.

담팔수 아래 깊은 계곡에는 열대어의 일종인 무태장어가 살고 있어. 무태장어도 천지연폭포가 북방한계지야. 길이가 2m 가까이 자라는데 야행성이라 낮에는 자취를 찾기가 어려워. 무태장어의 일생은 신비롭지. 치어 때 타이완 근해나 남태평양 등에서 천지연폭포로 올라온 뒤 5~7년가량 폭포 주변에서 살다가 산란을 위해 바다로 돌아가서 동남아 뉴기니 등으로 추정되는 산란처에서 산란을 마친 뒤 생을 마감해. 강릉 남대천으로 돌아오는 연어의 회귀와는 정반대지. 10㎝ 정도의 치어가 장마철에 구로시오 난류를 타고 수천㎞나 떨어

진 바다를 헤엄쳐 천지연폭포까지 거슬러 올라온다니 믿기지 않을
만큼 경이롭지."

 가수 이미자의 '서귀포칠십리'와 남인수의 '서귀포 사랑'을 흥얼거리
는 탐라할망과 새연교(新緣橋)를 건너 새섬으로 들어간다. 서귀포항과
새섬을 잇는 새연교는 '새로운 인연을 만들어 가는 다리', '새섬과 천
지연을 잇는 다리'라는 의미로, 국내에서 최초로 외줄 케이블 형식
을 도입한 사장교다. 서귀포 야경1번지로 서귀포의 랜드마크로 급부
상하고 있다. 섬 전체가 하나의 수목원으로 아름다운 숲길을 이루
고 있는 해송 사이로 난 1.2㎞ 산책로를 걸어서 다시 새연교를 건너
온다. 새연교에서 바라본 한라산과 서귀포칠십리가 정감 있게 다가
온다. 테우의 돛 모양을 형상화한 새연교 위에서 파도치는 차가운
겨울바다에서 물질하는 해녀들을 바라본다. 숨비소리가 들려온다.
 "할망은 해녀 아니시지요?"
 "무시하지 마. 나도 해녀야. 그것도 해녀를 지켜주는 해녀대장 상
장군이야."
 할망은 웃으며 이야기를 이어간다.
 "제주해녀는 제주의 여인이고 제주의 여신이지. 바다에 의지하여
전복이나 소라, 해삼, 톳 등을 채취하여 생업을 이끌어 가는 살아있
는 제주의 주역이야. 아버지가 만들어 주신 두렁박에 의지한 제주소
녀는 바다를 벗 삼아 놀다가 엄마 따라 친구 따라 바다를 일터로
사는 해녀가 되지. 바다는 평생 친구이자 꿈이 되고, 타고난 재능과
강한 생활력으로 드넓은 바다 속에서 물질을 하며 해산물을 채취
해. 한 남자의 아내, 한 아이의 엄마라는 이름보다는 해녀가 되어야
했어. 그래서 더더욱 아내이고 엄마인 해녀야. 시집가고 아이를 낳아

도, 그리고 할망이 되어도 해녀였어. 잠수할 때마다 시달리던 고통, 약으로 달래고 무시와 설움도 한 방울 눈물로 달래며 어떤 고난도 이겨내는 억척스러운 해녀, 제주에서 태어나 잠수(潛嫂), 잠녀(潛女), 해녀라는 이름으로 한 평생을 살아가지. 제주사람들의 삶과 역사를 함께하면서."

제주해녀들은 바다가 자신들의 남자들을 데려가서는 돌려주지 않는다는 사실을 알고, 익숙해져 간다. 그리고 떠나간 남자들은 구름 속에도 있고, 바람 속에도 있고, 용천수에도 있고, 장마에 쏟아지는 물줄기 속에도 있다는 것을 안다. 물론 살아서 돌아오기도 하지만 남자들은 바다의 물로 변해서 순환해 돌아오고, 그래서 내 남자가 언젠가 돌아오리라고 기다리는 꿈을 가진다. 누군가를 기다릴 수 있는 사람이 있다는 것은 슬픔이 아니라 행복이다. 바다는 삶이 사랑이라는 사실을 납득시키며 모든 것을 포용한다.

서귀포를 뒤로하고 삼매봉(153.6m)이라 불리는 오름을 올라간다. 땀 흘려 정상에 올라서니 시원한 바람이 불어오고 법환포구 앞에 범섬, 서귀포항, 새섬, 문섬, 보목포구, 섶섬이 지척에서 다가온다. 뒤로는 멀리 한라산의 풍경이 시원하게 한 눈에 들어온다. 삼매봉에서 내려오니 바로 외돌개 주차장이다. 6코스의 종점이었건만 훗날 7코스로 변경되었다. 길은 살아서 움직이니까.

2016년 8월 12일 올레10-1코스 가파도를 다녀와서 새로운 6코스의 종점인 제주 올레여행자센터를 찾았다. 가파도올레에서 만난 동갑내기 벗 제주 올레 초대 탐사대장 서동철의 소개로 '길 내는 여인' 안은주 사무국장을 만났다. 제주 올레 여행자센터는 2016년 7월 20

일 지하 1층, 지상 3층, 건축면적 340㎡ 규모로 3층 건물을 리모델링하여 문을 열었다. '백년천년만년 가는 제주 올레'를 만들어갈 거점 공간으로 사무국과 올레꾼을 위한 숙소를 갖추었는데, 제주 올레 베이스캠프가 제대로 탄생했다. 서명숙 이사장은 개장 행사에서 "제주올레여행자센터를 기점으로 제주문화와 아시아 트레일 문화를 전 세계로 알리는 문화기지국 역할을 하겠다"고 포부를 밝혔다.

센터 1층에는 제주여행안내센터를 비롯해 제주문화아카데미 교육장 등이, 1층에서 2층으로 올라가는 계단에는 센터 건립에 도움을 준 기업과 특별회원들의 이름이 새겨져 있고, 2층에는 제주 올레사무국, 3층에는 여행자들이 쉬어갈 수 있는 게스트하우스 '올레스테이'가 들어서 있다. 올레스테이는 1인실(2개), 2인실(3개), 도미토리룸(4~5인실 7개/ 10인실 1개)으로 구분되어 있다. 1박 기준으로 1인실 가격은 3만8000원(성수기 4만5000원), 2인실은 6만원(7만원), 도미토리룸은 한 사람당 2만2000원으로 비교적 저렴하다.

문화체육관광부는 2017년 1월 9일 '한국관광 100선'을 선정해서 발표했다. 2013년에 처음 도입된 '한국관광 100선'은 2년마다 지역의 대표 관광지 100곳을 선정해 발표한다. 제주에는 제주 올레를 비롯하여 12곳이 대표 관광지로 선정됐다. 한라산과 성산일출봉, 제주절물자연휴양림, 우도, 쇠소깍, 섭지코지, 서귀포매일올레시장, 비자림과 사려니숲길, 돌문화공원, 제주지질트레일, 에코랜드 테마파크 등이다. 특히 한라산과 올레길, 우도는 3회 연속 선정돼 제주를 대표하는 관광지임이 입증됐다. 성산일출봉과 쇠소깍, 섭지코지, 비자림·사려니숲길은 2회 연속으로 뽑혔다.

서귀포매일올레시장은 올레길이 열리면서 재래시장의 이름을 서귀포매일올레시장으로 바꿨고, 올레길이 열리면서 활성화된 시장이 급기야 발 디딜 틈이 없이 시끌벅적해지면서 드디어 2017년에는 '한국관광 100선'에 선정되는 영예를 누렸다. 실로 올레길은 위대했다. 그러나 이제는 올레코스에서는 제외되었다.

해녀올레 - 제주여인의 표상!

📍 **7코스** 서귀포에서 월평올레 17.7㎞

제주 올레여행자센터-삼매봉-외돌개-법환포구-강정포구-월평마을

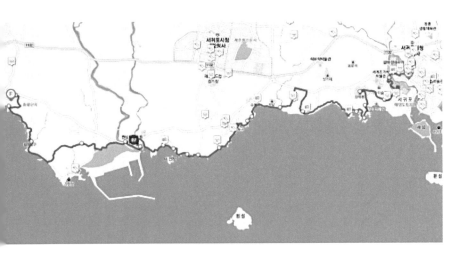

　　인간은 일반적으로 자신이 생각하는 대로 된다. 오랫동안 꿈을 그리는 사람은 그 꿈을 닮아간다. 그래서 꿈이 있어야 한다. 모든 것은 꿈에서 시작되고 꿈 없이 가능한 일은 없다. 자신의 가치는 자신이 품고 있는 꿈에 의해 결정된다. 우선 무엇이 되고자 하는가를 자신에게 말해야 한다. 위대한 포부가 위대한 사람을 만든다. 평생 슬픔 없이 살 수는 없다. 음지가 없으면 양지가 없다. 인생은 때론 비극이며 때론 희극이다. 그러나 대체로 인생은 스스로 꿈꾸고 선택한 대로 이루어진다. 세상에 대해 화를 내거나 비통해 하지 말고 주어진 길을 성실히 가야 한다. 세상과 자연을 원망해서는 안 된다. 세상

과 자연은 그들의 할 일을 한다. 나는 나의 할 일을 해야 한다. 존재의 신비에 관해 번뇌하거나 고민하지 말고 생명의 한계에서도 삶을 노래해야 한다. 올레자가 이미 21코스에 도착한 꿈을 꾸면서 생의 찬가를 부른다.

1월 4일, 날씨가 흐리다. 미세먼지도 매우 나쁨, 제주가 전국에서 최악이다. 언젠가부터 티 없이 맑은 하늘에 미세먼지와 황사가 가득하다. 하늘이 슬퍼한다. 오늘부터는 하루하루 머리 둘 곳을 찾아야 하는 유랑자가 되기에 콘도에서 짐을 싸서 나선다. 삶은 추상이 아니라 만져지고 느껴지고 맡아지는 것, 행과 불행은 운명의 씨줄과 날줄이 되어 사람의 의지와 무관하게 길을 가로막는다. 원망과 노여움과 불편은 인생길을 걸어오는 동안 쉬엄쉬엄 토해버렸다. 물도 흐르고 생각도 흐른다. 흐르지 못하고 고이면 썩는다. 여명의 시간, 몸과 마음을 단련한다. 대장장이가 쇠붙이를 불에 담가서 연장을 연마하듯, 자신을 달구고 두드리고 때리고 담금질한다.

대평포구 인근에 게스트하우스를 찾아 숙소를 2박 예약하고 서둘러 외돌개로 달려간다. 외돌개! 서귀포시 삼매봉 앞바다에 외롭게 서있는 바위, 홀로 외롭게 서있어 외돌개다. 긴긴 세월 바람과 파도에 씻기면서 버티고 서있는 높이 20㎡, 둘레 10㎡의 기암이다. 바위 꼭대기에는 소나무 몇 그루가 있어 마치 사람의 머리카락 같다.

"외돌개는 할망바위라고도 하지. 바다에 나간 하르방이 풍랑을 만나 돌아오지 못하자 기다리며 울다 지친 할망이 그대로 할망바위가 되었다는 슬픈 전설이 있어. 또 고려 말 원나라의 잔류세력인 목호들이 난을 일으켰을 때, 진압을 위해 내려온 최영 장군이 외돌개를 장수로 변장시킴으로써 앞바다 범섬에 숨어 있던 적군이 이를 보고 겁에 질려 모두 자결했다는 전설에서 장군석이라고도 해. 저녁나절 외돌개에서 바라보는 범섬에 어리는 석양은 가히 장관이야."

외돌개 일대는 넓은 잔디밭이 있고 해안가를 따라 낚시를 즐길 수 있는 곳이 많아 휴양과 레저를 겸한 유원지로 항상 이용객들이 북적거린다. 소나무 숲길을 따라간다. 대장금촬영지를 지나서 솔숲을 걸어가며 바라보는 바닷가 풍경이 촬영지로 손색없이 아름답다. 서귀포 앞바다 풍경에 빠져 걷다보니 어느새 돔베낭길에 이른다. 해안길의 절경이라는 돔베낭길, 돔베는 도마를 뜻하는데, 도마처럼 잎이 넓은 나무가 많은 길이라서 돔베낭길이라 불렀다고 한다. 기암절벽 위의 상록수림에서 해안올레를 맛보며 돔베낭골에 도착한다.

올레지기 김수봉씨가 손수 개척했다는 수봉로, 예전에 소나 염소 등이 다니던 길을 곡괭이로 다듬어 만든 길이다. 한적한 해안길을 따라 법환 해돋이 명소인 일냉이를 지나고 갯바위 낚시터 공물깍을 지나서 법환동 남쪽 해안가에 있는 망다리에 이른다. 옛 사람들이 달을 바라보는 정취가 일품이라서 망달(望月), 혹은 해안으로 침입하는 목호세력을 감시하기 위해 망대를 세웠던 곳이라 해서 망다리라 불린다고 한다. 파도가 밀려오는 바닷가에 갈매기들이 가득하다.

갈매기들이 엉덩이를 바다 쪽으로 깔고 바지를 내리고 바위에 서서 똥을 싸고 있다. 똥 누는 소리가 파도에 실려 출렁거린다. 볼일을 다 본 갈매기들은 자기 색깔을 닮은 하얀 똥을 흐뭇하게 바라본다. 바위에 얼룩진 하얀 똥에서 허연 김이 퍼지는 장면을 바라보다가 끼룩끼룩 바다 위를 날아간다. 갈매기가 갈매기의 길을 간다.

사람이 사람에게 가는 것은 사람의 길이다. 삶이란 사람과 사랑하며 살아가는 길이다. 어제의 사람도 소중하지만 지금 눈앞의 사람이 더 소중하다. 아침에 먹은 밥이 저녁의 허기를 달래 줄 수 없고 오늘 먹은 밥이 내일의 허기를 달래 줄 수 없다. 똥이 되어 나간 밥이 거듭날 수는 없다. 지금 당장 먹는 밥이 밥이지 지나간 끼니의 밥은 밥이 아니라 똥이다. 오늘 사는 삶이 삶이지 어제 산 삶은 더 이상 삶이 아니다. 현재에 살아야지 똥 싸놓은 과거에 살아서는 안 된다. 걸어 가야할 길은 늘 앞으로 뻗어 있다. 공간의 길, 시간의 길, 삶의 길 또한 늘 앞으로 뻗어있다. 어제 걸은 길은 과거의 길, 추억의 길이다. 오늘은 오늘의 길을 간다. 굽이굽이 여유롭게 흐르는 강물은 부지런히 바다로 이르는 가장 빠른 길을 찾아 흐른다. 올레자도 가장 늦은 발걸음으로 가지만 "나는 천천히 걸어가는 사람이다. 그러나 뒤로는 가지 않는다."라는 말처럼 가장 빠른 길을 가고 있다는 사실을 알고 있다.

　제주여인의 표상인 해녀, 해녀마을 법환포구가 다가온다. 법환마을은 2003년 문화관광부에서 선정한 문화·역사마을로 국내 최남단 해안마을이다. 예부터 제주에서 소라, 해삼, 전복이 가장 많이 나서 예나 지금이나 해녀들이 가장 많은 어촌으로 해녀들의 삶과 전통문화가 보존되고 있다. 2004년 '해녀마을'로 지정되어 해녀공원도 조성되었다. 해녀동상이 아침 해를 배경으로 서 있고, 해녀체험장에서는 해녀할망들이 해녀의 물질법을 가르쳐준다.

　제주바다는 해녀들의 해산물 밭이다. 제주바다에서 물질하는 해녀들의 모습은 제주의 상징이고 정신이고 표상이다. 육지에 농부가 있으면 해안에는 어부가 있다. 그러나 제주에는 농부와 어부 외에 해녀가 더 있다.

"할망, 해녀는 있는데 해남(海男)은 왜 없어요?"

탐라할망이 웃으며 대답한다.

"해남도 있었지. 예전에 남자는 포작(鮑作)이라고 해서 주로 전복을 잡고, 여자는 잠녀(潛女)라고 해서 미역 같은 해조류를 채취했지. 잠수 장비가 없었던 그 당시에는 남녀가 나체 조업을 함께 했어. 그러다가 포작이 없어지면서 잠녀들이 전복까지 채취하게 된 거야. 남자들이 뱃일에 수군(水軍)까지 동원되어 가는데 나라에서는 공물로 전복을 바치라 독촉하니까 수많은 포작이 고역과 착취, 수탈을 피해서 제주도에서 전라도, 경상도 해안으로 도망쳐 나갔고, 300여 명이던 포작인은 18세기 초 88명으로 줄어들었지. '제주도에 여자가 많다'는 말이 생긴 게 이 때문이라고도 해. 1694년 제주에 부임한 목사 이익태는 전복을 채취할 포작이 급감하자 해녀들에게도 전복을 캐서 바치도록 했어. 할 수 없이 해녀들이 남자들이 하던 힘든 전복 따는 일까지 맡은 게지. 이때부터 전복 따는 사람을 뜻하는 '비바리'가 해녀를 가리키는 말로 굳어졌고, '여자로 나느니 쉐로 나주(여자로 태어나느니, 소로 태어나는 것이 낫다)'라는 속담도 생겨났지."

"그럼 출륙금지령은 포작들이 제주를 탈출하던 그때 생겨난 것인가요?"

"출륙금지령은 1629년부터 1830년까지 무려 200년 동안이나 제주민들을 육지로 나가지 못하게 했지. 조천과 별방포를 제외한 모든 항구를 폐쇄하여 불법으로 나가고 들어오는 것을 엄중히 막았지. 하지만 잦은 흉년과 왜구들의 노략질, 관리들의 수탈 등으로 제주사람들은 죽기를 두려워하지 않고 나가서 유민으로 떠돌았어. 특히 제주

도 여자가 육지로 시집가는 것은 철저히 막았지. 조정의 입장에서는 출륙금지령이 효과적이었지만 제주도민은 육지와 더욱 단절되고 관리들의 수탈은 더욱 심해졌지. 항해기술이나 조선술도 쇠퇴하고."

"참 슬픈 이야기네요. 그럼 포작은 언제 없어진 거예요?"

"인조 때 제주목사가 '남녀가 어울려 바다에서 조업을 하는 것을 금한다'는 기록이 있는 것으로 보아 포작은 17세기까지는 계속되었어. 어쨌든 해녀들의 고생은 이루 말할 수 없었지. 18세기 영조 때 제주도에 귀양 왔던 조관빈(1691~1757)이 〈잠녀설〉에 전복 따는 해녀들의 슬픈 이야기들을 지었는데 그 내용의 일부야.

해녀들은 추위를 무릅쓰고 이 바닷가 저 바닷가에서 잠수하여 전복을 따는데 자주 잡다보니 전복도 적어져 공물 양이 차지 않는다. 그런 때에는 관청에 불려가 매를 맞는다. 심한 경우에는 부모도 붙잡혀서 질곡당하여 신음하고 남편도 매를 맞으며 해녀에게 부과된 수량을 모두 납부하기까지는 용서 받지 못한다. 그래서 해녀는 무리를 해서 바다에 들어간다. 이 때문에 낙태를 하는 수도 있다. 더구나 이런 고생이 단지 국가에 바치는 공물을 위한 것이 아니라 관리들이 상사에게 뇌물을 쓰기 위한 것이라 한다. 나는 이것을 왕에게 직접 호소하고 싶지만 대궐문이 겹겹이 닫혀 있어 도달할 방법이 없다. 나도 지금 축신(逐臣)이 되어 이 섬에 유배되어 있지만 해녀들의 신세를 생각하면 전복을 먹을 기분이 나지 않는다. 지금부터는 나의 밥상에 진복을 올려놓지 말라고 하고 있다.

잠녀의 노역은 영조 22년(1746)에 혁파되었어. 균역법에 따라 날마다 관에 바치는 일이 없어지고, 관에서 사들이는 형식으로 바뀌었지. 그러나 관에서 사주는 전복 값이 너무 싸서 그 폐단은 그치지 않았어. 정조 24년 〈조선왕조실록〉의 기록에 정조는 역정을 내며 말했지.

전복을 잡지 말도록 한 제주의 규례에 의해 다시는 거론하지 말도록 하라. 봉진(封進)과 복정(卜定)을 해서는 안 될 뿐만 아니라, 당해 고을에서라도 만일 한 마리라도 사들여 폐단이 있을 경우에는 그 고을 수령을 균역청 사목(事目)의 은결죄(隱結罪)로 다스리겠다.

정조의 이 조치는 헌종 15년(1849)에 와서야 완결되어 해녀의 고역은 형식상 없어지게 되었어. 그러나 탐관오리들의 가렴주구나 일제강점기의 착취와 수탈은 계속되어 언제나 해녀들은 고달픈 삶을 살았지."
"할망! 해녀들은 언제부터 있었어요?"
"문헌상 해녀의 존재가 처음 등장하는 것은 고려 숙종 때야. 숙종 10년에 탐라(제주)가 고려의 한 군으로 개편되면서 구당사(句當使) 윤응균이 부임하여 남녀 간의 나체조업에 대한 금지령을 내렸다는 기록이 있어. 삼국사기에 섭라(제주)에서 야명주(진주)를 진상했다는 기록이 있는 것으로 보아 삼국시대 이전부터 잠수조업이 시작됐을 것으로 추측은 하지."
"해녀들은 단체조업을 한다는데 그럼 계급이 있는가요?"
"당연하지. 해녀는 기량의 숙달 정도에 따라 상군(上軍)·중군(中軍)·하군(下軍)의 계층이 있고, 해녀 그룹의 리더를 대상군(大上軍)이라고 해. 첫 애기해녀는 엄마가 아닌 이모나 고모가 데려오지. '우리 누구 바당에 선뵈러 왔습니다' 하고 인사시키지. 해녀들은 보통 15명, 20

명이 한 조를 이루어 대상군을 따라 바다로 가지. 기러기 형태로 가다가 5분마다 뒤돌아보며 두 줄로 번갈아가며 리드해.

　해녀들은 바다가 자신의 밭이기에 바다 밑이 어떻게 생겼고 무엇이 많이 잡히는지를 잘 알지. 때로는 해파리, 상어, 솔치 등이 해녀들을 해치기도 하고, 애기해녀가 빈손으로 갈라치면 이모가 돌미역을 채워주기도 하지. 그리고 상군들도 자기가 잡은 해산물을 넣어주며 '대상군 되거라'라며 축수를 해주면 옆에 있던 중군, 하군도 하나씩 주어. 이때 쩨쩨하게 아까워서 작은 것 주는 해녀는 나중에 대상군이 못돼."

"그런데 숨비소리가 뭐예요?"

"해녀들은 보통 수심 5㎡에서 30초쯤 작업하다가 물 위에 뜨곤 해. 기량에 따라서는 수심 20㎡까지 들어가고 2분 이상 견디기도 하지. 그때 물 위로 솟을 때 '호오이' 하면서 한꺼번에 막혔던 숨을 몰아쉬는데, 그 소리를 '숨비소리'라고 하지. 날카로우면서도 짙은 애상을 풍기는 생명의 소리야."

"해녀들 복장과 작업도구는요?"

"1970년대까지 입던 해녀복은 최초의 여성 전문 직업복으로 '물옷'이라 해서 소중이, 적삼, 물수건으로 구성되었는데, 지금은 모두 고무옷을 입고 있어. 해녀의 도구로는 휴대용 구명보트인 테왁, 채취한 해산물을 집어넣는 그물주머니인 망사리, 눈(물안경), 전복을 바위에서 떼어낼 때 사용하는 쇠로 만든 빗창이 기본이고, 이외에 작살인 소살, 바위틈의 해산물이나 돌멩이를 뒤집을 때 쓰는 골갱이, 해조류를 채취하는 낫으로 종개호미(정개호미), 납작한 갈퀴인 까꾸리 등이 있어. 해녀들은 봄에서 가을까지, 특히 여름철에 성행하지만 추운 겨울에도 물질하는 해녀들이 많아. 해녀는 참으로 고단하고 힘든 일이야. 거기다가 집안일, 농사일까지 하니, 제주해녀는 인간의 한계를 초월해서 살아. 설문대할망은 해녀들이 얼마나 고단하고 힘들게 사는지 알아. 설문대할망의 위로가 없으면 견디기가 어렵지."

앞서가는 해녀들을 따라 법환포구를 걸어간다. 최영장군승전비가 바다 건너 먼발치 범섬을 바라보고 있다. 원나라는 고려를 속국으로 삼은 후 제주도에 탐라총관부를 두고, 철령 이북에는 쌍성총관부를 두었다. 공민왕은 원나라에서 벗어나려는 주권회복, 영토회복을 위해 반원정책을 펴 1356년 쌍성총관부를 회복했다. 이때 탐라총관부에도 군대를 파견했으나 원나라 국영목장에서 말을 키우던 목호(牧胡)들의 저항에 부딪혔다. 1366년에는 100척의 군선을 파견했지만 이 역시 목호에게 밀려 퇴각했다. 이에 공민왕 23년(1374) 목호의 난을 평정하기 위해 최영 장군을 삼도도통사로 토벌을 담당케 하였다. 목호들이 마지막으로 퇴각한 곳이 서귀포 외돌개 건너편 범섬이었다. 최영 장군은 법환포구와 범섬 사이에 배다리를 놓아 마지막 격전을 벌여 목호들을 섬멸했다. 마지막 잔당인 초고독불화와 관음보는 범섬 낭떠러지에 떨어져 죽고, 석질리필사는 처자와 함께 포로로 잡히고 남은 적들은 모두 참수 당했다. 범섬은 목호들이 웅거하여 항거한 지 10여 일 만에 평정되었고 최후까지 버티다 항복한 역사적인 격전장이 되었다. 이리하여 탐라는 1273년 삼별초가 진압되어 원나라의 탐라총관부가 설치되어 식민지가 된 이래 100년 만에 다시 고려왕조의 제주목으로 돌아왔다. 일제강점기 36년 외에도 제주인들은 원나라의 지배를 100년이나 더 받는 고통과 수난의 역사를 지니고 있다.

알강정 바당올레를 지나고 서건도 바다 산책길에서 파도에 자갈 구르는 소리를 들으며 악근천을 건너서 풍림리조트에 이른다. 악근천 하류는 효돈천의 쇠소깍처럼 깊은 연못을 이루고 있다. 가내천, 악근내로도 불렸던 악근천(嶽近川)은 내의 크기가 큰 강정천에 비하여 작지만 큰 내에 버금간다 하여 '버금가는'을 가리키는 '아끈'을 내의 이름으로 붙였다. 다랑쉬오름과 버금가는 오름을 '아끈다랑쉬오름'이라 이름한 것과 이치가 같다. 상류에서 하류까지 차가운 1급수가 흘러 은어와 천연기념물인 원앙새가 살고 있는 악근천, 상류에 엉또 폭포가 있어 비경을 연출하는 명승지이기도 하다.

악근천을 지나서 바다를 향해 흘러내리는 강정천을 지나간다. 강 바닥에 넓적한 돌이 깔린 강정천의 물은 서귀포 시민의 식수로 사용되고 있다. 강정마을로 들어선다. 찬반으로 갈려 극심한 갈등을 겪었던 해군기지 조성이 마무리되어 가고 '구럼비'로 불리며 반대단체 회원들이 강제로 점령했던 강정해안 암반은 발파 4년 만에 함정이 정박하는 접안시설로 변신했다. 울퉁불퉁한 길이 있었던 언덕에는 종합운동장과 복합문화센터가 들어섰고, 분교로 전락할 뻔했던 강정초등학교는 신입생이 늘면서 활기를 되찾았다. 서귀포 시내와 중문의 상권도 활기를 띠고 있다. 소통이 되지 않아 불통으로 시위를 하던 그때의 간곳없는 평온한 모습에 전율이 흐른다.

소통이 안 되면 고통이 온다. 불통은 고통의 지름길이다. 불통은 불만으로, 불행으로 가고 소통은 형통으로, 행복으로 간다. 사람과 사람 사이, 인간(人間)의 거리를 찾아야 한다. 가족 친구 동료 이웃 사회…… 관계의 거리를 찾아야 한다. 그 중에서도 가장 중요한 소통은 자신과의 거리, 머리와 가슴과의 대화이다. 나와 나의 갈등, 나와

나 사이의 소통이 중요하다. 동물들은 상처를 받으면 동굴로 들어가서 혼자만의 시간을 갖는다. 상처의 치유를 위해서는 혼자만의 시간이 필요하다. 살아남기 위해서는 휴식이 필요하다. 휴식(休息)은 나무 아래(休)에서 스스로(自)의 마음(心)을 살피는 것이다. 휴식은 자신과의 소통이다. 나 홀로 제주 올레는 몸은 비록 힘들지라도 마음은 자신과 소통하는 평안한 휴식이다.

거듭나기 위해 가을나무는 잎을 떨어뜨리고 여름매미는 허물을 벗어 던지듯이 겨울제주는 세찬 바람으로 한라산에서부터 바닷가에 이르기까지 부정한 정기를 모두 날려버린다. 길 위에 선 겨울 올레자는 묵은 때를 벗기고 새로운 해의 신선한 호흡을 위해 정체성과 방향성, 참다운 가치를 찾아 나아간다. '아무리 짧은 산책길이라도 불굴의 모험정신으로 나서라', '익숙한 길을 거부하고 끊임없이 새로운 풍경으로 나아가라'는 헨리 데이비드 소로의 말처럼 푸른 바다에 배 띄워 낯선 항해를 시작한 나그네는 길 위에서 길을 찾는다. 탐라할망이 양생의 길을 가르쳐준다.

"살아가면서 줄여야 할 것은 줄이고 늘려야 할 것은 늘려야 해. 특히 사소팔다(四少八多), 네 가지를 줄이고 여덟 가지를 늘려야 하지. 줄여야 할 것은 배 속에는 밥이 적고 입 속에는 말이 적어야 해. 또 마음에는 일이 적고 밤에는 잠이 적어야 하지. 이 네 가지 적음에 기댄다면 신선이 될 수 있어. 대부분 사람들은 이와 반대로 해. 배가 터지게 먹고 쉴 새 없이 떠들어. 온갖 궁리가 머릿속을 떠나지 않고 잠만 쿨쿨 자지. 밥은 조금 부족한 듯이 먹고, 입을 여는 대신 귀를 열어야 해. 생각은 단순하게 잠은 조금 부족한 듯 자야지. 정신이 늘 깨어 있어야 마음이 활발해져.

반대로 늘여야 할 것은 앉아 있는 것이 다니는 것보다 많고 침묵이 말하는 것보다 많아야 해. 질박함이 꾸미는 것보다 많고 은혜가 위엄보다 많아야 하지. 양보가 다툼보다 많고 개결함이 들뜸보다 많아야 하고, 문을 닫고 있는 것이 문밖에 나가는 것보다 많으며 기뻐함이 성냄보다 많아야 해. 이 같은 것을 늘리려 애쓰면 복은 절로 얻어지지. 생사사생생사사생(生事事生 省事事省)이라, 올레자의 올레종주는 최고의 양생술이야."

10년 가까운 우여곡절 끝에 웅장한 모습을 드러낸 '21세기의 청해진' 제주해군기지는 대한민국 남방 해상로를 지키고 주변국과의 해상 분쟁이 발생할 경우 해양 주권을 사수하는 전초기지로 기대감을 준다. 우리 민족은 대륙민족성과 해양민족성의 양면을 가지고 있다. 동, 남, 서 삼면이 바다이고 북쪽으로는 만주 벌판으로 연결되기 때문이다. 삼면이 바다이기에 예로부터 바다의 영향을 받았으며 또한 바다를 이용했다. 신라 흥덕왕 때인 828년 해상왕 장보고는 완도에 해군무역기지인 청해진을 설치하여 약 1만의 수군을 거느리고 서해, 동중국해, 동해의 해적을 소탕한 뒤 당나라와 신라, 일본을 잇는 해상활동을 완전히 장악했다. 846년 장보고가 염장에 의해 피살되고, 851년(문성왕 3)에 청해진이 철폐되면서 신라의 해상무역 주도권은 사라져 버렸다. 장보고는 중국이나 일본에서도 명장으로, 국제 교역인으로 숭앙을 받고 있다. 중국 산둥반도의 적산법화원이라는 절에는 지금도 장보고를 모시고 있으며, 일본에서도 신사를 짓고 신라의 명신으로 받들고 있다.

임진왜란은 이순신장군이 이끄는 조선 수군의 승리였다. 단재 신채호는 무적의 나폴레옹 군을 격파한 영국의 넬슨보다 이순신이 위대하다고 했다. 넬슨은 국가적으로 대대적인 지원을 받았던 반면에 이순신은 전혀 그렇지 못한 상태에서 제해권을 장악하여 왜의 수군을 물리치는 혁혁한 전공을 세웠기 때문이다. 10년이나 되는 세월을 무관이 되기 위해 노력했고, 약한 체력으로 늘 병마에 시달리고, 가난한 집안을 걱정해야 했던 그가 포기하지 않고 조선의 장수가 된 것은, '금신전선 상유십이!', '필사즉생 필생즉사!'를 외치며 조선의 바다를 지킨 것은, 우리 민족의 행운이었고 우리 민족에게 내린 하늘의 복이었다.

세계사를 놓고 보면 해전(海戰)에서의 승리는 패권국가로 가는 결정적인 열쇠였다. 세계 3대 해전의 하나인 살라미스해전에서 해군이 강했던 아테네가 육군이 강했던 페르시아 함대를 물리침으로써 아테네의 민주주의가 꽃필 수 있었으니, 배 밑바닥에서 노를 젓던 하층민 출신 노잡이들이 투표권을 획득하였던 것이다. 칼레해전은 1588년 영국의 해적출신 드레이크 제독이 스페인의 무적함대를 무찌른 해전이고, 트라팔가르해전은 1805년 10월 프랑스와 스페인 함대를 상대로 영국의 넬슨 제독이 승리를 이끈 해전이다. 베네치아는 바닷가 암초 위에 말뚝을 박아 도시를 건설하였지만 배를 타고 다니면서 장사를 하여 큰돈을 벌었다. 1204년 제4차 십자군전쟁 때 베네치아는 자신들이 제조한 함대에 십자군을 싣고 가서 난공불락의 콘스탄티노플을 함락시켰다. 조그마한 도시국가의 해군력으로 서양 최고의 도시를 함락시킨 베네치아는 이때부터 약 500년 동안 지중해 해상무역을 장악하는 제국이 되었다. 15세기 초 명나라 영락제의 명을 받고 떠난 환관 정화의 원정은 29년 동안 7회에 걸쳐 이루어진 대규모 해상활동이었다. 국위 선양과 해상무역을 위해 동남아

시아와 서남아시아를 원정하고, 5차 원정에서는 아프리카 말린디까지 진출했다. 영락제의 사망이후 원정중단 칙령이 반포되고, 이후 중국은 해양강국으로서의 지위를 잃고 대륙에 한정된 국가로 성장했다. 역사에 가정이 없다지만 그 시대 최고의 조선술과 해군력을 유지 발전시켰다면 동서양의 역사는 새롭게 기록되었을 것이다.

정화의 원정이 끝나고 60년이 지난 1492년 콜럼버스는 신대륙을 찾아 대항해를 떠났다. 그리고 세계사는 바다를 제패하는 국가가 세계를 제패했다. 그 중심에 여왕이 있었으니 스페인의 이사벨 1세와 영국의 엘리자베스, 그리고 빅토리아 여왕이었다.

15세기 이베리아 반도의 작은 나라 카스티야에는 이사벨 1세 (1451~1504)라는 한 여왕이 있었다. '위기는 바로 기회'라는 말처럼 그녀는 자신의 위기와 국가의 위기를 기회로 돌려 유럽의 역사, 나아가 해양의 역사에 가장 많은 영향을 미친 사람이 되었다. 중세 이베리아 반도를 차지했던 서고트족은 아들들에게 나라를 분할 상속해, 당시 이베리아 반도는 카스티야, 아라곤, 나바르, 포르투갈의 작은 나라로 나뉘어져 있었다. 이사벨은 공주이던 시절 이웃 아라곤의 페르난도 왕자와 비밀리에 정략결혼을 해서 그 힘을 빌려 카스티야의 왕위를 차지했다. 왕위에 오른 지 6년 만에 왕권을 안정시킨 이사벨 1세는 남편 페르난도와 카스티야와 아라곤을 전격적으로 통합해 에스파냐를 만들었다. 에스파냐는 이렇게 탄생했고, 에스파냐는 이웃 포르투갈의 위협을 물리치고 이베리아 반도의 패권을 차지했다. 당시 포르투갈은 새로운 항로의 개척으로 동양과의 무역선을 이으며 호황을 누리고 있었다.

이때 이탈리아 출신의 콜럼버스가 등장했다. 콜럼버스는 지구가 둥글다는 가설 하에 서쪽으로 가는 항로를 개설하면 동양에 쉽게 닿을 수 있다는 주장을 폈으나, 아무도 그를 믿지 않았고 오히려 사기꾼 취급을 했다. 포르투갈의 왕으로부터 마지막 거절을 당해 오갈 데 없는 콜럼버스를 이사벨이 불러들였다. 그리고 항로 개척을 위한 선박 2척과 자금을 제공하고 선원모집을 도와주었다. 콜럼버스가 들여오는 무역품에 대해 독점권을 가진다는 조건이었다.

콜럼버스는 원래 가고자 했던 인도는 아니었지만 새로운 대륙에 도달했다. 그리고 이는 에스파냐를 한때 유럽의 가장 부강한 나라로 만들어 준 황금밭이 되었다. 콜럼버스는 절반의 성공을, 이사벨 여왕은 200%의 성공을 거두었다. 이사벨의 모험으로 이루어진 신대륙 발견과 해상활동은 다른 유럽 국가들이 해외 식민지 개발에 열을 올리게 하였고 20세기 초반까지, 나아가 신대륙 발견으로 오늘날 미국이라는 나라를 존재하게 한 단초이기도 하였다.

1588년 칼레해전으로 무적함대가 엘리자베스 여왕에게 패하기 전까지 세계의 바다를 지배했던 에스파냐, 이사벨 여왕은 유럽 역사에 거대한 발자취를 남겼다. 그녀의 뒤를 이은 딸 후아나 왕비의 아들 칼 1세는 에스파냐와 오스트리아, 네덜란드, 헝가리, 이탈리아 등 유럽의 1/3 이상을 차지하고 20세기 초까지 존속된 유럽 최고의 왕가인 합스부르크가를 열었다. 스페인의 무적함대를 물리치고 유럽의 해상권을 제패한 엘리자베스는 신대륙으로 길을 열었다. 20세기 초반까지 '해가 지지 않는 나라' 대영제국의 영광은 모두 이 엘리자베스 여왕의 시기에 마련되었다.

2000년에 〈뉴욕타임스〉는 지난 천 년 간 가장 뛰어났던 지도자로 영국의 엘리자베스 1세를 선정했다. 16세기까지만 하여도 유럽의 가장 후진국이었던, 인근의 에스파냐와 프랑스에 눌린 작은 섬나라였던 영국은 이후 유럽 제1의 국가로 비상했다. 엘리자베스가 있었기에 대영제국이 있었고, 나아가 유럽 전체가 동반 성장하여 오늘의 번영이 있었다. '훌륭한 여왕 베스(Good Queen Beth)'로 불리는 엘리자베스는 가장 불행했으나 가장 훌륭했던 여왕이었다.

영국은 나폴레옹과의 전쟁 중 육전보다는 해전에 더 몰두했다. 전통적으로 영국은 육군보다 해군이 강했기 때문이었다. 범선 시대 최후의 해전 중 하나인 트라팔가르 해전에서 영국은 완벽한 승리를 거두고 제해권을 완전히 장악했다. 결국 나폴레옹은 지상 작전에만 한정하여 몰락의 길을 걸었고, 영국은 19세기 내내 세계의 바다를 장악함으로써 대제국을 건설하였다.

대영제국 건설의 완성은 빅토리아시대에 이루어졌다. 1837년부터 1901년까지 빅토리아여왕(1819~1901)이 통치하던 64년이다. 이 시기 영국은 그 이전과 그 이후를 통틀어 최전성기를 누렸다. 영국의 전통은 이 시기에 정돈이 되었고, 대외적으로 가장 넓은 땅을 차지했다. '해가 지지 않는 나라'는 지구가 자전을 해서 영국 본토에는 밤이 오더라도 세상 어딘가에 있는 영국의 식민지는 낮이라는 말이 생겨났다. 경제적으로는 산업혁명을 최초로 일으켜 세계에서 가장 많은 부를 쓸어 담았고, 정치적으로는 오랫동안 시행착오를 거쳤던 의회 민주주의가 두 개의 당으로 정리되어 정착되었다. 영국은 그 누구도 넘볼 수 없는 세계 최고의, 최대의, 최선의 국가였다. 스페인의 무적함대를 물리치고 바다를 제패한 이래 영국은 완벽하게 세계를 제패했다.

중국이 제1차, 2차 아편전쟁에서 당한 치욕은 모두 해군력의 부재였다. 욕심과 사치의 화신 서태후는 청일전쟁 중에 함대를 만들 돈을 빼돌려 자신의 처소인 이화원을 짓게 하여 청나라의 멸망을 재촉했다. 일본이 청일전쟁에서 북양함대를 격파하고 이홍장에게 승리하여 아시아의 패자가 되는 데도, 일본 해군이 쓰시마해협에서 러시아의 발틱함대를 쳐부수고 러일전쟁에서 승리하는 데도 해군력이 강했기 때문이었다. 오늘날 중국은 대륙국가에서 해양국가로 급팽창 중이다. 그 결과 남중국해에서 베트남, 필리핀과 대립하고, 동중국해에선 일본과 갈등을 빚으며, 우리나라와는 이어도를 둘러싼 해양경계 획정문제가 있다. 2006년 당시 국가주석 후진타오는 '해양대국, 해군강국' 건설을 선언했고, 이듬해 일본과 영유권 분쟁을 빚는 센카쿠열도(중국명 다오위다오)는 물론 오키나와 본도를 포함한 류큐군도 160여 개 섬을 모두 돌려달라고 주장했다.

마오쩌둥은 강이나 호수에서 수영을 즐겼고, 덩샤오핑은 거센 파도가 치는 바다 수영을 좋아했다. 헤엄칠 때 마오의 시선이 강 건너 내륙을 향했다면 덩의 눈길은 바다 건너 수평선을 향하고 있었다. 덩에게 바다는 영토이자 진출해야 할 시장이었다. 당시 인민해방군 총사령관이었던 덩은 74년 북베트남의 서사군도를 순식간에 점령해 하이난(海南)도에 편입시켰다. 중앙군사위 주석이던 덩은 87년 남사군도마저 삼켰다. 덩샤오핑은 평생 바다를 사랑했다. 죽으면서도 "각막은 기증하고 시신은 해부한 뒤 화장해 바다에 뿌려 달라."고 유언했다. 1997년 3월 2일, 덩의 유해는 오색 꽃잎에 쌓여 중국 동남부 앞바다에 뿌려졌다. 투자 우선순위를 해군>공군>육군 순으로 정한 시진핑 주석에게서 중국의 해양굴기가 무서운 도전으로 다가옴을 느낀다.

'지역 패권은 육지만으로 충분하다. 그러나 세계 패권을 쥐려면 해양 장악이 필수다.'라는 마르크스의 말을 떠올리며 갈대숲이 펼쳐지는 강정해안을 걸어간다. 세찬 바람 속에 하늘을 가득매운 갈매기떼가 장관이다. 바람에 날리는 갈대들이 기러기가 아닌 갈매기를 손짓하며 부른다. 바다에게 파도에게 강에게 하늘에게 구름에게 바람에게 해에게 달에게 별에게 숲에게 나무에게 꽃에게 풀에게 사슴에게 갈매기에게 물고기에게 길에게 할망에게 길을 묻는다.

"나의 갈 곳 어디메뇨?"

허공이 대답한다.

"길은 걷는 자의 것

지금 길 위에 있는 자, 행복하리!"

아담한 월평포구가 다가온다. 포구의 물빛이 진하게 푸르다. 고요하다. 어선도 없고 사람도 없다. 데크에 나아가 넓은 바다를 바라본다. 바닷가 기정길 따라 야자수 숲이 우거진 원시의 밀림으로 들어선다. 숲을 지나서 마을로 들어서니, 달 모양의 언덕으로 둘러싸여 있다고 해서 이름 붙인 월평마을, 7코스의 종점이다.

여행에서는 먹는 것만큼이나 중요한 것이 잠자리다. 의식주 가운데 중국 사람이 먹는 것을 가장 소중하게 여겼다면 우리나라는 자는 것을 중히 여겼다. 제주도에는 호텔과 모텔, 펜션과 원룸, 민박과 게스트하우스 등 다양한 잠자리를 가지고 있다. 여행에서 다양한 음식 메뉴를 즐기듯이 숙박시설을 골고루 이용해보는 것 또한 올레 종주의 별미라 생각을 하며, 특히 펜션과 게스트하우스 문화가 가장 많이 발달한 제주에서 생애 처음 게스트하우스에서 안식을 누린다. 주방의 벽에 붙여놓은 글귀가 인상적이다.

"당신이 사람들에게 위로 받는 건 지금의 눈물 때문이 아니라 지금까지 나눈 웃음 때문일지 모릅니다. 힘들 때 결국 힘이 되는 것은 당신이 살아온 모습입니다."

어제의 내가 오늘의 나를 껴안고 미소 지으며 따뜻하게 위로를 준다.

"너, 열심히 살았다! 잘했어!"

제주순례 - 나는 걷는다!

📍 **8코스** 월평에서 대평올레 19.2㎞

월평마을-대포포구-대포주상절리-중문색달해변-논짓물-대평포구

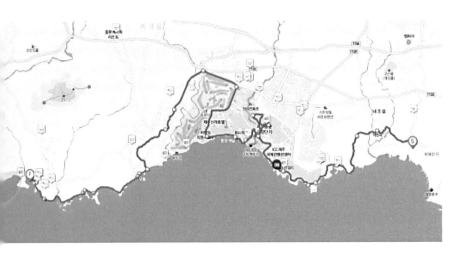

잘 보낸 하루가 행복한 잠을 가져오고 잘 산 인생은 행복한 죽음을 가져온다. 행복한 어제를 보내고 이른 새벽 평온한 휴식에서 깨어난다. 휴식은 스스로의 마음을 들여다보는 인생의 디저트 같은 시간이다. 일탈의 시간은 활력을 주지만, 인생의 주식은 하루하루 살아가는 평범한 일상이다. 사람들은 똑같은 세월의 흐름 속에 있으면서도 저마다 경험하는 그 내용들에 차이가 많다. 그리고 저마다의 경험을 각자의 인생이라고 한다. 이는 얼굴이 서로 다른 것같이 전혀 다른 내용을 지니게 된다. 이 세상에서 중요한 것은 어디에 서 있는가 하는 문제가 아니라 어디로 가고 있는가 하는 방향성의 문제

다. 인간은 끈질기게 살아남도록 만들어졌다. 그것이 인간의 존재를 확인하는 방법이다.

게스트하우스에서 제공하는 토스트와 우유로 아침 식사를 하고 길을 나선다. 생전 처음으로 경험해본 게스트하우스에서의 밤은 신선했다. 얼굴 없는 옆방 여인들의 나지막한 목소리, 남성은 나 홀로였다. '산티아고 순례길'의 숙소인 알베르게에서 10여 명의 외국 여성 사이에서 홀로 잠을 잤던 신선한 밤처럼 거실과 화장실을 공유한 제주의 색다른 하룻밤이었다. 잊지 못할 추억의 여행은 머무는 것으로 완성된다. 이틀을 예약했기에 짐들은 게스트하우스에 두고 주어진 오늘의 길을 간다. 먹구름이 바다에 내려앉은 잔뜩 흐린 날씨, 빗방울이 간간이 차창에 떨어진다. 칭찬을 받기 위해 춤추는 고래는 오래 춤추지 않는다. 하지만 춤추기를 좋아해서 춤추는 고래는 시간 가는 줄 모르고 춤을 춘다. 올레자가 새벽부터 올레춤을 춘다.

서서히 날이 밝아오고 올레8코스 출발점인 송이슈퍼 앞에 이르자 제법 비가 온다. 8코스는 월평마을에서 대평포구에 이르는 코스로 약천사를 지나고 대포주상절리를 지나서 색달해수욕장에서 하얏트 호텔로 들어가 낙석으로 통제된 해병대길 앞에서 중문관광단지를 우회하여 용천수가 솟아나는 논짓물에서부터 해안올레로 대평포구에 이르는 길이다. 종점인 대평리, 큰 난드르(넓은 들) 마을은 군산을 배경으로 자연과 어우러진 여유로움이 가득한 마을이다. 1월 초순 한겨울에 내리는 비, 역시 제주도다운 모습이다. 할망은 벌써 도착해서 기다리고 있다.

"일찍 오셨네요? 비가 와요."

"제주도에서 겨울비는 흔한 풍경이지. 운치 있고 좋아."

"할망은 역시 로맨티스트시네요."

"아직 마음은 젊어."

"저도 아직은 젊은 로맨티스트지요. 특히 비 오는 날이면 더더욱 그래요."

"비와 무슨 사연이라도 있는가?"

"엄마는 28년 간 5일 장날 국밥과 막걸리를 팔아서 9명 가족의 생계를 꾸리셨지요. 그런데 장날 비가 오면 엄마는 슬픔에 젖어 망연자실, 눈물을 훔치셨어요. 초등학생 어린마음이었지만 교실 창밖으로 슬픈 엄마의 모습을 떠올렸고, 그 기억은 오늘까지 이어지네요."

"아름다운 추억이네. 당시에는 슬펐겠지만."

비옷 입고 우산까지 쓰고 나서니 어설프지만 그런 대로 낭만적이다. 제주에 내리는 강수량 중 하천이나 구멍 난 현무암을 통해 바다로 빠져나가는 물은 전체 강수량의 약 22%, 바닷물 또는 지하수가 되지 못하고 공기 중으로 증발하는 물의 양은 전체 강수량의 33% 정도다. 전체 강수량의 45% 정도가 지하로 스며든다. 다공질의 화산암이라 내륙 평균에 비해 3배 많은 양이 지하수가 된다. 이 물은 지질을 통과할 때마다 자연의 좋은 성분이 녹아들고 어떤 용암층에 물이 멈추느냐에 따라 탄산수, 화산암반수가 된다. 빗물이 지하 420㎡의 암반층을 통과하는 평균시간은 19년, 이 물은 화산암반이 천연필터 역할을 한 화산암반수가 된다. 공기가 깨끗해서 비가 내려도 먼지 등의 유해물질을 머금지 않고, 현무암 지반이 자연 필터 역할을 한다.

물이 귀한 제주에서는 내리는 빗물도 반가웠다. 생활용수로 쓰기 위해 활엽수 밑동에 '촘'을 걸어 빗물을 모았다. 촘은 짚을 댕기머리 모양으로 땋아 나무에 묶어 잎을 타고 흐르는 빗물을 흘리지 않고 한곳에 모으기 위한 도구다. 여러 겹의 촘을 통과하면서 빗물은 자연스럽게 불순물이 걸러지는 간단한 정수과정을 거치게 된다. 그렇게 모인 물은 '촘항'이라 하는 항아리에 담기는데 촘항에는 개구리 몇 마리를 잡아넣기도 했다. 고인 물에 생기기 쉬운 벌레를 잡아먹어 물을 맑게 해주는 역할을 하기 때문이다. 길러온 물은 한번만 쓰고 버리는 일 없이 마지막까지 알뜰하게 썼다. 쌀을 씻거나 채소를 씻은 물은 다시 설거지할 때 쓰고 또다시 걸레를 빨거나 청소를 하는 등 마지막까지 물의 가치를 최대한 이용했다. 물허벅은 물을 담는 항아리, 물구덕은 물허벅을 담는 대 바구니로 제주에서만 볼 수 있는 풍경이다.

도로를 따라 걷다가 극락도량 약천사(藥泉寺)로 올라간다. 절간의 드높은 지붕이 바다를 향하여 한 차례 비상할 듯 날개를 활짝 펴고 있다. 주룩주룩 비 내리는 고요한 산사, 신비로움이 느껴진다.

"절이 굉장히 크네요? 왜, 약천사지요?"

"1960년 신병 치료를 위해 백일기도를 드리던 사람이 꿈에 약수를 받아 마신 후 병이 낫자 절을 지었는데, 사철 흐르는 약수가 있어 붙여진 이름이지. 1981년 주지로 부임한 혜인스님에 의해 불사가 크게 일어나 1996년 단일 사찰로는 동양 최대의 규모를 자랑하는 웅장한 대적광전이 세워졌어. 8층 높이 건물이지만 지하 1층부터 지상 5층까지 통층으로 되어 있고, 법당에는 1만8천불이 모셔져 있지. 대웅전에는 석가모니불을 모시지만 여기에는 비로자나불을 모시기에 대적광전이라고 해."

조선시대 건물 이름에 '전(殿)'자를 사용할 수 있는 것은 왕궁과 사찰뿐이었다. 대웅전이나 적광전처럼 사찰에는 '전'자를 사용할 수 있게 했고 또 단청과 99칸 이상의 건물을 허용했다. 불상은 황제처럼 황색을 사용할 수 있었다. 중국인들은 붓다가 카필라 왕국의 태자 출신으로 왕위를 거부한 인물이었기에 군주에 준하는 인물로 이해했다. 그래서 '붓다=군주=성인'이라는 공식에 거부감이 없었다. 이는 불교가 천년 이상 중국의 지배 이데올로기로 기능할 수 있었던 이유였다. 하지만 예수와 무하마드는 군주가 아니었기에 그렇게 되지 못했다. 교조의 신분에 따라 전통 문화와 인식의 충돌이 있었던 것이다.

중국 문화에서 성인은 군주와 같은 위계를 가진다. 이른바 성인군주론이다. 태평성대를 이룬 요임금과 순임금 그리고 하나라의 시조 우임금과 은나라 시조 탕임금은 모두 성인이자 군주다. 주나라의 개국 군주인 문왕과 무왕, 주공도 마찬가지다. 이들을 '요·순·우·탕·문·무·주공'이라고 한다. 후대에 성인으로 추앙되는 문성(文聖) 공자나 무성(武聖) 관우는 군주가 아니었기에 각기 추증을 통해 공자는 문선왕과 소왕으로, 관우는 관왕과 관제가 되어 군주로 대접을 받았다.

불교 신자는 아니지만 군주에 대한 예법에 준해 예를 표하고 마당에 내려선다. 확 트이는 바다 전망에 확철대오(廓撤大悟)의 가르침이 펼쳐진다. 스님들은 어디에 꼭꼭 숨었는지 보이지 않고, "좋게 생각하자, 좋게 말하자, 좋은 일을 하자"는 약천사의 삼호(三好)운동을 생각하며 경내를 벗어나온다. 어디서 나타났는지 보살이 잔잔한 미소로 합장한다. 엉겁결에 올레자도 두 손을 모은다.

해안가로 접어드니 갈매기 날고 비바람 불고 파도가 출렁인다. 하얀 포말을 일으키며 까맣게 타버린 현무암이 보는 이의 마음도 애타게 한다. 베튼개주상절리를 지나서 대포포구에 닿는다. 대포라는 이름은 '큰 개'라는 뜻이지만 포구는 작고 한적하다. 대포주상절리에 이른다. 유네스코가 선정한 세계지질공원, 대포동에서 중문동으로 해안선을 따라 약 2㎞에 걸쳐 해안절벽에 수려하게 발달되어 있다.

절리(節理)는 암석에 발달된 갈라진 면으로서 화산암에는 주상절리와 판상절리가 발달된다. 주상절리는 주로 현무암질 용암류에 형성되는 기둥모양의 평행한 절리로, 고온의 용암이 급격히 냉각되는 과정에서 수축작용에 의해 생겨난 틈이다. 대포해안이나 정방폭포, 천지연폭포, 천제연폭포 등의 절벽에서 볼 수 있다.

"입장권 매표를 해서 대포주상절리를 돌아보아야겠지요?"
"그럼, 온전히 우리들만이 둘러보는 비바람 속 운치가 멋지지 않겠어? 천시와 지리, 인화가 함께하니, 이는 신의 선물이야."
"너무 거창하네요."

신명이 난 할망은 거침없이 나아간다. 산책로를 따라 주상절리가 있는 해안 길, 깎아 지르는 절벽과 탁 트인 청정 제주바다가 어우러져 마치 신이 빚어놓은 듯 천혜의 장관이 펼쳐진다. 높이 25㎜에 달하는 수많은 기둥모양의 암석들이 해안선을 따라 도열해서 경의를 표하고 있다. 한 폭의 수채화 같은 주상절리에서 새삼 자연의 위대함과 절묘함을 느낀다. 인생은 누리는 자의 것, 인적 없는 겨울 바닷가에서 생의 찬가를 부른다. 뜨거운 여름날 동해안 해파랑길 종주에서 보았던 주상절리들이 스쳐간다. 울산의 강동화암주상절리와 경주의 양남주상절리가 절묘하게 어우러진 추억, 해안경관의 절정이었다.

"대포주상절리도 제주도 지질공원인가요?"

"그럼. 제주도는 섬 전체가 2010년 대한민국 최초로 세계지질공원으로 인증되었고, 2012년에는 국가지질공원으로 지정되었지."

"세계지질공원, 국가지질공원은 또 뭐예요?"

"세계지질공원은 아름다운 지질, 지형을 비롯하여 지역에 서식하는 동식물, 역사, 고고를 모두 배울 수 있는 유네스코의 새로운 관광 프로그램이지. 국가지질공원은 지구과학적으로 중요하고 경관이 뛰어난 지역으로 자연공원법에 따라 환경부장관이 인증한 공원이고. 지질은 단순히 지질을 다루는 것이 아니라 자연과 인간의 지속가능한 공존으로 사람 중심의 활동이 핵심이야."

"제주도 말고는 지질공원이 또 어디에 있어요?"

"제주도 외에도 울릉도·독도지질공원, 부산지질공원, 무등산권지질공원, 강원 평화지역(DMZ)지질공원, 청송지질공원, 한탄·임진강지질공원 등이 자연공원법에 의해 지정되어 운영 중이지."

"그럼 제주도의 대표적인 지질공원은 어디에 있어요?"

"제주도는 섬 전체가 세계지질공원인데, 그 가운데 대표적인 명소가 12개지. 대포주상절리를 포함해서 한라산과 성산일출봉, 우도, 산방산, 용머리해안, 서귀포 패류화석층, 수월봉, 비양도, 천지연폭포, 만장굴, 선흘곶자왈(동백동산)이야. 이들 가운데 선흘곶자왈만 도지정문화재이고 나머지는 모두 천연기념물로 지정되었어."

"대표 지질공원을 각자 한마디로 자랑하면요?"

탐라할망은 생각에 잠겨 먼 바다를 바라보다가 이윽고 말문을 연다.

"한 마디로는 어려운 얘기야. 제주도는 구석구석 창조의 여신 설문대할망의 정성이 깃들어 있어. 한라산은 제주 생명의 모체야. 한라산이 제주이고 제주가 곧 한라산이지. 성산일출봉은 해뜨는오름으로 미국 CNN이 선정한 한국 제1의 명소이고, 우도는 3회 연속 '한국관광 100선'에 선정되었어. 산방산은 볼록한 종 모양의 용암돔으로 바람을 품은 전설의 산이고, 용머리해안은 파도가 만든 산책로로 제주에서 가장 오래된 화산체, 서귀포 패류화석층은 180만 년 전부터 55만 년 전 사이의 화산활동을 고스란히 간직한 해양생물의 화석산지지. 수월봉은 바람의 언덕으로 제주도에서 가장 아름다운 일몰을 볼 수 있는 곳, 비양도는 천 년 전에 태어난 작은 섬으로 거대한 화산탄과 용암지형이 분포해. 천지연폭포는 하늘과 땅이 만나는 곳으로 폭포의 형성과 진화과정을 보여주고, 대포주상절리대는 주상절리의 형태적 학습장, 만장굴은 세계적으로 웅장한 규모를 자랑하는 제주의 대표 용암동굴이야. 마지막으로 선흘곶자왈은 생태계의 보고로 람사르 습지로 지정된 곳이지. 이 외에도 유네스코에 선정된 세계유산이 많이 있어."

"아아, 제주도는 유네스코 3관왕이죠? 그 3관왕을 달성했다는 말이 무슨 뜻인가요?", "제주도는 2002년 생물권보존지역으로 지정, 2007년 세계자연유산 등재, 2010년 세계지질공원 인증까지 유네스코 3관왕을 달성한 것이지. 동서로 약 73㎞, 남북으로 약 31㎞인 타원형의 화산섬 제주도는 중심부에 높이 1,950㎥인 한라산이 우뚝 솟아있지. 화산활동으로 만들어진 제주도는 섬 전체가 '화산박물관'이라 할 만큼 다양하고 독특한 화산 지형을 자랑해. 땅 위에는 360여 개의 크고 작은 오름이 물결치고, 땅 아래에는 160여 개의 용암동굴이 섬 전역에 흩어져 있는데, 작은 섬 하나에 이렇게 많은 오름과 동굴이 있는 경우는 세계적으로 희귀해. 이러한 가치로 제주도는 전 세계인이 함께 가꾸고 보전해야 할 자연의 보물섬이라는 게지. 최근 무분별한 개발로 인한 환경파괴가 심각해서 걱정이야."

"유네스코에 생물권 보존지역으로 지정된 곳이 우리나라에는 어디어디 있어요?", "설악산(1982년), 제주도(2002년), 신안 다도해(2009년), 광릉숲(2010년), 고창(2013년)이 있고, 제주도 생물보존지역은 섬 중앙에 위치한 한라산국립공원과 천연기념물로 지정된 2개의 하천(영천과 효돈천), 3개의 부속섬(문섬, 섶섬, 범섬)으로 이루어져 있어."

"그럼 우리나라에 세계자연유산으로 등재된 곳은 어디어디 있어요?"

"제주도가 유일하지. 제주도는 우리나라 최초로 '제주화산섬과 용암동굴'이라는 이름으로 세계자연유산에 등재되었어. 한라산 천연보호구역과 성산일출봉 응회구, 거문오름 용암동굴계로 제주도 전체면적의 약 10%를 차지하지. 등재기준은 경관적 가치나 지질학적 가치가 탁월해서야."

"세계유산은 자연유산 말고도 또 무엇이 있어요?"

"유네스코는 1972년 '세계문화 및 자연유산 보호협약'을 채택하고, 인류 전체를 위해 보호되어야 할 문화와 자연이 특별히 뛰어난 지역을 세계의 유산으로 등재하기 시작했어. 세계유산은 문화유산, 자연유산, 복합유산으로 구분되고, 2015년 기준으로 163개국 1,031건(문화유산 802점, 자연유산 197점, 복합유산 32점)이 등재되어 있지."

"세계유산은 한마디로 세계적인 가치를 가지는 것이네요. 세계문화유산으로 우리나라에는 어떤 것이 등재되어 있지요?"

"석굴암과 불국사, 해인사 장경판전, 종묘, 수원화성, 창덕궁, 고창·

화순·강화 고인돌, 경주역사유적지구, 조선왕릉, 하회와 양동마을, 남한산성, 백제역사유적지구가 세계문화유산으로 등재되었지."

"인류무형문화유산도 있지 않아요?"

"그렇지. 종묘제례 및 종묘제례악(2001), 판소리(2003), 강릉단오제(2005), 처용무(2009), 강강술래(2009), 제주 칠머리당 영등굿(2009), 남사당놀이(2009), 영산재(2009), 대목장, 한국의 목조건축(2010), 매사냥, 살아있는 인류유산(2010), 가곡, 국악 관현반주로 부르는 서정적 노래(2010), 줄타기(2011), 택견(2011), 한산 모시짜기(2011), 아리랑(2012), 김장, 김치를 담그고 나누는 문화(2013), 농악(2014), 줄다리기(2015), 그리고 너무나도 뜻 깊은 대망의 제주해녀문화(2016)야."

"세계기록유산도 있지요?"

"〈조선왕조실록〉(1997), 〈훈민정음(해례본)〉(1997)을 비롯하여 난중일기(2013) 등 13종이 있어. 우리나라의 기록이 '세계의 기억'이 되어서 이제 세계적으로 인정받고 보존되게 되었어. 전 세계의 기록들은 역사적으로 약탈과 파괴 등 다양한 어려움을 겪었지."

"참으로 자랑스러운 대한민국, 자랑스러운 제주도네요."

"삼천리금수강산, 그리고 제주도, 아! 얼마나 아름다워! 내 나라의 자연과 문화유산도 모르면서 외국으로만 관광 가는 어리석음은 반성해야 해. 내 집 앞이 낙원이야."

중문관광로를 따라 걷다보니 베릿내오름이 나타난다. 나무계단을 따라 올라간다. 베릿내 옆에 있어서 베릿내오름이 되었다고 하는데, '베리'는 가파른 계곡이나 절벽, 벼랑을 일컫는 제주어다. 실제 베릿내에는 천제연폭포와 같은 폭포와 절벽이 있다. 별이 내린 내, 별빛이 비치는 개울이다. 비 내리는 중문 앞바다 주변 일대가 한 눈에 들어온다. 긴 백사장을 뜻하는 진모살이 있는 중문색달해변으로 나아간다. 비 내리는 '색달해녀의 집'에는 문이 잠겨 해녀도 해산물도 없다. 서핑으로 유명한 해변이건만 비 오는 겨울바다 파도만 일렁일 뿐 사람의 흔적이 없다. 제주 유일의 모래언덕이 있는 해변, 백사장을 걸어간다. 고운 모래 위에 비가 내려 발이 푹푹 빠진다. '흰 모래 위에 흰 갈매기 비를 맞고 앉아 있어 모래인지 갈매기인지 구분이 어렵다'는 김삿갓의 시구가 스쳐간다. 다가가니 그때서야 갈매기 날아가고 갈매기와 모래가 분명히 나누어진다.

중문색달해변은 해양수산부가 전국 해수욕장의 운영상태, 수질관리, 경관, 안전 등 4개 분야를 평가하여 최우수해수욕장으로 선정한 곳이다. 수심이 깊지 않고 깨끗한 바다와 고운 모래사장, 긴 해변으로 수많은 여행객이 다녀가는 곳이지만 오늘은 누리는 자, 우리만의 것이다. 우산을 쓰고 벤치에 앉아서 먼 바다를 바라본다.

하얏트호텔 산책로로 들어선다. 해병대길 통제안내판 앞에서 잠시 머뭇거린다. 하지 말라는 짓이 더 재미있는데 낙석 위험을 무릅쓰고, 아니면 시가지를 우회하다가 안전제일을 선택하여 중문관광단지로 나아간다.

도로변에 철없이 핀 코스모스가 비를 맞는 처연한 모습이 배고픈 올레자와 다를 바 없다. 점심시간이라, 토속음식점에 들어가니 추사랑 추블리와 '대한민국만세' 삼둥이가 다녀간 사진이 걸려 있다.

예래생태마을을 지나서 바다를 바라보는 노천 수영장 논짓물에 도착한다. 바닷가에 있어 농사에 쓸 수가 없어서 버린 물이라는 뜻으로 논짓물이라 붙여졌다. 용천수가 솟아나는데 수돗물을 사용하기 전에는 마을의 식용수 역할을 했다. 논짓물에서 단조로운 해안길

을 따라 대평포구로 걸어 환해장성을 지나간다.

길을 걷는 의미는 사람마다 다양하다. 태양은 서쪽을 향해 제 길을 가듯 사람은 제각기 삶의 의미를 따라 탐색하면서 걷는다. 순례자는 신의 길, 영성의 길을 찾아서 걸어가고 여행자는 인간의 길, 자기성찰의 길을 찾아서 걸어간다. 그리고 그 길속에서 희망을 찾는다. 신이 준 희망과 자신이 준 희망을. 원래 길은 없다. 사람들이 걸어가면서 땅에 하늘에 바다에 길이 만들어졌다. 원래 희망이란 것도 없다. 사람들이 희망을 가질 때 희망은 마음에 생겨난다. 올레를 걸으면서 잊었던 신의 길, 인간의 길을 찾고 잃었던 희망의 길을 찾는다.

제주도는 걷기 천국, 많은 사람들이 걷기 위해 제주도로 몰려든다. 제주도에는 올레를 비롯하여 한라산둘레길, 성지순례길, 절로가는길, 추사유배길 등 다양한 길이 존재한다. (사)제주 올레는 2007년 1코스부터 시작하여 2012년 21코스(해녀박물관-종달바당)까지 제주도를 한 바퀴 도는 일주도로를 만들었다. 정규코스 외에 산간, 섬 등을 걷는 5개 부속코스를 포함하면 제주 올레는 모두 26개 코스, 약 425㎞(늘었다 줄었다 한다)로 이루어져 있다. 뿐만 아니라 최근에는 제주의 숲길이 인기를 끌고 있다. 한라산둘레길, 사려니숲길, 한라생태 숲길, 삼다수숲길 등이다.

제주 올레는 살아 움직이면서 국내에 길 만들기 열풍, 걷기 열풍을 이끌고 있으니, 전국의 지방자치단체 등에서 그럴싸한 이름을 붙인 도보길이 모두 600여 개, 1만 8천㎞에 이른다. 거기에다가 문화체육관광부에서 2018년까지 4,500㎞ 코리아둘레길을 만들고 있다. 코리아둘레길은 동·남·서해와 휴전선의 우리 국토 외곽을 따라 하나로 연결하는 길이다.

언덕을 넘으니 평온한 하예포구가 나타난다. 마음이 평온하니 포구도 평온해 보인다. 배가 들어오고 나가는 포구, 감정의 물결이 들어오고 나가는 마음, 포구와 마음이 만나 길 위의 낙원을 이룬다. 길은 공유하는 것, 떠나고 싶은 여행자는 마음껏 바닷가를 걷고 모래밭을 걷고 자갈길을 걷고 검은 바위를 따라 걸을 수 있다. 강을 따라 걷고 시냇물을 따라 걷고 숲을 따라 걷고 밭담을 따라 걷고 산담을 따라 걸을 수 있다. 하늘을 바라보고 땅을 바라보고 바다를 바라보고 구름을 벗 삼고 바람을 벗 삼고 사람을 벗 삼아 걸을 수 있다.

신의 위대함이 자연의 창조에 있다면 인간의 위대함은 길 위에 만들어진 역사의 창조에 있다. 신이 만든 창조물인 문명과 지성의 참 얼굴 대자연 앞에서 올레자가 먼 바다를 바라보며 자신의 역사를 써내려간다. 오늘 만날 새로운 인연들과의 상상의 나래를 펼치며 길을 간다.

신을 찾는 사람들은 모두가 순례 떠나기를 갈망한다. 방랑하는 사람들은 처음 보는 낯선 해안, 낯선 땅에 발을 내디디며 인생을 예찬한다. 신들의 땅 제주 올레에서 올레자가 덩실덩실 춤을 추며 걸어간다. 신비스러운 탐라할망과 탐라의 로맨스를 즐기고 올레를 즐긴다.

낙타는 걸으면서 깊은 생각에 잠기는 동물이다. 걸을 때는 낙타처럼 걸어야 한다. 몸이 자연에 있으면 마음도 자연에 있어야 한다. 몸은 숲에 있으면서 마음이 숲에 없으면 몸은 위할지라도 마음은 서럽다. 숲에 있을 때는 몸과 마음이 온전히 깨어있어야 한다. 맑고 고운 풍경을 보면서 내면을 돌아보고 잡념을 베어버리고 삶의 무게를 가볍게 해야 한다. 도보여행은 그러한 힘을 부여한다. 걷는 자의 특권이다. 느릿느릿 길을 걸으면서 한 번도 본 적 없는 경치를 처음 맛본다는 것은 커다란 행복이다. 그런 행복을 누릴 수 있어야 한다. 낯선 자연의 풍경을 접한다면 얼마나 큰 즐거움인가. 그러면 인생도 늘 새롭다. 길을 가던 나그네가 낭만파 시인 워즈워스의 하녀에게 주인의 서재를 구경해도 되겠냐고 물었을 때, 하녀는 말한다.

"주인님이 책은 여기다 보관하지만, 진짜 서재는 자연이랍니다."

이 시대는 영웅의 시대, 가장 소박하고 세상에 알려지지 않은 사람들이 바로 진정한 영웅이다. 걷기 여행자는 길 없는 길을 걸어가며 미래의 길을 개척하려는 용기를 가진 영웅이다.

베르나르 올리비에는 터키 이스탄불에서 중국 시안까지 1만 2천㎞를 걸었다. 봄부터 가을까지 4년을 반복하며 꼭 1099일이 걸렸다. 동방견문록의 기록을 더듬어 현대판 실크로드를 기록한 베르나르 올리비에의 〈나는 걷는다〉를 읽으면 가슴이 뜨거워진다. 한반도 반쪽의 국토순례, 반쪽의 백두대간, 반쪽의 해파랑길, 그리고 제주 올레에서 이제 세계로 나아가는 길을 발견한다. 히말라야 트레킹을, 산티아고 순례길을, 잉카 트레킹을, 밀포드사운드 트레일 등등을 생각하면서 갈매기의 꿈, 대항해시대의 먼 바다의 꿈을 욕망한다.

모퉁이를 돌아서자 멀리 구름 아래 희미하게 박수기정이 보인다. 그 뒤편에는 구름에 덮인 산방산이 신령스러운 모습으로 시야에 들어온다. 신선이 살고 있을 것 같은 느낌, 그 앞이 대평포구다. 평평하여 큰 난드르라는 이름을 갖고 있는 대평리! 평온한 들판이 정겹게 다가온다. 동남드르 쉼터에서 한 폭의 그림 같은 대평포구와 박수기정을 바라보며 탄성을 지른다. 대평리에는 동남드르 서남드르가 있다. 남드르는 들판이니 동남드르는 동쪽으로 난 들판, 서남드르는 서쪽으로 난 들판이다. 박수기정이 아름다운 장관을 연출하며 점점 기세등등, 의기양양하게 걸어온다. 오늘의 종점 대평포구에서 걸음을 멈춘다. 박수기정 아래로 연결된 구름 낀 서남해안의 바다를 바라본다. 수평선 너머로 환하게 펼쳐진 가슴이 확 트이는 풍경 앞에 눈시울이 붉어진다.

치안치덕 – 추사, 안덕계곡으로!

📍 **9코스** 대평에서 화순올레 7.5㎞

대평포구-볼레낭길-월라봉-임금내전망대-황개천-화순금모래해변

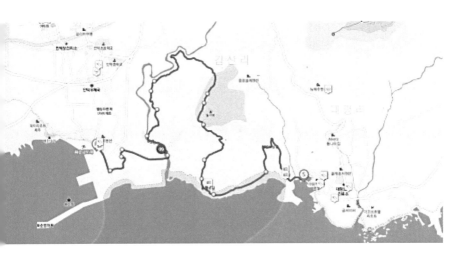

한 축구 선수가 텅 빈 운동장에서 홀로 공을 몰고 골문 앞까지 달려가 슛을 날린다. 당연히 골인! 선수는 환호하며 관중석으로 달려가서 두 팔을 들고 포효하며 골 세리머니를 한다. 이를 지켜보던 한 사람이 '미친 놈!'이라며 묻는다. 왜 그러냐고.

"경기에서 골을 넣고 좋아하는 모습을 머릿속에 넣고 자꾸 그리면 실제 경기에서 도움이 된다."

축구 신동 마라도나의 이야기다. 목표를 이룬 자신의 모습을 자주 떠올리면 실제 도움이 된다는 '이미지 세뇌', '자기암시'다. 제주 올레길 위에서 행복한 자신을 연상하며 신선한 하루를 맞이한다. '양과

함께 자고 종달새와 함께 일어나'라는 영국 속담처럼 어둠과 함께 자고 빛과 함께 일어나니 부슬부슬 비가 내린다.

올레9코스는 대평포구에서 시작해 화순금모래해변에 이르는 코스로 말이 다니던 '물질'을 지나서 드넓은 박수기정을 거쳐 보리수나무 우거진 볼레낭길에 이른다. 월라봉길을 지나서 원시의 모습을 간직한 제주에서 가장 아름다운 안덕계곡을 맛보며 화순해변에 이르는 길이다.

게스트하우스에서 나와 나지막한 돌담길을 따라 걸어간다. 구멍이 숭숭 뚫린 현무암 돌담은 제주민의 삶과 밀접한 관계를 맺고 있다. 예전의 제주사람은 돌담에서 태어나 돌담으로 돌아간다고 했다. '축담'에서 태어나 '밭담'에서 일하다가 '산담' 둘러쳐진 돌무덤에 몸을 누였다. 돌담은 바다로 흐르는 물을 막아 생활용수로 사용하게 하였고, 때로는 외적의 침입을 막기 위해 성(城)과 봉수연대, 환해장성을 쌓기도 했다. 이들은 돌로 만든 삶의 공간이자 흔적들이다. 제주인들은 돌이라는 불리한 자연환경을 유리한 환경으로 억척스럽게 변화시켜 왔다. 고난의 상징이 극복의 상징으로 변화한 것이다.

돌담이 제주에 정착한 것은 고려 고종 때부터라고 전해진다. 고종 때부터 제주에 고위관료들이 파견돼 통치하기 시작했는데, 그 당시 제주판관 김구가 돌담을 쌓도록 했다. 경작지의 경계가 불분명해 이웃 간의 분쟁이 일어나고, 지방 세력가들이 백성의 토지를 빼앗기도 하는 등 토지를 둘러싼 분쟁을 해결하기 위해 쌓기 시작한 것이다. 돌담을 쌓은 후 토지 경계의 분쟁은 없어지고, 소와 말에 의한 농작물의 피해가 줄어들었으며, 바람을 막아내는 역할도 했다.

돌담은 바람의 속도를 완만하게 해준다. 돌담은 바람과의 관계를 고려하여 돌과 돌이 맞물리도록 쌓는 축적된 지혜가 필요한 작업이라 아무나 쌓을 수 있는 일이 아니다. 능숙하게 쌓기 위해서는 하르방 할망과 같이 오랜 경험이 필요하다. 척박한 환경 속에서 개인의 힘은 너무나 미약하다. 태풍에도 무너지지 않는 제주의 돌담에는 작은 힘 하나하나를 모아 더불어 살아가는 공동체의식이 스며 있다.

마을길을 걸어간다. 냇물이 모여 강이 되고 호수가 되듯 마을은 길들이 모여 이루어졌다. 몸통인 마을을 중심으로 길은 팔과 다리가 되고 손가락 발가락이 되어 여러 갈래로 퍼져 있다. 대평리는 느낌이 아늑하고 멋스러워 많은 외지인이 정착해 카페와 게스트하우스를 운영하고 있다. 조용하고 고요한 제주도의 전형적인 농어촌 마을이다. 삼무의 섬이라는 제주도, 대평리는 예로부터 도둑이 없고 대문이 없고 거지가 없는 삼무의 마을이었다. 돌담도 높이가 상당히 낮다. 경계를 위한 돌담이지 도둑을 막기 위한 돌담이 아니라는 듯 집안이 훤히 들여다보인다.

대평리의 옛 이름은 '난드르'였다. '난드르'는 평평하게 길게 뻗은 드르(野)의 지형이라는 긴 들판이다. 그래서 대평(大坪)이라 썼다. 용왕의 아들이 살아서 용왕난드르라고도 했다. '바다로 뻗어나간 들', '용왕이 나온 들'이라는 의미를 모아 용왕난드르마을이라고도 불렀다. 궁금증에 목말라 탐라할망에게 묻는다.

"왜 용왕난드르라고 했지요?"

"전설에 따르면 용왕의 아들이 마을에 학식이 높은 스승에게 학문을 배우는데, 서당 근처 냇물이 밤낮없이 흘러 물소리가 공부에 방해가 되었어. 3년 간의 글공부를 마친 용왕의 아들이 스승의 은혜에 보답하기 위해 소원을 말하라고 했더니, 스승은 냇물의 소리가 너무 시끄러우니 그 소리를 없애 달라고 했지. 이에 용왕의 아들은 박수기정을 만들어 방음벽을 설치해서 그 이후 물소리가 들리지 않았다고 해."

"기특한 제자네요. 박수기정이 무슨 뜻이지요?"

"박수는 바가지로 마실 샘물, 기정은 솟은 절벽이란 뜻이지. 이 마을의 우물에 두레박을 엎은 모양의 고여 있는 물이 있다고 해서 그 형상을 따라 박수라 하고 기정은 병풍을 펼친 듯한 돌기둥을 말하지."

대평포구가 박수기정을 배경으로 반갑게 모습을 드러낸다. 여러 겹 병풍을 풀어 세운 절벽, 박수기정이 신비로운 구름을 머리에 쓰고 장엄한 아침의 풍경으로 다가온다. 대평포구에서 열린 2011년 '용왕난드르 올레축제', 2015년 '용왕난드르 해녀문화축제'의 열기와 함성이 들려온다.

비는 그치고 몰질을 따라 산으로 올라간다. 몰질은 '말길'이란 뜻이다. 고려 말 새별오름에 말 목장을 만들어 생산한 말을 대평포구를 통해 반출하던 길이다. 새별오름은 제주 최고의 축제라 할 수 있는 '제주들불축제'가 열리는 현장이다. '꼬닥꼬닥 걸어 고향을 떠났던 몰질'이란 입간판이 길을 막는다. 고려 말 원나라 통치 때 군마육성소에서 이 길로 당케까지 말을 수송하여 공마선에 실었다는 내용이 기록되어 있다.

갯깍주상절리와 막상막하를 다툰다는 제주 제일의 절벽인 박수기정에 오르니 한라산이 모습을 드러내고, 구름에 덮인 넓은 난드르와 푸른 바다가 펼쳐진다. 박수기정에서 바라보는 앞바다의 광활하고 눈부신 풍광이 형언할 수 없는 장관이다. 아찔하고 위태로운 절벽에서 산방산과 형제섬을 바라본다.

옆에서는 제주도 오름 중에서 가장 나이가 어린 군산(335m)이 올레자를 내려다보고 있다. 군산(軍山)은 뾰족한 봉우리가 동쪽과 서쪽 끝에 한 개씩 있어 산 모양이 군용막사를 닮아서 붙은 이름이다. 군산에 오르면 한라산과 산방산, 난드르, 가파도와 마라도까지 볼 수 있어 심신이 호강을 한다. 제주도의 1/4이 보인다. 군산은 〈고려사〉에 목종 10년인 1007년에 '화산 폭발로 군산이 솟았다'는 기록이 있어 제주도의 368개 오름 가운데 가장 나이가 어린 1010세다. 당시 이름은 서산(瑞山)이었으니 상서로운 산이었다.

"좋은 이름을 가지고 태어난 군산에는 전설이 많지. 그 하나가 금장지(禁葬地)진설이야. 군산 정상은 풍수에서 일컫는 명당으로 '쌍선망월형'인데, 이곳에 묘를 쓰면 가뭄이 들고 흉년이 드니 묘 쓰는 것을

금했어. 그런데 누군가 몰래 묘를 만들었고 이 일대는 가뭄에 시달렸는데, 무덤을 파헤치니 비가 쏟아져 가뭄이 해소됐어. 지금도 군산자락에는 묘가 많지만 정상부에는 묘가 없어."

군산의 밤은 불꽃 찬란한 아름다움으로 야(夜)하다. 거의 9부 능선까지 자동차로 올라갈 수 있는 군산에서 바라보는 야경은 낮의 경치와는 또 다른 매력을 준다. 능선이 완만한데다 오름 전체가 숲으로 둘러싸여 있어 그 높이에도 불구하고 곁에 있어도 사람들은 신경 써서 보려하지 않는다. 산방산이 앞에 버티고 있으니 그 유명세에 가려진 면도 있지만 정상에 오르면 펼쳐지는 풍경에 압도된다.

오름이나 봉이 아닌 '산'이라 이름 붙은 제주의 산은 모두 7개다. 한라산과 영주산, 산방산과 송악산, 군산, 고근산, 단산이다. 영주산은 올레4코스 성읍민속마을 인근에, 고근산은 서귀포의 올레7-1코스에, 산방산과 송악산, 군산과 단산은 올레9코스, 10코스와 함께한다. 한라산은 올레의 모든 코스와 함께한다.

박수기정 위에서 보리수나무 우거진 평탄한 볼레낭길을 걸어간다. 보리수나무를 제주에서는 볼레낭이라 한다. 올레6코스의 보목마을을 '볼레낭개'라 부르기도 하는데, 볼레낭(보리수나무: 甫木)이 많은 해안 마을이라는 데서 유래됐다. 보리수나무는 부처가 성불한 나무라 하여 인도에서는 신성한 나무로 여기는데, 불교에서는 이 나무로 염주를 만들기도 한다. 올레자가 수행자의 마음으로 순례자가 되어 보리수나무 길을 걸으며 언감생심, 성불을 꿈꾼다. 히말라야 가는 길에 만난 네팔은 산의 나라인 동시에 신의 나라이기도 했다. 모두 다 신이라는 다신교 힌두교 성지를 비롯해 부처가 태어난 성자의 나라였다.

싯다르타는 기원전 563년경 네팔에 소재한 타라이 중앙의 룸비니 동산에서 태어났다. 고대 인도의 카필라 왕국으로 현재는 네팔 쪽에 위치한 작은 숲이다. 부처는 무우수나무 아래에서 태어나 보리수나무 아래에서 성불했고, 사라수나무 아래에서 적멸했다. 부처는 룸비니 동산에서 태어나서 부다가야에서 성불하였고, 녹야원(사르나트)에서 최초의 설법을 하였으며, 쿠시나가라에서 열반하였다. 그 날들은 모두 음력 보름날이었고, 그 장소는 모두 불교의 4대 성지가 되었다. 싯다르타는 29세에 출가하여 35세에 부처가 되었고 80세에 열반했다. 부처는 글을 남긴 적도 없고 불교를 만든 적도 없다. 부처의 제자들은 부처의 말씀을 대장경, 아함경, 법화경, 화엄경, 열반경 등 총 1460종, 4250권으로 정리하였고, 불교를 만들었다.

부처의 가장 큰 가르침은 자비, 자비는 남을 위한 진실한 사랑이다. 자(慈)는 진실한 우정을, 모든 사람들에게 즐거움을 주는 것이요, 비(悲)는 불쌍히 여기는 마음, 중생의 괴로움에 대한 깊은 이해, 동정, 연민의 정이다. 자비는 조건 없이 베푸는 것, 부처는 재시, 법시, 무외시의 세 보시를 가르쳤다. 재시는 물질을, 법시는 진리의 말을, 무외시는 무서워 말라고 용기를 주는 보시이다. 가진 것이 아무것도 없다며 슬퍼하는 할머니에게 부처는 무재칠시(無財七施)로 위로한다. 정다운 얼굴로 대하는 화안시, 사랑의 말로 대하는 언시, 따뜻한 마음으로 대하는 심시, 따뜻한 눈길로 대하는 안시, 몸으로 도와주는 신시, 자리를 양보하는 상좌시, 상대방의 마음을 미리 헤아려 대하는 찰시이다.

부처의 일생을 돌아보며 걸어가는 박수기정 보리수나무 길, 웅장한 성벽을 보는 듯 위엄 있는 박수기정 1.3㎞의 주상절리 절벽 위에

100만 평의 농경지가 자리 잡고 있어 놀라움을 준다. 볼레낭길을 지난 발걸음은 이윽고 월라봉의 산기슭을 걸어간다. 봉수대를 지나서 오르고 내리고를 반복하며 일제동굴진지들을 지나간다. 1945년 제주도를 결사항전의 군사기지로 삼았던 일제강점기의 유산이다. 월라봉을 내려오며 숲길에 들어서니 소떼들이 길을 막는다. 송아지 두 마리가 놀란 듯이 어미 소 뒤로 몸을 숨긴다.

소나 말은 모두 집에서 기르는 짐승으로 인간에게 유익한 가축이다. 그런데 인간들은 소와 말을 차별한다. '우생마사'라며 소는 살고 말은 죽는다 하고, '우보천리 마보십리'라 하며 소는 천리를 가는데 말은 십리를 간다고 한다. 생각하면 말의 신세가 억울하기도 하고 처량하다. 말의 단점과 대비하여 소의 장점을 일방적으로 부각한 것이니 너무 서운해 하지 말라며 제주의 말들에게 위로를 전한다. 소떼들이 올레자에게 은근과 끈기, 느림의 미학을 따뜻한 눈길로 보내온다.

험한 산기슭에 계곡이 나타난다. 제주도에서 가장 아름다운 곳으로 이름난 창고천이 흐르는 안덕계곡이다. 원시 난대림으로 둘러싸인 깊고 울창하고 신비로운 계곡이다. 먼 옛날 하늘이 울고 땅이 진동하며 구름과 안개가 끼더니 7일 만에 큰 산이 솟는 화산의 폭발로 인해 암벽 사이로 계곡이 생겨났다고 고려사 〈오행지〉에서는 전한다. 화산이 만든 계곡은 뭍과는 닮은 듯 다르며, 화산암의 절벽과 괴석 사이로 시냇물이 계곡에 가득차서 암벽 사이를 굽이굽이 흘러가니 치안치덕(治安治德)한 곳이라 해서 안덕계곡이라 부른다.

안덕면에는 창고천(倉庫川)이 관통하여 흐른다. '창고가 있었던 사실'에 의해 붙여진 이름이란다. 창고천을 경계로 동쪽에는 창천(倉川),

서쪽에는 감산(柑山)이라는 마을이 있어 부락의 경계이기도 했다. 감산천(柑山川)이라고도 불렀다. 최근 창고천은 올레9코스 외에도 안덕계곡 탐방로, 안골 반딧불이 탐방로, 추사유배길, 세계지질공원탐방로, 한라산둘레길 등 다양한 도보길이 지나면서 인기를 끌고 있다.

한라산 남서쪽 삼형제바위와 '숨은 물뱅듸'에서 발원한 창고천은 하류에서 안덕계곡을 이루며 바다로 들어간다. 안덕계곡은 풍부한 생태자원과 절경으로 유명하다. 평평한 암반, 맑은 계곡, 조면암으로 형성된 계곡의 양안은 고색창연한 기암절벽이 병풍처럼 둘러있고, 양쪽 기슭에는 동백나무, 구실잣밤나무 등이 울창한 고목림을 이루고 있다. 올레길 종주를 마치고 다시 찾은 어느 봄 날 돗자리에 책 한권을 들고 머문 안덕계곡은 무릉계곡과 다름이 없었다.

인근 대정에서 유배 중이던 추사 김정희는 안덕계곡의 아름다움에 반하여 자주 찾아 심신을 달래었고, 유배 막바지에는 식수 부족으로 거처를 아예 안덕계곡으로 옮겼다고 하는데 위치가 궁금했다.

"안덕계곡에 거주했다는 추사의 거주지는 어디 있어요?"

"기록은 있는데 위치는 불확실해."

"10코스에는 추사의 적거지가 있지요?"

"추사 기념관과 함께 잘 복원되어 있어."

추사 김정희! '조선 최고의 학자는 퇴계 이황, 조선 최고의 예술가는 추사 김정희'라고 하지 않는가. 세상에 학문과 예술로 이름을 날리다가 어느 날 억울한 누명으로 '하늘이여! 대저 나는 어떤 사람이란 말입니까?'라고 탄식하며 극악의 유배지, 멀고 먼 제주도로 유배를 온 추사 김정희, 그는 유배 막바지 안덕계곡 인근에 거처를 두었다고 전한다. 제주에서 추사를, 올레에서 추사를 만나는 것은 여행의 특별한 선물이다.

추사(秋史) 김정희(1786~1856)는 정조 10년 예산에서 태어났다. 고조할아버지는 영의정을 지냈고, 중조할아버지 김한신(1720~1758)은 영조의 귀여운 둘째 딸 화순옹주와 결혼한 왕의 사위였고, 아버지 김노경은 이조판서를 지낸 명문출신으로 왕가의 사돈집 귀공자였다. 어려서부터 영특하여 박제가의 가르침을 받았고, 일곱 살 때 추사가 쓴 입춘첩을 본 채제공은 "이 아이는 반드시 명필로 세상에 이름을 날릴 터이나, 만약 글씨를 잘 쓰면 운명이 기구할 것이니 절대로 붓을 잡게 하지 마시오."라는 말을 남겼다고 전한다.

24세 때 동지부사로 아버지를 따라 청나라 북경에 갔다가 평소 흠모하던 당대의 석학 옹방강(1733~1818)과 완원을 만났다. 옹방강은 추사에게 금석학을 가르쳤고, 완원은 추사를 제자로 삼아 완당(阮堂)이라는 호를 내려주었다. 이후에도 교류는 지속되었고, 북경 기행은 추사가 천하의 인재로 크는 결정적인 계기가 되었다.

추사는 35세에 과거에 급제하여 규장각 대교(待敎), 성균관 대사성(大司成)을 지냈다. 헌종 6년(1840) 55세 되던 해에 추사는 병조참판으로, 그해 겨울에는 동지부사가 되어 30년 만에 다시 연경으로 가게 되었는데, 이때 정변이 일어나 연경이 아니라 제주로 유배를 가게 되었다. 안동 김씨 세력들이 '윤상도 옥사'를 내세워 추사를 탄핵한 것이다. 추사가 윤상도가 올렸던 상소문의 초안을 잡았다는 누명을 씌운 것이었다. 추사는 형틀에 묶여 고문을 당하여 죽음 직전까지 이르렀다. 이때 벗인 우의정 조인영이 왕에게 죽음만은 면하게 해달라고 호소하여 간신히 목숨을 구하게 되었다. 유배는 사형, 유형, 도형, 장형, 태형 등 이른바 오형 가운데 사형 다음으로 무거운 중형이었는데, 유배에는 반드시 장형을 병행하였다. 추사는 한양에서 가장 먼 2040리 유배길의 대정현에서 '산 무덤'이라는 위리안치 형을 받았다.

헌종 6년(1840) 9월 2일, 제주로 가는 추사의 유배길에는 금오랑(金吾郞)이 행형관으로 대정까지 동행했으며, 집에서는 머슴 봉이가 해남의 이진까지 따라왔다. 이진은 삼남대로의 출발점으로 추사는 물론 훗날 송시열, 최익현도 이진에서 제주의 화북포구로 유배를 갔다. 제주도로 떠나는 추사를 배웅하기 위해 이진까지 나온 동갑내기 친구 초의선사는 자신이 들고 있던 염주를 선물했다.

한양에서 출발한 지 25일 뒤인 9월 27일 추사는 제주로 가는 배를 탔다. 당시 제주로 향하는 뱃길은 죽을 고비를 넘기는 아슬아슬한 항로였다. 스승인 추사를 찾아 세 번이나 제주도를 찾았던 소치 허련(1809~1892)에게 평소 허련을 아끼던 헌종이 물었다.

"그대가 세 번 제주에 들어갈 때 바다의 파도 속으로 왕래하는 것이 어렵지 않더냐?" 허련은 비장하게 대답했다.

"하늘과 맞닿은 큰 바다에 거룻배를 이용하여 왕래한다는 것은, 삶과 죽음의 갈림길에서 운명을 하늘에 맡겨 버린 것입니다."

훗날 추사의 해배는 헌종에게 허련이 간곡하게 요청해서 이루어졌다. 제주도는 조선시대 유배지 가운데 가장 많이 이용되었던 곳이다. 〈조선왕조실록〉에서 유배 관련기사 5,860건 가운데 1위에서 5위까지는 모두 섬이었는데, 1위가 바로 제주도였다. 이유는 한양에서 가장 멀리 떨어진 섬인데다 통제가 가능했기 때문이다. 죄인을 유배지에 보내면 유배지 백성들이 그들의 의식주를 해결해 주어야 하므로, 제주도민들은 많은 유배인의 뒷바라지로 경제적으로 곤궁해지자 죄인들을 육지로 출배(出配)시켜 달라고 상소를 올릴 정도였다.

제주로 가는 유배길, 당시의 선박 사정으로 제주해협을 건너기란 결코 쉬운 일이 아니었다. 제자이자 추사의 육촌인 민규호의 〈완당 김공 소전〉의 기록이다.

"제주는 옛 탐라인데 큰 바다가 사이에 끼어 있어 거리가 매우 멀고 바람이 많이 분다. 그런데 공이 이곳을 건널 적에는 유난히 큰 파도 속에서 천둥 벼락까지 만나, 죽고 사는 일이 순간에 달렸다. 배에 탄 사람들은 모두 넋을 잃고 서로 부둥켜안고 통곡을 했고, 뱃사공도 다리가 떨려 감히 전진하지 못했다."

성종 18년(1487) 제주목에 추쇄경차관으로 부임하였던 최부(1454~1504)는 이듬해 아버지의 부음을 듣고 고향 나주로 가기 위해 화북포구에서 배에 몸을 실었다가 풍랑에 떠밀려 바닷길을 헤매며 해적을 만나 겨우 탈출하기도 하면서 중국 절강 연해에 표착하였다. 이후 136일 만에 귀국해 남긴 〈표해록〉의 기록이다.

"제주는 멀리 큰 바다 가운데 있고 물길 900여 리의 파도가 다른 바다보다 더욱 흉포합니다. 진공선과 상선들이 이어져 끊어지지 않지만 표류하여 침몰되는 일이 열에 대여섯이 되어, 제주사람은 앞 항해에 죽지 않으면 필시 뒤 항해에 죽게 됩니다. 그러므로 제주 땅에 남자의 무덤이 아주 적고 마을에서는 여자가 남자보다 세 곱절 많습니다. 부모 된 자가 딸을 낳으면 필시 이는 내게 효도를 잘 할 것이라 말하고, 아들을 낳으면 이는 내 아이가 아니라 고래와 자라의 밥이라고 말합니다."

아들을 낳으면 필시 고래와 자라의 밥이 되는 상황이라니 삼다도에 바람과 돌, 그리고 여자가 들어가는 사실이 이해가 간다. 화북포구(올레18코스)에 도착한 추사는 민가에서 하룻밤 유숙을 하고 다음날 아침 10리 길을 걸어 제주성으로 들어갔다. 큰 바람이 불어서 길을 나아갈 수 없었던 추사는 하룻밤을 제주성에서 묵은 뒤 다음날 대정현으로 길을 나섰다. 서쪽으로 80리 길, 추사는 유배형을 선고받은 지 한 달 만인 10월 2일, 드디어 대정현에 도착했다. 추사는 바다 건너 제주로 유배 오는 과정을 사촌 동생 명희에게 보낸 편지에서 자세히 언급했다.

"(전략) 오후에는 풍세가 꽤나 사납고 날카로워져서 파도가 일렁거리고 배가 따라서 오르내리니 배를 처음 타 본 사람들은 금오랑으로부터 우리 일행에 이르기까지 그 배에 탄 초행인들 모두가 현기증이 일어나 얼굴빛이 변하지 않는 사람이 없었네. 그러나 나는 종일 뱃머리에 있으면서 나 혼자서 밥을 먹고 키잡이나 뱃사공들과 더불어 고락을 함께하여 바람을 타고 파도를 헤치려는 뜻이 있었네. 이 죄 많은 사람을 돌아보건대 어찌 감히 스스로 존재할 수 있겠는가. 실상은 임금님의 신령스러운 힘이 멀리 미친 것이며 저 푸른 하늘 또한 나를 가련히 여기시어 도와주신 것인 듯하였네. 저녁놀이 질 무렵에 곧장 제주성의 화북진 아래에 도착하니 이곳이 곧 배를 내리는 곳이었네. 제주도 사람들이 모두 말하기를 "북쪽에 배가 날아서 건너왔도다. 해 뜰 무렵에 배가 떠나서 석양에 도착한 것은 육십일

동안에 보지 못하였다."고 하더군. (....) 배가 정박한 곳으로부터 주성까지는 10리였는데, 그대로 화북진 밑의 민가에서 머물러 자고 다음 날 아침 성으로 들어갔네.

　(....)

　대정은 제주성에서 서쪽으로 팔십 리 떨어져 있는데, 그 이튿날은 큰 바람이 불어서 앞으로 나아갈 수 없었다네. 또 그 다음날은 초하루인데 바람이 그친 까닭으로 마침내 금오랑과 더불어 길을 나섰네. 그 길의 절반은 모두 돌길이라서 사람과 말이 비록 발을 붙이기 어려웠지만, 절반쯤 지나자 평평해지더군. 또 밀림의 무성한 그늘 속을 지나는데 겨우 한 가닥 햇빛이 통할 뿐이었네. 하지만 모두 아름다운 수목들로서 겨울에도 푸르러서 시들지 않았으며 간혹 단풍 든 수풀이 있어도 새빨간 빛이라서 육지의 단풍들과는 달랐네. 매우 사랑스러워 구경할 만하였으나 정해진 일정으로 황급히 길을 매우 바쁘게 갔으니 하물며 어떻게 흥취를 돋울 수가 있었겠는가. 대체로 고을마다 성(城)의 키는 말(馬)만큼이나 작았네. 정군(鄭君)이 먼저 가서 군교(軍校)인 송계순의 집을 얻어 그 집에 머물게 되었네. (....)

　그리고 가시울타리를 치는 일은 이 가옥 터의 모양에 따라 하였네. 마당과 뜨락 사이에 또한 걸어 다니고 밥 먹고 할 수 있으니 거처하는 곳은 내 분수에 지나치다 하겠네. 주인 또한 매우 순박하고 근신하여 참 좋네. 조금도 괴로워하는 기색이 없는지라 매우 감탄하는 바일세. 이 밖의 잡다한 일이야 설령 불편한 점이 있다 하더라도 어찌 그것을 감내할 방도가 없겠는가?"

　추사의 기약 없는 귀양살이는 이렇게 시작됐다. 대정에서 추사의 1차 적거지는 대정읍성 안에 있는 송계순의 집이었다. 유배인이 도착하면 고을 수령은 유배인이 거처할 배소와 유배인의 관리를 담당할 보수주인(保授主人)을 지정하고, 이탈을 방지하기 위해 일정한 기간마다 점고를 행했다. 추사는 송계순에 대해 '주인 또한 매우 순박하고 근신하여 참 좋네. 조금도 괴로워하는 기색이 없는지라 매우 감탄하는 바이로세.'라고 칭찬을 했다. 송계순의 집에서 위리안치라고 했지만 유배인의 감시 책임은 관내 수령에게 있었기 때문에 실제로 울타리 안으로 제한되지는 않았고 추사는 나중에 제주목을 다녀오거나 한라산을 오르기도 했다.

송계순의 집에서 2년을 머물던 추사는 제주도 전통의 이사철인 '신구간'에 강도순의 집으로 적거지를 옮겼고, 나머지 유배 생활은 대부분 그 집에서 보냈다. 유배가 끝날 무렵에는 식수(食水)의 불편 때문에 안덕계곡 근처로 거처를 옮겼다고 전한다. 강도순의 집은 그가 해배된 지 100년이 되는 해인 1948년 제주도 4·3사태 때 불타버렸고 현재의 집은 1984년에 복원되었다.

"할망! 신구간(新舊間)이 뭐예요?"

"이사나 집수리 등을 할 수 있는 제주 특유의 세시풍속이야. 구관(舊官)과 신관(新官)이 교체되는 시기인데, 24절기의 마지막 절기인 대한(大寒) 후 5일째부터 새로 시작하는 입춘이 되기 3일 전까지 일주일 동안이지. 제주 사람들은 하늘의 신들이 지상에 내려와 인간사를 관장하다가 신구간에 임무를 다하여 하늘로 올라간다고 믿었어. 이때 새로운 신들이 내려오기 전에 지상에 신들이 부재(不在)하는 기간이 생기게 되는데, 신들이 부재하는 동안에 일어나는 모든 일은 신의 제재를 받지 않기 때문에 이때 평소 조심스러웠던 이사, 집수리, 묘지 손질 등을 부리나케 해. 집안의 모든 일들, 평소 꺼리는 아무 집안일을 해도 동티가 나지 않는다고 믿는 거지. 신구간이 지나면 추위가 가고 새날 입춘을 맞이하는 것이니, 신구간은 신들과 더불어 살아가는 제주사람들의 겨울나기 통과의례 같은 것이었어. 신구간에는 과학적인 이유가 있어. 늘 따뜻한 제주가 이때만큼은 기온이 뚝 떨어져 기온이 낮기 때문에 세균 번식이 잠잠해지니 화장실이나 집을 수리해도 문제가 없고, 갖은 유산균이 자라는 장독을 옮겨도 되는 때야."

　조선시대 200명에 이르는 유배객이 제주도에서 귀양살이를 했다. 귀양살이는 기한이 정해져 있지 않은 종신형이나 다름없었다. 간혹 정세 변화에 따라 방면 또는 사면된 뒤 재환의 길이 열리거나 다른 지역으로 유배지를 옮기는 경우가 있다. 사면 후에 제주도에 아주 정착하는 경우도 있었다. '가장 괴로운 것은 조밥이고, 가장 두려운 것은 뱀이며, 가장 슬픈 것은 파도소리'라는 유배는 온몸에 쇠추를 매단 듯 무거운 세월, 스스로 그 무게에 짓눌려 좌정한 칩거의 세월이다. 그러나 고위 정객들은 대부분 제주도의 여자를 소실로 맞아 유배 생활을 비교적 편하게 했다. 제주도 토착세력들이 고위 정객들과의 혼인관계를 통해 신분 상승을 하기 위해 더욱 적극적이었다. 유배인의 입장에서는 제주도 토착세력과의 관계 맺음을 통해 어려운 유배 생활을 견뎌 낼 수 있는 이점이 있어 양자의 이해가 맞아떨어졌다. 육지에서는 도저히 있을 수 없는 일이었다. 소실은 제주도에서는 '작은 각시' 또는 '작은 어멍'이라고 불렀다.
　제수도에는 원래 처첩 간에 신분 차이가 거의 없었다. 제주도의 첩은 처첩 간에 신분 차이가 엄격한 양반가의 첩과는 달랐다. 남자와 본처에 종속적인 지위에 있는 것도 아니며 옥내 노동에만 종사하지도 않았다. 제주도의 첩은 초혼이나 재취(再娶)를 한 여자들과 거의 다를 바 없는 지위에서 옥외 노동에 종사하며 자기의 생활을 영위했다. 유배인의 소실은 제주도의 첩 형태와 양반가의 첩 형태가 혼합된 유형이라 할 수 있다. 유배인들 가운데 유배가 풀려 돌아갈 때 제주도에서 맞은 소실과 자식을 데려간 사람은 아무도 없다. 데려가지 않았다기보다 제주도의 자식과 소실들이 따라가기를 원치 않았다. 따라간다 한들 기생첩과 같은 천첩(賤妾) 이상의 대접은 받지 못할게 분명했기 때문이다. 예로부터 소실은 추선(秋扇), 곧 '가을 부채'라고 했다. 더위가 가고 선선한 가을이 되면 필요 없어 버려지는 부채에 첩의 불우함을 비유했다. 유배인들이 해배되어 복귀할 때면 소실들은 용도 폐기된 부채 신세라고 해도 과언이 아니었다. 그러기에 소실은 유배인들을 따라가기보다 차라리 제주도에 남기를 원했다. 고위 정객의 유배는 특권의 상징이었기에 제주도의 문벌을 이루는 대표적 가계들은 그 후손들이다. 그런 이유에서 제주도에서는 특이하게 서얼을 차대하는 문화가 없다.

"추사에게도 제주도에 소실이 있었어요?"

"추사가 쓴 〈일독이호색삼음주—讀二好色三飮酒〉라는 글씨를 보면 첫째가 독서요 둘째가 여자요 셋째가 술이라 했으니 여자가 있어야겠지. 그런데 추사에게 여자가 있었다는 기록은 어디에도 없어. 사람들이 호기심으로 때로 가공의 인물을 만들기는 하지만."

"가공의 인물이라니요?"

"누군가의 소설에 추사의 첩으로 '초생'이라는 캐릭터도 있고, 1857년 21세의 제주 출신의 김금홍이라는 기생이 추사체로 쓴 8폭 병풍의 글씨체를 보고 추사의 양딸이거나 몸종일 수 있다고도 하지."

"추사에게도 소실이나 첩이 있을 수도 있지 않아요?"

"누구보다 여자를 좋아했고 여자를 가까이 함이 당연시되던 시절이지만 유배지에서 여자 없이 인고의 세월을 보내는 것이 여자를 좋아하는 진정한 남자의 자세인지도 모르지."

임금내전망대에서 올랭이소를 지나는 깊고 푸른 계곡이 나타난다. 임금내는 물이 두 줄기로 나눠진다고 해서 이곡(二曲)내라 부르던 말이 변한 것이다. 하지만 두 갈래의 물줄기는 마치 임금이 찾아볼 정도의 풍광이다. 올랭이소는 야생 오리떼가 날아들어 붙은 이름이다. 올랭이는 오리의 제주말이다.

안덕계곡의 하류 황개천을 따라 숲길을 걸어간다. 물길은 이제 바다로 들어간다. 그곳에 누런 물개가 나타나서 황개천이라 한다. 화순리 선사마을 유적공원을 지나서 화순금모래해변을 지나간다. 산방산과 용머리해안을 바라보며 올레안내소에서 올레9코스를 마무리한다. 작은 고추가 맵다던가, 가장 짧은 올레길이라 가볍게 나선 길, 오르고 내리면서 험한 길에 놀라고, 그 수고에 걸맞은 풍광에 또 놀라는 9코스다.

올레10코스로 진행을 해야 하건만 휴식년제라 걸을 수가 없다. 예전에 걸었던 10코스의 절경은, 아쉽지만 7월 1일 이후로 미룬다. 하늘에서 촉촉하게 비가 내린다. 비 내리는 모슬포로 달려가 술 한 잔 곁들이며 방긋 웃는 방어와 다정한 인사를 나눈다. 제주 올레가 주는 보너스에 올레자가 흥겹다.

산방굴사 - 아, 세한도!

📍 **10코스** 화순에서 모슬포올레 17.3㎞

화순금모래해변-사계리해안-송악산-섯알오름-알뜨르비행장-모슬포항

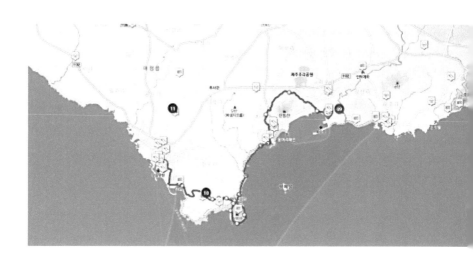

'제주 올레 10코스 휴식년 실시'로 2015년 7월 1일부터 닫혔던 올레10코스가 2016년 8월 1일 재개장했다. 10월 26일, 올레10코스 안내소. 창문을 두드리며 인사를 한다.

"안녕하세요? 반갑습니다."

환한 미소로 문을 열고 나오는 올레지기.

"누군 줄 잘 모르시죠?" 하고 손을 내밀자, 당황하며 악수로 응대를 한다.

"금년 초에 10코스를 제외하고 올레종주를 하였는데, 단 한 번도 올레안내소에서 사람을 만나본 적이 없었어요. 그러니 오늘 제가 얼

마나 반갑겠습니까?"

손을 잡고 함께 웃으니 올레꽃이 활짝 금방 피어오른다. 산방산과 용머리해안을 병풍삼아 바다를 즐길 수 있는 금빛모래 반짝이는 화순해수욕장에서 올레10코스를 시작한다. 두 번이나 걸었던 경관 좋은 10코스, 그러나 이번 올레종주에서는 26번 째, 실질적으로 종주의 마지막이다. 산방산과 용머리해안을 가로질러 지나갔던 올레길은 대체탐방로로 산방산 둘레길을 걷는다. 곶자왈의 숲들을 헤치고 산방산의 뒤로 돌아간다. 산방산의 뒷모습은 2010년 2월 마라도에서 고성 통일전망대까지 국토종주 도보여행을 하면서 음미한 적이 있다. 그때는 마라도에서 유람선을 타고 송악산 선착장에 도착해서 10코스를 역 방향으로 걸어서 산방산을 돌아나가 제주항으로 갔다. 세찬 겨울바람 불어오던 그날들의 기억이 새록새록 새롭게 다가온다.

산 안에 방처럼 생긴 동굴이 있어 이름 지어진 산방산(395m)은 송악산과 더불어 제주 남서부를 대표하는 산이다. '산속의 굴'을 뜻하는 해식동굴인 산방굴에서 바라보는 정경은 가히 장관으로 영주십경의 하나로도 꼽힌다. 석굴 안에는 불상을 안치하고 있어 산방굴사라는 사찰로 불리며 수도승의 수행처로 쓰이는데 찾아드는 사람들의 발길로 항상 법석인다.

산방산과 용머리해안은 환상적인 조합을 이룬다. 산방산에서 내려다보면 용이 바닷물 속으로 들어가는 모양, 그것이 제주 제일의 해안 절경 용머리해안이다. 해안선을 이루는 절벽의 모양이 용이 머리를 들고 바다로 들어가는 모습이다. 해안을 따라 변화무쌍한 수평층리, 풍화혈, 해식동굴, 수직절리 단애와 손잡을 듯 가깝게 굽이치는 파도가 뛰어난 절경을 자아낸다. 오랜 세월 층층겹겹이 쌓인 사암층 암벽이 장관을 연출하는데 제주도에서 가장 오래된 수성화산(水性火山)으로 파도와 바람이 조각한 해안이다.

산책로를 따라 시원한 바닷바람을 맞으면서 기암괴석과 에메랄드빛 바다를 바라보며 걸어가면 신비감은 절정에 달한다. 해녀들이 바다에서 갓 잡아온 해산물을 바위에 앉아 곁들이면 구름 타고 다니는 신선도 부럽지 않다. 용머리해안을 돌아 나오면 하멜 일행을 태웠던 범선 모형과 기념비가 기다린다. 그러면 350여 년 전 제주도에 표류해 13년 간 조선에 머무르다 1666년 탈출한 하멜 일행이 시공을 넘어 다가온다.

태풍을 만나 악전고투 끝에 제주에 표류할 당시 승무원 64명 중 36명만이 살아남아 조선병사들에게 체포당한 하멜 일행은 제주목사에게 압송되어 심문을 받게 되고, 심문이 끝난 후 광해군이 유배되어 살던 집에 수용되었다. 인조반정으로 실각한 광해군이 강화도, 교동도를 거쳐 제주도에 유배되어 12년 전인 1641년 이 집에서 세상을 떠났다. 14년 만에 네덜란드 본국에 도착한 하멜은 자신이 소속된 동인도회사에 밀린 노임을 청구하기 위해 그간의 경위를 기록한 체류일지와 조선왕국의 정보를 정리해 제출했는데, 이것이 바로 코리아와 네덜란드의 운명적인 만남이 되는 '하멜표류기'이다. 이는 17세기 유럽에서 발간된, 신뢰할 만한 최초의 한국 관련 자료로서 이후 전 유럽에 코리아에 대한 관심을 폭발적으로 일으켜 네덜란드는 물론 프랑스, 독일, 영국 등지에서 쇄를 거듭하며 팔려나갔다.

하멜의 길은 원치 않는 험난한 길이었다. 하지만 그 길은 역사에 길이 남을 길이 되었다. 길 없는 길을 와서 후세에 많은 사람이 다닐 수 있는 길을 만들었다. 돌아보면 결국 그 길 또한 길이었으니 세상에 길 아닌 길은 없다.

　기존의 올레길 3.3㎞ 대신 대체 탐방로 5.2㎞ 새로운 길을 걸어 종점에 이른다. 올레코스 중 가장 아름답다고 할 정도로 인기 코스였던 10코스, 그 가운데서도 백미였던 산방산과 용머리해안을 먼발치에서 바라본다. 올레길에서 당연히 만날 수 있었던 산방굴사와 용머리해안의 숨결, 이제는 한 발짝 물러나서 느껴야 한다는 사실이 새삼 아쉽다. 당연시하고 백안시했던 존재들이 떠나고 나면 소중하게 다가온다. "있을 때 잘해 후회하지 말고~~"라는 유행가 가사가 허공에 맴돈다.

　제주의 바람과 비와 햇빛으로 키워낸 아름다운 유채꽃이 들판을 덮고, 단산(158m)이 거칠고 사나운 모습으로 다가온다. 제주 오름은 대부분 둥그스름하고 부드럽게 이어지는 곡선의 형태로 다분히 여성적이다. 그런데 단산은 거칠고 사납다. 수직에 가까운 벼랑과 바위로 둘러싸인 험산으로 제주오름의 이단아라 할 만하다. 산악인들이 암벽 훈련장소로 즐겨 찾을 정도로 험한 '칼날바위'로, 추사유배길 1코스 '집념의 길'에 포함되면서 험한 지형에 목재 데크가 놓였고, 한 시간 남짓한 등산로가 되었다.

　수직 벼랑에 둘러싸인 단산 정상에 오르면 절경에 탄성이 절로 나온다. 단산 정상은 360도 회전 전망대다. 한 바퀴 돌면 제주 서남부 일대의 풍경이 파노라마처럼 펼쳐진다. 한라산과 산방산, 송악산이 지척에 있고, 수평선에 맞닿아 있는 제주바다 위에 가파도와 마라도가 두둥실 떠 있다. 들녘의 밭담도 옹기종기 모여 경계를 이루는 형상이 마치 거북이 등짝 같다.

　형제섬을 바라보며 한반도 최남단 산인 송악산을 향해 사계리해안을 걸어간다. 형섬(본섬)과 아우섬(옷섬)을 벗하며 걷는 '한국의 아름다운 길 100선'에 선정된 해안길, 파도소리 아름답게 귓가를 울리고, 추억은 정겹게 뇌리를 스쳐간다. 아름다운 경관을 보았을 때 떠오르는 얼굴들은 사랑하는 사람이라지 않는가. 함께 하고 싶은 고운 얼굴들이 스쳐간다.

사계리해안은 사람 발자국과 동물 발자국 화석이 있어 많은 사람이 찾기도 한다. 약 1만9천 년에서 2만5천 년 전 사이에 생성된 것이라고 하는데, 아시아에서는 중국에 이어 두 번째로 발견된 발자국 화석으로 천연기념물 제464호로 지정되었다. 구석기시대의 유적으로 대개 타제석기와 동물뼈로만 확인했던 것에 비해 구석기인들의 발자국을 확인했다는 점에서 의미가 있다.

안덕면 사계리를 지나 대정읍 상모리로 들어선다. 큰 고요함이라는 뜻의 '대정(大靜)'이건만 역사적으로 고요하지만은 않았던 고장이다. 조선시대 제주의 세 고을은 제주목과 동북쪽의 정의현, 남서쪽의 대정현이었다. 그래서 제주목에는 제주목관아가 있었고, 정의현과 대정현에는 읍성이 있었는데, 정의현의 읍성은 성읍민속마을이 중요민속자료로 지정될 정도로 옛 모습이 남아 있으나 대정현의 자취는 대정읍성의 한 자락과 대정향교만 남아있어 옛 고을의 흔적을 말해준다. 대정 아랫동네인 모슬포는 '모슬포'가 '못살(사람이 살지 못할)포'에서 나왔다는 말처럼 여태껏 초라한 옛 모습이다. 대정현은 일제강점기부터 서귀포시가 형성되면서 고을의 무게중심이 서귀포로 이동했다. 또한 일제강점기의 알뜨르비행장과 한국전쟁 당시 육군 제1훈련소가 들어서면서 대정읍성은 대부분 헐리고 북쪽성벽만 일부 복원되어 남았다. 대정읍성은 태종 16년(1416) 현청소재지로 정해지고 2년 뒤인 1418년에 축조되었다. 성벽둘레는 약 1614㎞ 높이 약 5m로, 산과 계곡을 끼고 있는 다른 읍성들과는 달리 집과 밭들 사이에 있어 전쟁을 방비했다기보다는 높은 울타리 같은 느낌을 준다.

성벽 한 쪽에는 '삼의사비(三義士碑)'라는 비석이 세워져 있다. 1901년에 일어난 신축교란(辛丑敎亂), 일명 이재수의 난 때 장두 역할을 하다가 처형된 이재수, 오대현, 강우백 세 사람의 넋을 기리기 위한 것이다. 신축교란은 민중봉기였기 때문에 누구도 추모비를 세워주지 않았는데, 난이 일어난 지 60년 뒤인 1961년에 대정읍 주민들이 조촐한 비를 세웠고, 1997년 대정읍 청년회에서 불의에 저항한 세 명을 의사(義士)로 만들어 기념비를 세웠다. 이재수의 난은 대정에서 포교하던 프랑스인 신부가 부패한 관리와 결탁하여 대정 주민들을 학대하고 수탈하자, 이에 주민들이 봉기하여 천주교 신자를 관덕정 앞에서 살해한 사건이다. 이를 진압하기 위해 관군이 파견되고 프랑스 함대까지 동원되어 수백 명의 사망자를 내고, 민중을 이끈 장두들은 처형되고 사건은 끝났다.

대정읍 안성리에는 대정읍성 동문 바로 안쪽에 추사 김정희가 유배생활을 할 때 머문 초가, 추사적거지가 있다.

"추사 김정희는 '최고 좋은 반찬은 두부 오이 생강 나물이고 가장 좋은 모임은 부부 아들 딸 손자의 모임이다.'라고 했는데. 제주에 유배 온 추사가 어떻게 살았는지 궁금하네요. 사람은 궁할 때 본색이 드러난다고 하잖아요?"

"그럼. 위대한 인물들이 위기 앞에서 어떤 모습으로 살았는지, 이는 후대들이 눈 여겨 볼 필요가 있어. 이제 제주에서 유배생활을 한 추사의 행적을 따라가 볼까?"

"추사는 대정현에 위리안치 형을 받았지요?"

"그렇지. 한양에서 가장 멀리 떨어진 섬 제주도, 제주도에서도 가장 먼 남쪽 대정현, 대정현에서도 가시울타리 안에만 거주하는 위리안치라는 중형을 선고 받았지. 추사는 유배 초기에 송계순의 집에 머물다가 이유는 알 수가 없지만 몇 년 후 강도순의 집으로 이사를 했어. 현재 추사적거지로 지정된 강도순의 집은 1948년 4·3항쟁 때 불타버리고 빈터만 남은 것을 강도순 증손의 고증에 따라 1984년에 다시 지은 것이야. 유배 말년에 안덕계곡으로 옮겼다고 하는데 정확한 기록은 없어."

조선의 형벌에는 사형(死刑), 유형(流刑), 도형(徒刑), 장형(杖刑), 태형(笞刑) 등 이른바 오형이 있는데, 유형(流刑)은 사형 다음의 중형으로 죄인을 먼 곳에 유배시켜 격리수용하는 제도인데, 원칙적으로 종신형이었다. 왕의 사면령이 없으면 한평생 귀양살이를 해야 한다. 도형은 장형을 집행한 후 일정 지역에서 1년에서 3년까지 노역에 종사하도록 하는 처벌이고, 장형은 태(笞)보다 약간 굵은 장(杖)으로 60대에서 100대를 치는 형이다. 태형은 비교적 가벼운 죄를 범한 자에게 볼기를 10대에서 50대를 치는 신체형이다.

유배는 유형에 그 집행을 뜻하는 '배(配)'라는 말을 붙인 용어로 순수 우리말로는 귀양이다. 귀양은 고려시대 벼슬에서 고향으로 쫓아보내는 귀향형(歸鄕刑)에서 유래한 말인데, '귀양다리'는 유배인을 낮잡아 본 말이다. 유형은 거주지와 유배지의 거리를 기준으로 구분하기도 했지만 천사·부처·안치를 가장 많이 시행했다. 천사(遷徙)란 고향에서 천리 밖으로 내쫓는 것이고, 부처(付處)는 중도부처(中途付處)의 준말로 유배에 처한 죄인에게 정상을 참작하여 배소로 가는 도중에

한 곳에서 지내게 하는 것으로 대개 고관에게 가했다. 안치(安置)는 본향안치, 주군안치, 사장안치, 절도안치, 위리안치 등 모두가 주거 제한의 연금이다.

본향안치는 죄질이 가벼운 사람을 고향에, 사장(私莊)안치는 개인별 장에, 자원(自願)안치는 스스로 유배지를 택하는 것으로 가벼운 격리, 즉 연금이다. 주군(州郡)안치는 일정한 지방(州나 郡)을 지정하여 그 안에서만 머물며 자유로이 활동할 수 있었다. 그러나 절도(絶島)안치는 육지에서 멀리 떨어진 외딴 섬에, 위리안치는 유배지에서 달아나지 못하도록 가시울타리를 두르고 그 안에 가두는 중형이었다.

다산 정약용은 강진에 주군안치 되었기에 네 번이나 집을 옮기고, 자유로이 백련사로 읍내로 해남의 진외가까지도 갈 수 있었다. 그러나 추사는 유배 중에도 절도, 그 중에서도 원악지(遠惡地)인 제주도, 그 중에서도 제주목이 아닌 서남쪽 80리에 있는 대정현, 그 중에서도 위리안치된 것이니 최악의 최악이었다.

가을 기운처럼 맑고 맑은 품격에 의리를 위해서는 집중한다는 뜻이 담겨있다는 추사(秋史), 추사의 호(號)는 무려 100여 개나 된다. 그래서 백호당(百號堂)이란 호까지 생겨날 정도였다. 심지어 추사의 호가 503개나 된다고 하는 자료도 있다. 그 가운데 추사 또는 완당이 가장 대표적이다. 남들은 한두 개에 불과한 호를 추사는 왜 수백 개나 가지려 했을까? 남다름에 대한 과시? 그렇다. 조선시대 최고의 금수저로서 추사의 남다른 과시는 생애 내내 계속된다. 그로 인해 죽음의 그림자 역시 생애 내내 어른거린다. 유배는 해배라는 희망의 기다림 속에 언제 사약이 내릴지 모르는 불안과 공포의 시간이다.

추사는 1848년 12월 제주도에서 해배된 뒤 다시 함경도 북청으로 유배를 가서 2년 만에 풀려 돌아온다. 그리고 정계복귀를 하지 못하고 아버지의 묘소가 있는 과천에 은거하면서 조용히 생을 마감한다.

제주 바다만큼이나 깊고 한라산만큼이나 높은 절망을 안고 '하늘이여! 대저 나는 어떤 사람이란 말입니까?'라고 슬퍼하며 극악의 유배지 대정에 도착한 55세의 추사는 9년을 머물게 된다. 추사는 송계순의 집에 도착하자 아내에게 편지를 보냈다.

"집은 넉넉히 몸 놀릴 만한 데를 얻어 오히려 과한 듯하오."

고대광실에서 살던 추사에게 위리안치 초가집이 어찌 과하겠는가마는 추사의 부인 사랑은 한자를 모르는 부인을 배려하여 한글로 쓴 편지에 그 고마움과 정이 곳곳에 묻어난다. 그러나 낯선 풍토, 입에 맞지 않은 음식과 잦은 질병으로 고생을 하면서 요구사항이 점점 많아졌다. 때로 긴 옷과 짧은 옷, 반찬이나 약식, 인절미, 과일, 곶감 같은 것을 보내 달라며 끊임없이 투정했다. 거기다가 당시 제주까지는 두 달에서 늦게는 일곱 달씩이나 걸리는 먼 길임에도 철 따라 제때 잘 도착하도록 부치라느니, 반찬이 짜다느니 상했다느니 온갖 투정을 다했다.

"당신이 먹지 않고 어렵게 구했을 귀한 반찬들은 곰팡이가 슬고 슬어버렸소. 내 마음은 썩지 않는 당신 정성으로 가득 채워졌지만 그래도 못내 아쉬워 집 앞 붉은 동백 아래 거름되라고 묻어주었소. 동백이 붉게 타오르는 이유는 당신 눈자위처럼 많이 울어서 일 것이오."

"이번에 보내온 찬물(饌物)은 숫자대로 받았습니다. 민어는 약간 머리가 상한 곳이 있으나, 못 먹게 되지는 아니하여 병든 입에 조금 개위(開胃)가 되었습니다. 어란(魚卵)도 성하게 와서 쾌히 입맛에 붙으오니 다행입니다. 여기서는 좋은 곶감을 얻기가 쉽지 않을 듯하니 배편에 4~5접 얻어 보내 주십시오."

추사의 편지와 음식, 옷 등 물품은 하인들이 부지런히 오가며 전달해 주었다. 그러나 통신이 불편했던 시절, 아내가 이미 죽은 줄도 모르고 두 차례나 건강을 염려하는 편지를 보냈던 추사는 유배 2년이 지난 1842년 11월 13일 아내 예안 이씨가 세상을 떠났다는 부음을 받았다. 머나먼 타향 유배지에서 아내의 부음 소식을 들은 추사는 고향을 향해 상복을 갖추고 엎드려 통곡하며 피눈물을 흘렸다.
"형틀이 앞에 있고 큰 고개와 큰 바다가 뒤를 따를 적에도 마음이 흔들린 적이 없었는데 부인의 상을 당해서는 놀라고 울렁거리고 얼이 빠지고 혼이 달아나서 아무리 마음을 붙들어 매고자 하여도 길이 없으니 이것이 어찌된 까닭이며……."

하늘이 무너지고 땅이 꺼지는 절망과 슬픔 속에 추사는 오열했다. 위대하면서도 가냘픈 한 인간의 모습을 보여준 추사는 다시는 편지를 보낼 수 없는 아내의 죽음 앞에서 시 한편을 남겼다.
"월하노인 통해 저승에 하소연해
내세에는 우리 부부 바꾸어 태어나리.
나는 고향집에서 죽고 그 소식을 그대 천리 밖에서 듣는다면
그때 아마 이 기막힌 심정을 그대가 알리마는."
아내를 잃고 외로움에 빠져 있던 헌종 9년(1843) 봄, 다성(茶聖)으로

불리는 친구 초의선사(1786~1866)가 추사를 위로해 주려고 바다를 건너왔다. 제주도로 유배 오는 길에 초의선사의 해남 일지암에 들러 하룻밤을 같이 보냈었지만 추사는 초의가 제주도로 찾아오길 바라는 편지를 여러 통 보냈다. 초의는 모두 다섯 차례나 제주 바다를 건너 찾아왔다.

추사는 서른다섯 살에 다산 정약용의 아들 정학연(1783~1859)의 소개로 동갑인 초의를 만났다. 그 후 추사는 불교와 차에 깊은 조예가 있었던 초의와 벗하며 아름다운 우정의 꽃을 피웠다. 제주도에서 같이 지내며 차를 마시고, 차나무도 심고 참선도 하면서 정을 나누며 6개월이 지난 어느 날 초의선사가 일지암으로 돌아가겠다고 했다. 추사는 "산중에 무슨 급한 일이 있겠느냐"며 붙잡았지만 초의는 기어이 떠나고 말았다. 추사는 아내에게 반찬 투정을 하듯 친구인 초의에게 편지로 투정을 했다. 그 내용은 실로 가관이었다.

"편지를 보냈는데 한 번도 답은 받지 못하니 아마도 산중에는 바쁜 일이 없을 줄 상상되는데, 혹시나 나 같은 세속 사람과는 어울리고 싶지 않아서 이처럼 간절한 처지인데도 먼저 외면하시는 건가. (⋯⋯)

나는 그대를 보고 싶지도 않고 그대의 편지 또한 보고 싶지 않으나 다만 차(茶)의 인연만은 끊어버리지도 못하고 쉽사리 부수어 버리지도 못하여 또 재촉하니, 편지도 보낼 필요 없고 다만 두 해의 쌓인 빚을 한꺼번에 챙겨 보내되 다시 지체하거나 벗나감이 없도록 하는 게 좋을 게요. 모두 뒤로 미루고 불식(不食)."

또 다른 편지는 더욱 가관이다. 초의가 보고 싶어 간밤에 눈곱이 다 �뀌었다고 엄살을 떤 후 엄포를 놓는다.

"이보게 일지암 민대머리! 부처님을 모시는 몸이 그토록 신통력이 없는가? 꼭 말을 해야 알아듣겠는가? 초의차가 다 떨어져 못 마시니 헛바늘이 돋고 정신이 멍해지고 있소. 그러니 초의차 보내지 않으면 내 당장 말을 몰고 일지암으로 달려가 차밭을 모두 밟아버릴 거구 만."

아무나 할 수 없는 고승의 외모를 놀리는 인신공격성 발언을 하면서 협박을 하는 추사, 그 후 초의가 보낸 차와 편지가 도착하자 답장을 보낸다.

"편지와 차 보퉁이를 보고 눈이 번쩍 띄었다네. 그런데 치질로 고생을 한다고 하니 진실로 가엾은 일이네. 좋은 차를 혼자만 먹고 다른 사람과 나누어 먹지 않은 까닭에 감실에 계신 부처님께서 영험하신 벌로 그런 것이니 하늘이라고 어찌 할 방도가 있겠는가?"

두 사람의 사랑과 우정이 얼마나 돈독했는가를 엿볼 수 있는 악동 수준의 장난기다. 고독한 유배지에서의 추사의 투정은 특별한 우정의 다른 표현이었다. 초의는 추사를 두고 '폭우나 우레처럼 당당했고 때로는 온화했으며 슬픈 소식을 들으면 옷깃을 적시는 인품'이라 했다. 훗날 과천 청계산 아래에서 추사가 유명을 달리하자, 초의는 42년 간의 우정을 추억하며 그의 영전에 제문을 지어 올리고 일지암에 돌아와 쓸쓸한 말년을 보냈다. 추사는 아내의 한결같은 뒷바라지와 변함없는 벗 초의선사와의 교유, 그리고 애제자 우선 이상적(1804~1865)과 소치 허련(1807~1892)의 섬김이 버팀목이 되어 험난한 유배생활을 견딜 수 있었다.

헌종 10년(1844), 유배 온 지 5년째 되는 59세 때 추사는 생애 최고의 명작으로 손꼽는 〈세한도(歲寒圖)〉를 그려 제자인 이상적에게 주었다. 역관(譯官)인 이상적은 스승이 귀양살이 하는 동안 정성을 다해 청나라 연경에서 구해온 책과 벼루, 먹 등을 보내주었다. 동그란 창이 나있는 소담한 서재와 노송 한 그루와 곰솔 세 그루가 그려진 단아한 세한도, 추사체의 발문과 그 내용이 감동적이고 아름답다.

"세상은 흐르는 물살처럼 오로지 권세와 이익에만 수없이 찾아가서 부탁하는 것이 상례인데 그대는 많은 고생을 하여 거우 손에 넣은 그 책들을 권세가에게 기증하지 않고 바다 바깥에 있는 초췌하고 초라한 나에게 보내 주었도다. (……) 공자께서 '날이 차가워진(歲寒) 뒤에야 소나무 잣나무가 시들지 않는다는 것을 안다'고 했는데,

(……) 그대와 나의 관계는 전이라고 더한 것도 아니고 후라고 덜한 것도 아니다.

(……) 아! 쓸쓸한 이 마음이여! 완당 노인이 쓰다."

〈세한도〉를 받고 보낸 이상적의 답장, 그 스승에 그 제자의 감동적인 이야기다.

"〈세한도〉 한 폭을 엎드려 읽으니 저도 모르게 눈물이 쏟아집니다. 어찌 그다지도 과분한 칭찬을 해주셨는지 감개가 실로 절실합니다. 아, 제가 어떤 사람이기에 권세와 이익을 좇지 않고 도도한 세상 풍조 속에서 스스로 초연히 벗어났겠습니까? 다만 변변치 못한 작은 정성으로 스스로 그만둘 수 없어 그랬던 것일 뿐입니다."

스승에게서 〈세한도〉를 받은 이상적은 이듬해 북경에 갈 때 그것을 가지고 가서, 추사의 벗 오찬의 연회에서 보여주었다. 오찬에 참석했던 16명의 문사는 깊은 감동에 사로잡혔고, 당대 최고의 문사들 16가(家)의 제찬(題贊)이 합장되었다. 〈세한도〉는 추사 일생의 명

작으로 현재 국보 제180호로 지정되어 있다.

초의선사의 소개로 추사 문하에 입문한 소치 허련(1809~1892)은 추사를 만나기 위해 초의가 제다한 차를 가지고 위험을 무릅쓰고 세 번이나 제주도를 찾았다. 유배 온 이듬해 2월부터 6월까지 4개월 동안 스승의 적소에서 스승의 수발을 들며 그림과 시, 글씨를 배운 허련이 남긴 스승과의 감동적인 만남의 글이다.

"체포되어 간 추사 선생은 형을 받아 제주도의 대정에 유배, 안치되었습니다. 그 이듬해 신축년(1841) 2월에 나는 대둔사를 경유하여 제주도에 들어갔습니다. 제주의 서쪽 100리 거리에 바로 대정이 있었습니다. 나는 추사선생이 위리안치 돼 있는 곳으로 가서 유배 생활을 하시는 선생께 절을 올렸습니다. 나도 모르게 가슴이 미어지고 눈물이 앞을 가렸습니다. 그때의 심정이 어떠했겠습니까?"

다음해에 다시 제주에서 10개월을 머물렀고, 1847년 봄에 다시 제주를 찾은 허련은 스승에게 글씨와 그림을 많이 요구했다. 추사는 글씨 빚, 그림 빚을 갚는 심정으로 웃으며 거절하지 않았다. 초의에게 보낸 편지글이다.

"날마다 허련에게 시달림을 받아 이 병든 눈과 병든 팔을 애써 견디어 가며 만들어 놓은 병과 첩이 상자에 차고 바구니에 넘치는데 이는 다 그림 빚을 나로 하여금 이와 같이 대신 갚게 하니 도리어 한 번 웃을 뿐이외다."

추사는 어느 날 허련에게 자신의 귀양살이 하는 초상화를 받는다. 갓 쓰고 나막신 신은 평복차림의 처연하고 허허로운 〈완당선생

해천일립상〉이다. 추사는 청나라를 다녀올 때 옹방강, 완원 등과 교류하며 이들로부터 중국의 송나라 소동파가 하이난(海南)섬에 귀양살 때 모습을 그린 〈동파입극도〉를 선물 받아 즐기며, 제자들에게 그리게 했다. 허련은 소동파의 얼굴을 추사로 바꾸어 그려 추사의 동파를 향한 마음을 그림으로 표현했던 것이다. 실제로 추사는 방한쪽에 〈동파입극도〉를 걸어놓고 자신의 처지를 소동파에 비교하면서 위로받았다. 추사는 소동파를 너무 좋아했고, 세상 사람들은 추사의 삶과 학예가 소동파와 비슷하다고 말하곤 했다. 그러한 인연으로 제주도와 하이난섬은 오늘날 특별한 우정을 쌓아가고 있다. 할망에게 추사의 행적을 물어본다.

"제주에서 가르친 추사의 제자들이 있었는지요?"

"추사는 유배기간에 교육과 학문을 통해 자기를 실현시키려는 교학활동을 한 가장 대표적 인물이야. 9년 동안 조용히 지내며 책을 읽고 그림을 그리는 가운데 제자들을 길렀지. 추사가 보았을 때 제주 사람들은 한마디로 우둔하고 무지했어. 무지를 타파하려면 스승이 필요했는데, 이를 슬피 여기고 불쌍히 여긴 추사는 자신의 역할을 찾은 게지. 스승이 가르치는 방법에 따라 돌들도 고개를 끄떡이게 한다고, 추사가 가난한 사람들 사이로 내려갔고, 그래서 제주사람들의 인문이 크게 열렸지.

추사 문하에는 사람들이 많았는데, 대개 중인 출신이었어. 추사는 진정으로 제주도에서 문화계승과 계발이 이루어지길 바랐기에 교육적 관심이 하잘 것 없는 사람들에게까지 미쳐 있었는데, 그 제자들은 조선 후기 제주도의 향당문화 형성에 큰 역할을 해. 조천 출신의 20대인 이한우(李漢雨)는 추사가 제주에 왔다는 소식을 듣고 한 달음

에 대정으로 달려왔고, 이후 추사의 가르침으로 후일 본인도 제주도
에서 여러 제자들을 가르쳤어. 추사의 두 번째 적거지 주인인 강도
순도 '아마도 제주도에서 나만큼 추사 선생의 영향을 받은 사람도 드
물 것이다'라고 하며 글씨와 그림을 배웠고, 후일 그 후손들이 대정
에서 민중계몽운동 등을 벌였어. 추사의 제자들 이야기는 이루 말
할 수 없어.

　추사는 유생들과 접촉하며 대정향교에 '의문당(疑問堂)'이라는 현판
을 써주었지. '의문이 많으면 많이 나아가고 의문이 적으면 적게 나
아간다. 아무 의문도 없으면 전혀 나아가지 못한다'는 주희의 말처
럼, 추사는 유생들에게 전통이나 관습 등 당연하게 받아들이고 있
는 것들에 대해서부터 스스로 의문을 제기하는 데서 출발하는 것
이 공부임을 일깨우려 한 것이지. 소크라테스는 '세상에서 가장 현
명한 사람'이라는 신탁(神託)을 받았지만 정작 자신은 아무것도 모른
다고 하면서 모든 일에 의문을 가지고 끊임없이 묻고 또 물었지."
　"유배지의 고독과 절망이 힘들었을 텐데 어떻게 극복했는지요?"
　"유배인의 유일한 탈출구는 책이고 추사의 진정한 벗 또한 책이야.
오늘날에도 감옥에 갇힌 많은 위인이 그곳에서 독서를 통하여 재충
전의 기회를 갖듯이 말이야.
　추사는 책 읽고 글씨 쓰며 학예(學藝)에 열중했어. 자필로 쓴 장서
목록에 7천권의 책을 제주도로 가져와 보았고, 〈세한도〉의 주인공
이상적이 연경 학계의 신간서적을 변함없이 보내주었지. 추사는 귀
양살이에서도 많은 사람, 위로는 귀양을 보낸 임금 헌종으로부터 아
래로는 제주의 관리까지, 멀리는 중국의 연경으로부터 가까이는 집
안의 형제와 벗에게도 작품을 부탁받아. 애타는 그리움을 극복하

는 데는 글과 그림이 최고의 명약이었지."

"제주도에서 추사체를 완성했다지요?"

"그렇지. 유배지의 고독과 절망 속에서 추사는 무엇보다 '추사체(秋史體)'라고 부르는 독특한 경지의 글씨를 완성했어. 추사체는 명문가에서 태어나 남부러울 것 없이 살았던 추사가 모든 것을 가졌다가 모든 것을 잃은 후에 얻은 최고의 경지지.

유배를 가지 않았다면 송강 정철의 사미인곡과 속미인곡, 서포 김만중의 구운몽, 고산 윤선도의 수많은 문학작품, 정약전의 자산어보, 다산 정약용의 목민심서 등 500여 권의 저서, 이외에도 수많은 저술과 작품들이 세상에 태어나지 않았겠지. 추사 또한 유배지의 고통과 절망을 학문과 저술, 후학 양성으로 승화시켜 희망의 씨앗을 뿌렸어."

"추사의 집을 '귤중옥(橘中屋)'이라 했다지요?"

"추사는 기약 없는 귀양살이를 허허로운 마음으로 받아들이며 점차 익숙해져 갔고, 위리안치 된 유배객은 탱자울타리를 벗어날 수 없지만 항시 예외는 있는 법, 대정현감의 배려로 마을을 이리저리 오가며 제주인의 삶을 엿보고 이채로운 제주의 풍광을 시로 읊기도 했어. 추사는 자신이 귀양 살고 있는 집의 당호를 '귤중옥'이라고 했지. 귤나무 속에 있는 집이라는 뜻이야. '매화·대나무·연꽃·국화는 어디에나 있지만 귤만은 오직 내 고을의 전유물이다. 겉과 속이 다 깨끗하고 빛깔은 푸르고 누런데 우뚝한 지조와 꽃답고 향기로운 덕은 다른 것들과 비교할 바가 아니다. 이로써 내 집의 액호(額號)를 '귤중옥'으로 삼는다'라고 했어.

귀양살이 말년에 추사를 진심으로 존경하는 장인식이 제주목사로 부임해 와서 추사는 큰 도움을 받았어. 장인식의 배려로 제주목까지 다녀오기도 하고, 제주에서 오현단이 있는 귤림서원을 찾아가 존경했던 우암 송시열의 유허비 앞에서는 만감이 교차하기도 했어. 또 김만덕 할머니의 선행을 듣고는 그녀의 3대 손인 김종주에게 '은혜의 빛이 온 세상에 뻗어나간다'는 뜻의 '은광연세(恩光衍世)'라는 편액을 써주기도 했지. 한라산에도 올랐는지만 기록을 남기지는 않았고, 항파두리 유적지를 찾을 수 없어 안타까워하기도 했어."

추사는 1848년(헌종 14년) 12월 6일 해배(解配)되었고, 추사가 석방소식을 접한 것은 12월 19일이었다. 그리고 유배지 대정현을 떠난 것은 다음해 1월 7일이었으니 햇수로는 9년, 만으로는 8년 3개월 만이었다. 추사가 풀려난 표면적인 이유는 조정의 여섯 가지 경사였지만 사실은 배후에서 친구 조인영과 권돈인의 도움이 있었고, 애제자 소치 허련을 총애했던 헌종 임금이 소치의 간곡한 부탁으로 승하하기 1년 전에 풀어준 것이었다. 정쟁의 피바람 속에서 그나마 목숨을 부지한 것은 다행이었지만 추사는 55세부터 63세까지 인생의 완숙한 황금 같은 세월을 유배지에서 보냈다. 그러나 그 세월은 절망이 아닌 자기완성의 시기였고, 시련과 고통 속에 피어난 자기연단의 시기였다. 제주에 머무르는 동안 많은 흔적을 남겼던 추사는 유배생활을 마치고 돌아와 용산 한강변에 살다가 3년 만에 친구 영의정 권돈인의 일에 연루되어 철종 2년(1851년) 또다시 함경도 북청으로 유배됐다. 2년 만에 해배되어 서울로 돌아온 추사는 아버지의 묘소가 있는 과천 청계산 아래 과지초당에서 은거하며 어렵게 살다가 1856년 71세 되는 해에 조용히 생을 마쳤다.

'가슴 속에 1만 권의 책이 들어 있어야 그것이 흘러 넘쳐 글이 되고 그림이 된다.'고 하는 추사 김정희, 잦은 질병으로 인한 약과 술 그리고 차, 추사의 처연한 분위기를 떠올리며 탐라할망과 올레자는 산이수동항의 유람선 선착장에 도착한다.

배를 타고 마라도를 가려는 여행객들이 분주하게 오간다. 선착장 포장마차가 예전과는 달리 장소를 옮겼다. 마라도 갈 때면 들렀던 포장마차, 올레길에서 그냥 지나칠 수는 없다. 해녀라고는 믿기 어려운 고운 할망이 반갑게 맞는다.

"오늘 첫 손님이시네요."

"그래요? 한 접시하고 한라산 소주 하나 주세요!"

신발 끈을 풀고 편히 앉아서 주변 정경을 감상한다. 하루 2개 코스를 걷던 올레길, 오늘은 10코스 1개 코스만 걷는다는 생각에 마음이 한결 여유롭다. 사계리 앞 바다에 떠 있는 형제섬 주변 풍광이 새삼 아름답게 다가온다.

"같이 한 잔 하실래요?"

"아니, 술을 못 배웠어요."

"그럼 여기 초콜릿 드세요. 그런데 어쩜 그렇게 고우세요?"

"화장을 해서 그렇게 보일 뿐이지요."

60대 후반이라며 겸연쩍은 듯 미소 짓는다. 상모리 해녀어촌계에서 운영하는 포장마차, 모슬포에서 태어나 모슬포에서 평생을 살았고, 딸 하나 있는데 서울로 시집보내고 홀로 산다고 하신다. 형제섬이 원래 상모리 해녀들의 바당밭이었는데, 예전에 형제섬에 바다에 빠져 죽은 시체들이 자주 떠내려 오니까, 마을 어른들이 귀찮아서 사계리에 주어버렸다고 옛 이야기를 들려준다. 유람선이 들어오고 사람들이 일제히 배에 오른다. 송악산 선착장에서는 마라도로 하루 7회 배가 다닌다.

다시 길을 나서서 절벽 아래 일본군 진지동굴을 바라보며 송악산으로 올라간다. 진지동굴은 일제강점기에 만든 군사시설로 15개 동굴이 있어 '일오동굴'이라 한다. 회상에 젖은 탐라할망이 송악산을 바라본다.

"패망을 앞둔 일제는 1945년 '결7호 작전'이라는 군사작전으로 제주도를 일본 본토 사수를 위한 최후의 거점으로 삼았어. 관동군 정예병력 6~7만여 명을 제주도에 주둔시켰는데, 당시 제주도 인구가 약 25만이었으니 엄청난 대병력이었지. 일제는 해안기지와 알뜨르비행장, 도로와 진지, 땅굴 등 각종 군사시설을 건설했는데, 이때 송악산 해안에도 기지를 세우고 지하에도 대규모 땅굴을 파고 지하진지를 구축했어. 송악산 해안절벽에는 폭 3~4m, 길이 20m에 이르는 15개의 인공동굴이 뚫려 있는데, 이 굴들은 어뢰정을 숨겨놓고 연합군의 공격에 대비했지.

송악산 알오름 쪽의 땅굴은 군수물자 트럭까지 드나들 수 있도록 크고 넓게 건설하고, 서로 다른 지역에서 파들어 간 땅굴들이 거미줄처럼 얽히게 만들었어. 여기에 강제로 동원된 제주사람들의 희생이 얼마나 컸겠어. 그나마 다행히도 연합군은 제주도가 아니라 오키나와로 상륙했지. 그러지 않았다면 제주도가 오키나와처럼 수십만 명이 희생되었을지도 몰라. 전쟁의 상흔이 이제는 관광유적이 되어 사람들이 다녀가고, 전쟁과 식민지의 고통은 세월 속에 서서히 잊히어 가지."

10코스의 절정은 산방산과 더불어 풍광을 자랑하는 제주 최남단 땅 끝에 솟아오른 송악산이다. 둘레길을 따라 오르자 북쪽으로는 산방산과 한라산이, 그 아래로 단산(바굼지오름)과 제주 서부지역의 오름들이 흘러내리고, 남쪽으로는 지척에 마라도와 가파도가 바다 위에 두둥실 떠있다. 동쪽으로는 푸른 바다가, 서쪽에는 알뜨르 벌판이 길게 펼쳐져 있어 사방팔방이 아름다운 절경이다. 제주도의 서남쪽 끝 송악산에서 여행의 즐거움과 진정한 평화를 맛본다. 어찌 이 감동을 잊을 수 있겠는가.

'절(물결)이 운다'고 해서 붙여진 '절울이오름'이 소나무가 울창하다고 해서 송악산(104m)이 되었다. 지금은 송악산 둘레길을 따라 걷지만 예전에는 오름의 정상에 서 발아래 깊고 넓게 퍼진 분화구를 바라보며 탄성을 질렀다. 500m 둘레에 80m 깊이, 얕은 바다에서 한 번, 그리고 다시 그 중앙에서 한 번 더 폭발한 2중 분화구다. 주봉 너머 북서쪽에는 깊이는 얕지만 훨씬 크고 넓은 제1분화구가 따로 있다. 주봉이 생기고 두 번째 화산폭발로 주봉 안에서 제2분화구가 생겨 멋진 장관을 연출한 것이다. 바다와 동굴, 산이 만들어낸 송악산은 〈대장금〉, 〈올인〉 등 드라마 촬영지로도 유명하다.

송악산에서 이어지는 섯알오름을 올라간다. 초입에 있는 〈인생은 아름다워〉 촬영지를 지나자 고사포진지가 있다. 20개의 격납고를 가진 알뜨르비행장을 보호하기 위한 군사시설로 일제강점기 제주사람들의 피땀이 서려 있다. 그리고 맞이하는 위령탑, 슬픔의 땅 위에 또 다른 이데올로기의 비극으로 4·3항쟁의 원혼을 마주한다. '백 할아버지 한 자손의 무덤'이라는 뜻의 백조일손지묘(百祖一孫之墓)는 섯알오름에서 인근 대정과 한림의 주민 200여 명을 끌어다놓고 학살을 벌인 현장이다. 탐라할망의 목소리가 비장하다.

"4·3항쟁의 아픔이 진정국면으로 접어든 1950년 6·25 한국전쟁이 발발하자 정부는 좌익세력이 북한 공산군에게 동조할지 모른다는 생각에 각 지구 계엄사에 좌익분자 체포·구금을 명령했어. 당시 제주지구 계엄당국은 보도연맹원, 4·3사건 때 체포되었다가 석방된 사람과 무고한 사람들을 예비검속이라는 이름으로 검거했지. 이 예비검속으로 검거된 대정·한림 일대의 주민 200여 명이 1950년 8월 20일 새벽 2시부터 이곳 섯알오름에서 모조리 학살당했어. 새벽 2시에 처형된 이들은 그나마 유족들이 시신을 수습이라도 했지만, 새벽 5시에 처형된 132명은 시신조차 양도되지 않았어. 한국전쟁이 끝나고도 유족들은 유골을 수습하지 못하다가 7년이 지난 1957년 4월 8일에야 현장을 찾았는데, 부러진 팔·다리·등뼈 등이 뒤섞여 있어 도저히 누구의 유골인지 알 수가 없었지. 그래서 유족들은 132명의 희생자를 한 조상으로 함께 모시자는 데 의견을 모았어. 누구의 시신인지 가리지 않고 칠성판 위에 머리 하나, 팔 둘, 등뼈 하나, 다리 둘 등을 이어 맞추어 132명의 봉분을 만들고 그 이름을 '백조일손지묘'라 지었지. 제주의 비극이자 우리 현대사의 상처를 담고 있는 비극의 현장이야."

위령탑에 고개 숙여 애도하고 목책길을 지나서 알뜨르 벌판을 걸어간다. 산방산과 단산, 모슬봉이 작은 오름들과 어우러지고 멀리 한라산이 파노라마처럼 펼쳐진다. 제주에서 가장 넓은 들판 가운데 알뜨르비행장이 다가온다. 중국대륙 침략을 위한 전진기지로 일제가 건설한 비행장이다. 난징 폭격을 위해 일본 규슈의 비행장을 이류한 폭격기들은 단번에 중국까지 비행할 수가 없어서 급유를 위한 중간기착지로 이곳을 이용했다. 2차 대전 말 수세에 몰린 일본이 인간폭탄으로 불리는 가미카제 조종사들도 여기에서 훈련을 받았다. 신풍(神風)이라 불리는 가미(신)카제(풍)는 여몽연합군의 2차례 일본 원정에서 비롯되었다.

신도와 불교에 대한 믿음이 공고한 일본은 자국이 '신의 나라'라고 자처하며, 연합군을 물리친 태풍을 가미카제, 곧 '신풍'이라 하였으며, 이 태풍의 이름은 훗날 태평양 전쟁 때 일본군의 자살폭탄 공격을 작전이라 포장할 때 쓰였다. 가미카제 자살 특공대에는 조선인이 다수 포함되었는데, 17세의 최연소 조선인 소위도 있었다. 전쟁광 일본은 가미카제 특공대의 유서를 2017년 세계기록유산 등재를 위해 재도전하려는 시도를 하고 있으니 참으로 통분할 일이 아닐 수 없다.

알뜨르비행장은 2006년 등록문화재로 지정되었고, 이 비행장을 중심으로 정부는 모슬포전적지를 '제주평화대공원'으로 조성하고 있다. 알뜨르벌판을 지나서 울창한 소나무 숲에 이르자 빗방울이 떨어지기 시작한다. 해변에 이르렀을 때는 제법 비바람이 몰아친다. 모슬포의 바람을 안고 하모해수욕장으로 나아간다. 말들이 요란스럽게 질주를 한다. 하모해수욕장의 상징, 말 조형물이다. 해수욕장은 암반이 노출되고 모래사장이 좁아 폐장이 되었다.

대한민국 지도상에 모슬포라는 동네는 없으니, 하모리는 하모슬포의 준말이고 상모리는 상모슬포의 준말이다. 하모해수욕장을 지나서 제주도 서남쪽 끝 태평양을 바라보는 바닷가마을 모슬포항으로 들어선다. 매년 11월이면 방어축제가 열려 사람들이 붐비는 모슬포항, 10월 하순의 모슬포항에는 비바람만 몰아치고 거리는 조용하다. 나그네에게 흔히 찾아오는 외로움이라는 전염병을 달래주려고 한라산 술잔 위에 때 이른 방어가 춤을 춘다.

생사올레 – 삶과 죽음!

📍**11코스** 모슬포에서 무릉 올레 17.8㎞

모슬포항-모슬봉-정난주성지-신평곶자왈-무릉곶자왈-무릉생태학교

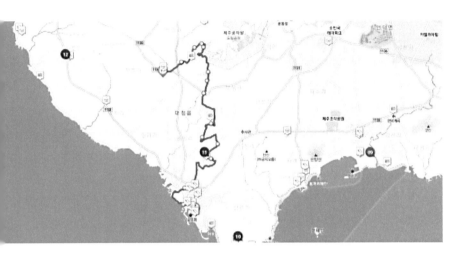

하데스 세계에서 강력한 통치자의 풍모를 지닌 트로이 전쟁 최고의 영웅 아킬레우스의 혼백이 저승을 찾아온 오디세우스를 만났을 때 한 말이다.

"온통 파괴되어 버린 모든 죽은 자들을 가르치는 것보다 차라리 살아서 농사꾼으로 다른 사람 밑에서 품을 팔고 싶소. 살림살이도 많지 않은 가난한 사람에게 빌붙어도 좋소."

어떻게 불멸의 영웅이 이런 말을, 개똥밭에 굴러도 이승이 저승보다 낫다는 말 아닌가. 로마의 전성기인 팍스 로마나를 이끌었던 5현제 가운데 하나인 마르쿠스 아우렐리우스는 말한다.

"죽음은 태어남과도 같은 것, 자연의 신비로다. 어떤 요소들이 결합되어 태어남이 있다면, 그 요소들과 똑같은 것들로 해체되는 것이 죽음일 뿐, 그것에 대해 곤혹스러워할 건 없다. 오히려 죽음을 명심하지 않는 삶은 지독하게 수치스러우니, 그는 자기를 향해 다짐한다. '너는 수만 년을 살 것처럼 행동하지 마라. 피할 수 없는 운명이 네 곁에 있다. 살아있는 동안, 할 수 있는 동안 선한 자가 되라.'"

영원히 살 것처럼 욕심 부리며 살아가는 인간의 삶 속에서 그의 모습이 그립다.

1월 6일 수요일, 하모체육공원 앞에서 하루의 길을 시작한다. 고요한 아침의 모슬포항, 지난 밤의 바람이 쓸어버린 듯 고요하다. 제주 남서부지역의 대표적인 항구로 마라도와 가파도로 가는 배가 드나들고, 방어나 자리돔, 옥돔 등 다양한 어종의 황금어장을 갖고 있으며, 해마다 11월이 되면 최남단 방어축제를 연다. 제주 바다의 대명사인 방어를 테마로 한 축제에는 싱싱한 방어를 저렴한 가격에 맛보기 위해 식객들의 발길이 끊이지 않는다.

모슬포항(하모체육공원)에서 시작하여 무릉생태학교에 이르는 올레 11코스는 삶과 죽음, 근대사와 현대사가 공존하는 길이다. 이 지역 최대의 공동묘지가 있는 모슬봉에서 억새 사이로 펼쳐지는 제주 남서부일대의 오름과 바다를 바라보다가 정난주성지를 지나고 제주올레에 의해 처음 공개된 곶자왈을 지나서 무릉생태학교에서 마무리한다.

1887년 하모리에 온 일본 어부들이 노략질을 하고 부녀자를 능욕하자 이에 격분한 양민 5명이 주동이 되어 격투를 벌였고, 이에 조정에서는 좌수의 벼슬을 내렸다는 오좌수 의거비(五座首 義擧碑)를 지나서 모슬포항으로 간다. 모슬포는 일제강점기와 한국전쟁을 치르면서 모진 수난을 겪었다. 6·25 한국전쟁 때 훈련소의 훈련병들에게는 '못살포'라는 슬픈 이름으로 불렸으니, 평화로운 모슬포가 예전에는 못살겠다는 '못살포'였다는 사실이 아이러니하다. 모슬포(摹瑟浦)는 '모실개'의 한자식 표기다. 모실은 모래, 개는 갯가를 말한다. 실제 모슬포에는 모래가 많다. 세찬 모슬포 바람에 모래가 섞여 날리면 견디기 힘이 든다. 그래서 모슬포는 '몹쓸 바람'에서 나왔다고도 한다. 하지만 이제는 11월이면 방어축제로 인산인해를 이루며 들썩인다. 노래비와 해녀상이 어우러져 걸음을 멈추게 한다. 모슬포에서 만들어진 가수 황금심의 노래 '삼다도소식'이다. 귓가에 노래가 들려오고 음률에 따라 걸음걸이가 바람결을 탄다.

삼다도라 제주에는 돌멩이도 많은데/ 발 뿌리에 걷어채는 사랑은 없다드니
달빛에 새어드는 연자방앗간/ 밤새워 들려오는 콧노래가 구성진다
음~ 음~ 콧노래가 구성진다

삼다도라 제주에는 아가씨도 많은데/ 바닷물에 씻은 살결 옥같이 귀엽구나.
미역을 따오리까 소라를 딸까/ 비바리 하소연이 물결 속에 꺼져가네
음~ 음~ 물결에 꺼져가네

육상 교통의 중심지이기도 한 모슬포에서 바라보는 한라산과 산방산의 아름다운 모습을 뒤로하고 해안도로를 따라 걷다가 모슬봉으로 향한다. 거친 바람이 불어오고 구름 속에 간간이 햇살이 비친

다. 마을길 농로길 찻길을 걸어 모슬봉에 오르자 바람이 불어 키 높이까지 자란 억새들이 휘날리고, 그 사이로 모슬포의 정경이 정답게 다가온다. 아침 햇살에 하얀 억새풀이 눈부신 자태로 나그네를 반겨준다. 정상의 군 레이더 기지가 오르지 말고 돌아가라 하고, 모슬봉 둘레길이 편히 안내한다. 기슭에 수많은 무덤들이 나타난다. 이 일대에서 가장 큰 공동묘지다.

　제주도에서 묘지는 거의 오름 주변에 있어 오름에서 묘지를 만나는 것은 흔한 일이다. 묘지로 가장 좋은 곳이 오름의 분화구 내부인 줄 알지만 워낙 그 기가 세서 후손이 견디지 못하고 이장하기 일쑤다. 아침 햇살에 비치는 산방산과 모슬포 평야를 바라보던 무덤들이 나그네에게 묻는다. 삶과 죽음의 올레에서 이제 죽음을 생각해 보지 않겠냐고. 올레자는 다시 탐라할망에게 묻는다.
　"할망, 죽음이 뭐에요?"
　"삶도 모르거늘 어찌 내가 죽음을 알겠어. 내가 죽는다는 사실은 확실히 알지만 그 죽음이란 것에 대해서는 아는 게 별로 없어."
　"그럼 죽음에 대한 생각을 하지 않으세요?"
　"그럴 리가. 늘 죽음을 생각하지. 살아있는 실패작이 죽은 걸작보다 낫고, 개똥밭에 뒹굴어도 이승이 낫다고 하잖아? 피할 수 없는 죽음을 생각할 때면 호흡하고 심장이 뛴다는 사실이 얼마나 고마운지 몰라."
　"할망도 죽음이 두렵지요?"
　"공자도 죽음을 두려워했어. 죽음은 인간에게 언제나 두려움의 대상이지. 하지만 절대 피할 수 없는 숙명이고 매일 매일의 이별처럼 죽음 또한 자연의 섭리야. 장자는 '죽음을 미워하고 싫어하는 것은

오랫동안 객지를 방랑하다가 집으로 돌아가는 것을 잊어버리는 것과 같은 것, 죽음은 고향으로 돌아가는 것, 두려울 것도 싫어할 것도 없다.'라 하고, 소크라테스는 심지어 '죽음은 인간이 받을 수 있는 축복 중 최고의 축복'이라고 했어. 죽음에 대한 성찰은 결국 인생을 어떻게 살아야 하는지를 가르쳐줘. '잘 보낸 하루가 행복한 잠을 가져오듯이 잘 산 인생은 행복한 죽음을 가져온다'는 가르침 말이야."

"잘 산다는 게 어떻게 사는 건가요?"

"사람은 얼마나 오래 사느냐가 아니라 어떻게 사는가가 중요하지. 어떻게 살아야 하는지는 평생을 통해 배워야 하고. 마찬가지로 어떻게 죽는 게 좋은지 알기 위해서도 평생을 배워야 해. 사람은 혼자 나서, 혼자 가고, 혼자 울고, 혼자 죽어. 공수래공수거라, 빈손으로 왔다가 빈손으로 가는 인생이지. 흙에서 와서 흙으로 돌아가. 남을 위해 산다는 건 오히려 쉬운 일이어서 누구나 잘하고 있어. 중요한 것은 자기 인생인데, 인생은 자신을 위해 사는 거야. 이기(利己)가 아닌 애기(愛己) 말이야. 살아있는 동안 나를 사랑하고, 내가 재미있고, 내가 즐겁게 살아야지. 그리고 그게 다른 사람에게 유익이 되면 좋잖아. 죽는 날까지 즐겁고 재미있게 말이야."

"어떻게 죽는 날까지 재미있게 살 수 있어요?"

"아인슈타인은 '간소하면서 아무 허세도 없는 삶이야말로 모든 사람들에게나, 육체나 정신을 위해서도 최상의 것'이라고 말해. 딸기가 딸기맛을 지니고 있듯 삶은 행복이란 맛을 지니고 있어. 인간은 호모 사피엔스 이전에 호모 루덴스야. 놀이하는 인간, 유희를 즐길 줄 아는 게 최상의 인간이야. '살아있는 동안에 헛되이 살지 않고 재미있게 살아가리라!' 하고 외쳐봐. 제주 올레는 물론 길을 걷고, 길 위에서 노래하고, 길 위에서 춤추고, 길 위에서 사색하고, 길 위에서 생을 음미하는 인생, 얼마나 즐겁고 재미있어. 인생이란 사람의 길, 삶의 길을 가는 것이지. 두려워 할 것은 죽음이 아니고 의무를 다하지 않고 사는 것이야."

"살아서 해야 할 의무라는 게 무엇인가요?"

"심부름을 해야지. 엄마의 심부름, 신의 심부름, 소명(召命), 이 땅에 태어난 역사적 사명 말이야. 단군신화의 홍익인간(弘益人間), 신의 영광이 의무인 사람도 있고. 자신의 의무가 뭔지 모르는가?"

"아니요. 알 것 같아요. 알아요. 알고말고요."

"인생의 길은 어차피 고달프고 목적지는 보이지 않지만 결국 세상에는 목적지까지 통하지 않는 길은 없어. 그러니 슬퍼할 필요 없어. 오직 행복하기 위해서만 산다고 하면 삶은 지긋지긋하고 의미가 없어져. 삶의 의미는 우리를 세상에 보낸 뜻을 따르고 섬기는 데 있어. 그렇게 살 때 삶은 기쁨으로 충만해지지. 지상에 사는 시간은 영원한 시간에 비해 너무나 짧아. 그럼에도 사람들은 영원한 삶의 법칙에 따라 살고 있어. 나만의 법칙에 따라 살아야 해."

"사후(死後)의 세계가 있을까요?", "그래서 신화와 종교가 만들어졌지. 인간으로서는 영원히 알 수 없는 수수께끼야. 사후에 천국이 있다고 믿는 종교인들에게 천국 가고 싶으냐고 하면 모두 그렇다고 하지. 하지만 지금 당장 가고 싶으냐고 하면 아무도 그렇지 않다는 거야. 천국보다 여기가 좋은 걸까, 아니면 확신이 없는 걸까? '파스칼의 내기'라고 들어보았는가?"

"예. '신을 믿는 것이 신을 믿지 않는 것보다 이익'이라는 재미있는 이야기지요. 결론적으로 신을 믿으라는 이야기인데 논리에 한계는 있지요. 불가에서는 육도, 극락보다도, 인간으로 태어나는 것보다도 차라리 윤회하지 않는 것이 죽음 후 최고의 상태, 곧 영원한 평화에

도달하는 열반이 최고라지요. 결국 사후세계가 있을까 없을까, 다음 세계가 없다면 죽음이 가장 평안한 것이네요."

모슬봉에서 내려와 걸어가는 길가 돌담에 동백꽃이 활짝 피어 있다. 떨어진 꽃잎들이 길가에 마지막 생명력으로 아름답게 널려 있다. 동백꽃은 세 번 핀다. 나뭇가지에서 한번 피고, 떨어져서 한번 피고, 마음속에서 또 한번 핀다. 그러니 떨어진 동백꽃을 함부로 쓸어버릴 일이 아니다. 중국의 사상가 루쉰은 조화석습(朝花夕拾), 아침에 떨어진 꽃을 저녁에 주우라고 한다. 떨어진 꽃에서도 꽃의 아름다움과 향기를 취하는 여유를 가지고 보라는 의미다. 눈앞의 현실에 즉각 반응하기보다는 좀 기다리면서 사태를 판단한 후 현명하게 대처하라는 뜻이니 갈 길 바쁜 나그네가 새겨들을 이야기다.

동백꽃에 취해 걸음을 멈춘다. 나뭇가지의 동백꽃, 떨어진 동백꽃, 눈을 통해 마음으로 들어오는 동백꽃을 느껴본다. 여유의 미덕이 강물처럼 밀려온다. 넓은 들판 멀리 십자가에 달린 예수의 형상과 성모마리아 상이 바람결에 다가오고 그 아래 무덤들이 걸어온다. 모슬포성당 교회묘지를 바라보며 숙연한 모습으로 생사올레의 길을 간다. 자신을 포함하여 생명 있는 모든 존재에게 축하의 박수를 보내고, 또한 이 땅을 스쳐간 죽은 모든 존재에게도 미소를 보낸다. 아울러 생명 없는 존재, 하늘과, 구름과, 바람과, 산과, 바다와 풀잎 하나에도, 스치고 만나는 모든 인연에게도 감사하면서 올레의 정취는 점점 깊어간다.

정난주마리아성지, 넓고 단아한 광장을 걸어서 정난주묘역 앞에 머리 숙인다. 정난주마리아묘역은 천주교 제주선교100주년을 기념해 '대정성지'로 새롭게 단장했다.

시공을 넘어 처음 만나는 산 자와 죽은 자의 인연이지만 왠지 친숙한 마음이 느껴진다. 다산 정약용의 조카라서, 황사영의 아내라서, 아니면 백색의 순교자라서 그런 것일까. 여인의 몸으로 신앙 안에서 살아온 정난주의 파란만장한 인생여정이 스쳐간다.

조선말 천주교 박해의 격랑 속에서 핵심적인 인물들은 대부분 정난주의 아버지 정약현과 혈연관계에 있었다. 정약현은 1751년 부친 정재원과 의령 남씨 사이에서 장자로 출생하였다. 의령 남씨가 사망하고 후실인 해남 윤씨 소생으로 동생 정약전, 정약종, 정약용이 있었고, 잠성 김씨 소생으로 정약황을 두어 5형제, 누이는 5명이 있었다. 정약현의 처남 광암 이벽은 조선 최초로 천주교를 창설하고 신봉한 인물이었고, 매제 이승훈은 최초로 천주교 세례를 받고 순교한 인물이었으며, 최초의 순교자 윤지충은 외사촌이었다. 1801년 신유박해 때 아우 정약전과 정약용은 흑산도와 강진으로 유배를 갔고, 정약종은 참수되었다. 하지만 정약현은 천주교를 신봉하지 않았으며 고향인 남양주의 마재에서 집안을 지켰다.

황사영은 1790년 16세로 과거에 급제해 진사가 되었다. '마음이 세상의 근본이며, 마음의 힘이 세상을 바꾸는 것'이라는 답안에 감탄한 정조는 특별히 그를 불러 20세가 되면 탁용해 주겠다고 약속했다. 황사영이 급제하기 전에 정약현의 큰 딸 열일곱 살의 정난주(당시 이름은 명련)와 혼담이 오갔는데, 정약현은 뜻밖에도 진사 사위를 보게 되었다. 〈소학〉에는 '소년등고(少年登高) 고재능문(高才能文)', 어린 나이에 높은 지위에 오르는 일과 재주가 좋아서 문장을 잘 짓는 일은 인간의 큰 불행이라 했는데, 결과는 그러했다.

다음해인 1791년, 황사영은 처고모부인 이승훈에게 천주교 서적을 얻어 보았다. 이승훈은 정약용의 매형이었다. 황사영은 처가에서 처숙부 정약전, 정약종, 정약용과 어울리는 것을 좋아했고, 처숙부들에게 천주교 교리를 배웠다. 정약종의 가르침이 가장 뜨겁고 분명했다. 그 가르침에 황사영은 두려움으로 떨었다. 붙잡힌 정약종은 1801년 2월, 신유박해 때 숨어버린 주문모 신부와 조카사위 황사영의 이름과 은신처를 끝까지 대지 않았다. 정약종이 죽음으로 끌어안아 정약전과 정약용은 살아났다. 그 후 정약용은 폐족을 면하기 위해 배교했다. 하지만 참형은 면했으나 강진에서 18년의 유배생활을 했다.

지체 없이 피신했던 황사영은 박달재를 넘어 제천으로 가는 길에서 꼬불꼬불한 산길로 들어가 주유산(舟遊山) 자락의 배론(舟論)이라는 옹기 굽는 마을 토굴에 숨었다. 황사영은 토굴에서 자신에게 세례를 준 중국신부 주문모의 죽음을 전해 들었다. 주문모는 위험이 다가오자 청나라로 돌아가려다가 의금부에 자수를 했으나 참수를 당했다. 황사영은 북경에 있는 프랑스 선교사 구베아 주교에게 구원을 청하기로 작정을 했다. 토굴 안에서 호롱불 밑에 비단 한 폭을 펼치고, 먹을 갈고 붓 끝을 적셔서 글을 써나갔다. 두 자짜리 명주 폭에 일만 삼천삼백여 개의 글자를 써넣었다.

(……) 이 나라의 병력은 너무나 약하고 백성들은 군대가 무엇인지도 모릅니다. 배 수백 척에 정예한 군대 오륙 만과 대포와 날카로운 무기를 싣고 이 나라 해안에 이르러 천주의 위엄을 세우시고 천주의 행할 뜻을 보여 주십시오. 군사를 일으켜 이 나라의 죄를 묻는 것은

옳은 일이고, 다만 힘이 미치지 못할 것을 두려워할 뿐입니다(……).

　내용을 접한 조정에서는 아연실색을 했다. 조정에서는 즉각 관련자들을 처형함과 동시에 천주교인들에 대한 탄압을 한층 더 강화했다. 스물여섯 살 대역죄인 황사영은 서소문 밖 형장으로 끌려갔다. 망나니는 황사영의 양쪽 귀에 화살을 박은 후 칼을 휘둘렀고, 황사영의 머리는 모래밭을 뒹굴었다. 정약종은 참수되었고 황사영은 능지처참되었다. 정약종은 두 토막이었고 황사영은 여섯 토막이었다. 황사영의 머리는 대나무 삼각대에 매달려 효수되었다. 정약전에게 서학(書學)을 배우고, 장성한 뒤에는 고모부인 이승훈으로부터 '마리아'라는 세례명을 받고 천주교도가 되었던 정난주는 제주도로 유배 갔고, 황경한은 추자도로 유배 갔다. 정약전은 흑산도로, 정약용은 강진으로 유배 갔다. 모자는 추자도에서 헤어져 다시 만나지 못했고, 형제는 나주의 율정점에서 헤어져 다시는 만나지 못했다.

　조선의 천주교 역사는 선교사가 없이 자생적으로 시작된 특별한 경우였다. 지도자는 광암 이벽으로 스스로 조직을 만들었다. 이벽은 1783년 겨울부터 천주교를 신앙으로 받아들였다. 한국 천주교회의 초석을 놓은 이벽이 천주교를 접하게 된 것은 그의 고조부 이경상이 청나라 선양에 인질로 잡혀간 소현세자를 모시는 과정에서 소현세자가 베이징에서 아담 샬에게 받은 천주교 서적 일부가 이벽의 집안에 전해 왔던 것이다. 이 무렵 이벽도, 남인들도 천주교와 유교의 충효가 서로 배치된다고 생각하지 않았다. 이벽은 '천주공경가'를 지었다.

집안에는 어른 있고 나라에는 임금 있네.

내 몸에는 영혼 있고 하늘에는 천주 있네.

부모에게 효도하고 임금에게 충성하네.

삼강오륜 지켜가자 천주공경 으뜸일세.

　1784년 이승훈은 베이징의 북당을 스스로 찾아가 영세를 달라고 했다. 조선에서는 이미 이승훈에게 신앙을 준 자생적 조직이 있었기 때문이었다. 이승훈은 베이징에서 천주교 서적을 구입해 왔다. 1785년 3월, 지금의 명동성당 자리인 명례방 김범우의 집, 이벽은 정약정 정약종 정약용과 이승훈 권일신 등 초기 천주교 핵심들에게 교리를 가르치다가 순라 하던 포졸들에게 적발되었다. 중인 신분인 김범우를 제외한 나머지는 명문가 출신이어서 관대한 처분을 받았고, 이승훈에게 세례를 받은 김범우는 단양으로 유배되었으나 고문 후유증으로 죽었다.

　이벽의 아버지는 아들의 마음을 돌리기 위해 대들보에 목을 매달았고, 이벽은 아버지의 죽음을 막기 위해 한발 물러섰다. 식음을 전폐한 이벽은 15일 동안 방에서 기도와 명상을 하다가 탈진하여 32세의 나이로 죽었다. 이벽이 세상을 떠나자 정약용은 애틋한 마음을 실어 "신선 나라의 학이 우리 인간들 세상에 내려오시니/ 신령한 그 풍채가 혼연히 빛남을 볼 수 있었다./ 그 희고 또 흰 날개와 깃털은 눈처럼 새 하얗었는데/ 땅 위의 닭과 오리들이 샘을 내며 골을 부렸네.(후략)."라고 만시(輓詩)를 지어 남겼다. 정약용과 이벽은 여덟 살 차이였다. 정약용은 묘지명에서 '자신은 이벽을 추종했고, 자신의 형 정약전도 일찍부터 이벽을 추종했다'고 기록했다. 강진에서 18년 귀양살이를 끝내고 고향 마재로 돌아온 정약용은 이벽과 함께 자주 찾았던 광주의 천진암을 찾아가 '30여년 만에 다시 찾아오니 천진암은 이미 다 허물어져 옛 모습이 전혀 없구나.' 하며 추억을 더듬었다.

"탐라할망, 정난주는 대정현 관비(官婢)로 보낸 37년의 유배생활을 잘 견뎌 냈는지요?"

"관비가 된 정난주는 대정현 토호 김석구(1780~1870)의 집에 위리안치 되었어. 동헌 바로 뒤에 살고 있는 김석구는 한때 별감으로 관속이었고, 현감과는 막역지우로 그의 자문역을 자임할 정도로 가까운 사이였지. 정난주는 이곳에서 김석구의 아들 형제를 양자처럼 기르면서 비교적 자유로운 가운데 풍부한 교양과 학식으로 주민들을 교화했어. 특히 장남 김상집은 유난히 정난주를 잘 따랐어. 정난주는 유배된 뒤에도 신앙을 버리지 않고 비밀리에 기도생활을 했지. 김석구는 정난주가 신앙을 버리지 못하고 있다는 사실을 알았지만 이를 막지도 알리지도 않았어. 어린 아들을 추자도에 떼어놓은 아픔을 신앙이 아니면 견뎌낼 수 없지. 대정현 사람들은 정난주를 '서울 아주머니'라는 별칭으로 부르면서 칭송이 자자했어. 1838년 66세의 나이로 죽었을 때, 사람들은 '서울 할망'이 죽었다며 모두들 슬퍼했지."

"관비인데 장례는 어떻게 치렀어요?"

"정난주가 죽자 김석구의 아들 김상집이 정성을 다해 그녀를 모슬봉 북녘, 속칭 한굴왓(현재의 묘역)에 장사를 지냈어. 그리고 추자도의 황경한의 손자 우중에게 정난주의 죽음을 알리는 첫 편지와 무덤의 위치와 관리인을 전하는 둘째 편지를 보냈어. 그 편지는 오늘날까지 전해져. 정난주의 무덤은 김상집의 4세손 김서연(당시 남제주군수)에 의해 1973년에 찾게 되어 1977년 순교자 묘역으로 단장되었다가 1994년 천주교 성지로 조성되었지. 참으로 훈훈한 정이 깃든 이야기야."

"추사 김정희와 정난주는 서로 만나지 못했겠네요?"

"그렇지. 추사가 대정현으로 오기 2년 전인 헌종 4년(1838년)에 정난주는 길고 긴 귀양살이 끝에 숨을 거두었으니까. 추사는 평소 다산 정약용을 무척이나 존경했고 아들인 정학연, 정학유와도 매우 가까운 사이였어. 그래서 다산의 큰형이었던 정약현의 딸인 정난주에 대해서도 소식을 잘 알고 있었으나 결국 만나지는 못했지. 살아서는 못 만났지만 추사유배길이 정난주마리아성지를 지나는 성지순례길과 만나니까 길 위에서 서로 반갑게 만나고 있겠지."

"다산 정약용은 맏형의 딸 정난주의 유배에 이어, 추사의 유배를 보면서 제주도에 대한 생각이 많았을 것 같아요. 정약용과 김정희는 조선 후기를 대표하는 대학자요 예술가로 김정희는 정약용을 아주 존경했고, 두 사람은 몇 차례 편지를 교환했지요. 정약용의 강진 유배 시절 다산초당에 걸린 현판과 다산초당 내 정약용이 지내던 방 동암에 걸린 현판 모두 추사 김정희의 글씨지요. 정약용이 세상을 떠난 뒤에도 추사는 아들 정학연·학유와 교류를 맺고 지냈어요."

"그렇겠지. 추사와 초의선사는 다산의 둘째 아들 정학유와 동갑이었어. 다산은 초의선사가 22세 때인 1810년 강진에서 초의선사에게 유학과 주역을 가르치고, 나아가 초의선사에게 차를 배웠지. 그 인연으로 다산이 소개해서 초의선사는 30세 때 추사 김정희를 만나서 지란지교의 벗이 되었으니까."

"제주에 온 최초의 천주교인은 누구지요?"

"그야 당연히 정난주지. 제주지역에 처음으로 천주교 신앙이 알려지게 된 것은 정난주가 유배 오면서부터야. 1845년에 김대건 신부가 제주 용수포구에 표착해서 역사적인 첫 예배를 드렸고, 제주에서 처음으로 전교활동이 이루어지게 된 때는 1858년으로 함덕리 출신의 김기량이 표류하여 홍콩에 도착한 뒤에 세례를 받고 돌아오면서부터지. 이때 도민 20여 명과 가족 40여 명을 개종시켰어. 이후 김기량은 육지를 오가며 성사를 받았고, '제주의 사도'가 되어 복음을 전하다가 1866년 병인박해 때 체포되어 경상도 통영에서 순교했어."

"천주교에 대한 탄압은 언제까지 했는가요?"

"1882년 조미수호통상조약이 체결되고 사실상 기독교에 대한 탄압이 사라지게 돼. 이후 미국의 장로교와 감리교가 들어오기 시작하지. 제주에 다시 천주교가 전파된 것은 1898년 4월경에 중문 색달리 출신 양용항이 세례를 받고 제주에 돌아와 복음을 전하면서야. 그리고 1899년 천주교 제주본당이 최초로 설립되었지. 초기 제주교회는 활발한 선교활동을 하여 1901년 초에는 영세자가 240여 명, 예비 신자가 7백여 명에 이르게 되었어. 이후 1901년 이재수의 신축난이 일어나고 신자와 양민 7백여 명이 관덕정에서 죽임을 당하는 참극이 벌어졌지. 핍박받던 천주교회가 조정의 편을 들면서 오히려 양민들을 착취하는 데 관여했지. 이때 사망한 수백 명의 신자들의 시신은 화북천 주변에 묻혔는데, 1903년 조정에서 아라동 부근 황무지로 옮겨 묻도록 하였어. 이곳이 현재 황사평성지야. 현재 제주 인구의 약 10%가 천주교 신자니까 다른 지역에 비해 놀라운 일이지."

"정난주로부터 시작한 제주 천주교의 놀라운 변화네요."

"그렇지. 제주의 신자들은 피 흘려 순교하지는 않았어. 하지만 신앙 탓으로 제주에 유배 온 유일한 증거자인 정난주를 '백색(白色) 순교자'로 공경하고 있지. 제주의 천주교는 정난주마리아를 떠나서는 생각할 수 없어."

동백나무 아래 돌담 옆에 성지순례길 안내판과 추사유배길 안내판이 함께 있다. 천주교의 성지순례길인 정난주길과 추사유배길은 공통으로 정난주의 묘소와 추사유배지를 지나게 되어있다. 정난주길은 대정성지에서 모슬포성당에 이르는 7㎞, 추사유배길은 제주추사관에서 이곳 대정성지를 지나서 대정향교에 이르는 6.7㎞다. 모두 61㎞에 달하는 천주교의 제주 성지순례길은 빛의 길, 영광의 길, 고통의 길, 환희의 길, 은총의 길로 이루어져 있다. 빛의 길은 정난주길과 고산성당에서 수월봉 인근 자구내포구를 거쳐 김대건신부표착지인 용수포구에 이르는 '김대건길'이다.

정난주길은 올레11코스와, 김대건길은 올레12코스와 일부 겹친다. 고통의 길은 1901년 신축년 이재수의 난 때 희생된 신자들이 묻혀 있는 황사평성지를 지나 관덕정 등을 거쳐 중앙성당에 이르는 12.6㎞의 '신축화해길'이다.

추사유배길은 '집념의 길', '인연의 길', 사색의 길로 이루어져 있다. 올레종주 후에 모두 26.7㎞의 추사유배길을 걷다가 길을 찾기가 어려워 포기했던 쓸쓸함이 있었다.

정난주마리아성지에서 나와 세찬 바람이 불어오는 들판을 걸어간다. 추사와 정난주, 170여 년 전 이곳을 스쳐간 두 사람을 떠올리며 삶과 죽음의 올레가 더욱 신비로워진다. 길고 긴 시골길, 신평마을에 이르러 배고픈 올레자가 이리저리 아무리 둘러보아도 음식점이 없다. 편의점에서 컵라면으로 요기를 할까 하다가 물어보니 조금만 더 가면 순댓국집이 있단다. 순댓국으로 위를 든든하게 무장하고 '제주의 허파'라고 불리는 신평-무릉곶자왈로 들어간다. 숲으로 가려져 하늘이 보이지 않고 나무와 바위가 어수선하게 엉켜 원시림을 이루고 있다. 곶자왈이라, 처음 들어보는 단어다.

"할망, 곶자왈이 뭐예요?"

"곶자왈은 나무나 넝쿨 따위가 엉클어져 어수선한 숲을 이룬, 제주가 간직한 보물 같은 생태계야. 화산분출이 만든 최적의 조건으로 용암이 부서져 만든 함몰지와 돌출지가 불규칙하게 산재해 보온과 보습 효과가 생기고, 빗물이 그대로 지하에 유입돼 물이 맑고 풍부해서 가능한 숲이지. 북쪽 한계지점에서 자라는 열대북방한계 식물과 남쪽 한계지점에서 자라는 한대남방한계 식물이 공존하는 세계에서 유일한 곳이야."

전화 통화도 되지 않는 곶자왈, 끝없이 펼쳐지는 울창한 숲길을 걸으니 하늘이, 태양이 그리워진다. 제주에 무서운 짐승은 없다고 하지만 길을 잘못 들면 큰일이구나, 하는 두려움과 이 길이 언제 끝이 날까, 하는 의구심 속에 약 3㎞의 울창한 숲에서 벗어난다. 신평 곶자왈이 끝나자 정개왓광장이 나타난다. '왓'은 밭을 뜻하는 제주말로 예전에 정씨 성을 가진 사람이 토지를 경작하던 곳이라 해서 정개밭 또는 정개왓이라 한다. 깊은 숲속에서 광장을 만나는 반가움에 잠시 하늘을 보고 쉬어간다. 곶자왈의 기운이 마음 깊숙이 스며든다. 이어서 무릉곶자왈로 들어선다. 입구에 2008년 아름다운 숲 전국대회에서 공존상(우수상)을 받았다는 명품숲 표지가 자랑을 한다. 제주를 다녀가면서 한 번도 경험해 보지 못했던 곶자왈, 제주 올레가 주는 최고의 매력 가운데 하나다. 올레종주에서 만난 곶자왈과의 인연으로 후일 제주곶자왈도립공원 등 곶자왈을 찾는 기쁨을 맛보았다.

곶자왈을 벗어나 한적한 농촌 들판길을 걸어 인향동마을로 들어

가서 콘크리트길을 걸어 무릉생태학교에 도착한다. 폐교를 개조해 생태학교로 꾸몄다. 직경 5m 정도의 원시의 움집에 들어가서 생태체험을 한다. 강한 제주바람에도 잘 견디도록 약 2천년 전후에 제주 사람들이 살았던 주거형태를 재현해 놓았다. 몇 해 전 케냐의 마사이족 마을을 방문해서 움집 체험을 했던 추억이 스쳐간다. 추억이 꼬리에 꼬리를 문다. 운동장 한쪽의 벤치에 앉아 꿀맛 같은 간식을 먹으며 추억의 길을 반추한다.

수월노을 - 바람아, 노을아!

📍 **12코스** 무릉에서 용수올레 17.1㎞

무릉생태학교-녹남봉-신도포구-수월봉-차귀도포구-용수포구

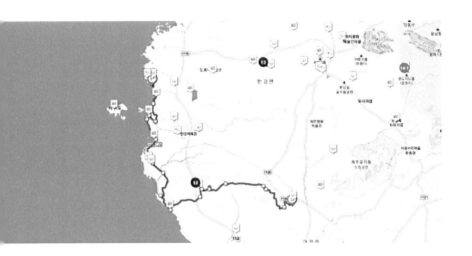

　여행은 비움의 지혜를 가르쳐준다. 노자는, '그릇에 텅 빈 공간이 있기 때문에 그릇의 쓸모가 생기는 것' '수레바퀴도 바퀴살 사이에 텅 빈 공간이 있기 때문에 수레가 굴러가는 것'이라고 비움의 지혜를 말한다. 방도 그 안에 빈 공간이 있어야 하고, 항아리도 바구니도 그 속에 빈공간이 있어야 제 기능을 발휘한다. 사람도 몸과 마음에 비움의 지혜가 필요하다. 위장도 창자도 적당히 가난해야 한다. 생각이 많으면 번뇌가 끓는다. 갈등과 집착, 근심 걱정의 마음 찌꺼기를 버리고 또 버려야 새로운 것으로 채울 수 있다. 여행은 비움과 채움의 기쁨을 맛볼 수 있다. 바람 없는 날 바람개비를 돌리는 방법

은 앞으로 달려가는 것, 제주 올레에서 인생의 바람개비를 돌리며 힘차게 나아간다.

무릉2리의 중산간 밭길을 따라 걸어간다. 하얗게 단장한 평지교회가 나그네의 눈길과 마음을 사로잡는다. 올레12코스는 무릉생태학교에서 시작해 용수포구에 이르는 코스로 서귀포시 전역을 잇고 드디어 제주시로 올라가는 첫 올레다. 드넓은 벌판과 일렁이는 옥빛 바다, 오름을 따라 이어지는 아름다운 경관들이 펼쳐진다. 차귀도를 바라보며 수월봉과 엉앙길을 지나서 당산봉에 오르면 눈 아래에서 갈매기가 날아다니는 신비로운 경험을 하게 된다.

한가로운 발걸음으로 농촌마을을 지나고 들길을 지나서 신도생태연못에 이른다. 제주에서는 보기 힘든 논이 옆에 있다. 화산섬이라 땅에 물이 고이지 않아 논농사를 짓기 어려운데 연못이 있으니 가을에는 푸른 벼가 익어가고 황금물결이 출렁이는 곳이다. 아담한 연못에 겨울철새들이 보금자리를 틀고 있다. 겨울유랑자가 소나무들이 도열해 있는 둑길을 걸어간다.

사람들은 석양이 지는 먼 곳, 그 아름다운 땅으로 가고 싶은 욕망을 가지고 있다. 태양은 매일 서쪽으로 움직이며 자신을 따라오라 유혹한다. 위대한 서부 개척자인 태양, 수많은 사람이 그 뒤를 따라 걸어간다. 콜럼버스도 그 이전의 누구보다도 서쪽으로 향하고자 하는 욕망을 가졌다. 욕망을 욕망했던 그 욕망을 가졌기에 그는 신세계를 찾을 수 있었다. 아득히 먼 곳에서 불어오는 낙원의 향기를 맡으며 서쪽으로 서쪽으로 서방정토를 찾아 걸어간다. 석양에 물든 노을 아래 헤스페리데스 요정들이 살았다는 황금귤밭에 도착하리라는 믿음으로 헤라클레스처럼 서쪽으로 간다.

"할망은 여행을 많이 해 보셨겠지요. 여행의 의미는 뭘까요?"

"여행의 진정한 묘미는 비움과 채움이지. 일상에서 벗어났으니 마음을 고요하게 하고 침묵 속에서 자신을 비워야 해. 비워지면 채워지는 것은 당연한 이치, 비운 자리를 무엇으로 채우는가가 중요해. 자연은 위대한 학교야. 하늘과 구름, 산과 바다, 해와 달, 낮과 밤, 바람소리와 새소리 등 삼라만상은 순수한 마음의 길을 가도록 도와주는 벗이요 조연이요 무대장치지. 그래서 제주 올레는 참 좋은 수행의 인연으로 다가와. 이렇듯 추운 겨울의 여정을 보내면 꽃 피는 봄을 맞이할 수 있는 특권을 누릴 자격이 있지."

신도1리 녹남봉 일본군진지안내도를 살펴보고 논 사이로 난 길을 지나 농남봉을 오른다. 녹나무가 많아 녹낭오름으로 불리다가 농낭오름, 농남봉이 되었다고 하는데 안내도는 녹남봉이니 헷갈린다. 원형분화구에는 삼나무를 울타리삼아 감귤원과 밭을 조성했다. 녹남봉에서 내려와 일주도로를 지나서 세찬 바람을 헤치고 걷고 또 걸어 신도 앞바다로 나아간다. 겨울의 바닷바람이 얼굴을 찌르고 폐부를 스친다.

바다가 반갑게 다가온다. 서쪽바다에서 몸을 가눌 수 없을 정도의 거친 바람이 환영인사를 한다. 바다와 하늘 사이를 바람이 내달린다. 시간의 흔적이 없는 바람이 바다에도 하늘에도 휘날린다. 검은 바다를 다 건너려면 한 평생도 모자라지만 검은 바다가 끝나면 푸른 바다가 열리고 푸른 바다를 건너면 붉은 바다가 열리고 붉은 바다를 건너면 하얀 바다가 열린다. 하얀 바다는 바람의 나라다. 바람은 하얀 바다에서 일어나서 온 세상을 휩쓸다가 다시 하얀 바다로 돌아가서 잠이 든다. 무당들은 바람에게 치성을 드릴 때 방울 소리,

날라리 소리가 그 많은 바다를 다 건너가서 하얀 바다에 닿아야 한다고, 바다에서 죽은 사내들의 넋도 바람에 불려가서 그 하얀 바다를 떠돌고 있다고 말한다.

소박하고 자그마한 신도해수욕장을 지나서 해안도로를 따라 수월봉을 향해 걸어간다. 제주의 동쪽바다에서는 바람이 등을 밀어주었지만 제주의 서쪽바다에서는 세찬 바람이 천천히 오라고 앞에서 불어준다. 사람 눈에 띄지 않고 곳곳을 배회하던 들판과 숲의 방랑자인 바람, 오늘은 어찌 파도가 밀려오는 바다에서 그리도 매섭게 몰아치는가, 대단한 환영이다. 제주도의 하루는 한라산에서 바라보는 수평선 너머 일출에서 첫 햇살을 시작하여, 한라산 머리에서 정오의 햇살을 느끼다가 수월봉 너머로 스러지는 저녁노을에 입맞춤하면 어둠의 시간이 밀려온다.

천연기념물이자 유네스코에서 '지질공원의 진수'라고 격찬한 해발 77㎙ 수월봉에 오른다. 세계지질공원으로 한 해 40만 명이 찾는 제주여행의 명소다. 제주도에서 바람이 가장 센 수월봉 명성에 걸맞게 서 있기도 힘들 정도로 거친 바람이 불어온다. 기상관측상 폭풍으로 분류되는 초당 풍속 13.9㎙를 넘는 날이 연중 71일에 달한다. 태풍을 감시하고 황사를 관측하는 수월봉에 세워진 고산기상대가 올레자를 반겨준다. 바람의 해설사 탐라할망이 나선다.

"바람의 언덕 수월봉은 흔히 화산학의 교과서라 불리지. 해안절벽을 따라 드러난 화산쇄설 암층에서 다양한 화산 퇴적구조를 관찰할 수 있기 때문이야. 엉앙길 절벽에 한 겹 한 겹 층층이 기왓장처럼 쌓

여있는 화산재 지층과 그 속에 박힌 화산탄은 1만8천 년 전 고산리 앞바다에서 올라온 마그마가 바닷물과 만나면서 이곳의 화산활동이 얼마나 격렬했는가를 보여줘. 제주의 동쪽에 성산일출봉과 우도가 있다면 서쪽에는 수월봉과 차귀도가 있어. 성산일출봉이 해돋이의 으뜸이라면 수월봉은 해넘이의 으뜸이지. 낙조가 가장 아름답다는 수월봉에서 바라보는 바다에 떠있는 차귀도와 하얀 날개의 풍력발전소가 어우러진 구름 속의 경관은 가히 장관을 이루지."

'靈山 水月峯' 표지석을 뒤로하고 수월봉에서 내려와 주차장에서 따뜻한 군밤을 사서 먹는다. 수월봉에서 자구내포구로 향하는, 수월봉 아래 바다와 절벽 사이를 걸어가는 4.6㎞를 엉앙길이라 한다. 엉앙은 '깎아지른 절벽이나 낭떠러지'를 말하는데, 화산 분출물인 화산 쇄설류가 쌓여 생긴 절벽이다. 그래서 자구내포구를 잇는 엉앙길은 수월봉의 다양한 지층을 보여준다. 화산이 분출하며 내뿜은 가스와 화산석이 땅을 휩쓸며 자갈을 절벽 중간에 올려놓아 자갈층이 보인다. 바다를 끼고 다양한 지층을 감상하며 걸어가는 재미가 원시의 세계로 들어온 듯하다. 자연샘인 용운천에서 물이 솟는다. 할망이 수월봉에 살던 어린 남매의 전설을 들려준다.

"병을 앓고 있던 수월이와 녹고 남매에게 누군가 100가지 약초를 구해 어머니를 구하라는 처방을 내렸지. 남매는 백방으로 약초를 캐러 다닌 끝에 99가지 약초를 구했으나 마지막 한 가지 오갈피를 구하지 못했어. 수월이는 수월봉 낭떠러지 절벽아래 있는 오갈피를 발견하고 홀어머니를 위해 위험을 무릅쓰고 절벽을 내려가다 떨어져 죽고, 동생 녹고도 누이를 잃은 슬픔에 17일 동안 눈물을 흘리며 시름하다가 죽고 말아. 녹고의 눈물은 절벽 곳곳에서 솟아나 샘물이 됐지. 전설 속 녹고의 눈물은 비가 오면 수월봉 해안절벽 화산재 지층 옆으로 흘러내리지.”

굽이쳐 흐르는 엉앙길이 아름답다. 뒤돌아보니 수월봉의 고산기상대가 마치 등대 같다. 수월봉이 점점 멀어지고 차귀도가 다가온다. 차귀도는 한경면 고산리에 딸린 섬으로 제주도에 딸린 무인도 가운데 가장 크다. 예전에는 사람이 살았다. 고산리 해안쪽으로 약 2㎞ 떨어진 자구내마을에서 배를 타고 10여 분 들어간다. 죽도·지실이도·와도의 세 섬과 작은 부속섬을 거느리고 있는데, 죽도가 본섬이다. 조선시대 대나무가 많아서 죽도(竹島)라 표기되었고, 억새풀이 우거진 아름다운 섬으로 깎아지른 듯한 해안절벽과 기암괴석이 절경을 이룬다. 중앙은 평지이며 정상의 등대에 서면 사방이 신비롭다. 현재 천연기념물로 보호되고 있다.

제주의 수맥과 지맥을 끊었던 호종단의 배는 차귀도 앞바다에서 최후를 맞았다. 돛대 위에 매가 앉아 돌풍이 일고 배가 뒤집히면서 송나라로 돌아가려는 호종단을 막았다. ‘돌아가는 것(歸)을 막았다(遮)’ 하여 차귀도(遮歸島)라 하는데, 그때의 매는 한라산의 수호신이라 전한다.

“호종단의 전설에 대해 이야기 해주세요.”
“옛날 옛적에 탐라에는 겨드랑이에 날개가 돋쳐 날아다니는 아기 장수들이 심심찮게 태어났어. 이 소문이 중국에까지 전해지자 송나라 왕이 지리서를 펼쳐들고 보았고, 탐라에 걸출한 인물이 태어나 중국이 위태로울 것 같은 판단이 든 거지. 그래서 왕은 복주 출신의 뛰어난 풍수사 호종단을 탐라로 파견하며 명을 내렸어.

"조선이 배 형체라면 탐라는 닻가지 모양이다. 배라는 것이 항해하려면 닻을 거둬야할 것인즉 탐라로 먼저 가서 지맥과 물혈을 끊어라. 높은 지맥은 깎아내리고, 굽이친 물은 터서 장부 하나 태어나지 못하도록 말려버려라."라고 했지.

이래서 호종단은 제주에 오게 되었지. 호종단의 눈은 명의(名醫)가 사람의 몸속을 꿰뚫어 보아 병을 알듯 땅을 들여다보면 어느 물길이 어디로 흐르는지 훤히 보이는 신안(神眼)이었어. 더구나 그는 물혈을 찾는 커다란 개를 데리고 제주에 상륙했지.

구좌읍 종달리에 도착한 호종단은 주민에게 '이곳이 어디냐?'고 물었고, '종달리'라는 대답을 들은 호종단은 자신의 다른 이름이 '호종달'이기 때문에 화가 났어. 그래서 대번에 이곳의 '물징거'라는 샘의 혈을 따버렸지. 펑펑 흐르던 물은 갑자기 말라버렸어. 종달리 은월봉 인근 속칭 '대머들'에서 이 물에 의지해 살던 사람들은 샘이 말라버리자 해안으로 이주를 할 수밖에 없었어.

호종단이 지미오름 꼭대기에 올라서 한라산 영신을 불러내어 제주의 물혈과 산혈을 말하라고 협박을 했고, 영신이 말하는 혈들을 지리서에 일일이 기록을 했어. 종달리에서 물혈을 뜨기 시작한 호종단은 지금의 올레코스를 따라 차츰 서쪽으로 가면서 마을마다 쓸 만한 샘물은 모두 말려버렸지. 호종단의 눈을 피할 수 있는 샘물은 없었지. 이러다가는 제주에 있는 샘물은 모두 말라버릴 지경에 이르렀어.

올레4코스 표선면 토산리에는 '거슨새미'와 '노단새미'라는 두 샘이 있었지. 같은 구멍에서 나오는 생수였으나 한 줄기는 한라산 쪽으로 거슬러 오르고, 또 한줄기는 오른쪽으로 갈라져 바다로 흘러내렸어. 어느 날 이 샘물 인근의 '너븐 밭'에서 한 농부가 밭을 갈고 있는데 홀연히 아리따운 처녀가 나타나 놋그릇에 물을 담아 우장을 씌워 소 길마 아래 놋그릇을 놓아 달라 하고, 누가 묻거든 모른다고만 하라고 부탁을 했어. 잠시 후에 호종단이 개를 앞세우고 와서 거슨새미와 노단새미 물이 어디 있는지를 물었고 농부는 저 아래 가서 찾아보라고 했지.

호종단은 샘을 찾지 못하여 당황하여 지리서를 다시 꺼내 살펴보고는 '고부랑 나무 아래 행기물'이 어디에 있는지를 물었고 농부는 또 모른다고 했어. 그제야 농부는 호종단이 풍수가라는 사실을 알았지. 고부랑 나무는 소의 길마를 얘기하는 것이고 행기물이라는 것은 놋그릇에 담긴 물을 가리키는 것이었으니, 신통한 역술서는 놋그릇에 담긴 물까지도 다 알고 있었던 거야. 그러나 호종단은 땅속은 들여다볼 줄 알았지 제주의 고부랑나무라는 것도 행기물이라는 말도 알아먹지 못했어.

호종단이 주위를 두리번거리는 사이에 개가 물 냄새를 맡고 소 길마 쪽으로 다가갔어. 겁이 덜컥 난 농부는 '이놈의 개가 내 점심을 먹으려고 하네' 하며 몽둥이질을 해 쫓아버렸지. 끝내 샘을 찾지 못한 호종단은 '쓸모없는 책이로고!' 하면서 지리서를 찢어버리고 마을을 떠났어. 이렇게 해서 거슨새미와 노단새미의 물길은 끊어지지 않았지. 아리따운 처녀는 두 샘의 정령(精靈)이었어.

호종단은 책을 찢어버렸기에 이후에 물혈을 끊을 수가 없었고, 이 때문에 제주의 이 마을 동쪽까지는 모두 샘이 말라버렸으나 이 마을 서쪽으로는 아직도 샘이 많이 있지. 제주 전역이 호종단의 서슬에 질려있을 때 탐라에서 유일하게 덕을 본 사람이 있었어. 호종단이 토산리를 떠나 이제 산혈을 끊으려고 가시리에 가서 산의 지리를 잘 아는 사람을 수소문했지. 그래서 헌마공신 김만일의 조상을 데리고 산으로 올라갔어.

반디기밧이라는 곳에 가서 쇠못을 혈에 박으면서 '이 쇠못이 요동치더라도 건드리지 말라'고 명을 하고 호종단은 산 위로 맥을 밟으러 올라갔어. 혼자 남은 김만일의 조상은 쇠못이 마구 요동치는 것을 보고 이상히 여겨 쇠못을 뽑아 보았지. 쇠못에 피가 흥건하게 묻은 것을 본 김씨는 얼른 도로 꽂아 넣었어. 돌아온 호종단은 쇠못을 잘 지켰냐고 물었고, 김씨는 사실대로 이야기를 했지. 호종단은 화를 내며 '네 아버지의 시신을 이곳에 묻어라'고 명을 내리고는 가버렸어. 이곳의 혈이 마혈(馬穴)이었어. 이래서 제주의 육혈 중 다섯 혈은 끊어 놓았는데, 김만일의 선조 덕분에 반디기밧의 혈만은 무사했고, 이 때문에 제주에서 말들이 잘 자란다고 해. 조선 시대에는 섬 전역에 국마장(國馬場)이 설치되기도 하지.

호종단이 가버린 그해 어느 날 김씨의 집에 비루먹은 말 한 마리가 찾아와 기웃거렸어. 불쌍해서 길러줬더니 해마다 새끼를 낳아서 네 마리, 여덟 마리가 되고, 방목하다 잃어버린 말은 다른 말 열 마리 백 마리를 이끌고 돌아와 김씨는 큰 부자가 되었지. 그 당시 경주 김씨의 후손인 김만일은 임진왜란 때인 1594년 조정에 말 5백 필을 헌납하여 헌마공신(獻馬功臣)이 되었어. 이후 해마다 말을 바쳐 제주목사보다도 높은 감목관(監牧官)의 직을 제수 받아 대대로 세습했고, 제주사람으로는 가장 높은 직위에 오르게 돼.

한편, 서쪽으로 간 호종단은 안덕면 사계리 산방산에 이르렀어. 평지에 불뚝 솟은 산방산의 모습은 장대한 남자의 기상이고, 산 밑에는 거대한 용이 머리를 내놓고 있어 물결 따라 산방산을 이끌고 중국을 향하여 사계 앞바다의 형제섬 너머까지 나갔다가 들어오곤 하는 것을 본 호종단은 깜짝 놀랐지. 중국에서 올 때부터 염두에 두었던 왕후지지(王侯之地)가 틀림없다고 생각한 거지.

이 형세를 그대로 두면 왕후장상이 태어나 천하를 주름잡을 거라 생각한 호종단은 용이 목을 길게 빼기를 기다려 잔등을 힘껏 끊었어. 끊은 자국에는 피가 벌겋게 솟구쳤지. 사정없이 내리 끊노라니 꿈틀거리던 용이 조용해졌고, 흘러내린 피는 주변을 온통 벌겋게 적셨어. 혈이 끊긴 용머리는 산방산을 끌고 나갈 수도 들어올 수도 없이 그대로 굳어버렸지. 이후에 제주에서는 왕도, 큰 장수도 날 수 없게 됐다고 전해. 또 용이 채 나가기 전에 혈을 끊었기 때문에 화순항도 크지 못해 지금의 규모밖에 되지 못했다고 하지. 지금도 산방산 아래는 용머리와 잔등이 잘린 곳 같은 용의 머리가 남아있어."

"호종단의 전설이 지역마다 다양한데, 어떻게 된 거예요?"

"서로 자기 마을의 샘이 '고부랑나무 아래 행기물'이라고 주장하는가 하면 물의 정령도 아가씨가 아니고 백발노인, 노파, 청의(靑衣)동자 등 다양해. 호종단과 농부 김씨의 묘자리 이야기도 다르고 말이야. 모두 마을의 상황이나 전승자에 따라 달라진 변이 형태를 보이지. 하지만 이 전설은 현실과 어느 정도는 일치해."

"호종단은 실존인물인가요?"

"고려사 등에 의하면 호종단은 고려 예종 때 실존 인물로 사관(史官)직인 종5품 기거랑을 지냈어. 송나라 복주 태생으로 고려에 귀화

해서 예종의 총애를 받았지. 호종단은 중국에서 파견된 것이 아니라 고려에서 파견됐어. 예종의 재위기간인 1105년에서 1122년 사이에 말이야. 예종이 윤관에게 북쪽의 여진을 경략해 9성을 쌓게 하듯 남방정책의 일환으로 호종단을 탐라에 파견한 것으로 보여. 제주가 고려의 군이 된 것은 숙종 10년인 1105년, 최초의 중앙 관헌은 최척 경으로 1161년에 파견됐어. 그래서 호종단의 임무는 정치적인 복속 이전에 사전 정지 작업의 일환이지.

실제 호종단이 혈을 끊었는지 아닌지는 증명하기 어렵지만 이러한 소문이 퍼지는 것만 해도 제주 사람들은 기가 꺾여 고려의 한 지방 이라는 의식을 받아들이기 시작한 거지. 호종단이 차귀도 앞바다에 서 수장됐다고 하나 실제로는 잘 살았어. 호종단의 죽음에 대한 이야기는 자주의식이 강한 제주 사람들이 화풀이로 만든 이야기야."

세찬 바람이 불어오는 자그마한 자구내포구로 들어선다. 선착장에는 현무암 벽돌을 차곡차곡 쌓아올린 옛 도댓불이 있다. 고산과 목포 간 화물선의 유도등으로 세워진 자그마한 옛날 등대로 방파제의 붉은 색 현대식 등대와 묘한 대조를 이룬다. 추위를 견디기 위해 두툼하게 차려입은 할머니의 손수레에서 고소한 오징어 냄새가 풍긴다. 여행객도 없는 거친 날씨에 옆의 손수레 임자는 어디 가고 없건만 할머니는 손님을 기다린다. 할머니 이마의 세월의 훈장 주름살이 한결 깊어 보인다.

종주를 마치고 다시 찾은 자구내포구에서 유람선을 타고 차귀도로 향했다. 제주도는 다양한 콘텐츠의 테마여행이 가능하다. 숲길이나 올레길, 한라산이나 오름 등반, 자연경관을 감상하거나 유람선을 타고 섬과 해안의 아름다운 절경을 구경할 수도 있다. 제주도에서 가장 아름다운 노을풍경을 볼 수 있는 차귀도, 수십 년 전만 해도 사람이 살았던 바다낚시터로 유명한 섬, 원래 이름은 자귀도였는데 전설처럼 이름이 차귀도로 바뀌었다. 억새풀이 우거진 가장 큰 섬 죽도를 걸어서 한 바퀴 돌아 등대에서 바라보는 풍경은 멈추어버린 시간 속에 광활한 우주에 홀로 떠 있는 자신의 모습을 느끼게 한다. 북쪽에 와도가 있고 남동쪽에 지실이도와 생이섬이 있다. 보는 방향에 따라 모양이 달라 유명세를 더한다. 죽도 앞에 외롭게 떠 있는 외돌개에는 한라산 영실기암의 전설이 담겨 있다.

"할망, 저 외돌개가 설문대할망의 아들 오백 명 가운데 막내라면서요? 왜 혼자 여기에 있지요?"

"슬픈 사연이 있지. 어느 해 흉년이 들어 아들들이 양식을 구하려고 모두 밖으로 나간 사이 설문대할망이 커다란 솥에 아들들이 돌아오면 먹일 죽을 끓이던 중, 죽을 젓다가 실수하여 가마솥에 빠져 죽었어. 저녁때가 되어 집으로 돌아온 아들들은 죽을 보고 허기를 채우기 위해 어미를 기다리지 않고 허겁지겁 여느 때보다 더 맛있게 먹었지. 가장 늦게 막내가 죽을 뜨려는 순간 발견한 것이 어머니의 뼈였어. 너무나 기가 막힌 막내는 형들을 원망하며 제주도 서쪽 끝 이곳 섬에서 돌이 되었어. 그 돌이 바로 이 외돌개야. 나머지 아들들은 자책감에 고통스러워하며 울부짖다가 굳어져 그 자리에 기암이 되었으니, 바로 영실기암이지."

할머니에게 오징어를 사먹고 기운을 내서 가벼운 발걸음으로 당산봉을 올라간다. 당산봉은 기슭에 뱀신의 사당이 있어 당오름이라고 했다. 이 신을 사귀(蛇鬼)라 했는데 그 이름이 차귀가 됐다고도 해서 당오름을 차귀오름이라고도 한다. 당산봉은 한라산이 생기기 이전에 바다 속에서 생성된 화산체가 산이 되었다고 하니, 한라산보다 오히려 형이다.

전망대에서 숨을 고른다. 바닷바람이 산으로 시원하게 불어온다. 수월봉, 차귀도, 용수포구, 한라산이 그림같이 펼쳐진다. 올레를 독점한 겨울 나그네의 육안과 심안이 마치 환상에 젖는 듯하다. 생이기정길에 억새풀이 바람에 휘날리고 바다에는 가마우지가 휘날리며 날아간다. 생이는 '새(鳥)', 기정은 '절벽'을 뜻하니 새가 날아드는 바닷가 벼랑길이다. 갈매기의 배설물로 절벽을 하얗게 페인트칠 해 놓았다. 땀 흘리는 자만이 맛볼 수 있는 달콤함, 길을 걷는 자만이 누릴수 있는 최상의 전경이 펼쳐진다. 각도에 따라 변화무쌍한 차귀도를 바라보며 걸어가는 올레길, 지치고 아쉬워서 발걸음이 더뎌진다.

뚱뚱한 해녀상과 방사탑이 용수마을 입구에서 반갑게 나그네를 맞이한다. 용수포구에는 남쪽과 북쪽에 각 1기씩 방사탑(防邪塔)이 세워져 있다.

"방사탑은 왜 쌓아요?"

"방사탑은 말 그대로 사악한 기운이 마을에 침범하는 것을 방지하기 위해 둥글게 쌓아올린 돌탑이야. 풍수지리적으로 마을 어느 한 방위(方位)에 불길한 징조가 비친다거나 어느 지형의 허한 곳을 비보(裨補)하기 위해서지. 제주도의 자연마을에는 잡석을 이용하여 원뿔형이나 사다리꼴형 등의 돌탑을 쌓고, 그 위에 까마귀나 매와 같은 새 모양의 돌, 돌하르방 형태의 석상, 나무새가 있는 장대 등을 세우는데, 이것을 답(塔)·거욱·액답 가마귀동산·하르방·격대 등으로 불러. 방사탑은 포괄적인 의미에서 붙여진 이름이야.

까마귀나 매로 하여금 궂은 것을 모조리 쪼아 먹게 한다는 뜻이 있는가 하면, 탑 속에는 밥주걱이나 솥을 묻어두는데, 밥주걱은 솥의 밥을 긁어 담듯 재물을 마을로 담아 들이라는 뜻이고, 솥은 무서운 불도 끄떡없이 이겨내듯 마을의 재난을 없애 달라는 뜻을 담고 있지. 용수마을에는 어민들이 바다에서 사고를 당하거나 신원을 알 수 없는 시신들이 많이 들어와서 세웠다고 전해."

용수리 언덕에 있는 성(聖) 김대건 신부 제주표착기념성당 기념관으로 향한다. 라파엘호를 형상화한 천주교제주교구 용수성지다. 정난주의 대정성지에서 김대건의 용수성지로, 올레자의 발걸음이 올레길과 성지순례길에서 올레와 순례를 오가며 동시에 맛본다. 올레에서 자아를 성찰하고 순례에서 신 앞에선 피조물의 존재를 자각하며 하늘에는 영광을 돌리고 자신은 평안을 누린다.

가톨릭의 3대 성지는 예루살렘, 로마, 스페인의 산티아고 순례길을 꼽는다. 예루살렘은 세계 3대 종교의 성지로 개신교와 이슬람교의 성지이기도 하다. 이슬람교의 3대 성지는 예루살렘과 메카, 메디나이다. 순례(巡禮)는 종교의 발상지, 성인의 거주지나 묘 등의 참배를 통하여 신앙을 체험하는 종교행위로, 이를 통하여 기원의 성취나 속죄를 구한다. 순례의 왕로(往路)는 금욕의 마음으로 고난을 통하여 수행을 하며, 귀로(歸路)는 평화와 위안의 마음으로 여행을 하는 경우가 많다.

"제 생업의 터전이 용인이고, 용인에는 김대건 신부의 은이성지가 있고, 인근 안성에는 미리내성지가 있는데, 용수포구에서 김대건 신부를 만나니 새롭네요. 제주도에는 어쩐 일인지요?"

"상하이에서 귀국길에 올랐다가 거센 파도로 20여 일 표류 끝에 배가 반파되어 1845년 9월 28일 이곳에 표착했지. 페레올주교로부터 서품을 받은 우리나라 최초의 신부 김대건, 16세에 신학생으로 선발되어 용인을 떠나서 24세에 사제 서품을 받고 라파엘호를 타고 조선으로 돌아오는 길이었어. 김대건 신부의 최초의 미사는 용수포구에서 행해졌지."

충남 당진에는 김대건(1822-1846)이 태어난 솔뫼성지가 있다. 2014년 솔뫼성지에 복원된 김대건 신부의 생가 앞에 앉아 고개 숙여 기도하던 프란치스코 교황은 솔뫼성지를 두고 "한국교회 초기에 주님의 영광을 드러낸 순교성지"라고 했다. 솔뫼성지는 '소나무언덕'이라는 이름 그대로 300년 수령의 소나무 30여 그루가 솔내음을 풍기고 봄에는 유채꽃 향기가 가득하다.

솔뫼성지는 '한국의 산티아고'라 불리는 버그내순례길의 시작점이다. 삽교천의 옛 지명인 버그내, 천주교의 역사가 숨 쉬는 버그내순례길은 '신앙의 못자리'라 일컬어지는 솔뫼성지에서 합덕성당, 무명 순교자의 묘를 지나서 김대건 신부와 함께 중국에서 들어온 프랑스 출신의 제5대 교구장 다블뤼 주교가 21년 간 사목활동을 벌인 교구청 신리성지에 이르는 13.3㎞의 길이다. 한국 천주교 탄압기에 삽교천 수계를 중심으로 천주교가 급속도로 전파되면서 이 지역에 교우촌이 형성되고 수많은 순교자를 배출하게 되었다.

김대건의 증조부 김진후가 10년 동안의 옥고 끝에 순교하자 조부 김택현은 솔뫼에서 용인의 남곡리로 이사하여 김대건은 어린 시절 용인에서 성장하였다. 아버지는 김대건이 마카오에서 유학 중인

1839년 기해박해 때 서울 서소문 밖에서 순교했다. 1836년 1월 프랑스 선교사로 조선에 최초로 입국한 모방 신부가 4월에 은이공소를 방문하여 김대건에게 안드레아라는 세례명으로 세례를 주고 신학생으로 선발했다. 김대건은 서울의 모방 신부를 찾아가 미리 선발된 동료 최양업, 최방제와 중국을 거쳐 마카오로 유학을 떠났다. 김대건은 1845년 8월 17일 상해 인근의 금가항성당에서 제3대 조선교구장인 페레올 주교로부터 사제 서품을 받아 한국인 최초의 신부가 된 후, 페레올 주교와 다블뤼 신부를 모시고 귀국하다가 용수포구에 표착했던 것이다. 추사가 대정에 유배 온 지 5년이 지난 상태였고, 정난주가 죽은 지는 7년이 지났다.

　배를 수선하여 출항한 김대건 신부는 1845년 10월 12일 강경 황산포를 통해 귀국하여 11월경부터 6개월간 용인의 은이공소에서 기거하면서 서울과 용인 일대 교우들을 사목하였다. 은이공소는 사실상 김대건 신부의 본당이었다.

　김대건 신부는 페레올 주교의 명에 따라 최양업 부제와 선교사들의 조선 입국을 위한 해로를 개척하기 위해 1846년 4월 13일 은이공소에서 마지막 미사를 봉헌하고 길을 떠났다가 6월 5일 황해도의 순위도(巡威島)에서 체포되었다. 그리고 그해 9월 16일 26세의 나이로 새남터에서 순교했다. 목을 베어 높은 곳에 매다는 군문효수형(軍門梟首刑)이었다. 순교 직전 김대건 신부는 페레올 주교에게 어머니를 보호해 줄 것을 부탁했다. 마치 예수께서 십자가에서 가장 사랑하는 제자 요한에게 어머니를 부탁하듯.

　순교한 지 40여 일만에 교우들이 감시의 눈을 피해 김대건 신부의 시신을 몰래 찾아내어 낮에는 산에 숨고 밤에는 운반하여 은이성지를 거쳐 안성의 미리내성지에 안장하였다. 은이성지에서 미리내성지로 가는 길에는 고개가 셋이 있다. 이 고개는 생전에는 사목을 하던 행로였고, 순교 후에는 유해가 옮겨지는 길이 되었다. 오늘날 사람들은 이 고개를 신덕고개(은이고개), 망덕고개(해실이고개), 애덕고개(오두재고개), '믿음과 소망과 사랑의 삼덕의 길'이라 하여 순례를 하며 김대건의 순교정신을 기리며 추모한다.

저녁노을이 붉게 물드는 용수성지에서 김대건의 탄생지인 당진의 솔뫼성지, 사역과 죽음의 길인 용인의 은이성지, 용인에서 안성으로 가는 삼덕의 길, 안성의 미리내성지를 흘러 다녔던 아름다운 기억들을 떠올린다.

보름달이 뜨는 밤이면 용인에 터전을 둔 10여 명의 '달빛가족'이 전국을 무대로 달빛기행을 떠난다. 하얗게 비춰주는 보름달을 벗 삼아 문경새재를, 하회마을을, 남한강 자전거길을 따라 팔당 이포 여주 강천으로 흘러가고, 서울의 청계천, 남산, 수원의 화성 등 코스도 다양하다. 그 가운데 김대건 신부의 은이성지에서 미리내성지까지 삼덕의 길 10㎞는 해와 달이 비취는 낮과 밤 모두가 현세와 내세를 넘나드는 환상의 산길이다. 올레종주가 끝난 후 달빛가족은 다랑쉬오름에서 환상적인 달빛기행을 했다.

사형을 시키기에는 너무나 아까운 천재이기에 조정에서조차 배교를 종용하며 순교를 만류했던 김대건, 하지만 김대건은 '교우들에게 보낸 편지'에서 "모든 신자들은 천국에서 만나 영원히 누리기를 간절히 바란다"는 인사로 작별을 한다.

용수포구에 거센 바람이 불어온다. 제주에서 만난 김대건 신부가

새삼 정겹게 다가온다. 슬프고도 아름다운 김대건신부표착기념성당
을 마음의 방사탑으로 삼아 행복한 걸음으로 인근에 있는 올레12코
스의 도착점 절부암에 도착한다.

낙천안토 – 즐거운 하늘, 편안한 땅!

📍 **13코스** 용수에서 저지올레 14.8㎞

용수포구-특전사숲길-낙천리굿마을-저지오름-저지마을회관

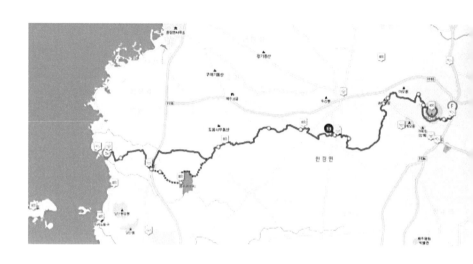

인간은 습관의 동물이다. 새로운 패턴에 익숙해지면 규칙을 잘 지켜 나가려 한다. 때론 넘어지기도 하고 물러서기도 하지만 한번 생긴 관성은 잘 사라지지 않는다. 오늘의 나, 7일 뒤의 나, 1달 뒤의 나, 1년 뒤의 나, 10년 뒤의 나는 단숨에 획기적인 변화가 아니라 조금씩 바뀌는 변화로 나비효과를 이룬다. 긍정적인 생각, 적극적인 태도, 현실적인 기대를 가지고 많이도 아닌 조금 더 나아진 사람, 좋은 사람이 되기 위해 인내하며 꾸준히 앞으로 나가야 한다. '우리가 우리에게 죄 지은 자를 사하여 준 것 같이 우리 죄를 사하여 주옵시고'라는 주의 기도가 간절한 나의 기도가 되기를 바라며 낙천안토를 향하여 한 걸음씩 나아가는 일신우일신, 자, 출발이다!

13코스는 용수포구의 절부암에서 시작하여 저지마을회관에 이르는 코스다. 해안가를 이어오던 길이 내륙으로 방향을 틀어 밭길과 산길을 반복해서 지나가는 올레로 때로는 흙길, 때로는 돌길, 때로는 시멘트길의 밭길과 숲길이다. 이름도 다양하다. 특전사숲길, 고목숲길, 고사리숲길 등등 숲길이 끝나갈 즈음 하나, 둘, 의자들이 보인다. 낙천리 아홉굿마을이다. '굿'은 연못의 제주말이다. '대화합문'을 지나간다. 낙천안토(樂天安土)! '하늘의 뜻을 즐겁게 여기고 자기가 사는 땅을 편안하게 여긴다.'는 낙천리, 그곳은 천국이요 아상향이다.

"절부암이라, 뭔가 의미심장한데요?"
"얽힌 내력이 있지. 이 마을에 강사철이라는 어부가 아내와 함께 행복하게 살았어. 어느 날 남편이 고기잡이를 나가서 돌아오지 않았고, 기다리며 슬피 울던 아내 고씨는 남편을 찾아 헤매다가 마침내 소복을 갈아입고 절부암에 있는 나무에 목을 매달아 죽고 말았지. 그런데 신기한 일이 일어났어. 아내가 죽은 나무 아래 바닷가에 남편의 시신이 떠올랐어. 마을 사람들은 모두 죽은 고씨가 열녀라 칭찬했고, 이 사실을 안 제주판관 신재우는 고씨 부인이 죽은 바위에 '절부암(節婦岩)'이라 새겨 기리도록 하고, 해마다 음력 3월 보름이면 열녀제(烈女際)를 지내게 했지. 지금도 마을 부녀회에서 조성한 기금으로 300여 평의 밭을 마련해서, 거기서 나는 소출로 제사를 지내고 있어. 절부암은 제주도기념물 제9호로 지정, 보호되고 있지."
"요즘 세상에는 소설 같은 이야기네요."
"그렇지. 쉽게 만나고 쉽게 헤어지는 세상이야."

"예전에는 정말 제주 여성들이 힘들게 살았던 것 같아요."

"지금은 통계적으로 제주에 남자가 더 많지만 예전에는 여자가 훨씬 많았어. 돌 많고 바람 많고 여자 많은 섬, 삼다도(三多島)에 남자가 귀하다 보니 어쩔 수 없이 여자들은 부지런하고 야생화처럼 질기고 강인했어. 힘든 노역은 모두 여자의 몫이었지."

효종 4년(1653)에 제주목사 이원진이 쓴 〈탐라지〉의 기록이다.

"원나라에 예속된 시절에 남자들이 많이 징발되어 간 뒤 끝내 돌아오지 않았다. 그 뒤부터 여성들의 원한이 방아를 찧을 때 노래에 나타나기 시작했는데, 그 음조가 슬프기 그지없다. 연자매 찧는 소리도 역시 그와 비슷하다."

조선 중기 이수광이 지은 〈지봉유설〉의 기록이다.

"탐라는 멀리 떨어진 바다 가운데 있다. 주민들은 바다를 집으로 삼아 고기 잡고 해초 캐는 것으로 먹고 사는 생업을 삼는다. 해마다 풍랑에 떠내려가거나 물에 빠져 죽는 일이 많아서 매장(埋葬)되는 남자가 드물다. 그러므로 남자는 적고 여자는 많다. 그 때문에 수십 명의 아내를 거느린 남편도 있다. 비록 매우 가난한 남자일지라도 최소한 아내가 열 명은 된다. 그 아내가 힘껏 일하여 그 남편을 먹여 살린다."

과거에 급제한 백호 임제가 제주목사로 재임하고 있는 아버지를 찾아와서 1577년 28세 때 약 4개월 간 머물며 제주도의 명승지와 유적을 둘러보고 일기체의 기행문 〈남명소승〉을 기록했다.

"산과 들에는 짐승들이 많아 농작물을 헤치므로 돌담을 쌓아 울타리를 둘렀다. (⋯) 침실에는 굴뚝이 없다. 한 남자가 8~9명의 여자를 거느리는데, 여자는 치마를 입지 않고 노끈을 꼬아 허리에 두르고 헝겊을 앞뒤에 달아 음부를 가렸다. 통나무를 파내어 통을 만들고 이것을 지고 다니며 물을 긷는다. 시골에서 나무를 하거나 물을 긷는 것은 모두 아낙네들이다. 이곳에는 귀양 온 사람들이 많은데 언어가 중국과 흡사하며 말 모는 소리 같은 것은 거의 분별하기 어렵다. 생선은 복어나 옥두어가 많고, 짐승은 곰, 호랑이 등 크고 다리가 긴 짐승은 없다. 과실로는 귤과 유자 등 10여 종이 있어 방풍림의 역할을 하며 금귤의 색과 맛을 제일로 친다."

임제는 또 제주의 풍속을 두고 〈송랑곡〉이란 글을 짓기도 했다.

"제주 시골의 궁벽한 곳에 사는 여자들은 남편 있는 이가 드물다. 매년 3월에 원병(援兵)이 들어갈 때가 되면 여자들이 곱게 단장하고 술을 가지고 별도포(別刀浦)에 가서 기다리다가 군사에게 술을 권하고 서로 가깝게 된 뒤에 자기 집에 데리고 가서 같이 지낸다. 8월이 되어 방어의 임무를 마치고 돌아가게 되면 울며 따라와 전송한다."

성종 때인 1488년 최부의 〈표해록〉에 그려진 제주 풍경이다.

"제주는 큰 바다 가운데 있어서 파도가 흉포하여 그러므로 여염집에는 여자가 남자의 3배나 되며, 부모 된 사람은 여자를 낳으면 반드시 말하기를 '나에게 효도할 놈이다.' 하고, 아들을 낳으면 누구나 말하기를 '내 자식이 아니라 고래의 밥'이라 했다."

대정읍에서 유배를 살던 영조 때 조관빈이 제주도 여성들에 대하여 지은 시다.

"시골 아낙 옷자락은 여미지 않아 몸을 드러내고/ 멀리서 샘물 길어 허벅지고 가는구나./ 처첩 한집안살이 괴로운데/ 날 서물어 방아 노래 원성처럼 들리네."

"제주여인에 대한 기록들은 모두가 슬프고 애절해요."

"갯바위에 출렁이는 하얀 포말은 제주여인의 눈물과 탄식이야."

해안가 절부암을 뒤로하고 내륙으로 조용한 용수마을을 지나간
다. 바다를 뒤로하고 한라산을 향해 방향을 돌려 서부중산간으로
사람구경하기 힘든 한적한 들길을 걸어간다. 한경면 충혼묘지가 나
타난다. 갈 길 바쁘다는 핑계로 잠시 걸음을 멈추어 마음으로 인사
를 건넨다. 묘지 앞에서 탐라할망의 인생특강이 또 시작된다.

"육체 속에서만 생명을 찾으려는 사람들은 무덤을 무서워해. 하지
만 육체는 하나의 겉옷, 진정한 생명은 영혼에 있지. 세상에 무덤은
없어. 산과 들에 있는 무덤은 죽은 자의 요람이요, 다음 생으로 건
너가는 디딤돌이야. 단장한 무덤이란 죽은 자와 남은 자가 손에 손
잡고 울면서 춤추며 노는 공간이야.

죽음의 비밀은 삶의 한가운데 있어. 그 비밀을 알려면 추억의 안
개 속에 숨어있는 삶의 궤적을 바라봐야 되지. 보람 있는 하루는 즐
거운 밤을 주고 보람 있었던 일생은 평안한 죽음을 줘. 죽음의 여행
은 벌거벗고 서서 태양으로 녹아들어 가는 황홀한 빛의 여행이지.
죽음을 두려워하는 것은 칭찬을 해 주려는 신 앞에서 떨고 있는 철
부지와 같아. 상을 받을 것을 생각하면 떨더라도 기뻐해야 할 것인
데, 철부지는 어리석게도 떠는 것에만 신경을 쓰고 있지. 저 충혼묘
지에 누운 사람들도 모두 신 앞에서 칭찬 받아 즐거워하고 있잖아.
충혼묘지에는 아무나 묻히는 게 아니니까 말이야."

황량한 길가에 겨울바람을 맞으며 밭담이 길게 도열해 있다. '흑룡

만 리'라, 길고 긴 현무암 돌담이 제주 평야의 너른 땅을 잘게 쪼개며 구불구불 뻗어나가는 모습이 마치 검은 용을 닮았다. 현재 남아 있는 밭담을 이어붙이면 약 2만 2000㎞, 문화사적 가치를 인정받아 2014년 세계농업유산으로 지정됐다.

허허들판에서 멀리 작은 교회가 시야에 들어온다. 길 위에서 만나는 뜻밖의 교회, 순례자들이 잠시 묵상에 잠길 수 있도록 배려한 작은 공간이다. 돌담으로 쌓은 '좁은 문'을 통과하여 마당으로 들어간다. 이름이 '순례자의 교회'이다. 순례하는 마음으로 올레를 걸으라는 뜻이니 올레자와 의중이 같다.

아담한 교회 벽에 '길 위에서 묻다'라는 글귀가 눈길을 끈다. 길 위에서 무엇을 누구에게 물으라는 것일까? 교회에 들어가 무릎 꿇고 묵상을 한다. '예수는 누구인가? 예수가 원하는 것은 무엇인가? 예수라면 어떻게 할까? 나는 누구인가? 나는 무엇을 원하는가? 나는 어떻게 살아야 하는가? ……' 순례자의 질문은 끝없이 이어진다.

스페인 산티아고 순례길에는 마을마다 중심에 교회가 있다. 마을의 역사는 교회의 역사요 교회의 역사는 곧 마을의 역사다. 사람들의 역사는 마을과 교회와 하나로 이루어졌다. 국교가 가톨릭이었던 그들은 삶이 신앙이었고 신앙이 곧 삶이었다. 중세시대에 직업이 농민이었던 백성들은 어느 날 농노가 되었다. 반은 농민이었고 반은 노예인 삶으로 추락했다. 하느님은 그들과 함께했고 그들의 삶은 비참했다. 하지만 그들은 희망을 잃지 않고 기도했다. 다시 만날 예수를 믿었기에 소망이 있었다.

예수는 목수의 아들로 태어나 목수로 살았다. 30세부터 3년 간 가

르치다가 십자가에서의 죽음과 부활로 인류 역사상 가장 영향력 있는 인물이 되었다. 인류는 예수가 태어난 해를 기준으로 B.C.와 A.D.를 나누고, 예수가 죽고 2천 년이 지난 지금까지도 전 세계에서 22억 명이 넘는 사람들이 그를 메시아로 믿으며 가르침을 따르고 있다. 부처의 역사적 사건이 보리수나무 아래의 깨달음이면, 예수의 역사적 사건은 십자가의 죽음과 부활 승천이다. 세상 죄를 지고 십자가로 가는 어린 양 예수는 사람의 아들이었던 신이었다.

예수는 사랑을 가르쳤지만 세상은 예수의 이름을 팔며 죄악으로 만연했다. 성직자가 성도를 섬겨야 하건만 성도가 성직자를 섬겼다. 성직자는 신의 대리인이었다. 그래서 종교개혁이 일어났다. 2017년은 종교개혁 500주년이 되는 해다. 오늘날 세계교회와 대한민국 교회도 500년 전 당시와 비슷하게 타락했다. 신앙이 무너지면서 세속주의에 물들고 쾌락과 향락에 500년 전 종교개혁의 발상지 유럽뿐만이 아니라 세계가 무너져 가고 있다. 목사가 성도를 섬기는 것이 아니라 성도가 신의 대리인으로 목사를 섬기고, 교회가 세상을 밝히는 빛이 되지 않고 세상의 법이 교회를 정죄하는 지경에 이르렀다. 한국교회는 세상의 빛과 소금으로 근대화와 민주화를 선도하는 역할을 하였지만 어느 순간부터 세상에 뒤처져 있다. 교회가 세상을 걱정해야 하건만 세상이 교회를 걱정하고 있다.

마르틴 루터는 1517년 10월 31일 독일 비텐베르크교회 문에 95개 조의 반박문을 붙여 로마 가톨릭교회의 쇄신을 요구했다. 수도승이자 학자였던 루터는 성경과 가톨릭의 가르침이 너무나 달랐으며, 면죄부 판매는 성경 어디에도 없었기에 분노했다. 그래서 "오직 은혜로만", "오직 성경대로"를 외치며 종교개혁을 위해 루터가 제일 먼저 한

일은 성경 번역이었다. 루터가 10년 동안 매달려 번역한 성경은 루터 생전에 50만 권이나 팔려 나갔으니, 명실상부한 최고의 베스트셀러였다.

종교개혁 100년 뒤인 1618년부터 1648년까지 독일을 무대로 유럽의 신교(프로테스탄트)와 구교(가톨릭)간의 역사상 최대, 최후의 종교전쟁인 30년 전쟁이 있었다. 서구사회가 중세에서 근대로 넘어가는 길목에서 엄청난 변화를 몰고 온 대사건이었다. 전쟁의 주요무대였던 독일은 심각한 피해를 입었으니, 독일인 2/3가 죽었다고 할 정도로 처참하게 파괴되었다. 이를 통해 독일 제후국 내의 가톨릭·루터파·칼뱅파는 각각 동등한 지위를 확보했다. 종교는 사람을 격정적으로 만들고 세상일을 선과 악으로 단순화하여 악에 맞서서 목숨을 걸고 투쟁하게 만들었다.

기독교 선교사로서 한국에 발을 처음 디딘 사람은 영국인 귀츨라프다. 그는 1832년 서해안을 탐사하며 한문 성경을 조선인에게 전해주었다. 그 후 1866년 영국인 로버트 토마스가 선교와 통상을 목적으로 미국 국적의 제네럴 셔먼호를 타고 왔다가 평양 대동강에서 조선인 병사에 의해 죽임을 당했다. 이 사건을 계기로 한국 기독교는 토마스를 최초의 순교자로 간주하고 있다.

본격적인 개신교 선교는 1884년 이후 입국한 선교사들이 했다. 1882년 7월 4일 조미수호조약이 성립되면서 전도의 문이 열리게 되고, 1884년 9월 20일 미국 북장로교회 선교사 알렌이 의료 선교를 위해 내한했다. 선교사가 아니라 의사 자격으로 왔다. 이보다 앞서 6월에는 일본 주재 미국 북감리회 선교사 맥클레이도 선교 모색을 위해 방한했다. 1885년 4월 5일 장로교의 언더우드와 감리교의 아펜젤러가 최초의 정식 선교사로 제물포에 상륙했고, 1889년에는 호주 장로교 데이비스 목사가, 1892년에는 미국 남장로교 레이놀 외 6명이, 1894년에는 캐나다 장로회에서 멕켄지 목사 등이 입국하면서 한국 선교 사업은 크게 진전됐다.

선교사업이 활발히 진행되고 교회가 성장하면서 1907년 9월 17일 제1회 조선예수교장로회 독로회가 조직되었고, 한국인 목사 7인이 처음으로 세워졌다. 한국 장로교의 신기원을 이룩한 날이었다. 독로회는 7인의 목사 중 이기풍 목사를 제주도 선교사로 파송하기로 결정했다. 선교사는 자기 나라가 아닌 다른 나라로 복음을 전파하기 위하여 파송하는 사람을 일컫는데, 제주도는 당시 해외나 다름없었기 때문이었다. 1908년 1월 이기풍 목사는 평양역을 출발해 인천에 도착했고, 제주를 향해 인천을 떠났으나 풍랑으로 난항 중에 겨우 목포에 도착했다. 목포에 가족을 두고 홀로 제주도를 향해 떠난 이기풍 목사는 역시 풍파로 인해 추자도에 상륙했다가 3월 초에야 겨우 제주도에 도착했다. 이로써 드디어 제주지역에 개신교가 들어온 것이다.

"제주도 선교에 얽힌 이야기를 들려주세요."
"당시 이기풍 목사의 전도는 현실적으로 불가능한 상황이었어. 우선 언어가 통하지 않았고, 이재수의 난(1901년) 이후 제주사람들에게 서양종교에 대한 반감이 극히 심했지. 이기풍 목사는 성내 장터에서 전도를 하다가 위협을 당하기도 하고, 가는 곳마다 적대시하는 눈초리, 침식마저 거절당했지. 사람들은 성안에 방(榜)까지 붙여가며 이기풍 목사를 박해했어. 그런 중에 이기풍 목사는 제주 토박이 김재원을 만났는데, 김재원은 서울 세브란스 병원에서 병 치료를 하면서 기독교를 접한 사람이었어. 김재원의 협력전도로 김행권 등 젊은 구도자를 만나 제주선교에 불씨를 지피게 되었지. 향교골에 있는 김행권의 집에서 예배를 드리기 시작한 것이 성내교회의 시초이며 또한 제주도의 첫 교회가 되었어. 1909년 일도리의 초가집 두 채를 사들여 신도 십여 명과 예배를 드렸어. 드디어 제주도에 선교거점이 구축된 거지. 이 초가집은 1910년 지금의 제주 YMCA자리에 성내교회를 지을 때까지 사용된 성내교회의 첫 예배당이었어. 1912년 제주도의 교인은 410명, 예배당 3개, 기도회 처소가 5곳, 매주 모이는 남녀가 300여 명이나 되어 당시의 상황으로는 대단한 숫자였어. 대성공이었지."

"제주 출신의 유명한 신앙인은 누가 있지요?"

"제주 선교의 개척자가 이기풍 목사면 제주를 대표하는 항일애국지사 조봉호와 제주출신 최초의 목사인 이도종이 있지. 이 세 사람의 만남은 애월읍 금성리의 작은 기도처에서 시작됐어. 조봉호 선생은 이기풍 선교사가 왔을 당시 이미 복음의 열정에 사로잡혀 있었어. 한림읍 귀덕리 출신으로 경신 숭실대학교에서 수학하며 그리스도를 만난 후, 선교와 구국운동에 앞장섰던 분이야. 두 사람이 힘을 합쳐 개척한 금성교회에 눈에 띄는 젊은이 하나가 있었어. 이 마을 출신 이도종이었지. 이도종의 삶은 자연스럽게 두 사람의 스승이자 선배에게 영향을 받아 그 뒤를 따르게 되었고, 결국 세 사람 모두 제주 기독교 역사에 자랑스러운 이름을 남겼어.

사라봉 중턱의 모충사(慕忠祠)에는 제주 출신 애국자들을 기리기 위한 세 탑이 있지. 그 가운데 하나가 조봉호 선생을 위한 것이야. 조봉호 선생은 신실한 전도자인 동시에 피 끓는 애국지사였어. 3·1 만

세운동 후 상해 임시정부가 수립되자 독립회생회를 조직하고, 당시로서는 엄청난 거액인 1만원을 4550명의 회원들로부터 거두어 상해로 송금하는 일을 주도했어. 후에 이 일이 일제에 발각되어 스스로 모든 책임을 뒤집어쓰고 대구형무소에서 복역하다 37세의 젊은 나이에 옥사했지. 생명과 재산을 모두 조국에 바쳤지만 유해도 유가족에게 인도되지 않아 그가 잠든 묘도 없어. 이를 안타깝게 여겨 1977년 도민의 이름으로 그의 애국정신과 희생을 기리는 기념비를 세웠던 거야.

대정교회는 이도종 목사 최후의 목회지로 그의 묘역이 있어. 뭍으로 나가 평양신학교 졸업 후 목사가 되어 고향으로 돌아온 그는 두 선배와 같이 복음의 길, 애국의 길을 불꽃처럼 걸었지. 일제는 독립운동에 앞장섰던 그의 다리는 꺾었으나 의기는 꺾지 못했어. 해방 후 4·3사건 당시 주변의 만류를 뿌리치고 산악지대의 교회와 성도들을 심방하기 위해 나섰던 이도종 목사는 끝내 돌아오지 못했어. 일년 후 어느 산자락에서 생매장 당한 시신으로 발견되었거. 대정교회 앞마당에 세워진 기념비와 묘소는 교인들이 손수 산방산에 수레를 끌고 가서 캐온 작은 돌로 세웠어."

7년 동안 제주에 머물면서 성내·삼양·조천·모슬포·한림·용수·세화 등 제주 곳곳에 수많은 교회를 개척했던 이기풍 목사는 1915년 제주를 떠나 훗날 장로교단 총회장에까지 오르며 한국교회를 대표하는 지도자가 되었다. 그리고 마지막 사역지가 된 여수 우학리교회에서 일제의 강압적인 신사참배에 맞서다가 1942년 75세의 나이에 모진 고문을 감당하지 못하고 순교했다. 조천읍에는 이기풍 선교기념관이 있다. 제주노회와 전국 교회의 정성이 모여 세워진 기념관의 입구에는 세 명의 순교자 비석이 탐방객을 맞이한다. 이기풍, 이도종에 이어 2007년 분당 샘물교회 봉사단을 이끌고 아프가니스탄을 찾아갔다 탈레반에게 목숨을 앗긴 배성규 목사이다. 제주에서 태어나 청소년기까지 제주영락교회에서 자랐던 배성규 목사 역시 믿음의 선배들의 발자취를 따라 갔다는 순교정신을 일깨우기 위해서였다.

2008년은 1908년 이기풍 목사가 선교를 시작한 이후 개신교 제주 선교 100주년이 되는 해다. 제주의 개신교 신자는 1963년만 해도 5,877명으로 인구의 1.9%에 지나지 않다가 1980년대부터 빠른 속도로 늘어나 현재 370여 교회, 20여 기독교단체, 5만여 명의 성도로 성장했다. 올레17코스에서 사라봉 모충사의 조봉호 선생 기념탑, 10코스에서 추사기념관 옆의 대정교회에서 이도종 목사의 묘비를 만나고, 탐방객이 없는 황량한 겨울의 이기풍 선교기념관에서 과거에도 현재에도 순교정신이 살아 숨 쉬는 신들의 고향 제주가 신비로웠다.

백로·왜가리 등 겨울 철새들의 보금자리인 용수저수지에 이른다. 물은 그리 맑지 않지만 주변에 소나무와 갈대들이 무성하다. 제주도에서 구경하기 힘든 이색적인 민물저수지 풍경이다. 뱅뒷물저수지라고도 불리는데 1957년 농업용수 공급을 위해 만들어진 인공저수지로 천연기념물인 황새 도래지 보호수면으로 지정되었다. 수면 위에 많은 조류들이 한가로이 떠다니고 나그네도 한가로이 흘러간다.

특전사숲길이 나온다. 제주도에 순환 주둔하던 제13 공수특전여단 50명의 특전사 대원들이 이틀간 3㎞에 달하는 사라진 숲길을 복원하였다고 해서 붙여진 이름이다. 특전사숲길과 고목나무 숲길을 지나서 고사리 숲길이 나온다. 숲에서 숲으로, 숲길에 숲길이 이어진다. 나그네가 숲에서 숲을 노래한다.

숲은/ 글자도/ 숲처럼 생겼다.
숲은/ 생명이/ 살아 숨을 쉰다.
숲은/ 태양과 하늘/ 불어오는 바람결에
초목이/ 춤을 추고/ 만물이 노래한다.

숲은/ 죽음을/ 알지 못한다.
숲은/ 홍수와 태풍/ 자신이 겪은 고통 위에
기어이/ 일어나서/ 다시 숲을 이룬다.
숲은/ 위대한/ 학교요 스승이다.

고망숲길을 돌아 나서자 〈걸리버여행기〉에 나올 법한 이색적인 커다란 의자가 보인다. 1천 개의 의자가 1천 개의 즐거움을 준다는 낙천리 아홉굿마을에 들어선다.

"굿은 제주말로 연못이야. 마을에 연못이 아홉 개 있었어. 분지형의 대지에 점토질의 땅을 가져서 물이 잘 고여 350년 전 제주에서 최초로 대장간이 들어섰지. 조물의 틀을 만드는 데 필요한 흙을 채취하다가 아홉 구덩이에 물이 고여 아홉 개의 연못이 되었어. 예전에는 물맛이 좋아 사색에 잠긴다 해서 서사미마을(西思味村)로 불리다가 이후 천 가지 즐거움을 더한다 해서 낙천(樂天)으로 바뀌었지. 2007년 낙천리가 농촌테마마을로 선정된 것을 기념하면서 천 개의 의자를 만들었는데, 일천 개의 즐거움을 1천 개의 의자로 표현했어."

추위도 녹일 겸 농가맛집 '낙천수다뜰'에 들어간다. 할망과 추억의 보리밥 도시락을 흔드는 수다를 떨며 즐거운 점심을 누린다. 도란도란 모여 있는 재미있게 생긴 의자들 사이사이를 걸어 1천 가지 즐거움을 맛보며 낙천안토를 걸어간다. 낙천안토(樂天安土)! '즐거운 하늘 편안한 땅'은 예기(禮記) 애공문에서 "안토하지 못하면 낙천하지 못하고, 낙천하지 못하면 완전한 인격을 이룰 수가 없다"라 하였는데, 명나라 왕정상은 "어디에 있든 편안한 것을 안토라 하고, 어떤 일을 하든 즐거운 것을 낙천이라 한다"라 하였다. 다시 말해 '하늘의 뜻을 즐겁게 여기고 자기가 사는 땅을 편안하게 여긴다.'니 그곳이 곧 유토피아, 어디에도 없는 이상향이다. 이상향은 불로장수하고 황금이 널려있고 본능대로 살 수 있다는 데서 동서가 다르지 않다. '장아함경'에 나오는 이상향 우타가꾸르에서는 남녀가 욕정을 일으켜 바라보기만 하면 사랑이 이뤄지고 일하지 않아도 천년을 먹고 살았다. 도연명의 도원경(桃源境)에는 진나라 때 피난해 온 사람이 500년을 살고 있었고, 미주의 엘도라도에는 황금이 돌멩이처럼 널려있다고 해서 찾아 나선 탐험가가 한 둘이 아니었고, 우리나라에도 병화가 미치지 않는 청학동이라는 이상향이 있었다. 토머스 모어의 '유토피아', 캄파넬라의 '태양의 나라', 새뮤얼 버틀러의 '에레혼', 콜리지의 '팬티소크러시' 등 이상향은 끊임없이 탄생돼 왔다. 올 더스 헉슬리의 '신나는 세계'에서 소머라는 알약만 먹으면 근심걱정 사라지고 마음먹은 대로 장수할 수 있다 했으니 인조행복의 이상향이다.

이상향, 율도국, 극락, 낙원, 무릉도원, 유토피아, 낙천안토를 마음으로 누리며 길을 걸어간다. 세상 어디에도 없지만 좋은 곳, 그곳은 내 마음 속에 있으니 현실의 디스토피아에서 마음의 유토피아를 찾아간다. 제주도 남방에는 이어도라는 이상향이, 중산간지역에는 낙천안토가 있으니, 이어도와 낙천안토를 오가며 즐거움을 누린다. 인생은 누리는 자의 것, 내 마음이 천국이다.

팽나무가 바삐 가는 사람 많이 보았으니 쉬어가라고 자리를 권한다. 앙상한 줄기와 가지의 400년 된 8m 높이의 팽나무에서 무상한 세월의 흔적과 흐름이 느껴진다. 나무의 줄기와 가지는 하늘의 이상을 추구한다. 하지만 뿌리는 아래를 향하여 근원을 찾아간다. 동물은 위기를 맞으면 다른 곳으로 피하지만 식물은 도망가지 못하고 온몸으로 맞이한다. 그때 나무는 뿌리를 통해 위기를 견디며 생존을 도모한다. 나무에 따라 뿌리를 깊이 내리기도 하고 지표면에서 옆으로 내리기도 한다. 나무는 처한 조건에 따라 아주 정교하게 뿌리를 만들고, 뿌리를 통해 영양분을 옮기고 균형 잡힌 삶을 위해 필사적으로 노력하고 넘어지지 않기 위해 한 순간도 방심하지 않는다. 뿌리가 튼튼해야 한다. 뿌리는 근본이다. 근본은 삶을 지탱하는 핵심이다. '뿌리 깊은 나무는 바람에 아니 흔들리고 그 꽃이 아름답고 그 열매가 성하다'라기에 나그네는 올레에서 몸의 뿌리인 걷기를 행한다.

다시 뒷동산 아리랑길을 걸어간다. 사람구경 어려운 제주 중산간의 적막한 길을 따라 앞으로 앞으로 나아가다가 저지오름 입구에 들어선다.

"저지는 닥나무의 한자식 표현이야. 예로부터 저지리 일대에 닥나무가 많아서 닥마르오름이라고 불렀어. 저지오름은 제주에서 아름답기로 손꼽히는 숲길로 '2007년 아름다운 전국숲대회'에서 생명상

(대상)을 차지했지.

  할망의 얘기를 들으며 한경면 저지리 주민들의 자존감을 우러르면서 저지오름을 올라간다. 생명상을 수상했으니 마을의 대단한 자랑거리가 아닐 수 없다. 계단을 올라 저지오름(239m) 전망대에서 한눈에 들어오는 제주 서부지역의 멋진 풍광에 취한다. 멀리 산방산이, 한라산이 보인다. 모슬봉과 형제섬, 차귀도와 비양도까지 제주의 사방을 품는 황홀경 그 자체다. 용수포구에서 지금까지 걸어온 길이 아스라이 보인다. 탄성이 절로 나온다. 깊이 62m, 둘레 800m 깔때기 모양의 분화구 숲길을 따라 둘레길을 한 바퀴를 돌아간다. 원형 분화구로 내려가는 가파른 260개의 계단이 놓여있어 예전에는 마을 주민들이 분화구에 내려가 보리, 감자 등 농사를 짓기도 했다.

  하산하여 저지마을로 들어서니 '대한민국에서 가장 아름다운 마을 저지리'라고 자신 있게 안내판을 세워놓았다. 대단한 자부심, 대단한 애향심이다. 올레자가 알고 있는 '대한민국에서 가장 아름다운 마을은 올레자의 고향인 안동의 운산리'이다. 고향은 아무리 자랑해도 지나치지 않다. 14코스와 14-1코스 시작점 표석이 사이좋게 나란히 자리하고 있다. 13코스의 종점이요, 14코스와 14-1코스의 출발점, 올레길이 세 개나 교차하는 관문 저지리, 올레길이 생기기 전에는 조용했던 제주도 서남부의 한가한 중산간마을이 이제는 올레꾼이라는 외지 사람들이 낙천안토의 마음으로 붐비는 곳이 되었다. 저지리에 정감을 표현하며 13코스를 마무리한다.

영등할망 - 바람의 여신!

📍 **14코스** 저지에서 한림올레 18.9㎞

저지마을회관-무명천-월령포구-협재해수욕장-옹포포구-한림항

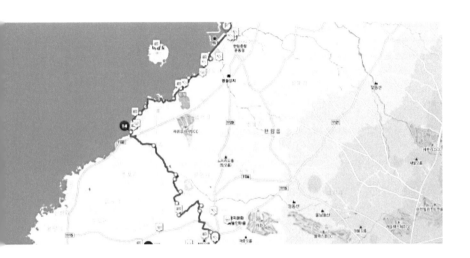

생각해야 한다. 생각하지 않으면 다른 사람이 대신 생각하고 힘을 빼앗아 가고 가진 것을 빼앗아 간다. '인간은 생각하는 갈대'라고 하지 않는가. 생각하지 않으면 남이 대신 생각하고 내 머리는 그 생각으로 가득 찬다. 남의 생각이 나를 지배하고 길들인다. 인간의 이성이란 결국 안에서 생각하기와 바깥으로 말하기가 아닌가. 말이 즐거우면 인생이 행복하다. 말은 표현된 생각이고 생각은 내면에 머무는 말이다.

말은 한갓 말에 그치지 않고 행위로 이어져 무언가를 이루어내는 힘을 뿜어내고 감추어진 세계의 비밀을 드러낸다. 니체는 "진정으로

위대한 생각은 걷기로부터 나온다.”고 했다. 제주 올레에서 생각이 말로, 말이 행위로, 행위가 낭만으로 드러나는 사람의 길을 간다.

저지마을에서 한적한 농로를 따라 걸어간다. 14코스는 저지마을에서 한림항에 이르는, 전반부의 중산간길과 후반부의 바닷길이 절반씩 섞인 길이다. 저지마을은 한경면에서 가장 높은 곳에 위치하고 한라산과 가장 가깝다. 필요는 발명의 어머니라, 짬뽕을 시키면 짜장면이 그립고 짜장면을 시키면 짬뽕이 그리워서 짬짜면이 태어났다. 마을올레, 중산간올레, 바당올레가 버무려진 행복한 코스다.

소낭숲길을 지나서 오시록헌한 오시록헌농로를 따라 걸어간다. ‘구석진 곳'을 뜻하는 오시록헌에 낮게 쌓은 정겨운 밭담과 밭담 사이로 난 길을 걸어가니, 다음에는 굴렁져서 굴렁진숲길이 나온다. ‘움푹 팬 지형'을 뜻하는 굴렁진 이름처럼 굴곡이 있는 숲길이다. 굽이쳐 올랐다가 굽이쳐 내리기를 반복하는 숲길을 따라 걸으며 굴렁진 숲길의 묘미를 단단히 맛본다. 인생의 길이 별거라던가.

할아버지와 할머니가 천천히 앞서 걸어가고 있다. 모처럼 만나는 사람, 거리를 두고 생각에 잠긴다. 누굴까. 저 불편한 몸으로 할머니는 왜 여기에 계실까. 추월하기 위해 옆으로 다가가니 깜짝 놀라신다. 사람을 만날 거라고는 상상도 하지 않으셨는지, 놀란 가슴을 진정시키며 올레길의 사건 사고를 얘기해 주신다. 서울에서 살다가 몇 해 전 휴양을 겸해서 이곳으로 내려와 펜션을 운영하는데 탁월한 선택이었다고 자랑하신다. 서울에는 아직 집이 있어, 다니러 왔다 갔다 하신다니, 노후에 원하는 삶을 살 수 있다는 것은 얼마나 고마운 일인가.

무명천을 따라 걷는 산책길, 월령포구까지 이어지는 3㎞나 되는 긴 숲길이다. 산책길이 잘 조성되어 있어 하늘도 보이고 직진만 하면 되니 길 잃을 염려도 없이 단조롭다. 무명천의 끝자락에서 선인장이 드문드문 고개를 내밀더니 드디어 색다른 풍경으로 무리를 이루며 눈길을 끈다. 제주도가 기상이변으로 아열대로 변하면서 미국 서부나 멕시코에서 볼 수 있을 것 같은 선인장 군락이다. 월령마을에 선인장이 있는 이유는 분분하다. 해류를 타고 남방에서 바닷물에 흘러온 선인장 열매가 싹을 틔워 자리를 잡았다고도 하고, 집 안에 뱀이나 쥐가 들어오는 것을 막기 위해 돌담에 심은 것이 퍼졌다고도 한다. 현재 월령리는 선인장이 자생하는 국내 유일의 야생 군락지이며 월령리의 선인장은 천연기념물 제429호로 지정, 보호되고 있다.

　월령마을에 들어서서 길고 긴 뭍을 뒤로하고 다시 바다를 만난다. 선인장 군락지가 마을 길목과 돌담 아래, 해안가 바위틈에 넓게 분포되어 있다. 바다와 어우러지는 선인장 군락지의 모습이 이국적인 풍광이다. 선인장을 보호하기 위해 설치했다는 목재데크의 팔각정에서 거친 파도가 하얀 포말을 일으키며 춤을 춘다. 몸을 가누기도 힘들 정도의 세찬 바람이 불어오는 바다를 바라보며 긴 호흡을 가다듬는다. 파란 하늘 아래 바람결에 돌아가는 흰 풍차와 파란 바다가 펼쳐진다. 바다와 바람과 풍차가 어우러져 멋진 모습이다.

　"겨울바다가 참으로 낭만적이네요."
　"낭만적이라, 아직 마음의 여유가 있네."
　"춥고 힘드시지요? 운치가 있네요. 특히 이 거친 제주의 바람, 대단해요."

"바람과 돌과 여자의 섬 제주, 바람은 돌과 여자와 어우러져 제주만의 독특한 개성을 만들었어. 바람과 돌, 그들은 힘을 합쳐 사람들을 힘들게 했지. 제주도는 화산지대로 농경지가 협소하고, 그나마 농경지에는 돌이 많아. 더욱이 강한 바람이 지속적으로 불고 해마다 태풍이 지나가는 길목에 있지. 그러나 제주 사람들은 돌로 집을 지어 바람을 막았고, 돌로 밭담을 쌓아 강한 바람을 순환 기류로 변화시켜 흙을 보호하고 최적의 농업환경으로 만들었어. 제주의 아름다운 풍경인 돌담에는 돌이 있고 바람이 있고 제주 사람들의 지혜와 의지가 담겨 있어."

"바람이 만든 제주의 삶이라면 또 어떤 것이 있을까요?"

"주거형태지. 제주의 전통적인 주택은 지붕이 낮고 폐쇄적인 가옥구조야. 겨울철의 강한 북서풍은 물론 사계절 내내 불어오는 바람에 대비하기 위함이지. 제주의 초가지붕은 굵은 새끼줄로 얽어맨 둥근 형태인데 바람의 산물이야. 지붕은 직접적으로 바람이 가해지는 면이기에 지붕 형태가 각이 지면 바람이 지붕에 가해지는 힘도 커지게 돼. 완만한 둥근 지붕은 바람이 자연스럽게 흘러 힘을 덜 받게 되지. 그래서 지붕의 기울기가 30도 정도로 바람이 자연스럽게 흘러가도록 했어.

민가의 돌담의 높이(165㎝)는 내륙지방(139㎝)보다 높아서 주거공간이 폐쇄적이야. 이는 바람의 피해를 최소화하기 위해서지. 또 돌담과 초가지붕 사이에 빈 공간이 발생하지 않도록 가까이 배치했어. 돌담을 타고 넘어오는 바람이 초가의 벽면에 닿지 않도록 고도의 역학구조를 이용한 첨단기법이지. 큰 길에서 집 마당까지 이어지는 올레 역시 바람을 극복한 산물이야. 좁고 굽은 돌담길의 긴 공간이 집 내부를 잘 보이지 않게 하는 동시에 집으로 들어오는 바람의 속도를 완화시키는 기능을 했어. 이곳 월령리 선인장 군락지나 해녀콩 서식지, 토끼섬 근처의 해녀콩 서식지, 토끼섬에 군락을 이룬 문주란 등은 모두 바람이 만든 해류을 타고 제주로 떠밀려와 자생한 식물들이야."

"바람이 제주의 언어에도 영향을 미쳤다고 하던데 그런가요?"

"'강 방 왕'이 무슨 말인지 알아?"

"……"

"'가서 보고 와라'라는 제주 말이야. 말이 짤막하지. 제주 말이 죄다 짤막한데 그 이유를 아는가?"

"……"

"바람에 말이 다 날아가 버려서 그래. 세모 네모가 바람에 깎여 둥글게 동그라미만 남은 거지. 할망, 하르방처럼 말이야."

"제주 말은 참 특이해요. 요즘도 연세 많은 어르신끼리 하는 이야기는 알아들을 수가 없어요. 사물을 지칭하는 단어 자체가 많이 다르고 말도 빠르고 문장도 그 길이가 매우 짧아요."

"조선 중기에 김정이 제주에 유배 와서 쓴 〈제주풍토록〉에 '이곳 사람들의 말소리는 가늘고 날카로워 바늘 끝같이 찌르며 또 알아들을 수 없었는데, 여기 온 지 이미 오래되니 자연히 능히 통하게 되었다.'고 했어. 말 길이에 영향을 주는 존댓말이나 조사, 어미를 생략하거나 축약하고 받침이 탈락하는 경우가 많아서 그래. 제주에서만 사용하는 독특한 형식인 '영 해'(이렇게 해), '경 해'(그렇게 해), '가당 물엉 가쿠다'(가다가 물어보고 가겠습니다) 등에서 '접속어미+o'의 잦은 사용에서 말의 길이가 짧아진 것을 볼 수 있어. 제주 사람들은 대체로 말을 빠르게 할 뿐만 아니라 길이가 짧은 것은 강한 바람의 결과라는 것이 학자들의 공통된 견해야."

"바람과 관련된 속담도 많을 테지요."

"그럼. 제주에는 바람을 칭하는 언어도 많고 속담도 많아. 마치 에스키모들이 '눈(雪)'과 관련된 어휘가 발달했고, 호주에 '모래' 관련 어휘가 많은 것과 유사하지. '정이월 름쌀에 검은 암쉐뿔 오그라진다'는 속담은 정월과 이월의 바람이 동지섣달 못지않게 매서워 검은 암소의 단단한 뿔이 구부러질 정도로 매섭다는 뜻이고, '칠팔월 양두센 짐녕름 애기 생길 름 인다'는 속담은 고기 잘 잡히기로 유명한 김녕의 여름에 바람이 많이 불어 배가 못 뜨면 부부 사이에 애기가 생긴다는 재미있는 내용이야. '샛바람 불민 날 우친다'는 속담은 동풍이 불면 날이 흐리고 비 오는 경우가 많다는 뜻으로 바람으로 기상을 예측하기도 했지."

"제주에 바람의 여신도 있겠지요?"

"제주는 바람의 섬이야. 바람의 섬에 당연히 바람의 여신이 있지. 제주 사람들은 긴긴 세월 바람과 동고동락하며 동행했지. 제주의 바람(wind)은 제주사람들의 바람(wish)이야. 제주의 바람을 관장하는 신은 영등할망이지. 제주 사람들은 바람의 신 영등할망을 통해 두려움과 공포의 바람을 풍어와 안녕의 바람으로 승화시켰어. 아름다운 풍경과 자연을 지켜나가기 위한 바람(wish)을 바람(wind)을 통해 이루려 노력하는 거지."

"영등할망은 누구예요?"

"영등할망은 이승사람도 저승사람도 용궁사람도 아니야. 옛날 옛날 아주 먼 옛날 음력 2월 어느 추운 날에 영등이 바닷가에서 놀고 있는데 큰 바람 이는 소리가 들렸어. 황급히 바람소리 나는 데로 가보니 한림읍 한수리 어부들이 탄 배가 풍랑에 밀려가고 있었는데 배가 떠밀려 가는 방향이 사람을 잡아먹는다는 외눈박이 거인들의 땅이었지. 영등은 육지로 순풍을 불게 하여 어부들을 무사히 고향으로 돌아가게 했어. 뒤늦게 영등이 어부들을 살려주었다는 사실을 알게 된 외눈박이들은 영등을 찾아와 세 토막으로 찢어 바다에 던져 버렸어. 이때 다리는 한림읍 한수리 바다로, 몸통은 성산으로, 머리는 우도로 떠밀려 왔지. 하지만 영등의 몸은 비록 죽었으나 영혼은 살아서 제주에 봄바람을 보내주는 신이 되었지. 사람들은 이때부터 영등신을 모시는 영등제를 지내고 영등굿을 했어. 영등이 죽은 2월 1일부터 15일까지 보름 동안 굿판을 벌여 은공을 기렸지.

영등할망은 꽃샘추위가 찾아오는 음력 2월 1일이 되면 한림읍 귀덕리 복덕개로 들어와서 한라산에 올라 오백장군을 만나고, 산방국 교래마을 등을 거쳐 봄꽃 구경을 하고, 제주 전역을 다니며 농작물과 해산물의 씨를 뿌려 번성케 하다가 음력 2월 15일이면 제주 나들이를 끝내고 우도를 거쳐 돌아갔어.

바람의 신 영등할망이 제주를 찾을 무렵인 2월 초부터 2월 중순까지 제주바다는 특히 험난해. 영등할망이 들어오는 초하루를 전후해 날씨가 좋으면 '할망이 딸을 데리고 왔다'고 하고, 반면에 날씨가 궂으면 '할망이 며느리와 함께 왔다'고 했어. 예로부터 제주에서도 고부간보다는 모녀간의 사랑이 좋았던 모양이야.

영등할망이 가장 좋아하는 음식이 보말인데, 그 무렵 바닷가에 보말껍데기가 많으면 영등할망이 제주에 왔다고 했어. 영등할망이 머무는 기간에는 금기시하는 일이 많았어. 해녀는 물질을 비롯해서 바다에서의 활동을 전혀 해서는 안 될 뿐만 아니라 농사일, 집안 일 등도 무척이나 조심했지. 이때 장을 담그면 구더기가 이고 곡식을 심으면 흉년이 들어.

제주에서 바람은 그 어떤 자연현상보다 무섭고 두려운 존재야. 특히 해녀들에게 바다는 삶의 터전인 동시에 죽음의 공포와 맞서야 하는 곳이지. 그래서 바람을 다스리는 영등할망은 극진히 모셔야 하는 대상이야. 신들의 고향, 신화의 고장 제주의 신당에 모셔지는 신들은 항시 머무는 토착신인데 영등할망, 곧 영등신은 외지에서 찾아오는 내방신(來訪神)으로 어업신, 풍농신, 풍우신, 해신, 해산물증식신 등의 역할을 해왔어. 영등할망이 찾아올 때 무얼 입고 오는지에 따라 날씨가 달라지니 영등할망은 바람의 여신, 날씨의 여신이었어. 노래 한 곡 불러 줄게.

> 영등할망 청치메 입엉 들어오민 날 좋곡(청치마 입고 오면 날씨가 좋고)
>
> 우장 썽 오민 날 우치곡(우장 쓰고 오면 흐리고 비가 오고)
>
> 무지개 입엉 오민 춤곡(두툼한 누비옷 입고 오면 춥고)
>
> 몹쓸민 바람 분다(성깔이 사나우면 바람이 많이 분다.)"

탐라할망은 흥에 겨워 파도소리 바람소리 장단에 맞춰 노래를 부르며 춤을 춘다.

"우와! 잘 하시네요."

파도가 밀어닥치는 목재데크를 따라 강낭콩과 비슷한 해녀콩 서식지를 지나간다. "해녀콩은 해도두라고도 하는데 독이 있어 먹을 수 없어. 그런데도 해녀들은 먹었으니, 해녀콩이라는 이름에는 슬픈 사연이 있지. 해녀들이 즐겨 먹어서 해녀콩이 아니라 원하지 않은 임신을 했을 때 유산을 하기 위해 먹었던 콩이었어. 심한 경우 목숨을 앗아갔던 콩이지."

해녀들의 고단하고 신산한 삶이 스쳐간다. 바람이 전기가 되는 풍력발전기가 바다에서 하늘을 향해 우뚝 솟아 위용을 과시한다. 제주는 이제 바람을 이용한 친환경 에너지의 섬으로 거듭나고 있다. 넘치는 바람을 에너지로 바꾸어 기존의 화석연료를 대체하는 것이다. 탄소 배출 없는 청정에너지로 전기를 생산하여 경제적으로뿐만 아니라 환경적으로도 매우 중요한 가치를 가지게 되었다.

풍력발전기는 상공 30㎜에 설치되는데 풍력발전을 위한 최소한의 바람은 평균 풍속이 4㎧ 이상이어야 한다. 이는 나뭇가지가 흔들릴 정도의 바람으로 제주지역 대부분은 그 속도가 넘는다. 일반적으로 2㎧이면 바람을 느끼고, 7㎧이면 먼지가 인다. 12㎧이면 몸이 떨리고, 25㎧이면 나무가 뽑히고, 30㎧이면 유리창이 깨진다. 바람이 주는 재해가 자연의 몫이면 그 고통을 극복하고 이겨내는 것은 인간의 몫이다. 바람개비가 힘차게 돌아가려면 역풍을 맞아야 한다. 바람개비는 맞바람에 부닥쳐야 힘찬 동력을 얻을 수 있다. 바람개비가 온몸으로 역풍을 거슬러 힘찬 동력을 얻듯이 강인한 인간들은 시련의 '역경'을 뒤집어 성공의 '경력'으로 만들어 간다. 더 오래 더 멀리 더 높이 날기 위해 때로는 순풍보다 역풍을 거슬러 날아올라야 한다.

금능으뜸원해변 표지석이 의기양양하게 버티고 서서 올레자를 맞이한다. 해변도로를 따라 하르방이, 해녀상이, 물고기들이 저마다의 모습으로 조각되어 반겨준다. 비양도를 배경으로 금능해수욕장의 흰색 모래사장과 비취색의 바다가 아름다운 풍경을 연출한다. 백사장에 백갈매기 앉아 하얀 조화를 이루며 하나로 놀다가 백갈매기 날아가니 둘이 된다. 물빛이 맑고 고운 금능과 협재해수욕장을 잇는 해변을 제주바다의 첫손으로 꼽기도 할 만한 아름답고 평온한 바다의 풍경이다.

평온한 바다는 결코 유능한 뱃사람을 만들 수 없다. 괴로움을 거치지 않고 정복한 승리는 영광이 아니다. 강한 의지와 지성, 그리고 끈기를 가진 사람 앞에는 항상 길이 있다. 길을 찾다가 없으면 만들어내기 때문이다. 변화와 성장은 모험의 길을 가면서 자기의 인생을 시험해 볼 때 이루어진다. 영광의 순간을 경험하고 싶다면 과감해져야 한다. 비록 과감함 때문에 실패를 경험한다 할지라도 단 한 번도 성공과 실패를 경험해 보지 못한 무기력하고 어정쩡한 사람들보다 훨씬 훌륭하다. 시간은 인간이 공간 속에서 쓸 수 있는 것들 중에서 가장 소중한 것이다. 영원히 살 것처럼 배우고 내일 죽을 것처럼 오늘을 살아야 한다.

야자수길을 따라 협재해수욕장으로 걸어간다. 제주에서 가장 아름다운 해수욕장으로 손꼽히는 협재해수욕장, 깨끗하고 아름다운 비취빛 바다와 손에 잡힐 듯 가까운 비양도를 바라보며 백사장을 걸어간다. 비양도도 나란히 걸어간다. 물빛에 비양도의 그림자가 어린다. 고려시대 화산폭발로 바다 위로 불쑥 솟아올랐다는 비양도, 아름다운 협재바다 위에 얌전히 솟아있는 비양도가 지난 2002년에 탄생 1,000주년을 맞이했다. 제주 화산섬의 가장 어린 막내가 하나의 오름처럼 파도에 흔들리며 바다에 둥둥 떠 있다.

역사의 숨결이 오롯이 깃든 옹포포구에서 발걸음을 멈춘다. 옹포리의 포구인 '독개'는 예전 지명이 '명월포(明月浦)'였다. 삼별초와 여몽 연합군이 상륙했고, 최영 장군이 이끌고 온 목호토벌군이 상륙했던 고려시대 최대의 역사현장이다.

삼별초(三別抄)는 진도에 거점을 정하고 3개월 후인 1270년(원종11) 11월 이문경 장군 선봉대를 이끌고 이곳 명월포로 상륙하여 송담천 전투에서 관군에 승리하고 조천포에 거점을 확보하였다. 삼별초가 제주도에 들어오기 전인 1270년 9월에 영암부사 김수가 200명의 병사, 뒤이어 고여림 장군이 병사를 거느리고 제주에 들어왔다. 관군은 삼별초가 제주도로 들어오는 것을 막기 위해 제주도민들을 동원하여 환해장성을 쌓고 군기 제작과 보수를 하였다. 이문경 부대는 관군과 일대 항전을 치르지 않을 수 없었다.

개경 정부와 삼별초가 제주 장악을 둘러싸고 각축을 벌일 때 제주사람들은 경계어린 행동으로 관망하거나 중립적 자세를 취하였지만 많은 사람은 삼별초에 좀 더 호의적 행동을 취하였다. 무리한 노역에 시달리던 제주도민들에게는 반정부적인 인식이 작용하고 있었다. 제주는 1105년(숙종 10)에 탐라국이 해체되고 중앙정부에서 지방관이 파견되기 시작하였다. 제주의 지방관을 역임하면 아무리 가난한 자라도 부자가 될 수 있었다. 제주의 토착세력들은 지방관에게 빌붙어 토지를 침탈하였으니 제주도민들은 지방관과 토착세력에게 이중으로 수탈당하였다. 1234년(고종 21) 제주판관으로 부임했던 김구는 권세가의 토지 침탈을 방지하기 위하여 밭과 밭의 경계를 구분하기 위한 '돌담'을 쌓게 하였으니, 바로 제주 돌담의 유래가 되었다.

삼별초는 1년 만에 진도가 함락되자 제주로 진입하였다. 1271년 5월 김통정 장군이 제주에 상륙하고, 이로부터 31개월 동안 제주는 최후까지 항몽 활동을 벌였던 삼별초의 거점이 되었다. 삼별초는 약 1년 동안 방어시설 설치에 주력한 뒤, 1272년부터 군사 활동에 나서 점차 영역을 넓혀갔다. 제주에 들어와 방어시설로 항파두리성·애월

목성·환해장성을 쌓았는데 항파두리성은 지휘부가 들어섰던 곳으로 최고 주요 거점이었다. 애월목성은 삼별초가 애월포에 나무로 쌓은 목성인데, 애월포가 수군 병력의 거점이자 항파두리성에 이르는 가장 중요한 관문이었다. 환해장성은 제주해안을 전체적으로 둘러친 3백리 장성인데, 처음에는 삼별초의 진도거점 시기에 개경 정부에서 보낸 관군이 삼별초의 진입을 막기 위해 쌓기 시작한 것이었다. 이어 삼별초가 계속해서 성을 쌓았고, 조선시대에도 계속 보수작업이 행해졌다.

고려 조정과 원은 사신과 김통정의 친인척을 보내 회유하고자 하였으나 삼별초는 강력하게 거부하였다. 원은 조공(朝貢)을 거부하는 일본정벌에 앞서 삼별초를 먼저 평정하는 것이 순서라는 결정을 내렸고, 개경 정부도 원에 삼별초의 무력 토벌을 요청하였다. 1273년 4월 김방경 장군과 몽골의 홍다구의 여원연합군은 병선 160척에 12,000명을 이끌고 추자도에 상륙해서 숨을 돌리며 풍랑이 조용해지기를 기다렸다. 여몽연합군의 공격은 세 지점에서 진행되었다. 지휘부가 있는 주력의 중군은 삼별초의 거점인 항파두리성에서 동쪽으로 멀리 떨어진 올레19코스 함덕포에 상륙했다. 좌군의 30척 병력은 항파두리성 서북으로 약간 떨어진 비양도를 교두보로 하여 명월포의 한림해변으로 상륙했고, 우군은 귀일포로 상륙했다. 여몽연합군은 출동한 지 20여 일만에 항파두리성을 함락시켰고, 이로써 3년 동안 이어진 삼별초의 항몽 활동은 종식되었다.

삼별초가 토벌군의 공격에 힘없이 무너진 데는 제주도민들이 등을 돌렸기 때문이라고도 한다. 처음에는 삼별초를 해방군으로 인식하였지만 대몽항쟁을 위한 방어시설의 구축, 선박의 구조, 군량 확보를 위해 무리한 수탈을 일삼았기 때문이다. 축성작업에 동원된 제주 사람들의 고초는 이루 말할 수 없었다. 김통정 장군이 토성을 쌓을 때 매우 큰 흉년이 들었다. 역군들이 쭈그리고 앉아 똥을 싸고, 배가 고파 돌아앉아 자신의 똥을 먹으려고 보면 이미 옆에 있던 역군이 주워 먹어버려 자기 똥도 제대로 먹지 못했다는 이야기가 전해진다. 김통정 장군의 설화에도 평가가 상반되어 나타난다. 전반부가 김통정 장군을 영웅시하는 내용이라면, 후반부는 제주도민들로부터 버림받고 비참한 최후를 맞이하는 내용이다.

삼별초의 대몽항쟁 실패 이후 반몽적 정치세력이 일소되고, 친원파가 득세하면서 몽골은 고려내정에 깊이 간섭하고 고려의 자주성은 크게 손상되었다. 몽골은 제주에 군사 500명을 주둔시키고, 탐라총관부를 설치하여 원의 직할령으로 삼았다. 제주가 일본과 남송을 잇는 바닷길의 요충지였기에 양국 정벌의 전초기지로서 활용코자 몽골은 일찍이 제주에 눈독을 들이고 있었는데, 삼별초 평정을 계기로 직할령으로 삼았던 것이다. 1294년(충렬왕 20) 고려는 원에 제주 반환을 요구하여 제주의 지배권을 돌려받았다. 하지만 원이 제주에 설치한 목마장은 원의 국립목장 중 하나로 간주될 만큼 번성하였다. 또한 다수의 몽골족이 제주에 정착하여 우월한 정치적·사회적 지위를 유지해 감에 따라 몽골족의 제주 경영은 계속되었다. 결국 삼별초의 대몽 항쟁이후 100여 년 간 제주는 고려와 몽골에 이중 귀속되어 양국의 정치적 간섭을 동시에 받아야 하는 처지에 놓이게 되었다.

그리고 100년이 지난 1374년(공민왕23) 8월, 최영 장군은 314척의 전선에 2만5천명의 대군을 이끌고 상륙하여 목호의 난을 제압하였다. 명월포에 대해 <여지도서>에는 '관아의 서쪽 60리 떨어진 곳에 있다. 최영이 하치를 토벌할 때 목자(牧子) 질리비사 등이 30여 명의 말 탄 군사를 거느리고 이 포구에서 항거했다. 대규모 군사가 일제히 진격하여 용기를 내어 적을 크게 쳐부쉈다. 원나라에 조공을 바칠 때 여기에서 순풍이 불기를 기다렸는데, 무릇 이레 밤낮이 걸려서야 너른 바다를 건널 수 있었다.'라고 기록하고 있다.

　고려시대에 명월현이었던 이곳을 목책으로 둘러서 명월성을 쌓았던 때가 조선 중종 10년(1510), 제주목사 장임이 축성했다. 명월진성은 제주도의 전략적 요충지 아홉 개의 진성 중 하나로 16세기 초 비양도 인근에 출몰하는 왜구를 방어하기 위해 목성으로 축성하였던 것을 1592년 임진왜란이 일어나자 제주목사 이경록이 석성으로 개축했다. 이경록은 임진왜란이 끝난 후인 1599년까지 제주목사로 있었다. 1593년 이경록은 군사 2백 명을 뽑아 바다를 건너 힘을 합쳐 전진하여 왜군을 토벌하고자 하여 조정의 하명을 청하는 상소를 올렸다. 그러나 비변사에서는 "탄화 같은 조그만 섬이 현재까지 다행히 온전할 수 있었던 것은 적이 아직 침범하지 않았기 때문일 뿐입니다. 만일 적이 침범한다면 일개 섬의 힘만으로 잘 지킬 수 있을까 걱정이 되는데 어떻게 주장(主將)으로서 진(鎭)을 떠나 바다를 건너 멀리 천리 길을 올 수 있겠습니까?"라며 반대했다. 조정에서는 '제주도는 국가의 요지이며 그곳을 지키는 것도 공을 세우는 깃'이라며 이를 허락하지 않았다.

　이경록과 이순신은 특별한 인연이 있었다. 임진왜란이 일어나기 5

년 전인 1587년(선조 20), 이경록과 이순신은 여진족과의 녹둔도 전투의 책임으로 파직되어 함께 백의종군했다. 두만강 하류 강 가운데 위치한 녹둔도에 여진 부족 중의 하나인 시전부족이 몰래 침입하여 치열한 전투를 치렀는데, 이때 적을 격퇴하는 과정에서 11명이 전사하고 군민 160명이 납치되었다. 당시 녹둔도를 관할하던 경흥부사 이경록과 조산만호 이순신은 정벌을 단행하여 포로들을 구출하고 소수의 적을 죽이기는 하였으나 아군의 피해 역시 컸다.

북병사 이일은 이 결과에 대한 책임을 물어 이경록과 이순신을 극형에 처해야 한다고 조정에 건의하였다. 당시 병조판서 정언신의 도움으로 극형을 면한 이경록과 이순신은 백의종군의 명을 받았다. 이경록과 이순신은 백의종군을 하며 여진족 2차 정벌에서 여진부락 200여 호를 불태우고, 적 380명을 죽이는 큰 공을 세워 백의종군에서 사면을 받았다. 여진 토벌 역사상 가장 큰 전과를 올린 전투였다.

충무공 이순신의 유적과 사당은 남해안 전역에 걸쳐 있다. 이순신의 명량해전은 제주도를 구했으나 제주도민들은 이를 아는지 모르는지 제주도에는 이순신을 기리는 아무런 흔적도 없다.

1593년 6월, 일본은 제주를 주목했다. 평양과 전라에서 실패한 것을 깊이 부끄럽고 한스럽게 여겨 배를 모아 식량을 운반하고 강병을 더 조발해서 7월 중으로 2기로 나누어 1기는 제주로부터 곧바로 전라도로 침범해 가고, 또 다른 1기는 경상도로부터 곧바로 경기도로 들어가 동서에서 분탕질하며 이내 합세하여 서쪽으로 침범한다는 계획을 세웠다. 남해안에서 이순신 장군에게 연전연패한 일본 수군은 남해안을 경유하는 침범로를 포기하고 처음으로 제주를 전라도를 침범하는 우회경로로 거론한 것이었다. 그러나 일본군의 패전과 명나라와의 강화회담으로 제주에는 아무 일도 일어나지 않았다.

전쟁이 소강상태로 접어든 1593년 10월, 이조판서 김응남은 선조에게 "제주에서 중국 강남을 가려면 매우 멀지만 전라도에서 요동에 가기는 매우 가깝습니다."라며 제주에 대한 지정학적 인식을 처음 거론했다. 그리고 제주에 대한 일본 공략에 대해 유성룡은 "다른 곳은 다 거론할 수 없거니와 제주가 특별히 염려됩니다. 이곳은 서남쪽으로 바다를 정면하고 있고 또 중국과 서로 가깝습니다. 왜적이 만약 이곳을 점거하게 되면 비록 천하의 힘으로 탈취하려 하여도 탈취하지 못할 것입니다."라며 위기의식을 느꼈다. 이에 선조도 동의하고 나섰다.

"적이 만일 제주를 빼앗아 점거한다면 말할 수 없는 상황이 된다."

이에 유성룡은 답했다.

"적이 만약 제주에 웅거하게 된다면 비단 우리나라가 당해낼 수 없을 뿐 아니라 중원(中原)에도 또한 순식간에 배를 타고 이를 수 있습니다. 적이 이러한 형세를 모두 알고 있으니 더욱 염려됩니다."

1597년 2월, 정유재란이 발발하자 제주는 위란지세에 처하기 시작했다. 경상우도 병사(兵使) 김응서가 비밀장계를 보냈다. '도요토미 히데요시가 50만의 군대를 일으키면서 우선 30만의 군사를 먼저 내보내 전라도·제주도 등을 유린하고, 의령·경주의 산성은 기필코 공파한 뒤에야 그만둘 것인데, 6~7월 사이에 군사를 발동시킨다.'는 내용이었다. '제주도를 치라'는 제주 공략의 명령이 떨어진 것이었다.

요시라의 간계에 속은 김응서의 장계로 이순신은 모함을 받고 파직되어 백의종군하고 있을 때인 1597년 7월, 원균의 수군은 절영도와 가덕도에서 참패를 당하고 칠천량해전에서 궤멸되었다. 해로를 확보한 일본군은 육로로 남원성, 황석산성 등 전라도의 주요거점들을 점령했다. 남해안을 마음껏 유린한 일본군은 제주로 갈 필요도 없이 서해로 진출하여 한양과 개성, 평양으로 쳐들어가고자 했다.

이 무렵 조정은 모든 병력을 권율 휘하에 두고 수전(水戰) 포기전략으로 나섰다. 그러자 12척의 배로 수군을 재건한 삼도수군통제사 이순신이 "신에게는 아직 12척의 배가 있나이다.", "바다가 조선입니다.", "호남이 없으면 나라가 없습니다."라고 절규하며 끝끝내 바다를 지켰다. 이순신은 남해안의 최서단 진도가 뚫리면 안 된다는 생각에 13척의 배로 명량(울돌목)에서 적을 기다렸고, 일본군은 서해로 본격 진출하기 위한 마지막 전투를 위해 330척의 함선으로 명량으로 나아갔다. 1597년 9월 16일, 바로 명량해전이었다. 이순신이 명량을 지키지 못했으면 조선은 일본군의 수중에 떨어졌을 것이고, 당연히 제주도도 초토화가 되었을 것이다. 남해안의 제해권을 다시 이순신에게 빼앗긴 일본군은 제주공략 또한 포기했다.

1598년 8월 18일, 임진왜란의 원흉 도요토미 히데요시의 죽음으로 전쟁은 끝이 났고 제주는 일본 침략의 공포에서 해방되었다. 1598년 11월 19일, 나라를 전란에서 구했던 유성룡이 파직 당하던 그날, 이순신은 노량해전에서 "나의 죽음을 적에게 알리지 말라"고 하며 전사했다. 임진왜란이 끝난 직후인 1599년부터 백성들은 이순신을 추모하며 자발적으로 사당을 지어 초상을 모시고 제사를 지냈다. 그러나 신들의 고향 제주에는 아직도 이순신의 사당이 하나도 없다.

명월천이 흘러내리는 명월포 상류 명월리에는 명월천 좌우로 울창한 숲과 수백 년이나 되는 아름드리 팽나무 노거수가 수를 헤아릴 수 없이 자라고 있다. 그 아래에는 명월대가 있고, 홍애라는 무지개다리가 팽나무 사이에 놓여 있어 명월천의 운치를 더해준다. 조선 말기의 석대인 명월대는 옛 선비들이 모여 시회(詩會)를 베풀던 수려한 경승지였으나 지금은 소박한 자취로 남아있다. 명월리와 옹포리의 경계에는 영조시대 명의(名醫) 진국태(1680~1745)의 집터가 지금은 밭이 되어 남아있다.

　"제주에 '탐라사절(耽羅四節)'이 있었다고 하던데요?"

　"의술에 뛰어난 진국태, 출중한 풍모로 유명했던 양유성, 풍수지리의 대명사 고홍진, 복서점술(卜筮占術)로 이름을 날린 문후영이 그들이지. 진국태는 허준 다음 가는 명의로 임금을 살리고 백성을 보듬으며 당시 수많은 일화를 남겼지."

　옹포리를 지나서 한림항으로 향한다. 바람이 세차게 불어오고 파도가 거칠게 출렁인다. 바람소리 파도소리 음률에 맞춰 바람이 춤을 추고 파도가 춤을 추고 올레자도 저절로 춤을 춘다. 바람은 허공에 부딪히며 자신의 길을 달려가고 파도는 바위에 부딪히며 자신의 길을 보여준다. 올레자는 올레의 길을 걸어간다. 바람의 길은 허공이고 파도의 길은 물결이고 올레자의 길은 올레다. 바람 타고 파도 타고 흰 갈매기가 날아간다. 유영하는 몸짓이 꿈을 이룬 조나단 그놈이다. 높이 나는 갈매기가 하늘 멀리 바라보며 날아간다.

　자연은 스스로 가야할 길을 가고 인간은 스스로 선택한 길을 간다. 보이지 않는 곳에도 길은 있다. 가보지 않은 시공간에도 길은 있다. 과거가 다가온다. 미래가 다가온다. 길 위에서 미래는 희미하게 다가오고 과거는 선명하게 다가온다. 나그네는 앞으로 나아가고 시간은 뒤에서 다가온다. 시간은 역사를 만들면서 과거에서 미래로 흐른다. 순간은 항상 생각하는 현재로 존재한다. '나는 생각한다. 고로 존재한다'며.

갈매기들이 떼를 지어 너른 바위에 앉아서 회의를 한다. 주제가 무엇일까? 이단아 조나단을 내쫓기 위해? 반기기 위해? 조나단의 꿈이 자신들의 꿈이 되도록 기도하는 걸까, 진지함이 묻어난다.

한림항이 가까워진다. 일가족 네 명이 앞서간다. 초등학생 아들이 다리를 절룩거린다. 집에 있으면 다리 아플 일 없을 텐데, 도전하는 모습이 아름답다. '배는 항구에 있을 때 가장 안전하지만, 항구에 머물기 위해 만들어진 게 아니다.'라는 코엘류의 소리가 들려온다. 새로운 세계를 향해 항구를 걸어간다. 무지와 몽매의 동굴에서 탈출하여 밝고 환한 진리의 바다로 나아간다. 비양도행 도선 대합실 건너편, 올레14코스 종점이 웃으며 다가온다. 비양호가 비바람을 맞으며 기다린다.

선운정사 - 절로 가는 길!

📍 **15코스** 한림에서 고내올레 16.7㎞

한림항-대수포구-선운정사-금산공원-과오름-고내봉-고내포구

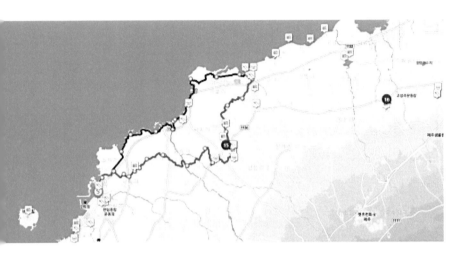

　"내가 61세이니 어느새 칠십을 바라보는 나이가 되었구나 생각해 보면 옛날 어릴 적에는 이 정도 나이가 든 사람을 보면 바싹 마르고 검버섯이 핀 늙은이로 알았건만 세월이 흘러 이 지경에 이르렀구나. 하지만 그 속마음을 들여다보면 팔팔한 소년의 마음뿐이다. 남들 눈으로 보면 나이가 육십을 넘겼고 지위가 정승에 올랐으므로 나이에도 벼슬에도 아쉬울 것이 없다 하겠다. 그렇지만 내 스스로 겪어온 일을 돌아보노라니 엉성하고 거칠기가 이보다 심할 수가 없구나. 평생토록 궁색하고 비천하게 지내다 생을 마친 자들과 견주어 보아 낫지 못하며 좋고 나쁘고를 구분할 것이 무엇이 있겠느냐? 내가 지

어야 할 농사를 내가 지어서 내 삶을 보살피고, 내가 가진 책을 내가 읽어서 내가 좋아하는 일을 추구하며, 내가 하고 싶은 일을 내 마음대로 하며 내 인생을 마치려 한다."

정조의 탕평을 부정한 죄로 1789년 대정현에 유배되어 3년 뒤에 풀려났던 유언호가 아들에게 쓴 편지 내용이다. 권력도 부귀도 미망일 뿐 더 늦기 전에 나를 찾겠다는 조선의 선비, 제주도 유배가 아니었다면 얻지 못할 각오다. 유배가 아닌 유랑으로 고행을 자처하는 올레자가 올레에서 청복을 누리며 즐거워한다.

8월 10일 폭염이 내리는 여름날, 비양도로 가는 배를 탔다. 한림항에서 도항선을 타고 북서쪽으로 5㎞ 15분 거리의 한림읍 협재리의 섬, 제주 기생화산 중 막내인 오름 비양도는 40여 세대 100여 명의 주민이 생활하고, 높이 114.7m, 면적 0.5㎢의 작은 섬으로 제 멋대로의 돌섬들이 제 멋을 뽐내는 곳이다. 비양봉, 비양오름, 가재오름, 암메라고도 불리는데, 바다에서 볼록 나온 형상이 어린왕자에 나오는 보아뱀을 닮았다. 섬사람들에게 꽃멸치는 축복이다.

나이가 고작 천 살, 지난 2002년에 탄생 1,000주년 행사를 했다. 생겨난 시점이 역사서에 기록되어 있을 만큼 어린 섬이다. 신증동국여지승람에 따르면 1002년(목종 5년) '제주바다에 산이 솟았는데, 산꼭대기에 4개의 구멍이 뚫리고 닷새 동안 붉은 물이 흘러나와 엉키어 기와가 되었다'고 기록되어 있다. 일설에는 서쪽(중국)에서 커다란 산봉우리가 날아왔고 이를 본 여인이 '산이 날아온다!'라고 외치자 날아온 산이 한림 앞바다에 떨어져 섬이 되었다고 한다. 그래서 '날아온 섬' 비양도(飛揚島)다. 천 년 전에 생긴 섬이기에 가장 최근의 화산활동의 흔적이 있어 의미가 남다르다.

6개의 봉우리가 신비로운 비양봉, 오름은 하나지만 하나가 아니다. 섬 속의 섬이라는 입지조건 때문에 쉽게 볼 수 없는 비양도. 방향에 따라, 계절에 따라, 날씨에 따라, 보는 이의 마음에 따라 달리 보인다. 비양항에 내려 마을을 지나서 2001년 완공된 해안 일주도로를 따라 해안을 일주한다. 한 시간이면 섬 전체를 둘러볼 수 있다. 비양도에서 제주도의 아름다운 서쪽 해안 풍경을 만끽한다. 제주도에서 바라본 비양도, 이제는 비양도에서 제주도를 바라본다. 소동파의 '불식여산진면목(不識廬山眞面目)'이 깨달음으로 다가온다.

어족 자원이 풍부해 낚시꾼들의 발길이 끊이지 않는다는 비양도의 풍경, 뜨거운 햇살아래 강태공들이 낚싯대를 드리우고 망망대해를 바라보며 서 있다. 코끼리형상 바위, 애기업은돌, 베개용암 등의 기암괴석이 산재해 있는 해안가를 돌아간다. 일주를 마칠 무렵, 국내 유일의 염습지인 펄랑못 정자에서 뜨거운 땡볕을 피해 휴식을 취한다. 시원한 정자그늘에 바람이 불어오고, 나그네는 배낭을 베개 삼아 하늘을 바라본다. 아아, 참으로 아름다운 세상이로고! 인생은 참으로 살 만한 소풍이다. 피와 땀과 눈물, 콧물이 비빔밥이 된 과거가 현재의 즐거움을 증폭시킨다.

뒤따라오는 여행자들의 소리에 정자를 양보하고 길을 나선다. 목재데크로 잘 꾸며진 펄랑못에 청둥오리들이 더위를 식힌다. 밀물 땐 바닷물이 들어오고, 썰물 땐 민물로 바뀌는 특이한 연못이다. 선착장에서 다시 비양봉으로 올라간다. 비탈진 비양봉 주변에 어미 말과 망아지가 정겹게 뛰어놀고 여기저기 염소들이 떼를 지어 다닌다. 한 폭의 그림이 펼쳐진다.

"그때에 이리가 어린 양과 함께 살며 표범이 어린 염소와 함께 누우며 송아지와 어린 사자와 살진 짐승이 함께 있어 어린 아이에게 끌리며 암소와 곰이 함께 먹으며 그것들의 새끼가 함께 엎드리며 사자가 소처럼 풀을 먹을 것이며 젖 먹는 아이가 독사의 구멍에서 장난하며 젖 뗀 어린 아이가 독사의 굴에 손을 넣을 것이라 내 거룩한 모든 곳에서 해됨도 없고 상함도 없을 것이니 이는 물이 바다를 덮음같이"라고 예언자 이사야가 말하는 성경 속의 평화의 나라가 다가온다.

두 개의 분화구에 제주도 기념물인 비양나무가 자생하고 있다. 섬 가운데에 우뚝 솟은 비양봉 정상에서 다시 능선을 따라 전망대로 가서 비양도와 비양등대, 주변 일대를 조망한다. 아름다운 풍경, 비양도에서 '날자! 날자!'라며 비상하게 비상하고 싶다.

뜨거운 뙤약볕, 비양항으로 돌아와서 '2016 비양도 북카페'를 운영하는 한수풀도서관에 들어간다. '하늘과 바람, 그리고 아름다운 섬 비양도에서 보내는 추억의 메아리'라는 주제로 비양리 새마을작은도서관에서 7월 28일부터 8월 10일, 오늘까지 운영한다. 도서관 문을 열자마자 시원한 바람이 불어온다. 얼음물과 차도 준비가 되어 있어 땀으로 흠뻑 젖은 몸과 마음이 호강을 한다. 엽서도 있다. 전국 어디든 무료로 배달된다. 고등학교 2학년 늦둥이 막내아들에게 생전 처음으로 엽서를 보낸다. 감사하는 마음으로 '해파랑길 이야기', '강 따라 길 따라' '나비야 청산가자' 등 올레자의 여행기 네 권의 도서를 기증한다. 다음 비양도에 올 때면 도서관에 책이 비치되어 있는지 보아야지 하면서 추억의 메아리를 남긴다. '비양 비양~' 하면서 달리는 비양호에서 비양도를 바라보며 한림항으로 돌아온다.

그리고 가을이 깊어가는 10월 28일, 용인에서 함께 온 벗들과 비양호 도선장을 다시 찾았으나 여행객이 많아서 배를 탈 수가 없었다. 비양도의 인기가 하늘로 하늘로 날아간다. 제주도에는 비양도가 둘이 있으니, 제주의 양 날개인 서비양도와 동비양도. 서쪽에서는 해를 건진다는 뜻으로 나타날 양(揚)을, 동쪽에서는 볕을 뜻하는 볕양(陽)을 쓴다. 제주에서 해가 가장 빨리 뜨는 동비양도는 우도에 딸린 섬이었으나 지금은 자그마한 다리 하나로 연결되어 언제든지 드나들 수 있다. 등대와 망대, 해녀의 집이 있다. 제주 속의 우도, 우도 속의 동비양도는 우도의 1번지다. 언제나 만날까 서비양도가 동비양도를 기다린다.

　한림항의 칼국수 집에서 따뜻한 칼국수 국물로 몸을 데우고 비양도 도항선 건너편에서 15코스를 시작한다. 한림의 바다에서 출발해 중산간의 마을과 밭, 오름을 지나서 다시 바다가 있는 고내포구에 이르는 길이다. 오전에 추월했던 일가족이 앞에서 걸어간다. 금능해수욕장에서 출발했다고 하니 5㎞ 정도 걸은 듯하다. 초등학생 아들의 머리를 쓰다듬으며 장하다고 칭찬을 해주고 추월해 앞서간다. 즐풍목우(櫛風沐雨)라, 하늘이 비를 뿌리고 바람도 세게 불어온다. 해변도로에도 바다에도 솟대가 많이 세워져 있다. '갈매기와 기러기'의 서식지 푯말이 있고, 갈매기솟대도 있고 기러기솟대도 있다. 바닷가에서 갈매기솟대는 자연스러운데 기러기솟대는 왠지 의외다.

　기러기들이 날아와서 갈매기들과 하나 되어 어울린다. 기러기는 갯벌과 호수, 들판에서 흔히 볼 수 있는 어릴 적 동심을 키워주고 동요에도 자주 등장하는 친근한 철새다. 동물소설가 에반 톰슨 시튼

(1860~1946)은 〈동물기〉에서 '기러기'를 이야기한다.

 "아빠, 저기 가을 하늘에 V자로 날아가는 기러기 떼를 보세요. 맨 앞에 날아가는 기러기는 과연 누구일까요? 엄마 기러기일까요, 아빠 기러기일까요, 아니면 오빠 기러기일까요?"

 "맨 앞에 날고 있는 기러기는 엄마 기러기란다. 그리고 맨 뒤 끝에 나는 기러기는 아빠 기러기일거고. 기러기 사회에서는 엄마가 온 가족을 이끌고 있지. 그래서 기러기 사회는 모계사회라고 말할 수 있단다. 만약 어느 날 호숫가에서 엄마 기러기와 함께 먹이를 찾으러 간 아빠 기러기가 사냥꾼에게 총을 맞아 죽게 되면, 엄마 기러기는 눈이 내리고 또다시 봄이 와도 그 호수를 떠나지 않는단다. 울면서 울면서 호수를 맴돌 뿐, 기러기 엄마는 아빠가 없으면 절대로, 두 번 다시 시집을 가지 않고 홀로 살아가지. 그래서 자식사랑 지아비사랑 밖에 모르는 엄마를 두고 '기러기 엄마'라고 하지 않더냐. 그런데 말이야, 또 달라. 엄마 기러기가 어쩌다 죽게 되면 아빠 기러기는 다른 여자 기러기한테 날아가 다시 결혼을 해버리거든. 쯧쯧쯧!"

 암컷과 수컷의 사이가 좋다고 해서 전통혼례에서는 나무기러기를 전하는 의식이 있었던 대한민국, 시튼은 〈동물기〉를 쓰면서 대한민국 '기러기 아빠'의 애환에 대해서는 아마도 몰랐으리라. 빙허각 이씨는 〈규합총서〉에서 기러기에게 신(信)·예(禮)·절(節)·지(智)의 덕이 있다고 한다.

 솟대는 솟아있는 장대다. 장대 끝에 나무로 새를 깎아서 다는데, 삼한시대 신을 모시던 장소인 소도(蘇塗)에서 유래했다. 하늘을 날지 못하는 사람들은 솟대를 신의 사자로 하여 하늘의 신을 향해 소원을 빌었고, 솟대의 새들을 통해 하늘에 닿은 소원은 이루어졌다. 올레자의 소원을 갈매기와 기러기솟대에 실어 하늘로 하늘로 날려보낸다.

대수포구에서 마을길로 접어든다. 제주 농가의 풍경이 펼쳐진다. 돌담길 밭담길을 지나며 시골 정취를 만끽한다. 어린 시절 추억이 깃든 평화로운 시골이 떠오른다. 흔치 않은 제주의 연못, 영새성물이다. 집을 짓기 위해 찰흙을 파낸 뒤에 물이 고여 생겼다. 사람 구경하기가 어려운 한겨울의 중산간길, 간간이 떨어지는 빗방울과 세찬 바람 속에 길은 조금씩 고도를 높여 간다. 낮은 돌담 사이로 정겨운 귀덕농로를 걸어간다. 어디선가부터 '절로 가는 길'이란 표지가 보이고 멀리 언덕에 사찰이 보인다. 선운정사, 절로 가는 길이다. 빛마루 축제로 유명하다는 애월의 야경 명소 선운정사다.

"할망, 제주에 야경 명소로는 어디 어디 있어요?"
"야경으로는 서귀포항의 새연교, 사라봉의 산지등대에서 바라보는 제주항의 야경이 유명하지. 또 하나가 있다면 1만8천 개의 연꽃들이 불을 밝히는 선운정사의 빛마루축제지. 선운정사에 밤이 오면 새로운 풍경이 펼쳐져. 1만8천 개의 연꽃등에 들어온 불이 사찰과 나무, 탑 등 선운정사 곳곳을 비추면서 분위기를 연출하지."
"빛마루축제의 기간은 언제지요?"
"하절기인 4월부터 10월까지는 일몰 후부터 밤 10시까지, 동절기인 11월부터 3월까지는 일몰 후부터 9시까지 축제가 열려. 비 오는 날을 제외하고는 거의 매일 열리는데, 이 축제로 인해 선운정사는 관광객이 가장 많이 찾는 제주의 사찰로 손꼽혀."

해우소에서 일차적으로 근심걱정 해소하고 점심공양 때라 혹시나 하고 선운정사 경내 주위를 둘러본다. 공양간도 없고, 어디로 숨었는지 스님이나 보살도 구경할 수가 없다. 절에서 그 흔한 물 한 모금 얻어 마실 샘도 없다. 그런데 특이한 전각이 있다. 설문대할망과 오백장군의 전각이다.

"절에서 산신각이나 칠성각 등을 모시는 전각은 보아도 설문대할망과 오백장군의 전각이라니 참 특이하네요?"

"제주는 '절 오백 당 오백'이라는 말처럼 절과 당의 문화가 공존해 왔어. 그래서 1만 8천 신의 고향인 제주문화를 제주 불교문화와 융합하기 위해 세운 전각이지. 제주문화의 원형을 되살리는 최초의 불사라고 해."

"유일신 사상의 기독교나 유대교, 이슬람교에서는 있을 수 없는 착상이네요. 불교의 포용성이 정말 대단하게 여겨져요."

"설문대할망의 모습이 부처님과 별반 다르지 않다고 생각하지. 설문대할망을 현실에서 맞닥뜨린 어떠한 어려움에도 중생을 구제하겠다는 원력을 세운 불보살의 화신이라 보는 거야. 부처님께 귀의하듯 어머니 같은 설문대할망에게 의지해서 위로를 받고 싶은 중생들의 마음이 담겨 있어."

"그럼, 오백장군 전각은 왜 만들었어요?"

"자식들을 위해 죽을 끓이다가 솥에 빠진 설문대할망, 어머니를 그리며 한없이 통탄하다 오백아들은 한라산 영실에서 바위가 되어 버렸지. 영실기암의 오백장군이 흘린 고통의 피눈물이 봄이 되면 철쭉으로, 가을이 되면 단풍으로 한라산을 붉게 물들이지. 안타까운 오백아들의 효심의 발로야.

오백장군 못지않게 석가모니 부처님의 전생에도 오백나한의 이야기가 있어. 부처님의 야단법석이 열리던 보름날, 시주자의 보시로 창고에 재물이 넘쳐나고, 이를 알고 쳐들어온 오백 명의 도둑은 재물을 모두 훔쳐서 달아나. 그런데 숨어서 부처님의 설법을 들은 도둑들은 진짜 보물은 부처님의 설법이라는 사실을 깨닫고 돌아오게 되지. 오백 도둑은 결국 고행의 길을 걸어 오백아들처럼 고통스럽게 일그러져 아라한과를 성취하게 돼.

오백장군전 불사는 불법(佛法)으로 오백나한처럼 남의 물건을 훔치는 도둑에서 남의 번뇌를 훔쳐가는 아라한으로 깨달음을 얻어 평안을 얻자는 마음을 담았어. 나한(羅漢)은 아라한(阿羅漢)의 준말로 일체 번뇌를 끊고 깨달음을 얻어 중생의 공양에 응할 만한 자격을 얻은 불교의 성자를 의미해. 그리고 저기 '설문대할망의 소원석' 에게 소원을 빌어봐."

"그럼, 설문대할망이 소원을 들어줍니까?"

"소원을 빌고는 성취했다고 믿어야지. 기도나 믿음은 모두 강한 자기암시를 필요로 해."

"설문대할망의 소원석, 돌에게보다는 차라리 탐라할망에게 소원을 말하고 싶은데, 들어주시겠어요? 그리고 할망이야말로 정말 평안한 설문대할망 같은 느낌이 들어요."

"듣기는 좋네. 그래, 소원이 뭔데?"

"소원은 나중에 말씀 드릴게요. 진지하게. 우선은 제주의 불교에 대해서 얘기해 주세요."

"제주의 불교는 삼국시대를 전후하여 전파된 이후 고려 중기부터 조선 초기까지 찬란한 불교문화를 꽃피웠어. '당 오백 절 오백'이라는 말처럼 말이야. 하지만 조선 중기 이후 불교에 대한 억압으로 이후 민간신앙과 혼재되어 내려왔지. 제주 불교는 고려시대에 와서 조정으로부터 경제적인 지원을 받으며 성장 발전하였어. 현재 문헌 기록에 남아 있는 대부분의 사찰들은 고려 시대에 창건된 것들이지.

제주의 사찰을 대표하는 서귀포의 존자암(尊者庵)은 국가의 안녕을 기원하는 비보사찰(裨補寺刹)이었고, 법화사와 수정사는 원의 지배 이후 국가의 지원을 받아 산남과 산북의 사찰들을 관리하는 비보사찰이었던 것으로 판단해. 특히 존자암은 조선시대 때도 중앙에서 파견된 관리들이 주요 방문지로 손꼽았을 만큼 유명한 곳으로, 제주지역의 호족과 관원들뿐만 아니라 민가의 아낙들까지도 안녕을 기원하는 사찰이었어. 존자암지는 제주도 기념물로 지정, 복원되었고, 존자암 세존사리탑은 유형문화재로 지정된 제주도 유일의 부도이기도 해. 서귀포에 있는 법화사도 고려의 비보사찰로 국가 차원의 각종 지원을 받았는데 조선 태종 때까지만 해도 노비가 280명이었고, 배불정책 이후에도 30여 명의 노비를 거느릴 만큼 제주에서 가장 규모가 큰 사찰이었어.

조선시대에 들어와서 제주 불교는 조정의 숭유억불정책으로 제도권에서 밀려나 수많은 탄압을 받으며 쇠퇴하게 되었지. 하지만 불교신앙은 민중들의 생활 속에 깊이 토착화되었어. 1520년(중종 15년) 제주에 유배 온 김정은 〈제주풍토록〉에서 '음사(淫事)'와 함께 부처에 기울이지 않은 사람이 없다고 묘사하고 있어. 억불정책으로 불교와 민간신앙이 혼재되어 토착화되는 변화를 가져왔지.

16세기 이후 제주목사들의 본격적인 불교탄압이 행해지는데, 1565년 제주로 유배 온 보우 스님이 제주목사 변협에 의해 어도봉에서 장살 당하였고, 이후 곽흘 목사에 의해 불상과 사찰이 훼철되기 시작했어. 1703년(숙종 29)에 제주에 1년 남짓 재임했던 이형상 목사는 마을의 신당 129곳과 사찰 두 곳을 불사르고 1,000개에 가까운 불상을 바다에 던져버렸어.

근대에 들어와서 제주의 불교는 중흥의 시기를 맞이해. 그 배경에는 유배 온 유림들의 불교적 경향이 제주 유림사회에 영향을 미쳤지. 제주 유림들은 유교경전과 불교경전을 함께 연구하며 불교의 신앙생활을 했고, 민간에 스며들어 있던 불교는 자연스럽게 19세기 민족사상과 관련을 맺게 되었어. 개항기 제주 출신의 승려로는 1892년 출가한 강창규, 1894년 출가한 김석윤이 있었는데 '근대제주불교의 횃불'로 평가받는 김석윤은 유림이면서 승려였고 제주 의병항쟁을 이끈 주역으로 관음사 창건을 주도했지.

제주도의 근현대 불교는 관음사를 모태로 전개되었어. 관음사 포교당을 중심으로 한 제주불교의 의례와 신행 형태의 변화, 외형적 성장으로 90여 개의 사찰이 창건되기에 이르렀어. 제주 불교는 1918년 법정사(法井寺) 항일운동을 통해 민족운동을 주도하면서 일제의 국권 유린에 항거하며 사회문제에 적극 동참하기 시작했지. 그러나 법정사는 항일운동 이후 친일 성향으로 기울어져 가고, 제주 불교는 침체기를 걷다가 1930년대 들어서서 다시 왕성한 활동의 시기를 맞이해.

해방 이후에는 제주 4·3 사건이 발생하고, 제주 불교 역시 제주사회의 흐름에 동참하면서 모든 것이 파괴되었어. 토벌대는 "1948년 10월 20일 이후 해안선에서 5㎞ 이상의 지점과 산악지대의 무허가 통행금지를 포고하고, 위반하는 자는 이유 여하를 불문하고 총살한다."는 포고령을 내렸어. 제주도의 지형상 토벌대가 지적한 그 경계는 해안마을을 제외한 제주도 전역에 해당되는 것이었지. 이로 인해 관음사와 법화사를 비롯한 제주도의 사찰들은 대부분 토벌대에 의해 불태워지거나 철거를 당했어. 4·3 사태 때 상당수의 전각, 불상, 탱화 등이 폐허가 되거나 소실되는 손실을 입었지.

"제주불교의 심장이라고 할 수 있는 사찰은 어디일까요?"

"제주불교의 메카는 존자암과 관음사라고 할 수 있어. 해발 1,200m에 위치한 영실의 존자암이 언제 건립된 암자인지 정확한 문헌의 기록은 없지만 조선 중기 김정의 〈존자암기〉에 '존자암은 고·양·부 삼성이 처음 일어났을 때에 세워졌는데, 3읍이 정립된 후에까지 오랫동안 전하여졌다'고 하였어. 그래서 존자암은 한국 불교 최초의 사찰로도 불리고, 일부 학자들은 한반도의 불교문화가 제주에서 시작되었다고도 해. 부처님의 16 아라한(존자) 중 발타라존자가 부처님의 불법을 전하기 위하여 은하수를 잡아당길 수 있는 만큼 높은 한라산 영실의 볼레오름 남서능선에서 수행하였던 도량이라는 거지."

"존자암에 대한 이야기가 또 있어요?"

"김상헌의 〈남사록〉에는 '존자암은 지붕과 벽이 흙과 기와가 아닌 판잣집이며 9칸 집이다. 존자암 근처에는 20여 명이 들어갈 만한 수행굴이 있고, 옛날의 고승 휴랑이 머물던 곳'이라면서, '오직 존자암의 스님들만이 처를 거느리고 있지 않다.'고 했어. 제주의 다른 절들의 중들은 대부분 처를 거느리고 살았지만 존자암은 수행하는 스님들이 머물렀던 절이었지."

"그때는 대처승이 있었나 봐요. 지금은 어때요?"

"태고종의 승려들은 취처를 하기도 해. 우리나라 전체로 보면 조계종, 태고종, 천태종 순으로 사찰의 수가 많은데, 제주도는 조계종이 대략 70여 곳, 태고종이 80여 곳으로 태고종이 더 많아. 태고종은 본디 조계종과 같은 뿌리였으나 일제의 영향으로 생긴 대처승을 절 밖으로 나가도록 한 1954년 이승만 대통령의 담화 이후 진통을 거치다가 1970년 별도의 종단으로 등록했어. 조계종의 사찰은 대다수가 중앙종단 소속이나 태고종은 90% 이상이 사설 사찰이고, 대략 2/3 이상이 취처를 하고 있지. 요즘 조계종에서도 결혼문제로 논란이 있는가 봐. 만해 한용운도 대처육식을 주장했었지."

"관음사는 언제 누가 창건했어요?"

"1908년에 안봉여관(安逢廬觀) 스님이 창건했어. 안봉여관은 근대 제주 불교의 개산조(開山祖)로 불리는 여인으로, 1911년에는 안도월과 함께 산남의 법정악에서 항일운동의 모태가 되는 법정사를 창건하였지. 1702년 이형상 제주목사의 훼불로 200여 년 간 이어진 무불시대(無佛屍臺)의 여명을 밝힌 안봉여관은 한마디로 근대제주불교를 중흥시킨 승려이자 항일운동가야. 1926년 안도월과 함께 법화출장소를 창건하고, 백련사, 불탑사, 월성사 등을 다시 일으켜 세워 제주불교를 중흥시켰어. 안봉여관의 행적에 대해서는 지금까지 회자될 정도로 제주사회에 커다란 영향을 끼쳤지."

"조선 중기에 불교를 중흥시키려다 제주로 유배 온 승려 보우는 어디에 살았어요?"

"애월읍 도내봉(道內峯) 인근이 유배지였다고 하는데 정확하지가 않아."

"보우는 언제 어떻게 죽었어요?"

"보우가 유배 온 그해 10월 제주목사로 부임해 온 변협(1528~1590)이 보우를 몽둥이로 때려 죽였어. 보우의 나이 쉰여섯, 변협은 그 일로 파직을 당했지. 유배지 제주에서의 소회를 남긴 보우의 시 한 편이 전해져.

꿈에 취한 듯 꿈속에 사는 세상이 와서
50여 년을 실없이 미쳐 날뛰었네.
인간의 영예와 욕된 일을 다 해 보았으니
중의 탈을 벗고 높고 높은 데나 오르련다.

보우는 평소 '부처는 한 생각도 생기지 않으면 그것이 부처이다. 그리고 만일 이 뜻만 깨치면 지위나 절차를 따르지 않고 바로 묘각(妙覺)의 자리에 오를 것이다.'라고 설파했지. 보우는 한국불교에 공도 많고 과도 많아. 죽은 보우의 비석 뒷면에는 '보우대사는 금강산 마하연 선방에서 15세에 삭발하고 (……) 조천 땅 연북정에 귀양, 제주목사 변협의 몽둥이에 맞아 순교했다.'라고 기록되어 있어."

불교 역사상 업적을 남긴 보우는 두 사람이다. 고려의 태고화상 보우(1301~1382)와 조선의 허응당 보우(1509~1565)다. 태고화상 보우(普愚)는 13세에 출가하여 38세에 크게 깨달음을 얻었고, 46세에 원나라에 가서 선종의 일파인 임제종의 법을 받아 귀국했다. 신돈의 핍박을 받기도 하였지만 공민왕과 우왕 때 국사(國師)로 봉해진 대한불교조계종의 종조(宗祖)로서, 불교계의 통합과 정계의 혁신을 도모하였다.
허응당 보우(普雨)는 15세인 1530년(중종 25) 금강산 마하연암으로 출가했다. 불교와 유교에 탁월한 지식을 가졌던 보우는 1548년 당대의 유학자인 강원도 관찰사 정만종의 천거로 명종의 어머니 문정왕후에게 깊은 신임을 얻게 되었다. 양주의 회암사에서 요양을 하던 보우는 문정왕후로부터 봉은사 주지로 가라는 부름을 받고 당시 쇠퇴 일로에 있던 불교를 부흥시키는 데 주도적인 역할을 했다.

1551년에는 사라졌던 선종과 교종을 부활하고 3백여 사찰을 국가 공인 정찰(淨刹)로 하였으며, 전국 승려들의 도첩제를 부활하였고, 1552년 4월에는 연산군 때 폐지하였던 승과제를 부활시켜 휴정 서산대사, 유정 사명대사 같은 고승을 발탁하였다. 하지만 유생들은 선교 양종과 도첩제를 폐지하고, 보우를 요승(妖僧)이라 규탄하며 역적 보우를 죽이라고 끊임없이 상소를 올렸다. 보우는 "지금 내가 없으면 후세에 불법이 영원히 끊어질 것이다."라는 신념으로 불법을 보호하고 종단을 소생시키려 했다.

1565년(명종 20) 4월, 문정왕후가 죽으면서 사태는 급변했다. 유생들은 보우를 극형에 처하라고 강력히 상소했고, 특히 율곡은 〈논요승보우소〉를 올려 보우를 귀양 보낼 것을 주장했다. 명종은 보우를 죽이지 않고 7월경에 제주도로 유배를 보냈으나 보우는 돌아오지 못하고 그해 10월경에 죽임을 당했다. 보우가 죽은 뒤 불교는 종전의 억불정책으로 되돌아가 양종제도와 승과제도가 폐지되는 등 심한 억압을 받았다.

보우에 대한 평가는 극과 극을 달린다. 오늘날까지 보우는 요승(妖僧)으로 회자되고 있다. 보우는 과연 요승일까? 문정왕후와의 염문설이 있는가 하면, 문정왕후를 등에 업고 권력을 남용한 요승이라는 율곡 이이의 평가가 있고, 보우를 성인(聖人)이라고 하는 사명대사의 평가가 서로 엇갈린다. 서산대사는 보우를 일러 "천고에 둘도 없는

지인(至人), 곧 성인(聖人)이라 하였다. 불교의 관점에서 보우는 억불정책 속에서 불교를 중흥시킨 순교승이었다. 선교일체론을 주창하여 선과 교를 다른 것으로 보고 있던 당시의 불교관을 바로 잡았고, 일정설(一正設)을 정리하여 불교와 유교의 융합을 정리하였다. 종교해설사 탐라할망의 박식함이 계속 이어진다.

"제주의 불교의식은 육지와는 확연히 구별되는 독특한 특성을 지니고 있어. 그래서 '제주불교의식(濟州佛教儀式)'은 2002년 제주 무형문화재 15호로 지정되었지. 제주의 불교의식은 고유의 전통문화와 결합되어 있는데, 특히 음성공양(音聲供養)과 재공양(齋供養)에서 뚜렷한 특징을 보여. 음성공양은 목어(木魚), 운판(雲版), 법고(法鼓), 대종(大鐘) 등 불전사물을 연주하며 범음(梵音)을 낭송하는 공양인데, 제주도는 육지에 비해 연주나 낭송 속도가 아주 느리고, 제주도만의 오랫동안 행해온 음악적 특징이 나타나."

올레길에서 만나는 사찰에는 4코스 영천사(태고종), 5코스 선광사(태고종), 8코스 약천사(조계종), 15코스 선운정사(조계종), 18코스 불탑사(조계종)가 있다. 육지에서 볼 수 없는 진귀한 제주의 불교를 선운정사에서 만난 나그네의 심사에 불심이 스쳐간다. 부처의 눈에는 부처가, 돼지의 눈에는 돼지가 보인다. 산에서 만나는 산사는 산을 좋아하는 나그네에게는 언제나 정겨운 벗, 선운정사에서 백성들과 하나 된 제주 불교를 흠뻑 맛본다.

"나는 종교 앞에서는 그저 두렵고 죄송스러워요. 그만큼 죄가 많다고 느끼기에 그 순간만큼은 겸손하려 하지요."

"종교(宗敎)는 말 그대로 으뜸가는 가르침이야. 그래서 종교는 사람들 곁에서 끊임없이 간섭하고 죄책감으로 속박해. 종교를 통해 마음속 헛간에 있는 쓰레기들, 불안, 증오, 탐욕, 번민 등을 버리고 진정한 평화를 얻는다면 좋지 않은가? 마음먹기에 따라 사물이 달라 보이고, 삶이 달라지고, 생의 희망이 찾아오기도 하지. 자신의 집을 산속에 틀어박힌 절처럼 이 사회의 망망대해에 고립된 섬으로 만들어 놓고 그곳에 칩거하며 느림과 무사(無事)의 철학을 배우면서 살면 그 또한 좋지 않을까. 그러다가 이렇게 홀홀 떠나기도 하고 말이야. 산속에 있는 것보다 사람들 속에 어울리면서 물들지 않음이 중요하고 말을 하지 않는 것이 아니라 욕망의 말을 남기지 않는 것이 더 중요해."

탐라할망은 해탈한 부처처럼 니르바나의 미소를 짓는다. 선운정사를 뒤로하고 언덕길을 올라간다. 인적이 드물어 고요한 들판을 걸어 철새나 오리가 노닐던 버드나무연못을 지나간다. 곽지리 10경 가운데 하나로 버들못이라고도 한다. 소나 말의 물을 먹이기 위해 만들었는데 돌담으로 연못의 바깥을 두르는 연못 사이로 산책로를 열었다. 남읍숲길을 지나서 금산공원에 이른다. 금산공원이 있는 애월읍 남읍리는 명월리와 함께 대표적인 양반촌이었다. 남읍리의 양반들은 대개 금산공원에서 풍류를 즐겼다. 금산공원에는 후박나무, 생달나무 등 난대림이 군락을 이루고 있어 평지에서 보기 드문 상록수림으로 천연기념물로 지정, 보호되고 있다.

목책 산책로를 따라 이리저리 공원 숲길을 걷는다. 겨울이지만 푸른 숲길이 고요하고 한적하다. 삼림욕장이 따로 없다. 난대림에서 내뿜는 피톤치드를 들이마시며 기를 채운다. 공원 내에는 남읍리 포제단이 있다. 포제는 유교식 마을제로 남성들이 지낸다. 제주는 여성들이 지내는 당굿이 많지만 남읍리는 유림촌으로 유교색채가 짙다. 포제단 앞 커다란 노송 두 그루가 지붕 위로 슬며시 몸을 기대며 이색적인 풍광을 연출한다.

제주 올레길은 리본과 안내판, 간세가 코스를 동행한다. 작은 표지가 주는 반가움, 반가움은 친밀감으로, 보이지 않을 때는 그리움으로 다가온다.

백일홍길, 무덤의 돌담 곁에 백일홍 나무들이 줄을 지어 서 있다. 백일홍은 뿌리가 멀리 뻗어 나가지 않아 무덤가에 심는다. 백일을 붉게 피어 백일홍이다. '화무십일홍(花無十日紅) 권불십년(權不十年)'이라, 대원군의 권세도 십년을 못가니, 세상에 십년 가는 권세 없고, 열흘 붉은 꽃이 없다 했건만 백일 붉은 백일홍이 활짝 웃으며 꽃말대로 행복, 인연, 순결의 향기로 다가온다.

초승달 모양의 과오름 둘레길과 도새기 숲길을 지나서 고내봉을 올라간다. 고내리 마을 뒷산이라 주민들을 위한 체육시설이 많다. 높이 175m의 기생화산으로 정상에 오르니 보이지 않던 한라산이 지척에 와 닿는다. 북쪽으로 애월 앞바다가, 남동쪽으로 남읍 일대가 한눈에 들어온다. 고내봉을 내려와서 아스팔트 도로를 따라 꼬부랑 꼬부랑길을 갈 지(之)자로 걸어 고내포구로 들어간다. 한림항에서 대수포구, 고내포구로, 바다에서 시작해서 내륙을 돌아 다시 바다에 도착했다.

쥐치, 벵에돔 등을 낚는 낚시꾼들이 모이는 명소로 알려진 고내포구지만 한겨울의 세찬 바람 탓인지 인적이 없어 고요하다. '올레길과

바다풍경이 아름다운 고내리' 안내판이 고내리를 안내한다. 고내봉
이 동남쪽을 가려서 한라산을 볼 수 없고 오직 망망대해만 바라보
니, 이로써 옛날부터 바다 밖으로 나가는 경우가 많았고, 일제강점기
에는 재일교포 수가 현지 거주민보다 갑절이나 많았다고 한다.

카페에서 시원하게 생맥주를 한 잔 하고 나오니 15코스 출발지에
서 만난 일가족이 나타난다. 절룩절룩 힘들어 하는 아이는 추위로
얼어버린 얼굴에 성취감으로 상기되어 홍조를 띤다. 고내리의 용출
샘으로 주민들의 생활용수였던 '우주물'에서 머리를 쓰다듬어 주고
악수를 하고 길에서 만난 인연을 마무리한다. 서쪽바다의 저녁노을
이 하루의 수고를 위로한다.

항파두리 - 아, 삼별초!

📍 **16코스** 고내에서 광령올레 15.7㎞

고내포구-신엄포구-구엄포구-수산봉-항파두리-광령1리사무소

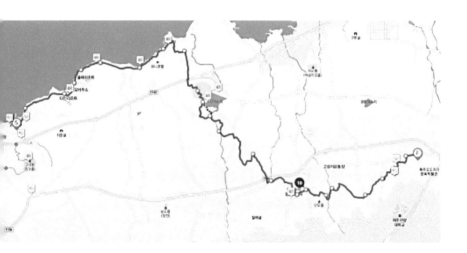

"적은 밖에 있는 것이 아니라 내 안에 있다. 나는 내게 거추장스러운 것을 깡그리 쓸어버렸다. 나는 나를 극복하는 그 순간 징기스칸이 되었다. 강한 자가 살아남는 것이 아니라 살아남는 자가 강한 자다." 징기스칸이 제주 올레의 아침을 노래한다.

1월 9일 여명이 밝아오고 하루를 시작한다. 한림항의 숙소에서 16코스 출발지로 승용차가 달려간다. 먼 산에서 일출이 눈부시게 비쳐온다. 한적한 시골 농로에 차를 멈추고 태양을 향하여 두 팔을 높이 들고 강한 기운을 흡입한다. 대자연과 한 인간이 펼치는 장관을 연

출한다. 오늘도 감사하며 즐기며 주어진 나의 길을 걸어가리라, 속삭이니 태양에너지로 충전된 행복감이 마음 저 깊은 곳에서 솟구친다.

고내포구에서 남당언덕으로 올라간다. 전망 데크인 다락쉼터에서 아름다운 애월의 바다를 바라본다. 아침의 바다에 갈매기들이 산책을 즐긴다. 절벽의 모습이 물건을 올려두는 다락처럼 생겨서 불리는 다락쉼터 옆에 '애월읍경은 항몽멸호의 땅'이라는 커다란 표석이 양편에 두 장군석의 호위를 받으며 푸른 바다를 배경으로 서있다. 한 장군은 삼별초를 이끌고 제주에 내려와 항몽 투쟁을 하였던 김통정 장군이요, 다른 한 장군은 목호의 난을 평정한 최영 장군이다. 몽골에 끝까지 저항했던 장군이요, 목호의 난을 평정한 고려 최고의 장군, 제주 역사의 두 장군이다.

옆에는 '재일고내인시혜불망비'가 있으니, 한일합방 후 망국의 한을 품은 채 가난을 이기려 고향을 떠나 바다 건너 일본에서 삶을 살아야만 했던 고내리 마을사람들의 비통한 마음을 새겨 넣은 비가 마음을 숙연하게 한다.

해안도로 건너편 공중화장실, '아름다운 화장실 대상 심사'에서 전국 153개 가운데 은상을 수상했다고 자랑하며, 여행자는 먹을 수 있을 때 먹고 잘 수 있을 때 자고, 화장실 있을 때 볼 일 보아야 한다고 유혹한다.

해안절경을 만끽하며 아담하고 아름다운 신엄포구를 지나간다. 방파제 끝의 빨간 등대가 길을 안내한다. 하귀-애월 해안도로는 제주에서 가장 아름다운 해안도로라는 명성답게 발걸음을 붙잡는다. 애월의 기암절벽들이 바다를 따라 이어지며 운치를 더한다. 현무암으로 쌓은 옛 등대인 신엄도댓불이 자구내포구의 옛 등대와 대비를

이룬다. 절벽을 따라 해안단애 산책로를 걸어간다. 해변 돌담 곁으로 난 데크를 따라 서귀포의 큰엉산책로나 돔베낭길을 떠올린다.

중엄새물에서 가벼운 걸음걸음으로 구엄포구에 이른다. '구엄어촌체험마을' '구엄소금마을' 입간판이 정겹게 다가온다. 인근 1500여평의 '소금빌레'라고 불리는 구엄 돌염전에 대한 소개와 소금생산 방법, 판매에 대한 안내판에서 제주 어촌의 색다른 옛 모습을 맛본다. 해안가 넓은 돌판 위에 소금물을 가둬놓고 돌소금을 생산하는 소금빌레, 그 넓이가 1500평에 달한다니 놀랍다. 빌레는 제주어로 평평하고 넓은 바위를 뜻한다.

지금은 소금 생산하는 것을 볼 수 없어 아쉬움을 뒤로하고 구엄포구에서 이제 중산간 내륙으로 들어간다. 올레자를 보고 놀랐는지 수많은 까마귀가 일제히 하늘로 날아오른다. 까마귀는 정녕 흉조인가 효조인가. 이성계의 병세를 탐지하기 위해 정몽주가 집을 나서자 팔순의 어머니가 말렸다.

까마귀 싸우는 곳에 백로야 가지마라
성낸 까마귀들이 너의 흰빛을 시샘하나니
맑은 물에 깨끗이 씻은 몸을 더럽힐까 하노라

정몽주는 어머니의 만류를 뒤로하고 이성계를 문병한 뒤 이방원과 마주 앉았다.

이런들 어떠하며 저런들 어떠하리
만수산 드렁 칡이 얽혀진들 어떠하리

우리도 이와 같이 얽혀 백년까지 누리리라

　무너져가는 고려왕조를 지키기 위해 고집 부리지 말고 칡넝쿨처럼 얽혀서 사이좋게 사는 게 어떤가 하고 이방원이 하여가(何如歌)로 묻는다.

이 몸이 죽고 죽어 일백 번 고쳐죽어
백골이 진토 되어 넋이라도 있고 없고
임 향한 일편단심이야 가실 줄이 있으랴.

　단심가(丹心歌)를 부르고 돌아오는 길에 정몽주는 주막마루에 걸터앉아 일배일배부일배 막걸리를 연거푸 마시고는 눈시울이 젖는다. 저녁노을 지는 선지교(善地橋)에서 조영규의 철퇴가 바람소리 날리니 선죽교(善竹橋) 아래 돌무더기에서 대나무가 자란다. 조선의 개국공신 이직이 자신을 변호하며 노래한다.

까마귀 검다하고 백로야 웃지 마라
겉이 검은들 속조차 검을 소냐
아마도 겉 희고 속 검은 이는 너뿐인가 하노라

　겉이 검은 까마귀는 과연 속도 검을까? 겉이 하얀 백로는 과연 속도 하얄까? 까마귀와 백로는 양의 탈을 쓴 늑대도, 늑대의 탈을 쓴 양도 아니다. 까마귀는 성인군자처럼 행세하지 않는다. 정치인들처럼 모시던 주군을 배신하지도 않는다. 몸 색깔이 검고 울음소리가 괴상해서 흉조라 불리던 까마귀, 그러나 까마귀는 어릴 때 어미 새가 물어다 주는 모이를 먹고 자라다가, 어미 새가 노쇠해 사냥을 할 수 없게 되면 그 어미 새를 정성껏 돌보는 반포지효(反哺之孝)의 새, 효조(孝鳥)다.

충혼묘지를 지나서 수산봉 둘레길을 걸어간다. 수산봉은 물메오름이다. 가뭄이 오면 제주목사가 수산봉에서 기우제를 지냈다. 하늘에 기우제를 지내기 전에 인간이 해야 할 일을 해야 한다. 수산저수지다. 물안개 낀 아름다운 수산저수지가 모습을 드러낸다. 겨울바람 스치는 한가로운 수산밭길을 걸어가고 수산마을을 지나간다.

"탐라할망! 제주에는 드라마보다 더 드라마틱한 '제주판 춘향전' 같은 그런 애절한 사랑이야기 없어요?"

"왜 없어, 있지! 조정철과 홍윤애의 이야기, 혹시 들어봤는가?", "아니요. 해주세요."

"1777년(정조 1년) 정조임금 시해 기도사건에 연루된 조정철(1751~1831)이 제주에 유배를 왔지. 이때 24세의 제주여인 홍윤애(1754~1781)가 절망의 나락에 떨어진 대역죄인, 언제 사약이 내릴지도 모르는 조정철을 사랑했어. 서책만을 읽으며 조신하는 조정철의 고결한 인품에 홍윤애는 사모의 정이 깊어가고 조정철 또한 헌신적인 홍윤애를 사랑하게 되어 둘은 딸을 낳았지.

그런데 1781년 두 사람의 사랑에 위기가 찾아왔어. 정적(政敵)인 소론 김시구가 제주목사로 부임해 온 거야. 노론인 조정철과는 조부 때부터 원수인데, 말 그대로 철천지 원수가 목사와 유배객으로 외나무다리 제주에서 만난 거지. 김시구는 조정철을 없애기 위해 음모를 꾸며 홍윤애를 문초했고, 홍윤애는 허위 자백을 강요받으면서 끝내 거부하고 모진 고문 끝에 죽었지. 다음 해에 제주를 찾아온 어사 박

원형이 김시구를 파직하고 의금부로 압송했어. 그리고 조정철을 제주목에서 정의현으로 유배지를 옮기지. 조정철은 당시의 심경을 시로 읊었어.

> 잠은 어이 더디고 밤은 왜 이리 길고
> 하늘가 기러기 소리 애간장을 끊네.
> 만사가 이제 텅 비어 백발과 같아
> 쫓겨난 신하의 눈물 천 리를 가네.

조정철은 유배의 역사에서도 그 유래를 찾아보기 어려운 29년 만에 유배에서 풀렸지. 1777년부터 5년 간은 제주에서, 1782년부터 8년 간은 정의현에서, 1790년부터 14년 간은 추자도에서, 제주도에서 27년을 보낸 조정철은 제주에서 다시 나주로 이배(移配)되었다가 정조가 승하한 뒤 1805년(순조 5년)에야 해배되었지.

사면 복권된 조정철은 1811년 환갑의 나이로 자원해서 제주목사로 부임했어. 35년만에 유배객에서 제주목사로 신분이 바뀌었지. 감회에 젖은 조정철은 먼저 애월읍 금덕리(시가지 확장으로 유수암리로 옮김)에 있는 홍윤애의 무덤을 찾아 지난날의 사랑을 추억하며 '義女 洪娘 之墓(의녀 홍랑지묘)' 비를 세웠지. 비에 새긴 글이야.

홍의녀는 향리 처훈의 딸이다. 1777년(정조 1년) 내가 죄를 지어 탐라에 안치되었다. 의녀가 때때로 나의 적거에 줄입하였는데, 1781년 간사한 사람이 의녀를 미끼로 하여 나를 얽어 죽이려고 했다. 그런 기미가 없자, 돌연 피와 살이 낭자하게 되었다. 의녀가 말하기를, "공(公)의 사람은 나의 죽음에 있습니다." 하고는 결국 불복하고 절개를 지켜 죽으니 윤5월 15일이었다. 31년 만에 내가 임금의 은혜를 입고 방어사로 와서 네모진 묘역을 만들고 인연을 시(詩)로 전한다.

옥 같은 그대 얼굴 묻힌 지 몇 해던가.
누가 그대의 원한을 하늘에 호소할 수 있으리.
황천길은 멀고먼데 누굴 의지해서 돌아갔는가.

조정철은 제주목사 시절 왜구의 침입을 대비하고, 감귤의 재배를 권장하는 등 많은 업적을 남겼어. 한라산에 올라 한 많고 설움 많았던 제주를 회상하며 백록담 동벽에 눈물로 자신의 이름을 새겼지. 충청도 수안보에 있는 조정철의 묘비에는 제주 여인 홍윤애를 두 번째 부인으로 올려놓았고, 조정철이 충청도관찰사도 지냈기 때문에 충주시에서도 제주특별자치도와 두 사람을 기리는 문화제를 함께 하고 있어. 제주의 문인협회에서도 두 사람의 숭고한 사랑을 기리는 추모제를 열고, 시화전도 개최하지. 제주시에는 제주에서 벚꽃이 가장 아름다운 길인 전농로가 있고 이 길을 따라 들어서면 옛 홍윤애의 무덤터에 홍랑로가 있어. 봄이 되면 홍랑로에는 벚꽃이 눈부시게 아름답게 피지."

"우와, 정말 아름답고도 애절한 사랑이네요."

벚꽃에 스며 있을 조정철과 홍윤애의 애절한 사랑을 생각하는 길목에서 거대한 곰솔이 길을 막는다. 천연기념물로 마을 사람들의 수호목인 노송의 기개가 하늘을 찌르며 압도한다. 400년이 넘은 곰솔은 230여 년 전 제주에 있었던 조정철과 홍윤애의 사랑이야기를 알고 있겠지. 바람이 전해주고 구름이 전해주고 사람이 전해주는 애절한 사랑을 알고 있겠지, 하니 곰솔이 바람결에 고개를 끄덕인다. 곰솔은 겨울철 눈이 내리면 나무의 모습이 마치 물을 마시는 백곰을 닮았다 해서, 나무껍질이 거무스름하여 곰의 색깔과 비슷하다고 해서 붙여진 이름이다. 한라산 고지대를 제외한 제주도 전역에 고르게 분포되어 있다.

　곰솔의 대표격은 산천단의 곰솔이다. 산천단은 한라산 신제를 올렸던 제단이 있는 곳인데, 이제는 제단보다 더 유명한 것이 천연기념물 곰솔이다. 모두 8그루로 나이가 무려 500~600살로 추정되고 키가 20m가 넘는다. 우리나라에서 자라는 곰솔 가운데 가장 오래되고 큰 나무로, 오랜 세월 제주를 묵묵히 지켜보았다. 제주의 산 역사를 나이테에 간직하고 있는 나무다. 이 곰솔은 목사 이약동(1416~1493)이 산천단을 지으며 심은 것으로 추정한다.
　이약동은 1451년(문종 1) 35세에 문과에 급제하여 관직에 올라 1470년(성종 1) 8월, 55세에 제주목사로 왔다. 재임하는 동안 관리들의 민폐를 근절시킴과 아울러 세금과 공물을 줄여 백성들의 괴로움을 덜어주는 등 선정을 베풀었다. 고려시대부터 한라산 정상에서 치러오던 산신제로 인하여 사람들이 얼어 죽고 부상을 당하는 등 인명 피해가 많아서 이약동은 묘단을 이곳으로 옮겨 제를 지내게 하였다. 산천단(山川壇)이라는 이름도 이때 생겨나게 되었다. 이약동은 제주를 떠난 다음 높은 벼슬을 두루 지내다가 말년에 고향에 은거하여 78세에 세상을 떠났다. 후일 청백리에 녹선되었다.

　삼별초의 김통정 장군이 몸을 날렸다가 떨어진 지점이 발자국처럼 파여 샘이 솟았다고 전해지는 '장수물'을 지나 삼별초의 마지막

전장인 항파두리 항몽유적지로 들어선다. 한산한 휴게소, 한 사람의 관광객도 없는 쓸쓸한 겨울날의 풍경, 아이스크림을 입에 물고 탐라할망의 열정적인 제주학 강의를 듣는다.

"1978년 박정희 대통령은 당시 항파두리 6㎞의 토성 가운데 922m를 복원하고 9천여 평의 대지 위에 항몽순의비(抗蒙殉義碑)를 세워 외적의 침입에 목숨 걸고 끝까지 항전한 삼별초의 투쟁을 호국의 본보기로 기렸어."

"항파두리가 무슨 뜻이지요?"

"항파두리(缸坡頭里)는 '항바두리'라는 제주어의 한자 차용 표기인데 항은 항아리, 바두리는 둘레라는 뜻으로 항아리 가장자리처럼 둥글게 돌아간다는 뜻이지. 제주에 현존하는 유일한 토성으로 그 둘레를 따라 숲으로 들어서면 산자락의 소나무가 운치를 더하며 항몽유적지가 나타나. 항파두리 자체가 해발 150m이기 때문에 여기서는 애월 바닷가가 훤히 내려다보여. 삼별초 항쟁 이후 성은 무너지고 마을 이름은 훗날 고성리(古城里)라 불리게 되었지."

"제주와 몽골의 첫 만남은 삼별초의 저항이 그 출발점이었지요?"

"그렇지. 삼별초 이후 몽골과 제주의 인연은 한반도의 그 어느 지역보다 수많은 흔적과 사연을 남기며 끈질기게 이어져 오고 있어. 제주라는 말은 몽골 언어로 '마음을 다해 사랑한다'는 의미야. 그만큼 제주와 각별함이 있어. 제주 올레 서명숙 이사장은 몽골과의 오랜 인연으로 2017년 몽골에 올레길을 만들었어."

"항파두리는 삼별초를 두고 펼쳐지는 제주와 고려, 몽골의 시공간의 여행지네요?"

"그렇지. 항파두리는 명월포로 상륙한 삼별초가 쌓고 근거지를 만든 토성이야. 고려 원종 11년(1270년), 삼별초의 이문경 장군은 14코스의 옹포포구, 곧 명월포로 선봉군을 이끌고 상륙했지. 현재의 옹포포구는 그때의 유적이 남아있지 않으나 한림항 내륙에 명월성이 있던 자리에 성문과 일부 성벽이 복원되어 있어.

고려 조정에서는 강화도에서 진도로 내려간 삼별초 세력이 제주도에 미치는 것을 막기 위하여 삼별초가 제주도에 입도하기 전에 미리 고려 관군을 제주도에 보내 제주도를 지키게 하였어. 그러나 이문경이 거느린 삼별초 선발대가 명월포에 상륙하여 공방전을 벌였고, 고려 관군은 패하고 말았지. 그 이유를 기록한 고려 후기의 문신 최해는 〈졸고천백(拙藁千百)〉에서 '현지 방어군이 적극 협력하지 않았고, 현지 주민들 또한 삼별초를 도왔기 때문에 패배할 수밖에 없었다'라고 기록했어.

진도에서 배중손 장군이 전사하고 새로 수장이 되어 제주도로 들어온 김통정 장군은 명월성에 자리를 잡지 않고 이곳 항파두리를 택해 언덕과 하천을 따라 15리에 걸쳐 토성을 쌓았어. 17코스의 외도포구는 항파두리에 자리 잡은 삼별초가 이용하던 포구였지. 삼별초는 항파두리에서 먼 명월포 내신 가까운 외도를 주된 포구로 삼았어."

"그런데 왜 고려군이 아닌 여몽연합군이 삼별초를 섬멸했지요?"

"몽골은 남송과 일본 정벌을 위한 전초기지로 제주가 필요했는데,

때마침 고려가 몽골에 도움을 요청했지. 삼별초가 난을 일으켰어. 배중손 대장이 이끄는 삼별초가 강화도에서 왕족 온(溫)을 세우고 봉기를 했지. 왕을 세웠기에 '난'이라고 해."

"삼별초가 왜 난을 일으켰어요? 난을 토벌했는데 항몽유적지라니요?"

"몽골의 침입에 저항하던 고려는 원종이 왕이 되면서 친몽정책을 취하게 되지. 거기에는 원종과 징기스칸의 손자로 원나라를 세운 황제 쿠빌라이칸과의 특별한 인연이 있었지. 원종이 친몽정책을 취하자 반감을 가진 무신들이 원종을 폐위했어. 그러나 쿠빌라이의 도움으로 원종은 이내 복위하게 돼. 원종은 쿠빌라이에게 사대의 예를 극진히 하겠다고 약속하고 고려의 세자와 몽골의 공주를 혼인시키자고 제안했지. 쿠빌라이 또한 좋아했고, 고려는 이후 몽골에 충성한다는 '충(忠)'자를 시호로 받으며 31대 공민왕 때까지 몽골의 부마국이 되었어.

원종의 아들 25대 충렬왕을 신호탄으로 26대 충선왕, 충선왕의 뒤를 이어 왕이 되는 둘째아들 27대 충숙왕, 28대 충혜왕, 29대 충목왕, 30대 충정왕은 모두 원나라의 제후국, 부마국, 신하국이라는 의미야. 하지만 공민왕은 반원 정책을 펴며 쌍성총관부를 탈환하는 등 큰일을 했지.

1270년 11월, 몽골이 고려를 침공한 지 39년째 되는 해 원종은 강화도를 떠나 개경으로 돌아왔어. 30여 년 간 임시 도읍지였던 강화도에서 사람들이 썰물처럼 빠져나갈 때, 조정을 따라 육지로 가기를 주저하는 세력이 있었어. 바로 삼별초에 속한 무신들이었지. 삼별초가 전전긍긍하고 있을 때, 원종은 삼별초의 해산을 명하고 명부를 가져오게 했어. 그 명부가 몽골군에게 넘어갈 것을 두려워했던 삼별초는 결국 친몽정책에 비판적인 시각을 가진 백성들을 포함한 반몽 세력을 규합해서 난을 일으켰지."

"삼별초는 원래 최씨 무인정권의 사병이었지요?"

"그렇지. 최충헌의 뒤를 이은 최우는 전국에 도적이 급증하자 야별초를 조직했고, 그 수가 많아지자 좌별초와 우별초로 분리했어. 그 후 몽골에 잡혀갔다가 달아난 군사와 남은 장정들을 모아 신기군을 편성했는데, 이를 통합하여 삼별초를 만들었어. 이들은 고려의 최정예부대로, 원래 사병이 아니었으나 무신정권이 이들에게 특권을 주며 사병으로 이용하였기에 자연스럽게 무신정권의 하수인 노릇을 했지."

"그런데 삼별초는 어떻게 제주도까지 왔지요?"

"삼별초의 지휘관 배중손은 강화도 백성들의 비협조적인 태도와 강화도가 개경에 가까워 쉽게 공격 받을 것을 염려하여 멀리 진도로 가기로 결정하고 준비를 했어. 1,000여 척의 배에 사람과 물자를 싣고 남쪽의 진도로 떠난 배중손은 용장산성에 자리를 잡고 저항을 했지. 끈질기게 저항하던 삼별초는 1271년 김방경 장군과 혼도가 지휘하는 여몽연합군에 의해 용장산성이 함락되고 배중손은 전사했어. 이때 김통정 장군이 이끄는 잔여 삼별초가 제주로 건너와 거점을 잡은 곳이 바로 항파두리야."

"쿠빌라이칸은 역사상 위대한 인물인데, 원종과는 어떤 특별한 인연이 있었어요?"

"쿠빌라이는 원래 칸이 될 자격이 없었지. 그런데 원종이 왕이 되기 전 세자의 자격으로 항복의 사자로 쿠빌라이를 찾아가게 돼. 탁월한 선택이었지. 길지만 징기스칸부터 몽골비사 이야기 여행을 떠나보지.

1206년 봄 고난과 영광이 새겨진 오논강 하류, 몽골족이 완전한 통합을 이루는 회의 '쿠릴타이'에서 테무친은 '징기스칸'이라는 칭호를 부여받고 대 몽골제국의 탄생을 선언했어. 지난 천 년의 역사 가운데 가장 영향력 있는 인물로 평가 받는 징기스칸, '징기스'는 바다를 가리키는 투르크어 '텡기스'에서 따온 말로, 징기스칸은 '바다를 지배하는 군주', '전 세상을 지배하는 사해(四海)의 군주'라는 의미야. 중세 동서양 문명과 역사를 대몽골의 말발굽 아래 태풍의 회오리 속으로 몰아넣는 출발점의 순간이었지. 〈몽골비사〉 제1절은 "징기스칸의 선조는 하늘이 점지해서 태어난 푸른 이리였다. 그의 아내는 흰 사슴이었다."로 몽골족의 이야기를 시작해. 푸른 이리와 흰 사슴(白鹿)의 후예였던 징기스칸의 몽골과 고려의 첫 만남은 몽골군에게 쫓긴 거란족 9만여 명이 압록강을 건너 한반도로 들어오면서야.

1218년, 징기스칸은 거란을 소탕한 뒤 고려와 형제의 의를 맺을 것을 약속하는 통첩을 보냈어. 몽골 제국의 대칸인 징기스칸의 이름으로 형제의 의를 맺자고 했으니 몽골과 고려의 첫 만남은 가히 나쁘지 않았어.

1224년, 저고여를 비롯한 몽골 사절단 열 명이 고려에 왔다가 돌아가는 길에 압록강 근처에서 피살되는 사건이 일어났지. 몽골은 고려가 사신을 살해한 것으로 단정 짓고 보복을 생각했지만 호레즘 원정, 서하 원정으로 고려에 눈길을 돌릴 여유가 없었어. 그러던 중 1227년 8월, 예순 다섯 살의 나이로 징기스칸이 죽었어. 죽기 전 징기스칸은 셋째 아들 오고타이와 막내 톨루이를 막사로 불러서 여러 개의 머리를 가진 뱀 이야기를 들려주며 오고타이를 후계자로 지명했어. 마지막 유언은 '자신의 죽음을 아무에게도 알리지 말라'는 것이었지. 이순신 장군처럼 말이야.

육신조차 남기기를 거부했던 징기스칸은 한 점에서 시작하여 세계를 감싸 안는 위대한 유산을 남기고 한 점 흔적도 없이 사라졌지. 아직도 그의 무덤은 찾지 못했어.

저고여가 피살된 지 7년이 지난 1231년, 몽골의 2대 대칸 자리에 오른 오고타이는 살례탑(撒禮塔)에게 3만 명의 기마병을 주어 고려를 정벌하도록 했어. 드디어 삼별초가 전멸하는 1273년까지 42년 간의 긴 전쟁이 시작된 거지. 이렇게 시작된 전쟁은 일곱 차례에 걸쳐 진행되었어. 병력으로 보아 꼭 정복하겠다는 의지가 담긴 전쟁이라기보다는 혼을 내어 고려를 순종하도록 만들겠다는 의도가 짙었지.

몽골은 1차 공격 후 먼저 강화를 요청한 뒤 점령지를 다스리는 관리인 다루가치 72명을 남겨놓고 물러갔어. 고려를 제압한 뒤 스스로 물러가며 승전한 모양을 취한 거지. 그러나 최씨 무신정권은 72명의 다루가치를 살해하고 1232년 6월, 열흘 동안 쏟아진 장대 같은 빗줄기를 뚫고 고종을 강요하다시피 하여 강화도로 천도를 단행했어.

두 달 후인 1232년 8월, 몽골군은 다시 고려로 밀어닥쳤지. 하지만 총사령관 살례탑이 용인 처인성에서 승려 김윤후가 지휘하는 부대의 화살에 맞아 숨지면서 2차 침공은 실패로 끝났어. 사령관이 죽으면 전쟁을 일단 중지하는 것이 몽골군의 관례였어. 몽골이 세계 정복전쟁을 시작한 이후 어느 전쟁에서도 총사령관이 적에게 살해된 사례는 거의 없었던 대사건이지. 용인시에서는 '처인성 축제'를 열기도 해.

보복을 위해 즉각 대군을 이끌고 다시 쳐들어와서 사람이든 가축이든 살아있는 생명은 단 하나도 남기지 않고 살육을 하는 것이 다음 순서였지만 몽골은 그렇게 하지 않았어. 참으로 역사의 미스터리야.

3차 침공은 3년 후에 이루어졌고, 몽골군은 가는 곳마다 방화와 약탈, 학살을 자행하며 국토를 유린했지. 고려 조정은 몽골에 사신을 보내어 조공을 바칠 테니 전쟁을 끝내자고 호소했고, 몽골은 제의를 받아들여 고려의 왕이 몽골에 입조해야 한다는 등의 조건을 내걸고 철수를 했어. 하지만 고려는 고종이 몽골에 가지도 않았고, 조공도 바치지 않았어. 2대 대칸 오고타이가 죽고 3대 대칸 오고타이의 아들 구육이 대칸에 취임하는 동안 몽골은 내부 권력 투쟁으로 고려에 신경을 쓸 여유가 없었지.

　1246년 7월, 대칸에 취임한 구육은 다시 고려 4차 정벌을 했지만 자신이 갑자기 숨지면서 황해도까지 진출한 몽골군은 곧바로 퇴각했어. 대칸의 자리를 놓고 쟁탈전을 벌인 끝에 대칸에 오른 이는 징기스칸의 막내 톨루이의 큰아들 뭉케였어.

　대칸에 오른 뭉케는 1253년 고려를 5차 침공해서 다시 한 번 왕의 입조와 함께 개경으로 천도할 것을 요구하고 물러갔지. 그러나 고려는 이에 응하지 않았어.

　1254년 6차 침공을 했어. 이번에는 항복을 받아내겠다는 의지로 몽골군은 전 국토를 유린했어. 포로로 붙잡혀 간 사람만도 20만 명 이상, 살육된 사람은 그보다 훨씬 많았지. 1255년 이번에도 고종은 몽골에 입조하고 육지로 나가겠다는 약속을 했어. 몽골군은 압록강 남쪽으로 물러나 과연 고려가 약속을 지키는지 지켜봤어. 하지만 이번에도 고려는 약속을 지키지 않았지.

　7차로 다시 쳐들어온 몽골군은 목포, 신안 등 남쪽 끝까지 전 국토를 유린했어. 이때 유행했던 노래가 '청산별곡(靑山別曲)'이야. 몽골의 고려 침공 당시 약탈을 피해 떠돌아 다녔던 민초들의 한이 서린 노래지. '살어리 살어리랏다. 청산에 살어리랏다. 멀위랑 다래랑 먹고 청산에 살어리랏다~~'라는 노래야. 고려는 출륙(出陸) 환도와 태자의 입조를 약속했고, 이듬해인 1259년 태자 왕전을 비롯한 40여 명이 몽골에 입조함으로써 28년 동안 지속된 전쟁은 끝이 났어.

태자 왕전이 몽골에 도착했을 때 남송 정벌을 나섰던 대칸 뭉케가 갑자기 숨지면서 몽골은 뭉케의 두 동생이 대칸 쟁탈전을 벌이는 대권 장악의 숨 막히는 상황이 벌어졌어. 쿠빌라이와 아릭 부케, 누가 몽골제국의 5대 대칸이 될지 모르는 상황이었지. 고민하던 왕전은 유리한 고지를 점령하고 있는 쿠빌라이를 만났어. 쿠빌라이는 왕전의 방문을 대칸의 자리에 오를 수 있는 좋은 징조로 해석하고 왕전을 크게 반겼지. 쿠빌라이는 왕전을 자신의 본거지였던 개평부까지 동행하며 진심으로 극진히 대접했어. 이때 고려로부터 고종이 죽었다는 소식이 전해졌지. 쿠빌라이는 애도의 뜻을 표하며 고려의 왕으로 즉위하기 위해 서둘러 귀국하라고 왕전에게 권했어.

1260년 대칸의 자리에 오른 쿠빌라이는 징기스칸이 사랑한 손자, 원나라의 시조, 인류 역사상 가장 큰 영토를 가졌던 칸 중의 칸이지. 쿠빌라이는 원종이 된 고려의 왕전에게 무신들로부터 철저히 보호하겠다는 뜻과 몽골에 대한 원한을 풀고 덕으로 다스리는 선정을 베풀 것을 당부하는 내용의 서신을 보냈어. 불과 한 달 사이에 그들은 대칸과 왕위에 올랐지. 그것도 그들의 정식 도읍지가 아닌 내몽골의 상도와 강화도에서. 두 사람이 즉위하면서 두 나라의 관계는 새로운 전기를 맞이하게 돼. 쿠빌라이는 원종에게 여러 가지 특혜를 베풀었어. 몽골군에게 고려 땅에서 약탈 행위를 하지 말 것을 지시하고 포로 400여 명을 돌려보내는 등 호의를 베풀었지. 또 다루가치와 사신은 물론 압록강 근처에 주둔한 군대도 철수시켰어. 개경으로 환도하는 일도 적절한 시기에 하도록 하고, 몽골의 복식과 풍속도 고려에 강요하지 않겠다고 약속을 했지."

"쿠빌라이와 원종, 참으로 기이하고도 특별한 인연이네요."

"원나라 개국 황제는 원종과 특별한 세조 쿠빌라이, 마지막 황제는 기황후의 남편 토곤 테무르야. 원나라는 기황후 때문에 망했다고도 하지. 기황후는 고려에 영향력 행사를 위해 공민왕을 허수아비로 세웠지만 공민왕은 1356년 기철을 죽이며 원나라와의 관계를 끊어버렸어. 역사의 수레바퀴는 참으로 기이해. 기황후는 공녀로 몽골에 끌려가 후비가 되고, 아들을 낳기 위해 제주에 불탑사를 지어 불공을 드렸어. 그리고 아들 아유시리다를 낳았고, 그는 황태자가 되었지. 하지만 아유시리다는 주원장에게 쫓겨 몽골 초원으로 가서 북원(北元)을 세웠어. 절반의 몽골 피와 절반의 고려 피가 섞인 대칸이 탄생했지. 그러나 아유시리다는 대칸이 된 지 8년 만인 1378년 41세로 숨을 거두고, 뒤를 이어 동생이 대칸의 자리에 올랐지만 이내 살해되어 쿠빌라이의 대원 제국은 결국 종지부를 찍고 말아."

"그래서 기황후가 원나라 멸망에 관련이 있다고 하는군요. 그런데 삼별초와 김통정 장군의 최후는 어떻게 되었어요?"

"1273년 4월, 제주 역사상 최대의 전쟁이 일어난 거지. 그 결과는 여몽연합군이 항파두리를 총공격해 함락하면서 삼별초는 처참하게 전멸하고 말았어. 김통정은 붉은오름에서 부하 70여 명과 최후의 결전을 치른 뒤 스스로 목숨을 끊었지. 그래서 이 주변의 흙이 붉은색으로 물들여져 붉은오름으로 부른다는 전설이 있어. 김통정은 제주에서 신화적 인물이 되어 여러 전설을 낳았고, 삼별초의 난은 3년 만에 완전히 종결되었지."

"그 후 제주도는 어떤 영향을 받았어요?"

"제주도는 공민왕 23년(1374년)까지 100년 간 몽골의 지배를 받게 되었어. 삼별초를 토벌한 원나라는 곧바로 탐라총관부를 설치하고 점령지 통치관인 다루가치를 파견하여 직접 관할했어. 다루가치는 관할 행정 전반의 결정권을 가졌고, 원칙적으로 몽골인만이 임명되었으니 육지의 고려와는 달리 탐라는 원나라가 직접 관할했던 것이지. 이때부터 탐라는 원나라 14개 국영목장 중 하나가 되어 3만 필의 말을 사육했어. 원나라의 부속지로 소와 말을 키우는 목양지가 되어 입은 고통과 피해는 참으로 뼈아픈 일이었어.

최영 장군이 목호들을 섬멸하고 탐라는 다시 고려 왕조의 제주목으로 환원이 되었어. 그리고 고려가 망하고 조선 왕조가 들어서면서 태조 2년(1393) 12월에 제주목사 여의손이 부임하면서 탐라는 육지의 여느 고을과 같이 중앙에서 관리가 파견되는 고을이 되었고, 사실상 한반도의 일원으로 확실히 편입되었다고 할 수 있어.

제주도는 한반도가 일제강점기 35년의 쓰라린 역사를 가지기 이전에 이렇게 몽골에 예속되어 100년 간의 식민지 지배를 받는 쓰라린 역사를 겪었으니 제주인들은 모두 135년을 식민지 백성으로 살았던 아픔이 있어.

삼별초는 무인정권의 별동대로 비록 끝까지 저항하지 않을 수 없었지만, 몽골에 저항하는 고려인의 기상을 보여주고 자주성을 회복하려는 고려인의 의지를 천명하였지. 외세에 굴복하지 않는 제주인들의 저항정신에는 삼별초의 기상이 스며 있어."

"제주 올레를 걸으면서, 제주도를 여행하면서 몽골과의 역사적 관계를 이해하니까 제주에 대한 느낌이 새롭게 다가오네요."
"아는 만큼 보인다고 하잖아. 제주를 알면 제주가 더 잘 보이지.

제주 올레를 걸으면서 제주의 속살을 보듯이 제주학을 알면 더욱 깊은 제주의 맛을 알게 되지."

"제주학이 뭐예요?"

"올레자의 고향 안동에는 안동학이 있잖아? 특히 안동은 한국 정신문화의 수도이니까 안동학이 잘 연구되어 있어. 마찬가지로 제주학은 제주의 역사나 전통, 민속이나 지리 등을 조사하고 연구하는 거지. 여기에는 두 개의 외연(外延)이 포함되어 있어. 하나는 제주지역 자체를 연구하는 것이고, 다른 하나는 연결된 주변의 여건과 상황을 살피는 것이야. 안동을 알려면 낙동강의 시원에서부터 주변고을을 알아야 하듯이 제주를 알려면 몽골과의 관계 등 주변을 알아야 해. 역사뿐만 아니라 인문과 자연지리, 문화연구에 이르기까지 말이야. 이는 결국 제주학의 테두리를 넘어 문화사학이 되고 한국학에 수렴이 되지."

제주 올레를 통하여 몽골과의 새로운 길이 열릴 것을 기대하면서. 울란바토르와 초원을 여행했던 몽골의 추억이 정답게 다가온다. 항파두리를 지나서 새들이 반겨주는 한적한 고성숲길, 엄마의 품같이 푸르고 푸근한 숲길을 걸어간다. 수많은 생명이 움트고 살아가는 숲길에서 설문대할망 같은 탐라할망이 지키고 보호하고 감싸 안으며 사랑했을 생명들을 생각하며 청화마을을 지나 광령1리로 들어선다. 사람과 차들이 오고가는 대로변 농협 앞에서 16코스를 마무리한다. 기나긴 역사의 터널 앞에서 순간의 성취감을 맛본다.

용연야범 – 역사는 흐르고!

📍 **17코스** 광령에서 제주원도심올레 17.9㎞

광령1리-무수천-알작지-이호테우-용두암-제주목관아-간세라운-산지천마당

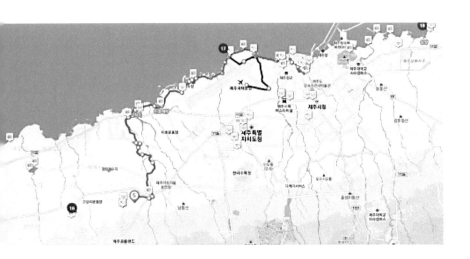

사상(思想)은 연상(聯想)이다. 상상력이 풍부한 사람은 뛰어난 착상(着想)을 한다. 기억의 폭이 좁을수록 독창적으로 구상(構想)할 능력이 적고, 체험의 흔적이 넓고 깊어야 풍부하게 상상(想像)한다. 형상(形象)은 다양한 사연과 체험적 고뇌가 쌓인 모습이다. 기억을 먹여 살리는 것은 몸을 먹여 살리는 만큼 중요하다. 내 삶의 얼룩진 체험의 회상(回想)은 추억의 무늬로 새생된다. 몽상(夢想)은 허공을 맴도는 허상(虛想)이다. 삶에는 시간의 점이 있다. 순간이다. '나는 생각한다. 고로 나는 존재한다'고 순간순간 생각한다. 나는 누구일까? 나는 무엇일까? '나? 나? 나? 나? 나? 나? 나?' 내가 생각하고 연상한 모든 언어

가 바로 나다. 내가 좋아하는, 내가 싫어하는 단어들이 뇌리에 스쳐 가며 나의 사상이 올레길에서 아름다운 공상(空想), 시상(詩想)의 세계로 나래를 편다.

도로변을 따라 광령교를 건너 무수천 숲길로 들어선다. 소나무와 삼나무가 우거진 한적한 길, 기암절벽과 숲이 어우러진 거대한 계곡을 따라 물길은 작은 폭포를 이루다가 호수를 이루다가 하면서 아래로 흘러간다. 17코스는 광령리에서 시작해 산지천마당에 이르는 코스, 하지만 이 글을 쓰는 지금은 제주원도심의 간세라운지에서 코스를 마무리한다. 중산간 하천길과 바닷길, 오름길과 도시길로 다양하게 이어지며 모든 근심이 사라진다는 무수천, 달빛 아래 선비들이 풍류를 즐기던 월대, 몽돌이 굴러다니는 알작지와 백사장이 멋진 이호테우해안, 제주의 머리라 불리는 도두봉과 용두암, 용연다리를 지나 관덕정을 지나는 길이다.

무수천은 한라산 백록담 서북벽에서 발원하여 제주시 해안동, 도평동, 내도동의 서쪽, 애월읍 광령리와 외도동의 월대마을의 동쪽을 거쳐 바다로 흐른다. 법정 하천명은 광령천으로 머리가 없는 하천이라 하여 무수천(無首川), 물이 없는 건천이라 하여 무수천(無水川), 지류가 수없이 많아 무수천(無數川) 등 불리는 이름은 같으나 의미가 서로 다른 다양한 이름을 가지고 있다. 비가 많이 내려야 그나마 큰 물줄기를 볼 수 있으며 평상시에는 근근이 이어지는 작은 물줄기와 커다란 바위로 이루어진 숨은 비경의 독특한 계곡이다. 예로부터 광령8경(무수천8경)이라 불리는 비경을 상징하는 8개의 명소가 존재하고 있는데, 길을 찾기 어려워 일부 전문가들만이 탐사가 가능하다. 하류로 내려가면서 기암절벽과 거대한 바위들이 기기묘묘한 형상들을 가지고 눈길을 끌며 자연의 신비로움을 느끼게 한다.

"힘은 샘물과 같이 안으로부터 솟아난다. 힘을 얻으려면 자기 내부의 샘을 파야한다. 밖에서 힘을 구할수록 사람은 점점 약해질 뿐이다."라는 에머슨의 말을 떠올리며 무수천(無水川)에서 내부의 샘을 파서 힘을 얻는다.

외도 월대에 도착한다. 한라산 고지대에서 발원한 무수천이 25㎞를 흘러서 바다로 들어가는 길목에 있는 둥근 바윗돌이다. 그 옛날 제주 선비들이 풍류를 즐기던 곳, 월대 옆 오래된 비석들이 역사를 증언한다. 외도 옆으로 무수한 세월 속에 한라산에서 굴러내려 만들어진 자갈밭 알작지해안이 나타난다. 할망이 침묵을 깬다.

"제주어로 '알'은 아래, '작지'는 조약돌이니 알작지해안은 마을 아래 조약돌이 있는 해안이지. 알작지가 서건도 바다 산책길 자갈해변에서 만난 것보다 훨씬 커. 화산섬 제주도에 자갈밭 해안이 있다는 사실이 신기하지. 여름철에 해수욕보다는 몽돌이 파도에 구르는 '사그락 사그락' 소리가 더 즐거워."

겨울에 파도를 만나서 연주하는 알작지해안의 천상의 화음을 들으며 이호테우해변으로 걸어간다. 방파제에 이호태우해변의 상징인 흰색과 빨간색의 목마등대가 친근한 모습으로 반겨준다. 이호테우해변은 이름부터 새하얀 백사장에 제주의 전통 뗏목인 테우가 떠다니는 듯하다. 테우(터배, 떼배)는 원시시대부터 제주 연안에서 고기잡이, 해조류 채취뿐만 아니라 해녀들의 이동수단으로 사용했던 전통

배다. 제주인들의 삶의 산물이며 해양문화의 값진 자랑스러운 문화유산이다. 검은색에 가까운 모래와 자갈이 적당히 섞인 해변을 지나자 언덕 너머에 해송이 숲을 이룬다. 여름에는 이호테우축제가 열린다지만 겨울바다에는 인적이 없다. 발걸음이 도두항으로 향한다. 갈매기가 올레자의 걸음걸이에 장단을 맞춰가며 날갯짓을 한다. 올레자의 걸음걸음이 더욱 가벼워진다. 다비드 르 브르통은 〈걷기예찬〉에서 '걷는다는 것은 잠시 동안 혹은 오랫동안 자신의 몸으로 사는 것이다. (……) 걷기는 세계를 느끼는 관능에로의 초대다. 걷는다는 것은 세계를 온전히 경험한다는 것이다. 이때 경험의 주도권은 인간에게 돌아온다.'고 한다. 올레를 온전히 경험하는 주도권을 가지고 걸어간다. 할망이 걷기예찬을 한다.

"걷는 사람은 시간의 부자지. 걷는 시간만큼은 온전히 자신의 것이야. 몸으로 걷는 시간과 공간은 온전히 자신의 것이고 자신을 중심으로 시공이 펼쳐져. 마음과 몸, 세상이 혼연일체가 되어 걷는 순간은 온전히 자기 자신으로 살 수 있어. 걷기여행은 자신을 만나고 가족을 만나고 사회를 만나고 국가를 만나고 세상을 만나고 온 우주를 만나는 시간이야. 생각과 느낌과 더불어 세상 밖으로 산책하는 것이지. 침묵 속에서 자신에게 말을 걸고, 온전히 자신의 삶의 주인이 되어 기쁨과 행복의 충만, 존재의 충만함을 맛볼 수 있어.

'걸음아 날 살려라'라고 하면 걸음이 자신을 살리지. 두 다리가 있으면 누구나 걸음을 걸을 수 있지. 걷기는 몸은 물론 마음도 운전해. 삶을 재미있는 놀이로 전환시키고자 하는 사람에게 걷기는 이동수단이지만 건강수단이고 즐거움의 수단이야. 걷는 것은 생활이고 수련이고 즐거움이고 평화로움이지. 생활 속에서 자연스럽게 건강문제를 해결하고, 건강해지면 저절로 행복해지고 평화로워지니 '건강한 몸에 건강한 마음이 깃든다'는 말은 만고불변의 진리야. 걸음을 통해 몸과 마음을 운전할 수 있지. 건강이나 행복은 걸음걸이에 있어. 잘 살고 싶다면 잘 걸어야 하지. 걸음걸이도 배워야 해. 걸음걸이만 바꿔도 십년은 젊어지고 성격이 바뀌고 운명이 바뀌지. 살아있다는 것은 행동하는 것, 움직이지 않는 것은 죽은 것이야. 움직이면 움직일수록 근육이 튼튼해져. 약보보다는 식보가 낫고 식보보다는 행보가 낫다고 하지. 마음이 울적하고 아플 때, 사는 게 무의미하고 답이 안 보일 때 걷기는 최고의 보약이야."

도두추억愛거리를 지나면서 말타기, 딱지치기, 굴렁쇠 굴리기 등 인형으로 재현된 풍경이 아련한 옛 추억을 자극한다. 항구 풍경이 아름다운 도두항을 지나서 도두봉으로 올라간다. 도두봉(67m)은 제주의 머리로 불리는 오름이다. 분화구가 없는 원추형 화산으로 예전에는 도도리산, 도원봉으로 불리던 낮은 오름이다. 전망대에서 한라산과 이호테우해변의 시원한 바다, 도두항, 제주공항 등 쉽게 볼 수 없는 제주의 아름다운 풍광을 즐긴다. 활주로를 달려 이륙하는 비행기를 눈앞에서 볼 수 있다. 국내선보다는 국제선의 활주로가 길다. 더 높이 더 멀리 비상하기 위해서는 인생의 활주로를 길게 닦아야 한다. 비행기들이 굉음을 내며 시시각각 이착륙을 거듭한다. 푸른 하늘에서 푸른 바다로 내려앉는 비행기들, 한 폭의 그림 같은 풍경이다.

도두봉을 내려와서 용두암 해안도로를 걸어간다. '제주 용천수 노천목욕탕입니다 얼음같이 시원한 용천수를 느껴보세요' 라는 신사수마을회의 현수막이 세찬 바람에 펄럭인다. '몰래물향우회'에서 세운 애향비 옆에 서있는 정지용 시인의 시비(詩碑)를 보며 타향 제주에서 '고향'을 그려본다.

> 고향에 고향에 돌아와도 그리던 고향은 아니러뇨/ 산꽁이 알을 품고 뻐꾸이 제철에 울건만/ 마음은 제 고향 진하지 않고 머언 항구로 떠도는 구름/ 오늘도 베 끝에 홀로 오르니 한 점 꽃이 인정스레 웃고/ 어린 시절에 불던 풀피리 소리 아니 나고 메마른 입술에 쓰디쓰다/ 고향에 고향에 돌아와도 그리던 하늘만이 높푸르구나

어영소공원에 이르러 해변의 너른 잔디밭을 지나간다. 독일의 로렐라이 요정이 먼 나라 먼 도시를 달려와 서 있다. 로렐라이시에는 제주의 돌하르방이 가서 서 있으니, 두 도시간의 교류 상징물이다. 시와 문화의 거리를 지나서 용두암에 이른다. 제주 관광객, 특히 용을 숭배하는 중국인들이 가장 먼저 찾는 관광코스다. 탐라할망이 용두암에 얽힌 슬픈 용의 전설을 들려준다.

"용궁에 살던 용이 승천하기 위해 한라산 신령의 옥구슬을 훔쳐 용연계곡으로 바다로 숨어들어 승천하려는 찰나, 이에 노한 한라산 신령이 쏜 화살에 맞아 그대로 바다로 떨어졌어. 용은 승천하지 못한 한과 활에 맞은 고통으로 몸부림치며 울부짖다 돌이 되어, 용두암이 되었지. 10m에 달하는 용머리 외에도 바다 속에 잠긴 몸통의 길이가 30m에 달해."

용두암을 지나 용연(龍淵), 용이 사는 연못이다. 기암절벽과 어우러진 풍경이 장관이다. 용연다리를 건너 벼랑에 있는 정자로 간다. 조

선시대 선비들이 뱃놀이를 하던 장소다. 영주십이경의 하나인 용연 야범(龍淵夜泛), 용연에서 즐기는 달밤의 뱃놀이를 연상하며 즐긴다. 지금도 8~9월에는 용연야범 재현 축제가 열린다.

무근성을 지나며 제주시내로 들어선다. 무근성은 '묵은 성(城)'에서 나온 말로 옛 탐라국 시절의 성터다. 조선시대에 들어와 제주성을 더 바깥쪽에 축조하면서 탐라국 성터는 성 안쪽으로 들어와 무근(묵은)성이 되었다.

제주시는 제주여행의 시작과 끝으로, 공항이 있고 제주항이 있고, 제주의 역사와 전통, 제주시민의 일상을 엿볼 수 있다. 또한 제주의 바다와 오름, 해산물과 향토음식 등 제주여행의 모든 것이 하나로 밀집되어 있다.

도심이라 자동차와 사람들이 붐빈다. 제주지역 자동차 증가 속도는 가히 폭발적이다. 2011년 5월부터 2016년 5월까지 제주도 자동차 등록대수의 연평균 증가율은 11.9%로 전국 평균(3.2%)의 4배에 가깝다. 자동차 수는 약 45만대로 인구대비 차량 보유율(1.43명 당 1대)은 전국 최고다. 제주공항 주변의 퇴근 시간대 통행 속도는 시속 13.6㎞로 서울 도심권(18.2㎞)보다 더 느리다.

2016년 표준지 공시지가 상승률을 보면 서귀포시가 19.63%, 제주시가 19.15%로 전국 최고다. 2013년 2.01%, 2014년 2.98%와 비교하면 6~9배 이상 뛰었다. '제주도에는 100억원 가진 할망들이 많수다.' 그래서 '노모를 자주 찾아뵙고 잘 모시는 자식이 많이 늘었다'는 우스개도 있다. 요즘 제주도에서 들을 수 있는 이야기다. 최근 몇 년 동안 부동산 가격이 폭등하면서 집안 대대로 가지고 있던 논·밭·임야 등이 초(超) 거액 자산이 된 경우다. 부동산 값이 오르면서 사람들의 씀씀이도 커지고 있다. 차 한 대 5억 원쯤 하는 최고급 외제차

매장까지 제주시에 문을 열었다. 물려받은 땅값이 오르면서 이를 팔아 돈을 번 사람들이 수요자다. 제주도의 저축액 증가율은 전국 최상위권을 기록하고 있다. 부동산 가격 폭등이 제주사람들에게 꼭 좋은 것만은 아니다. 서민들의 집 장만은 갈수록 어려워지고, 땅부자가 늘었지만 빚도 늘었다. 땅값, 집값 상승률 전국 1위에 가계대출 증가율이 전국에서 1위다. 빛과 어둠이 공존하는 제주의 현실이다.

제주인구는 65만 명을 넘어서 지난 5년 간 매년 1만 명씩 늘어났다. 하루 평균 관광객 14만 명으로 제주에 머무는 체류 인구는 80만 명으로 추산된다. 2002년 중국인 무비자 허용으로 도둑, 거지, 대문이 없다는 3무(無)의 고장 제주에 외국인 범죄가 크게 늘고 있다. 청정 제주가 두루두루 병들고 있다.

제주 역사의 1번지 관덕정과 제주목 관아에 이른다. 관덕정은 관아 앞에 위치한 누각으로 제주에 현존하는 전통 건축물 가운데 가장 크다. '활을 쏘는 것은 높고 훌륭한 덕을 쌓는 것'이라는 〈예기〉의 '사자소이 관성덕야(射者所以 觀盛德也)'에서 딴 이름이다. '평소에 마음을 바르게 하고 훌륭한 덕은 쌓는다'는 뜻으로, 문무의 올바른 정신을 본받기 위해 지어진 이름이다. 세종 때인 1448년 안무사 신숙청이 병사들의 훈련을 위해 세운 건물로 활쏘기 시합이나 과거시험 등이 이루어졌다.

제주목 관아로 들어간다. 관아는 탐라국 이래 옛 제주행정의 중심지였으나 일제강점기에 관덕정을 제외하고 모두 헐렸다가 2002년 〈탐라순력도〉, 〈탐라방영총람〉 등을 참고해 일부 건물들을 복원했다. 제주목사의 관복을 입으니 할망이 놀린다.

"우와! 잘 어울리는데. 진짜 제주목사 같아. 나으리, 선정을 베푸시옵소서!"

"그만 놀리시고요. 할망, 제주도에 목사는 언제부터 왔어요?"

"고려 충렬왕 21년(1295)부터 간헐적으로 이루어져 왔지만 제주목의 설치는 조선 태조 6년(1397)이지. 그리고 1416년 태종은 제주목에 정의현과 대정현을 설치했어. 이후 제주도는 제주목, 정의현, 대정현의 1목 2현 체제로 전라도관찰사(종2품)의 관할 아래 있었지. 이에 제주목에는 제주목사(정3품), 정의현과 대정현에는 정의현감(종6품) 대정현감(종6품)이 파견되었고, 제주목에는 목사를 보좌하는 관리로 제주판관(종5품)이 있었어. 원칙적으로는 전라도관찰사의 지휘 감독을 받아야 했지만, 제주도가 지리적으로 멀리 떨어져 있어서 관찰사의 권한 중 일부를 제주목사에게 이양함으로써 목사는 제주목을 총괄하여 모든 행정을 집행하고 사후에 전라도관찰사에게 1년에 2차례 보고를 하였지."

"제주목사의 직무는 무엇이었어요?"

"제주목사는 행정 외에 군사적 기능 수행으로 직책이 겸임되어 절제사로 만호, 안무사, 방어사 등의 직함을 사용하였고, 형벌, 소송의 처리, 세금의 징수, 군마 관리, 왜구의 방어 등 제주도의 전반적인 권한을 장악하고 있었어. 제주도의 실질적인 책임자였지."

"제주목사는 모두 몇 명이 다녀갔어요?"

"조선시대 제주목사를 역임한 이는 모두 286명이었지. 임기는 2년 반(30개월)이지만 실제 평균 재임기간은 1년 10개월이었어. 6개월을 넘기지 못한 목사가 28명, 1년을 넘기지 못한 목사가 65명으로 재임 중에 사망한 사람이 21명, 재임 중에 조사 받기 위해 서울로 압송되거나 파직된 경우가 68명이나 돼."

"탐관오리가 많아서 제주사람들의 고초가 심했겠어요?"

"제주목사는 대부분 좌천돼 유배살이와 다름없다고 한탄했어. 그러니 어떻게든 빨리 제주도를 빠져나가려고 중앙에 뇌물을 주기 위해 착취를 하며 몸부림쳤지. 선정을 베푼 목사는 58명으로 전체 20%에 불과했고, 나머지는 제주민초에 대한 관심 없이 소일만 하거나 아니면 악행을 저질렀어. 제주사람들은 악명이 높은 목사를 전갈이나 호랑이 보듯 했지."

"선정을 베푼 목사로는 대표적으로 누가 있어요?"

"기건, 이약동, 이종윤, 김수문, 노정, 김정, 이원조, 윤시동, 허명, 윤구동 등이 있지. 이들은 제주로 좌천됐다고 생각하지 않고 벼슬아치로서 제주목사의 임무에 충실했고 제주민의 어려움과 애환을 이해하면서 풍족하도록 최선을 다했어. 그 중에서도 특히 세종 때의 기건(?~1460)은 해녀들이 전복을 따는 모습이 너무 애처로워 목사로 부임해 있는 2년 동안 전복을 먹지 않았어. 기건에 대한 일화가 많이 전해져 오고 있지. 언관들의 반대를 무릅쓰고 제주목사에 제수한 세종대왕의 기대 이상으로 선정을 베풀었어.

성종 때의 이약동(1416~1493)은 세공(歲貢)을 감면하였고, 한라산신제를 산천단에서 행하게 함으로써 한라산 정상에서 산신제를 지내면서 인부들이 동사(凍死)하는 폐단을 시정하였지. 더구나 제주목사를 그만두고 떠나면서 제주에서 사용했던 물건을 모두 두고 갔어. 그가 사용했던 말채찍을 실수로 가져가다가 배를 돌려 다시 두고 갔는데, 그 말채찍은 관덕정에 오랫동안 걸려서 제주사람들로부터 청백리로 칭송을 받았어."

21세기의 제주도 목민관들은 어떠할까, 생각하며 관덕정을 나와서 간세라운지로 간다. 이 글을 마칠 무렵에는 여기가 17코스의 종점이지만 올레자가 걸을 당시에는 오현단과 동문재래시장을 지나서 산지천마당이 종점이다. 달라진 시대, 도심의 제주 올레를 만끽하며 발걸음은 제주의 옛 향기가 느껴지는 오현단(五賢壇)으로 향한다. 거리에는 서서히 어둠이 밀려오고 하나 둘 불빛이 켜진다.

"쑥스럽지만 오현단은 처음 들어보는 이름인데요?"

"그럴 필요 없어. 제주를 다녀가는 사람들 대부분이 제주의 아름다운 자연환경이나 골프장 등 가 볼 데가 많으니까 오현단은 잘 몰라. 오현단(五賢壇)은 제주도를 다녀간 분 중 존숭 받는 다섯 명현을 모신 곳이지. 제주의 문화는 수천 년의 역사를 거치는 동안 섬의 고유한 생활문화 위에 백제·신라·고려와 원의 강점기, 조선시대를 거치면서 육지의 발전된 문화를 받아들이며 형성되어 왔어. 조선시대 제주목사가 총 286명, 또 그 아래 제주판관, 정의현감, 대정현감이 각각 그만큼 육지에서 왔고, 게다가 제주로 유배 온 문신이 200여 명이나 되었지. 이들 가운데 후대에 널리 존숭 받는 다섯 명현을 모신 곳이야. 제주에 유배 온 분 중 뛰어난 선비 다섯 분을 모시는 것으로 잘못 알고 있는 사람들도 있지만 제주목사로 온 송인수, 안무사로 잠깐 다녀간 김상헌은 유배객이 아니야. 충암 김정, 동계 정온, 우암 송시열은 유배객이지. 추사는 오현은 아니지만 제주에 영향을 미친 가장 대표적인 인물이야."

"추사는 왜 오현에 들지 못했어요?"

"추사는 오현이 정해진 후에 유배를 왔어. 고종 8년(1871) 대원군의 서원철폐령에 의해 귤림서원이 철폐되면서 이곳에 있던 다섯 분을 배향하기 위해 고종 29년(1892)에 세워진 조촐한 단이 오늘의 오현단이지. 귤림서원 현판은 현종 6년(1665년) 제주판관으로 부임한 최진남이 달았어. 이후 숙종 8년(1682) 제주 유생들이 충암 김정, 동계 정온, 규암 송인수, 청음 김상헌 네 분을 모시는 서원을 세우고자 하니 사액을 내려달라는 상소를 올렸어. 숙종은 이를 받아들여 사액현판을 내려주었지. 그리고 숙종 21년(1695) 제주 유생들이 우암 송시열도 함께 배향하게 해 달라고 상소하여 숙종이 이를 허락했어. 이리하여 귤림서원은 사액서원으로 오현을 모시게 됐지. 그러니까 추사는 그로부터 약 140년 뒤에 제주에 유배를 온 게야."

"오현(五賢)은 어떻게 선정했어요?"

"1520년(중종 15)에 기묘사화로 제주에 유배되었다가 다음 해에 죽은 김정을 기리기 위해 1578년(선조 11) 가락천 동쪽에 충암묘를 지은 것에서 시작해. 제주판관 최진남은 궁벽한 곳에 있는 충암묘를 장수당 곁으로 옮기고 귤림서원(橘林書院)이라는 현판을 달았어. 귤림서원은 제주 최초의 서원이지. 육지에서는 16세기 중엽, 퇴계 이황이 세운 최초의 사액서원인 소수서원을 시작으로 전국에 서원이 우후죽순으로 건립되었지만 제주에는 100여 년이 지나서야 처음으로 세워진 거야. 오현이 존숭 받은 이유는 모두 충절과 학문인데, 실제적으로 제주에 공헌한 기간이 너무 짧은 명현도 있어. 송시열은 83세 되던 해인 1689년 3월에 제주에 귀양 와서 5월에 국문을 받으러 한양으로 불려가다가 6월에 정읍에서 사사를 당했으니 사실상 제주를 교화할 틈도 없었지. 그리고 6년 뒤에 귤림서원에 배향되었어."

"송시열의 두 달 간 유배생활은 어떠했어요?"

"노론계의 대부 송시열은 친족 몇과 함께 제주도에 왔지. 온 지 나흘 뒤 권치도라는 친구에게 편지를 썼어. '한라산에 눈이 잔뜩 쌓였는데 산 아래에는 꽃들이 화려하게 피었네. 성은이 관대하여 나 같은 죄인을 이런 곳에 쉬게 해 주시니 감사한 마음 한이 있겠는가'라고 했지. 하지만 두 달 뒤에는 이리 읊지. '아우와 형, 손자, 조카가 함께 있으니 하늘 바깥이라도 기쁘구나'라고. 하늘 바깥, '천외(天外)'는 하늘 바깥이지 사람 사는 땅이 아니라는 게야. 최악의 유배지, 하늘 바깥으로 패대기칠 당한 마음이었지."

"다른 사람들은요?"

"병자호란 때 절의를 지킨 충절의 상징인 김상헌(1570~1652)은 32세에 제주에서 일어난 반역사건의 안무사로 제주를 다녀가며 <남사록>이라는 저서를 남겼지만 제주에 머문 기간은 2개월도 채 안 돼. 성리학의 대가로 선비들로부터 추앙을 받던 송인수(1487~1547)는 김안로 세력에 밀려 3월에 제주목사로 좌천됐다가 6월에 병에 걸려 고향으로 돌아갔는데, 정적인 김안로 무리들이 후임 없이 자리를 이탈했다고 사천으로 유배를 보냈어. 그 후 복권되어 대사헌 등을 지냈지만 을사사화 후 윤원형의 세력에 밀려 고향 청주에서 은거하다가 명종 2년(1547)에 결국 사약을 받았지.

충절의 선비 정온(1569~1641)은 영창대군의 처형이 부당함을 상소하다가 광해군의 노여움을 사서 대정현에서 10년 간 위리안치의 유배 생활을 했어. 1623년 인조반정으로 풀려났다가 병자호란이 일어나자 김상헌과 함께 척화를 주장했지. 그러나 결국 청나라에 굴복하는 화의가 이루어지자 칼로 자신의 배를 찌르며 자결을 시도하였지만 실패하고, 세상을 버리고 덕유산으로 들어가 고사리만 먹고 지내다 순절했어.

김정(1486~1521)은 조광조와 함께 사림파를 대표하는 문신으로 대사헌·형조판서에 이르렀으나 임금이 신하를 배신한 기묘한 사화인 기묘사화 때 1520년 제주도로 유배되었다가 다음해에 결국 사사되었지. 훗날 조광조와 함께 복관되어 영의정에 올랐는데, 그가 지은

〈제주풍토록〉은 이후 제주 관련 기록의 범본이 되었어.”

“선정을 베푼 제주목사 기건이나 이약동의 이름은 없네요?”

“이약동의 손자 이인이 제주목사로 와서 이약동을 귤림서원에 배향하였지만 이는 사사로이 한 일이라고 1675년(숙종 1)에 철회되었어. 20여 년 뒤 이익태 목사는 고득종의 집터였던 귤림서원 인근에 영혜사(永惠祠)라는 사당을 짓고 이약동의 위패를 모셨지. 고득종은 제주 출신으로 세종 때에 높은 벼슬에 올라 제주사람들로부터 존경받은 문인이지. 10세 때 부친을 따라 한양으로 가서 제주 출신으로는 처음으로 문과에 합격하여 벼슬길에 올랐어. 한성판윤 등을 지내며 세종의 총애를 받았고, 안평대군과도 가까웠어. 귤림서원은 바로 고득종의 장수당이라는 집터였지. 장수당(藏修堂)은 제주목사 이괴가 1660년(현종 원년)에 지은 12칸짜리 학사였어. 1843년(현종 9) 이원조 목사가 고득종을 모신 사당을 세웠어. 오현단 바로 곁에 있는 향현사(鄕賢祠)야. 이약동과 고득종은 비록 오현에 들지는 못했지만 제주인들에게 사랑과 존경을 받았지.”

“제주인으로 조선시대 가장 높은 벼슬에 오른 사람은 누구예요?”

“헌마공신 김만일(1550~1632)이지. ‘호종단의 전설에 나오는 김씨’가 김만일의 조상이야. 인조 6년(1629)에 종1품 숭정대부(지금의 부총리급)를 제수 받아 제주인으로서는 가장 높은 벼슬에 올랐어. 김만일은 국가의 요청에 자신의 재산을 흔쾌히 바치며 노블레스 오블리주를 진정하게 실천했지.”

“헌마공신은 뭐예요?”

“국가에 말을 바쳐서 공신이 된 거지. 김만일은 선조 때 남원읍 의귀리 중산간지대에서 1만 마리의 말을 키우던 제주의 부호였어. 임진왜란이 한창이던 1594년(선조 27) 조정에서는 전마(戰馬) 부족에 시달리고 있었고, 이때 조정에서 개인 소유의 말을 전마로 요청하자 김만일은 기꺼이 자신이 기르던 말 500두를 기증했어. 선조는 그 말을 표선에 있는 국영 제10마장에서 기르도록 하고 김만일을 종2품 오위도총부 부총관으로 임명했지. 이때부터 김만일은 선조 33년, 광해군 12년, 인조 5년에 걸쳐 모두 1,300여 마리가 넘는 말을 바쳤어. 이리하여 김만일의 이름에는 헌마공신이 따라 붙었고, 아들과 손자 또한 대를 이어 국가가 필요할 때마다 헌마했지. 김만일의 묘소는 현재 제주도기념물로 지정됐고, 마을회관 앞에는 의귀리가 '제주마의 본향'이라는 사실을 알리고 김만일의 헌마정신을 기리는 기념비가 세워져 있어."

오현단의 모습은 너무나 소박하고 감동적이었다. 오현의 이름 석 자조차 새겨 넣지 않은 작은 토막돌 5개를 한 자(33㎝) 간격으로 세워 놓은 게 전부였다. 삼성혈의 혈단, 산천단의 제단, 각 마을 신당의 제단 등 제주의 수많은 제단에서 느끼는 검소하고 소박한 표정의 전통과 특징을 오현단에서도 맛본다. 오현단의 자연석에는 우암 송시열의 '曾朱壁立(증주벽립)'이라는 글씨가 새겨져 있다. '증자와 주자가 이 벽에 서 있다'라는 뜻의 이 글씨는 서울 성균관에 있는 우암의 글씨를 탁본하여 철종 7년(1856)에 새겨놓은 것이다. '송시열과 그들의 나라'였던 조선에서 송시열의 영향력은 후대에까지 참으로 강했다. 할망의 말이 이어진다.

"오현단의 뒤 성벽은 제주성이야. 성곽의 둘레가 약 1.4㎞, 높이가 약 3.3m로 제주 시내를 빙 둘러 축조했던 성이었는데 일제강점기에 처참하게 파괴되었어. 일제는 1925년부터 1928년까지 제주항을 개발하면서 성벽을 허물어 바다를 매립하는 골재로 사용했지. 그래서 바닷가에서 약간 멀리 떨어진 오현단 부근의 160㎜만 간신히 살아남 았어."

제주성벽에 올라 제주바다와 제주항을 바라보며 바람과 파도에 흘러간 제주를 돌아본다. 왜적을 제압하기 위한 누각인 제이각(制夷 閣)에 차가운 겨울바람이 스쳐간다. 점점 어두워지고 거리에 하나 둘 불빛이 켜진다. 동문재래시장으로 발걸음이 향한다. 70년의 역사를 지닌 명실 공히 제주시의 가장 대표적인 재래시장이다. 제주시민은 물론 관광객들도 자주 찾는 곳이라 밝은 조명 아래 인파가 물결친 다. 제주의 물산과 사람들로 활기차고 생동감이 넘치는 저녁시장의 풍경을 천천히 둘러보고 산지천마당에서 올레17코스를 마무리한다. 한 인간이 시간과 공간의 세간 사이를 넘나드는 길고 긴 하루였다.

어두운 시각, 용두암 인근 바닷가 횟집에서 정다운 얼굴과 마주 앉았다. 경기카네기연구소 신영철 원장, 작은 거인과의 오랜만의 만 남, 즐거운 만남으로 제주의 밤이 행복했다.

사봉낙조 - 탐라할망 만덕!

📍 **18코스** 제주원도심에서 조천올레 19㎞

안내소-오현단-사라봉-화북포구-검은모래해변-불탑사-조천만세동산

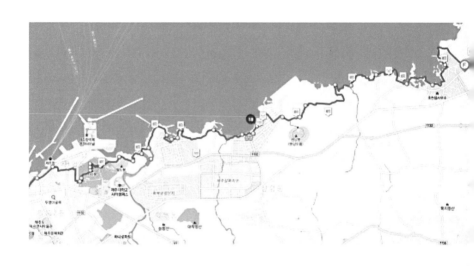

"촌 아이놈들 모여 저거 보라고 소리치니/ 귀양다리 내 얼굴이 괴상한 점이 많아서구나./ 결국 백 번 꺾이고 천 번 찍혀 온 곳에는/ 남극성만 운혜처럼 잔잔히 바다 위에 빛나는구나."

유배객으로 화북포구에 도착한 추사를 보고 동네 아이들이 모여 구경하는 모양을 〈화북진을 지나며〉라는 시로 남긴 추사, 9년 후 제주도를 떠날 때 화북포구에서 기쁨에 젖어 〈환풍정〉을 남긴다.

"환풍정에 올라보니 망양대와 맞닿아 있고/ 굽어보니 홍모의 돛 그림자 떠오누나.

보이는 한계를 잘 헤아리면 단번에 마실만하니/ 손 가운데 해와

달이 들고나네."

자발적 유배객이 되어 해배될 날을 손꼽아 기다리는 올레자가 오늘도 올레를 간다.

1월 10일 여명의 시각, 동문로터리 산지천마당에서 하루를 시작한다. 올레18코스는 제주시의 도심 한복판, 간세라운지에서 시작해 조천만세동산에 이르는 길이다. 코스변경으로 산지천마당에서 간세라운지로 바뀌었다. 산지천(山地川)은 한라산 북쪽의 관음사 근처에서 발원하여 한천, 병문천과 더불어 제주 도심을 관통하여 제주항에서 바다로 흘러간다. 조선시대에는 제주읍성 내부를 흐르는 유일한 하천이었다. 산지천 하류인 산지포구는 영주십경의 하나인 산포조어(山浦釣魚), 즉 제주항의 옛 모습인 산지포구의 바다낚시로 유명한 곳이다. 고기 낚는 돛배와 백로, 갈매기가 어우러진 광경이 아름다워 영주십경 중 유일하게 자연경관이 아닌 제주사람들의 삶의 모습을 담고 있는 풍경이다. 옛 포구인 산지포는 1927년 7월 제주항이 개항되면서 역사의 무대에서 추억 속으로 사라졌다.

제주의 관문 제주항에 이른다. 연안여객터미널이 반갑게 다가온다. 2010년 마라도에서 고성 통일전망대까지 국토종주를 위해 완도로 가는 여객선을 탔던 추억이 스쳐간다. 그리고 올레자가 되어 2015년 12월 30일 여수에서 이곳 제주항에 내려 현재까지 11일째 걷고 있다.

만덕로를 따라 사라봉으로 향한다. 길 가에 서 있는 석불이 몸에는 예복을 걸치고 두 손은 가슴에 정중히 모으고, 소맷자락은 선명하지만 옷주름이 없는 모습으로 올레자에게 예를 갖춘다. 머리에는 패랭이 모양의 벙거지를 쓰고 있다. 키는 286㎝, 얼굴 길이는 161㎝이다. 달걀형의 온화한 얼굴에 귀를 커다랗게 조각하였고, 여린 미소를 머금은 입, 인자하게 내려다보는 눈매가 소탈하면서도 자비로운 모습이다.

"석불이 신기하네요?"

"동자복이라고 해. 제주의 복신미륵(福神彌勒)은 사람의 수명과 행복을 관장하는 신으로 숭배되지. 미륵은 한 쌍으로, 제주성을 중심으로 서쪽에 있는 것은 서자복(西資福), 여기 동쪽에 있는 것은 동자복(東資福)이라고 해. 동자복은 서자복과 함께 고려시대에 불교신앙과 민간신앙이 결합되어 세워진 것으로 추정하지. 이곳은 만수사 옛 절터인데 사찰이 없어지고 현재는 민간신앙의 대상이 되고 있어. 동자복은 마을의 평안과 어로활동의 안전을 기원하는 석불로, 집안의 제액이나 육아에 효험이 있다 하여 제를 올렸고, 제주성의 동쪽에서 성 안을 수호하는 기능도 하였지."

올레 종주 후 국립제주박물관을 방문했다. 이른 아침이라, 박물관은 아직 개장하지 않아서 후원을 걷고 있을 때 '빵빵! 빵빵!' 하는 목소리가 들려왔다. 돌아보니 청소부였다. 페달을 밟으며 청소차를 끌고 오다가, "이 청소차는 보험이 안 돼서 더 조심해야 합니다. 감사합니다" 하며 웃으며 지나간다. 잠시 후, 연못가의 동자복 서자복 앞에서 생각에 잠겨 있을 때 좀 전의 청소부가 미소를 지으며 다가왔다. "관람객 대부분은 동자복과 서자복을 대충 스쳐 지나가는데……."라며 대화를 주고받던 중 갑자기, "제가 시 한 수 암송해도 될까요?" 한다. 자세를 가다듬은 청소부는 정호승 시인의 '연어'를 암송해 나갔다.

바다를 떠나 너의 손을 잡는다./ 사람의 손에 이렇게/ 따뜻함을 느껴 본 것이 그 얼마만인가./ 거친 폭포를 뛰어넘어/ 강물을 거슬러 올라 가는 고통이 없었다면/ 나는 단지 한 마리 물고기에 불과했을 것이 다. (후략)

시 암송을 마친 청소부는 "저는 시를 백편 가량 암송하고 있어요. 저의 꿈은 제주에서 시를 제일 많이 암송하는 것이랍니다."라고 한 다. 짜릿한 감동이 우연하게, 소리 없이 다가왔다. 제주국립박물관 을 떠올릴 때면 '강물을 거슬러 올라가는 고통이 없었다면 나는 단 지 한 마리 연어에 불과했을 것이다'라는 동자복처럼 복스럽게 생긴 청소부의 꿈과 아름다운 미소가 포개진다.

'거상 김만덕의 얼이 살아 숨 쉬는 건입동' 안내판의 안내를 받으며 잘 꾸며진 계단을 따라 공원으로 올라간다. '칠머리당 영등굿' 벽화 가 신비롭게 다가온다. 유네스코에 등재된 무형문화재로 대표적인 영등굿이다. 영등굿은 주로 마을 단위로 행해진다. 해녀와 어부들이 중심이 돼 어업과 농업의 풍요를 기원하는 내용이다. 영등에 대한 명칭은 영등대왕, 영등하르방, 영등할망 등으로 불렸으나 최근 영등 할망으로 보편화됐다. 탐라할망이 회상에 젖는 듯 말문을 연다.

"영등제를 지내는 날의 날씨가 청명하면 마음씨는 좋으나 의복이 남루한 영등할망이, 추우면 옷을 많이 입은 영등할망이, 비오는 날 이면 우장을 쓴 영등할망이 들어온 거라 믿었어. 날씨가 나쁘면 며 느리를 데리고 온 것이라며 이때는 한 해 농사를 걱정했고, 반면 날

씨가 좋으면 딸을 데리고 온 것이라며 풍년이 든다고 더욱 반겼지. 옛날이나 지금이나, 육지나 제주나 딸은 딸이고 며느리는 며느리야.

　겨울이 지나 봄기운이 도는 2월 초하루, 제주 사람들은 제주항 포구에서 불어오는 바람을 맞으며 영등할망을 맞이하는 영등굿으로 풍어의 희망을 표현했어. 영등굿은 바람 많은 제주에, 그것도 북서 계절풍이 특히 심하게 불어오는 음력 2월 초에 잠시 물질을 멈추고 한 해의 풍요를 기원했던 마을공동체 문화였지. 영등굿은 중종 25년(1530)에 편찬된 〈신증동국여지승람〉에 소개될 정도로 오랜 역사를 가지고 있어."

　길바닥에 '올레18코스 거상 김만덕의 얼이 살아 숨 쉬는 건입동'이라는 쇠로 된 표지가 있는가 하면, 도로 벽에도 같은 내용의 커다란 글씨가 붙어있다. 산지포가 있었던 건입동은 조선시대 제주의 관문으로 수많은 물자가 오갔고, 그것을 중개하는 객주가 들어섰던 곳으로 김만덕의 객주도 그 중 하나였다. 만덕은 객주를 운영하면서 제주도 물품과 육지 물품을 교역하는 유통업을 통해 막대한 부를 이루었던 것이다. 초가집으로 재현해 놓은 200년 전의 김만덕객주로 들어가서 상인들의 상담과 침식을 해결하던 주막에서 만덕할망을 찾아 시간여행을 떠난다.

"김만덕은 설문대할망만큼이나 유명한 것 같아요."
"그럼 두 할망 모두 아직도 살아있는 제주의 전설이지."
"만덕할망 이야기 좀 들려주세요."
"좋아, 막걸리로 목부터 먼저 축이고. 만덕은 김응렬의 딸로 원래 양갓집 딸이었어. 12세에 부모를 잃고 의지할 곳이 없어서 기생의 수양딸로 의탁하여 살게 되었는데, 점점 자라자 관에서 만덕의 이름을 기생의 명단에 올렸지. 만덕은 비록 기생으로 일은 했지만 스스로를 기생으로 여기지는 않았어. 스무 살이 넘어서 제주목사 신광익에게 자신의 사정을 읍소했고, 목사는 이를 불쌍히 여겨 기적(妓籍)에서 삭제하고 다시 양민으로 돌아가게 했어."

"만덕할망은 결혼했어요?"

"독신으로 살았어. 양아들을 두었지."

"만덕할망은 어떻게 돈을 벌었어요?"

"만덕은 재화를 늘리는 일에 능해서 물건의 귀천을 때에 맞게 팔고 때에 맞게 저축하여 수십 년에 이르러 부자로 이름이 났어. 우리 역사 최초의 여성 CEO지."

"왜 제주사람들은 만덕할망에게 열광하지요?"

"나눔 정신을 가진 여성으로서 만덕은 만덕(萬德)을 실천했어. 1795년(정조 19) 탐라에 큰 기근이 들어 백성들이 죽어 갔지. 정조는 배에 곡식을 싣고 가서 먹이라고 명했지만 풍랑이 심하고 고래가 뛰는 바다 팔백 리에 범선이 베틀의 북처럼 왕래해도 곡식이 제때에 맞게 이르지 못했어. 이때 만덕이 천금을 내어 육지에서 쌀을 사서 여러 군현의 뱃사공들에게 때에 맞게 서둘러 이르도록 했지. 만덕은 그 가운데 1/10을 취하여 친족을 살리고 나머지는 모두 관청에 실어 보냈어. 굶주린 사람들이 이 소식을 듣고 관청의 뜰에 구름처럼 모여들어 남녀 모두가 만덕의 은혜를 칭송하며 '우리를 살린 자는 만덕이다!'라고 외쳤지.

제주목사 류사모가 만덕이 재물을 풀어서 굶주리는 백성들의 목숨을 구했다고 조정에 소상하게 보고를 하니, 정조가 상을 주려고 했어. 만덕은 사양하면서 소원이 있노라고 했지. 그 소원은 바다 건너 한양을 구경하고 금강산을 유람하는 것이었어. 당시에는 출륙금 지령이 있어 육지에 나갈 수가 없었지만 정조는 이를 허락해주고 만덕이 다니는 길목의 고을들로 하여금 양식을 지급하게 했어.

1796년 서울에 간 만덕은 채제공을 만나고 임금과 중전에게 문안을 드렸지. 그리고 일약 유명인사가 되었어. 병조판서 이가환은 '천금으로 쌀을 사들여 백성을 구제하였으니 한번 바다 건너 궁궐을 찾아뵈었구려.', '만덕은 제주의 기특한 여인인데 육십의 얼굴이지만 사십쯤으로 보이네.'라며 시문을 지어주었지.

당시 정조의 총애를 입고 있던 33세의 다산 정약용이 59세의 만덕을 만났어. 그녀의 눈동자가 중동(重瞳, 겹으로 된 눈동자)이라는 소문을 들은 다산 정약용은 만덕을 자기 집으로 불러 확인하고는 '겹눈동자의 변증'이란 한편의 글을 썼지. 젊고 영리한 선비의 눈에 비친 만덕의 모습은 신비했고, 다산은 만덕에게 세 가지 기특함이 있다고 했어.

'기적(妓籍)에 실린 몸으로서 과부로 수절한 것이 기특함이고, 많은 돈을 기꺼이 내 놓은 것이 두 가지 기특함이고, 바다섬에 살면서 산을 좋아한 것이 세 가지 기특함이다. 아, 보잘 것 없는 일개 여자로서 대단히 기특한 일이 아닐 수 없다.'고 했지.

다산은 그 중에서도 인습과 규율에 꽁꽁 묶여있던 그 시대에 금강산 구경을 하고 싶다고 요청하는 만덕에게서 억압으로부터의 탈출 의지를 특히 높이 샀어.

한마디로 김만덕은 하나의 전설이 되어, 문인들은 김만덕을 송별하며 한권의 첩으로 만들고 다산은 여기에 발문까지 지어 주었지. 다산은 그로부터 5년 뒤 강진으로 유배를 가는데, 유배길이 만덕이 한양을 오가는 길과 겹쳤다면 또 다른 인연일까.

금강산의 아름다운 경관을 둘러본 만덕은 반년 후에 제주로 돌아갔고, 1812년 72세로 세상을 떠났지. 묘소는 생전의 유언에 따라 제주성 안이 한 눈에 바라보이는 사라봉 '가으니마루' 길가에 묻혔는데, 사라봉에 등산로가 닦이면서 1977년 모충사를 건립하고 현 위치로 이장했어. 모충사에는 제주도민 17만여 명의 성금으로 '의녀반수 김만덕의 묘' 탑이 세워지고, 묘소 옆에는 '만덕관'이 세워져 김만덕의 일대기를 기리고 있어. 정부에서는 국가 표준영정으로 김만덕 초상을 봉안하고, 제주도에서는 만덕상을 제정하여 한라문화제 때마다 모범여인에게 수상함으로써 만덕할망의 선행을 기념하고 있지. 만덕은 죽었지만 죽지 않고 제주사람들의 마음에 살아 있고 또 영원히 함께 살아갈 거야."

나눔할망, 구휼할망인 만덕할망의 객주 주막의 깃발을 뒤로하고 사라봉으로 오르는 길옆의 모충사로 향한다. 모충사(慕忠祠), 한말 의병들과 항일투쟁가 및 만덕할망의 넋을 기리고자, 내외 도민들이 성금을 모아 사라봉 기슭에 세운 사당이다. 정문을 지나자 거대한 '제주의병항쟁기념탑'이 맞이하고, 왼쪽에는 '순국지사조봉호기념탑'이, 오른편에는 '의녀반수 김만덕의 묘'라는 탑이 20㎡ 높이로 삼각형을 이루며 우뚝 솟아있고, 만덕할망을 기리는 '송덕의 글'이 적혀 있다.

북향으로 길바닥에 나앉은 초라한 만덕의 무덤에는 추사 김정희가 쓴 '恩光衍世(은혜의 빛이 온 세상에 뻗어 나간다)'라는 표석이 세워져 있다. 헌종 6년(1840) 대정에 유배 온 추사는 만덕의 행적을 듣고 감동하여 "3대 손인 김종주의 할머니가 이 섬의 큰 흉년을 구휼하니 임금님의 특별하신 은혜를 입어 금강산을 구경하였으며 벼슬아치들이 모두 전기와 시가로 이를 노래하였다. 이는 고금에 드문 일이므로

이 편액을 써 보내어 그 집안을 표하는 바이다."라며 편액을 써 주었다. 편액은 집안 대대로 내려오다가 2010년 기증하여 현재 국립제주박물관에 전시되어 있다. 200년 전의 만덕할망 무덤과 20세기 제주의 타임캡슐이 묘하게 공존한다.

충절의 혼이 담긴 모충사에서 사라봉으로 발걸음을 옮겨간다. 해송들이 우거진 아름다운 숲길을 걸어 정상의 팔각정에 올라선다. 제주시가지와 제주항, 멀리 펼쳐진 검푸른 바다의 아름다운 수평선이 한눈에 보인다. 제주시민의 뒷동산인 높이 184m의 사라봉은 7-1코스 서귀포의 고근산처럼 제주시민들이 산책이나 운동 삼아 오르는 대표 봉우리다. 사라(紗羅)는 사려니숲길의 사려니와 마찬가지로 '신성한 땅'을 말한다. 석양 때 산등성이 황색비단과 같다는 뜻도 있다. 사라봉은 제주시내로 지는 해넘이를 보기에 가장 좋은 장소로, 예로부터 영주십경의 하나로 꼽아 '사봉낙조(紗峰落照)'라고 했다.

2016년 12월 31일, 사봉낙조를 맛보기 위해 사라봉에 섰다. 2016년 1월 1일 한라산 일출산행 때 영주십경 녹담만설에서 만난 그 태양을 영주십경 사봉낙조 일몰에서 다시 만났다. 그리고 다음날인 2017년 1월 1일에는 일출산행으로 관음사코스로 올라가 한라산 정상에서 다시 어제의 그 해를 만났다.

사라봉에서 내려와 제주의 남쪽바다를 걸어간다. 동쪽바다에서 시작한 제주 올레는 북쪽바다와 서쪽바다를 지나 알작지해안 이후로는 남쪽바다를 걷고 있다. 바다는 모든 물을 받아준다. 해불양수, 가장 낮은 곳에 위치하여 깨끗한 물 더러운 물, 모든 물을 사양하지 않고 언제나 넓은 가슴으로 겸손하게 포용하며 받아준다. 올레자의 마음도, 발길도 받아준다. 모든 생명체의 어머니, 바다는 어머니를 생각하고 그리워하게 한다. 어머니의 어머니인 할망, 제주의 어머니인 탐라할망과 정겹게 올레를 간다.

애기업은돌을 지나고 별도봉을 내려서서 역사의 상흔이 고인 마을, 4·3항쟁을 겪으며 사라져버린 곤을동마을터에 이른다. 1949년 1월 4일, 마을 젊은이 열 명이 학살 당하고 마을의 67가구 중 39가구가 불에 탔다. 다음 날에도 주민 열네 명이 죽음을 맞고 남은 집들도 흔적 없이 사라져 마을터와 돌담만이 남았다. 산간지역이 아닌 제주시 인근 해안마을이면서 잃어버린 마을의 상징이 된 곤을동마을터는 4·3의 아픔을 웅변하고 있다. 항상 물이 고여 있어 불렸던 곤을동에 이제는 역사의 슬픔이 고여 있다.

시원한 겨울바람이 불어오는 화북포구로 나아간다. 갈매기가 자유로이 활강한다. 17세기 이후 제주의 중요한 항구가 된 화북포구의 대표적 해군기지인 화북수전소는 을묘왜변이 일어난 명종 10년(1555) 6월 왜구의 침입으로 격파되었다. 이곳으로 상륙한 왜구들은 곧바로 진격해 제주성을 3일간 포위했다. 치열한 격전 끝에 왜구들을 물리치고 난 후 화북포구에 진성 축조가 논의되어 숙종 4년(1678) 목사 최관이 화북진성을 쌓았다. 제주의 아홉 개 방어진 가운데 하나인 화북진, 동서로 120m, 남북으로 75m 크기인데, 성문은 흔적도 없고 성체는 대략 반 정도 남아있다.

을묘왜변 이후 제주도를 출입하는 선박의 정박처는 화북포구와 조천포구로 한정되었다. 특히 화북포구는 제주목관아와 가까운 관문이어서 그 활용도가 높았다. 왕명을 받든 사신을 환송, 접대할 시설이 필요해서 숙종 25년(1699)에 목사 남지훈은 환풍정을 건립했고,

북성위에는 망양정을 두었다. 면암 최익현 등 수많은 유배인이 오갔던 사연 많은 역사의 현장이다. 추사 역시 제주도에 유배를 올 때도 갈 때도 화북포구를 이용했다.

기쁜 소식이 추사에게 전해진 것은 12월 19일, 추사는 9년 간의 귀양살이 살림을 정리하고 이듬해 1월 7일 유배지를 떠나 화북진에 도착했다. 그러나 바람이 맞지 않아 며칠이 지나도록 배가 뜨지 못하자 추사는 해신당에서 바다의 용왕에게 비는 간절한 제문을 지어 바쳤다. 용왕이 감동했음인가, 바다가 잔잔해지고 추사는 드디어 한양으로 향하는 돛단배에 몸을 싣고 완도로 건너갔다.

"화북포구에는 오고가는 사람들의 애환이 서려 있어 이야깃거리도 많겠네요?"

"그렇지. 고전소설 '배비장전' 아는가?"

"예. 제주기생 애랑에게 빠져 웃음거리가 된 배비장 이야기지요."

"화북포구는 그 '배비장전'의 도입부인 정비장과 제주기생 애랑이 이별의 정회를 나누었던 곳이지."

한양 사는 배비장은 고지식하고 융통성 없는 사내였다. 어느 날 제주목사로 부임하는 김경이 함께 일을 할 비장을 구한다는 소식에 제주도행을 자원한다. 여색에 빠져 결코 유혹당하지 않을 것이라고 본처에게 장담하고 화북포구에 도착한 배비장, 전임자인 정비장이 제수 최고 기녀 애랑에게 홀딱 빠져 자신의 전 재산을 털어주고 급기야 이빨까지 빼주고 화북포구에서 떠나갔다는 이야기를 듣고는 자신은 절대 유혹에 빠지지 않겠다고 다시 한 번 다짐한다.

배비장은 술자리나 여자의 유혹을 멀리 하며 기존의 관행에 휩쓸리지 않았는데, 이 때문에 다른 관리들의 미움을 산다. 결국 목사·방자·애랑까지 합세하여 배비장 골려주기 계책이 시작되었고, 유혹하는 애랑의 집에서 궤짝에 숨었다가, 궤짝이 동헌으로 옮겨져 알몸으로 궤짝에서 나온 배비장, 모든 사람의 웃음거리가 된다. 유쾌, 상쾌, 통쾌, 경쾌하게 시종 웃음을 선사하며 해학적으로 풀어가는 배비장전, 양반의 위선과 허세를 벗기는 하층민이 엮어내는 친근한 이야기다.

별도연대가 길을 막는다. 연대는 낮에는 연기로 밤에는 불빛으로 적의 침입과 위급한 일이 있을 때 빠르게 연락하는 통신망이다. 날씨가 흐리거나 비가 오면 연대를 지키던 사람이 직접 달려가 상황을 전했다.

환해장성을 따라 걸어간다. '대한민국 해안누리길' 안내판이 주변 경관이 수려하고 해양문화와 역사, 산업을 맛볼 수 있다고 안내한다. 여자의 몸매를 닮아 '새각시물'이라 불린다는 표석이 눈길을 끈다. '벌랑 새각시물'이라는 정인수의 시비(詩碑)가 세워져 있다.

벌랑 새각시물에서/ 술잔을 들면
술잔에 파도가 친다.
서동 파도는 벌랑! 중동 파도는 거문여!
동동 파도는 사근여!
파도가 잦아들면 다시/ 누각 아래로
새각시 멱 감는 소리…….

벌랑(伐浪)은 칠 벌(伐), 물결 랑(浪)을 썼으니, 삼양동은 바다에 접하여 파도소리가 서로의 파도를 가르는 듯하여 벌랑이라 불렀다. 검은 모래해변이다. 모래에 철분이 함유돼 검은 모래가 펼쳐진 해변이다. 건강에 좋다 하여 검은 모래찜질을 하는 피서객이 유난히 많으며, 검은 모래를 주제로 삼양검은모래축제가 열린다. 특히 대륙에서 바다를 구경하기 어려운 중국인과 온천욕을 광적으로 즐기는 일본인이 모래찜질을 위해 많이 찾는다는데, 겨울 해안은 파도소리만 들려온다. 발걸음이 인근의 삼양동 선사유적지로 향한다. 인적이 없고 고요하다. 탐라할망이 입구에서, 전시관에서 문화해설사가 되어 친절하게 안내한다.

"지금부터 약 2천 년 전인 기원전 1세기를 전후한 시기에 형성된 마을의 집터 236기, 석축담장, 마을 외곽을 두르고 있던 도랑 등을 1997년 부지 구획정리 중에 발견했지. 유적들을 발굴하여 일부 복원하였고, 집터 내부에서도 다양한 유물들이 출토되었어. 기원 전후 탐라국 형성기의 사회상을 보여주는 국내 최대의 마을유적지라는 데 중요한 의미가 있지. 삼양동 선사유적지에 마을이 형성되어 사람이 살던 이 무렵이 육지에서는 기원전 57년 신라, 기원전 37년 고구려, 기원전 18년 백제가 건국되는 시기이니 육지에 삼국이 형성되던 그 시절에 형성된 제주의 유적이지."

"제주에 다른 선사유적지는 또 어디에 있어요?"

"북촌선사유적지가 있어. 화산활동으로 인해 생긴 동굴을 그대로 이용한 대표적인 집자리로 '고두기엉덕'이라 불러. 엉덕이란 바위그늘을 의미하는데, 그늘부분이 생활공간이 된 거지. 신석기시대 후기의 변형빗살무늬토기가 출토되어 오래전부터 거주하였음을 알 수가 있어. 수월봉 인근에 고산리선사유적지도 있어. 1987년 한 농부의 신고로 알려졌는데, 한반도에서는 찾아보기 어려운 1만 년 전 신석기 시대 초기 유적으로 밝혀졌지. 1만8천 년 전 수월봉의 화산활동으로 쌓인 화산재는 고산리를 제주의 다른 지역보다 비옥하게 했어."

삼양동을 벗어나며 길은 서서히 오르막을 올라 원당봉을 향한다. 멀리 한라산에서 구름이 조화를 부린다. 파란 하늘을 배경으로 우뚝 솟은 백록담에 왕관처럼 구름이 피어있다. 제주 어디서나 볼 수 있는 한라산, 아니 한라산은 제주에서 누가 어디서 무엇을 하는지, 제주에서 일어나는 모든 일을 살피고 있다.

점심식사를 어떻게 하나, 하는데 길가 담벼락에 '수제 화덕피자 배달'이라는 작은 현수막이 붙어 있다. 전화를 해서 산자락 작은 놀이터로 배달을 시킨다. 생전 처음 먹어보는 화덕피자, 탐라할망과 올레자는 이색적인 식도락을 만끽하며 즐거워한다.

원당봉 산길에 절을 안내하는 표석이 '원당사(태고종)' '문강사(천태종)' '불탑사(조계종)'란 이름으로 나란히 서있다. 불탑사로 가는 길은 성지순례 길인데, '절로 가는 길' 가운데 '보시의 길'이다. '보시의 길'은 애월읍 수신리의 대원정사에서 불탑사까지 45㎞로 제주시내 유서 깊은 사찰과 중산간, 해안가를 걸어간다.

삼첩칠봉이라 불리는 원당봉 정상과 문강사로 가는 길, 원당사와 불탑사를 가는 갈림길에서 제주 올레는 불탑사와 원당사 쪽으로 간다. 원당사와 불탑사는 마주보고 있어, 원당사의 일주문과 불탑사의 일주문은 서로 사이좋게 마주보고 있다.

일주문(一柱門)은 절의 정문으로 첫 출입구다. 사주(四柱)를 세우고 그 위에 지붕을 얹지 않고, 일직선상의 두 기둥 위에 지붕을 얹어서 일주문이라 한다. 사찰의 첫 문을 일주로 지은 것은 모든 진리는 하나임을 나타낸다. 종파가 다른 마주보는 두 사찰, 한 쪽은 취처(娶妻)를 해도 되고 한 쪽은 안 되고 서로 다르다. 불교든 기독교든 시대마다 마을마다 종교적 풍속이 달라진다.

원당사는 1924년에 법당을 짓고 불법을 펴기 시작했고, 불탑사는 창건연대가 고려시대로 오래된 사찰이다. 불탑사는 1914년 무렵 중창되었고, 1923년 안봉려관과 안도월이 초가 법당 1채를 지으면서 본격적인 불법 설파에 나섰다. 1948년 4·3사태로 파옥되었다가 1953년 재건되었고 이후 여러 차례 중건하여 현재에 이르렀다.

불탑사의 오층석탑은 국내 유일의 현무암으로 만든 불탑으로 보물로 지정되었다. 충렬왕 26년(1300) 원나라 황실에 공녀로 끌려간 기씨가 훗날 황후가 되어 세운 탑으로 제주에 남아있는 유일한 고려시대의 오층석탑이다. 통일신라가 삼층석탑의 시대였다면 고려시대는 다층탑으로 변한 것이 특색인데 그 중 많은 것이 오층석탑이다. 사찰 한쪽에 현무암으로 조각한 높이 3.85m의 오층석탑이 소박하고 단조롭게 서있다.

기황후가 지을 당시의 사찰 이름은 불탑사가 아닌 원당사(元堂寺)였다. 원나라 순제의 제2 황후였던 기씨는 태자가 없어 고민하다가 제주도에 원당사를 짓고 석탑을 세우고는 아들을 낳았다. 이후 제주도에는 아들을 원하는 여인들이 원당사에서 불공을 드리려 찾았다.

"드라마에도 방영된 기황후의 이야기는 정말 드라마틱하지요?"

"그렇지. 참으로 대단한 고려의 여인이었어. 기황후가 낳은 아들이 쿠빌라이가 세운 원나라의 마지막 태자가 되고 북원(北元)의 초대황제가 되었으니 말이야."

"원나라 마지막 황제인 혜종(순제)도 어려서 고려에 유배됐다가 황제가 되고, 결국 대원제국의 마지막 황제가 되었으니 혜종과 기황후와의 만남 또한 기이한 운명이지요. 기황후를 찾아 떠나볼까요?"

"기황후를 사랑했던 혜종은 어린 시절 대청도로 유배되었어. 서해 최북단 백령도 아래에 있는 외딴섬 대청도는 고려시대 몽골 황실이 요주의 인물을 유배시키는 귀양지였지. 혜종은 권력 다툼의 희생양으로 1년 5개월 정도 귀양살이를 했는데, 이때가 충혜왕 원년인 1330년이었어. 대청도에 유배 온 어린 혜종의 머릿속에 고려라는 나라와 고려 여인이 이 무렵 특별한 이미지로 각인되었던 거지.

기황후는 중급 무관을 지낸 기자오의 딸, 기철의 누이였는데, 공녀(貢女)가 되어 몽골의 수도인 대도에 궁녀로 끌려왔어. 궁궐 안에는 고려에서 건너온 환관과 궁녀들이 적지 않았는데 대표적인 고려 출신이 환관 고용보와 박불화였지. 이때 고용보와의 만남이 기씨가 황후에 오르는 출발점이 되었어. 고용보는 황제인 혜종에게 다과를 갖다 바치고 차를 따르는 역할을 궁녀 기씨에게 맡겼는데, 혜종이 기씨를 총애하게 될 것이라는 자신감이 있었던 거지. 〈원사(元史)〉 '후비열전'에는 "그녀는 영악한 성품에 살구 같은 얼굴, 복숭아 같은 뺨, 어린 버들 같은 허리를 가지고 있었다."고 기록되어 있어.

황제는 이내 궁녀 기씨를 총애했지. 하지만 황후인 타나시리의 질투 때문에 기씨는 숱한 시련과 고초를 겪었어. 그런데 혜종이 황제에 등극한 지 2년째인 1335년, 황후의 형제들이 쿠데타를 일으켜서 황후는 유폐되었다가 죽임을 당했어. 기씨에게는 절호의 기회가 온 거지. 이때 황제가 궁녀 기씨를 황후에 앉히려 했지만 신하들이 반대했어. 황후는 전통적으로 몽골의 옹기라트 가문에서 이어왔는데 미천한 고려 출신의 여인을 앉힌다는 것은 있을 수 없다는 이유였어. 사실상 군벌 세력의 꼭두각시였던 황제는 결국 1337년 옹기라트 가문의 여인을 황후로 맞아들였어. 그래도 여전히 황제의 총애를 받던 궁녀 기씨는 제주에 원당사를 짓고 드디어 황제의 아들을 낳았어. 나중에 몽골 땅에서 북원의 황제 자리에 오르는 아유시리다라가 태어난 거지. 1339년, 기씨는 몽골제국의 제2황후 자리에 올랐어. 그녀의 몽골 이름은 '울제이 쿠투 카툰', 즉 '아름답고 복 있는 황후'라는 뜻인데, 몽골족이 아닌 고려 여인으로 파격적으로 자리에 오른 기황후는 이후 25년 간 제2황후 자리에 있었어. 기황후는 맛있는 음식이 생기면 징기스칸을 모신 태묘(太廟)에 바친 후에야 자신이 먹을 정도로 몽골제국의 황후로서 자질을 인정받기 위해 노력했어. 그리고 자신과 황제를 맺어준 고용보를 황후의 부속기관의 우두머리로 삼아 자신을 추종하는 강력한 정치 세력 집단을 만들었지. 이러한 노력으로 점차 그녀의 위세는 제1황후를 능가할 지경이 되었어.

1353년, 기황후는 아들을 황태자로 책봉하는 데 성공했지. 그리고 얼마 후 제1황후가 사망하면서 기씨는 정후(正后)의 자리에 올랐어. 명실 공히 기황후의 천하가 도래한 거야. 쿠빌라이 이후의 몽골제국은 쿠데타가 끊이지 않는 혼란의 시대가 이어지는 가운데 1~2년 사이로 황제가 바뀌었던 것과는 달리 혜종은 무려 37년 동안 권좌에 있었어. 하지만 혜종은 항상 쿠데타의 두려움 속에 살았지. 이 무렵 자연 재해가 잇달아 몽골제국에 말세가 도래하고 있다는 절망감이 높고 있었어. 자연히 곳곳에서 농민반란이 일어났고, 홍건적이라는 무장 종교집단까지 일어나 몽골제국에 칼을 겨누었지. 이후 10여 년 동안 중국 대륙은 군벌들의 천하가 되어 옛 왕조의 이름을 들고 나와 사라진 왕조의 부활을 외치는 세력들이 활개를 쳤어.

1368년 주원장은 국호를 '대명(大明)'이라 칭하고 남경에서 스스로 황제의 자리에 올랐어. 그리고 25만 명의 대군을 이끌고 거리낌 없이 북상하며 쳐들어갔지. 고립무원에 빠진 혜종은 기황후와 아들 아유시리다라를 데리고 수도인 대도를 빠져나와 초원의 땅 내몽골의 상도로 피신했다가, 다시 쫓기던 중 결국 몽골제국을 한족에게 넘기고 생을 마감했어. 혜종의 후비와 손자들을 비롯한 많은 귀족이 포로가 되었고 원나라는 멸망했지.

황태자 아유시리다라는 몽골의 잔여세력들을 이끌고 고비사막을 넘어 옛 조상들의 터전인 몽골고원의 카라코룸으로 돌아가서 황제의 자리에 올랐어. 북원의 역사가 시작되고, 절반의 몽골 피와 절반의 고려 피가 섞인 황제 소종이 탄생하는 순간이었지. 주원장의 명과 대적하던 황제 소종은 자리에 오른 지 8년 만인 1378년 41세의 나이로 숨을 거두고, 뒤를 이어 동생이 황제의 자리에 올랐지. 하지만 1388년 살해되면서 쿠빌라이 왕조의 대원 제국은 완전히 종지부를 찍고 말았어."

"목호(牧胡)의 난(亂)이 1372년 일어나서 1374년(공민왕 23) 최영 장군에 의해 토벌되었으니, 기황후의 아들이 북원의 황제이던 시절이었네요."

"그렇지. 1273년(원종 14) 탐라의 삼별초의 난을 진압, 탐라총관부를 설치하여 다루가치를 두어 다스리게 하고, 1277년 목마장을 설치, 목호를 보내어 말을 기르게 하였는데, 이때까지 계속된 거지. 1370년(공민왕 21) 고려가 명나라와 국교를 맺고 제주의 말을 명나라에 보내라 했을 때, '우리 세조황제(쿠빌라이를 말함)가 방축(放畜)한 말을 보낼 수 없다'라고 하며 소란을 일으켰지.

1372년 고려 조정은 다시 명나라에 말을 바치기로 하였고, 명나라 사신과 함께 제주에 갔어. 이때 목호 석질리·필사초고·독불화·관음보 등이 난을 일으키고 명나라 사신과 제주목사를 살해했지. 이에 목호를 토벌하려 하니까 말을 바치겠다고 해서 더 이상 사태가 악화되지 않았는데, 1374년 명나라가 북원을 치려고 다시 말 2천 필을 요구했지. 사신을 제주에 보냈지만 공출을 거부하고 다만 3백 필만 내놓았어. 고려는 결국 목호를 토벌하기로 하고 최영과 염흥방, 임견미 등에게 전함 314척에 군사 2만 5600명을 주었지. 고려의 군세로 보아 목호의 세력 또한 만만치 않았음을 알 수 있는데, 최영이 목호의 괴수 3인을 처단함으로써 난을 평정했지."

"그러면 연대기가 1273년 삼별초의 난 진압, 탐라총관부 설치, 1368년 주원장 명나라 건국, 1370년 원나라 멸망, 북원 시작, 1372년 목호의 난 시작, 1374년 목호의 난 토벌, 공민왕의 죽음, 1378년 북원 아유시리다라 죽음, 1388년 북원 멸망, 이성계 위화도 회군, 1392년 조선의 건국, 이렇게 되네요. 그런데 기황후는 어떻게 되었지요?"

"기황후의 생몰연대는 알 수가 없고, 경기도 연천에 기황후의 묘로 추정되는 재실이 있어. 혜종은 피난길에 죽었지만 기황후에 대한 기록은 단지 피난길에 올랐다는 이야기만 남아있지. 원나라 황제는 몽골제국의 대칸을 겸했는데, 혜종은 이제는 초원의 초라한 칸으로만 남은 거지. 이후 여러 세력이 초원에서 새로운 역사를 만들어 가지만 세계 제국으로서의 몽골의 역사는 끝이 났어. 몽골제국의 몰락에 고려 여인 기황후의 야심이 큰 역할을 했다는 주장도 있지만 제국의 몰락은 역사적으로 어쩔 수 없는 큰 흐름이었지."

영원한 제국은 없다. 알렉산더 대왕도, 로마제국도, 몽골제국도 모두 역사의 무대에서 물러났다. 생전의 징기스칸은 "내 자손들이 비단 옷을 입고 벽돌집에 사는 날, 내 제국은 망할 것이다."라며 기회 있을 때마다 자손들에게 유목민의 기질을 잃지 말 것을 당부했다. 이 당부는 유훈(遺訓)으로 전해져 내려갔고, 손자인 쿠빌라이는 궁궐 안에 게르를 설치해 놓고 그 속에 잠을 자며 할아버지의 가르침을 충실히 지켰다. 하지만 세월이 흐르면서 후손들에게 몽골인의 정체성은 급속히 무너졌다. 사치와 향락이 있는 정착민의 삶이 초원을 누비는 유목민의 삶보다 안락했기 때문이었다.

유목민과 정착민, 올레자는 유목민일까 정착민일까, 생각하며 불탑사를 나선다. 드넓은 들녘이 펼쳐지는 신촌 가는 옛길, 제주 삼양동 사람들과 조천읍 신촌리 사람들이 제사 먹으러 다니던 길을 복원한 길, 두 마을 사람들의 향수가 젖어있는 길, 올레는 이제 제주시 삼양동을 지나서 조천읍 신촌리로 들어선다. 조천읍은 고려시대 때 '신촌현'이었기에 지금도 신촌리가 있다. 조선시대 육지와 왕래하는 관문 역할을 했던 조천, 바닷가에 위치한 갯마을, 해 돋는 아침을 맞이하기에 알맞은 곳이다. '조천(朝天)'이라는 지명 유래와 관련하여 <탐라지>에는 "육지로 나가는 사람들이 바람을 기다리는 곳이기 때문에 조천이라 했다'고 기록하고 있다. 현재 읍소재지인 조천리를 비롯하여 신촌리·신흥리 등 10개의 법정 리가 있다.

조선시대에는 제주목의 동쪽을 동면이나 좌면으로, 서쪽을 서면이나 우면으로 불렀다. 1895년 제주도가 부가 되면서 좌면은 신좌면과 구좌면으로 나뉘었다. 그러다가 1935년 신좌면은 조천면으로, 구좌면은 그대로 두었다. 신좌는 없어지고 구좌만 남았다가 1985년에는 조천읍, 구좌읍이 되었다. 조천읍에는 조천진, 연북정, 신촌향사, 동백동산, 거문오름, 산굼부리, 북촌리 선사주거유적지, 환해장성, 돌하르방공원, 교래리의 자연휴양림, 제주돌문화공원 등 명소들이 즐비하다.

다시 바다가 보이고 하늘과 맞닿은 시비코지 정자에 도착한다. 지붕 너머로 하늘과 구름이 끝없이 펼쳐지고 망망대해가 바람을 타고 다가온다. 시비코지에서 닭머르에 이르는 구간은 제주 올레의 숨은 비경으로 아름다운 풍광이 전개된다. 닭머르는 바위에서 튀어나온 바위의 모습이 닭이 흙을 걷어내고 들어앉은 듯해서 이름 삼았다. 억새풀이 우거진 해안길을 따라 언덕에 올라 벤치에서 닭머르 쪽을 바라본다. 세찬 바람을 맞으며 바라보는 경관이 말 그대로 장관이다. 닭머르에 이르니 귀여운 간세가 길을 안내한다.

'해안누리길'에 선정된 '닭머르길'이 '소박한 심성이 흐르는 바다를 걷는다. 신촌리 해안의 풍경도 눈에 거슬리지 않으며 닭머르해안길은 닭이 흙을 파헤치고 있는 형상을 하고 있다고 해서 붙여진 이름이며 또한 남생이 못이라고 불리는 습지, 공동목욕탕 등 조금은 낯선 경관이 어우러진 겸손한 마음으로 걷는 해안누리길이다'라며 자신을 소개한다. 닭머르길은 해안누리길 50코스, 약 1.8㎞로 닭머르 입구에서 신촌포구를 거쳐 신촌리 잠수탈의장까지 코스다.

신촌포구를 지나고 대섬을 지나서 조그마한 조천항에 이른다. 조천은 화북과 함께 제주의 오래된 포구로 삼남대로의 길목으로 육지와 연결되는 관문이었다. 제주로 부임하는 관리나 유배객, 육지를 오가는 장삿배 모두 이 두 포구로 들어오고 나갔다. 마을길을 지나서 조천진의 망루인 연북정(戀北亭)에 이른다. 조천진(朝天鎭)은 제주에 있던 9개의 진지 중 하나로 1374년(공민왕 23)에 조천관이 창건되었다. 1590년(선조 23) 당시의 조천관을 중창하여 제주의 풍치를 담아 쌍벽정이라 칭하였다가 1599년(선조 32)에 다시 건물을 고쳐서 연북정이라 하였다.

유배객들이 관문인 이곳에서 한양의 기쁜 소식을 기다리면서 북녘의 임금에 대한 사모의 충정을 보낸다 하여 붙인 이름이라지만 유배객이 어떻게 자유로이 연북정에서 해배될 날을 기다릴 수 있을까, 하는 의문이 든다. 오히려 연북에서 북(北)은 임금을 상징하니 연북(戀北)은 '임금을 사모한다'는 뜻, 결국 연북정에서 간절한 마음으로 북쪽을 바라본 사람들은 유배객이 아니라 아마도 제주목사 등 육지로 올라가기만을 손꼽아 기다렸던 벼슬아치 '기러기 아빠'들이 아니었을까.

조천연대를 지나간다. 제주에 38개 연대가 있었는데 지금은 25개 연대가 남아있다. 연대는 정자 못지않게 자리가 중요했는데, 연대에서 바라보는 풍광은 그 지역의 제1 경관이었다. 산방연대와 애월연대, 별도연대 등 모두가 그러했다.

고대 전설에 나오는 '金塘浦(금당포)터'를 지나간다. 조천포는 금당포라고도 했다. 불로장생의 약을 구해오라는 진시황의 명령을 받은 서불(서복)의 선단이 중국을 떠나 맨 처음 도착한 곳이 이 포구로 알려져 있다. 다음날 아침 서불은 천기를 보고 '朝天'이라는 글자를 바위에 새겨 놓았고, 그 바위는 고려 시대 조천진 공사 때 매몰되었다고 한다.

하늘과 바다와 갈매기와 바람을 벗 삼아 해안가를 걷고 걸어 방파제를 지나서 내륙의 만세공원에서 18코스를 마무리한다.

만세동산 – 자유! 저항!

📍 **19코스** 조천에서 김녕올레 19.1㎞

조천만세동산-신흥해수욕장-서우봉해변-북촌포구-김녕서포구

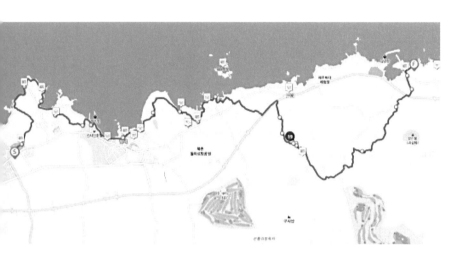

　제주에서 수선화는 1월의 탄생화로 단연 으뜸이다. 수선화는 한 해의 끝자락에서 꽃망울을 틔우기 시작해 새봄까지 피고 지기를 반복하는데, 특히 추사 김정희가 아끼고 즐긴 꽃이었다. 당시 수선화는 조선에서는 보기 어려워 어쩌다가 중국에 다녀오는 이가 가져오는 것을 보곤 했다. 구하기 힘든 귀물인지라 추사는 평양에서 한 송이 얻은 것을 다신 정약용에게 신물로 보내기도 했다. 그렇게 귀한 수선화가 제주에 유배를 오니 지천으로 널려 소나 말의 먹잇감으로 쓰였다. 추사는 크게 감탄하며 수선화를 노래하는 여러 편의 시를 남겼다.

한 점 겨울 꽃이 떨기마다 둥글게 피었으니/ 그윽하고 담담한 품격에 둘레는 차갑고 빼어났네./ 매화는 고상하지만 뜨락을 벗어나지 못했는데/ 맑은 물에서 참 모양, 바로 해탈한 신선일세.

싱그러운 겨울 아침, 조천만세동산에 수선화가 활짝 피었다. 곱게 핀 수선화를 바라보며 탐라할망이 미소 짓는다. 해탈한 신선 같은 수선화. '토착민들은 이것이 귀한 줄을 몰라서 우마에게 먹이고 또 짓밟아 버리며 밭에서는 호미로 파내어 버리는데, 호미로 파내도 다시 나곤 하기 때문에 이것을 원수 보듯 하고 있으니, 물이 제자리를 얻지 못한 것'이라며 수선화의 가치가 외면당하는 것을 추사는 자신의 불우한 처지에 비유하기도 했다. 할망에게 묻는다.

"할망, 수선화에는 나르키소스(Narcissus)의 전설이 있지요?"
"누구의 손길도 미치지 않은 깨끗한 숲속 맑은 샘물에 비친 자신의 아름다운 모습을 바라보기 위해 매일 호숫가를 찾은 나르키소스, 많은 이의 사랑을 거절했던 나르키소스가 처음으로 사랑을 느낀 대상이 바로 물속에 비친 자기 자신이었지. 아름다운 자신의 모습에 넋을 잃고 꼼짝하지 못하고, 조각 같은 자신의 모습에 경탄한 나르키소스는 물속에 비친 자신에게 수없이 입을 맞추고, 자신을 껴안고자 두 손을 담그지만 그때마다 물속의 형상은 흐려지지. 호수에 눈물 한 방울만 떨어져도 사라지는 자신의 형상에 애가 타고, 자신의 그림자에게 제발 도망치지 말라고 울부짖다가 기력을 잃고 결국 호수에 빠져 죽었지. 그가 죽은 자리에 중심부가 눈처럼 하얀 꽃잎에 둘러싸인 노란 작은 한 송이 꽃이 피어났고, 사람들은 그의 이름을 따서 수선화(나르키소스)라고 불렀지. 지나친 자기애(自己愛)를 뜻하는 말인 나르시시즘은 나르키소스의 전설에서 유래한 말이지."

"하지만 오스카 와일드의 이야기는 결말이 다르지요?"

"그래?"

"나르키소스가 죽었을 때 숲의 요정 오레이아스들이 호숫가에 왔고, 그들은 호수가 쓰디쓴 눈물을 흘리는 것을 보았지요."

"호수가 눈물을? 왜?"

"호수는 나르키소스를 애도하지만 그가 그토록 아름다운 건 몰랐어요. 호수는 나르키소스가 물결 위로 얼굴을 구부릴 때마다 그의 눈 속 깊은 곳에 비친 호수 자신의 아름다운 영상을 볼 수 있었지요. 그런데 나르키소스가 죽었으니, 이젠 그럴 수가 없어서 울었지요."

"우와, 정말 반전이다!"

이른 아침부터 들꽃 수선화의 꽃잎에 취하고 향기에 취하고 보헤미안 집시처럼 유랑하는 자신에 취한 나르시시스트 올레자가 어디선가 들려오는 함성에 맑은 정신으로 돌아온다. 3·1운동기념탑, 애국선열추모탑이 하늘을 향해 솟구친 항일투쟁 성역화공원의 들판에 그날의 함성이 들려온다.

"어디서 들려오는 소리지요?"

"조천은 3·1운동 당시 제주도에서 가장 먼저 독립만세의 함성이 터져 나온 곳이지.

일제강점기에 제주도는 전라남도에 소속되어 하나의 군 단위에 지나지 않았지만 제주도의 항일운동은 그 유래를 볼 수 없으리만치 활발했어. 구한말부터 시작된 제주의 항일운동은 의병항쟁, 안중근의

사 추도문 투고사건, 독립회생회 군자금 모금운동, 추자어민항쟁, 조천만세운동, 조천보통학교 일본국가제창 거부사건 등 그 수를 헤아리기 쉽지 않을 정도로 지속적으로 이어졌어. 그 중에서도 조천지역은 항일운동이 특히 활발했지.

1919년의 제주의 만세운동은 제주의 관문인 조천을 중심으로 3월 21일부터 일어났어. 당시 서울 휘문고보 학생이었던 김장환이 독립선언서를 가지고 귀향하면서 구체화되었지. 김장환은 숙부 김시범에게 3·1운동의 상황을 이야기하고, 김시범은 김시은·김장환과 함께 제주의 유림들 사이에 명망이 높았던 김시우의 기일인 3월 21에 거사를 결정하고 동지들을 규합했어. 태극기를 제작하는 등 사전준비 끝에 이곳 조천리 만세동산에서 독립선언식을 거행한 후 시위행진을 하였지. 시위 주역들이 체포되어 이내 종료되었지만 이후 서귀포 등지에서 만세운동이 일어났고, 이후 제주의 민족운동에 많은 영향을 주었지."

만세동산에서 허허벌판의 황량한 밭길을 따라 바다로 나아간다. 올레19코스는 조천만세동산에서 김녕서포구에 이르는 코스로 만세동산에서 항일투쟁역사를 돌아보고 관곳, 신흥해수욕장, 서우봉해변을 지나서 너븐숭이4·3기념관에서 북촌포구로, 이어서 내륙으로 동복리마을운동장과 풍력단지를 지나서 김녕서포구에 이른다. 밭에서 물빛 고운 바다로, 바다에서 솔향 가득한 숲으로, 숲에서 정겨운 마을로 이어지는 바다와 오름, 곶자왈과 농촌마을을 번갈아 보여주는 길이다.

푸른 바다, 하얀 파도, 거무스름한 현무암이 어우러져 평화롭고 고요한 겨울 해안의 풍경을 이룬다. 제주해안은 현무암질 암석해안이 229.7㎞로 전체 해안의 75%를 차지한다. 사질해안은 규모와 수가 모두 작아 전체 해안의 7.1%인 21.9㎞에 불과하다. 제주도 사빈을 대표하는 이호, 함덕, 협재, 곽지, 김녕, 중문해수욕장은 길이가 500m를 넘지 못하는 전형적인 포켓비치이며, 해수욕장 도처에 기반암이 노출되고 있어 사빈의 연속성도 떨어진다.

한반도의 끝자락인 해남 땅끝마을과의 거리가 83㎞로 가장 가까운 관곶에 이른다. 조선시대 조천'관'으로 가는 길목에 있는 '곶'이라 하여 '관곶'이란 이름이 지어졌다. 제주의 울돌목이라 할 만큼 파도가 거세 지나가던 배가 뒤집어질 정도로 거칠다. 관곶 앞바다로 해남 땅끝마을이 다가온다. 추억은 아름다운 것, 고성 통일전망대까지 790㎞ 국토종주 고행의 순간들이 더욱 행복하게 다가온다. 행복에는 매운 맛이 들어있다. 행중신(幸中辛), 불변의 철리다.

신흥리 백사장, 두 개의 방사탑이 시선을 사로잡는다. 밀물 때면 방사탑의 아랫부분이 잠겨 더욱 신비롭다. 함덕 서우봉해변으로 걸어간다. 맑은 에메랄드빛 바다, 곱고 하얀 모래사장이 넓게 펼쳐 있다. 검은 현무암 위에 가로놓인 아치형 구름다리와 빨간 등대가 어우러지며 아름다운 풍광을 연출한다. 백사장이 길고 수심이 얕아 아이들을 데리고 가족단위로 많이 찾는 해수욕장이건만 한산한 겨울풍경이다.

바다로 뻗은 나지막한 오름 서우봉(犀牛峰), 살진 물소가 뭍으로 기어 올라오는 형상이라 하여 예부터 덕산으로 여겨져 왔다. 해변을 따라 산책로가 조성되어 있고, 동쪽 기슭에는 일본군이 파놓은 21개의 굴이 있다. 서우봉 길은 함덕리 주민들이 낫과 호미만을 가지고 2년에 걸쳐 조성한 오솔길이다. 서우봉에서 바라보는 풍광이 장관이다. 말들이 한가로이 풀을 뜯고 있다. 서우봉 해변과 함덕 일대가 한 눈에 들어온다.

 엎드린 물소의 잔등 같은 서우봉 등성이를 넘어 북촌마을로 들어간다. 북촌마을은 4·3사건 당시 단일 사건으로는 가장 많은 희생자를 낸 마을이다.

 너븐숭이4·3기념관에 도착한다. 너븐숭이는 '널찍한 돌밭'이란 뜻이다. 4·3사건 때인 1949년 1월 17일 북촌리 주민 400여 명을 남녀노소 가리지 않고 무고하게 학살한 '북촌리 사건'의 현장이다. 아픔의 역사를 잊지 말고 무고한 희생자를 추모하며 후세들의 산 교육장으로 삼고자 2009년에 건립되었다. 해마다 음력 12월 19일이면 위령제를 지내고 있다. 나지막한 돌담이 둘러쳐진 애기무덤이 진한 슬픔을 자아낸다.

 "18코스에서도 사라봉을 내려오며 곤을동마을터를 보았는데, 4·3사태 현장이 곳곳에 있네요?"

 "제주를 여행하면 어디를 가나 4·3사건과 만나. 섯알오름에서도, 관덕정에서도, 다랑쉬오름에서도, 돈내코에서도, 회천 석인상에서도, 한라산 영실에서도, 이루 헤아릴 수가 없어. 그래서 제주도를 이해하자면 우리 현대사의 비극 4·3사태를 이해하고 기억해야 해."

 "대통령이 공식 사과하고 봉개동에 제주4·3평화공원을 조성하였지요?"

 "2000년 1월 12일 제주4·3특별법이 제정 공포되면서 비로소 정부 차원의 진상조사가 착수되었고, 2003년 10월 31일 노무현 대통령이

공식적으로 제주도민에게 사과하고 덧없이 죽은 영혼들이 폭도가 아니라 양민이었음을 확인했지. 그리고 2008년 3월 봉개동 한라산 기슭에 제주4·3평화공원을 조성하였어. 하지만 아직도 끝나지 않은 진행형이야. 이따금씩 실제 빨갱이들을 토벌한 사건이었다며 학살 행위에 일부 정당성을 부여하는 발언이 나오기도 해. 4·3사건은 350 명의 남로당 무장대를 토벌하기 위해 3만 명의 민간인이 희생된 비극적인 사건이야."

"북촌마을 4·3사건은 어떻게 해서 일어났어요?"

"1948년 4월 21일 무장대가 5·10선거를 앞두고 북촌리 선거사무소를 공격하여 선거기록을 탈취해 갔고, 6월 16일에는 북촌포구에서 우도지서 경찰관 2명이 무장대에게 살해되었어. 강경 진압을 하던 군인들은 12월 16일 마을을 지키며 토벌대에 협조하던 민보단원 24 명을 인근마을인 동복리에 있는 속칭 '낸시빌레'에서 집단으로 총살했어. 1949년 1월 17일에는 북촌초등학교 인근 들판에서 주민 3백여 명을 집단으로 학살했지. 너븐숭이 인근에서 군인 2명이 무장대의 습격으로 숨진 데 대한 보복이었지. 이처럼 총 443명이 희생당한 북촌마을은 4·3사태 최대의 피해마을 중 하나야. 마을 주민들이 한꺼번에 희생을 당했기 때문에 모두 제삿날이 같아. 1978년 현기영의 '순이 삼촌'이란 소설로 세상에 널리 알려졌지."

"제주 올레를 걸으며 자연뿐만이 아니라 비극적인 제주 4·3사건 현장에 대해서도 정말 관심을 가져야겠네요."

"그럼. 그래야 진정 제주를 알고 한라산을 알고 올레를 아는 거지."

"4·3사건으로 갈까요?"

"제주4·3사건은 1948년 4월 3일 새벽 2시 좌익인 남로당 제주도당 350명의 무장대가 12개 경찰지서와 서북청년단, 대동청년단의 집을 공격하는 무장봉기에서 시작되었어. 남로당 제주도당은 1948년 3월 조직 노출로 심각한 위기상황을 맞고 있었지. 수세에 몰린 남로당 제주도당은 무장투쟁을 결정했고, 이는 조직을 수호하고 곧 있을 남한만의 5·10단독선거에 반대하는 것을 투쟁목표로 했어. 그들이 무장봉기를 하게 된 직접적인 계기는 1947년 3·1절 기념식 때 관덕정에서 경찰이 시위 군중에게 발포해 주민 6명이 사망한 사건이 있었어. 3·1절 기념식이 도화선이지. 3월 10일 경찰 발포에 항의한 총파업이 있었는데, 제주도 직장의 95% 이상이 참여한 민·관 합동 총파업이었지. 일제로부터 해방되었다는 기쁨도 잠시, 미 군정청 하지 중장은 조사단을 제주에 파견하여 3·10 총파업은 경찰 발포에 의한 도민의 반감과 이를 증폭시킨 남로당의 선동 때문이라고 분석했지. 그러나 경찰 발포보다 남로당의 선동에 보다 큰 비중을 두고, 남로당원 색출작업을 강력하게 추진했어. 이를 위해 도지사를 비롯한 군정 수뇌부들이 전원 외지인들로 교체되었고, 경찰과 서북청년단원 등이 대거 제주에 내려가 파업 주모자 검거작전을 전개했어. 그 결과 한 달 만에 500여 명이 체포됐고, 이듬해 4·3사건 발발 직전까지 2500여 명이 구금됐어. 테러와 고문도 잇달아, 1948년 3월에는 세 건의 고문 치사사건이 발생했어. 이때부터 제주도민들의 육지인들에 대한 반감은 심각해졌지.

미 군정청은 4·3사건 초기에 1700명의 경찰력과 500명의 서북청년단을 증파하여 사태를 막고자 했으나 사태가 수습되지 않아 모슬포 주둔 제9연대에 진압작전 출동명령을 내렸어. 9연대장은 '먼저 선무해 보고 안 되면 토벌하겠다'는 원칙으로 무장대 측과 협상을 했고,

양측 간에 평화적인 사태해결에 합의했던 4·28협상은 서북청년단의 '오라리 방화사건'으로 결렬되면서 미 군정청은 9연대장을 교체하고 11연대를 추가로 파견해 5·10선거를 성공적으로 치르려고 했어. 그러나 5·10선거는 전국 200개 선거구 중 제주도 2개 선거구만 투표수 과반 미달로 무효 처리되었지.

이후 8월 15일 대한민국 단독정부가 수립되고, 북쪽에 또 다른 정권이 수립됨에 따라 이제 제주사태는 정권의 정통성에 대한 도전으로 인식되었지. 이승만 정부는 10월 11일 제주도경비사령부를 설치하고 본토의 병력을 제주에 증파했어. 새로 임명된 9연대 송요찬 연대장은 해안선으로부터 5㎞ 이상 들어간 중산간지대를 통행하는 자는 폭도배로 간주하여 총살하겠다는 포고문을 발표했고, 이때부터 중산간마을을 초토화하는 대대적인 강경 진압작전이 전개되었어.

11월 17일, 제주도에 계엄령이 선포되었고, 계엄령 하에 중산간마을 주민들은 많은 피해를 입었어. 해안마을로 피해온 주민들까지도 무장대에 협조했다는 이유로 죽임을 당했지. 추운 겨울을 한라산 속에 숨어 살다가 잡히면 사살되거나 형무소로 보내졌으며, 도피자 가족은 그 부모와 형제를 대신 죽이는 일도 자행되었어. 12월 말 진압부대가 9연대에서 2연대로 교체되었지만 강경 진압은 계속되었어. 여기 북촌리 사건은 조천에 주둔하고 있던 2연대에 의해 자행되었지. 1949년 3월 제주도지구 전투사령부가 설치되면서 진압·선무 병용 작전이 전개되면서, 신임 유재홍 사령관은 한라산에 피신해 있던 사람들이 귀순하면 모두 용서하겠다는 사면정책을 발표했고, 이때 많은 주민들이 하산했지.

1949년 5월 10일 재선거가 성공리에 치러지고, 6월 무장대 유격대장인 조천 출신의 이덕구가 사살되면서 무장대는 사실상 궤멸되었어. 이덕구는 일본 유학 중 학병으로 입대해 관동군 장교로 종전을 맞아 귀향한 뒤 조천중학원 교사로 있다가 4·3사건을 맞았지. 이덕구는 관덕정 광장의 전봇대에 효수되었고, 그의 주머니에는 숟가락 하나가 꽂혀 있었다고 전해져.

4·3사건은 이렇게 일단락되었고, 희생된 사람은 약 2만에서 3만 명으로 당시 제주도민의 1/10이었지. 그러나 4·3사건은 1950년 한국 전쟁이 발발하면서 또 다시 비극적인 사태를 불러일으켰어. 전국 각지 형무소에 수감되었던 4·3사건 관련자 3천여 명이 즉결처분으로 죽임을 당했고, 올레10코스 '백조일손지묘'의 희생자들도 이때 학살되었지. 남로당 무장봉기로 촉발되었던 제주4·3사건은 1954년 9월 21일, 한라산 금족(禁足)지역이 전면 개방되면서 사실상 그 막을 내렸지만 그 비극적인 상흔은 제주 전역에 걸쳐 현재까지 남아 있지."

"그럼 1947년 3월 1일을 기점으로 1948년 4월 3일 소요사태가 발생하고, 1954년 9월 21일까지 제주도에서 발생한 무력충돌과 진압과정에서 무고한 주민들이 희생당한 사건이에요?"

"그렇지. 제주4·3사건은 역사상 6·25를 제외하고 가장 큰 희생자를 낸 현대사의 비극이지. 슬픔과 고통으로 얼룩지지 않은 우리 역사가 없지만 한라산 기슭 봉래동의 4·3평화기념관은 그러한 역사를 담은 그릇을 차용하여 건립하였어."

제주도에는 4·3역사 유적 탐방길이 조성되고 있다. 2016년 12월에는 제주특별자치도가 주최하고 북촌리 4·3유족회가 주관하는 행사로 '북촌마을 4·3길'이 열렸다. 2015년 10월 처음으로 '동광마을 4·3길'이 열리고, 2016년 9월 남원읍 '의귀마을 4·3길'에 이어 세 번째다.

북촌마을을 지나 한적한 북촌포구에 이른다. 북촌포구 앞에 떠 있는 길쭉한 다려도가 오라고 손짓을 한다. 섬의 모양이 물개를 닮았다고 해서 달서도(獺嶼島)라고 하는 무인도다. 일몰이 아름답기로 유명하고, 해산물이 풍부하고 어종이 다양해서 강태공들이 즐겨 찾는다. 4·3 당시 북촌리 주민들이 토벌대를 피해 다려도에 숨기도 했다.

1915년 민간에서 만든 제주 최초의 옛 등대인 북촌 등명대를 지나서 이제 바당올레를 마무리하고 내륙으로 방향을 튼다. 올레에서 보기 드문 큰길, 1132번 도로 대로변을 지나서 곶자왈로 접어든다.

"할망, 북촌리에는 돌하르방공원이 있지요. 제주의 상징물인 돌하르방은 언제부터 있었어요?"

"제주 돌하르방의 기원에 대해서는 몽골(1206~1368)의 탐라 지배와 관련됐다는 '북방설', 동남아 일대에서 유사한 석인상(石人像)들이 발견됐다는 '남방설', 조선시대 때 자체적으로 세웠다는 '자생설' 등이 팽팽히 맞서고 있어. 거기에 제주 돌하르방과 생김새가 매우 흡사한 중국 요(遼)나라(907~1125년) 시대 석인상이 만주에서 발견되었지.

제주에서 돌하르방은 1754년(영조 30) 김몽규 목사가 처음 세웠다고도 해. 돌하르방이란 말은 '돌 할아버지'라는 뜻으로, 원래는 우석목, 무석목, 벅수머리, 옹중석 등으로 불렀어. 성문 입구에 마주보게 배치되어 마을의 평안과 융성을 기원하는 수호신적 기능, 벅수나 장승처럼 사악한 것을 막아주는 주술·종교적 기능, 성안과 밖을 나누는 경계의 구분이나 성문 출입을 제한하는 위치 표시 및 금표의 기능 등을 지녔지."

"돌하르방이 아기도 점지해 주었다지요?"

"그럼. 옛 제주에는 아이를 갖지 못했던 많은 여인네가 밤마다 돌하르방 앞에서 기도를 했어. 자녀가 없는 여인이 한밤중에 돌하르방의 코를 쪼아서 물에 타 마시면 임신을 할 수 있다는 말이 전해져 왔지. 또 반대로 유산을 원하는 여인이 돌하르방의 코를 쪼아서 가루를 먹으면 아이를 지울 수 있다는 속설도 있었어. 이 때문에 곳곳에 코가 망가진 돌하르방이 많이 있지. 돌하르방의 기능은 자식 잉태뿐만 아니라 마을 수호신 기능과 주술 종교적 기능, 위치 표지 및 금표적 기능 등도 있었지."

"재미있네요. 돌하르방과 비슷한 동자석도 있고 석인상도 있는데, 어떻게 달라요?"

"석인상으로는 '화천사 오석불'이 있는데, 이형상 목사 재임 당시에 당 오백 절 오백을 불태워 버려 이 석인상만 남았어. 와흘본향당이 있는 조천읍 와흘리 옆 동네에는 제주 민속자료로 지정된 다섯 개 신당 중의 하나인 세미하로산당이 있어. 세미하로산당을 지나서 화천사라는 절 뒤쪽으로 가면 '화천사 오석불'이라 불리기도 하는 석인상이 있지. 이는 원래 불상이 아니야. 이 석인상 5기는 여성 중심인 제주에서 남성들이 따로 지내는 포제를 3백년 이전부터 지냈는데, 언제부터 불교가 자리를 차지해 석인상은 돌미륵으로 둔갑했어. 마을에서는 지금도 해마다 첫 정일(丁日)에 육류를 쓰지 않고 제를 지내고 있어. 돌하르방이나 불상과는 달리 석인상의 너무나도 서민적이고 해학적이고 무속적인 모습은 깊은 정감을 느끼게 해. 제주도의 그 많은 돌 가운데 인체를 닮은 것, 얼굴을 닮은 것 다섯 개를 골라 거기에 이목구비만 슬쩍 가했을 뿐인데 표정이 제각기 다르면서 미소를 짓게 하는 익살과 유머가 제주인들의 해학을 느끼게 하지.

동자석은 돌담이 둘러진 무덤 앞에 서 있는 어린아이 모습을 한 석상이야. 올레를 걷다가 간간이 보이지. 동자석은 무덤 앞이나 좌, 우편에 마주보거나 나란히 세워져 죽은 자의 영혼을 지켜주고 보필

하면서 무덤 터를 지켜주는 지신(地神) 역할을 하지. 약 33~96㎝ 정도의 작은 키를 가진 동자석은 기공이 많은 거친 현무암으로 만들어져 이목구비 부분만 뚜렷하게 다듬고 나머지는 과감하게 생략된 모습을 볼 수 있어. 주로 서민들에 의해 제작되었는데, 꾸밈이 없고 순박한 모습은 제주사람들의 모습을 반영한 듯해.

동자석이나 돌하르방 같은 석상들은 제주에서만 한정된 조형미술 조각품으로 세계적으로도 독특하지. 제주대학교 박물관자료에 의하면 제주 전역에 분포된 동자석은 250여 개라 하는데, 실제는 이보다 더 많은 1,000여 개의 동자석이 서민들의 무덤과 함께 할 거로 추측하고 있어."

"돌하르방 원석은 모두 몇 기가 남아 있어요?"

"현재 제주도에는 제주대학·시청·삼성혈·관덕정 등 제주시내 21기, 표선면의 성읍리에 12기, 대정읍에 13기, 서울 국립박물관에 2기 등 모두 48기가 남아있어."

"모양이 조금씩 다른 것 같은데요?"

"돌하르방의 크기도 달라. 평균 신장이 제주는 189㎝, 성읍은 141㎝, 대정은 134㎝이고, 제주목의 것은 전체적으로 조화를 이루며 음각선이 굵고 힘찬 느낌이 강한 반면, 정의현과 대정현의 것은 작고 소박한 느낌을 주지. 석상의 형태는 대체로 벙거지형 모자, 부리부리한 왕방울 눈, 큼지막한 주먹코, 꼭 다문 입, 배 위 아래로 위엄 있게 얹은 두 손의 모습을 하고 있어."

"돌하르방을 닮아서인가, 제주사람들이 전국에서 제일 뚱뚱하다는 통계가 있던데요?"

"후후, 그래? 청정한 공기와 올레길, 푸른 바다와 싱싱한 해산물, 천혜의 환경에 살고 있는 웰빙의 상징 제주도, 제주도 사람들은 상상만 해도 건강한 삶을 누릴 것 같은데 뚱보섬의 오명이라니?"

"그러게요. 제주도는 맞벌이 비중이 61.5%로 전국 최고라서 자녀들끼리 식사를 해결해야 하는 상황인데 칼로리가 높은 패스트푸드로 식사를 하는 습관이 비만의 이유라는 분석이 있어요. 특히 20, 30대 여성들이 1980, 1990년대 경제성장기에 유년기를 보내면서 영향을 가장 많이 받았다고 해요. 또한 대중교통 수단이 적어 자가용을 주로 이용하는 것도 운동량 감소로 연결되어 비만 증가에 악영향을 끼쳤다고 하지요.

섬 지방은 대개 비만도가 낮은데 하와이는 미국 50개 주 가운데 콜로라도에 이어 비만도가 가장 낮지요. 하기야 오키나와는 30년 전만 해도 일본에서 100세인 비율과 평균 수명이 가장 높은 장수마을이었지만 현재는 식생활의 변화 때문에 비만 비율이 본토의 2배에 이르는 건강 위험지역이지요. 과거 오키나와 사람들은 생선, 미역, 야채, 콩을 많이 먹었지만 미군이 주둔하면서 패스트푸드가 빠르게 퍼져 나갔어요. 맥도널드 체인이 일본 최초로 들어선 곳이 오키나와니까요.

등잔 밑이 어둡다고 올레를 걷기 위해 육지에서는 많이 오는데 정작 제주사람들은 많이 걷지 않아서겠지요. 할망처럼 이렇게 많이 걸으면 날씬해지는데 그렇지요?"

"그러게. 비만을 치료하는 최고의 보약은 걷는 것이지. 행보(行步)가 곧 행보(行補)야."

"여자가 많은 제주도에 돌하르방은 있는네 돌할망은 왜 없을까요?

"재미있는 질문이네. 제주는 애초부터 모계사회 성격이 강한 곳이라 곳곳에 설문대할망부터 시작해 거대여신들의 신화가 있었고, 여성들의 강인함이 부각되던 곳인데 군이 수문장 역할을 하는 돌할망까지 세울 필요는 없었을 테지."

"역시 제주의 상징은 돌과 여자, 그리고 바람이네요. 거친 바람, 거무스름한 현무암, 억척스러운 여자, 바람과 돌의 척박한 환경에서 살아가는 여자는 바람과 돌을 안고 살아야 했던 숙명이고 돌은 바람과 여자와 어우러지는 숙명이네요."

"올레자도 돌이지? 명돌? 참 좋은 이름이야. 조약돌 몽돌 디딤돌 등 모든 돌에는 지구의 역사가 담겨 있지. 돌은 생성 과정에 따라 마그마가 식은 화성암, 모래·진흙이 되어 쌓인 퇴적암, 암석이 높은 열이나 압력을 받아 성분이 변한 변성암, 셋으로 나누어져. 돌하르방을 만드는 현무암은 화성암이야.

제주도의 돌은 한라산을 시작으로 비양도의 탄생에 이르기까지 끊임없는 화산폭발로 만들어졌지. 화산폭발로 용암이 흘러내려 물이나 대지의 공기와 만나면서 굳어진 현무암, 단단하지만 검은 돌 속에 숭숭 뚫린 구멍은 무거움과 가벼움, 신비와 아픔을 동시에 느끼게 해. 그런 제주의 돌은 삶과 죽음을 동시에 담는 매개체 역할을 했지. 제주 사람들은 '돌에서 왔다가 돌로 돌아간다'고 하지. 그만큼 돌문화가 깊이 스며들었다는 뜻이야. 돌로 집 짓고, 돌로 바람 막고, 돌로 바다로 흐르는 물을 막아 생활용수로 사용했고, 돌로 무덤을 만들고, 돌로 성과 봉수연대, 환해장성을 쌓았어. 제주에서 흔하디흔한 돌의 존재는 피할 수 없는, 극복하고 공존해야 할 숙명과도 같은 존재야. 제주 사람들이 돌의 존재를 지혜롭게 극복한 대표적인 것이 바로 돌담이지. 돌담은 제주의 역사와 삶이 고스란히 녹아있어. 제주도는 표본조사를 통해 돌담의 총 길이를 3만 6355㎞, 밭담의 길이를 2만 2108㎞로 제시했지. 제주 돌담은 2013년 국가중요농업유산에 이어 2014년에는 세계식량농업기구(FAO)의 세계농업유산으로도 등재되는 등 그 가치가 세계적으로 인정받고 있어."

"돌담에 얽힌 이야기 해주세요."

"돌담은 고려 고종 때부터 시작됐어. 고종 때부터 제주에 고위 관료들이 파견돼 통치하기 시작했는데, 당시 제주판관 김구가 토지의 경계로 돌담을 쌓도록 했지. 돌담을 쌓으며 경계 분쟁이 줄어들고 방목했던 소와 말에 의한 농작물의 피해가 줄어들었어. 얼기설기 밭 담을 쌓아 바람만이 자유롭게 담을 넘나들게 했고 부족한 흙이 바람에 날아가는 것을 막아 씨앗을 보호했고 땅의 경계를 분명히 했지. 더불어 소나 말의 침입을 막아 농작물을 보호하는 중요한 역할도 했어.

돌이 많아도 너무 많은 제주에서 경작지를 확보하기 위해서는 돌을 치워야 했고, 그래서 돌담이 탄생했지. 바람을 막기 위해 집 주위를 둘러싼 집담, 밭과 밭 사이의 경계가 되어주는 밭담, 목장의 울타리 역할을 하는 잣성, 무덤 주변을 둘러싼 산담, 밀물과 썰물을 이용해 물고기를 잡으려 쌓은 갯담(원담), 큰길에서 집으로 이어지는 올렛담 등 제주는 돌로 만들어진 정원이야.

돌담은 돌을 굴려가며 틈과 틈 사이에 딱 맞는 부분을 찾아내어 쌓지. 돌 사이사이에 난 구멍은 바람이 지나가는 통로가 되어 담이 쓰러지지 않아. 돌담은 제주만의 자랑이야. 제주의 돌담은 담이 낮아. 구멍 난 현무암으로 특유의 멋과 운치로 쌓아올린 돌담, 그런 제주의 돌담은 미학의 정수를 보여주지. 한라산과 돌담의 공동점이 무엇인지 알아?"

"……."

"정답은 육지에서는 볼 수 없지만 제주도에서는 어느 곳에서나 볼 수 있다는 것, 흔하기 때문에 이제껏 그 가치와 소중함을 망각하고 지냈다는 것이지. 돌담의 미학을 새로이 조명하고, 보존방안, 돌담 쌓기 기술을 계승할 수 있는 대책이 필요한 시점이지."

"그래서 제주에는 돌문화공원도 있잖아요?"

"제주 돌문화공원은 조천읍 교래리에 있지. 제주의 돌을 통하여 제주의 정체성, 향토성, 예술성을 살려 탐라의 형성과정, 탐라의 신화와 역사와 민속문화를 시대별로 정리해 놓았어. 돌문화공원의 80% 이상을 차지하는 곶자왈은 보전하여야 할 생태공원으로 또 다른 매력이야. 돌문화공원의 주인공이 누군지 알아?"

"……."

"주인공은 설문대할망이야. 설문대할망은 한라산과 360여 개의 오름을 만든 최고의 돌 거장(巨匠)이지. 설문대할망은 제주 돌의 화신이고, 제주 돌 하나 하나는 곧 설문대할망의 분신이지. 백록담에 앉아서 성산일출봉을 돌 빨래구덕 삼고 우도를 돌 빨래판 삼아 한 다리는 서귀포의 지귀도에, 다른 한 다리는 관탈섬에 걸치고 빨래를 하고, 백록담을 돌베개 삼아 낮잠을 자기도 하는 설문대할망, 돌 가마솥에 빠져서 사랑의 죽(粥)이 되지. 고통으로 몸부림치는 그 아들들 오백장군의 기암괴석은 설문대할망의 숨결을 느끼게 하는 자식이지."

"2020년이 돼야 탐라신화관, 역사관, 민속관이 시대별로 정리되어 완공된다지요?"

"지금은 1코스 신화의 정원, 2코스 제주돌문화전시관, 3코스 제주 전통돌한마을로 나뉘어 관람을 할 수 있어. 1코스는 전설의 통로와 숲길을 지나 돌 박물관 관람 후 오백장군 갤러리와 어머니의 방을 관람하고, 2코스는 숲길을 거닐며 선사시대부터 근현대까지의 돌문화 야외전시장을, 3코스는 지금은 거의 사라져버린 제주의 전통초 가마을에서 제주 옛 사람들의 삶을 엿볼 수 있어. 제주에서 가장 제주다운 문화공원이야. 제주에 오면 꼭 가봐야 하고, 죽기 전에 한번은 꼭 가봐야 할 곳이지."

"보배로운 돌, 보석(寶石)도 돌인데 현재 지구상에 4000개 이상의 광물 가운데 50여 종을 보석으로 분류하지요. 그 가운데 가장 귀한 보석은 뭘까요?"

"4월의 탄생석으로 영원한 사랑과 행복의 의미를 지닌 금강석(다이아몬드), 예로부터 이집트, 페르시아, 티베트, 몽골 등지에서 가장 귀하게 여긴 터키석, 중국에서 가장 귀하게 여긴 옥돌도 있지만 아무려면 대한민국의 '명돌' 아닐까?"

"우와! 이 감동!"

"보석에 얽힌 중국 한비자의 이야기를 해주지. 어떤 사람이 가공하지 않은 옥돌을 주워 대신에게 선물로 바쳤어. 그러나 대신은 극구 받지 않았지. 그래서 그 사나이가 말했어. '이것은 값비싼 보석입니다. 대신 같은 고귀한 분에게 어울리는 것인데 어찌 거절하십니까?' 대신은 말했지. '그대는 옥돌을 보석이라고 말하지만, 나는 그것을 받지 않는 것을 보석이라고 생각하네.'"

조천읍을 벗어난 길은 구좌읍의 동복리로 들어선다. 동복리에서는 해안길이 아닌 곶자왈로 걸어서 김녕의 바닷가로 향한다. 숲속 길가에 동복새생명교회가 나타난다. 인가도 없는 숲속에 교인들은 어디서 오는 것일까, 불교에서 '개에게도 불성이 있다'고 하듯 혹시 자연과 새들과 벌레들, 숲속의 정령들을 상대로 설교를 하는 것은 아닐까, 스치는 바람에 망상이 스쳐간다.

숲속에 널찍한 동복리 마을운동장이 나타난다. 푹신푹신하고 호젓한 길을 따라 걸어간다. 용암이 굳으면서 만들어진 넓은 공터, 가운데가 벌어진 곳, 두 마을로 갈라지는 곳이라 해서 '벌러진 동산'이 다가온다. 용암이 흐른 흔적이 생생하게 남아 있다. 가도 가도 숲길이 펼쳐진다. 너무나 고요하다. 인적 없는 길, 여성 혼자로는 무리한 올레, 위험천만이라 여행에는 안전이 제일이다.

어디선가 소리가, 기계음이 들려온다. 기계음마저 반갑다. 제주에너지공사에서 조성한 동복·북촌 풍력발전단지, 바람개비 돌아가는 굉음이 점점 가까이 다가온다. 고요를 깨뜨리는 소리에서 세상을 깨뜨린다. 다시 소리가 멀어진다. 조금씩, 조금씩.

김녕마을입구를 지나서 김녕농로를 따라 간다. 멀리 김녕바다가 보인다. 백련사를 지나서 김녕서포구 19코스 종점에 도착한다. 널따란 푸른 바다가 가슴을 활짝 열고 맞아준다. 푸른 하늘 푸른 바다의 품에 풍덩 빠진다.

"할망, 내일은 섬으로 가요."

"어디?"

"추자도요."

"오케이. 안녕!"

"할망, 고마워요. 내일 봬요!"

추자올레 - 추자십경!

📍 **18-1코스** 추자항에서 추자항올레 18.2㎞

추자항-추자등대-묵리교차로-신양항-황경한의 묘-돈대산-추자항

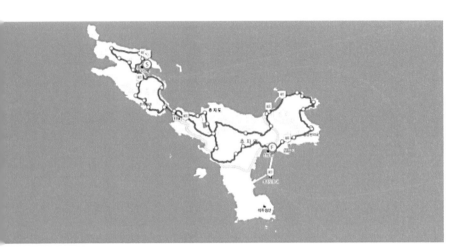

물은 순환하며 바다로 여행한다. 바다는 모든 물을 받아주고 생명체를 길러낸다. 바다의 생물들은 바다의 리듬에 따라 살아가고, 인간은 인간사의 리듬에 맞춰서 살아간다. 건강한 삶의 리듬을 욕망해야지 그럭저럭 살아서는 안 된다. 비가 없이는 무지개를 볼 수 없다. 고난과 역경까지 즐기며 죽을 때까지 재미있게 살아야 한다.

"머지않아 너는 어느 곳에도 존재하시 않게 될 것이다. 네가 지금 보고 있는 것들 중에는 그 어느 것도, 지금 살아 있는 사람 중에 그 누구도 그렇게 되지 않는 존재는 없다."라고 로마의 스토아 철학자 마르쿠스 아우렐리우스 황제는 말한다. 살아있는 자들의 숙명, 살아

있다는 사실에 환호하며 오늘도 제주 올레를 걸어간다.

　1월 11일 아침 제주항 국제선터미널, 완도로 가는 여객선에 몸을 싣고 추자도, 섬에서 섬으로 간다. 추자도는 제주에서 북쪽으로 약 45㎞, 한반도와 제주도의 중간지점에 위치해 있다. 새로운 날에 새로운 기회가 온다. 추자도를 향하는 첫 여행에 마음이 설렌다. 배가 망망대해를 가로질러 바다를 달려간다.

　한 시간 남짓, 상추자항에 도착했다. 추자도라, 올레로 맺어진 인연으로 만남이 싱그럽게 다가온다. '섬, 바다, 사람이 동화되어 살아가는 찾아가고 싶은 섬!', '추자도에 오신 것을 진심으로 환영합니다'라는 현수막이 펄럭이며 반겨준다.

　고요한 항구의 제주 올레 18-1코스 표석 앞에서 선박들과 갈매기들의 환호를 받으며 포구를 벗어난다. 올레18-1코스는 상추자도의 추자항에서 시작하여 추자교를 건너 하추자도를 걸어서 다시 추자항으로 돌아오는 코스이다. 해넘이 명소 봉글레산을 지나서 추자등대에서 다도해를 조망하고, 추자교를 건너 하추자도 신양항에서 신대산으로 황경한의 묘를 지나간다. 제주의 숨은 선경 돈대산 정상에 이르러 추자도의 숨은 비경을 맛보고 다시 추자교를 건너 추자항으로 돌아오는 올레. 난이도 상급, 오르고 내리고를 반복하는 가운데 추자도의 속살과 풍광을 만끽하는 추자일주 길이다. '세계가 찾는 제주, 세계로 가는 제주' 슬로건을 내건 추자면사무소, 돌하르방 문지기가 올레자에게 구수한 미소로 인사한다.

　"할망! 추자도 소개 좀 해주세요."

"그래야지. 육지와 제주 본섬의 중간지점에 위치한 추자도는 상추자도와 하추자도, 추포, 횡간도 4개의 유인도와 38개의 무인도를 합쳐 사이(42) 좋은 섬이야. 42개의 군도(群島)가 마치 바둑판에 바둑돌을 펼쳐놓은 형상으로 제주의 다도해라 불릴 정도로 빼어난 경치를 자랑해. 상추자도에는 대서리와 영흥리, 하추자도에는 묵리, 신양1리, 신양2리, 예초리 6개 마을에 28개의 산봉우리 아래 1300여 가구, 인구 2천여 명이 거주하고 있지. 1271년(원종 13)까지 후풍도(後風島), '바람을 기다리는 섬'이라 불리다가 조선 태조 때 섬에 추자나무 숲이 무성하여 추자도라 불렀지. 추자도의 추(楸)는 가을나무라는 형상으로 추자는 가래나무 열매를 뜻하는데, 섬에 가래나무가 많아 붙었다는 설도 있어. 1910년까지만 해도 전라도 완도군에 속했어.

화강암으로 이루어진 추자도는 현무암으로 이루어진 제주 본섬과는 분위기가 다르지. 언어나 생활상도 제주도보다 전라도에 더 닮아 있어. 제주도보다는 물산이 많은 육지와 왕래가 더 많았기 때문이야. 추자해역은 벵에돔, 돌돔, 참돔, 전갱이 등 고급어종들이 많이 서식하여 바다낚시의 천국으로 알려져 있어. 제주도, 보길도와 더불어 유배지로도 많이 이용되었지. 추자십경을 비롯한 수려한 해안경관을 자랑해."

'추자도 해안누리길' 안내판이 추자도의 해안누리 경관을 자랑하고 봉골레 노을길 이정표가 길을 재촉한다. 추자도에 올레길과 해안누리길이 만들어진 후 그 아름다움으로 도보여행자들의 발걸음이 끊이지 않는다. 추자면사무소에서 왼쪽으로 접어들자마자 벽화가 그려진 골목길이 나타난다. 아담하고 정겨운 추자초등학교를 지나간다. 교육가족 일동이 내건 운동장 가장자리 '환영! 제주 올레18-1

코스' 표지판이 흥을 일으킨다. 최영 장군의 사당에 도착한다. ·

"아버지의 유훈에 따라 '황금 보기를 돌같이 하라(見金如石)'는 명언을 좌우명으로 삼은 최영 장군의 자취가 추자도에도 있네요."

"그렇지. 추자도는 한반도와 제주도를 잇는 교통 및 군사요충지야. 고려 원종 14년(1273년) 4월에 고려의 김방경 장군이 추자도에서 바람을 기다렸다가 제주의 함덕포와 명월포로 상륙하여 삼별초를 무찔렀지. 백년이 지나 공민왕 23년(1374년) 7월에는 최영 장군이 몽골의 마지막 잔당세력인 목호(牧胡) 석질리필사·초고독불화가 난을 일으키자 이를 진압하러 제주도로 가는 길에 풍랑을 만나 8월 24일부터 28일까지 추자도에 머물렀지. 전함 314척을 당포에 머물게 하고 군병 25,605명을 별도에 주둔시켰어. 후풍도인 이 섬에서 순풍을 기다리다 풍향에 맞춰 명월포로 상륙, 적이 3천여 기병으로 저항해 왔으나 전멸시켰지. 돌아가는 길에도 금산곶에서 바람이 잔잔해지기를 기다리는 동안 9월 23일부터 10월 10일까지 체류했어.

그때 최영 장군은 주민들에게 어망을 만들어 고기 잡는 법을 가르쳤고, 추자도 어민들의 생활에 큰 변화를 가져왔지. 이에 고마운 마음을 담아 주민들이 사당을 짓고 영정과 위패를 모셨어. 매년 정월 보름날 장군을 기리어 제사하더니 오늘날 풍어제(豊漁祭)로 이어졌어. 사당의 위패에는 '조국도통대장최장군신위(朝國都統大將崔將軍神位)'라고 적혀 있지."

"그 위패에는 전설이 있다면서요?"

"불과 130년 전의 일이야. 섬에 한 바보가 살았는데, 어느 날 자신을 최영 장군이라 했어. 설마 장군의 영혼이 바보에게 들렀을까 의심한 주민이 물었지. '장군님! 위패를 어떻게 쓸까요?' 바보는 '먹을

갈아라. 붓을 들어라' 하더니 위패에 쓸 글씨를 읊더란다. 지금 위패
는 그때 쓴 것이라 전하지. 2016년 올해가 최영 장군 탄생 700주년
이야."

"최영 장군의 무덤에 요즘은 풀이 난다지요?"

"최영 장군은 이성계의 위화도회군에서 70세의 고령임에도 불구하
고 좌군통사 조민수에게 승리를 거두었지만 수적으로 불리하여 결
국 이성계에게 붙잡혔지. 고봉현으로 유배를 갔다가 다시 개성으로
잡혀온 최영 장군은 최후를 맞게 되는데, 죽기 전에 '만약 내가 평생
동안 한번이라도 사사로운 욕심을 품었다면 내 무덤에 풀이 날 것이
고, 그렇지 않다면 풀이나지 않을 것'이라고 유언을 남겼지. 야사에
서는 실제로 최영 장군의 묘에 풀이 나지 않았고, 그래서 최영 장군
의 묘를 적분(풀이 나지 않는 묘)이라 불렀어. 고양누리길에 있는 최영
장군의 묘에 이제는 잔디가 무성해. 세종 때 청백리 맹사성은 최영
장군의 손녀사위지."

사당 뒤편을 감싸는 운치 있는 소나무들을 지나서 상추자도의 절
벽 위를 걸어간다.

봉글레산 가는 길, 전면에는 바다로 흘러내리는 봉글레산 기슭이,
오른쪽에는 추자도의 무인도 풍경이 널찍하게 펼쳐지며 장관을 연
출한다. 바다에 떠있는 첩첩산중, 겹겹이 보이는 섬의 봉우리들이 바
다가 아닌 산중의 별세계에 있다는 느낌을 준다.

바다를 배경으로 휘날리는 정거운 리본을 따라 봉글레쉼터를 지
나서 정상 못 미쳐 낙조전망대에 이른다. 봉글레산은 추자 일몰의
으뜸이다. 추자십경의 제2경에 해당하는 직구낙조(直龜落照, 거북모양을
한 직구도에서 해가 지는 저녁노을이 매우 아름다운 장관을 이룸)를 조망하는 장

소로, 직구도와 어우러진 해넘이가 장관이다.

전망대를 겸한 정자와 높이 10㎡의 방공탑이 기다린다. 방공탑은
한국전쟁 때 월북한 추자도 사람 원완회 등이 침투한 1974년의 간첩
단사건으로 희생된 이들을 기린다. 한겨울인데도 야생화 소공원이
라, 예쁘게 핀 야생화가 나그네를 반긴다.

넓직한 봉글레산 정상에서 상추자도 전체의 조망을 아우른다. 추
자항은 물론이고 등대산공원에서 보이지 않던 후포 일대와 용등봉
의 전경도 시야에 들어온다. 정상의 방사탑 꼭대기에는 미륵불상을
닮은 조그마한 돌 하나가 얹혀 있다. 위험하여 출입이 통제된 나바
론 절벽의 바다 풍경이 압권이다. 나바론은 철옹성으로 제2차세계
대전 당시 악명 높은 독일군의 나바론요새에서 따 왔다. 그레고리팩
이 주연한 〈나바론의 요새〉는 영화로도 유명했다.

순효각과 처사각으로 내려간 길은 다시 목재데크를 따라 추자등
대로 올라간다. 제주도의 최북단에 위치한 추자등대는 상추자도의
가장 높은 곳에 우뚝 서서 제주해협을 항해하는 선박들의 길잡이가
된다. 해발 125㎡에 서 있는 24㎡ 높이의 추자등대 2층 전망대에서 파
노라마처럼 펼쳐지는 추자도를 바라본다. 추자도 최고의 전망대로
일출과 일몰도 볼 수 있다. 날씨가 맑은 날은 완도의 다도해와 해남
까지 조망되며 남쪽으로는 제주도가 보인다. 상추자도와 하추자도,
사방팔방의 전망이 빼어난 한 폭의 그림 같다. 한라산이 보일 듯 말
듯, 망망대해 다도해가 아름답다. 등대 앞 벤치에 앉아 시원한 바람
을 즐기며 추자교, 하추자도의 돈대산 전경을 바라본다.

등대의 배웅을 받으며 길을 내려온다. 아름다운 바다와 숲의 정경

에 발걸음이 가볍다. 상추자도에서 하추자도로 넘어가는 추자교를 건너간다. 섬과 섬을 연결하는 다리로는 우리나라 최초의 연도교(連島橋)로 1966년 착공하여 1972년 완공되었으나 골재를 실은 트럭이 통행하다가 무너지고 말았다. 현재의 교량은 신교량으로 총길이 212m, 폭 8.6m로 1995년에 완공되었다.

다리 건너 하추자도 입구, 추자도 특산품인 참굴비 형상이 반가이 맞아준다. 양 갈래의 갈림길에서 묵리고갯길을 올라간다. 추자 주민들이 걸었던 옛길을 (사)제주 올레에서 찾아 새롭게 이은 길이다. 난이도 상급이라는 평가답게 오르고 내리고를 반복한다. 고요한 숲길, 묵리 숲길에서는 새소리도 바람소리도 사람소리도 없다. 모두가 묵음이요 묵언이다.

다시 숲으로, 산으로 올라간다. 다시 눈부신 바다가 펼쳐지고 바다와 산이 어우러져 새로운 풍광을 쏟아낸다. 처음으로 발을 내딛는 낯선 곳, 신선함이 겹쳐지며 즐거움이 배가된다. 고즈넉한 숲길을 만나고 봉우리를 넘으면 또 다른 봉우리가 추자도의 속살을 내보이며 기다린다. '별유천지 비인간'의 세계에서 유람하는 겨울날의 멋진 올레, 인생은 누리는 자의 것이다.

숲길을 걷다가 가끔씩 시야가 트일 때마다 나타나는 바다 전망이 신선하게 다가온다. 뒤돌아보니 상추자도가 멀리서 손을 흔든다. 묵리교차로에서 산에 둘러싸여 해가 늦게 뜨는 고요한 묵리마을로 향한다. 묵리슈퍼 앞에서 중간 스탬프를 산직한 간세가 초라한 모습으로 측은하게 서있다. 묵리에서 바라보는 바다가 아름답게 다가온다. 묵리마을에서 하추자도의 북쪽 해변을 따라간다. 신양항이 가까워지고 추자십경의 제6경인 장작평사(長作平沙, 신양포구 해변인 장작에 넓게 펼처져 있는 몽돌해변의 아름다운 모습)가 눈앞에 열린다.

관광객이 많이 다녀가는 신양항, 쓰레기 더미가 곳곳에 쌓여 있다. 내일은 여기에서 배를 타고 제주로 들어간다. '추자도도 식후경'이라, 배가 고파 편의점에서 컵라면으로 끼니를 때운다. 마을에 하나 있는 식당의 아줌마가 겨울이라 손님도 없고 해서 배 타고 제주도 가고 없다.

신양항을 돌아서니 모진이 몽돌해안이다. 추자도 올레길에서 처음 만나는 해변이다. 작은 몽돌로 100여m나 이어져 있다. 몽돌로 쌓아올린 방사탑이 제주와는 다른 모습이다. 파도가 몽돌해변에 부딪힐 때마다 몽돌이 바스락거리며 구르는 소리가 난다. 추자도에 모래해변은 없다.

'황경한 묘 가는 길' 화살표를 따라 숲길을 올라간다. 추석날 마을 사람들이 음식을 싸들고 보름달을 보며 소원을 빌었다고 하여 이름 붙여진 추석산(155.7m)이 지척에 있다. 숲길을 휘돌아 무덤을 만난다. 1801년 신유박해 때 순교한 황사영과 제주 관노로 유배된 정난주의 아들 황경한의 묘가 먼 바다를 바라보고 있다. '고모부 베두루 이승훈에게 영세를 받고 문과에 장원급제한 황사영과 결혼'이라는 안내판의 내용이 역사적 사실과 달라 헷갈린다.

신유박해가 일어나자 황사영은 제천의 베론에 피신하여 이른바 '황사영 백서'를 써서, 이 백서를 북경의 구베아 주교에게 보내려다 발각되어 체포되고, 대역부도 죄인으로 서소문 밖 사람들이 오가는 저자거리에서 처형되었다. 그때 어머니 이윤혜는 거제도로, 아내 정난주는 제주 관노로, 그리고 두 살 된 아들은 추자도로 각각 유배령이 내렸다.

1801년 음력 11월 21일, 정난주는 두 살배기 아들 황경한을 품에 안고 서울에서 대정현을 향해 귀양길에 올랐다. 아들을 가슴에 안은 정난주는 강진에서 배를 타고 추자도에 이르렀다. 추자도 관리에게 아들을 인계하면 죽임을 당하리라 생각하여 가지고 있던 패물을 금부나졸과 뱃사공에게 주며 애원했다. 추자도 서남단 예초리 갯바위에 아들의 이름과 내력을 적은 헝겊을 옷에 붙여 황경한을 내려놓고, 포구로 들어가 추자도 관원들에게는 수장했다는 거짓 보고를 올리게 했다.

　　"정난주와 황경한의 애틋한 사연이 있는 무덤이네요?"
　　"그렇지 두 살배기를 바위틈에 버려놓고 38년 간 떨어져서 그리워하며 살다가 결국 만나지 못하고 죽음으로 영영 이별했으니 얼마나 애달팠을까."
　　"황사영이 백서사건으로 능지처참 당했는데 황경한은 어떻게 살아남았을까요?"
　　"황경한은 어려서 역적의 아들에게 적용되는 형률을 적용 받지 않고 유배형을 받았지. 하지만 성년이 되면 일반적으로 사약을 내려 죽도록 했어."
　　"추자도의 어부 오상선의 아내가 황경한을 발견해서 키웠다지요?"
　　"그랬지. 인근에서 소에게 풀을 뜯던 오상선의 아내가 아기 울음소리를 듣고 바위에 눕혀진 황경한을 발견해 집으로 데려가서 키웠지. 오씨 부부는 발견할 당시에 아기가 입은 저고리 동정에서 나온 부모 이름과 사연이 적힌 쪽지 내용을 훗날 황경한에게 사실대로 이야기했어. 사실을 알고 난 황경한은 제주에서 고깃배가 들어올 때마다 어머니의 안부를 물었지. 황경한의 눈물로 예초리에는 가뭄에도 물이 마르지 않는다는 이야기가 있어. 황경한은 성장한 뒤에 혼인하여 건섭과 태섭, 두 아들을 낳았고 현재 추자면에는 황경한의 6세손이 살고 있어. 그리고 추자도에서는 황씨와 오씨가 결혼하지 않는 풍습도 생겨났지. 쪽지와 저고리는 잘 보관되어 오다가 지난 1965년 오씨네 집 화재로 소실했어."

정난주는 대정현에서 관노로 38년 간 유배를 살면서 노비이면서 서울 할머니라는 칭송을 받았다. 아들의 소식을 들으며 애타게 그리워했던 정난주는 1838년 66세로 사망하여 대정성지에 묻혔다. 두 사람은 죽는 날까지 결국 만나지 못했다.

1909년 천주교 제주본당 2대 주임 라크루 신부가 추자도를 사목 방문했다가 황사영의 증손자를 만나 정난주의 생애를 듣고 프랑스에서 간행되던 전교지 〈가톨릭 선교〉에 소개했다. 그러자 프랑스에서 익명의 후원금이 답지했고, 라크루 신부는 황사영의 후손에게 집과 밭을 사주었다. 제주교구는 천주교 1백주년 기념으로 황경한의 무덤 주변의 임야 6천평을 매입하여 공원묘역 조성사업을 전개하고 있다. 천주교 신도들은 정난주의 대정성지와 황경한의 묘역을 순례지로 찾아들고 있다.

하추자도 예초리 산중턱에서 먼 바다를 바라보며 황량하게 누워 있는 황경한의 무덤, 대정성지에 곱게 단장된 정난주의 무덤, 경기도 양주군 장흥면 부곡리 속칭 가마골 홍복산 자락 아래 능지처참을 당해 온전하지도 않은 시신으로 외롭게 묻힌 황사영의 무덤이 애잔하게 겹쳐진다.

무덤 아래 모정의 쉼터에서 동쪽으로 보이는 바다로 튀어나온 황새바위, 바로 두 살 아기가 버려져 울던 장소를 바라본다. 가뭄에도 마르지 않고 흘러내리는 황경한의 눈물이라 불리는 약수터에서 그의 눈물을 마신다.

"조선시대 추자도로 유배 온 사람들도 있었던가요?"

"추자도는 조선 전기에는 공도의 상황에 따라 유배인을 보내지 않았던 섬이었으나 후에 둔전 설치, 별장 운영 등 사회적 변화가 생기면서 중죄인을 정배하는 장소로 활용되어 갔어. 유배인들은 유배 초기에 섬 주민들과 현 문화에 거부반응을 보이다가 점차 생존을 위해 섬 주민들의 문화에 순응하고 동화되어 갔지. 상추자도의 박인택 처사각에서 보듯이 박인택은 추자도 박씨의 입도조로 조선 중기에 추자도로 유배 와서 주민들의 병을 치료해 주고 불교 교리도 가르쳐 주었지."

"추자도로 유배 온 사람으로 정조 때 대전별감 안조환이 추자도를 천작지옥(天作地獄), 곧 하늘이 만든 지옥이라 했다지요?", "그랬었지. 안조환은 대전별감을 지내다가 주색에 빠져서 국고를 탕진한 죄로 34세에 추자도에 귀양을 와서 1년 반 유배생활을 했지. 그때 굶주림과 추위, 집주인의 학대와 조롱에 시달리며 지은 죄를 눈물로 회개하는 '만언사(萬言詞)'라는 가사를 지어 한양으로 보냈는데, 추자도를 천작지옥이라 표현했어. 만언사는 김진형이 지은 장편 유배가사인 〈북천가〉와 더불어 유배가사의 쌍벽을 이루지."

"〈만언사〉는 어떤 내용인가요?"

"당시 제주도의 유배인들 가운데는 잘 나가는 사람들도 있었지만 형편이 어려운 사람들이 많았어. 특히 제주도에 비해 상대적으로 물산이 궁핍한 추자도에 도착한 안조환은 거처할 집을 구하려 했으나 문전박대를 당하고 남의 집 처마 밑에서 자고 거친 음식을 먹거나 굶기도 하면서 남쪽 지방의 찌는 더위에 고생했어. 11세에 어머니 상을 당하고, 10여 년 간 외가에 의탁했다가 후에 계모를 맞아 효행을 다했던 일과 혼인해 여유 있는 생활을 하며 향락에 빠지기도 했던 일을 기록하고, 동네사람이 일하지 않고 공밥을 먹는다고 타박하자 고약한 인심을 탓하다가, 일을 하려고 하나 경험이 없는지라 결국 동냥을 하고 사는 자신의 신세를 한탄했지. 허름한 곳에서 지내며 겨울에는 추위에 떨고, 옷 1벌로 4계절을 지냈다는 등 궁박한 사정을 늘어놓기도 해. 처음에는 자신을 보고 짖던 개가 지금은 꼬리를 치니 귀양살이 오래 되었음을 알고 옛 시절을 그리워하며 유배에서 풀려나기를 비는데, 위선과 가면을 벗은 적나라한 인간의 본연의 모습과 체험을 진솔하게 표현한 사실적인 면이 높게 평가되지.

재미있는 것은 '만언사'는 가사로는 아주 특이하게 세책(貰冊)으로 인기가 있었어. 조선 후기에 들어 돈 받고 책을 빌려주는 세책점이 융성했는데, 이 세책점을 통해 생산, 유통되는 책은 대부분 소설이었어. '만언사'는 소설도 아닌 가사인데도 세책으로 인기를 얻었지. 요즘말로 하면 베스트셀러인데, 궁핍한 추자도 유배생활을 절절하게 묘사해 독자들의 호기심과 동정심을 불러일으켰지. 이런 인기로 '만언사'는 궁녀들에게도 전해지게 되었고, 이것을 읽은 궁녀들은 동정심에 눈물을 흘렸지. 정조 임금 또한 '만언사'를 읽고 안도환을 해배시켜 주게 되지. 순전히 감동으로 이루어진 일이야. 감동은 인간을 움직이는 큰 힘이야."

"조선의 유배지로 가장 혹독한 곳은 어디였을까요?"

"멀고 먼 오지나 바다로 둘러싸여 탈출할 수 없는 섬 지역이지. 가장 혹독한 곳으로 내륙에는 함경도 압록강변의 가장 추운 오지인 삼수(三水), 갑산(甲山)과 같은 함경도 개마고원의 중심부였어. '삼수갑산'은 험하고 추운 산골이나 유배지의 대명사처럼 쓰이는데, 최악의 상황을 의미하지. '삼수갑산을 가는 한이 있더라도~~'라고 하잖아?

섬 지역으로는 제주도와 추자도, 보길도, 흑산도, 남해도, 거제도 등 머나먼 절해고도였지. 왕족은 주로 교동도나 강화도로 갔어. 특히 섬 지역은 육지와 차단되어 있어서 유배객들의 배소 이탈 염려가 없었기에 최적의 유배지였어. 조선시대 죄인을 유배 보낼 때에는 명나라의 법인 대명률에 따라 죄의 경중을 가려 2,000리, 2,500리, 3,000리(1200㎞) 밖으로 유배지를 정했지. 조선에서는 영토가 좁아 2,000리, 곧 800㎞ 밖으로는 유배를 보내는 게 사실상 불가능했기에 거리를 채우기 위해서 일부러 유배길을 여러 지역을 거치는 식으로 뺑뺑이를 돌렸어. 추자도는 3,000리 밖, 바다 한가운데로 제주도의 지척에 있고, 제주도는 가장 멀고 나쁜 유배지, 곧 원악지(遠惡地)였는데, 제주도로 유배를 갈 때는 유배뱃길이 보길도를 지나고 추자도, 관탈도의 일직선상을 지나서 제주에 도착했지. 추자도의 남쪽 끝섬 관탈도에 이르면 유배객들은 '갓(冠)을 벗어야(脫)' 한다고 해서 관탈도(冠脫島)라고 했어."

소머리 모양의 우두섬이 바다에 떠있다. 추자십경의 제1경인 우두일출(牛頭日出), 소의 머리 위로 아침 해가 떠오르는 아름다운 형상을 상상하며 걸어간다. 강태공들이 바람에 아랑곳 않고 바다를 바라본다. 추자도는 대표적인 낚시터로 갯바위 낚시가 유명하다. 섬과 섬 사이에 흐르는 조류 때문이다. 추자도의 먹거리는 홍합과 소라를 빼놓을 수 없다. 홍합은 손바닥만 하고 속이 하얀 것은 추자사람들이 해열제로 쓰기도 했다.

고기떼가 노는 모습이 추자십경의 제3경에 해당하는 신대어유(神臺

漁遊, 예초리와 신양리 사이 천혜의 황금어장인 신대에서 고기떼가 뛰면서 노는 모습)의 신대리 황금어장을 지나 임도를 따라 올라간다. 추자도에서 해안 절경이 제일이라는 신대산전망대에서 황홀한 절경을 조망한다. 신대 해안의 풍경과 모정의 언덕, 예초리기정길의 절벽의 풍광, 횡간도 등의 섬이 선경으로 인도한다. 사람의 소리가 들리지 않는 한적한 곳, 시간이 멈추었다. 한적한 예초리포구를 지나서 '추억이 담긴 학교 가는 샛길'을 따라 걷고, 예초리의 수호신 엄바위장승을 지나간다.

"옛날에 엄바위 밑에서 태어난 억발장사가 있었지. 바윗돌로 공기놀이를 즐길 만큼 힘이 장사였어. 어느 날 억발장사가 예초리에서 바다 건너 횡간도로 건너뛰다가 미끄러져 죽고 말았는데 그 후, 예초리 사람들과 횡간도 사람이 결혼하면 과부가 된다는 속설이 생겨서 서로 결혼하지 않아. 언제부턴가 예초리 사람들은 이 엄바위장승을 마을의 수호신으로 생각하여 해마다 풍물굿을 할 때면 엄바위장승 앞에서 한 바탕 놀고 소원을 빌어 왔어."

유인도인 횡간도는 제주도의 가장 북단에 위치하고 있다. 옛날에는 시원스레 펼쳐진 흰돛을 단 범선들이 떠가는 풍경과 어우러져 한 폭의 그림을 연상케 해서 추자십경의 제8경인 횡간추범(橫干追帆, 시원스레 펼쳐진 흰 돛을 단 범선들이 잔잔한 바다에서 둥실둥실 횡간도 앞바다에 떠 있는 풍경)이라 했다.

추자군도의 섬들 가운데 가장 동쪽에 위치하고 있는 섬은 망도(속칭 보름섬)이다. 타향에 나갔던 사람들이 고향으로 돌아올 때 먼 수평선에서 가물거리듯 망도가 시야에 들어오면 가슴을 설레게 한다 해서 추자십경의 제7경인 망도수향(望島守鄕)이다.

추포도는 추자군도의 정 중앙에 위치하고 있으며, 제주에 딸린 유인도 중 가장 작으면서 멸치 떼가 가장 많이 모이는 섬이다. 섬이 어둠속의 멸치잡이 불빛과 잘 어우러져 추자십경의 제9경인 추포어화(秋浦漁火)이다. 추자십경의 제10경은 곽게창파(滄波)이다. 곽게는 제주 본도와 추자도의 중간 지점에 있는 관탈섬의 다른 이름으로, 곽게섬 부근의 푸른 물결은 세상 인연을 지워버릴 듯 무심히 너울거리며 흐른다.

　추자십경을 음미하며 제법 가파른 길을 따라 돈대산(墩臺山)으로 올라간다. 추자군도에서 가장 높은 산이다. 정상에 오르니 '해발 464m 정상표지석'이 반긴다. 팔각형의 아담한 정자가 쉬어가라 유혹한다. 옛날부터 심한 가뭄이 들면 마을 주민들이 이곳 정상에서 기우제를 지냈는데 아직 그 터가 남아있다. 돈대는 외적이 침입하면 봉화대로 이용되는 곳인데 흔적은 남아있지 않다. '2009년 제주도가 선정한 숨은 비경 31경'에 포함된 장소라 사진작가들이 많이 찾는다.

　따뜻한 햇살 아래 정상 표석 옆에 앉아 돌부처가 된다. 시원한 겨울바람이 불어온다. 가슴이 뻥 뚫리고 시야도 훤히 뚫린다. 신양리의 해안풍경이 보이고 드넓은 바다 건너 멀리 한라산 정상이 희미하게 보인다. 추자십경의 제4경인 수덕낙안(水德落雁, 사자형상의 수덕도 섬 꼭대기에서 기러기가 먹이를 좇아 바다로 쏜살같이 내리꽂히는 광경)의 수덕도가 보이고, 제5경인 석두청산(石頭靑山)의 아름다운 해안 옆으로 묵리마을도 보인다. 이제 남은 올레길은 평탄한 하산길이라 팔각정에 드러누워 여유를 즐긴다.

　돈대산에서 내려와 갈림길이었던 묵리교차로에서 담수장으로, 추자교를 건너 추자항에서 올레18-1코스를 마친다. 숙소를 잡고 식당으로 간다. 추자도의 첫날밤이 깊어간다.

다음날 이른 아침, 제주로 가는 배시간이 남아 추자도 버스투어를 한다. 고향이 영주인 버스 기사와 다른 승객이 없어 우리끼리 하는 드라이브다. 두 달간 집에도 못가고 홀로살이를 하는 기사의 안내를 받은 상쾌한 아침이다.

신양항에서 제주-추자-완도를 오가는 한일 레드펄호 배를 타고 제주로 간다. 올레의 추억을 남긴 추자도가 점점 멀어져 간다. 하늘은 새들의 길이고 바람의 길이고 나무의 길이고 추억이 춤추는 길이다. 하늘에 새들이 날아가도 흔적이 남지 않고 바다에 배가 지나가고 물고기가 지나가도 흔적이 남지 않는다. 밀물과 썰물, 어제와 오늘, 파도와 시간은 오고 가지만 흔적을 남기지 않는다. 수많은 시간을 철썩거렸으나 시간의 자취는 파도에 남아 있지 않다. 인간의 길에는 추억이란 아름다운 흔적이 남는다. 올레자가 남긴 올레의 흔적은 뇌리에 아름답게 기억될 것이다.

고수목마 - 늙은 말의 지혜!

📍 **14-1코스** 저지에서 무릉올레 17㎞

저지마을회관-문도지오름-저지곶자왈-오설록-무릉곶자왈-인향동

욜로(You only live once)! 한번뿐인 인생, 어떻게 살아야 할까. 남보다는 자신, 미래보다는 현재를 중시해야 한다. 삶이 어디로 가고 있는지 어디로 갈지 알고 싶다면 미래의 계획보다는 현재의 시간, 돈, 에너지 등 자원을 어디에 할당하고 있는지 보면 된다. 피와 땀과 눈물을 투자할 장소에 대해 내리는 결정이 미래에 스스로 되고자 하는 사람과 일치하지 않는다면 결코 스스로 되고자 하는 사람이 될 수 없다. 경험의 학교를 다녀야 한다. 경험을 사야 하고 경험에 투자해야 한다. 성공한 인생을 살기 위해 미리 경험해야 할 문제가 무엇인지를 알고 미리 경험을 쌓아야 한다. 인생의 가장 중요한 발견은 시

간을 내어 진지하게 자신의 인생 목적을 이해하고 목적이 있는 삶, 목표가 있는 삶을 살아야 한다. 세상에는 수많은 길이 있지만 다 갈 수 없다. 인생사에는 이루고 싶은 소망들이 넘쳐나지만 다 할 수 없다. '인생은 B와 D 사이의 C'라고 하지 않는가. 세상의 이정표에서, 인생의 갈림길에서 위대한 선택은 마음의 길을 가는 것, 자신의 길을 사랑하면서 오늘도 묵묵히 제주 올레를 간다.

1월 13일 아침, 날씨가 화창하다. 오늘은 올레 14-1코스, 하루의 길을 나서면서 오늘 하루의 여정을 바라본다. 한경면 저지마을에서 서남쪽 내륙을 걷는 코스로, 멋진 풍경을 품고 있는 문도지오름 정상에서 곶자왈 평원을 감상하고, 원시의 밀림 저지곶자왈을 지나서 녹차의 바다가 펼쳐지는 오설록티뮤지엄, 청수곶자왈과 무릉곶자왈을 지나면서 무성한 숲의 생명력과 초록의 힘을 온몸으로 느끼다가 인향동 버스정류장에서 마무리한다.

출발점에서 돌담을 따라 마을을 지나간다. 마을 안내판이 저지리를 소개한다. 우리나라에서 가장 아름다운 마을 4호로 지정되었고, 2007년에는 마을 한가운데 있는 저지오름, 일명 새오름, 저지악이 아름다운 숲 대상을 차지했다고 자랑한다. 저지리는 오름으로 둘러싸여 있는 분지형태의 마을, 제주시 한경면의 가장 고지대에 있는 마을, 한라산에서 제일 가까운 중산간마을이다. 황무지를 개척해 지리적 악조건 속에서도 과수원과 밭이 고루 분포되어 있는 농경문화가 발달된 마을, 근래에는 문화예술인이 모여들어 창작활동을 하고 있다.

리본을 따라 오름으로 향한다. 파란색과 주황색 리본이 바람 따라 자주 자주 손짓하며 길을 안내한다. 바다를 상징하는 파란색 리본은 정방향을 안내하고, 감귤을 상징하는 주황색은 역방향으로 가는 길을 표시한다. 만나면 반갑고 설레는 올레의 벗이다. '동해안 해파랑길'은 해를 상징하는 빨간색 리본과 바다를 상징하는 파란색 리본이 안내한다. 동해의 떠오르는 해랑 파란 바다를 동무삼아 함께 걷는 길이라는 의미에서 '해파랑길'이라 명명했다. 동해안 해파랑길은 동해와 남해의 분기점인 부산 '오륙도해맞이공원'에서 시작하여 강원도 고성의 '통일전망대'까지 이어지는 770㎞ 걷기 길이다. 겨울의 제주 올레 길 위에서, 붉은 해랑 벗하고 파란 바다랑 벗하던 그 뜨거웠던 여름날의 해파랑길의 추억을 더듬으며 걸어간다.

인생은 즐거운 여행이고 아름다운 소풍이다. 여행은 주변을 관찰하고 내면을 성찰하고 인생을 통찰하는 기쁨이 찰찰찰 흘러넘친다. 여행은 가슴이 떨릴 때 다녀야지 다리가 떨릴 때 다니면 안 된다. 하루하루 설레는 마음으로 살아야 한다.

숲길을 따라 강정동산을, 폭낭쉼터를, 삼나무숲과 경작지를, 무덤을 지나간다. 폭낭은 제주어로 팽나무를 말한다. 숲속에 녹지 않은 눈이 무덤을 덮고 있어 한겨울의 스산한 분위기를 연출하고 을씨년스럽게 바람이 불어온다.

"할망, 죽음의 비밀을 다시 한 번 얘기해줘요."

"'사는 것도 모르는데 죽음을 어찌 알겠느냐'라고 공자도 그러는데 내가 어떻게 죽음의 비밀을 알까? 후후! 어디서 불어와서 어디로 불어 가는지 알 수 없는 바람도 제 멋대로 부는 것이 아니니 사람 또한 어디서 와서 어디로 가는 걸까 생각해 봐야지. 분명한 건 인간은 죽음으로 둘러싸인 삶속에서 살고 있고 모두 다 죽는다는 거야. 누구나 태어나는 순간부터 죽음에 이르는 병을 앓기 시작해. 암으로 죽는 것이 아니라 죽음이라는 병에 의해 죽지. 죽음이라는 피할 수 없는 불치병을 생의 환희로 받아들이고, 죽음을 삶의 한 자리에 초대해 함께 살아가면 삶이 더욱 알차고 풍요롭지 않을까?"

"소크라테스는 죽음을 예찬했지요?"

"기원전 399년, 그리스 아테네 감옥에서 희한한 토론이 벌어졌어. 무죄를 주장하던 소크라테스가 억울하게 사형선고를 받았는데, 당시 아테네의 실력자였던 제자들과 친구들이 간수를 매수해서 사형 직전에 그를 빼돌리려고 했지. 사형 선고를 부당하다고 주장하던 소크라테스가 친구들 앞에서 '악법도 법'이라며 오히려 사형선고를 존중하는 태도를 보이며 자신이 죽어야 할 이유를 힘차게 주장했어. 소크라테스는 평생 죽음을 준비하며 기다려 왔노라고 말을 하며, 죽음이란 몸으로부터 해방된 영혼이 영원한 이데아의 세계로 올라가는 것이라고 하지. 평소 술을 좋아했던 소크라테스는 죽는 순간에도 독배를 들고, '이별의 시간이 왔다. 우린 자기 길을 간다. 나는 죽고 너는 산다. 어느 것이 좋은가는 신만이 아신다.'고 말하지.

평생을 대흥사 뒷전에서 차나 달이며 삶을 소일했던 초의선사는 '인생은 차나 한 잔 마시는 일과 다르지 않다'고 해. 인생이란, 아이가 '엄마 나가서 놀다 올게요.'라 하고 해질녘에 엄마가 '그만 놀고 와서 밥 먹어라.' 하면 흙먼지 털고 집으로 돌아가는 것과 같아. 죽음보다 더 아름다운 것은 일어날 수 없어. 죽음으로써 영혼은 자유로워지지. 죽음은 자유를 향해 가는 길 위에서 벌어지는 마지막 축제야."

"죽음에 대한 두려움과 공포에서 어떻게 해야 벗어날 수 있을까요?"

"죽음 역시 자연의 섭리 중 하나이므로 무시하기보다는 인정해야지. 몽테뉴는 '죽음에 대한 근심으로 삶을 엉망으로 만들고 삶에 대한 근심으로 죽음을 망쳐버린다'고 하지. 인간은 죽기 때문에 종교를 만들었어. 그만큼 죽음의 공포가 크지. 죽음을 두려워하기보다 부적합한 삶을 사는 것을 두려워해야 해. 참된 삶을 맛보지 못한 자만이 죽음을 두려워하지. 결국 죽음에 대한 두려움은 헛된 인생을 살았다는 마음과 비례하지 않을까? 죽음의 가장 고통스러운 동반자는 죄책감일 게야. 죽음을 겁내기보다는 의무를 다하지 않고 사는 것을 두려워하고, 인간답게 살 수 있는 자유의 길을 깨달아야 해. 몽테뉴가 양배추를 심다가 찾아온 죽음이란 손님을 축복으로 여기듯 말이야."

"어렵네요. 의무는 뭐고, 또 자유의 길은 뭐지요?"

"산다는 것은 호흡하는 것이 아니라 행동하는 일이야. 인간은 수많은 별과 마찬가지로 거대한 우주의 당당한 구성원이지. 그 사실 하나만으로도 자신의 삶을 충실히 살아야 할 권리와 의무가 있어. 의무란 역사적 사명, 엄마의 심부름 등 각자가 다르지 않을까? 결국 잘 살아야 해. 탈무드에 세상에 강한 것이 열두 가지가 있는데, 열한 번째 죽음보다 강한 것이 사랑이야. 장자가 이야기하는 애기애타(愛己愛他)하고 통한다고나 할까. 결국 서로 사랑하고 사는 것이지."

"성경에 '한 알의 밀알이 땅에 떨어져 죽지 않으면 한 알인 채로 남는다. 그러나 죽으면 많은 열매를 맺는다.'고 하듯 결국 행복한 죽음을 위하여 삶의 이유를 찾아야 하고, 수많은 사람과의 인연으로 짜여 있는 인생을 사랑하며 살라는 말씀이네요."

"죽음을 향해 가는 여행은 너무나도 빨리 끝나고 말아. 축복된 삶

속에서 행복한 죽음을 맞을 수 있다면 이상적이지. 간디는 '나는 죽을 준비가 됐지만 목숨을 바칠만한 대의가 없다'고 했어. 결국 종교 간 화합이란 대의로 인해 암살당했지. 때로는 고결하게 죽는 것이 목숨을 건지는 것보다 더 좋아. 버나드 쇼는 '살아있는 실패작은 죽은 걸작보다 낫다'고 하고, 나폴레옹은 '살아있는 졸병이 죽은 황제보다 훨씬 가치가 있다'고 말하지만 니체는 '더 이상 자신 있게 사는 것이 불가능하다면 차라리 죽음을 택하라'고 하지. 셰익스피어는 '사느냐, 죽느냐, 이것이 문제로다'라고 하는데, 문제는 어떻게 죽느냐가 아니고 어떻게 사느냐 하는 거야."

"죽음에 대한 생각이 참 다양하네요. 아이들은 장난으로 개구리에게 돌팔매를 하지만 개구리는 장난으로 죽는 것이 아니라 진지하게 죽어요. 전쟁은 수많은 사람을 죽음으로 내몰았는데 이는 너무 억울한 죽음이지요. 죽는 게 피할 수 없는 숙명이라면 그렇게 개죽음 당하는 것 또한 운명이겠지요."

"슬픈 이야기지. 죽음에 대해 확실한 것은 누구나 죽는다, 순서가 없다, 아무것도 가져가지 못한다, 대신할 수 없다, 경험할 수 없다는 거야. 죽음이 어디서 기다릴지는 불확실해. 어디에서나 그것을 예상해야 해. 사람들은 모든 사람이 다 죽는다고 하면서도 자신은 죽지 않을 것처럼 생각하지. 이 세상에 죽음만큼 확실한 것은 없는데도 말이야. 톨스토이는 '사람들은 겨우살이 준비는 하면서도 죽음은 준비하지 않는다'고 해."

"할망, 인생을 어떻게 살고 어떻게 죽어야 할까요?"

"훌륭하게 죽어야지. 훌륭한 죽음은 전 생애의 명예가 돼. 착실한 삶은 훌륭한 죽음으로 이어져. 죽음 앞에서는 장의사마저도 슬퍼해 줄 만큼 훌륭한 삶이 되도록 힘써야 해. 훌륭하게 죽는 법을 모르는 사람은 한 마디로 살아있을 때도 사는 법이 나빴던 사람이야. 톨스토이는 '죽음이 조만간 닥칠 것이기에 누구나 준비해야 하고, 그 준비하는 최고의 방법은 착하고 올바르게 살아가는 것, 그러면 죽음을 두려워할 필요가 없다'고 해. 인간은 누구나 세 가지밖에 할 수 없어. 태어나는 것, 사는 것, 죽는 것, 벌거숭이로 왔다가 벌거숭이로 가는 거야. 유대 격언에 '수의(壽衣)에는 호주머니가 달려 있지 않다'고 하지.

죽음은 아침의 기상, 밤의 취침과 본질적인 차이가 없는 과정이야. 사람은 평생을 통해 배워야 하지. 삶과 죽음에 대해서 말이야. 산다는 것은 서서히 태어나는 것이고 서서히 죽어가는 것이야. 삶을 깊이 이해하면 할수록 죽음으로 인한 슬픔은 그만큼 줄어들어. 삶은 순간들의 연속으로 한 순간, 한 순간을 열심히 사는 것이 성공하는 것이지. 살아있는 동안 위대했던 사람은 죽은 뒤에는 두 배나 위대해지지. 삶은 죽음에 의해 완성돼. 짧은 삶은 죽음으로 영원하고 신성하게 되지."

".........."

"에머슨은 '내가 아직 살아있는 동안에는 나로 하여금 헛되이 살지 않게 하리라.'라고 기도했어. 인간은 언젠가는 죽어. 인간은 필멸이라는 조건 때문에 불멸과 영원을 갈망하지. 삶은 처음과 끝, 탄생과 죽음이 있기에 순간순간이 보석같이 찬란하게 빛나고 값지다고 할 수 있어. 오늘은 남은 생애의 첫날이고 어제 죽은 사람들이 가장 부러워하는 날이야. 또 오늘은 남은 생애의 가장 젊은 날이기도 해. 죽음을 생각하면 할수록 삶은 더 소중해지지. 사랑하는 사람이 오늘 죽는다면, 나누어야 할 사랑이 훨씬 더 커진다는 사실은 죽음에 대한 필멸과 불멸의 역설이지."

오름을 따라 산속으로 들어간다. 말 방목장이 나타나고, 경고판에 목장주가 "제발 문을 열어놓고 가지 마십시오 말이 농작물을 훼손하는 일이 빈번하게 발생하고 있습니다"라고 경고 아닌 애원을 한다. 말들이 한가롭게 놀고 있다. 우생마사(牛生馬死)라, 급류에 떠내려갈 때 성질 급한 말은 죽고 흐르는 물에 몸을 맡긴 소는 산다는 말이다. 타산지석, 말을 보며 소처럼 걸어간다. 천연기념물 제347호인 제주 말의 공식 명칭은 '제주마(濟州馬)'로 제주도에 서식하고 있는 재래마를 일컫는다. 원래 조랑말, 과실나무 아래로 지나다닌다고 해서 과하마(果下馬), 목과 다리가 짧고 키가 3척밖에 안 되어 삼척마(三尺馬), 토종말이라 토마(土馬)라고 불렀다. 조랑말이라는 명칭은 순우리말이라는 설과 몽골어에서 나왔다는 설이 있다.

제주마는 제주에 본래 있던 향마(鄕馬)인 소형마에 중형 이상의 크기를 갖는 몽골말 또는 아라비아말 계통의 혈통이 유입되어 번식한 가축으로 추정한다. 제주마는 몸집이 작지만 체질이 강하고 성질이 온순하며 강인한 발굽과 지구력은 세계가 알아주는데, 편자를 대지 않은 상태에서 산간 험로를 행군해도 발굽이 찢기거나 변형된 것을 찾아볼 수 없을 정도라고 한다. 제주마라고 해서 모두 천연기념물은 아니며, 한 마리의 수컷 종마는 대개 20~30마리의 암말을 거느린다.

제주도에서 말을 기르게 된 것은 고려 원종 때 원나라에서 제주도에 목장을 설치하고 충렬왕 2년(1276)에 몽골말 160마리를 들여오면서부터다. 제주마는 농경문화에 크게 기여한 역축(役畜)으로서 한때 사육두수가 2만여 두에 달하였으나, 시대의 변천에 따라 1985년에는 1,000여 두로 감소하였다. 그 보존책으로 1986년 천연기념물로 지정, 보호하고 있다.

"할망, 제주도에서 요즘 말고기 식당이 번성하고 소비가 증가하고 있다면서요?"

"그래. 육지와는 다른 음식문화의 특성이지. 제주도에서도 원래 말고기는 부정하다는 관념으로 제사나 명절 등의 음식으로 상 위에 오르지 않았고, 큰일을 앞두고 최소한 일주일 전까지는 부정 탄다고 해서 멀리했지."

"말고기 먹으면 왜 부정 탄다고 했을까요?"

"말이 귀하니까 소비를 통제하고 제한하기 위해서 의도적으로 퍼트렸지."

"누가, 왜요?"

"말을 조정에 진상해야 하는 지방관이나 제주양반들이지. 전승되는 제주의 신화, 세경본풀이와 구좌면 세화리의 당본풀이 및 속담들에 말고기 식용문화가 등장하는 것을 보면 의도적으로 생성되었다는 것을 알 수 있어. 육지에서도 군마나 역마로서 말의 기능이 중시되면서 마정과 말에 대한 신성관념이 복합적으로 작용되어 말의 식용이 억제되었었지."

"고수목마(古藪牧馬)라고 영주십경의 하나이지요?"

"그렇지. 제주시 일도동 남쪽 속칭 고마장(古馬場)으로 불렸던 광활한 숲에서 방목되고 있는 수천마리의 말이 뛰노는 웅장한 모습을 일컫지. 지금은 축산진흥원에서 제주마의 체계적인 보호·육성을 위해 5·16도로변에 제주마보호구역을 운영하고 있는데, 고수목마 풍경이 재현되지. 목마장에 내방객의 편의를 위한 시설도 있으니 제주마를 이해하는 데 도움이 돼. 표선면에는 '고수목마'라는 상호를 가진 말고기 전문점이 있어. 맛집이지."

"여행의 즐거움에 맛집의 음식은 필수라, 올레종주 중간에 할망 몰래 이미 다녀왔지요. 비싸지 않은 가격대에 육지에서 맛보지 못한 특별한 식도락을 즐긴 맛집기행이었어요."

"노마지지(老馬之智)를 제대로 배우려면 술 한 잔 나누면서 맛집에서도 함께해야지, 이거 너무한데. 〈한비자〉의 이야기를 들려주지. 제나라의 환공이 명재상 관중과 대부 습붕을 대동하고 고죽국을 정복하였지. 겨울에 전쟁이 끝나고 지름길을 찾아 돌아오는데 길을 잃고 말았어. 진퇴양난에 빠져 있을 때 관중이 '이런 때 늙은 말의 지혜가 필요하다'라고 하면서 즉시 늙은 말 한 마리를 풀어놓고 그 뒤를 따라 행군을 했지. 그러자 얼마 되지 않아 큰길이 나타났어. 노마지지는 여기서 나온 말인데, 노마식도(駑馬識道)·노마지도(老馬知道)라고도 해. '노인 한 분은 도서관 하나'라는 말이 있듯이 경험을 많이 쌓은 사람이 갖춘 지혜를 의미하지."

"앞으로 잘 모시겠습니다. 그런데 관중은 관포지교(管鮑之交)에 나오는 관중이지요?"

"그렇지. 관중과 포숙아, 둘은 동업으로 장사를 하면서도 서로 뜻이 맞고 상대방에게 너그러운 친구였지. 그러다가 똑같이 관리가 되면서 각자 다른 길을 가기 시작했어. 나라의 큰 변이 일어나자 관중은 자기가 섬기는 공자 규와 이웃 노나라로 도망가고 포숙아는 규의 이복동생 소백과 함께 거나라로 달아났지. 상황이 급박하게 바뀌면서 규와 소백 둘 중에 누가 임금이 되느냐 하는 문제가 생겨 본의 아니게 둘은 정적(政敵)이 되었어. 이때 관중이 선수를 써서 소백을 죽이려 하였으나 실패하고 포숙아가 소백과 함께 귀국하여 임금이 되었지. 임금이 된 환공은 오랏줄에 묶여 칼을 쓴 모습으로 끌려온 관중을 죽이려 했어. 이때 포숙아가 엎드려 관중을 발탁해 써야한다고 간곡히 말했지. 환공은 관중을 등용하였고, 과연 관중은 환공과 포숙아의 기대를 저버리지 않았어. 결국 환공은 춘추오패의 한 패자가 될 수 있었지. 관중은 늘 말했어. '나를 낳아준 분은 부모님 이지만 나를 알아준 사람은 포숙아다'라고."

해발 260㎡ 문도지오름을 올라간다. 오름의 모양이 죽은 돼지를 닮았다 해서 '문도지'라고도 하고, 문(文), 도(제주어로 입구), 지(地)가 합쳐져 문의 입구라는 뜻이라고도 한다. 도지에는 돼지라는 뜻도 있다.

정상에 오르니 한라산과 오름의 능선이 넘실댄다. 대평원처럼 펼쳐진 원시의 저지곶자왈의 풍경이 신비롭게 다가온다. 저지곶자왈을 내려다보며 탄성을 지른다. 숲의 바다, 영화에나 나올 법한 원시의 세계가 펼쳐진다. 세찬 바람이 상쾌하고 유쾌하고 통쾌하고 경쾌하게 불어오고 14-1코스의 매력이 장쾌하고 명쾌하게 밀려온다. 올레의 새로운 멋, 일찍이 보지 못했던, 제주 올레가 아니면 볼 수 없는 감동적인 매력이 펼쳐진다. 올레를 걷는 자만이 누릴 수 있는 자유와 행복, 올레 최고의 감동이라 할 만하다. 울울창창 빼곡하게 들어찬 숲의 평원, 형용할 수 없는 초록의 향기에 취한다. 말들이 평화롭게 노닐고 저 멀리 푸른 하늘 아래 푸른 바다가 풍경화의 가장자리를 장식한다.

동서양을 막론하고 고대 인류는 자연을 두려움의 대상으로 인식했다. 고대 중국인들은 자연의 꼭대기에 하늘을 놓고 제사를 지냈다. 맹자(B.C 372~B.C 298)의 하늘은 단순한 두려움의 대상을 넘어 도덕의 근원이었다. 맹자의 왕도정치는 성선설에 바탕을 두고 있으며, 성선설의 근거는 하늘에 있었다. 왕도정치는 도덕의 근원인 하늘의 뜻을 실현하는 일인 동시에 하늘에서 받은 인간의 착한 본성을 실현하는 일이기도 했다.

그러나 순자(B.C 298~B.C 238)는 인간과 하늘의 관계를 끊어버렸다. 하늘이란 비가 오고 바람 부는 자연현상에 지나지 않을 뿐, 인간을 낳아 준 존재도 아니며 더구나 인간의 도덕적인 행위와는 아무런 상관이 없다고 했다. 인간은 하늘에 기대어 운명이라고 생각해서는 안 되며, 인간 자신의 복은 오직 홀로서기에 의해 자신의 노력에 달려 있다고 하였다. 순자의 생각은 인간의 지위와 실천을 극대화한 인문정신의 완성이었다. 순자는 하늘과의 관계를 끊어버린 인간의 참모습은 자신의 욕심을 위해 끊임없이 싸우는 존재일 뿐이었으며, 이것이 순자의 성악설이다.

순자의 철학은 인문정신의 극치를 보였음에도 인간의 본성을 악하게 본 그 이유만으로 두고두고 비판받는 고통을 당해야만 했다. 하지만 순자의 현실 지향적 사고가 모체가 되어 그의 제자로 진시황이 꼭 만나고 싶어 했던 한비자, 진시황을 도와 중국을 통일한 이사가 나타난다. 법가사상은 인간을 근본적으로 이기적인 동물로 보니, 부모자식의 관계도 이익을 탐하는 욕심으로 물들어 있다고 한다. 그래서 한비자는 말한다.

"아들과 딸은 다 같이 어머니의 자궁에서 나왔다. 그런데도 아들일 때는 기쁨이 따르고, 딸일 때는 죽음이 따르는 것은 어째서인가? 부모는 나중에 편할 것을 생각하고 장기적인 이익을 계산한다. 부모까지도 자식과의 관계에서 이해타산적인 계산을 하고, 이에 따라 아들과 딸을 다르게 대하는 것이다."

당시의 농업사회에서 노동력은 매우 중요한 재산이었으니, 아들은 자라서 일손을 데려오지만, 딸은 키워서 다른 집으로 가버리니 손실이 되는 것이다. 요즘과 같은 이기주의와 개인주의 사회에 살면서 부모 자식의 관계가 이기적이라고 말하기가 꺼려지는데, 2200년 전의 법가사상은 그저 놀랍기만 하다. '아들을 낳으면 고래밥, 딸을 낳으면 살림 밑천'인 제주와도 무관하지가 않다.

　안내판에 '주의! 이곳은 사유지입니다. 목장 문이 잘 닫혔는지 꼭 확인해 주세요. 말, 소들을 만나면 소리 지르거나 뛰지 마시고 먹이를 주거나 만지지 마세요.'라며 주의를 준다. 오름의 능선을 따라 장쾌한 광경을 바라보며 걸어간다. 길은 늘 앞으로 뻗어 있다. 시간의 길, 삶의 길 또한 늘 앞으로 뻗어 있다. 어제 걸은 길은 죽은 길, 과거의 길, 추억의 길이다. 오늘은 또 오늘의 길을 간다. 길은 늘 그 위를 걸음으로 디뎌서 가는 사람의 것이다. 그 길은 가는 동안만의 길이고 가고 나면 가물거리며 신이 준 최고의 축복인 망각 속으로 흘러간다. 아침에 먹은 밥이 저녁의 허기를 달래 줄 수 없고 오늘 먹은 밥이 내일의 허기를 달래 줄 수 없다. 똥이 되어 나간 밥이 창자로 되돌아올 수는 없다. 지금 먹는 밥이 밥이지 지나간 끼니의 밥은 밥이 아니라 똥이다. 오늘 사는 삶이 삶이지 어제 산 삶은 더 이상 삶이 아니라 똥이다. 현재에 살아야지 똥 싸놓은 과거에 살아서는 안 된다. 꽃이 피는 건 힘들어도 지는 건 잠깐이다. 성을 쌓는 건 힘들어도 무너뜨리는 건 잠깐이다. 오늘과 어제, 현재와 과거 속에서 미래로 가는 길을 힘차게 걸어간다.

　저지곶자왈로 들어선다. '코스 이탈금지'라는 안내판, '오설록까지 9.5㎞, 180분이 소요된다'는 안내판이 긴장감을 조성한다. 하지만 실제는 현재 위치에서 오설록까지가 아닌 출발지부터의 거리, 시간이다. 실제는 1시간이면 족하다. 시간은 운동이다. 시간은 순간들의 집합이다. 해와 달과 별이 변하는 모습은 시간의 기준이다. 그러나 시간은 시간만으로 측정되지 않고 중력과 공간, 이전과 이후 시간, 시간을 인식하는 주체의 영향을 받는다. 황금보다 소중한 지금의 시간 올레자는 길을 간다.

드디어 제주의 밀림, 신비의 숲, 저지곶자왈을 걸어간다. 게으름뱅이 파란 간세가 빨리 걷지 말고 길 잃어버리지 말고 천천히 걸으라며 귀엽게 머리를 내밀며 길을 안내한다. 길을 잃기 쉬우니 리본도 잘 살피며 걸어야 한다. 특히 여성 혼자서는 걸어서 아니 될 길이다. 출발지부터 목적지까지 민가도 없고 전화도 잘 터지지 않는 구간이다. 숲속에서 길을 잃으면 야생동물로 생존해야 한다. 길을 잃고 헤맬 때 길을 찾는 가장 좋은 방법은 우선 잘못 들어섰다고 생각되는 지점으로 되돌아가는 것이다.

황진이, 박연폭포와 더불어 송도삼절(松都三絶)로 불리는 서경덕 (1489~1546)이 어느 날 길을 가다가 울고 있는 청년을 만났다.

"너는 왜 울고 있느냐?"

"저는 다섯 살에 눈이 멀어 지난 20년 동안 장님으로 살아왔습니다. 오늘 아침에 집을 나와서 길을 걷고 있는데, 신기하게도 천지만물이 또렷하게 보이기 시작했습니다. 너무도 기뻐서 집에 돌아가려고 하니까 골목길은 여기저기 많기도 하고 대문도 모두 같아 보여서 제가 살던 집을 찾지 못하겠습니다. 그래서 이렇게 울고 있습니다."

"내가 너에게 집으로 찾아가는 방법을 가르쳐 주겠다. 도로 네 눈을 감아라. 그러면 바로 네 집을 찾을 수 있을 것이다."

그러자 청년은 다시 눈을 감고 지팡이를 더듬거려 자기 집을 찾아갈 수 있었다. 장님은 지금까지 눈을 감고 지팡이를 의지하고 살 때는 골목길이 아무리 복잡하고 대문의 모습을 보지 못해도 제 집을 찾는 데 아무런 문제가 없었다. 그런데 눈을 뜨자 머리가 혼란해지고 집을 찾지 못하게 되었다. 집에서 눈을 뜨고 나왔다면 제 집을 찾겠지만 도중에 눈이 떠졌기 때문에 제 집을 찾을 수 없었다. 이때 서화담은 장님에게 다시 눈을 감으라고 말했다. 잘못된 그 지점으로 돌아가라고 한 것이었다.

   도로 눈을 감으면 걸어온 발자취가 보인다. 어머니가 보이고 고향이 보이고 가슴이 미어지는 소중한 날들이 보인다. 어제의 나가 보이고 오늘의 나가 보인다. 오늘의 나는 어제의 나가 만든 역사적 산물, 내일의 나는 오늘의 나가 만드는 위대한 걸작이다. 다시 눈을 감고 집을 찾아가는 길은 어머니를, 고향을 찾아가는 과거로 떠나는 아름다운 여행이다. 그리고 그 길은 현재로, 미래로 이어진다.
   인디언들은 영혼과 육신이 분리되어 살아간다고 믿었기에 말을 타고 광야를 힘차게 달리다가 가끔씩 말에서 내려 뒤를 돌아본다. 그리고 '내 영혼은 어디까지 좇아왔을까' 하고 기다린다. 인디언들은 가물어 비가 오지 않으면 기우제를 지낸다. 그리고 인디언들이 기우제를 지내면 반드시 비가 온다. 비 올 때까지 기우제를 그치지 않기 때문이다.
   길에서 길을 찾고 숲에서 숲을 바라본다. 나무와 풀 등 숲을 이루고 있는 숲속의 가족들을 바라본다. 문도지오름에서 보았던 곶자왈의 모습을 떠올리며 곶자왈에서 곶자왈을 바라본다. 숲을 바라보는 것과 숲을 걷는 것의 차이를 실감한다. 나무만 바라보고 숲을 바라보지 못하는 어리석음을 범하지 않기 위해 자신을 객관화시키고 현실을 객관화시키는 여행의 미덕을 음미한다. 인생은 멀리서 바라보면 희극이고 가까이서 바라보면 비극이라 하던가, 곶자왈에서 인생을 맛본다. 할망에게 묻는다.

"곶자왈 중에서도 저지곶자왈이 보존 상태가 가장 양호하다면서요?"

"저지곶자왈은 한경면 저지리에서 안덕면 서광서리에 있는 녹차재배단지로 이어진 길의 숲인데, 월평-신평곶자왈 중에서도 가장 식생상태가 양호한 지역으로 녹나무·생달나무·참식나무·후박나무 등 녹나무과의 상록 활엽수들이 울창한 숲을 이루고 있어. 다른 곶자왈과 마찬가지로 북방한계의 식생과 남방한계의 식생, 두 식생대가 공존하는데, 특히 녹나무과 상록수들이 짙은 초록의 숲을 만들고 발아래에는 고사리과의 양치류들이 들고나며 이끼 낀 돌들이 많지."

"제주에 곶자왈도립공원이 있지요?"

"대정읍의 보성리, 신평리 등 4개 마을에 걸쳐 있어. 제주의 대표적인 자연자원인 곶자왈을 체계적으로 보전하고 관리하기 위해 지정했지. 테우리길, 빌레길, 오찬이길 등으로 구성되어 있어. 지금 걷고 있는 14-1코스 인근에 있어."

"곶자왈지대에 왜 이렇게 돌을 쌓아두었을까요?"

"이것을 '잣성'이라고 해. 말이나 소가 위로 넘어가지 말라고 쌓은 거지."

숲의 침묵, 새소리도 바람소리도 사람소리도 없다. 오직 고요만이 흘러간다. 1시간 남짓한 곶자왈올레, 문명의 소리가 서서히 들려오고, 노루쉼터의 숲길이 끝나자 시야가 시원스럽게 열리며 이국적인 풍광을 물씬 풍기며 초록의 물결이 출렁인다. 오설록 녹차밭이다. 바다가 없는 14-1코스에 펼쳐지는 녹차의 바다, 녹차의 향연이다. 칼슘과 마그네슘, 산화철 등 유기물 함량이 높은 비옥한 땅에 녹차 재배를 위한 최적의 기후까지 갖춘 제주에, 세계적으로 인정받고 있는 녹차 브랜드인 오설록이 설립한 다원과 뮤지움이다. 돌밭이었던 24만평을 개간해 거대한 다원이 되었고, 이제는 제주를 대표하는 명소가 되었다. 모든 공간을 무료로 개방하며 뮤지엄 주변으로 방사탑이나 제주의 물허벅, 돌다리 등 제주의 풍경을 전시해 놓은 산책로가 있다. 국내 최대의 차 종합전시관, 오설록티뮤지엄에 들어가서 차를 마시고 아이스크림을 맛보며 잠시 휴식을 취한다.

국토종주에서 만난 다향보성(茶香寶城)! 보성의 녹차밭과 다성(茶聖) 초의선사의 동다송이 오설록의 다원과 어우러진다. 전남 보성은 전국 최대의 차 주산지로 녹차의 고장으로 매년 다향제를 개최한다. 옛 사람들은 차 한 잔을 마시며 시를 노래하고 인생을 노래했다. 찻물을 끓이는 동안 대숲과 솔바람 소리를 듣고 차를 마시며 흰 구름과 밝은 달을 초대하여 벗을 삼았다. 그 맥을 이어 다향이 된 보성은 차 문화를 보급하는 전진기지로 자리매김했다.

조선의 차 문화는 전기는 고려의 다풍을 이어가고 있었으나 중기에 임진왜란과 병자호란을 겪으면서 쇠퇴하기 시작하여 2백년 간 공백기를 거치게 된다. 그 후 다성(茶聖) 초의선사와 다산(茶山) 정약용, 추사 김정희가 중심이 되어 차 문화의 중흥이 계기가 되어 후기에는 다시 차 문화가 일어난다. 초의선사는 동다송(東茶頌)을 저술하고 다신전(茶神傳)을 펴냈으며, 다산은 다신계(茶信契)를 조직하여 다신계절

목을 만들어 차 문화 중흥을 도모하였다. 제주 유배지에서 벗이었던 초의선사에게 끊임없이 차를 보내달라고 하던 추사는 다시(茶詩)를 지어 옛 풍류를 진작시켰고, 이때부터 다시가 많이 창작되기 시작했다.

중흥의 기미를 보이던 차 문화는 일제의 식민통치로 말미암아 또다시 빛을 잃게 되었고 암흑 속으로 묻혔다. 일제는 자신들의 차 문화를 우리나라에 심기 위해 여학교에서는 의무적으로 일본 다도 교육을 실시하였다. 오늘날 우리가 일본 차 문화를 거세게 거부하고 싫어하는 이유다. 일본 다도를 완성시켜 다성(茶聖)으로 불리는 센노 리큐(1522~1591)는 일본 다도와 미의식이 한반도의 영향을 받았다고 한다.

우리의 차 문화, 옛 법도와 풍류를 계승 발전시키는 것은 우리의 문화유산에 대한 자부심이다. 차를 마시며 초의선사의 '茶'를 음미한다.

옥화 한 잔 기울이니 겨드랑에 바람 일어/ 몸 가벼워 하마 벌써 맑은 곳에 올랐네.
밝은 달은 촛불 되어 또 나의 벗이 되고/ 흰 구름은 자리 펴고 병풍을 치는구나.

도로를 따라 걸어간다. 건너편에는 서광다원 녹차밭이 넓게 펼쳐진다. 오설록티뮤지엄은 서광다원의 서북쪽 끝자락의 일부를 차지하고 있다. 병참도로를 따라가다가 올레길은 다시 청수곶자왈로 들어간다. 저지곶자왈보다 길도 넓고 콘크리트도 있어 걷기에 편하다. 생태적으로 양호한 환경을 유지하고 있어 운문산반딧불이가 서식하기에 매우 적합한 조건이라는 청수곶자왈을 지나서 아름다운 숲길 무릉곶자왈로 들어선다. 올레 전체코스 가운데 유일하게 코스가 교차하는 곳이 11코스(모슬포-무릉올레)와 14-1코스의 무릉곶자왈이다.

사방으로 뻗어나간 뒤엉킨 나무뿌리가 암팡진 기백으로 산비탈을 보듬고 있다. 폭우나 태풍에도 뿌리는 서로 얽혀 산사태를 막고 자신들을 지키려는 단결을 과시한다. 대나무 숲이 뿌리로 서로 얽혀 모두를 뽑지 않고는 결코 하나도 뽑을 수 없는 형국과도 같다. 제 영역을 지키기 위해 배설물을 흩뿌리는 짐승의 그것과도 다르지 않다. 나무나 짐승이나 사람이나 생명체들이 자신의 터전을 지키려는 옹골찬 의지는 맥을 같이하고 있다.

곶자왈에서 원시의 밀림을 즐기며 영동케 봉근물을 지나간다. 농로를 지나고 인향리 농촌마을을 지나서 버스 정류장에서 14-1코스를 마무리한다. 농촌의 소박한 뷔페음식점에서 산해진미가 부럽지 않은 맛의 향연을 즐긴다.

행원포구 - 광해, 빛나는 바다!

📍 **20코스** 김녕에서 하도올레 17.3㎞

김녕서포구-성세기해변-월정리 해수욕장-행원포구-해녀박물관

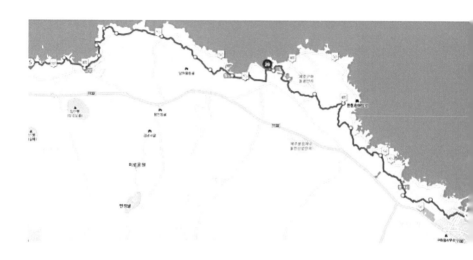

거울을 보고 웃으면 그 모습을 보고 동조현상을 일으켜 뇌도 따라 웃는다. 박장대소하면 부정적인 생각을 단번에 끊을 수 있다. 얼굴은 얼이 통하는 굴, 통로다. 만공스님은 입적하기 전 시자들에게 물을 떠오라고 해서 목욕 후 거울에 비친 얼굴을 쳐다보며 껄껄 웃었다.

"자네와 내가 이별할 인연이 다 되었나 보오. 그럼 잘 있게."

서산대사도 입적하기 전 거울을 보며 진면목으로 돌아가는 자신에게 인사한다.

"80년 전에는 그대가 나였더니 80년 후인 오늘에는 내가 그대로

구나."

봄, 여름, 가을, 겨울, 계절이 바뀌듯 얼굴의 풍경도 바뀐다. 얼굴은 역사이고, 궤적이고, 풍경이고, 삶의 현장이다. 제주 올레에서 올레자의 얼굴을 성형한다.

1월 14일, 김녕서포구의 바닷가를 걸어간다. 제주공항에서 내린 최광섭 형과 서석윤 벗을 승용차에 태우고 곧장 달려온 길, 수어지교(水魚之交)의 제갈량을 만난 유비처럼 물 만난 고기처럼 모두 발걸음이 역동적이다. 해파랑길 종주 때에도 용인에서 강릉으로 달려와 옥계해변에서 심곡항의 '헌화로'를 지나 정동진에 이르는 해파랑길 35코스를 함께 걸었다. '친구란 내 슬픔을 등에 지고 가는 자'라는 인디언 격언처럼 올레에서 동고동락하기 위해 찾아온 친구들, "당신이 태어났을 때 당신은 울고 세상은 기뻐했다. 당신이 죽을 때 세상은 울고 당신은 기뻐할 수 있기를."이라는 인디언의 격언을 나누며 길 위에서 다시 만나 우정의 꽃을 피운다. '자연을 진실로 대하기에 가장 아름답고 사랑스러운 종족'이라 불리는 인디언처럼 자연의 정령을 벗 삼아 벗들과 함께 대자연으로 나아간다.

김녕서포구에 바람이 불어온다. 제주시의 동쪽 끝에 자리 잡은 구좌의 바다가 펼쳐진다. 어제는 신좌인 조천에서, 오늘은 구좌에서 올레를 즐긴다. 탐라할망의 제주학 강의가 시작된다.

"구좌읍은 대한민국에서 가장 살기 좋은 청정지역으로 손꼽히는 곳이지. 긴 해안선과 광활한 목야지에 만장굴, 김녕사굴, 당처물동굴, 비자림, 문주란섬, 김녕해수욕장, 월정풍력단지, 용눈이오름, 다랑쉬오름 등 제주도가 자랑하는 천혜의 명승지와 관광명소가 두루

두루 산재해 있어. 해안지대에 동복, 김녕, 월정, 행원, 한동, 평대, 세화, 종달리 등 마을이 위치하고, 중산간 지대에는 덕천, 송당리가, 해안과 산간 사이에 상도리가 있어. 제주의 368개 오름 가운데 구좌읍에는 40개의 오름이 있고 송당리에는 그 중 18개가 집중되어 있지. 송당리는 오름의 마을이야."

"비자림은 천년의 숲이라 하지요?"

"비자림은 500~800년생 비자나무가 2,800여 그루가 밀집해 자생하고 있는 숲이지. 천연기념물인 비자나무는 전라남도와 전라북도, 경상남도에 자라고 있는데, 예로부터 한방에서 귀중한 약재와 목재로 널리 쓰였어. 100년 동안 자라도 20㎝밖에 자라지 않는 나무로, 느리게 자라는 만큼 재질이 치밀한 목재를 제공해 귀하게 여겨졌지. 서두르지 않고 오랜 시간 천천히 자라는 비자나무 숲속을 걷노라면 바빴던 걸음걸이도 저절로 느려지고 마음에도 여유가 생겨나."

"송당리에는 제주오름의 어머니오름이라 불리는 당오름이 있지요?"

"그렇지. 송당(松堂)리는 제주 당신(堂神)의 원조인 백주또할망이 살았던 마을이야. 백주또할망은 1만8천이나 되는 제주 신들의 어머니인데, 백주또를 모신 송당 본향당(本鄕堂)이 당오름에 있어. 민속자료로 지정되어 보존되는 다섯 개 중의 하나지. 당오름은 마을을 지켜주는 영험한 오름으로 제주오름의 어머니오름으로 불려."

"제주도에는 송당리 말고도 당오름이라 불리는 오름이 여러 개 있잖아요?"

"당오름은 '당'이 있는 오름이라는 뜻이지. 조천, 안덕 등 여러 개가 있어. 백주또할망이 젊은 여인일 때 '소로소천국'이란 사내와 아들 18명과 딸 28명을 낳고 살았지. 백주또는 죽어서 송당리 마을을 지키는 신이 되었고 자식들은 섬으로 흩어져 각 마을의 신이 되었어. 이들 당오름에도 본향당이 있어. 하지만 모시는 신은 모두 다른데, 이들은 모두가 백주또할망의 자손이야. 모두가 아들이거나 딸이거나 손주이거나 그렇지. 백주또할망을 모시는 신당은 오직 송당리에만 있기에 송당리 당오름은 어머니오름이야."

"현재도 송당리에서는 백주또할망에게 제를 올리는지요?"

"그럼. 현재 제주에는 본향당이 300여 곳이 남아 있어. 마을에 본향당이 있다는 것은 지금도 정기적으로 당제를 올린다는 뜻이야. 송당리에서도 음력 1월 13일, 2월 13일, 7월 13일, 10월 13일, 일 년에 네 차례 당제를 올리고 있지. 제는 매인삼당(당을 책임진 무당)이 진행하지만 제주(祭主)는 마을의 이장이 담당해. 제물 올리는 할망만 250명, 구경꾼까지 합치면 천 명 가까이 모이는 큰 행사야. 할망들이 제물 올리는 석단도 다 자리가 정해져 있어. 백주또할망이 입는 옷도 올리고, 옥돔, 떡, 삶은 달걀 등 여러 가지 올리는데 네 발 달린 짐승은 절대 안 올려."

"왜 그래요?"

"백주또할망과 남편인 소로소천국하르방이 갈라섰는데, 그 이유가 소로소천국이 소를 잡아먹었기 때문이야. 농경사회에서 소만한 재산도 없는데 화가 난 백주또할망이 남편을 쫓아냈어. 쫓겨나는 게 당연했지. 제주신화에서 주도적인 역할은 여신이기 때문이야. 당제에 소와 돼지를 올리지 않는 풍습은 아직까지 한 번도 예외가 없었어."

당오름의 숲은 원시림처럼 빽빽하다. 당오름 둘레길과 정상 둘레길이 조성되어 있는데, 탐방로를 따라 오름 북서쪽 기슭에 이르자 본향당이 나타난다. 길가에 늘어선 동백나무에 소지(燒紙)가 걸려 있다. 소지는 원래 제사가 끝나면 태우는데, 나무에 매달아놓기도 한다. 백주또할망의 위패를 모신 당집 둘레에는 동백나무 드리운 돌담이 있다. 당오름은 작고 낮은 오름이지만 숲이 깊어 사시사철 검푸르게 보인다.

당오름 남쪽에는 이재수의 난 촬영지로 유명한 아부오름이 있다. 송당마을 앞에 있어서 '앞오름(前岳)'이라고도 불리지만 산 모양이 움푹 파여 있어 마치 가정에서 어른이 믿음직하게 앉아 있는 모습과 같다 하여 '아부오름(亞父岳)'이라 한다. 오름 대부분은 풀밭으로 이루어져 있는데, 정상에는 함지박 같은 둥그런 굼부리가 파여 있고, 굼부리에는 다시 인공으로 심은 삼나무가 둥그런 원을 그리고 있어 신비롭다.

오름 투어로 최근 각광을 받고 있는 구좌읍 송당리 일대에는 김영갑 선생이 많은 사진 작품을 남긴 용눈이오름, 오름의 여왕이라 불리는 다랑쉬오름, 높은오름, 입구부터 정상까지 아름답지 않은 곳이 없는 백약이오름 등 오름의 물결이 흐른다.

용와악(龍臥岳)이라고도 하는 용눈이오름은 아름답고 전형적인 제주 오름이다. 표고 248m의 남북으로 비스듬히 누운 부챗살 모양의 오름으로 여러 가닥의 등성이가 흘러내려 기이한 경관을 빚어낸다. 오름 대부분이 연초록 양탄자를 깔아놓은 듯한 풀밭으로 이루어져 있고, 등성이마다 왕릉 같은 새끼 봉우리가 봉긋봉긋하다. 오름의 형세가 마치 용이 놀고 있는 모습이라는 데서 '용논이(龍遊)', 용이 누워있는 형태를 닮아서 용눈이(龍臥)라고 했다. 용눈이오름로 도로변에 차를 세우고 오름으로 바로 올라가면 정상까지 10~15분이면 도착할 수 있다. 정상의 분화구를 10분이면 돌 수 있는데, 높지는 않으나 넓어서 듬직한 오름이다. 용눈이오름에서 바라보면 다랑쉬오름과 아끈다랑쉬오름이 보인다.

다랑쉬오름(382m)은 비자림과 용눈이오름 사이에 우뚝 솟아 있다. 이 일대에서는 남서쪽 높은오름(405m) 다음으로 높은 오름이다. 다랑쉬라는 이름은 오름에 쟁반같이 뜨는 둥근 달의 모습이 무척 아름답다고 해서 붙여진 제주말이다. 설문대할망의 걸작으로 할망이 파낸 분화구가 달처럼 둥글게 보인다 해서 붙여진 이름이라고도 한다. 높은 봉우리라는 뜻의 달수리 또는 한자로 월랑봉(月郎峰)이라고도 한다.

다랑쉬오름의 정상에 서면 제주도 동부지역의 자연경관을 감상할 수 있다. 지미봉, 은월봉, 말미오름, 성산일출봉, 우도, 소머리오름, 용눈이오름, 손지봉 등 오름들이 파노라마처럼 펼쳐지고 세화 종달 하도 성산 등의 마을이 바다와 함께 어우러져 한 폭의 그림을 연출한다. 한라산도 한 눈에 들어온다. 둘레가 3,391m, 깊이가 115m로 백록담과 비슷하다. 오름 위에는 깔때기 모양의 넓고 깊게 파인 굼부리가 있다. 오름의 외형은 둥글면서 몹시 가파른 비탈을 이루고 있고 삼나무 편백나무 해송 등이 조림되어 있다.

다랑쉬오름에서 바라보는 일몰 경관, 한라산 너머로 기울어지는 석양과 붉은 노을은 장엄할 정도로 아름답다. 땅거미 밀려올 무렵, 한라산에서 흘러내리는 오름의 물결들, 다랑쉬오름을 지나서 종달리 지미오름에서 바다로 흘러드는 경관 또한 세상 그 어디에서도 볼 수 없는 진풍경이다. 어둠이 오면 컴컴한 하늘에는 별들이, 컴컴한 바다에는 고깃배의 불빛들이 반짝이며 절정의 조화를 이룬다. 동쪽

하늘 동쪽바다에서 둥근달이 떠오르는 보름날, 매월 보름이면 달빛기행을 하는 달빛가족과의 월랑봉 11월의 달빛기행은 형용할 수 없는 환상의 추억이었다.

다랑쉬오름 아래에는 아끈다랑쉬오름이 있다. 아끈은 '작은'이란 제주말이다. 당당한 자태의 다랑쉬오름에 딸린 위성처럼 바로 앞에서 자그마한 분화구를 하나 끼고 앙증맞고 귀엽게 자리하고 있다. 오름의 남쪽에는 4·3사태로 사라진 다랑쉬마을과 4·3희생자인 유골 11구가 발견된 다랑쉬굴이 있다.

김녕성세기해변, 한가로운 바다풍경이다. 성세기는 외세 침략을 막기 위한 작은 성, 곧 '새끼 성' '성 새끼'에서 붙여진 이름이다. 희고 고운 모래사장이 넓게 펼쳐져 있고, 물빛이 아름답고 수심이 얕아서 찾는 이가 많다. 에메랄드 물빛 너머로 바닷가에 늘어선 풍력발전기가 그림 같은 전경을 연출한다. 성세기태역길로 들어선다. '태역'은 잔디를 일컫는 제주어로, 잔디가 많아서 제주 올레가 붙인 이름이다.

아름다운 성세기태역길을 지나 김녕 환해장성을 만난다. 현재 온전히 남아있는 환해장성 10군데 가운데 하나다. 김녕에는 유네스코 세계자연유산으로 등재된 만장굴, 김녕사굴이 있고, 그 사이의 김녕미로공원 등의 볼거리가 있다.

만장굴은 세계 최장의 용암동굴로서 길이가 7,416m이며, 부분적으로 2층 구조를 갖는다. 특히 주 통로는 폭이 18m, 높이가 23m로 세계적으로 큰 규모이다. '한여름에 제주를 방문한다면 무조건 만장굴을 다녀오라'는 말이 있을 정도로 동굴 안은 선선하다. 길고도 웅장한 동굴의 끝에는 높이 7.6m로 세계에서 가장 큰 규모의 용암석주를 볼 수 있다. 약 250만 년 전 한라산 분화구에서 흘러넘친 용암이 바닷가 쪽으로 흐르면서 동굴이 형성되었다. 지하궁전 같은 웅장하고 심오한 내부 경관은 박쥐, 땅지네, 농발거미, 가배벌레 등이 주인노릇 하며 즐기고 살아간다. 만장굴은 김녕사굴과 함께 천연기념물 제98호로 지정, 보호되고 있다.

김녕사굴은 내부형태가 뱀처럼 생겼다 해서 '사굴(蛇窟)'이라고도 부른다. 입구는 뱀의 머리 부분처럼 크게 벌어져 있는 반면, 안쪽으로 들어갈수록 뱀의 형체처럼 점점 가늘게 형성되어 있어 신비롭다.

김녕미로공원은 키 큰 나무 사이로 샛길이 만들어져 한번 들어가면 방향감각을 잃게 되어 어디로 나와야 할지 헷갈리게 하는 미로(迷路)다. 공중에서 보았을 때 전체 모형은 제주도 형태이고, 제주의 역사와 지리를 말해주는 조랑말 고인돌 등 7가지 상징물로 이루어져 있다.

해안도로를 따라 월정리로 걸어간다. 400여 년의 역사를 지닌 월정리는 조개껍데기로 된 청정해안을 끼고 있는 농촌마을로, 세계자연유산 동굴계인 용천동굴과 당처물동굴을 품고 있어 세계적인 자연경관을 자랑한다. 제주도가 세계자연유산에 등록 될 듯 말 듯 할 때, 월정리의 당처물동굴과 용천동굴이 발견되어 가뿐히 등록되었다고도 전해진다. 거문오름에서 흘러내린 용암은 만장굴과 김녕굴을 거쳐 월정리에서 용천동굴과 당처물동굴을 만들고 바다로 들어갔다.

문화재청은 2017년 1월 6일 '제주 거문오름 용암동굴계 상류동굴군(웃산전굴, 북오름굴, 대림굴)'을 천연기념물 제552호로 지정했다. 웃산전굴, 북오름굴, 대림굴은 제주 세계자연유산지구(거문오름과 만장굴)의 완충지역이자 거문오름 동굴계의 연장선상에 있다. 웃산전굴은 거문오름에서부터 흘러나온 용암으로 인해 만들어진 뱅뒤굴과 북오름굴 사이에서 발견됐다. 뱅뒤굴은 천연기념물 제490호로 세계자연유산으로 등재된 미로형 동굴이다. 뱅뒤는 널따란 벌판, 평평한 대지라는 뜻의 제주말이다. 이번 지정으로 인해 거문오름 용암동굴계(거문오름, 뱅뒤굴, 웃산전굴, 북오름굴, 대림굴, 만장굴, 김녕굴, 용천동굴, 당처물동굴) 전체가 하나로 이어져 완전체를 이루게 되었다. 현재 만장굴을 제외한 나머지 동굴은 일반인의 출입이 제한되어 있다.

올레종주 후 제주세계자연유산센터를 찾아 세계자연유산으로 등재된 거문오름을 사전 예약 후 방문했다. 돌과 흙이 온통 검은 빛이라 검은오름, 검은이오름, 거문오름으로 불린다. 명불허전, 제주도 최고의 명소인 거문오름 탐방길은 원시의 밀림을 걸어가는 아름다운 자연경관의 숲길이다. 동굴의 천장이 무너져 생긴 제주도에서 가장 깊은 선흘 수직동굴은 차라리 신비롭다.

월정리의 옛 이름은 '무주포'였다. '월정'이란 이름은 1907년부터 부르기 시작했는데 '달 밝은 밤에 테우를 타고 바다에 나갔다가 마을을 바라보니 반달 모양 같다'며 월정(月汀)이라 불렀다는 것이다. 또한 월정리해변의 옛 이름은 '크고 넓은 모래밭'이란 의미의 '한모살'이었다. 최근 청정한 월정리 한모살 주변에 많은 관광객이 모여들고 있다.

올레3코스 끝 지점의 표선해비치해수욕장을 시작으로 제주 올레를 걸으며 만난 제주도의 해수욕장이 파노라마처럼 뇌리에 스쳐간다. 중문해수욕장, 금능으뜸원, 협재, 이호테우, 함덕서우봉, 김녕성세기, 이제 마지막으로 펼쳐지는 월정리해수욕장이다.

월정리해수욕장은 제주에서 가장 사랑받는 해수욕장 가운데 하나이다. 제주의 모든 해수욕장이 저마다 특색이 있고 아름다움이 있지만 월정리해수욕장은 독특한 분위기를 자아낸다. 해수욕장도 아름답지만 해수욕장에서 펼쳐지는 자유로운 공연문화가 더욱 빛나게 한다. 해수욕장 앞에는 예쁘게 치장한 카페촌이 즐비하다.

멀리 풍력발전기가 바람을 타고 날개를 돌린다. 세찬 바람이 불어오는 가운데 풍력발전기가 어서 오라고 손짓을 한다. 월정리에서 행원리까지는 바람을 이용해서 전기를 생산하는 풍력발전기의 행렬이 바다와 어우러져 장관을 이룬다. 바다와 바람과 어우러지는 풍력발전기로 인해 최고의 드라이브 코스로도 각광을 받는다. 빨간 등대와 바다에 떠 있는 풍력발전기, 코발트빛 투명한 바닷물이 어울려 그림엽서 같은 풍경을 자아낸다.

조개껍데기가 부서져 이루어진 고운 모래와 푸른 바다가 영혼을 세척한다. 친구들은 기이한 바닷가 경관에 즐거워한다. 집 나오면 개고생이라, 고생하는 줄 알았는데 따뜻하고 포근한 겨울날씨, 환상적인 올레풍경에 연신 탄성을 지른다. 기어코 벗이 한 마디 한다.

"김 박사! 추운 겨울에 올레길 걷는다고 고생하는 줄 알고 위문 왔는데 이거 신선놀음이네."

순간 아차, 코스와 날짜 선택이 잘못되었다고 생각했다.

"이거 정말 억울해. 제주 서쪽의 차디찬 바닷바람을 맛보게 했어야 했는데, 제주 동쪽에서 포근한 날 바람을 등지고 걸으니 말이야. 꽁꽁 언 내 얼굴이 고생담의 증거야."

함께 웃었다. 세계자연유산마을 월정리를 지나면서 연자방아, 제주말로 몰구랑을 구경한다. 곡식을 빻을 때 둥글고 판판한 돌판 위에 그보다 작고 둥근 돌을 옆으로 세워 얹어 아래 위가 잘 맞도록 하여 마소가 끌게 했던 방아이다.

월정리해안을 뒤로하고 행원리 마을길로 들어선다. 행원리에는 제주에서 가장 먼저 풍력발전기가 대량으로 들어선 풍력발전단지가 있다. 바람의 섬 제주, 바람은 제주만의 언어를 만들었고, 돌담을 만들었고, 자연을 만들었고, 문화를 만들었고, 우리나라 최초의 풍력단지인 행원풍력단지를 만들었다. 바람 많기로 유명한 제주도, 그 중에서도 바람 많은 행원리의 모습은 이국적이다.

<제주읍지>에 어등포라는 포구가 있어 '어등개'라 불리던 마을이 19세기 말부터 행원리라 불리며 일제강점기의 지도에는 행원리(杏源里)라 표기되어 있다. 청정하기로 유명한 바닷가는 강태공들의 발걸음이 끊이지 않는다. 바람이 불어오는 행원포구에 비운의 임금 광해군이 유배 와서 배에서 내린 첫 기착지임을 알리는 비석이 쓸쓸히 서 있다.

1637년 음력 6월 16일, 광해군은 구좌읍 행원포구에 도착했다. 나이는 예순세 살, 인조반정으로 쫓겨난 지 14년 만이었다. 가는 곳을 알려주지 않고, 배의 창문을 휘장으로 사방을 막았다가 배가 닿는 것을 기다려 호송책임자 이원로가 말했다.

"제주에 도착했습니다."
"내가 어찌 이곳에 왔느냐? 내가 어찌 이곳에 왔느냐?"

광해군은 탄식하며 크게 슬퍼했다. 마중 나온 제주목사가 나아가

광해군(光海君)은 1623년 인조반정에 의해 혼란무도(昏亂無
道) 실정백출(失政百出)이란 죄로 폐위, 처음 강화도 교동(喬桐)
으로 유배되었다. 이어 1637년 유배소를 제주로 옮기려 사중
사(事中使) 별장 내관 도사 대전별감 나인(內人) 서리(書吏)
나장(羅將) 등이 임금을 압송하여 6월 16일 이 어등포(於登浦)로
입항하여 일박하였다. 이때 호송 책임자 이원로(李元老)가 왕에
게 제주라는 사실을 알리자 깜짝 놀랐고, 마중 나온 목사가 "임
금이 덕을 쌓지 않으면 주중적국(舟中敵國)이란 사기(史記)의 글
을 아시죠"하니 눈물이 비오듯 하였다. 주성(州城) 망경루 서쪽
배소에서 1641년 7월 1일 67세로 마치니 목사 이시방(李時昉)이
염습, 호송책임 채유후(蔡裕後)에 의해 8월 18일 출항, 상경하였다.
광해군은 연산군(燕山君)과 달리 성실하고 과단성 있게 정사를
펼쳤으나 당쟁의 와중에 희생된 임금으로 평가받고 있다.

광해 임금의 유배, 첫 기착지

무릎 꿇고, "주중적국(舟中敵國)이란 〈사기〉의 글을 아시죠?" 하니, 광해군은 말없이 눈물을 비 오듯 흘렸다. 주중적국, 배(舟) 속의 적국(敵國)이니, '같은 배를 타고 있듯 이해관계가 같아도 군주가 덕을 쌓지 않으면 적이 될 수 있음'을 비유한 공자의 말이다.

광해군이 권좌에서 쫓겨난 이유는 크게 세 가지였다. 동생 영창대군을 죽이고 인목대비를 유폐시킨 죄, 궁궐 넷을 무리하게 중건해 백성들을 괴롭힌 죄, 조선을 구원한 명나라를 배신하고 오랑캐 청나라의 편을 든 죄였다. 하지만 광해군은 대동법을 시행해 피폐한 백성들을 궁핍에서 구했고, 사멸하는 명나라 대신 신흥강국 청나라를 인정하는 등거리 외교를 펼쳤다. 임진왜란으로 망가진 나라를 또 전쟁에 빠지지 않게 하겠다는 의지였다.

광해는 1623년 3월 강화로 유배되었다. 폐비와 폐세자, 폐빈 모두 함께였다. 5월에 폐세자가 담 안으로부터 흙을 파고 70척 정도의 구멍을 뚫어 도망쳐 나가다가 붙잡혔다. 조정은 발칵 뒤집혔고, 관계자들은 붙잡혀와 국문을 받고 매 맞아 죽었다. 폐세자가 붙잡히는 것을 본 폐빈 박씨는 목을 매어 자살했고, 인조는 금부도사를 보내 폐세자도 목매어 죽게 했다. 죽음을 앞둔 폐세자는 시 한수를 남겼다.

티끌속의 뒤범벅이 미친 물결 같구나./ 걱정한들 무엇 하리. 마음 스스로 평안하다.
26년은 참으로 한바탕 꿈이라./ 백운(白雲) 사이로 좋은 모습으로 돌아가리.

아들을 허망하게 보낸 폐비 유씨도 그해 10월 충격으로 죽었다.

나이 48세였다. 광해는 이괄의 난이 일어나자 유배지를 태안으로 옮겼다가 다시 강화도로 돌아왔다. 그리고 1636년 연산군이 유배되어 숨진 이웃의 교동도로 옮겼다가 다시 제주로 이배되어 행원포구에 도착했다. 권력의 무상함을 절절히 느낀 광해, 폐위된 광해는 왕위에 있던 옛 시절을 그리며 유배지 제주에서 한 편의 시를 읊었다. 〈인조실록〉에는 이 시를 보고 식자들이 슬픔에 젖었다고 기록했다.

> 궂은 비바람이 성머리에 붙고/ 습하고 역한 공기는 백척루에 가득한데/ 창해의 거친 파도가 땅거미를 뒤덮고/ 시퍼런 산 근심어린 기운은 맑은 가을을 둘러싸네./ 돌아가고 싶은 마음에 왕가의 풀을 바라보고/ 나그네 꿈은 제주에서 자주 깨네./ 고국존망 소식들은 들을 수도 없는데/ 안개 자욱한 강 위에 외로운 배만 누워있구나.

광해군은 제주성 안에 갇혀 '하늘 구멍을 제외하고는 사방이 탱자나무 가시가 빽빽한 집'에 위리안치 되어 산송장으로 살았다. 그리고 4년 뒤에 죽었다. 질긴 것이 목숨이라던가, 광해군은 폐위된 후에 19년을 살았다. 그가 왕 위에 있었던 세월(16년)보다 더 길었다. 제주성 망경루 서쪽 배소에서 1641년 7월 1일(인조 19) 67세로 생을 마쳤다. 제주목 관아 앞에 있는 관덕정에서 제사를 지내고 관이 제주 섬을 한 바퀴 돈 뒤 경기도 남양주 산기슭에 묻혔다. 젊은 시절 임진왜란 전장을 누빈 튼튼한 체력 덕분에 유배생활도 잘 견디었다. 연산군이 중종반정 후 강화도에 유배된 직후에 바로 죽은 것과 비교하면 광해군의 정신력과 체력을 짐작할 수 있다. 제주사람들은 광해군은 인자한 왕이요 시인으로 기억한다. 왕이었던 시절 광해는 인목대비를 폐위시키라는 신하들의 끈질긴 요청에 진저리를 치며 독백했다.

"하늘이여, 하늘이여! 도대체 내가 무슨 죄가 있기에, 어쩌면 이다지도 한결같이 혹독한 형벌을 내린단 말인가? 차라리 신발을 벗어던지고, 인간 세상을 벗어나 팔을 내두르고 멀리 떠나서 바닷가에서 살며 여생을 마치고 싶구나."

말이 씨가 되었던가. 광해는 바다가 있는 강화, 태안, 강화, 교동도를 거쳐 원악지(遠惡地) 제주도에서 한 많은 생을 마감했다. 그의 부음을 듣고 제주목사 이시방이 들어갔을 때는 계집종이 혼자 염습을 하고 있었다. 왕이었던 광해, 그의 죽음은 필부의 그것보다 나을 것이 없었다. 호송 책임자 채유후에 의해 8월 18일 출항, 한양으로 상경하여 남양주 진건읍에 묻혔고, 임금으로 복권되지도, 묘호도 받지 못한 폭군으로 기록되었다. 과연 연산군과 같은 폭군으로 인식하는 그에 대한 평가는 합당한 것일까, 역사는 기록한 대로 전해지는 가운데 그에 대한 재조명이 활발하다.

광해군은 임진왜란 이후 부국강병의 기틀을 다졌다. 광해군은 연산군과는 달리 성실하고 과단성 있게 정사를 펼쳤다.

"세자 책봉이 지연되어 백성들이 불안해하고 있습니다. 광해군은 여러 왕자들 가운데 가장 영특하고 재능이 출중하여 세자로서 손색이 없으니 책봉을 서두르소서."

선조 24년(1591) 좌의정 정철은 세자 책봉 문제를 건의했다. 서인인 정철은 동인인 영의정 이산해의 계략에 빠져 혼자 세자책봉 문제를 건의했다가 결국 유배를 갔다. 광해군은 후궁인 공빈 김씨의 소생으로 선조의 둘째 아들이다. 동복형인 임해군이 있었으나 그는 포악하여 진작부터 논외였다. 선조는 정비인 의인왕후에게는 자식을 얻지 못했으나 후궁들 사이에서 14명의 아들이 있었다. 정철의 건의에 선조는 낯빛이 차가워졌다.

"열 명이 넘는 아들 가운데 인물이 어디 광해군 하나뿐이오?"

광해군은 오랜 세월 마음고생을 하며 천신만고 끝에 왕이 되었다. 그리고 1623년, 인조반정이 일어났다. 정권에서 밀려난 서인세력과 친명 사대주의자들이 주축이 된 쿠데타였다. 일어나서는 안 될 반정으로 이후 1627년의 정묘호란, 1636년의 병자호란이 일어났다. 임진 왜란을 겪은 지 불과 30년 만에 조선의 국토와 백성들은 다시 만신 창이 되었다.

당쟁의 와중에서 희생된 임금으로 재평가 받고 있는 광해, 제주도에서의 행적에 대해서는 전혀 기록이 없고, 현재 국민은행 제주지점 정문 앞에 '광해군의 적소터' 표지석 하나가 역사의 흔적으로 남아 있다.

광해군이 죽고 6년이 지나 1647년 제주도에 소현세자의 세 아들 석철, 석린, 석견이 유배를 당했다. 제주성 서쪽 어딘가에 위리안치 되었다. 이들을 유배시킨 이는 아버지 소현세자를 독살하고 어머니 세자빈 강씨를 역모로 몰아 죽인 할아버지 인조였다. 병자호란으로 인조의 두 아들 소현세자와 봉림대군은 청의 수도 심양에 인질로 잡 혀갔다. 1645년, 9년 만에 돌아온 두 아들은 세계관이 달랐다. 소현 은 아담 샬에게 천문지식과 유럽세계에 대해 배웠고, 귀국과 함께

'청과 유럽 기술로 조선을 부강하게 만들겠다'고 인조에게 말했다. 소현세자는 귀국한 지 두 달이 채 되지 않아 죽었다. 시체가 검고 구멍이란 구멍은 죄다 피가 흘렀다고 하니, 독살 당했다는 말이 돌았다. 이듬해 세자빈 강씨가 역모를 꾀한 혐의로 사약을 받고, 강씨의 자식이란 죄목으로 세 아들이 제주도에 유배형을 받은 것이다. 석철과 석린은 1년 만에 죽었다. 막내 석견은 유배지를 떠돌다 삼촌 효종에 의해 복권되었다가 스물 둘에 죽었다.

광해(光海)! '빛나는 바다'의 푸른 물결 넘실대는 행원포구를 지나서 밭길, 숲길을 지나간다. 좌가연대를 지나면서 길은 다시 평탄한 바닷길로 이어진다. 민물이 바다로 흘러들어가는 지점에 갈매기 떼가 모였다. 한동리를 지나고 평대마을을 지나는 뱅듸길은 걷기 좋은 옛길이다. 평대마을의 옛 이름인 뱅듸는 돌과 잡풀이 우거진 넓은 들판을 뜻하는 제주말이다.

세화포구에서 다시 바다를 만난다. 세화리(細花里)는 '가는 곳'이라는 동리가 이름이 한자로 바뀌면서 불리는 이름이다. 세화포구 옆 세화오일장터를 지나간다. 매월 5일과 10일에는 동부지역에서 가장 큰 규모의 세화5일장이 열린다. 세화리 갯가는 시커먼 용암이 바다를 향해 여러 갈래 뻗어 있고, 그 사이사이로 흰 모래사장이 자리 잡고 있어 곶(串)들이 더욱 가늘어 보인다.

눈부시고 매혹적인 세화리 바닷가, 물이 들면 섬이 되는 갯것할망당이 부른다. 밀물 때는 바닷물로 둘러싸인 섬이 되었다가 썰물 때면 물이 빠져나가 오갈 수 있다. 해녀박물관 전망대에서 바라보면 마치 섬의 노천탕처럼 보이기도 한다. 갯것할망당은 갯가의 신당으로, 어부와 해녀들의 '소원수리처'이다. 당의 제일(祭日)은 17일과 27일,

음력 정월이면 어부와 해녀들이 용왕님께 새해 인사를 드리며 물질 잘 되게 해 달라고 빈다. '용왕맞이'다. 섣달이지만 제단 안에 오색천과 삼색천 소지가 걸려 있어 토속적인 서정이 뭉클하게 다가온다. 세화해변이 끝나고 드디어 20코스 종점 해녀박물관에 도착했다.

세화해변의 포장마차, 지적에 있는 해녀박물관을 다녀와서 자리 잡고 앉았다. 승용차가 있는 김녕서포구로 돌아가기 위해 택시를 호출하고 기다리는 시간, 막걸리로 목을 축이는데 5분 뒤에 택시가 도착한다고 전화가 왔다.

"택시가 곧 도착한다니 일어나지."라고 하는 순간, "여자는 버려도 술은 버리면 안 되지."라고 벗이 말을 받는데, "우와! 아저씨 최고의 명언입니다."라고 옆 테이블의 신혼부부들이 박수와 환호성을 울린다. 결국 술을 깨끗이 정리하고 포장마차에서 나왔는데, 아직 택시가 도착하지 않았다. 택시회사에 전화를 했더니, '택시 기사분이 갑자기 일이 생겨 다른 곳으로 갔고, 그곳으로 갈 수 있는 택시가 없으니, 해녀박물관 앞에서 김녕서포구까지 버스를 타고 가라'고 한다. 황당한 순간, 다시 버스를 타기 위해 해녀박물관 앞의 버스승강장으로 갔다. 제주에서 처음으로 타 보는 버스, 여행은 역시 처음 겪는 맛이 신비하고 아름다웠다. 역발상의 즐거움, 버스 관광을 마치고 다시 출발지로 돌아왔다. 여행의 최종 목적지는 역시 출발지, 바로 그곳이었다.

우도올레 - 우두봉의 여명!

📍 **1-1코스** 천진항에서 천진항올레 11.5㎞

천진항-서빈백사-하우목동항-하고수동해변-우도봉-천진항

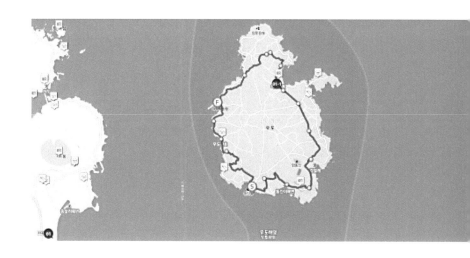

대나무가 아무리 촘촘해도 물이 지나가는데 문제없고 산이 제 아무리 높아도 구름이 날아가는데 지장 없다. 구름은 산을 탓하지 않고 물은 대나무를 탓하지 않는다. 일 없다가 바쁘고, 잘 나가다 시비에 휘말려 역경을 만나는 것이 인생이다. 그때마다 주저앉아 세상을 탓하면 답이 없다. 마음은 모든 것을 알고 있다. 그러니 마음에 귀를 기울여야 한다. 마음은 만물의 정기에서 태어났고 만물의 정기로 돌아간다. 마음과 친구가 되어야 한다. 육신의 건강을 위해서 삼쾌가 필요하다. 쾌식 쾌면 쾌변이다. 마음의 건강을 위해서는 사쾌가 필요하다. 유쾌 경쾌 상쾌 통쾌하게 살아가는 것이다. 허투루 살지 않아야 삶의 기쁨이 고인다. 제주 올레, 1-1코스 우도로 간다. 섬에서 섬으로 간다.

　성산포항 여객터미널에서 15분, 우도의 관문인 천진항 동쪽에 높이 솟은 우두봉이 손짓하며 부른다. 우도(牛島)는 제주도의 62개 부속도서 중 가장 큰 섬으로 제주도 동쪽 끝에 있다. 섬 전체가 하나의 용암지대로 완만한 경사를 이룬 비옥한 토지, 풍부한 어장을 형성하고, 우도팔경 등 자연의 신비를 간직한 천혜의 경승지들이 아름다운 풍광을 자랑한다. 소가 누워 있는 모습 같은 섬 우도는 아름다운 자연의 신비가 묻어나는 섬이다. 에메랄드빛 바다와 국내에서 유일한 하얀 산호백사장(서빈백사)이 눈부시게 펼쳐지는 우도의 대표적인 풍경은 우도팔경이다. 낮과 밤(주간명월, 야항어범), 하늘과 땅(천진관사, 지두청사), 앞과 뒤(전포망대 후해석벽), 동과 서(동안경굴, 서빈백사)를 손꼽는다.

　바람과 거친 풍랑을 타고 배가 달려간다. 1579년 '우도방문록'을 남긴 백호 임제가 성산포에서 우도를 향해 갈 때 뱃사공이 말했다.
　"두 섬, 우도와 성산도 사이가 잔잔할 때라도 건너기가 어려운데 하물며 오늘처럼 바람이 사나운 날은 도저히 갈 수가 없습니다."
　뱃사공이 위험하다고 하고, 배에 탔던 일행들도 돌아가기를 원할 때 임제는 말했다.
　"사생(死生)은 하늘에 달렸으니 오늘의 굉장한 구경거리는 서버리기 어렵도다."
　440년 전 노를 재촉하며 우도로 갔던 임제의 기록을 떠올리며 우도로 간다.

"관노는 젓대(대금)를 불고 기생 덕금이는 노래를 부르도록 했다. 배는 바람을 채찍으로 물결을 타고 순식간에 건너왔다. 우도에 가까이 닿자 물색이 완연히 달라져서 흡사 시퍼런 유리와 같았다. 이른 독룡이 잠긴 곳의 물이 유달리 맑고, 섬은 소가 누워있는 형국인데 남쪽 벼랑에 돌문이 무지개처럼 열려 있어 돛을 펼치고도 들어갈 수 있었다. 그 안으로 굴의 지붕이 천연으로 이루어져 황룡선 20척은 숨겨둘만 하였다. 굴은 막다른 곳에도 또 하나의 돌문이 나오는데 모양이 일부러 파놓은 것 같고 겨우 배 한 척이 통과할 만하였다. 이에 노를 저어 들어가니 신기한 새가 있어 해오라기 비슷한데 크기는 작고 색깔은 살짝 푸른빛을 띤 것이었다. 이 새 수백 마리가 떼를 지어 어지럽게 날아갔다. 그 굴은 남향이어서 바람이 없고 따뜻하기 때문에 바닷새가 서식하는가 싶었다.

안쪽 굴은 바깥 굴에 비해 비좁긴 하지만 물빛은 그윽하기만 하여 귀신이라도 나올 것 같았다. 위로 쳐다보니 하얀 자갈들이 달처럼 동글동글하여 어렴풋이 광채가 났으며 또한 사발도 같고 술잔도 같으며 오리알도 같고 탄환도 같은 것이 하늘의 별처럼 박혀 있었다. 대개 온통 굴이 검푸르기 때문에 흰 돌이 별이나 달과 같은 모양으로 보이는 것 같았다.

시험 삼아 젓대(대금)를 불어보니 처음에는 가냘픈 소리였는데 곧바로 굉장한 소리가 되어 마치 파도가 진동하고 산악이 무너지는 듯싶었다. 오싹하고 겁이 나서 오래 머물 수 없었다. 이에 배를 돌려 굴의 입구를 빠져 나오자 풍세는 더욱 사나워 성난 파도가 공중에 맞닿으니 옷과 모자가 거센 물결에 흠뻑 젖었다. 배는 바다 위로 위태롭게 떴다 가라앉았다 하여 간신히 배를 댈 수 있었다. 고을 사람들이 성산도의 북쪽 기슭에 장막을 치고서 기다리고 있었다. 원님은 먼저 들어가고 우리 일행은 또한 밤길을 걸어 정의 읍내에 당도했다."

천진항에 도착하자 '섬 속의 섬 우도' 아치가 반겨준다. 여러 번 다녀간 우도지만 우선 승용차로 우도를 한 바퀴 돌아보며 해안도로 드라이브를 즐기다가 천진항 인근의 펜션에 숙소를 정하고 올레를 시작한다. 우도올레는 천진항에서 호안우보(虎眼牛步), 곧 호랑이의 날카로운 눈빛과 소의 느릿한 걸음으로 우도일주를 하고 다시 천진항에 이르는 코스다. 천연기념물인 홍조단괴해변, 한 폭의 풍경화 같은 하고동해수욕장, 검은 모래가 깔린 검멀레 해수욕장, 전망대가 있는 우두봉에서 아름다운 풍경을 감상하고 천진항에서 마무리한다. 시작점인 우도항일해녀기념비 옆의 간세가 비바람에 꿋꿋하게 자리 잡고 있다. 오전의 강행군으로 형이 탈이 났다.
"나는 발에 물집이 생겨서 아무래도 못 걷겠어."

천진리 마을회관을 지나서 밭담 따라 밭길을 걸어간다. 우도올레는 해안도로보다는 주로 내륙의 소박한 돌담길을 택하였다. 얕은 오르막을 오르니 소들이 목이 마르면 찾아와 물을 마시던 쇠물통언덕의 평원이다. 시야가 시원스럽다. 바다 건너 제주도의 풍광이 한눈에 안긴다. 우두봉에서 천진항으로, 다시 성산일출봉과 지미봉으로 둘러보니 바다를 따라 파노라마처럼 장관이 이어진다. 제주도에서 바라본 우도, 우도에서 바라보는 제주도, 아름답고 평화스러운 풍경이다.
제주 안의 작은 제주, 우도는 면적 5.9㎢, 해안선 17㎞, 최고점 우두봉 132m이다.

제주시 우도면을 이루는 섬으로 제주의 부속도서 중에 면적이 가장 넓다. 성산포에서 3.8㎞, 종달리에서 2.8㎞ 해상에 위치한 화산섬이다. 쇠머리오름(우두봉)을 제외하면 섬 전체가 하나의 용암대지이며, 고도 30m 이내의 넓고 비옥한 평지이다.

"우도에는 사람들이 얼마나 살아요?"

"여의도 면적의 약 3배인 섬에 2,000여 명의 주민이 살고 있지. 투명한 바다와 검은 돌담이 매력인 섬으로 하루 6~7천 명의 관광객이 다녀가. 주민 중 관광업 종사자는 200명 남짓이고 대부분은 어업과 농업에 종사하는데, 비옥한 땅 덕분에 땅콩, 마늘, 양파 등 농산물의 소득이 수산물 소득을 앞서지."

"사람들이 언제부터 살았어요?"

"우도에 사람들의 거주가 허락된 것은 1697년(숙종 23) 국유목장이 설치되면서부터야. 나라의 말을 관리·사육하기 위하여 사람들이 거주하기 시작했지. 이후 1844년(헌종 10) 김석린 진사 일행이 정착했고, 사람들이 이어서 입도했어. 원래 구좌읍 연평리에 속하였다가 1986년 우도면으로 승격하였지. 섬의 형태가 소가 드러누운 모습, 소가 머리를 내민 모습 같다고 하여 우도라고 이름 지었어."

"설문대할망이 오줌 누다가 우도를 만들었다면서요?"

"맞아. 외출을 한 설문대할망이 급히 오줌이 마려워서 한쪽 발은 성산읍 오조리의 식산봉에 디디고, 다른 한쪽 발은 성산일출봉에 놓고 앉아 오줌을 쌌는데, 그 오줌 줄기의 힘이 어찌나 셌던지 육지가 파이며 오줌은 장강수가 되어 흘러나갔고, 제주도의 한 조각이 떨어져 나갔으니, 그 섬이 바로 소섬, 우도가 되었지. 그때 흘러나간 오줌이 성산포와 우도 사이의 바닷물인데, 그 오줌 줄기의 힘이 워낙 세웠기 때문에 깊이 패어서 고래나 물개도 살 수 있는 아주 깊은 바다가 되었어."

용암이 굳어서 소가 누워있는 모양처럼 된 섬, 우도(牛島)가 된 섬의 바닷가, 겨울의 호젓한 해안가를 걸어간다. 한라산에서 흘러내린 지미오름 너머로 석양이 서쪽하늘을 붉게 물들인다. 우도에서 바라보는 '바다 건너 큰 고을' 제주도의 저녁노을이 신비롭게 다가온다. 하얀 모래와 짙은 에메랄드빛 바다는 수심에 따라 물빛이 다르게 보여 감탄을 자아낸다.

"천연기념물인 홍조단괴해변은 우도팔경 중 가장 인기가 많은 서빈백사(西濱白沙), 곧 서쪽의 흰 모래톱이야. 국내 유일의 산호사해수욕장이라 하였으나 서빈백사를 이루는 것은 산호가 아니라 석회조류 중 하나인 홍조류가 해안으로 밀려와서 쌓인 홍조단괴지. 동양에서 유일하게 백사장이 홍조단괴로 이루어진 해수욕장이야."

벗은 올레길에서 벗어나 순백의 해변에서 바다와 노을을 배경으로 덩실덩실 춤을 춘다. 하늘에서는 갈매기가 춤을 추고 저녁바다에는 고기들이 물 위로 솟구친다. 천상, 지상, 해상에서 환상의 하모니가 연주된다. 벗은 벗대로 관객은 관객대로, 갈매기는 갈매기대로 고기는 고기대로 모두가 너풀너풀 행복한 시간이다.

연암 박지원은 '붕우(朋友)'에 대해 '제2의 나'라 하기도 하고, '늘 어울려 지내는 사람'이라고도 했다. 새에게 두 날개가 있고, 사람에게 두 손이 있는 것이 '붕(朋)'이니 벗이란 늘 함께하는 '제2의 나'이다. 멀리서 찾아와 함께 해주는 벗이 고맙다.

하우목동항을 지나간다. 어느덧 동쪽에서 우도의 달이 떠올라 밝게 빛난다. 해안에서 마을길로, 집담과 밭담과 길담을 따라 우도의 주요 성씨인 파평윤씨공원을 지나간다. 다시 해안길이 나타나고, 하고수동해수욕장으로 들어서는 길 한복판에 방사탑이 '악귀는 물러가라! 액운은 물렀거라!' 소리치며 한 자리를 차지한다. 모래사장이 넓고 수심이 얕아 해수욕을 즐기기 좋은 하고수동해수욕장, 전국에서 '가장 수질이 좋은 해수욕장 8곳'에 선정되기도 했다. 양귀비의 조각상을 닮은 풍만한 해녀상이 관능미를 뽐낸다. 높이가 3㎙나 되는 세계에서 제일 큰 해녀 여신상이 방사탑과 더불어 우도의 액운을 막아주고 무사안녕과 평안을 지켜준다.

바다로 흘러내린 용암의 흔적을 고스란히 내비치는 맑고 고운 옥빛의 바다가 한 폭의 풍경화다. 하고수동해수욕장은 여름밤이면 우도팔경의 하나인 야항어범(夜港漁帆)을 연출한다. 여름철 멸치잡이 어선들의 집어등이 수평선 위에서 별처럼 빛나는 경관, 그것이 밤 항구의 고깃배, 야항어범이다.

해수욕장을 품은 비양도로 날개 치듯 들어간다. '해 뜨는 모습이 수평선에서 날아오르는 것 같다'고 해서 붙여진 이름, 비양도(飛陽島)다. 제주도에는 비양도가 둘이 있으니, 서비양도와 동비양도가 한라산을 가운데 두고 양쪽에서 날갯짓하며 날아오른다. 서쪽에서는 해를 건진다는 뜻으로 나타날 양(揚)을, 동쪽에서는 볕을 뜻하는 양(陽)을 쓴다. 제주에서 해가 가장 빨리 뜨는 동비양도, 제주에서 가장 해가 늦게 지는 서비양도, 가슴과 머리가 만나지 못하듯 두 섬이 영원히 만날 수 없는 일출과 일몰이 환상적인 섬이다. 하지만 올레자의 가슴에는 두 섬이 만나고 일출과 일몰이 만나서 아름답게 교차한다.

제주 속의 우도에서 우도 속의 비양도로 연결된 도로를 따라 걸어 간다. 등대와 망대, 해녀의 집이 나타난다. 해녀의 집에서 해녀가 잡아온 해산물로 해녀와 어울려 한라산소주를 마신다. 막내 해녀의 나이가 동갑내기, 탐라할망은 해녀할망과 어울려 웃음꽃을 피운다. 우도에, 비양도에 서서히 어둠이 밀려온다. 하루의 행복도 어둠속으로 깊어간다. 올레 여정이 비양도에서 우도에서 제주도에서, 시커먼 하늘과 맞닿은 바다에 떠 있는 달과 별, 밀려오는 바람 소리, 파도 소리 어우러져 야화(夜話)를 꽃피운다.

다음날 새벽, 우두봉에서 일출을 보기 위해 길을 나섰다. 하늘에는 별빛이 초롱초롱 보석같이 반짝이며 우도 일출에 대한 희망을 북돋운다. 오늘도 따뜻한 하루를 자신에게 선물한다. 마음은 왕국이다. 마음속에 있는 즐거움을 찾는다. 반복되는 문제, 크고 작은 후회를 주섬주섬 안고 뚜벅뚜벅 안고 살아가는 것이 인생이 아닌가. 새날 새 아침 첫 시작에, '행복하다! 오늘과 내일, 아니 남은 인생 무슨 일이 생겨도 즐겁게 살 거야. 겨울 또한 한 해의 일부이듯 역경 또한 삶의 일부야.'라고 고백하면서 하루를 걸어간다.

어제와는 다른 길, 적막한 어둠 속의 들판을 지나고 면사무소 앞을 지나고 마을길을 지나고 파평윤씨공원을 지나서 하우목동해수욕장에 다시 이르렀다. 서서히 여명이 밝아오고 우두봉 아래 이르자 검멀레해변이 거멓게 다가온다. 검멀레는 검은 모레의 제주말, 검멀레해변의 바닷가 끝자락 우두봉 아래 협곡에는 고래가 살았다는 동굴이 있다. 동쪽 해안의 고래굴, 우도팔경의 하나인 동안경굴(東岸鯨窟)이다. 여름에는 동굴음악회가 열릴 만큼 크고 넓으며, 물이 차는 만조 때는 들어갈 수 없고 간조 때만 안을 볼 수 있다. 다녀갔던 추억을 회상한다.

우두봉 정상의 등대불이 어서 오라 손짓하며 반짝인다. 잘 만들어진 데크를 따라 우두봉으로 올라간다. 능선에 오르자 시원한 바람이 불어오고 새벽빛 아래 펼쳐지는 우도의 전경에 저절로 걸음이 멈춰진다. 저 멀리 앞서가는 벗은 탄성을 지른다. 동트기 전에 일어나 우두봉에 오른 환상적인 풍경이 절정에 이른다.

"안녕하세요?!"

일출을 맞이하기 위해 등대에서 기다리는 사람들을 향해 정적을 깨트리며 벗이 큰 소리로 반갑게 인사를 건넨다. 하지만,

"……"

묵묵부답이다.

"안녕하세요?!"

벗은 다시 한 번 큰 소리로 인사를 한다. 그제야 사람들은 나지막이 반응을 보인다. 일출을 기다리며 깊은 생각에 잠긴 사람들의 침묵 시간, 반가움에 대한 인사를 하는 것이 과연 옳은가, 하는 묘한 기분이 스쳐갈 때 동쪽하늘과 하나가 된 수평선에 구름이 앉아 있다. 구름의 장난기가 발동한다. 올레자도 침묵 속으로 들어간다. 자신과 먼 우주를 향해 머리 숙인다. 가슴에 두 손을 얹고 고요히, 고요히 눈감고 경건한 정화를 위해 기도한다. 먼 바다에서 마음의 평화가 달려온다.

정상으로 올라간다. 우두봉, 정상에 섰다. 쇠머리오름, 섬머리오름이라고도 불리는 봉우리, 그 정점에 있는 우도등대가 우도의 푸른 바다를 향해 강렬한 빛을 내보낸다. 1906년 최초로 세워진 무인등대는 1956년에 유인등대가 되었고, 지난 2003년 12월에 등대로서

그 소임을 다했다. 그리고 새로운 등대가 들어섰다. 높이 16m의 새로운 등탑, IT기술을 접목하여 순수 국내기술로 개발한 등명기를 설치하여 50㎞ 밖에서도 확인할 수 있도록 광력을 증강시켰다.

등대는 바닷가 사람들의 역사요 삶의 궤적이다. 바닷길을 떠나지 않는 배는 등대가 필요 없다. 바닷길을 떠나지 않는 배는 더 이상 배가 아니다. 등대는 암흑속의 밤바다를 밝혀준다. 등대만 따라가면 폭풍도 헤쳐 나갈 수 있다. 등대가 폭풍을 잠재울 수는 없지만 폭풍 속에서 이끌어주고 폭풍을 이겨내도록 도와준다. 사람이 살아가는 데도 등대가 필요하다. 희망은 인생의 등대다. 희망은 어두운 삶에 빛을 밝혀준다. 희망은 빨간등대, 하얀등대, 노란등대, 형형색색의 등대 불빛으로 삶의 길을 인도한다.

등대 아래 '설문대할망 소망항아리(백록담)'가 동전을 던져 넣으라고 유혹한다. 제주도를 만든 창조의 여신, 제주도를 지키는 수호신인 설문대할망이 들고 있는 소망항아리, 곧 백록담에 동전을 던져 넣으면 설문대할망이 5백명의 아들을 낳은 것처럼 건강하고 다산하게 된다고 한다. 장난기가 많은 벗이 그냥 지나치지 않는다. 둘은 함께 시도했다. 아들 셋인 올레자는 넣지 못하고 딸 둘인 벗은 성공했다. 아들 셋이면 족하다는 설문대할망의 뜻이리라.

일출을 기다리던 사람들이 하나 둘 자리를 떠난다. 비록 일출은 보지 못하지만 우도팔경의 제4경인 지두청사(指頭靑紗)가 선명하게 다가온다. 지두의 푸른 모래, 우두봉에서 바라본 우도 전경과 푸른 바다, 하얗게 부서지는 파도와 눈부시게 빛나는 백사장의 풍경을 통틀어 일컫는 풍경이다. 우두봉에서 바라보는 우도 최고의 경관, 우

도올레의 절정이요 완성이다. 낮이나 밤이나, 하늘이나 땅이나, 앞에 서나 뒤에서나, 동쪽이나 서쪽이나 사방팔방이 아름답다.

이리 보니 코뿔소, 저리 보니 코끼리 모습을 닮은 성산일출봉을 바라보며 세계의 등대가 전시되어 있는 우도등대공원으로 내려온다. 우리나라 최초로 등대를 테마로 한 공원이다. 세계 7대 불가사의 중 하나인 파로스등대 등 우리나라와 세계의 유명한 등대 14개가 모습을 뽐낸다. 하산하는 길, 말들이 한가로이 놀고 있다. 사람은 서울로 말은 제주로 보내라 했건만 사람이 수없이 찾아드는 오늘날의 제주, 제주로 온 사람이 제주의 말처럼 여유롭고 소풍 같은 삶을 즐긴다.

천진항으로 내려오면서 한라산과 성산일출봉, 지미봉을 바라보며 우도십경의 제3경 천진관산(天津觀山)을 만끽한다. 천진관산은 우도의 관문 동천진동에서 한라산을 바라보는 풍경이다. 우도십경 중 제1경 주간명월과 제6경 후해석벽도 동천진동 인근에 있다. 주간명월(晝看明月)은 낮에 밝은 달을 본다는 뜻이다. 동천진항 300m 남쪽에 광대코지라 불리는 암벽 주위에 여러 개의 해식동굴이 있는데, 맑고 바람이 잔잔한 날이면 오전 10시에서 11시 사이에 태양이 수면에 반사되면서 동굴 천장에 비쳐 마치 둥근 달처럼 보인다고 해서 붙인 이름이다. 후해석벽(後海石壁)은 바다를 등지고 솟아있는 바위절벽을 뜻한다. 동천진동 포구에서 바라본 동쪽의 웅혼한 수직절벽인 광대코지를 일컫는다.

올레코스를 벗어나 천신항이 아닌 반대편 비사와폭포 쪽 지석묘를 향해 걸어간다. 파란 하늘 파란 바다에서 시원한 바람이 불어오고 아름다운 해안경관이 펼쳐진다. 선사시대 축조물인 고인돌 한 기가 기다린다. 애월읍 광령리의 네 기와 함께 제주도 선사시대 연구를 위한 귀중한 학술자료로 제주도 문화재로 지정되었다. 지석묘를 지나서 더 이상 갈 수 없는 길 끝 정자에서 쉼표를 찍는다. 천진항으로 돌아가는 길, 성산일출봉을 바라보며 탐라할망과의 전설 따라 삼천리가 시작된다.

"먼 옛날, 물 부족으로 고민하던 주민들이 섬 남서쪽 동천진동에 우물을 열심히 팠어. 깊이 파고 또 파도 기대하던 물은 나오지 않았지. 주민들은 지관(地官)을 불러 물었어. '여자 없이 어떻게 자식을 낳는가? 각시를 데려와야지. 그것도 서쪽 어두운 곳의 각시여야 해.' 하는 지관의 말에 따라 주민들은 각시, 곧 마중물을 찾아 다녔어. 수소문 끝에 바다 건너 구좌읍 종달리 '서느렝이굴' 속에 있는 생수를 발견했지.

정성껏 제(祭)를 지내고 물을 항아리에 담아 새색시를 모셔오듯 가마에 싣고 우도로 운반해 왔어. 그리고 동천진동의 우물에 생수를 부어 넣는 순간, 신기한 일이 일어났어. 우물에 습기가 차기 시작하더니 물이 솟구친 거야. 더욱 놀라운 것은 다른 어느 곳의 물보다 깨끗하고 벌레도 없는 물이었지."

"할망, '시애틀 인디언 추장'의 편지라고 들어보셨어요?"

"그럼. 미국독립 200주년을 기념한 고문서 비밀해제로 120년 만에 햇빛을 본 그 편지로 인해 당시 편지를 받고 감복한 피어스 대통령이 추장 시애틀의 이름을 본 따서 '시애틀 시'라고 명명 했잖아. 그런데 왜?"

"이렇게 아름다운 제주에서 유커들이 부동산을 사는 것이 안타까워 그 편지가 생각나네요. '어떻게 감히 하늘의 푸르름과 땅의 따스함을 사고 팔 수 있습니까? 우리의 소유가 아닌 신성한 공기와 햇빛에 반짝이는 냇물을 당신들이 어떻게 돈으로 살 수 있다는 것입니까? …… 아침 이슬에 반짝이는 솔잎 하나도, 냇물의 모래밭도, 빽빽한 숲의 이끼더미도, 모든 언덕과 곤충들의 윙윙거리는 소리도 우리 종족의 경험에 따르면 성스러운 것입니다. …… 산과 들판을 반짝이며 흐르는 물은 우리에게 있어 그저 물이 아닙니다. 물속에는 깊은 의미가 담겨 있습니다. 그것은 우리 조상들의 피입니다. 생명의 실타래는 사람이 만든 것이 아닙니다. 사람은 그 중 하나의 실가닥에 지나지 않을 뿐입니다.'라는 편지에서 인간의 본바탕인 자연을 사고팔고 허물고 망가트리는 행태가 한심스러워요."

"그래. 올레자의 말이 옳아. 시애틀 추장의 편지는 하늘 저 멀리서 들려오는 어떤 영혼의 가르침처럼 오늘 제주에서도 의미가 있어. 제주가 실낙원이 되지 않으려면."

천진항 우도해녀항일기념탑, 우도올레를 마치고 성산항으로 가는 배를 기다린다. 우도 도항선 대합실에서 우도 명물인 땅콩으로 만든 막걸리를 곁들인 따뜻한 어묵 국물이 꿀맛이다.

섬 속의 섬 우도올레를 마치고 성산포항으로, 다시 성산일출봉에 오르고, 동문재래시장으로, 용두암으로, 그리고 공항에서 벗들을 배웅하고 올레자는 다시 가파도로 가는 마지막 배를 타기 위해 모슬포항으로 달려간다.

가파올레 – 청보리축제!

📍 **10-1코스** 상동포구에서 가파포구올레 4.3㎞

상동포구-할망당-냇골챙이-일몰전망대-마을제단-가파포구

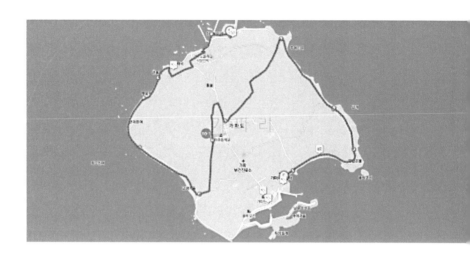

이어도는 제주사람들에게 전설의 섬, 환상의 섬, 유토피아였다. 해녀들이 배를 타고 바다로 나갈 때 부르는 구전민요 '이어도 사나'는 이별이 없는 영원한 이상향 이어도에 대한 염원을 담아 부르는 노래다.

"이어 이어 이어도 사나/ 이어도가 어디에 사니 수평선 넘어/ 꿈길을 가자 이승길과 저승길 사이/ 아침 햇덩이 이마에 떠올리고/ 저녁 햇덩이 품 안에 품어/ 노을길에 돛단배 한 척/ 이어 이어 이어도 가자 (후략)"

제주가 고향인 시인 문충성이 '이어도 사나'를 노래하고 올레자는 가파도를 넘어 이상향을 찾아간다.

1월 15일 모슬포항, 36톤급 작은 여객선이 기적을 울리며 가파도로 향한다. 모슬포항에서 상동선착장까지 뱃길로 5.5㎞ 거리, 20분쯤 소요된다. 마라도와의 중간지점이다. 조용했던 섬 가파도, 올레길이 생긴 후로 사시사철 수많은 여행객이 찾는 섬이 되었다. 제주에는 대한민국에서 최고 높은 한라산(1950m)과 대한민국에서 가장 키가 작은 섬 가파도가 있다. 가파도는 대한민국 섬 중에서 유인도 가운데 해발고도(19m)가 가장 낮은 섬이다. 멀리서 보면 마라도가 항공모함이 떠있는 모습이라면 가파도는 마치 종잇장이 떠있는 것처럼 보인다.

가파도 주민으로 여겨지는 10여 명의 승객을 태운 여객선이 모슬포 남쪽 바다에 떠 있는 섬을 향해 달려간다. 시원한 바람이 맞아주는 상동선착장, 하늘을, 땅을, 좌로 우로 사방을 둘러본다. 모슬봉이, 산방산이 보이고, 송악산이, 마라도가 헤엄쳐 금방이라도 닿을 듯 지척에 있다.

매년 4월이면 청보리축제를 개최하며 가장 먼저 봄소식을 전해주는 청보리섬, 가파도는 전선 지중화, 풍력발전, 전기자동차, 태양광발전으로 '탄소 Zero섬'이다. 십여 년 전, 아직 올레가 생기기 전에 다녀간 가파도, 추억이 한 점 한 점 이어지며 선이 되고 면이 되어 아스라이 스쳐간다.

다시 찾은 가파도에서 이제 가파도올레를 시작한다. 숙소를 잡고 길을 나서자 '해물짜장 해물짬뽕' 음식점 앞, 주인이 나온다. 마라도

의 짜장면과 짬뽕이 뒤늦게 가파도에 상륙했다. 얼큰한 짬뽕 생각이
났으나, 마지막 배편이 끊기고 겨울이라 벌써 영업이 끝났다고 한다.

가파포구에서 가파도올레를 시작한다. 어디로 갈까, 코스에 구애
받지 않기로 했다. 어차피 섬의 구석구석을 누빌 테니까.

"할망, 좌로 갈까요, 우로 갈까요?"
"좌로 가지. 태양의 위치로 보아 가파도의 일몰을 볼 수 있을 거
야."

노마식도(老馬識道)! 탐라할망은 어디로 가야 할지 길을 알고 있었
다. 고요한 섬마을을 걸어간다. 파도가 하얀 거품을 물고 바위에 일
렁이고 바람이 슬픈 가락의 소리를 내며 출렁인다. 태양은 느릿느릿,
구름은 바람에 날려 쏜살같이 흘러간다. 미친 자만이 미칠 수 있는,
미치지 않으면 미칠 수 없는 불광불급(不狂不及)의 즐거움이 밀려온다.
순간,

"어디 가요?"
중년의 사나이가 웃으며 다가온다.
"올레요"
"차 한 잔 하고 가요."

친절을 거절할 수 없어 따라간다. 해녀식당 앞 테라스, 막걸리를
한 통 들고 나온다. 차가 막걸리로 바뀌었지만 싫지 않다. 올레 개척
자 서동철 탐사대장, 서명숙 이사장의 동생이다. 나이가 동갑, 둘은
금방 가까워지고 말문이 트였다. 이어서 나타난 해녀식당의 해녀,

아내였다. TV 프로에도 출연한 적 있는 유명 부부다. 서동철 대장은 게스트하우스로 사용하는 자신의 집으로 안내한다. 자신이 직접 손으로 쌓은 성(城)이라 자랑한다. 작가 조정래의 친필 서신, 눈에 익은 소설 〈태백산맥〉 등 친분의 흔적이 여기저기 있다.

잠깐의 만남, 다음을 기약하며 길을 나서자 망아지가 울타리 너머로 귀여운 모습으로 쳐다본다. 올레자가 망아지를 구경하는 것이 아니라 망아지가 올레자를 구경한다. '어디서 왔지? 이 겨울에 웬일이야?' 하면서 고개를 내민다. 해녀들의 쉼터 불턱 안내문이 '불'은 글자 그대로 불씨를 뜻하고 '턱'은 '불자리'를 뜻한다며 자신을 소개한다.

하동마을 빨래터를 지나간다. 가파도는 상동과 하동으로 나눈다. 처음에는 상동마을에서 샘물을 발견하여 대다수 주민이 상동마을에 거주하였으나 이곳에 샘물을 발견하면서 하동마을로 주거지를 옮기게 되었다. 현재는 해수담수시설이 돼 있으며 삼다수를 식수와 생활용수로 사용하고 있다.

마을제단을 지나간다. 마을의 안녕과 풍어를 기원하기 위해 음력 2월을 기준으로 날짜를 잡아 3박 4일 동안 남자 대표 9명이 몸을 정갈히 하고 정성껏 제물을 마련하여 제사를 지내는 곳이다. 서귀포시 대정읍 가파리는 마을단위 포제를 실시하는 제주의 유일한 마을이다.

"할망, 가파도 주민들의 전통 신앙에는 어떤 것이 있어요?"

"가파도에는 공동체 신앙으로 유교식 마을제인 포제와 용왕제가 있지. 포제는 마을의 남성들이 마을의 수호신에게 풍농과 평안을 기원하며 지내는 의례로 전 주민이 참여하는 가장 큰 의례야. 용왕제는 해신인 용왕에게 비는 신년제로서 풍어제를 의미하지. 어업에 종사하는 어민들의 공동체 신앙이야."

"그럼 개인적인 신앙은요?"

"유교식으로 조상 제사와 토신제도 지내고, 물론 본향당제도 지내지. 본향당제는 가파도에서 행하고 있는 대표적인 무속신앙이니까. 다른 지역과는 달리 가파도에서는 당굿은 행하지 않고 주부들이 개인적으로 제물을 차리고 당을 찾아 당제를 지내고 있어. 어로와 해녀의 안전, 풍요와 가족의 무병장수를 빌지. 가파도의 본향당은 모두 돌담으로 바람막이 울타리를 쌓았는데, 울타리 안의 공간이 바로 신성한 공간으로 당신이 주재하고 있어. 상동에 할망당이 있고 하동에도 있는데, 하동에 살더라도 상동 할망당에게 먼저 다녀온 후 하동 할망당에 가서 제를 지내지."

"가파도에는 사람이 언제부터 살았어요?"

"가파도에는 보리밭 사이 사이에 기원전 1세기에서 기원후 2세기까지 조성된 것으로 추정되는 커다란 고인돌이 있어. 바람이 세고 작은 이 섬에도 선사시대부터 사람이 살았다는 증거지. 제주도에 남아 있는 180여 기의 고인돌 중 무려 135기가 가파도에 있어. 가장 가까이 사람이 살게 된 것은 약 270년 전이지. 1751년(영조 27) 제주목사 정언유가 둘레가 4㎞ 남짓 되는 이 섬에 흑우 목장을 설치하고 50마리를 방목했어. 그런데 영국 함선 1척이 와서 소를 약탈하여 동아줄로 묶어 배에 싣고 달아났지. 1842년(헌종 8) 제주목사 이원조가 흑우의 약탈을 막기 위해 주민의 입도를 허락했고, 40여 가구가 입주하면서 그때부터 마을이 형성되었어. 입주 당시에는 '더우섬', '개피도'로 칭하다가 후에 섬의 마름모꼴 모양새가 가파리(가오리)를 닮았다고 해서 가파도(加波島)라 불렀어. 이제는 봄철 제주여행의 명소지."

"가파도는 행정안전부 선정 10대 명품섬이라는데 주민들은 얼마나 살아요?"

"126가구에 280여 명이 살고 있는데 대개 섬 중간부분에 민가가 모여 있어. 처음 입도할 때는 고구마를 많이 심었는데, 청보리 농사도 하지만 주업은 어업이지. 올레길이 생기면서 청보리축제와 함께 관광객이 연 십만 명에 이르러 관광 수입도 일조를 해."

"우리나라가 하멜에 의해 서양에 소개된 것은 가파도 때문이라고요?"

"네덜란드 선장 하멜이 쓴 '제주도 난판기'와 '조선국기'를 통해 우리나라가 세계에 비교적 소상히 소개되었어. 풍랑의 섬 가파도에는 옛날부터 배들의 표류와 난파가 잦았어. '정이월 바람살에 가파도 검은 암소뿔이 휘어진다'는 속담이 있을 정도지. 1653년 하멜 일행의 배가 난파된 곳도 가파도로 추정하고 있어. 14년 동안 억류되었다가 탈출한 하멜은 〈하멜표류기〉에 '케파트(Quepart)'에서 표류했다고 하는데 케파트가 가파트라는 거지."

가파도(加派島)라, '파도가 더해진다'는 그 이름처럼 바람이 세차고 파도는 거칠었다. 바람 막아줄 언덕조차 없어 풍랑을 맞고 살아가는 섬이다. 최근 드넓은 청보리밭과 보리밭 사잇길로 난 올레로 인해 여행객들이 폭발적으로 늘어났다. 보리밭 지평선이 바다의 수평선으로 이어지는 가파도의 보리는 '향맥'이라는 제주 재래종으로 일반 보리보다 키가 훨씬 커서 1㎜를 넘는다. 바닷바람에 파도와 함께 일제히 넘실대는 청보리는 장관이다.

가파도는 '블루코너'라는 독특한 해저지형을 가지고 있다. 수심 10㎜ 정도로 평탄하게 뻗어나가다가 갑자기 깎아지른 절벽이 있는 해저다. 에메랄드빛 바다에는 자랑거리가 많다. 청정해역에서만 볼 수 있는 순수 자연산이 풍부하다. 조류가 세고 영양분이 많아 다양한 어류가 서식한다. 가파도 해녀들은 그런 거센 바람과 파도를 뚫고 전복, 해삼, 톳, 성게 등을 건져 올린다. 주민 가운데 70여 명이 해녀로, 물속에 젊음을 두고 나온 살아있는 전설들이다. 물속에서는 물고기같이 날쌔다가 물 밖에서는 느릿느릿 사람 사는 즐거움을 맛본다.

귀여운 간세가 6개의 산을 볼 수 있는 포토존이라며 사진을 찍으란다. 6개의 산은 한라산, 산방산, 송악산, 단산, 군산, 고근산이다. 오름과 봉을 제외한 7개의 산 중에 표선면에 있는 영주산만 볼 수 없다. 제주에는 7개의 산이 아니라 55개의 산이 있다는 주장, 해발 200㎜를 기준으로 그 이상이 되는 9개의 산이 있다는 주장도 있다. 올레에서 10코스의 송악산과 7-1코스의 고근산을 지나고, 올레 종주 후에 나머지 5개를 모두 올랐다.

웅짓물정자에서 아름다운 제주를 조망한다. 제주에서 바라본 가파도가 아닌 가파도에서 바라본 제주의 모습이 생경한 느낌으로 다가온다. 산방산이 다가오고 송악산의 멋진 풍경이 지적에서 솟구친다. 대한민국에서 가장 높은 한라산이 가장 낮은 가파도를 내려보고, 올레자가 가장 낮은 가파도에서 가장 높은 한라산을 바라본다. 정자에서 휴식을 취한다. 사람이(人) 나무(木)그늘에서 스스로(自)의 마음(心)을 돌아보는 휴식(休息), 쉼표에서만 누릴 수 있는 자기 성찰의 시간이다. 푸른 바다 푸른 하늘을 베개 삼아 휴식을 취하며 진한 느낌표 '!!!!!'를 맛본다.

개엄주리코지 정자를 지나서 상동포구에 도착한다. 가파도는 상동, 중동, 하동으로 마을이 이루어져 있다. 시골집 담벼락에는 소나무 그림 등 예쁜 벽화가 그려져 있다. 배가 끊긴 자리, 고요히 침묵한 포구에 파도소리, 갈매기소리만 들려온다. 포구의 반대편 해안으로 돌아간다. 태양은 남쪽에서 서쪽으로, 올레자는 북쪽에서 서쪽으로, 둘은 정면으로 마주치고 엇박자로 길을 간다. 장택코정자를 지나서 일몰전망대에 이른다. 가파도에서 바라보는 일몰광경이 웅장하고 아름다워 사진작가들이 찬사를 보내는 곳, 가파도 가장 서쪽 자리여서 수평선 너머 기울어져 가는 불타는 노을을 가장 아름답게 볼 수 있는 곳이다. 때마침 일몰시간, 탐라할망의 지혜에 경탄을 금치 못한다.

수평선으로 내려앉는 석양의 장엄한 풍경이 펼쳐진다. 눈으로 들어오는 신비스러운 광경에 마음의 파도가 일렁이는 순간, 심술궂은 구름이 태양을 숨긴다. 하지만 구름사이로 내비치는 황혼의 빛줄기는 온화하고 평온한 저녁노을로 하늘을 물들인다. 구름의 장난도 잠깐, 태양은 미소 지으며 다시 모습을 드러낸다. 서방정토, 낙원의 황홀한 붉은 바다, 더 없이 거룩하고 숭고한 감동으로 다가온다.

갈매기 한 마리가 버스럭거리며 날아오르자 수십 마리가 일제히 하얀 가슴으로 붉은 노을을 받아낸다. 가녀린 몸으로 세상의 시간과 공간을 감당한다. 갈매기의 생명에 흐르는 시간과 올레자의 생명을 흐르는 시간은 같은 것일까 다른 것일까, 알 수 없는 시간의 강물이 말없이 흘러간다.

한낮의 세상에 아낌없이 부어주었던 생명의 빛은 이제 바다 건너로 서서히 몸을 숨긴다. 8분 전에 태양은 이미 넘어갔건만 올레자의 눈에는 이제야 사라진다. 보이는 것이 듣는 것이 모두 진실이 아니다. 보고 듣고 느낀 것만이 진실이 아니다. 매의 눈은 사람보다 밝고 개의 귀는 사람보다 잘 듣는다. 자외선, 적외선, 초음파 등등은 볼 수 없고 들을 수 없고 느낄 수 없다. 아는 지식은 극히 일부이니 교만하지 말 일, 물러날 줄도 알아야 한다. 서쪽바다로 넘어간 태양은 신들에게 축복받은 영웅들이 살고 있는 엘리시움으로 가서 빛을 발하고, 석양을 받아 금빛으로 물들인 갈매기는 평온한 저녁햇살을 즐긴다. 고요한 황금빛 햇살이 올레자의 마음과 몸을 씻어내고, 행복한 올레자는 불타는 노을을 뒤로하고 발걸음을 옮긴다. 풍력발전기 두 기가 돌아가면서 이국적인 분위기를 연출한다.

"제주도와 한전이 '가파도 탄소제로섬' 구축사업을 한다는데, 그게 뭐지요?"

"바람과 태양의 힘만으로 전력을 만들어 온실가스 제로를 만들어 보자고 2011년에 시행한 실험 프로젝트지. 핵심은 풍력발전기 설치와 가정에 태양광 설치, 전기차 보급, 전력망 지능화 등이야. 덕분에 가파도의 전력 자립도는 사실상 100%고, 태양광 집전판 설치로 전에는 5~6만원에 달하던 전기료가 이제는 1만원이 안 돼. 그래서 '탄소 제로섬'이라는 별명이 붙었어."

'헌종 임인년에 건너와서 목야지인 가파도를 개간하여 옥토를 만들고 해안을 개발하여 유수한 어장지를 만들어 오늘의 번영과 행복과 평화의 기반을 마련했다'는 '가파노개발 120주년 기념비'가 바닷바람을 맞으며 세월의 흔적 속에 자리 잡고 서있다. 헌종 임인년이면 1842년, 120주년 기념비이니, 이 비는 1962년에 세워진 것이다.

갈매기는 어느새 흰 몸으로 돌아와 춤을 추며 날아간다. 올레자는 콧노래도 흥겹게 해안도로를 따라 걸어간다. 항공모함처럼 떠있는 마라도가 바다를 걸어 다가온다. 대한민국 최남단에 자리한 섬 마라도, 푸른 바다와 드넓은 초원, 바람에 날리는 억새밭이 어우러져 그림 같은 섬, 모슬포항에서 남쪽으로 11㎞, 가파도에서 5.5㎞ 거리다. 송악산, 가파도, 마라도를 꼭짓점으로 해안선과 바다를 아울러 '마라해양'이라 일컫는다. 2007년 지정된 마라도해양도립공원은 대정읍의 상모리, 하모리, 가파리, 마라리 해상과 안덕면 사계리, 화순리, 대평리 해안일대이다. 세계적으로 유명해진 이곳은 청정바다와 진귀한 해양생태계를 자랑하고 있다. 그래서 가파도올레에서는 자연스레 대한민국 최남단 마라도를 찾게 된다.

"마라도에는 언제부터 사람이 살았어요?"

"가파도가 1842년, 마라도는 1883년(고종 20)이지. 모슬포에 살던 김씨가 도박으로 재산을 탕진하고, 대정현감에게 마라도를 개척하여 살 수 있도록 간청하여 이웃 사람들과 더불어 몇 집이 이사한 것을 시초로 마을이 형성되기 시작했어. 그때만 해도 마라도는 울창한 원시림으로 덮여 있었는데, 경작지를 마련하고자 숲을 태우고 땅을 일구어 보리·조·콩 같은 농작물을 재배하였지. 이후 마라도로 이주해 오는 사람들이 늘어났어. 모슬포에 거주하던 김씨·나씨·한씨 등이 최초로 입도했다고도 해."

"처음 사람이 정착할 때 사람을 제물로 바친 '아기업게당의 전설'이 있다고 하던데요?"

"그래. 마라도에 도착해서 시계 반대방향으로 돌게 되면 제일 먼저 만나는 것이 '할망당', '처녀당', '비바리당'으로 불리는 마라도의 본향당(本鄕堂)이야. 당이래야 돌담을 둥그렇게 쌓아놓고 그 안에 제단을 마련한 게 전부지만 이곳에는 마라도의 안녕을 지키고, 뱃길을 무사히 열어주는 본향신이 모셔져 있어. '아기업게당'이라고도 불리는데, 비양도의 아기업게당이 그러하듯 여기에도 슬픈 전설이 있지.

마라도에 처음 이주해온 사람들 가운데 어린아이를 업어주고 돌봐주는 업저지가 있었어. 마라도를 개간하기 위해 숲을 태운 뒤 불탄 숲이 거름이 되는 이듬해 다시 오기로 하고 모슬포로 떠날 때, 일행 중 한 사람이 꿈속에서 '처녀 한 사람을 두고 가지 않으면 풍랑을 만날 것'이라는 예언을 들었다고 했어. 사람들은 배를 타기 직전 업저지에게 심부름을 시켜 그녀를 따돌리고 그대로 배를 띄웠지. 이듬해 이들이 다시 마라도에 돌아와 보니 업저지의 앙상한 유골만이 남아 있었어. 사람들은 업저지의 유골을 수습하고 이때부터 가련한 업저지를 위해 제를 지냈다고 해."

"가파도가 가오리를 닮아서 지어진 이름이면 마라도는 왜 마라도지요?"

"마라도(麻羅島)는 칡넝쿨이 우거진 섬이라는 뜻이야. 어부들은 남쪽에서 불어오는 바람을 마파람이라고 하는데, '마'는 남쪽을 가리키고 있기에 남쪽의 섬이라는 뜻도 있지. '마라'라는 명칭은 1702년(숙종 28) 제주목사 이형상이 화공 김남길로 하여금 제작한 〈탐라순력도〉에 마라도라고 표시되어 있어."

"가파도 사람들과 교류는 많았는가요?"

"마라도와 가파도는 제주도의 외진 곳에 있기에 '마라도에서 진 빚은 갚아도(가파도) 좋고 말아도(마라도) 좋다'라는 말도 있지. 마라도에는 물이 모자랄 때가 많아서 빗물을 모아서 마시고 살았어. 물이 없을 때는 섬의 높은 곳에서 큰 횃불을 올려 가파도 사람들에게 위급함을 알렸지. 가파도와 마라도 간의 물결이 워낙 험하고 가팔라서

'난소(難所)'라고 불렀는데, 이곳에서 수많은 배가 파선하여 어부가 많이 죽었기 때문에 '과부탄(寡婦灘)'이라고 표시된 지도도 있지.'

2010년 최남단 마라도에서 최북단 통일전망대까지 790㎞ 국토종주의 추억이 스쳐간다. 이명박 대통령 후보가 다녀갔다는 마라도 음식점 벽에 굵은 펜으로 '김명돌! 마라도에서 고성 통일전망대까지 걸어서 가다!'를 적고 출발했었다. 그 후 다시 찾은 음식점, 깨끗하게 내부 인테리어를 해서 김명돌 역사의 기록은 아쉽게도 사라져버렸다.

올레종주가 끝난 후 마라도에서 하룻밤을 묵기 위해 모슬포에서 마지막 배를 탔다. 모슬포에서는 여객선이, 송악산 선착장에서는 유람선이 마라도를 운항한다. 제주도와 마라도 사이 징검다리처럼 자리 잡은 가파도를 지나서 30분 뒤 마라도 살레덕 선착장에 도착했다. 면적이 10만 평 정도의 마라도, 섬 전체가 남북으로 긴 타원형으로 동쪽이 높고 서쪽이 낮다. 사방은 가파른 기암절벽이며, 해안은 오랜 세월 해풍의 영향으로 기암절벽에 해식동굴이 발달되어 있다. 해안선 길이는 4.2㎞, 보통 다음 배가 오기까지 한 시간 반 정도 체류한다. 최고점 39m, 인구는 137명(2015 기준)이 거주한다. 대정읍 가파리에 속했던 마라도는 1981년에야 대정읍 마라리로 승격되었다. 백년초 등 난대성 해양식물이 풍부하고 경관이 아름다워 섬 전체가 천연기념물(제423호)로 지정, 보호되고 있다.

미리 예약해 둔 숙소의 주인이 카터를 타고 선착장에서 기다린다. 주인은 드라이브를 시켜주겠다며 숙소가 아닌 마라도등대 쪽으로 달려간다.

"비싼 카터인데 마라도가 아니면 타 볼 수 없는 거라 특별히 인심 씁니다."

숙소에 여장을 풀고 다시 걸어서 나선다. 전설의 애기업게당을 지나고 가파초등학교 마라분교에서 걸음을 멈춘다. 최북단 고성의 명파초등학교와 자매결연을 맺어 국토종주 시에 안부를 전해주었던 망각과 기억이 나풀거린다. 이래서 추억은 아름다운가 보다. 인간극장에 출연했다는 해녀의 짜장면집에 들어가서 해녀를 만나 반갑게 인사를 나누고 국토의 최남단에서 짜장면을 맛보았다. 사찰을 둘러보고, 교회에서 목사의 설교문을 읽어보고, 마라도 특산물인 전복 모양을 한 작고 소박한 성당에 들어가서 가지런히 마음을 모은다. 국토종주와 해파랑길 종점인 통일전망대에서 "주님!", "성모마리아님!", "부처님!", "우리의 소원! 통일을 기원합니다!"라며 두 손을 모으고 마음을 모으고 뜻을 모았던 기억이 스쳐간다.

국토최남단기념비 앞에서 백두산을, 독도를, 백령도를, 홍도를 다녀왔던 추억의 편린들을 모으며 새삼 감회에 젖는다. 해남의 땅끝마을은 북위 34도 17분 21초, 한반도의 마침표 마라도는 북위 33도 07분에 찍혀 있다. 대한민국의 최남단 땅끝을 밟았다는 감회를 맛본다. 아름다운 세상, 소심하게 살기에는 인생이 너무 짧다.

세찬 바람이 불어온다. 마라도 앞바다를 밝혀주는 마라도등대가 그림 같은 풍광을 뽐낸다. 제주도를 북쪽에 두고 동쪽으로는 대마도와 일본 열도, 서쪽으로는 중국 상하이와 마주하고 있는 마라도, 1915년에 세워진 마라도등대는 세계 각국의 해도에 반드시 표시될 만큼 매우 중요한 이정표이다. 등대 주위에는 백년에 한 번 꽃을 피운다는 백년초라고 불리는 선인장이 바위틈에서 자생하고 있다. 멕시코가 원산지인데 해류를 타고 밀려와 바위틈에 정착했다.

　태평양의 너른 바다를 바라본다. 가파도에서 끊어진 수평선은 마라도를 지나서 드디어 망망대해로 이어진다. 겨울바람에 마음의 묵은 때가 날아간다. 사진작가 김영갑은 마음이 답답하면 마라도에 며칠씩 머물며 바람으로 묵은 때를 씻었다고 했다. 더 이상 갈 수 없는 국토의 최남단에서 망망대해를 바라보며 유토피아, 이 세상에는 없는 섬나라, 이상향 이어도로 나아간다.

　마라도 남서쪽 149㎞에 있는 이어도, 1900년 영국 상선 소코트라호에 의해 처음 발견되어 해도에 소코트라암초라 이름 붙여진 수중섬, 암초의 정상이 바다 표면에서 4.6m 아래에 잠겨있어 파도가 심할 때만 그 모습을 드러낸다. 1951년 이어도 탐사를 시작하여 암초를 확인한 뒤 '대한민국 영토 이어도'라는 동판 표지를 수면 아래 암초에 가라앉혔다. 1987년에 이어도 최초의 구조물인 부등표를 설치하고 이를 국제적으로 공표하였고, 2003년 신화와 과학이 만나 무인 '종합해양과학기지'를 완공했다.

　마라도에서의 밤, 달과 별이 하늘에서 바다에서 빛나는 밤, 가파도의 불빛이, 제주도의 불빛이 빛나는 그 밤은 정녕 잊지 못할 아름다운 밤이었다. 파도소리 출렁이고 바람이 탄식하는 최남단기념비 앞에서 입 밖으로 새어나온 가느다란 신음이 몸속에 쟁여진 신음과 연결되어 나지막한 울음으로 변했다. 울음은 다시 몸 안의 울음과 이어져서 통곡으로 변해갔고, 울음의 소용돌이가 온몸을 휘감고 굽이쳐 끽끽거리며 폭포수처럼 눈물이 흘러내렸다. 한 순간 고요가, 적막이, 평안이 깃들었다. 마치 아무 일도 없었던 듯 가벼운 몸짓으로 마라도의 밤, 마파람을 맞으며 밤의 마라도를 걷고 또 걸었다. 사라진 모든 것들을 추억하면서.

부모님이 안 계시는 이 세상이 문득 가볍게 느껴지기도 했다. 살아생전 신이었던 어머니, 육신이 청산에 묻혀 있고, 함께했던 기억들이 무성하건만 굴레를 벗어나 날아오를 것만 같은 자유로움이 스쳐 갔다. 하지만 어머니는 여전히 생에 개입하며 길을 인도할 것이고, 아들은 기쁨으로 길을 걸어서 훗날, 저 세상에서 다시 만나 포옹하며 칭찬 받을 것이다. 안개는 안과 밖이 없고 앞과 뒤가 없다. 어디에 서 있는지, 어디로 가야 하는지를 가늠하며 발걸음을 옮긴다. 밤안개가 서서히 갈라지고 사물이 어둠속을 흘러간다. 다음날 아침, 다시 한 번 마라도를 둘러보고 돌아 나오는 몸과 마음은 다이어트로 홀쭉했다. 인생은 생각하며 살 때 희극이 되고 느끼며 살 때 비극이 된다고 하던가. 가파도에서 마라도를 추억한다.

어느덧 하동마을 방파제가 보이고 하동포구가 모습을 드러낸다. 아주 특별한 가파도의 밤을 기대했건만 낭만을 즐기기에는 너무나 춥고 지친 하루, 하늘에는 보석같이 빛나는 수많은 별빛이, 제주도 본섬에는 영롱한 불빛이 반짝인다. 사랑하는 자에게 잠을 주시는 신의 안내를 받으며 꿈나라로 나아간다.

다음날, 일출을 보기 위해 어둠이 깔린 새벽바다로 나아간다. 별들이 빛을 잃어가고 찬바람이 불어오는 돌담 아래 노숙자 고양이 두 마리가 잠 깨우는 불청객을 힐끗 쳐다보고는 무시하고 다시 잠을 청한다. 돌담 위에는 수탉 한 마리가 멀리 바다를 쳐다보다가 올레자를 향해 고개를 돌린다. 순간 '꼬끼오!'라는 목소리로 존재감을 드러낸다. 비행하던 갈매기가 놀라 고개를 돌린다. 일찍 일어나고 일찍 시작하는 수탉은 시간의 맨 앞줄에 있다. 수탉은 주인을 배신하지 않고 이 순간을 찬양하며 어김없이 새벽의 노래를 부른다. 나처럼 언제나 새벽을 기다리는 수탉에게 경의를 표하며 바다로 나아간다. 검푸른 하늘, 잔잔한 바람, 가벼운 파도와 어우러지는 가파도의 풍경이 갈매기의 꿈인가, 수탉의 꿈인가, 호접몽인가 헷갈린다.

"빛의 전령 수탉의 울음소리로 시작하는 가파도의 새벽, 꿈속 같은 여명이네요."

"아름다운 새벽풍경이야. 십이지지(十二地支) 중 유일하게 날짐승인 닭은 하늘을 날 수 있는 재능이 줄어들면서 땅에서 살아. 하지만 늘 하늘을 바라보면서 하늘을 향해 외치지. 먼동이 밝아오는 시각, 닭이 하늘을 향해 무엇을 외칠까?"

"……"

"닭은 튼튼하고 커다란 날개를 가지고 있지만 날려고 하지 않아. 가축화되어서 편하게 먹고 살 수 있기 때문이지. 닭 날개가 퇴화된 것이 아니라 정신이 퇴화된 것이야. 하지만 닭은 하늘을 날던 먼 옛날의 추억을 떠올리며 하늘의 이상을 땅에 뿌려. 이상에 무관심하고 현실에 빠져버린 닭, 새벽이 와도 울지 않는 닭은 완전히 퇴화된 닭이지."

어둠이 물러가고 마라도와 드넓은 태평양 사이에서 붉은 기운이 점점 짙어진다. 태양이 서서히 솟아오른다. 바다가 붉은 알을 부화하니 온 세상이 빛이 난다. 하늘이 빛이 나고 바다가 빛이 나고 가파도가 빛이 나고 바람도 빛이 나고 먼지도 빛이 나고 올레자의 마음도 탐라할망의 마음도 빛이 난다.

마을 한복판을 가로질러 책 중의 최고의 책, 산책을 나선다. 집들이 해안선을 따라 돌담으로 이어져 있는데, 자잘한 맷돌로 겹담을 쌓은 후 상부에 외담을 얹은 돌담이다. 서로 바람막이가 되어주고 어깨를 나누어 거친 바닷바람을 이겨내는 삶의 지혜다. 태풍이나 높은 파도의 피해를 줄이기 위해 마을 돌담은 처마 높이까지 쌓여있다. 가파도의 돌담은 특이하다. 제주도의 돌담은 대부분 현무암인데 이곳은 바닷물에 닳은 마석(磨石)을 쓴다. 돌 하나하나가 훌륭한 수석이라 제주도 밖으로 가져갈 수 없다. 집담과 밭담은 제주도의 다른 곳보다 성글게 쌓았다. 가파도의 센 바람이 숭숭 뚫린 구멍 사이로 지나가기 때문에 잘 무너지지 않는다.

　가파초등학교를 중심으로 올레길이 이어진다. 섬 가운데 꿈나무들의 꿈을 키우는 가파초등학교가 자리하고 있다. 섬마을 초등학교답게 돌하르방과 해녀조각상, 책을 읽는 소녀상이 있어 소박하고 아기자기하다. 마을 안쪽 보리밭 사이에 높이 30㎜의 거대한 풍력발전기 2대가 돌아간다. 탄소 없는 친환경 청정섬 가파도, 섬은 세상 바람을 온몸으로 맞는다. 바람은 세상 소식을 전해주고 풍력발전기는 이를 전기로 마을에 전해준다.

　산이 없는 가파도, 가장 높은 곳 해발 19㎜에서 사방을 둘러본다. 청보리 없는 청보리밭에 겨울 기운이 감돈다. 예전부터 강한 해풍에 견딜 수 있는 보리를 재배했는데, 어느 순간부터 가파도의 매력이 봄부터 연록으로 물들이는 청보리밭이 되있다. 섬 전체 면적 85만㎡ 중 70%가 넘는 60만㎡의 보리밭이 섬 여기저기에 펼쳐져 있는데, 보리가 자라고 익어가는 늦겨울부터 초여름까지 보리밭길은 과거로 가는 시간여행자로 만들어준다. 주택과 도로를 뺀 대부분이 청보리밭으로 '청보리의 섬'이라 할만하다. 2009년부터 매년 열리는 청보리축제는 봄철 제주여행에 빠지지 않을 정도로 유명해졌다. 한 달간 열린 올해 축제에도 작년보다 20% 늘어난 4만8천여 명의 관광객이 다녀간 것으로 추산된다. 청보리가 익어가는 5월말이면 황금물결의 보리가 출렁이고 6월에는 수확을 한다. 푸릇푸릇한 청보리가 살랑살랑 봄바람에 흔들리며 사람들을 유혹한다.

상동포구를 지나고 경관이 좋은 개엄주리코지 정자를 지나서 널찍한 바위에 앉아 파도소리를 듣는다. 지척에 있는 송악산과 산방산, 한라산을 바라보다가 아예 하늘을 쳐다보며 바위에 눕는다. 동쪽에서 떠오른 해가 어느덧 눈부신 햇살을 비춘다. 특별한 유적지나 관광지는 없지만 말 그대로 놀멍 쉬멍 걸으멍이 어울리는 섬 가파도에서 여행자의 자유를 만끽한다.

아침 첫 배를 타기 위해 상동포구로 가서 배를 기다리는데 탐사대장 서동철이 아내 강수자씨와 함께 포구로 왔다. 명함을 주었다. 그리고 다시 오겠노라, 약속했다. 그리고 다시 가파도에서 서동철을 만났다. '게스트하우스 동철'에서 둘은 막걸리를 앞에 두고 마주 앉았다. '북한에 가서 올레길을 만들고 싶다'는 서동철의 염원, 아버지의 고향은 북한이었다. 해녀식당으로 자리를 옮겨 아내인 해녀대장이 차려주는 밥상을 마주했다. 금어기라서 해산물이 귀하다며 조촐하게 차린 식단이다. 두 사람은 자신들의 보금자리이기도 한 게스트하우스로 돌아가고 나그네만 이층 내실 침대에 누웠다. 서동철의 호흡이 느껴지는 가파도의 밤이 깊어갔다.

같은 시대, 같은 시간, 같은 하늘, 같은 공간에서 살지만 사람들의 삶은 각자 다르다. 한 지붕 아래에서, 한 동리에서, 한 학교에서, 한

운동장에서 뛰어놀았지만 시간은 삶을 걸어간 길에 따라 커다란 차이를 만든다. 그리고 각자가 경험한 그 시간과 공간을 사람들은 인생이라 한다.

다음날 아침, 섬을 한 바퀴 산책했다. 고요한 아침의 가파도에서 해안길을 따라 걸었다. 숙소에 돌아오니 해녀대장이 이웃에 사는 해녀할망과 마을 행사와 관련하여 이야기 중이었다. 해녀할망은 돌아가고 해녀대장과 담소 중에 동철이 왔다. 해녀대장의 친정 오라버니의 차량이 도착, 상동포구에서 우리는 함께 모슬포로 나왔다. 동철은 서귀포에서 열리는 결혼식에 갔다. 이후 동철을 여러 번 만났고, 가파도는 이제 친구의 섬이 되었다.

화산호수 – 하논분화구의 신비!

📍 **7-1코스** 월드컵경기장에서 서귀포올레 15㎞

월드컵경기장-엉또폭포-고근산-하논분화구-제주 올레여행자센터

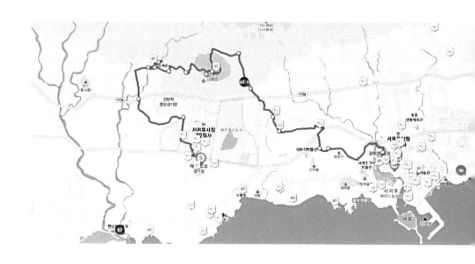

만남은 인생을 바꾼다. 사람, 자연, 사건, 책, 시행착오, 실패, 고뇌, 이 모든 시간과의 만남의 점이 선으로 연결되고, 선이 면이 되고, 면이 인간의 면모가 된다. 한 사람의 사상의 깊이와 넓이는 결국 살아오면서 겪은 직간접 체험의 깊이와 넓이다. 다양한 체험을 통해 하늘을 향해 키를 세우는 나무처럼 스스로 성장해야 한다. 만남은 신선한 호흡, 새벽에 만나는 하늘과 공기와 바람과 새소리와 하나 되어 아침으로 달려간다. 하늘은 청복(淸福)을 아낀다. 부귀영화를 좇는 열복(熱福)을 뒤로하고 잠시라도 여행자의 삶을 누린다면 그대로 청복이 아니던가. '좋다. 무릉도원이 따로 없구나!' 하며 제주 올레를

걸어간다.

모슬포항에서 동철과 헤어지고 도착한 서귀포월드컵경기장, 가벼운 마음 가벼운 발걸음으로 올레를 나선다. 월드컵경기장은 지구촌의 빅 이벤트인 2002년 월드컵 축구대회가 열린 곳, 제주도의 자연과 전통문화를 조형화한 독특한 건축물로 새천년을 향해 힘차게 항진하는 모습을 담고 있다. 진입로는 제주의 올레를, 경기장 형태는 제주의 오름을, 지붕은 테우와 그물을, 여섯 개의 기둥은 5대양 6대주를 표현함으로써 경기장의 이미지와 무게를 더해준다. 정문 방향에는 하르방이 도열해서 관람객을 맞이한다. 경기장 입구 좌우에는 방사탑이 세워져 있다. 2002제주월드컵의 성공을 기원하는 제주도민의 정성을 담아 쌓은 탑이다.

방사탑 옆에 세워진 출발지에서 올레 전 구간 중 한라산을 가장 가까이에서 볼 수 있는 7-1코스를 시작한다. 바닷길이 매력인 7코스와는 달리 고근산을 반환점으로 삼아 걷는 중산간의 멋이 살아 있다. 올레7-1코스는 월드컵경기장에서 외돌개에 이르는 코스였으나, 코스변경으로 경기장에서 도심을 지나고 한적한 마을을 거쳐 엉또폭포, 서귀포 신시가지를 감싸고 있는 고근산, 벼농사를 짓는 하논분화구를 지나서 제주 올레여행자 센터에서 마무리한다. 고근산에 올라서

남쪽으로 서귀포 앞바다와 시가지, 북쪽으로 한라산을 바라보며 삶의 환희를 즐기는 중산간 길이다.

경기장 앞 도로원표에 제주 42㎞, 서울 486㎞, 부산 310㎞, 광주 251㎞라고 표시되어 있다. 도로원표는 각 도시 간 도로거리의 기준이 되는 지점이다. 현재까지 올레길에서 걸은 거리는 대략 400여㎞, 한라산 산행 거리를 포함하면 서귀포에서 서울 근교에 이른 거리다. 실제 이번 60일 간의 제주 여행길에서 제주 올레를 종주하고 7번의 한라산 산행, 한라산둘레길, 오름과 곶자왈 기행 등을 포함하면 1,000여㎞를 걸었으니 판문점을 지나고 개성, 평양, 묘향산을 지나서 압록강에 이르러 강줄기 따라 백두산을 향하고 있는 거리다.

동해의 강릉 정동진은 광화문의 정동쪽에 있다. 서해의 인천 정서진은 광화문의 정서쪽에 있고 남해의 장흥 정남진은 광화문의 정남쪽에 있다. 광화문의 정북쪽에는 평안북도 중강군 압록강 연안에 중강진이 있다. 정동진은 해파랑길 종주에서, 정남진은 4대강 종주 자전거길에서, 정남진은 마라도에서 고성 통일전망대 국토종주에서 만났으니, 이제 통일이 되어 중강진으로 달려가서 백두산까지 걸어가고 싶은 욕망이 춤을 추며 꿈틀거린다.

정동진의 동쪽바다에 떠있는 울릉도와 독도, 정서진의 서쪽바다에 떠있는 백령도와 홍도, 정남쪽의 남쪽바다에 떠있는 제주도와 마라도, 압록강에 배 띄우고 두만강 다리 건너 스쳐간 북한의 산하, 백두대간 종주를 하고 걸었던 백두산과 천지의 함성이 전광석화처럼 스쳐간다. 2005년 한국 YMCA대표단의 일원으로 자전거 20,000대를 북한 주민에게 기증하며 방문했던 평양 거리와 평양아리랑 축전,

동명성왕의 무덤, 육로와 해로를 통해 다녀왔던 세 번의 금강산 추억이 꿈결처럼 다가온다.

내 나라, 내 조국의 땅을 걸어가는 기쁨, '김삿갓 북한 방랑기', 난고 김병연의 이야기가 아닌 21세기 올레자의 실화가 될 수 있는 날을 꿈꾼다.

서귀포 도심을 지나고 한적한 마을과 감귤농장을 지나서 엉또폭포 입구에 이른다. 입구에서부터 계곡을 따라 데크로 잘 단장해 놓은 길, 관광객에게는 잘 알려져 있지 않지만 현지인들에게는 제주의 3대 폭포인 정방폭포나 천지연폭포, 천제연폭포에 못지않게 사랑을 받는 폭포이다. 세계 3대 폭포는 브라질과 아르헨티나의 국경에 있는 이구아수폭포, 미국과 캐나다 국경의 나이아가라폭포, 아프리카 잠비아와 짐바브웨의 국경을 흐르는 빅토리아 폭포이다. 이구아수 폭포의 온 세상을 다 빨아들일 것 같은 충동을 주는 '악마의 목구멍', "나이야 가라!"고 외쳤던 나이아가라폭포의 뱃놀이가 스쳐간다.

엉또폭포는 한라산 남쪽 자락을 타고 내려오는 악근천 중상류 지역에 위치한 절벽폭포다. 제주의 하천들이 거의 그러하듯 악근천도 평소엔 물이 말라있는 건천이다. 엉또폭포에서 물이 쏟아지는 광경을 구경하려면 일단 비가 와야 하고, 그것도 꽤 많은 양이 한라산을 흠뻑 적셔주어야 한다. 한라산 산간지역에 70㎜가 넘는 비가 오거나 장마철이 되어야 그 모습을 보여준다. 제주도에 비만 내렸다 하면 북적거리는 폭포가 엉또폭포와 천제연 세1폭포인데, 그 중에서도 이름까지 엉뚱한 엉또폭포다. '엉또'는 '엉'의 입구다. '엉'은 작은 바위, 그늘집보다 작은 굴, 낭떠러지, 큰 웅덩이를 뜻하고, '또'는 입구를 표현하는 제주어다. 엉도가 변해 엉또가 되었으니 엉뚱하게 들려

미소가 스쳐간다. 폭포까지 이르는 길가에 천연난대림이 바람결에 몸짓을 하며 환호한다. 50m 정도 걸어 올라가니 끝자락에 절벽이 나타난다. 물줄기가 없는 날것 그대로의 마른 폭포, 엉또폭포의 나신(裸身)이다. 비록 거센 물줄기가 없는 폭포지만 기암의 속살을 보는 것만으로도 자연의 위엄을 맛본다. 벼랑 끝에는 엉뚱한 나무들이 아슬아슬한 모습으로 매달려 곡예를 하고, 폭포는 소리 없는 침묵으로 자신을 드러낸다.

세계 첫 번째 '키스의 동굴·키스타임!(Only Kiss, Please!)'이라는 안내판의 화살표를 따라 작은 굴에서 엉또폭포에게 키스를 하고 돌아 나온다. 쉬어가라는 감귤농장 농부아저씨의 안내에 따라 무인카페에서 커피를 마시며 녹화 영상으로 쏟아지는 엉또폭포의 위용을 감상한다. 50m 높이의 폭포에서 우레와 같은 굉음을 내며 폭포 아래 직경 20m 이상의 웅덩이에 수직으로 물줄기가 쏟아진다. '비 오는 날'의 엉또폭포가 아닌 '비 왔던 날'의 영상으로 웅장한 엉또폭포를 만난다. 바다 위에 떠있는 섬들은 비와 눈이 많고 습하다. 제주도는 특히 한라산이 자리해 다른 지역보다 비가 더 많고, 강한 바람을 동반하는 경우가 많다. 제주도의 연 강수량은 1000~1800mm으로, 남부지역이 서부나 북부지역에 비해 월등히 많은 강수량을 보인다. 여름 장마철이면 제주의 그 어떤 폭포보다도 거대하게 흘러내리는 엉또폭포를 나서서 메마른 악근천을 따라 돌아 나온다.

엉또폭포에서 되돌아 나온 올레길은 한적한 숲을 따라 고근산을 향한다. 귀여운 간세가 산으로 오르는 길을 안내한다. 제주도에는 오름이나 봉, 악이 아닌 산이라 불리는 이름의 7개의 산이 있다. 한라산을 비롯하여 표선면의 영주산(326m), 안덕면의 산방산(395m)과 군산(335m), 그리고 단산(158m), 대정읍의 송악산(104m)과 서호동의 고근산이다. 올레길이 직접 닿지 않는 산은 한라산과 단산, 군산과 영주산이다. 한자로는 악이나 봉으로 표시되는데 제주도에서 한라산을 제외한 나머지는 모두 오름으로 보기도 한다. 추자도는 제주도와 성인(成因)이 다르므로 오름이 존재하지 않는다. 오름은 우리말 동사인 오르다에서 파생된 말로 추정한다.

제주특별자치도에는 총 368개의 오름이 존재하며 제주시에 210개, 서귀포에 158개가 있다. 읍면별로는 애월읍이 50개로 가장 많고, 그 다음이 구좌읍으로 40개, 표선면이 31개, 안덕면이 31개 조천읍이 30개 순으로 분포한다.

오름 정상부 분화구 내에 물이 차 있어서 호수 등 습지형태의 산정화구호를 갖는 오름은 9개가 존재한다. 물영아리, 물장오리, 원당봉, 어승생악, 금오름, 세미소오름, 물찻오름, 사라오름, 동수악이다. 대체로 원형오름이며 당연히 분화구가 남아 있다. 분화구는 굼부리라고 하며 산굼부리는 '산에 구멍이 난 부리'라는 의미로 제주의 많은 굼부리 중에서 가장 크기 때문에 산굼부리라는 이름이 붙은 장쾌한 곳이다.

대한민국에서 최초로 세계자연유산에 등재된 오름은 거문오름이다. 분화구 내에 울창한 산림지대가 검고 음산한 기운을 내뿜는다 해서 붙여진 이름으로 제주에서 가장 긴 용암협곡을 지니고 있으며, 용암함몰구와 선흘수직동굴, 화산탄 등 화산활동 흔적이 가장 잘 남아 있기 때문에 지질학적 가치도 높다. 거문오름을 탐방하기 위해서는 사전에 예약을 해야 한다.

가장 높은 오름은 한라산 아래 하늘호수를 품은 사라오름이며 가장 아름다운 오름은 오름의 여왕으로 불리는 따라비오름으로 가시리에 위치하고 있다. 해발 342m로 말굽형태로 터진 3개의 굼부리로 이루어져 있으며, 가을이 되면 억새가 무성하다. 기이한 경관을 뽐내는 해발 248m의 용눈이오름은 제주에서 가장 사랑 받는 오름 중 하나로, 등성이마다 자그마한 새끼 봉우리가 봉긋하게 올라서 있고, 오름의 형태가 용이 누워있는 모습과 비슷하다 하여 이름이 붙여졌다. 해발 382m의 다랑쉬오름도 많은 사랑을 받고, 영화와 드라마 촬영지로 유명한 해발 201m의 아부오름은 오름 정상에 함지박처럼 둥근 굼부리가 파여 있어, 마치 어른이 믿음직하게 앉아 있는 모습과 같다.

단산(簞山)은 거대한 박쥐(바굼지)가 날개를 편 모습과 같다고 하여 '바굼지오름'이라고도 불리는데 산방산 서쪽 1km에 위치하고 있다. 추사 유배길 1코스 '집념의 길' 대정향교가 있어 찾는 발걸음이 늘고 있다.

군산(軍山)은 안덕계곡의 창고천 건너에 가로누운 형태의 난드르(대평리)를 병풍처럼 에워싸고 있는 오름이다. 창천리에 사는 강씨 선생으로부터 글을 배운 동해 용왕의 아들이 그 보답으로 중국의 곤륜산을 옮겨와 지금의 군산이 되었다는 유래담이 있다. 단산과 군산에서 바라보는 산방산과 송악산, 가파도와 마라도, 푸른 바다와 푸른 하늘, 아름드리 드넓은 벌판은 아름다운 풍광을 연출한다.

영주산(瀛州山)은 표선면 성읍리, 성읍민속마을 뒤에 우뚝 서 있는 성읍마을의 진산(鎭山)이다. 한라산의 옛 이름이 영주산이라, 한라산과 구분하기 위해 '소(小)영주산'이라고 적은 기록이 전해온다. 능선과 기슭, 곡선이 부드러운 영주산은 덩치가 크고 잘 생긴 오름이다. 정상에서 바라보는 오름의 물결들, 풍력발전기 풍차의 날갯짓을 따라 정의현 성읍마을 백성들의 오백년 역사가 흘러간다.

서귀포 신시가지를 감싸고 있는 오름으로, 외따로 떨어져 있는 고독한 산이라 해서 고근산(孤根山)이라지만 서귀포 시민들의 지극한 사랑을 받아서 이제는 더 이상 외롭지 않은 고근산, 정상에 올라서니 가히 예술적인 풍경이 펼쳐진다. 시야가 확 트여 서귀포 칠십리의 풍광과 눈앞의 섶섬·범섬·문섬에서 멀리 군산, 산방산, 송악산과 마라도, 자귀도까지 제주 남쪽바다를 한 눈에 조망할 수 있다. 반대편으로는 간간이 눈에 덮인 겨울 한라산이 눈앞으로 다가온다. 고근산에서 바라보는 한라산, 올레코스 전 구간 가운데 가장 가까운데서 마주할 수 있는 한라산의 모습이다.

사람이 각인각색이면 산은 백산백색(百山百色)이다. 한라산은 '한번 구경 오십시오!'라며 대한민국에서 최고 높은 1,950m를 자랑한다. 남한에는 1500m를 넘는 산이 모두 9개 있다. 지리산 천왕봉(1,915), 설악산 대청봉(1708), 덕유산 향적봉(1,614), 계방산(1,577), 함백산(1,563), 태백산 장군봉(1,567), 오대산 비로봉(1,563), 가리왕산(1562)이다. 백두산은 2,744m, 금강산은 1,638m이다.

'백산찾사'는 백대명산을 찾는 사람들을 일컫는다. 대한민국의 백대명산에는 산림청 선정 백대명산과 한국의 산하 백대명산이 있다. 산림청 선정 백대명산은 전국에 고루고루 분포되어 있고, 한국의 산하 백대명산은 등산객이 많이 찾는 순서로 되어 있다. 두 곳의 선정을 비교해 보면 19개의 산이 다르다. '달마산, 수리산, 광교산, 바래봉, 용봉산, 남한산, 검단산, 선자령, 청계산, 수락산, 불암산, 민둥산, 칠보산, 연인산, 남덕유산, 오서산, 가야산 조령산, 남산제일봉이다.'

한국인이 가장 많이 찾는 인기 백대명산의 순위는 지리산, 설악산, 북한산, 덕유산, 가야산, 대둔산, 소백산, 계룡산, 관악산, 속리산 순이다. 한라산은 27위인데, 접근성이나 높이에서 오르기가 쉽지 않기 때문이다. 백두대간 종주, 백대명산 완주, 백두산과 금강산 산행은 올레자의 또 다른 자랑이자 청복이다. 다산 정약용은 행복을 열복과 청복으로 나누어 이야기한다.

"사람이 삶을 연장하며 오래살기를 원하는 것은 어째서인가? 세상에 온갖 복락이 있어도 장수하지 않고서는 누릴 수 없기 때문이다. 하지만 세상에서 말하는 복이란 대저 두 가지가 있다. 깊은 산속에 살며 거친 옷에 짚신을 신고 맑은 못가에서 발을 씻으며 노송에 기대 휘파람을 분다. (……) 이따금 산승이나 우객(羽客)과 서로 왕래하며 소요하는 것으로 즐거움을 삼아 세월이 오고가는 것도 알지 못한다. 조야(朝野)가 잘 다스려지는지 어지러운지에 대해서도 듣지 않는다. 이런 것을 청복이라 한다." 그리고는 '어여쁜 아가씨를 끼고 놀고 높은 수레를 타고 비단옷을 입고 대궐문으로 들어가 묘당에 앉아 사방을 다스릴 계책을 듣는 것'을 열복이라고 한다. 열복은 소위 불교에서 말하는 세속의 탁복으로 곧 재물, 여색, 음식, 명예, 수면과 통한다. 다산 정약용은 '하늘이 몹시 아껴 잘 주려하지 않는 것이 청복이라 열복을 얻은 사람은 아주 많지만 청복을 얻은 사람은 몇 되지 않는다'고 한다. 올레자는 제주 올레에서, 한라산에서, 고근산에서 탐라할망과 더불어 청복을 누리며 즐거워한다.

'마음속에 담아가는 서귀포시' 안내판의 안내를 받으며 주위의 풍경을 둘러보며 600m 길이의 분화구 탐방로를 돌아간다. 할망의 스토리텔링이다.

　"제주시에 지역 주민들이 사랑하는 사라봉이 있다면, 서귀포시에는 고근산이 지역 주민들이 너무나 사랑하는 산이지. 낮의 풍광도 예술이지만 밤바다와 어우러진 서귀포 칠십리 야경은 형용할 길이 없어. 사라봉에서 바라보는 제주항의 야경이 제주시에 있다면, 서귀포시에는 새연교의 야경이 있지. 이 둘과 선운정사의 1만 8천 연꽃등 야경까지 포함해서 제주의 3대 야경이라고도 하지.

　고근산의 면적은 120만㎡로 제주도내 오름 중 6번째로 넓고, 높이는 396m로 서귀포시 오름 중에는 가장 높아. 남동사면 중턱에 '머흔자리'라는 커다란 너럭바위가 있는데 국상(國喪)이 났을 때면 지역민들이 이곳에 올라 북향하여 곡을 하던 곳이지. 남서사면에는 사냥하던 개가 떨어져 죽었다는 '강생이궤'라는 수직동굴이 있는데, 돌을 떨어뜨려 그 깊이를 재보면 끝이 없어. 또한 이 근처를 용맥이라 해서 마을 사람들은 옛날부터 절대 묘를 쓰지 않았어. 한라산 중턱에 있는 큰 바위가 보여?"

　"……"

　"저기 보이는 바위가 각시바위 또는 열녀바위라고 하는데 전설이 있지. 옛날 아이를 낳지 못하는 여인이 절에서 100일 기도를 드렸는데 99일째 기도를 드리다 마지막 하루를 남기고 스님에게 겁탈을 당했어. 여인은 분에 못 이겨 오름 꼭대기에 있는 바위에서 몸을 던져 생을 마감했지. 훗날 여인이 뛰어내린 그 자리에 이상한 바위가 생겼어. 후세 사람들은 바로 그 여인의 원통한 넋이 바위로 변했다고 입을 모아 전해오지."

"절에서 백일기도를 드리면 부처님이 아닌 스님이 아이를 낳아준다는 속설이 그래서 생긴 것인가요?"

"쓸데없는 소리!"

"고근산에도 설문대할망의 전설이 있지요?"

"그럼. 설문대할망이 심심할 때면 한라산 정상부를 베개 삼고, 이곳 고근산 굼부리에 궁둥이를 얹어 앞바다 범섬에 다리를 걸치고 누워서 물장구를 치며 낮잠을 즐기곤 했어."

억새들이 바람결에 춤을 추는 얕은 분화구에 앉아 전설 속의 거신(巨神) 설문대할망의 전설을 흉내 낸다. 순간, 눈을 의심한다. 2016년 1월 16일, 한겨울의 고근산에 철없는 철쭉이 피어 있다. 깨어 있는 사람은 언제든 계절의 소리를 듣는다. 스치는 바람에서 햇살에서 산천에서 나뭇가지에서 꽃에서 계절의 발자국 소리를 듣는다. 철없는 철쭉에서 봄의 소리를 듣는다. 봄이 온다. 생명의 봄이 온다. 절망의 시절이 지나가고 희망의 봄이 오고 있다. 어떠한 실패의 고통에도 희망으로 통하는 길은 남아 있다. 희망의 봄은 달아나지 않고 찾는 사람을 기다리고 있다. 철쭉에서 희망의 봄을 만난다. 한라산을 마주하며 철쭉이 억새와 조화를 이룬 고근산을 내려온다.

서호마을을 지나면서 돌담 너머 귤밭과 어우러진 한라산의 풍경을 맛본다. 멀리 바다에 문섬이 귀엽게 떠 있다. 감귤농장을 지난 길은 봉림사 절 옆에서 하논분화구로 접어든다. 약 5만 년 전 화산폭발로 형성된 화구 직경이 1㎞가 넘는 우리나라 최대의 화산분화구, 2중화산 분출로 인해 화구호수에 섬이 있었던 세계적으로도 희귀하고 아름다운 화산호수, 움푹 파인 모양의 분화구에 수만 년 생물 기록을 담고 있는 하논분화구가 펼쳐진다.

"하논분화구는 한반도 유일의 마르형 분화구라고 한다지요? 마르형은 뭐예요?"

"마르는 화구의 둘레가 둥근 꼴의 작은 언덕으로 둘러싸여 있는 화산을 일컫지. 일반적으로는 화산폭발로 마그마가 위로 솟구치면서 용암이 흘러나와 화산형태가 만들어지는데 하논분화구는 마그마가 지표로 나오기 전에 지하수를 만나 폭발하면서 생겼어. 산굼부리도 마르형이라고도 하는데 함몰형 분화구란 주장도 있지."

"하논분화구를 복원해야 한다는 움직임이 있다면서요?"

"하논분화구는 세계적인 화산호수 분화구임에도 불구하고 500년 전부터 제주사람들이 벼농사를 짓기 위해 화구벽을 허물고, 분화구 주변을 덮었던 울창한 원시림도 땔감 등으로 사용해 호수의 흔적이 거의 사라져 버렸어. 지금은 원형이 훼손되고 벼농사를 짓고 있으니, 안타깝지. 하논분화구는 세계적인 환경올림픽 WCC(세계자연보존총회)에서 공식 의제로 논의될 만큼 아주 소중한 환경·생태 자산이야. WCC의 하논분화구 복원·보전·권고안 이행을 위한 프로젝트로 '하논분화구 복원 범국민추진위원회'가 결성되어 있어."

"동서로 1.8㎞, 남북으로 1.3㎞의 규모로 바닥 면적이 21만 6000평이나 되는 호수가 원래대로 복원된다면 상상만 해도 참으로 장관이겠는데요?"

"5만년의 흔적을 그대로 간직하고 있는 살아있는 자연 생태박물관을 복원한다면 그 자체가 기적이라고 할 수 있겠지. 재미있는 것은 하논분화구도 제주의 368개 오름 중의 하나야."

"제주도는 화산섬이라 물 빠짐이 좋아서 논농사는 적합하지 않은데 어떻게 여기서는 논농사를 짓지요?"

"'하논'은 큰 논을 뜻하는 우리말 '한 논'에서 유래하니, 하논분화구는 큰 논으로 된 분화구란 뜻이지. 이곳은 호수였기에 바닥에서 하루 1,000~5,000리터의 용천수가 나와 가을이면 황금들녘이 출렁이지."

"제주의 다른 지역에도 논농사를 짓는 데가 있어요?"

"하논 지역을 제외하고는 대부분 사라졌어. 한경면 용수리 지역에 가면 논농사 짓는 모습을 아직 볼 수 있지. 지질 특성상 제주도는 벼농사를 지을 수 있는 지역이 거의 드물었지만 유교식 제사용 쌀을 확보하기 위해서 벼농사가 중시됐어. 쌀이 귀하던 시절 제주에서는 쌀밥을 '곤밥'이라 했어. 고운 밥이라는 뜻이지. 곤밥은 명절이나 제사 때만 먹을 수 있는 귀한 음식이었어. 제주에 전해오는 이야기로 일강정, 이번내, 삼도원이라는 말이 있지. 첫째가 서귀포시 강정마을, 둘째가 안덕면 화순리(번내), 셋째가 대정읍 신도리(도원)인데, 논농사 지역으로 쌀밥을 흔하게 먹을 수 있는 살기 좋은 마을이라는 의미지."

"벼농사는 물이 필요한데 계곡에서 물을 끌어다 농사를 지을 수도 있잖아요?"

"제주에 3대 수로 개척 역사가 있어. 안덕면 화순리, 중문 베릿내(星川), 애월읍 광령리야. 화순리는 사시사철 흐르는 황개천의 물을 굴착수로를 통해 밭까지 끌어와 5만여 평의 농경지를 만들었지. 김광종이라는 개척자가 사재를 털어 1832년부터 10년이 걸려 이룩한 사업이야. 제주향교지는 김광종을 '바위를 뚫어 최초로 농업용수를 개발한 관개농업의 개척자'라고 평가하면서, '10년 만에 1,100㎡의 용수로 완공과 더불어 5만평을 개답(開畓)하였다고 기술하고 있어. 훗날 화순리 사람들은 영세불망비를 세우고 해마다 제사를 지내기도 하지.

중문마을의 경우 천제연폭포에서 흘러나오는 물을 수로를 통해 베릿내오름 앞의 논에 물을 대었지. 광령리에서는 방축을 쌓아 저수지를 만들고 뒤이어 어리목 수원에서 물을 끌어와 논농사를 지었어. 광령리는 물이 귀한 제주에서 해안마을이 아닌 중산간 일대에서 논농사를 했던 극히 귀한 사례로 척박한 자연환경을 극복하기 위한 제주 사람들의 노력과 의지를 엿볼 수 있어."

"제주에는 밭에서도 벼를 재배한다면서요?'

"논에서 재배한 쌀과는 다른 '산디(산도, 山稻)'라고 하는 밭벼가 있어. 옛날부터 지어왔는데 밭벼는 씨앗만 뿌려주면 되지. 잡곡이나 밭작물이 벼보다 상품성이 더 좋아서 밭벼를 많이 심지 않아서 눈에 잘 띄지 않아."

겨울 분화구의 신비로운 흔적, 500년 전 세계 최대의 화산호수였던 하논분화구, 환상적인 화산호수의 복원을 희망하며 올레다리를 건넌 올레자는 삼매봉을 우회하여 6코스의 종점, 7코스의 출발점, 7-1코스의 종착점 외돌개안내소에 이른다.

길은 끊임없는 생명력으로 진화하며 보다 나은 길로 새롭게 태어난다. 2016년 말 코스변경으로 종착지는 제주 올레여행자센터로 바뀌었고 올레자는 다시 한 번 7-1코스를 즐거운 마음으로 걸어야 했다. 이제 남은 구간은 단 하나, 올레21코스! 내일은 26개 올레길의 마지막 구간 21코스를 걷는다는 설렘과 희망이 솟구친다. 희망을 끝없이 희망하고 싶은 희망이 올레사의 희망, 희망은 절망 속에 피어나는 가장 아름다운 꽃이요 별이요 등대요 바람이다. 아름다운 서귀포의 밤하늘 구름 사이를 오가는 초저녁 초승달이 희망에 찬 희망을 노래한다.

유시유종 – 할망, 폭삭 속았수다!

📍 **21코스** 하도에서 종달올레 11.1㎞

해녀박물관-별방진-석다원-토끼섬-하도해수욕장-지미봉-종달바당

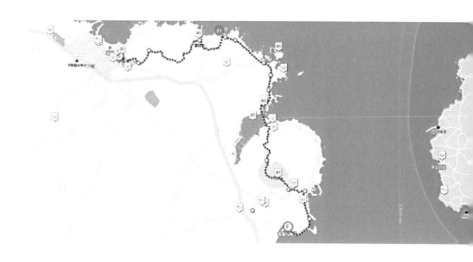

　장자는 고독을 자처한 인물의 모범이다. 초나라의 왕이 훌륭한 인물이라 소문난 장자를 반드시 재상으로 모시고 오라며 천금을 들려서 사신을 보내자 이를 맞이한 장자는 말한다.

　"천금도 큰돈이고 재상도 높은 자리입니다. 하지만 당신은 제사용으로 끌려가는 소를 보지 못했습니까? 제사용으로 쓰려는 소는 몇 년을 잘 먹이며 키우지요. 그러니까 그 소는 자신을 대단하게 생각합니다. 그리고 제삿날 당일에는 깨끗이 씻기고 비단옷을 입혀 끌고 가죠. 이때까지만 해도 의기양양하던 소는 제사장이 가까워지자 비로소 자신의 처지를 깨닫고 속으로 흐느낍니다. '내가 소로 태어나

지 말 것을, 차라리 보잘 것 없는 돼지가 될 걸, 그랬으면 이런 일이 없었을 텐데……' 하지만 이렇게 후회한들 아무 소용이 없다는 것을 잘 아시지요? 그러니 내게 그런 제안하지 말고 돌아가시오."

장자는, "더러운 진흙구덩이에서 나 자신만의 즐거움을 택할지언정, 통치자에게 얽매이는 삶을 살지 않겠다"고 일갈한다. 장자는 '나 자신만의 즐거움'을 자쾌라고 한다. 자쾌는 독립적인 삶이다. 의존적인 쾌락이 아닌 내 안에서 내가 생산해 낸 나만의 고유한 쾌락, 이것이 자쾌다. 자쾌는 자유고 독립이다. 자쾌(自快)! 장자가 희망하는 고유한 자신만의 쾌락을 즐기며 제주 올레 마지막 코스를 시작한다.

2016년 1월 17일, 새벽부터 주룩주룩 비가 온다. 우연일까 필연일까, 운명일까 숙명일까, 올레1코스를 시작한 그날처럼 올레21코스 마지막 날에도 하늘은 비를 내린다. 비를 좋아하는 비의 나그네를 위해 하늘이 축하의 샴페인을 터트렸나 보다. 맹자는 왕도론(王道論)을 전개할 때 '천시(天時)는 지리(地利)보다 못하고, 지리는 인화(人和)보다 못하다'고 하였으니, 인화가 지리보다 중하고 지리는 천시보다 중하다는 말씀이다. 설문대할망 같은 깊은 내공의 탐라할망과 함께했던 아름다운 제주 올레는 탐라할망과의 환상적인 인화, 제주 올레라는 천혜의 지리, 비 내리는 처음과 끝의 천시의 축복까지 두루두루 다 갖춘 왕도올레였다.

하늘이 때에 맞게 햇빛과 바람과 구름과 눈과 비를 보내주어 천시와 지리, 인화를 고루 갖춘 여정이었다. 항용유회라, 정상에 선 사람들이 지나온 길을 돌아보며 눈물을 흘리듯이 하늘 끝까지 올라간 용은 내려갈 길밖에 없음을 후회한다. 제주 올레를 꿈꾸었던 잠룡

(潛龍)이 현룡(現龍)이 되고, 현룡이 비룡(飛龍)이 되고, 이제는 정상에 올라선 항룡(亢龍)이 되어 끝없는 하늘을 날아간다.

대망의 제주 올레 종주, 마지막 관문인 21코스, 드디어 대단원의 마무리를 하는 21코스를 시작한다. 유시홍 유종달이라, 시홍리에서 시작이 있었고 종달리에서 마침내 마침이 있다. 시홍리에서 시작한 제주 올레, 이제 종달리에서 그 막을 내린다. 시작은 끝으로 연결되고 끝은 다시 시작으로 이어진다. 영겁회귀라, 올레자는 떠나가도 제주 올레는 영원하리라. 2012년 10월 24일 올레길이 제주도를 한 바퀴 돌아 마지막으로 열린 21코스, 2016년 1월 17일 올레자가 올레길의 종점 21코스를 걸어간다. 마지막 코스는 시작 코스만큼이나 사랑을 받지만 시작하는 사람들은 많아도 끝을 보는 사람들은 많지 않다. 초지일관이 어렵기 때문이다. 히말라야의 설산조가 스쳐간다.

탐라할망과 올레자가 비 내리는 출발지에서 손을 들어 하이파이브를 하고 해녀박물관으로 들어간다. 2006년에 개관한 해녀박물관은 제주가 자랑하는 제주해녀의 삶과 자존의 역사를 한 눈에 볼 수 있는 곳으로, 일제강점기 국내 최대 여성항일운동의 정신이 있는 곳이다. 풍습과 무속신앙, 세시풍속, 해녀공동체와 제주민의 역사 등 제주해녀를 주제로 다양한 전통문화를 접할 수 있고, 일제강점기 항일운동에 앞장 선 해녀들의 활동을 볼 수 있다.

제1전시실에서 해녀의 삶을, 제2전시실에서 해녀의 일터를, 제3전시실에서 해녀의 생애를, 그리고 어린이 해녀관을 차례로 둘러본다. 물질을 하는 해녀들의 숨비소리가 들려오는 듯하다. 해녀들의 '물옷'은 전통 작업복 '소중이'에서 진화해 1970년대 에는 검은 잠수복인 '고무옷'을 입었고, 최근에는 오렌지색 고무옷이 보급되었다. 해녀들은 분신과도 같은 물질 도구로 물안경이라고 하는 '눈', 물 위에서 숨을 쉴 때 의지하는 '태왁', 해산물을 담은 '망사리', 빗창 등을 가지고 작업을 한다. 올레자의 궁금증에 탐라할망의 스토리텔링은 한층 기운이 넘친다.

"제주해녀의 시원(始原)은 언제부터이지요?"

"그 시원은 아마도 사람들이 제주에 살면서부터라고 해야겠지. 제주해녀에 대한 기록은 조선왕조실록 등 여러 문헌에 있어. 전복 등의 진상 부담이 증대되자 처음에는 남성의 몫이었던 전복 진상 부역을 제주해녀가 맡게 되면서 본격적으로 등장했어. 당시 제주에서는 잠녀 또는 잠수라고 불렀지. 팔다리를 드러내고 물질을 하는 해녀는 놀라운 존재인 동시에 고된 작업과 관가의 수탈로 안타까움의 대상이었어. 일본의 해녀 '아마'는 제주해녀가 기술을 전수했으니 원조는 제주해녀야."

"여자는 약해도 엄마는 강하다, 라고 하는데 제주해녀는 특히 강인했던 것 같아요."

"그렇지. 제주해녀는 한마디로 끈질긴 생명력과 강인한 개척정신의 상징이지. 제주여성의 삶은 다른 지역과는 달라. 제주여성은 집안일에서부터 밭일, 물질 등 가정경제를 지탱하는 몫까지 감당했어. 7~8세가 되면 바다에 나가 물질을 배우기 시작하였고, 식수가 귀해 새벽에 물허벅을 지고 물을 길어오는 일을 거들었어. 이렇게 시작된 제주여성의 삶은 물을 길어오고 밭일을 하며, 물내에 맞춰 바다에 나가 물질을 하는 등 하루도 쉬는 날이 없이 일을 했어야 했지.

제주의 척박한 자연환경을 이기고 가족을 지키기 위한 제주여성의 억척스러운 근면성은 오늘의 제주도를 키운 밑거름이 되었어. 그런데 요즘은 다양한 직업이 생기고 여성의 권익이 신장되어 해녀를 기피하는 실정으로 해녀의 수가 급격히 줄어들어 걱정이야. 최근 해녀의 수가 크게 줄어 4,500여 명의 해녀만이 남아 있어."

"안타깝네요. 해녀에 깃든 소중한 정신이 있다던데요?"

"제주해녀에게서 무욕의 가르침을 배워. 마치 인디언이나 바이칼의 어부들이 그날그날 일용할 양식만 사냥하고 잡듯이 말이야. 해녀는 욕심내지 않고 자신의 숨만큼 건져 올려 살지. 어린 해녀들에게 어른들은 늘 '욕심을 부리면 목숨을 먹게 된다'고 가르쳐. 해녀는 숨을 참으며 물질을 하다가 숨이 끊기기 직전 위로 올라와 숨을 몰아서 쉬지. 숨비소리 말이야. 그때 타이밍을 놓치게 되면 목숨을 잃어. 이는 욕심의 위험성을 가르치지.

해녀의 물질에는 공동으로 작업하고 공동으로 위험에 대처하는 공동체 정신이 있어. 함부로 바다에 뛰어들어 혼자 물질하는 것이 아니라 반드시 정해놓은 규약과 법에 따라 행동하지. 물질은 언제나 공동으로 작업에 임하게 되며 어려움에 처했을 때 공동으로 위험상황에 대처할 수 있어. 해녀들은 혼자 존재할 수 없다는 것이야. 물질후 불턱에서 모닥불로 몸을 말리며 해산물을 많이 채취하지 못한 소녀나 할망에게 수확물을 나누어 주는 '개석'이라는 전통은 해녀의 아름다운 공동체 정신의 발로지."

박물관에서 나와 하늘로 솟구친 제주해녀항일운동기념탑 앞에서 탐라할망의 제주학 강의는 계속된다.

"이 탑은 여기 구좌읍을 중심으로 야학에서 민족의식을 키워온 부춘화, 김옥련, 부덕량 등이 주도가 되어 구좌읍, 성산읍, 우도면 해녀 1만7천여 명이 항거하였던 여성 주도의 독보적 항일투쟁을 기리기 위해 건립된 탑이야. 일본의 경제수탈정책에 맞선 대사건으로 허리에 칼을 찬 일본 순사를 보기만 해도 슬금슬금 피하던, 순사가 호랑이보다 무서운 시절에 일본 경찰주재소까지 습격했지. 제주해녀 항일운동은 투쟁의 주체가 여성 집단이라는 사실만으로도 제주도의 항일운동이 얼마나 거셌는가를 알 수 있지.

해녀항일운동의 시발점은 1932년 1월 7일 하도리 시위야. 1월의 매서운 칼바람이 불어오는 날 모진 추위와 강풍을 헤치고 300여 명의 해녀가 머리에 하얀 수건을 두르고 손에는 호미와 빗창을 들고 하도리에 모여 구호를 외치며 시위 행렬을 지어 세화리 장터까지 걸어갔지. 그날은 세화리에 5일장이 열리는 날, 하도리에서 20리길을 걸어 온 해녀들은 장터의 번화한 곳에 자리를 잡았고, 22살의 부춘화 해녀가 단상에 올라 목청을 높였어. 그날의 함성을 들어봐.

여러분도 아시다시피 우리 해녀들은 이 추운 겨울 바다 속에 들어가 전복이며 해산물을 캐옵니다. 그런데 일본은 시세와 상관없이 터무니없는 헐값에 우리의 전복을 매수해 왔습니다. 우리 해녀들은 더 이상 이와 같은 일본의 수탈에 당하고 있을 수만은 없습니다. 우리가 누구를 위해 전복을 캡니까? 왜놈들 배불려 줄려고 전복을 캡니까? (……) 이대로 가다가는 우리 해녀들 모두 굶어죽고 맙니다. 우리 하나로 뭉칩시다. 그래서 해녀조합을 등에 업고 우리의 피를 빨아먹는 일본인 니노미야를 몰아내고 그 밑에서 우리의 피를 빨아먹고 있는 매국노 고태영도 몰아내고 우리의 권리 우리의 손으로 지켜냅시다. 여러분!

일제강점기, 수탈만 당하며 살았던 울분이 가슴에 불을 지르는 이 시위는 총칼로 무장한 일제 순사들도 더 이상 공포의 대상이 아니었어. 교섭해 주겠다고 하여 마무리한 1차 시위협상안을 무시한 해녀조합의 처사에, 해녀들은 5일 후 세화리 5일장에 또 다시 모였지. 때마침 다구치 도이키 제주도지사 겸 제주해녀어업조합장이 제주로 부임한 후 신년 첫 순시를 위해 세화리 장터를 통과한다는 정보를 입수한 터였어.

다구치 도지사를 태운 자동차가 장터를 지날 때 신호를 주고받은 천여 명의 해녀가 일제히 성난 파도와 같은 기세로 만세 삼창을 부르며 자동차를 에워쌌지. 주재소 정문 앞에서 다른 차를 타고 도망가려던 도지사를 해녀들이 다시 포위하자 일제 순사는 총을 쏘았고 순사 하나가 칼로 해녀의 목을 겨누었어. 해녀들의 손에는 낫과 호미와 빗창이 들려 있고, 순사들은 총칼을 겨누고 대치하는 일촉즉발의 순간이었지. 숨 막히는 정적을 깨트리고 순사의 칼끝에 목을 맡긴 해녀의 입에서 짧은 한 마디가 튀어나왔어.

'우리들의 요구에 칼로써 대하면……. 우리는 죽음으로 대하겠다.'

바로 그때, 우도에서 배를 타고 온 해녀 300여 명과 시흥리의 해녀들이 만세 삼창을 부르며 달려왔고, 그날 세화리 장터는 해녀들의 만세 삼창으로 메아리쳤지.

잠시 후 20명의 해녀 대표와 다구치 도지사가 주재소 안에서 테이블을 사이에 두고 마주 앉았어. '해녀들의 요구사항 8개 항목'을 다 읽어 내려간 해녀 대표 부춘화는 눈물을 쏟았고, 다른 대표 해녀들도 눈시울을 붉혔지.

다구치 도지사는 요구 조건을 닷새 안에 해결하겠다는 굴욕적인 약속을 했지만, 약속을 지키기는커녕 고등계 형사들에게 해녀 항일 운동의 배후를 잡아들일 것을 명했어. 해녀 항일운동은 청년교사들이 주도하는 야학당을 중심으로 형성되어 갔고, 야학당이 가장 활발하였던 곳은 하도리와 우도였지. 해녀 대표였던 부춘화, 김옥련, 부덕량 등은 모두 야학당 1회 졸업생이었어.

1월 23일, 제주 전 지역에 삼엄한 비상 경계령이 내려진 가운데 세화리와 우도 야학당의 청년교사들 수십 명을 체포한 자동차들이 도로에 줄을 지어 본서로 호송하고 있었는데, 이때 놀라운 장면이 펼쳐졌어. 1,500명이나 되는 해녀들이 빗창과 돌멩이로 무장하고 도로를 가로막고 선 것이지. 해녀들은 자동차의 유리를 박살내고 청년교사들을 빼돌렸어. 무장한 경관들이 총을 쏘며 뒤쫓았지만 청년들은 해녀들의 인파에 묻혀 몸을 숨겼고, 그런 가운데 해녀들 100여 명이 체포되었지.

다음 날 밤, 호미와 빗창으로 무장한 500여 명의 해녀가 세화리 경찰주재소를 에워쌌어. 전날 체포된 해녀들을 구하기 위해서였지. 해녀들은 주재소를 급습하여 철창에 갇힌 해녀들을 구했지만 돌과 빗창으로 총칼을 당해낼 수는 없었기에 부춘화를 비롯한 34명이 다시 철창에 갇혔어. 부춘화는 '내가 주모자이니 나를 잡아가두고 다른 해녀들은 풀어주라'라고 하며 순순히 체포에 응했지.

1월 26일 새벽, 일본 경찰은 배를 타고 우도로 숨어들었어. 호송되다가 구출된 청년교사들이 우도에 숨어 있다는 정보를 입수했기 때문이지. 맨발로 뛰어나온 우도 해녀들의 저항에도 불구하고 결국 청년교사들은 체포되어 압송되었어. 우도해녀항일기념비에는 1932년 해녀항일운동으로 잡혀간 우도의 지식인 강관순(1909~1942) 열사가 작곡한 '해녀가'가 기록되어 있어. 1930년대 '해녀가'는 모든 제주 해녀의 애창곡이었지. 1절과 4절의 가사내용이야.

우리들은 제주도의 가엾은 해녀들/ 비참한 살림살이 세상이 안다.
추운 날 무더운 날 비가 오는 날에도/ 저 바다 물결 위에 시달리는 몸
아침 일찍 집을 떠나 황혼 되면 돌아와/ 어린아이 젖먹이며 저녁밥 짓는다.
하루 종일 헤엄치나 번 것은 기막혀/ 살자 하니 한 숨으로 잠 못 이룬다. ― 1절

이른 봄 고향산천 부모형제 이별하고/ 온 가족 생명줄을 등에다 지어
파도 세고 무서운 저 바다를 건너서/ 기울산 대마도로 돈 벌러 간다.
배움 없는 우리 해녀 가는 곳마다/ 저 놈들의 착취기관 설치해 놓고
우리들의 피와 땀을 착취하도다/ 가엾은 우리 해녀 어디로 갈까?
― 4절

기울산은 부산 기장과 울산을 이야기해. 참으로 애잔한 노래지. 숙연한 마음이 절로 들어."

제주해녀항일운동기념탑에서 마을길을 따라 바다로 나아간다. 연대동산을 지나고 거대한 성벽의 별방진에 이른다. 제주 방어의 전진기지인 별방진은 조선시대 군사요충지로, 중종 때 제주목사 장림이 김녕방호소를 이곳으로 옮기고 별방(別防)이라 이름 지었다. 성곽의 둘레가 1,008㎜, 높이는 4㎜ 정도로 각종 관사와 창고, 옹성 등이 있었다고 하는데, 지금 성안에는 옛 모습은 찾을 길 없고 큰 우물만이

옛 별방진의 거대한 규모를 말해준다.

비를 맞으며 석다원에 이른다. '김대중대통령이 방문'했다는 현수막이 걸린 석다원에서 푸른 바다를 바라보며 막걸리 한 통으로 쉼표의 여유, 느낌표의 기쁨, 말없음표의 침묵을 누린다. 세화리에서 하도리까지는 제주에서 가장 아름다운 해안도로로 제주 동부의 환상적인 푸른빛 바다풍광을 볼 수 있다. 출렁이는 바다 물결을 벗 삼아 한 걸음의 기쁨을 만끽하며 빗속을 걸어 황량한 바닷가, 하도리 각시당을 지나간다. 각시당은 구좌의 해녀들이 주로 영등일인 2월 13일경 영등신에게 제물을 바치고 소원을 비는 곳이다. 할망에게 물음표를 던진다.

"제주에는 해신당이 왜 이렇게 많아요?"

"해녀들의 속담 중에 '저승에서 벌어 이승에서 쓴다'는 말이 있어. 이는 해녀의 물질작업이 그만큼 매우 위험하다는 것을 뜻하지. 그래서 해녀들은 바다를 관장하는 용왕신에게 의지하기 위해 수시로 바닷가에 있는 해신당에 찾아가 재물을 준비하여 물질작업의 안전과 풍요를 기원해. 그리고 영등달인 음력 2월에는 영등굿을 하지. 영등할망은 해상의 안전과 해녀와 어부들에게 풍어를 갖다 준다고 믿는 신으로 음력 2월 초하루 제주도로 들어와 바닷가를 돌면서 미역, 전복, 소라 등의 씨를 뿌려 해녀들의 생업에 풍요를 주고 같은 달 15일 우도를 거쳐 본국으로 돌아간다고 하지."

해녀들의 숨비소리가 적막한 바다를 흔들어 깨운다. '호오이 호오이' 하는 가슴 뭉클한 숨비소리가 들려온다. 숲의 고요를 깨트리는 새 울음처럼, 고래가 물을 내뿜는 소리처럼 들려온다. 하도리 바다에는 많은 해녀가 있어 물질하는 해녀를 보는 게 흔한 일이지만 오늘은 텅 빈 바다가 거칠게 물결친다. 하도리 해녀 불턱이 다가온다. 몽돌을 둥글게 겹으로 쌓은 좁지만 아늑한 불턱이다.

"불턱의 역할은 무엇이지요?"

"불턱은 제주해녀들이 옷을 갈아입고 바다로 들어갈 준비를 하고 작업 중 휴식하는 장소야. 둥글게 돌담을 에워싼 형태로 가운데 불을 피워 몸을 덥혔지. 이곳에서 물질에 대한 지식, 물질 요령, 바다밭의 위치 파악 등 물질 작업에 대한 정보 및 기술을 전수하고 습득하며 해녀 간 상호협조를 재확인하고 의사결정이 이루어지지. 마을마다 3~4개의 불턱이 있었는데, 현재 제주에는 70여 개의 불턱만이 남아있어. 1985년부터 해녀 보호차원에서 마을마다 현대식 탈의장을 설치하였는데, 개량 잠수복인 고무옷의 보급에 따라 온수 목욕시설이 갖추어진 탈의장은 필수시설이 되어 불턱의 역할을 대신하고 있지.

불턱은 해녀의 삶과 애환이 다 서려 있는 곳이야. 물질을 하다 힘이 들거나 바닷물이 차서 몸이 얼음덩어리가 되면 불을 쬐며 몸을 녹이고 쉬던 쉼터이기도 하고, 사랑방 역할도 하지. 불턱에서는 동네 온갖 소문이 다 나와. 어느 집 시어머니와 며느리가 싸웠는지, 어느 해녀가 임신을 했는지, 다 알지. 갓난애가 있는 해녀는 구덕에 아기를 뉘어놓고 불턱에 와서 젖을 먹이기도 해. 해녀는 만삭이 돼도 물질을 했는데, 갑자기 산기(産氣)가 있어 불턱에서 애를 놓는 경우도 있어. 불턱에도 불문율의 질서가 있어서 하군 해녀가 먼저 와서 불도 피우고 소라도 구워 놓아. 불을 피우면 바람에 연기가 날리는데 이때 바람을 등진 좋은 자리엔 대상군이 앉고 하군은 연기 나는 쪽에서 고개를 돌리고 눈을 감은 채 불을 쬐지."

"대상군은 어떻게 뽑지요?"

"덕성, 지혜, 포용력을 보고 해녀들이 스스로 정하지. 지난 세월 동안의 모든 행실이 심사 대상이야. 대상군은 64세쯤 되어 판단력이 흐려져 물러날 때가 됐다고 생각되면 자진 사퇴의사를 표해. 그러면 모두 '성님, 무슨 말을 햄수까?'라며 일단 말리는데, 그래도 물러날 뜻이 확실하면 누굴 대상군 자리에 앉힐지 서로 눈치를 보아. 대략 후보가 두세 명으로 압축되는데, 어떤 당찬 사람이 자기가 하겠다고 나섰다가 모두 '성님은 아니우다게'라고 비토를 놓으면 겸연쩍게 물러나지. 그러다가 상군들이 의견을 모아 '어멍이 맡아 주십서'라고 제청하면 모두 '그럽시다'라고 동의해야 비로소 새로운 대상군이 탄생하지."

"대상군이 하는 역할은 무언가요?"

"대상군은 무엇보다 날씨를 볼 줄 알아야 해. 대상군은 파도소리만 들어도 날씨 변화를 알지. 보통 3일에서 7일 사이의 날씨를 볼 줄 알아. 바다에서 20년 넘게 일을 했으니까. 대상군은 일기예보에만 의지하지 않아. 기상청은 바다 속까지는 모르니까. 하늬바람, 마파람, 샛바람, 조류 방향을 거의 정확하게 예측하기도 해. 어떤 때는 멀쩡한 날인데도 오후에 파도가 일어난다고 안 나가고, 날이 흐린데도 바다 속은 괜찮다며 물질 나오라고 해. 그래서 해녀들은 아침에 대상군 집에 전화를 해서 물질 나가는지를 물어봐. 대상군은 해녀 하나하나에 대해서도 깊은 관심을 가시지. 상군, 중군, 하군 해녀 중 누가 입술이 새파래지든가 안 좋아 보이면 일을 거두고 들어가게 해. 물질하다 '해파리 철수' '시체 철수'라고 하며 긴급히 철수시킬 때도 있어. 때로 시체가 조류에 실려 오면 이를 처리하는 것도 대상군의 몫이야. 대상군은 시체를 찾을 때 능력을 발휘하지. 익사자가 생기면 임산부나 약한 사람은 먼저 철수시키고 상군 해녀들과 시체를 수색해. 시체가 있으면 부근 바닷물은 우윳빛으로 변하고 반점이 생기지. 그날 못 찾으면 지난밤의 바람 속도와 조류를 계산하여 찾아내지."

토끼섬(천연기념물 제19호)이 지척으로 다가온다. 해안에서 50m 정도 떨어진 토끼섬, 바위로 둘러싸인 섬 안쪽 모래땅에 문주란 군락이 형성되어 있다. 우리나라에서 유일하게 문주란 자생지다. 문주란은 1m 이상 자라는 다년생 상록 초본으로 꽃은 흰색, 7~9월에 피는 열대성 해안식물이다.

바다 건너 우도의 소가 고개를 들고 꼬리를 흔든다. 소같이 묵묵히 걸어가는 올레자에게 경의를 표하는 듯하다. 하도리와 종달리 사이의 앞바다에서 바라보는 우도의 모습은 우도팔경의 제5경인 전포망도(前浦望島)다. 섬의 앞바다에서 섬을 바라본다는 뜻이니, 바다에서 우도를 바라보는 광경이다. 동쪽으로 우두봉이 솟아있고 서쪽 기슭을 따라 평평하게 섬의 중앙부가 이어진다. 섬의 서쪽부는 수평선과 합쳐져 바다로 잠긴다. 영락없이 소가 누워있는 형상이다.

백사장이 넓은 하도해수욕장에 이른다. 비 오는 제주의 겨울 해변, 인적은 없고 바람소리 파도소리 빗소리로 가득하다. 하도리해변의 맞은 편, 제주 최대의 철새도래지로 유명한 습지에 겨울철새들이 모여 있고 모래밭에는 수많은 갈매기가 모여 대칭을 이루고 있다. 갈대밭에는 한 무리의 철새들이 하늘을 향해 솟아오르고, 바다에는 갈매기 무리가 파도를 타고 빗속을 유영한다.

지미봉이 두 개의 봉우리로 이어져 나타난다. 여기에서는 두 봉우리이지만 반대편 종달리에서는 원뿔 모양의 하나의 봉우리다. 올레1코스의 시작인 말미오름과 올레21코스의 지미오름이 사이좋게 다가온다. 겨울날의 한적한 습지를 지나서 지미오름으로 나아간다. 오르지 않고 우회하는 길이 있지만 나무계단으로 잘 만들어진 탐방로를 따라 올라간다. 해발 166㎡의 정상까지 지그재그가 아니라 일직선으로 곧장 올라가니 땀이 맺힌다. 잘 조성된 전망대에서 구름에 뒤덮인 제주 동부지역의 성산일출봉, 우도, 식산봉, 김녕해변이 파노라마처럼 펼쳐진다. 구름 뒤에 숨은 한라산, 한라산 신선들이 백록을 타고 구름 속을 노닐고 있다.

　'지미망(指尾望)'이라는 봉수대가 있었던 지미오름(只未岳), 구좌읍 종달리 북동쪽에 있는 가파르게 경사진 오름이다. 제주의 땅 끝에 있는 봉우리라 지미봉(地尾峯)이라 불리는데, 한라산 기생화산 368개 오름의 물결이 여기에서 끝이 난다. 말굽형 굼부리가 북쪽으로 벌어져 있으며 돌담 둘린 밭들이 옹기종기 모여 있고, 굼부리의 일부지역은 풀밭을 이루지만 대부분은 활엽수가 우거져 있다.

　제주의 마지막 오름에서 내려와 올레1코스에서 만났던 종달리로 간다. 자유인이 자유를 누리며 자유롭게 나아간다. 자유(自由)는 스스로(自) 말미암은(由) 길을 걸어가는 것, 주어진 소명을 따라 사는 것이다. 알맞은 정도의 소유는 인간을 자유롭게 한다. 도를 넘어선 소유는 소유가 주인이 되고 소유자는 노예가 된다. 사람들은 자유를 위해 일을 하다가 자유를 잃는다. 자유하려면 자족하고 욕심을 줄여야 한다. 욕심을 줄이면 일이 줄어든다. 생사사생(生事事生) 생사사생(省事事省)이다. 만들면 자꾸 생기고 줄이면 저절로 없어진다. 생각을 줄이고, 걱정을 줄이고, 욕심을 줄이고, 일을 줄이고, 말을 줄이고, 근심을 줄이고, 즐거움을 줄이고, 기쁨을 줄이고, 노여움을 줄이고, 좋아하고 싫어함을 줄인다. 모든 것을 받아주는 바다에 헛된 욕망의 사슬을 던져버리고 '나는 자유인이다!'를 외치면서 자유로운 걸음으로 자유롭게 나아간다.

'끝에 도달한 마을'이라는 뜻의 종달리(終達里), 드디어 올레의 끝 마을에 도달했다. 제주의 오랜 전통을 고이 간직한 종달마을을 지나서 해맞이 해안도로로 들어선다. 수많은 갈매기 떼가 하늘과 바다에서 춤을 추며 개선장군을 환호한다. 우쭐우쭐, 의기양양, 기세등등, 보무당당한 모습으로 걸어간다.

시흥리에서 시작한 제주 올레가 26개의 코스를 거치며 제주섬을 한 바퀴 돌아 마침내 종달리의 종점 종달바당에서 종지부를 찍는다. '왔노라! 보았노라! 이겼노라!' 대신 '시작했노라! 걸었노라! 도착했노라!'를 외치며 드디어 제주 올레 21코스의 종점 종달바당에 도착했다. 하늘에서는 연신 축하의 샴페인을 터트려 비가 내린다. 바다에서는 갈매기들이 바람을 타고 환호하며 춤을 춘다. 땅에서는 올레길을 종주한 올레자가 두 팔을 높이 들고 탄성을 지른다. "아, 드디어 도착했다!"

끝이 좋아야 다 좋다! 셰익스피어는 'All is well that ends well!'이라 외친다. 물망초일념(勿忘初一念)이라, 처음처럼 첫 마음을 끝까지 잊지 않았고 잃지 않았다. 첫 한걸음의 시작은 미약했으나 21코스 마지막 발걸음은 심히 창대하다. 새해를 결심하며 나섰던 길 위에서 작심삼일, 용두사미 하지 않고 초지일관했다. 유시유종으로 유종의

미, 아름다운 마무리를 했다. 탐라할망과 정겹게 가벼운 포옹을 나눈다.

"탐라할망, 폭삭 속았수다!"

행복했다. 심장에는 뜨거운 피가 솟구치고, 온몸에는 땀이 흐르고, 머리에는 빗물이 흐르고, 눈가에는 따뜻한 물기가 흘러내린다. 피와 땀과 눈물의 3대 액체! 열정의 피, 노력의 땀, 정성의 눈물이 비가 되어 흘러내린다. 피 끓는 열정으로 땀 흘려 노력해서 눈물로 성취의 감동을 맛본다. 이제 또 어디로 가지? 길은 길에 연하여 있으니 나그네 길을 가야지. 제주 올레에 비가 내린다. 세차게, 더욱 세차게 내린다.

영실기암 – 아, 한라산! 2

📍 **5개 코스** 64.9㎞

성판악-영실-어리목-돈내코-어승생악

    등산의 기쁨은 정상에 올랐을 때 가장 크다. 그러나 내게 있어 최상의 기쁨은 험악한 산을 올라가는 과정에 있다. 길이 험하면 험할수록 가슴이 뛴다. 인생에 있어서 고난이 자취를 감추었을 때를 생각해 보면 그 이상 삭막한 것이 없다. 삶이 있는 곳에 의지가 있다. 그러나 그 의지는 삶에의 의지가 아니라 생존하려는 의지이다. 사람은 곧바로 날 수는 없다. 날기를 원하는 사람은 우선 기고, 서고, 걷고, 달리고, 오르고, 춤추는 것을 배워야 한다. 얼마나 깊이 고뇌할 수 있는가가 인간의 위치를 결정짓는다. 신에도 강하고 악에도 강한 것이 가장 강력한 힘이다. 오늘 가장 좋게 웃는 자는 역시 최후에도 웃을 것이다. 아무 것도 버릴 수 없는 자는 아무 것도 느낄 수 없다. 운명아! 비켜라, 하며 용기 있게 나아간다.

요산요수(樂山樂水)라, 산수경치를 좋아하지 않을 자 누구인가. 어진 자는 의리에 밝고 산 같아 중후하여 쉽게 흔들리지 않고, 지혜로운 자는 사리에 통달하여 물과 같이 막힘이 없다. 그래서 상선약수(上善若水), 최상의 선은 물이라 하지 않는가. 바다는 모든 물의 어머니요 생명의 근원이다. 성서에는 천지창조의 첫날 빛이 있었고, 둘째 날 창공이, 셋째 날에는 바다와 땅이 태어났다. 제주의 바다에서 솟아난 설문대할망이 바다의 흙과 돌을 쌓아 만든 한라산, 그때 구멍 뚫린 치맛자락에서 흘러내린 토석(土石)이 오름이 되었다니, 제주의 어머니는 결국 바다가 아닌가. 모든 물을 받아 '바다'가 된 바다, 제주 바다가 낳은 은하수까지 높이 이르는 한라산으로, 영실로 간다.

2016년 3월 1일 구름 한 점 없는 쾌청한 날씨, 영실코스가 눈꽃 만발한 설국(雪國)이 되었다. 전날 산행 예정이었는데 대설특보와 강풍주의보로 입산이 통제되었으니, 나의 가는 길을 오직 하늘이 아시나니 오늘 눈꽃산행을 예비하는 하늘의 뜻이었다. 영실코스는 한라산 코스 중 가장 짧으면서 가장 아름다운 구간으로, 영실휴게소에서 영실계곡, 병풍바위 정상, 윗세오름 대피소를 지나서 남벽분기점에 이른다. 전날의 눈으로 해발 1,000m의 영실탐방안내소에 차를 세워두고 2.4km를 걸어서 영실휴게소에 도착한다. 따뜻한 커피 한 잔으로 속을 데운 후 아이젠과 스패츠를 착용한다.

오늘도 소녀같이 해맑은 미소를 짓고 탐라할망이 앞서 걸어간다. 제2회 아름다운 숲 전국대회에서 '22세기를 위해 보전해야 할 아름다운 숲'으로 선정되어 우수상을 수상한 소나무숲길, 하얀 눈 위에 숲을 이룬 푸르른 소나무들이 절개를 지키는 선비들의 기상으로 다가온다. 숲길을 지나자 시야가 훤히 트이고 하얀 절경이 펼쳐진다. 한 걸음 한 걸음 천국으로 올라가는 계단, 형용할 수 없는 천상의 화원이 펼쳐진다. 가파른 경사로를 올라서니 삐죽삐죽 줄지어 서 있는 하얀 병풍바위가 탄성을 자아낸다.

"할망, 눈으로 덮인 이 절경이 참으로 대단해요! 천국인들 과연 이렇게 아름다울까요?"

탐라할망은 가벼운 미소로 한 술 더 뜨신다.

"나 같은 천사할망과 눈 덮인 절경의 한라산을 오르니 지상이 곧 천국이라, 천시와 지리, 인화를 다 갖추었네."

병풍바위 능선에 오른다. 서쪽으로 칠십리 해안과 태평양의 망망대해, 산방산, 송악산, 수월봉과 차귀도가 파노라마처럼 펼쳐진다. 인생도 산도 7부, 8부 능선이 재미있다. 골짜기에서부터 걸어온 힘든 여정을 돌아보고, 좌우의 탁 트인 시야, 눈앞에 보이는 정상을 향해 올라가는 발길은 놀이가 되어 여유롭고 운치가 있다.

제주도 남서쪽을 바라보는 시각적인 카타르시스를 느낀다. 정상을 향한 독주가 아니라면 영실코스는 한라산 절경의 백미를 제대로 즐길 수 있다. 해발 1,600m에 위치한 관능적인 영실기암이 약 250m의 수직암벽으로 위용을 보이고 오백장군의 범상한 기운이 스쳐가며 신비감을 더한다.

"어머니인 설문대할망이 가마솥에 죽을 끓이다가 실수로 빠져 죽은 줄도 모르고 맛있게 죽을 먹은 499명의 아들은 기암이 되고, 마지막에 어머니의 뼈를 보고 이를 알고 죽을 먹지 않은 막내는 차귀도로 가서 바위가 되었다는 오백장군의 전설을 이야기해주세요."

"옛 제주에 설문대할망과 오백 아들이 있었지. 흉년이 들어 끼니를 잇기 어려운 어느 날 할망은 양식을 구하러 나간 아들들이 돌아올 때가 되어 큰 가마솥에 죽을 만들기 시작했어. 오백 명 아들의 음식이 담긴 솥이니 그 솥의 크기가 아주 커서 할망은 주걱을 들고 이리저리 옮겨 다니며 휘저었는데, 그만 발을 헛디디어 솥에 빠져 죽고 말았지. 해가 저물어 아들들이 집으로 돌아왔는데 평소 반겨주던 어머니는 없고 죽만 펄펄 끓고 있었지. 어머니는 금방 들어오시겠지, 하다가 배고픈 아들들은 허겁지겁 먼저 죽을 먹었어. 그런데, 그 맛이 평소와 달리 기가 막혔어. 막내가 순서가 되어 국자로 죽을 펐는데, 그 속에 사람의 뼈가 있는 게 아니겠어? 깜짝 놀란 막내는 모든 뼈다귀를 건져내어 맞춰보고는 그것이 어머니의 뼈라는 사실을 알았지.

막내는 형들을 원망하면서 한라산 서쪽으로 울부짖으며 달리고 또 달렸어. 한경면 고산리 차귀도까지 달려가 끝없이 통곡을 하던 막내는 결국 바위가 되어 버렸지. 그 돌이 차귀도의 장군석이야. 그때야 비로소 형들도 어머니가 솥에 빠져 죽은 사실을 알고는 역시 고통스러움에 몸을 비틀며 통곡하다가 모두 바위로 굳어 버렸지. 그렇게 변한 바위가 저 영실기암이야. 오늘은 모두 하얀 소복을 입었네."

"그런데 왜 그 불효한 아들들을 오백장군이라고 하지요?"

"비록 지금 눈에 덮여 있지만 저 형상이 억센 장군같이 생겼지 않은가? 백호 임제가 한라산을 등반하면서 영실기암을 구경하고 중국

전국시대의 전횡과 그 일행 오백 명에 대한 시를 〈남명소승〉이라는
여행기에 남겼는데, 이것이 시간이 흐르면서 오백장군이라는 이름으
로 굳어지고 민간에 전승되었다고 보고 있어. 죽을 끓인 여인이 어
머니에서 설문대할망으로 바뀐 오백장군 설화는 한 마디로 효(孝)를
강조하는 이야기야."

한라산 최초의 등반기는 백호 임제(1549~1587)가 쓴 〈남명소승(南溟
小乘)〉이다. 1577년, 29세의 나이로 과거에 급제한 임제는 그 소식을
제주목사로 부임한 부친 임진에게 전하려고 제주에 왔다. 섬 안의
노정과 풍물을 관광하면서 일기체 기행문을 쓴 임제는 이때 한라산
을 등반하고 '남쪽바다 산을 오른 작은 글'이라는 뜻의 〈남명소승〉
을 남긴 것이다.

제주로 가는 길에 임금이 내려준 어사화 두 송이와 거문고 한 벌,
그리고 보검(寶劍) 한 자루만 들고 간 임제, 얼마나 낭만적인가. 낭만
과 풍류에서 조선시대 으뜸가는 인물이었던 임제는 35세 때 서도병
마사에 임명되어 임지로 가는 길에 송도에 있는 황진이의 무덤을 찾
아가 술상을 차려놓고 제사 지내며 시를 읊었다.

"청초(青草) 우거진 골에 자느냐 누웠느냐/ 홍안(紅顏)은 어디 두고 백
골만 묻혔느냐/ 잔 받아 권할 이 없으니 그를 서러워하노라."

기생의 무덤에 잔을 올린 임제는 임지에 노착하기도 전에 파직을
당했다. 임제는 호걸이었다. 어느 날 임제가 말을 타려는데 하인이
나서며 말했다.
"나으리! 가죽신과 나막신을 한 짝씩 신으셨습니다."

조선 제일의 풍류가객답게 임제는 호방하게 답했다.

"이놈아! 길 오른 편에 있는 자는 날더러 가죽신을 신었다 할 터이고, 왼편에 있는 자는 나막신을 신었다 할 터인데 무슨 문제란 말이냐?"

자기편만 옳다고 하는 당파싸움을 개탄하며 10년 간의 관직 생활 끝에 벼슬에서 물러난 임제는 명산을 찾아다니며 여생을 보내다가 39세에 죽었다. 죽을 때 자식들이 슬피 울자 "사해(四海)의 여러 나라는 모두 황제국으로 칭했지만 오직 우리나라만 예로부터 끝내 황제국으로 칭하지 못했다. 이런 누추한 나라에서 태어났으니 그 죽음은 슬퍼할 가치가 없으니 통곡하지 말라" 했다고 이익은 성호사설에 전한다.

> 하계에선 흰 구름 높은 줄만 알고/ 흰 구름 위에 사람 있는 줄 모르겠지 (……)
> 가슴속 울끈 불끈 불평스러운 일들을/ 하늘 문을 두드리고 한번 씻어보리라.

존자암으로 올라온 7일 간의 한라산 등반기, 아래에서 한라산을 바라보면 백운으로 덮여 있었는데 지금은 자신이 흰 구름 위에 있음을 깨닫고 지은 백호 임제의 〈백운편白雲編〉이다. 임제가 〈남명소승〉에서 영실기암에 대해 남긴 전국시대 전횡 장군은 제나라가 망하고 유방의 한나라가 들어서자 자신을 따르는 오백 명의 무리와 함께 섬으로 들어갔다. 유방의 회유에도 불구하고 결국 자신과 따르는 무리 모두 자살로 생을 마무리했으니, 전횡은 중국에서 의로움의 상징적인 인물로 평가된다. 그 섬은 충남의 가장 서쪽에 있는 섬, 보령의 외연도. 중국 산동성에서 닭 우는 소리가 들린다는 외연도에는 전횡 장군을 추모하는 사당이 있다. 그때의 오백장군이다.

"그럼, 오백나한이라고 부르는 것은 왜 그렇지요?"
"기암괴석들이 하늘로 솟아 있는 모습이 석가여래가 설법하던 영산(靈山)과 흡사하다 하여 이곳을 영실(靈室)이라 부르고, 이곳의 석주가 빙 둘러쳐져 있는 형상이 마치 병풍을 쳐놓은 것 같다 하여 병풍바위라 부르는데, 이 바위들이 석가여래의 설법을 경청하는 불제자들의 모습과 비슷하다 하여 오백나한이라 하지. 오백나한은 불교에서 말하는 '오백 명의 아라한'으로 이들은 윤회를 벗어난 최고의 경지를 이룬 성자들이야. 한국·중국·일본 등의 불교에서 오백나한은 특별한 신앙의 대상이지."

눈꽃으로 덮인 겨울 한라산의 구상나무 군락지를 지나간다. 세계 최대 군락을 이룬 구상나무 숲의 푸른 잎이 하얀 눈꽃으로 변했다. 상고대 숲이 간간이 터널을 이룬다. 눈길이 편안히 열리며 백록담 서벽 아래 산상의 정원이라 불리는 평야지대 선작지왓이 나타난다. 하얗게 눈으로 덮인 선작지왓의 설원 풍경에 넋을 잃고 걸어간다. 한 겨울이 만들어 보이는 그대로의 눈 풍경, 아름다운 설경이다. 눈은 모든 존재를 새하얗게 만드는 무의 존재이기도 하고 백색 가득한 유의 풍경이기도 하다. 겨울철 한국의 대표석인 설경으로 영실만한 곳이 어디 있을까, 아름다운 길이다. 눈이 시릴 정도로 아름다운 새하얀 눈꽃이 곱게 핀 설국 한라산, 눈부신 설원이 아름답다는 말로는 표현이 부족한 환상적인 모습이다. 순백의 눈덩이가 기암괴석을 덮고, 파란 하늘과 하얀 설원이 경이롭게 대조를 이룬다. 그 속에서 봄이면 철쭉꽃으로 이루어진 천상의 붉은 화원이 스쳐간다.

영실휴게소에서 3.7㎞, 해발 1700m 윗세오름대피소에 도착한다. 윗세오름은 크고 작은 오름 세 개가 연달아 이어져 있는데, 제일 위쪽에 있는 큰 오름을 붉은오름(1,740m), 가운데 있는 오름을 누운오름(1,711m), 아래쪽에 있는 오름을 족은오름(1,699m)이라 한다. 어리목코스에서 올라와도 대피소에서 만난다.

따뜻한 컵라면의 인기로 대피소가 만원이다. 컵라면을 들고 속을 데우며 눈밭에 앉아서 하늘을 바라본다. 기온은 차지만 바람이 없고 맑은 날씨, 눈밭에서 여유를 부릴 수 있는 행운, 세상은 정말 살만한 무대요, 살아 있다는 것은 진정 축복이다. 1988년 8월 신혼여행으로 제주에 와서 영실에서 남벽으로 정상에 올랐다가 어리목으로 하산했던 아름다운 추억이 스쳐간다.

"할망, 배낭 메고 한라산 등산 오는 정신 나간 신혼부부 혹시 본 적 있으세요?"

"신혼여행을? 아니."

"신부도 장모도 '평생 한 번 가는 신혼여행, 고운 옷 입고 가야 한다'는 주장을 무시하고 올레자가 영실에서 이 길로 정상까지 올랐지요. 아주 특별한 추억이라 지금 생각해도 즐거워요. 그때만 해도 한라산을 찾는 사람들이 요즘처럼 많지 않았지요. 분화구를 한 바퀴 돌아 백록담에 내려가서 물에 손도 씻은 걸요. 그리고 어리목으로 하산했지요."

"30년 가까이 지났네. 강산이 세 번이나 바뀌었어. 지나온 세월 따라 올레자의 삶에도 많은 변화가 있었겠지?"

"그럼요. 서른 살에서 예순 살 가까이 나이도 먹고, 아이 셋 얻은 대신 부모님 세상 떠나시고, 세상 이별한 형제들도 있고……. 때로는 인생이 참 무상하다는 생각이 들어요."

"살아온 세월, 잘 한 일이 많을까, 후회스러운 일이 많을까?"

"후회스럽고 아쉬운 순간들도 있지만 누구보다 열심히 살았다, 그렇게 생각해요. 인생행로, 오르고 내리고, 땀 흘리다 쉬어가고, 그러다 보니 어느덧 정상을 앞에 두고 윗세오름대피소 마냥 능선에 이르렀네요."

정상을 눈앞에 두고 서벽을 바라보며 남벽을 향해 발걸음을 옮긴다. 남벽분기점까지는 2.1㎞, 한 시간 가량 소요된다. 하얀 눈으로 덮여 있는 한라산, 눈이 허벅지까지 푹푹 빠지는 한라산, 하얀 자태로 관능미를 자랑하는 한라산, 유려함과 부드러움으로 여성미를 느끼게 하는 한라산, 서벽에서 남벽으로 펼쳐지는 웅장한 모습의 한라산, 그 한라산의 진면목을 맛보며 올레자가 설산 산행의 즐거움을 만끽한다.

위용을 자랑하는 한라산 남벽 앞에 섰다. '죽느냐 사느냐 그것이 문제로다!' 하듯 이제 돈내코로 내려갈 것인가, 다시 영실로 돌아갈 것인가, 그것이 문제로다. 원점회귀 산행의 아쉬움이 밀려왔지만 발걸음을 돌린다. 아쉬움도 잠시, 돌아가는 길가에 새로운 설원의 세계가 펼쳐진다. 돈내코로 내려갔으면 보지 못할 귀환길의 설국, 일체유심조라, 천국도 지옥도 결국 자신의 마음에 있다. '내려올 때 보았네 올라갈 때 못 본 그 꽃'을 노래하며 행복감에 젖는다.

맑고 푸른 하늘, 태양이 타오르고 설산은 빛나는데 나무는 누가 초상을 당했는지 뚝뚝 눈물을 흘린다. 따사로운 햇살아래 어느덧 눈이 녹아내린다. 탁 트인 제주 서쪽의 장엄한 파노라마가, 올레자의 낭만이 아름답게 펼쳐진다. 호시우행이라, 한 장면이라도 놓치지 않겠다는 호랑이의 눈빛, 한 걸음이라도 헛되이 내딛지 않겠다는 우직한 황소의 걸음으로 천천히, 아주 천천히 하산길에서 영실의 절정을 맛본다. 다시 영실탐방안내소, 왕복 16.4㎞의 환상적인 설국산행은 끝났다. 설문대할망이 빚은 최고의 걸작품, 한라산이 준 최고의 선물이었다.

다시 찾은 2016년 4월 30일 성판악코스, 맑고 고운 하늘의 구름 한 점 없는 청명한 날씨, 탐라할망이 미소 짓는다.

"오늘은 봄나들이네."
"날씨 정말 좋아요."

따사로운 봄기운이 밀려온다. 우거진 서어나무 등 활엽수 사이로 삼림욕을 하며 걸어간다. 봄의 한라산 숲길, 오늘도 백록담을 볼 수 있을 거라는 기대, 진달래밭 대피소에서 만날 진달래의 향연, 368개 오름 가운데 가장 높은 오름인 사라오름과의 만남을 기대하며 발걸음을 옮긴다.

공기는 상쾌하고 기분은 유쾌하고 발걸음은 경쾌하다. 예로부터 삼신산의 하나로 영주산이라 불리던 한라산의 기운이 온몸에 통쾌하게 느껴진다. 영주산은 한라산의 옛 이름이다. 신선이 산다는 삼신산(三神山)이 봉래산·방장산·영주산이다. 지금의 금강산·지리산·한라산을 가리키는데, 봉래산을 더 이상 금강산으로, 지리산을 더 이상 방장산으로 부르지 않듯이 한라산도 더 이상 영주산이라 하지 않는다.

삼신산에는 신선 말고도 사람이 먹으면 불로장생한다는 불사약(不死藥)이 있었으니 금강산은 녹용, 지리산은 인삼, 한라산은 영지버섯이 각 산을 대표하는 불사약이었다. 영지가 많은 산이어서 '영지산'이었다가 영주산이 되었다는 이야기가 전해진다.

한라산은 1966년 10월 12일에 천연기념물 제182호(한라산천연보호구역)로 지정됐으니, 1962년 지정된 천연기념물 제1호 대구의 도동 측백나무 숲에서 시작하여 한라산은 182번째다.

성판악에서 5.8㎞ 지점의 사라오름과 백록담 갈림길, 사라오름은 하산하는 길에 오르기로 하고 백록담으로 향한다. 진달래밭대피소에 오르니 말 그대로 진달래 밭이다. 진달래가 사방 천지에 널려있고, 멀리 영실 방향의 산자락에도 온통 울긋불긋 진달래 향연이 펼쳐진다.

진달래는 우리 민족의 정서를 나타내 주는 꽃으로, 봄이 되면 산하의 도처에 피어있는 가장 낯익은 꽃이다. 이른 봄이면 여수의 영취산, 강화의 고려산, 대구의 비슬산 등 여러 산에서 진달래 축제가 벌어진다. 한라산의 철쭉제는 진달래꽃의 축제이다. 진달래는 4월 초순경 잎이 나기 전, 가지 끝에서 꽃이 핀다. 참꽃이라고도 한다. 이른 봄에 화전을 만들어 먹거나 오미자나 꿀물에 진달래를 띄운 화채를 만들었고, 진달래술을 담그기도 한다. 꽃 해설사 탐라할망이 해설을 시작한다.

"진달래의 중국 이름은 두견화(杜鵑花)야. 두견새, 즉 소쩍새가 울기 시작할 때 꽃이 피기 때문에 붙여진 이름이지. 여기에는 슬픈 전설이 전해와. 촉나라의 망제 두우가 위나라에 망한 후, 다시 나라를 찾으려는 꿈을 이루지 못하고 죽어 그 넋이 두견새가 되었다고 해. 한 맺힌 두견새는 피를 토하며 울었는데, 그 피가 진달래 꽃잎에 떨어져 꽃잎이 붉게 물들었다고 하지. 촉나라로 돌아가고 싶었던 두우는 '귀촉(歸蜀)' '귀촉' 하며 피를 토하듯 운다고 하여 두견새를 귀촉도라고도 해. 봄이 되면 두견새는 더욱 슬피 울어 한 번 우는 소리에 진달래꽃이 한 송이씩 떨어진다고도 하지. 그래서 진달래술을 두견주라고도 해."

"연달래와 난달래는 뭐예요?"

"남도지방의 은어에는 어린 처녀를 일컬어 연달래라 하고, 성숙한 처녀는 진달래, 그리고 과년한 노처녀를 난달래라고 해. 이규태는 이것을 '진달래는 꽃의 빛깔이 달래꽃보다 진하다 하여 진달래, 꽃의 빛깔이 달래꽃보다 연하다 하여 연달래라 하며, 숙성한 처녀를 진달래, 시드는 여인을 난(蘭)달래라 불렀는데, 그것은 바로 그 나이 무렵의 젖꼭지 빛깔을 연달래, 진달래, 난달래의 꽃빛깔로 비유한 것이니 아름다운 외설이 아닐 수 없다'고 풀이했지. 그래서 소녀에게나 처녀에게 '난달래'라고 한다면 얼마나 커다란 놀림이 되겠어."

'나 보기가 역겨워 가실 때에는 말없이 고이 보내 드리오리다. 영변에 약산 진달래꽃 아름 따다 가실 길에 뿌리오리다……' 김소월의 진달래꽃을 노래하며 백록담을 향해 발걸음을 옮긴다. 가파른 오르막을 올라 숲에서 벗어나니 파란 하늘에 시야가 훤히 트인다. 서귀포가 지척이다. 발걸음이 가벼워진다. 한 계단 두 계단 계단길에서 콧노래가 절로 나온다. 인적이 드문 평일 오전, 한라산이, 한라산에서 바라보는 풍광이 온전히 나만의 것이다. 인생은 누리는 자의 것, 한라산에서 청복을 누리며 한라산을 만끽하고 인생을 만끽한다. 산을 알고 산을 좋아하고 산을 즐기며 살아가는 범부의 인생, 알기만 하지 말고 좋아하고, 좋아하기만 하지 말고 즐기라는 지호락(知好樂)의 멋이 극치를 이룬다.

백록담이 반겨준다. 찬바람이 쌩쌩 불어오는 백록담은 아직도 겨울이다. 녹담만설, 하얀 사슴은 어딜 가고 물이 새하얗게 얼어 있다. 〈신증동국여지승람〉에서는 '한라산은 주 남쪽 20리에 있는 진산이다. 한라라고 말하는 것은 '은하수를 끌어당길만하기' 때문이다. 혹은 두무악이라 하니 봉우리마다 평평하기 때문이요, 혹은 원산이라고 하니 높고 둥글기 때문이다. 그 산꼭대기에 큰 못이 있는데 사람이 떠들면 구름과 안개가 일어나서 지적을 분별할 수 없다. 5월에도 눈이 있고 털옷을 입어야 한다.'라고 했다. 1767년 제주에 귀양 왔다가 두 달 만에 풀려난 임관주(1732~?)는 한라산에 올라 한시를 남겼다. '망망한 창해 드넓은데/ 한라 봉우리 떠 있구나/ 백록을 탄 신선 기다리는데/ 난 오늘에야 정상에 올랐네.'

새해 첫날의 감동이 다시 밀려온다. 푸르고 푸른 하늘, 구름 한 점 없는 하늘이다. 천지사방이 장쾌하게 훤히 보이고 먼 남쪽의 푸른 바다 수평선(水平線)과 푸른 하늘 천평선(天平線)이 만나 경계가 없이 오묘하게 하나로 이어졌다. 태산의 호연지기를 한라산 호연지기에 비길쏜가. 1월 1일에는 '한라산 소주'로 정상주를 마시는 기쁨을, 오늘은 '제주막걸리'로 정상의 운치를 즐긴다.

하산길, 성판악탐방로 5.8㎞ 지점에서 사라오름(1324m)으로 향한다. 한라산국립공원 내에 있는 오름 49개 가운데 2010년 처음으로 개방된 곳, 오름까지 가는 길은 나무 탐방로로 잘 다듬어져 있어서 걷기에 편리하다. 사라전망대까지는 600㎙로 가깝지만 백록담 산행으로 지친 발길들이 쉽게 향하지 않는다. 고진감래(苦盡甘來)라, 피 끓는 용기와 땀나는 노력과 눈물의 정성에는 아름다운 결과와 보상이 따른다. 시야를 가리던 나무 사이로 넓은 호수가 눈에 들어온다. 순간, 와! 하는 감탄사가 절로 나온다. 거친 숨결에 이어 환희와 찬사, 백록담 턱밑에 작은 백록담이 펼쳐진다. 아름다운 한 폭의 그림이 펼쳐진다. 둘레 2481㎙로 세숫대야처럼 생긴 분화구에 물이 고여 산정호수의 멋을 더한다. 비가 많이 온 다음날이나 장마철이면 한라산을 맑게 투영하여 하늘호수로도 불리는 사라오름, 368개의 오름 가운데 물이 있는 9개의 중에 하나다.

산정호수의 나무 탐방로를 따라 걸어간다. 노루 한 마리가 시야에 들어온다. 물을 마시다가 쳐다보며 경계를 한다. 잠시 걸음을 멈추고 지켜본다. 물을 다 마신 노루는 손님을 힐끗 돌아보고 유유히 숲으로 사라진다. 호수의 주인에게 경의를 표한다.

전망대에서는 또 다른 아름다운 장관이 펼쳐진다. 저 멀리 태평양 바다, 지척에는 서귀포시, 오른쪽으로 고개를 돌리면 한라산 정상, 왼쪽으로는 한라산의 물결이 흘러내린다. 제주의 풍경이 파노라마처럼 펼쳐진다. 험난한 성널오름(성판악)과 논고악 등의 오름 농생들이 귀엽게 자리하고 있다. 오름해설사 할망이다.

"사라오름의 '사라(紗羅)'는 '지는 해가 고와 마치 비단을 펼쳐놓은 듯하다'라고 해서 붙여진 이름이야. '사려니오름'의 '사려니'에는 신성하다는 뜻이 있는데, 사라오름의 사라, 제주시의 사라봉(紗羅峰)도 모두 같은 맥락이지. 겨울날의 산정호수에는 또 다른 설국의 모습이 펼쳐져. 호수에 물이 있을 때면 물이 꽁꽁 얼어붙는데 그 위 하얀 눈이 쌓여서 절경이지. 눈이 내리기 전에 물이 모두 마르면 드넓은 굼부리가 나타나고, 하얀 눈이 그 위에 내려 굼부리와 주변 나무들은 설국을 개벽해 장관이야."

탐라할망의 스토리텔링에 짬뽕을 먹으면 짜장면이 그리워진다고 하던가, 겨울날의 설국을 기대하며 사라오름에서 내려온다.

성판악탐방안내소, '한라산등정인증서'를 받았다. '아는 만큼 보이고, 아는 게 힘'이라 했건만 1월 1일 일출 산행 때는 인증서 발급을 해주는 줄 몰라서 못 받았다. 지금 해 달라고 웃으며 졸랐으나 규정상 소급해서는 안 된다고 한다.

"귀하는 UNESCO 세계자연유산, 생물권보전지역, 세계지질공원인 대한민국에서 가장 높은 해발 1,950m의 한라산 정상을 등정하였음을 인증합니다."

오늘 한라산을 등정한 7번째 산악인임을 인증하는 한라산국립공원관리소장의 인증서를 들고 성취감에 젖는다. 구일신일일신우일신이다.

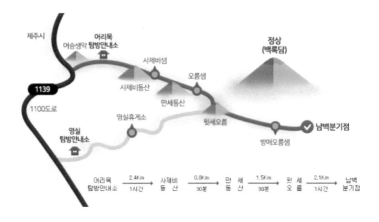

　2017년 2월 16일, 어리목탐방로 구간을 향해 길을 나선다. 급경사가 적고 계단이 많지 않아 한라산 등반 5개 코스 중 가장 부담 없이 오를 수 있다. 해발 970m의 탐방안내소에서 북쪽의 어승생악(1,169m)을 다녀와서, 탐방안내소에서 다시 시작하여 어리목계곡을 거쳐 만세동산(1,606m), 윗세오름대피소(1,700m), 남벽순환로를 지나서 남벽분기점(1,600m)으로 이어지는 산행이다. 어리목코스는 반은 숲길이고 반은 시야가 확 트이는 평야가 펼쳐진다.

　맑고 깨끗한 아침, 하늘이 쾌청하다. 어제 제주에 도착해 점심 식사를 위해 음식점에 갔을 때 주인은, '축복 받았습니다. 이렇게 좋은 날씨는 구경하기 어렵습니다.'라고 했는데 오늘 또한 축복받은 날씨다. 출발하기 전날까지 제주의 날씨는 강풍과 폭설로 요란스러웠다.

　국내에서 가장 높은 곳에 위치한 1100고지 휴게소에 도착한다. 제주시와 중문을 연결하는 한라산 어깨를 넘는 1100도로에 있는 흰 사슴과 고상돈 동상이 하얗게 눈으로 덮여 있다. 맞은편에는 1100고지 습지자리가 있다. 2009년 람사르습지로 등록된 이곳은 희귀한 유형의 습지로 한라산의 고유 식물들과 천연기념물인 황조롱이 두

건을 볼 수 있다

어리목탐방안내소, 주차장이 한산하다. 사람도, 차도 없고 곳곳에 눈이 가득하게 쌓여 있다. 어승생악으로 이동한다. 시작부터 빙판이다. 아이젠을 착용하는데 아이젠의 발톱을 연결하는 고무줄이 낡아서 끊어진다. 정들었던 아이젠의 반항이다. 새해 들어 새 등산화로 첫 산행, 10년 이상 함께해 온 아이젠은 자신만 혹사시키는 데 대한 시위를 한다. 미안함과 고마움이 교차하며 그래도 아이젠 없이 겨울 산행은 위험천만, 궁리 끝에 임시방편으로 검은 비닐봉지로 고무줄을 연결한다. 그런 대로 괜찮았다. 올레종주와 히말라야 등반으로 지난해 사용하던 등산화는 예전의 다른 등산화와 마찬가지로 역사 속으로, 고향집 안동의 박물관으로 들어갔다. 개인 박물관에는 갖가지 물건들이 지나온 날들의 추억을 자아낸다. 함께 걸었던 길 위의 사연들을 안고 제각각 고이 모셔져 있다.

조릿대가 지천에 널려있는 가파른 오르막의 눈 덮인 나무계단을 따라 1.3㎞ 약 30분 거리, 어승생악 정상에 올랐다. 아래로 둘레 약 250m의 분화구가 자리하고 있다. 비가 오면 물이 고여 마치 작은 백록담을 보는 듯하다. 사라오름, 물찻오름 등과 더불어 분화구에 비가 오면 물이 고이는 9개의 오름 중에 해당한다. 남쪽에는 어리목탐방센터가 보이고, 한라산이 지척이다. 서쪽으로는 오름의 물결들이, 북쪽으로는 제주시가 한 눈에 들어온다. 한라산을 병풍삼아 바라보는 제주해안의 광활한 모습이 가히 장관이다. 세계 2차대전 말기에 제주도를 본토 수호의 마지막 결전지로 삼고 일제가 설치한 군사시설인 동굴진지가 철거되지 않고 역사의 상흔을 보여준다.

"어승생악(御乘生岳)이란 이름이 특이한 게 사연이 있는 것 같아요."

"우와, 이젠 감각이 대단하네! 정조 임금 때 이 오름 밑에서 용마(龍馬)가 탄생하였는데 당시 제주목사가 이를 왕에게 봉납(奉納)하였다 하여 '임금님에게 바치는 말'이란 의미로 어승생이란 이름을 가지게 되었어. 제주의 땅 이름에는 탐라의 서정이 듬뿍 들어있지. 어승생·어리목·성판악·돈내코·외돌개·종달리·빌레못 등 뜻은 별도로 하고 듣기만 해도 섬나라의 풍광과 서정이 절로 일어나는 이름이 많아. 어승생악(1,169m)은 어승생오름이라고도 하는데, 작은 한라산이라 불러. 맑은 날이면 추자도의 꼭대기가 보이고 보길도, 노화도가 보이지. 오늘은 바다에 구름이 많이 있어 보이지가 않네."

푸른 하늘 저 멀리 남서쪽 바다에서 먹구름이 밀려온다. 까마귀 떼들이 날아오른다. 하산길, 까마귀들과 길동무를 하며 어리목탐방로로 돌아와서 다시 한라산 산행을 시작한다. 어리목은 '어리+목'의 구성으로, '어리'는 '어름'의 변음이고, '목'은 통로 가운데 다른 곳으로 빠져나갈 수 없는 중요하고 좁은 곳이다. 어리목코스는 정상에 이를 수는 없지만 영실코스와 더불어 한라산에서 가장 인기 있는 산행코스다. 윗세오름까지 4.7㎞로 2시간가량 소요된다. 어리목광장에서 어리목계곡을 건너 사제비동산까지 급경사를 오른 뒤 만세동산을 가로질러 윗세오름에 이른다.

탐방로입구를 지나는데 졸병들이 줄을 서서 상관을 맞이하듯 졸참나무가 도열해 있고, 연리지 사랑나무가 사랑의 맹세로 포옹을 하고 있다. 백거이가 '장한가'에서 '연리지와 비익조'를 노래했던 당 현종과 양귀비의 로맨스가 떠오른다.

"칠월 칠일 장생전에서/ 깊은 밤 사람 없어 다정히 말씀하실 때/

하늘에서는 비익조 되고/ 땅에서는 연리지 되자 하셨죠./ 하늘과 땅이 길고 영원해도 그 끝이 있지만/ 이 한은 길고 길어 그 끝을 알 수 없네요."라고 했건만 현종은 양귀비를 자결케 한다.

어리목 계곡에 설치된 목교를 지나서 새들의 서식처요 동물들의 은신처인 한라산 숲을 지나간다. 나무 위에는 겨우살이가 한겨울 제철을 만나 자태를 뽐낸다. 겨우살이나 노간주나무는 새에게 달디단 열매를 먹이면서 그 주머니 속에 웅크린 달짝지근한 '소화되지 않는' 씨앗들도 함께 삼키도록 한다. 그러면 새들은 싹틔울 준비가 되어있는 뱃속 씨앗들을 멀리 떨어진 곳에 배설해준다. 벌을 유인하는 꿀이 꽃에게는 아무 쓸모가 없는 것처럼 씨앗주머니의 달콤함도 씨앗 자체에는 아무 쓸모가 없다.

가장 수동적인 생물체인 식물도 인간 못지않은 욕망과 지혜를 갖춘 존재이다. 식물의 뿌리는 동물의 두뇌와 같은 역할을 한다. 꽃의 발아, 성장, 개화, 죽음은 인간의 삶과 운명에 다름이 없다 할 것이다. 지구상의 모든 동식물은 예외 없이 환경의 영향을 받으며 적응하고 저항하며 살아남는다. 가장 보잘 것 없는 들풀에게도 소리 없이 치열한 생존 경쟁이 일어나고, 5월의 여왕 장미도 하루하루 힘겨운 투쟁 속에서 삶을 이어가고 있다. 인간은 자연과 더불어 같은 우물을 사용하고 있으니 자연과 인간은 같은 세계에 속해 있다. 인간은 범접할 수 없는 신들과 어울려 살기보다는 자연의 뜻과 공존해 나가야 할 존재다.

세찬 바람이 불어온다. 구상나무군락에 이르자 지금까지와는 아주 다른 거친 날씨, 하늘에 온통 먹구름이 가득하다. 살아 천년 죽어 천년 구상나무가 묵묵히 바람을 견뎌낸다. 구상나무의 긴 수명에 비추어 인간의 삶과 죽음이 찰나로 느껴진다. 와각지쟁(蝸角之爭)이라, 촉씨의 나라와 만씨의 나라 전쟁이 달팽이뿔 위에서 치열하다. 부귀공명을 추구하며 달팽이뿔 위에서 아둥바둥 살아가는 자신의 모습은 아닌지 돌아본다.

사제비동산까지는 비교적 경사가 있고 이후는 완만한 길, 사제비동산 평원에 오르자 눈보라가 더욱 세차게 몰아친다. 구름 속으로 들어가자 시야가 흐려져 100m 앞을 볼 수 없다. 구름으로 덮인 한라산, 조릿대만 바람에 흔들리고 황무지가 설원의 평원을 이룬다. 2012년 담뱃불로 인해 산불이 났다는 안내판 위에 까마귀 한 마리가 얼어붙은 듯 앉아서 올레자를 바라본다. 자란 뒤 어미 까마귀에게 먹이를 가져다주어서 길러준 은혜를 갚는 반포효조(斑布孝鳥), 까마귀가 정겹게 다가온다.

해발 1300~1600m 한라산 평원에서 펼쳐지는 겨울 잔치가 장관이다. 추위로 손끝이 얼어붙는다. 아이젠이 다시 끊어졌다. 이번에는 다른 곳, 또 비닐봉지로 잇는다. 검은 비닐봉지의 대활약이다. 세상에는 쓸모없는 것이 없다. 사람도 미물도 모두가 존재 가치가 있다. '못생긴 나무가 산을 지킨다'고 장자는 '쓸모없음의 쓸모 있음'을 가르친다. 못 가르치고 못 배운 자식이 부모 곁에서 효도한다.

만세동산을 지나고 키 작은 관목들이 눈옷을 입고 세찬 바람과 추위에 떨고 있는 등산로를 걸어서 이윽고 윗세오름대피소에 도착한다. 대피소를 지척에 두고도 겨우 구름에 가린 대피소를 볼 수 있다. 컵라면으로 속을 데운다. 영실과 어리목, 돈내코에서 온 사람들로 발 디딜 틈이 없어 겨우 자리를 잡는다. 전쟁이다. 엄마가 심부름

시키면 안 할 텐데, 모두들 좋아서 사서하는 고생이다. 인생의 피가 되고 살이 되는, 건강한 육체에 건강한 정신이 깃드는 값진 경험이다. 눈물 젖은 빵, 눈물 젖은 컵라면을 먹어보지 않고 어찌 인생을, 어찌 한라산을 논하겠는가.

하산길, 사제비동산을 지나고 구상나무 숲을 지나간다. 바람과 구름은 거짓말같이 숨어버리고, 어승생악이 푸른 하늘 아래 웅장하게 자태를 나타낸다. 마주보고 있는 전혀 서로 다른 세상, 내가 보고 느낀다고 해서 세상이 꼭 그렇지만은 않다는 사실을 새삼 깨닫는다.

2017년 3월 16일, 돈내코탐방로 남벽분기점까지 7㎞, 돈내코코스로 산행을 한다. 해발 500m 탐방안내소에서 시작하여 살채기도, 평궤대피소(1,450m)를 거쳐 남벽분기점(1,600m)에 이르는 코스다. 남벽순환로에서 2.1㎞를 걸어 윗세오름, 다시 3.7㎞를 영실휴게소로 하산할 계획이다.

서귀포시의 공설 공동묘지를 지나서 돈내코 탐방로로 올라간다.

한라산 남벽 등반이나 한라산둘레길을 걷는 초입인 돈내코, 돈은 돼지를 의미하고 내는 하천을, 코는 입구를 뜻하니 '멧돼지들이 물을 먹었던 입구'라는 뜻이다. 한라산의 비경을 간직하고 있는 돈내코계곡은 양편이 푸르고 신비스러운 숲으로 울창하게 덮여 있어 주변의 경치가 매우 수려하다. 계곡 상류에는 원앙폭포가 사람을 향해 손짓하고 한라산에서 내려오는 얼음같이 차고 맑고 투명한 계곡물이 항상 흐른다. 음력 칠월 보름 백중날에 물을 맞으면 모든 신경통이 사라진다는 풍습이 있어 더욱 붐비는 곳, 입구에서 계곡까지 이어진 숲길은 삼나무가 빽빽이 들어서 있다. 벤치에 앉아 신선한 공기를 들이마시며 산책을 즐길 수 있다.

돈내코에는 천연기념물로 지정된 제주 한란의 자생지가 있다. '난초의 여왕'이라 불리는 한란은 잎의 선이 빼어나고 꽃의 형태가 마치 학이 날개를 펴고 있는 것처럼

날렵하고 모양과 색상이 다양하다. 추울 때 꽃이 핀다 하여 '한란 (寒蘭)'이라 부르는데 9월에 꽃대가 올라와서 10월 중순부터 피기 시작하여 11월 중순까지 개화한다.

나무데크로 잘 만들어 놓은 길을 지나서 숲길로 나아간다. 길은 대부분 돌길이다. 붉은 소나무가 우거진 적송지대를 지나서 살채기도에 이른다. '살채기'는 나무로 얼기설기 얽은 사립문, '도'는 출입문을 뜻한다. 둥그스름한 돌담집 평궤대피소에 도착하여 휴식을 취한다. '궤'는 자연동굴을 뜻하는데 평궤는 원래 대우리의 휴식처였다.

웅장하게 모습을 드러낸 백록담 남벽을 바라본다. 길게 누운 남벽이 하늘성을 쌓았다. 한라산 남쪽의 해발 1500ｍ 전후의 평원에서 한라산 남벽의 절경을 감상하며 해발 1,600ｍ 남벽분기점에 이른다.

정상으로 가는 코스가 재개되길 기대하며 남벽 바로 아래 방아오름으로 향한다. 전망대에서 평원을 바라보며 휴식을 취하고 윗세오름으로 나아간다. 윗세오름에서 컵라면으로 속을 풀고 하산길, 여유롭게 영실휴게소로 내려온다.

녹담만설 – 아, 한라산! 3

📍 **관음사코스** 2회 34.8㎞

관음사지구야영장-탐라계곡-개미등-삼각봉대피소-정상

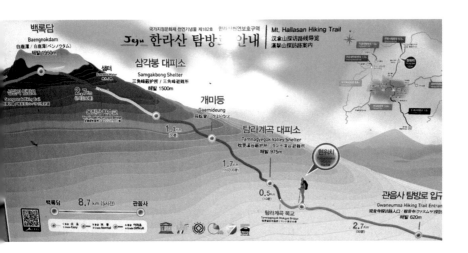

공자는, "지자요수(知者樂水) 인자요산(仁者樂山) 지자동(知者動) 인자정 (仁者靜) 지자락(知者樂) 인자수(仁者壽)"라고 말한다. 지혜로운 사람은 물을 좋아하고 어진 사람은 산을 좋아하며, 지혜로운 사람은 물같이 흐르고 어진 사람은 산같이 만고부동하며, 지혜로운 사람은 즐겁게 살고 어진 사람은 장수를 누린다는 말이다. 산을 좋아하고 바다를 좋아하는 올레자가 공자의 말씀을 되새기며 한라산으로 간다.

2016년 10월 25일, 쾌청한 하늘이다. 한라산 정상 부근에 그림같이 예쁜 구름이 놀고 있다. 2015년 5월부터 삼각봉대피소부터 정상까지의 구간이 낙석 사고로 통제되었다가 2016년 10월 1일부터 다시 산행이 재개되었다. 관음사코스는 험난하여 히말라야 원정대에는 전지훈련 장소다. 올레자도 보름 뒤인 11월 9일 출발하는 히말라야 트레킹 전지훈련 차 왔으니, 오늘 한라산 산행은 올레자에게는 일석이조의 행운이라, 올레자는 풍운아고 행운아다.

관음사탐방로 8.7㎞는 해발 620m 탐방안내소에서 출발하여 원시의 숲속을 따라 완만한 길을 걸어간다. 탐라계곡을 거쳐 3.2㎞ 지점에는 탐라계곡대피소, 다시 급경사 1.7㎞의 개미등을 지나고 1.1㎞를 걸어 삼각봉대피소, 이후 현수교를 건너고 용진각을 지나서 정상으로 올라간다. 관음사코스는 한라산의 북쪽코스로 길이 가파르고 험난한 반면, 한라산의 깊은 계곡과 웅장한 산세를 감상하는 최적의 코스다. 탐라할망에게 반가운 인사를 한다.

"할망은 선녀이십니다."

"당연히 나는 선녀지. 선녀가 무엇인지 아는가?"

"……"

"산에 사는 사람은 신선이야. 신선 선(仙)은 사람(人)과 산(山)이 합해진 글자이니 산을 좋아하는 사람은 신선이라 할 것이지. 그렇기에 산에 있는 여인은 선녀(仙女)지.", "그럼 저는 선남이네요?"

"그렇지. 그런데 선남이라면 산사람이 갖추어야 할 다섯 가지, 곧 산인오조(山人五條)를 알아야지."

"산인오조라, 그게 뭐예요?"

"산 사람의 다섯 가지 조건으로 산흥(山興), 산족(山足), 산복(山腹), 산설(山舌), 산복(山僕)이지. 산에 대한 흥취, 산을 타는 체력, 산행에 최적화된 체질, 기록으로 남기는 성실성, 훌륭한 조력자가 있어야 해.

산흥(山興)은 산수에만 탐닉하여 공명(功名)을 돌아보지 않고 산에만 가면 흥이 나야 하고, 산족(山足)은 산을 타는 기본 체력을 갖추어야 하고, 산복(山腹)은 체질 자체가 산행에 최적화되어 있어 맑은 풍광을 목격하면 취한 듯 배가 불러야 하고, 산설(山舌)은 가장 중요한데, 유람한 오묘한 산수를 기록으로 남기는 근면함을 갖추어야 하고, 산복(山僕)은 기이한 경치를 찾아내고 표정만 보고도 뜻이 통하는 조력자가 있어야 한다는 이야기야."

"할망은 다 갖추셨어요?"

"당연하지. 올레자도 다 갖춘 것으로 보여. 특히 나 같은 산복이 있으니 말이야."

산행에 최적화된 체질과 체력을 갖춘 올레자가 산복과 함께 산흥을 즐기며 한라산 산행을 한다. 한라산은 1970년에 국립공원으로 지정되었다. 우리나라에는 국립공원이 모두 22개 있으니, 1967년 지리산을 1호로 지정한 이래 2016년 태백산이 마지막으로 추가되었다. 탐방객도 연 4,400만 명을 넘어섰으니, 국립공원 입장료가 폐지된 2007년 이전에 비해 두 배로 늘어났다.

국립공원 개념은 미국에서 시작되었는데, 1872년 그랜트 대통령은 옐로스톤 일대를 미국 최초이자 세계 최초로 국립공원으로 지정하였다. 퓰리처상을 받았던 미국 작가 윌리스 스테그너는 '지금껏 미국이 만들어낸 최고의 아이디어'로 국립공원을 꼽았다. 국립공원 제도는 이후 유럽으로, 대양수로, 아시아로, 아프리카로 확산되었고, 현재 미국에는 59개, 일본에는 32개의 국립공원이 있다. 거기에 비해 우리나라의 22개는 숫자가 너무 많은 것이 아닌가, 하는 시각도 있다. 도립공원과 군립공원의 숫자는 각각 29개와 27개에 그쳐, 국립공원에 비해 상대적으로 적은 편이다.

한라산국립공원은 제주를 대표하는 자연환경 자산이다. 전국의 국립공원 가운데 유일하게 국가가 아닌 제주특별자치도가 관리한 다. 제주지역은 언제나 토목공사 중이다. 중산간, 곶자왈, 오름, 천연 동굴, 용천수, 연안해역 등은 난개발과 불법행위 등으로 무분별한 훼 손이 가속화되고 있다. 제주특별자치도는 2017년 현재 국립공원 확 대지정을 검토하고 있다. 검토지역은 중산간 지역 곶자왈·오름과 서 귀포·추자·우도·마라도·성산일출봉·5곳 해양도립공원 및 생물권보전 지역(한라산국립공원 영천·효돈천 천연보호구역, 섶섬·문섬·범섬 천연보호구역) 등이 다. 국립공원이 확대되면 도내 국립공원 면적은 8.3%에서 20% 이상 으로 확대될 것으로 예상하고 있다. 하지만 개발 행위 제한 등, 이로 인한 사유재산권 침해 우려가 제기되어 앞으로의 귀추가 주목된다. 자연은 잠시 빌려 쓰고 후손에게 물려주어야 할 소중한 자산이다. 제주도를 지키는 것이 한라산을 지키는 것이고 한라산을 지키는 것 이 제주도를 지키는 것이다.

한라산의 가을 나뭇잎 사이로 상념이 흘러간다. 자연의 가을은 만물이 생동하는 봄과 열정의 여름이 지난 다음의 계절, 그리고 다 가올 추위를 대비하고 기다리는 계절이다. 인생의 가을은 꿈과 야망 을 성취하기 위해 숨을 헐떡이며 달려온 젊음의 계절 뒤에 조금은 편안하고 안정된 새로운 지경으로 들어서는 계절, 그리고 지나간 봄 과 여름을 반추하며 황혼의 날들을 준비하는 계절이다.

해발 700㎡ 지점에 구린굴이 모습을 드러낸다. 한라산에서 분출한 용암이 만든 용암동굴로 박쥐의 집단 서식지다. 늦은 단풍을 음미하고 떨어진 낙엽을 밟으며 탐라계곡에 닿는다. 탐라계곡 육교를 건너 난코스가 펼쳐진다. 개미등, 개미목을 지나서 삼각봉대피소까지 2.8㎞ 가파른 구간이다.

갑자기 날씨가 급변해 세찬 비바람이 몰아치고 비구름이 휘날린다. 나무들이 거칠게 몸을 흔들며 아우성을 지른다. 변덕스러운 한라산, 관음사코스의 깊어가는 가을을 맛보려 했건만 심술을 부린다. 삼각봉대피소에서 잠시 전열을 정비하고 다시 산행을 나선다. 용진각에서 정상까지 험준한 길이 이어진다. 왕관릉을 비롯해 펼쳐져야 할 기암괴석들이 구름 속에 숨어버렸다. 제주의 위급함을 알렸던 왕관릉, 백록담에서 가까운 해발 1,666ｍ 지점에서 석양이 비치면 마치 황금빛 금관처럼 보인다는 왕관암이 솟아있건만 보이지를 않는다. 왕관암의 옛 이름은 옛 통신수단의 하나인 연대를 뜻하는 '연딧돌'이었으니, 유사시 왕관릉에서 피워 올린 연기와 불꽃이 우도와 추자도 들을 통해 육지부로 전해졌다.

등산로에 빗물이 쏟아져 철벅철벅 흘러내린다. 헬기장에 오르니 세찬 바람에 날리는 진눈깨비가 얼굴을 마구 때린다. 비옷으로 얼굴을 가리며 걸어가건만 바람에 날아갈 것만 같다. 악천후를 헤치고 평평한 길을 따라 구름 속으로 정상에 이른다. 올해만 세 번째 만나는 정상, 두 번은 날씨가 좋았지만 오늘은 시야가 가려져 구름 속에서 노닌다. 세찬 비바람에 정상에 오래 서 있을 수가 없다. 간신히 인증 샷을 하고 바람을 피해 자리를 잡는다. 구름에 덮인 백록담, 간간이 보이는 사람들의 모습 또한 구름에 가려 백록, 흰 사슴처럼 보인다. 지금 만약 사슴을 만난다면 그놈은 백록이 아니라도 백록으로 보일 것이니, 어쩌면 백록담의 백록은 구름 속에서 만난 보통 사슴이 아닐까, 하는 상상을 해본다. 추위에 웅크린 탐라할망에게 말을 건넨다.

"기인(奇人)으로 불리는 토정 이지함(1517~1578)도 제주에 다녀갔다고 하던데, 한라산에도 올랐을까요?"

"일찍이 바다를 중요하게 여겼던 이지함이었으니 제주도에는 자주 다녀갔다는 기록은 조선왕조실록에도 있어. 이지함은 바람이 일어날 것을 미리 알고 조수의 시기를 미리 알았기 때문에 바다에서 한 번도 위험한 고비를 겪지 않았지. 성품으로 보면 분명 한라산에 올랐겠지만 기록은 없어. 제주에 온 이지함과 관련해 재미있는 이야기가 전해지지. 그가 제주에 도착했다는 소식을 들은 제주목사가 달려가서 이지함을 객관으로 맞아들이고 예쁜 기생을 뽑아 같이 자게 했어. 이때 제주목사가 창고에 가득한 곡식을 가리키며 기생에게 말하기를, '네가 이 분의 사랑을 받으면 상으로 곳간 곡식을 다 주겠노라' 하였지. 기생은 지함의 됨됨이를 이상하게 여기고 갖은 유혹을 다하였지만 지함이 끝내 유혹에 넘어오지 않았어. 이에 목사가 이지함을 더욱 존경하게 되었지."

"토정 이지함은 민중의 낙원을 꿈꾸었던 인물인데, 당연하지요."

"이지함은 역학에 깊고 풍수지리에 조예가 있는 점쟁이, 고작 〈토정비결〉의 저자로만 알려져 있지만 실상은 조선사회에서 제일 천하게 여기는 상업의 중요성을 강조한 '양반'이었어. 바다와 광산을 개발하여 그 혜택을 백성들이 누릴 수 있도록 방법을 제시한 뛰어난 사업가이기도 하고."

"조선시대 제주를 찾은 관리나 유배객들 가운데 한라산을 찾고 기록으로 남긴 사람은 누가 있어요?"

"한라산 최초의 등반가이자 기록자는 백호 임제지. 1577년 7일간 한라산을 등반하고 〈남명소승〉이란 행장에 선흥(仙興)을 질펀하게 남겼어. 한라산 유기(遊記)는 발굴된 것이 열편 남짓, 그마저도 고찰된 바가 없어. 유산기(遊山記) 양식으로 네 편이 있는데 김치, 조관빈, 이원조, 최익현이 작자야. 김치와 이원조는 관리, 조관빈과 최익현은 유배객이지. 일기 형식의 기행문으로는 김상헌, 이증으로 관리로서 한라산 산신제를 지내기 위해 올랐던 기록이지. 이후 박물지 형식의 탐라순력 차원에서 올랐던 이형상이 있는데, 창작시기는 모두 조선 중기부터 구한말이야.

조관빈(1691~1757)은 '어렸을 적부터 이미 신선의 산이라 불리는 한라산이 탐라에 있다고 들었다. 일찍이 그곳을 한번 유람해 보는 게 소원이었지만 큰 바다가 그곳 사이에 있고 험하고 또 멀었다.'라고 기록을 남겼지.

조선의 마지막 자존심 최익현(1833~1906)은 '유한라산기(遊漢拏山記)'를 남겼어. 최익현은 유배가 풀린 후 청장년 10여 명과 종 5~6명을 데리고 이기온(광해군 때 제주로 유배를 왔던 이익의 후손)의 길 안내로 한라산을 올랐어. 1873년 대원군의 폭정을 비판한 계유상소를 올려 대원군을 하야시키며 실각의 결정적 계기를 마련하였던 최익현, 그러나 고종과 대원군, 부자지간을 이간시켰다는 이유로 형식상 제주도에 유배를 와서 1년 3개월 동안 있었지. 최익현은 한라산 유람을 위해 '신선이 방문한 문' 방선문을 지나서 한라산 북쪽으로 올랐어. 그 내용의 일부를 보지.

"검은 안개가 컴컴하게 몰려오더니 서쪽에서 동쪽으로 산등성이를 휘감았다. 나는 괴이하게 여겼지만, 이곳에까지 와서 한라산의 진면목을 보지 못한다면 이는 바로 구인의 공이 한 삼태기에서 무너지는 꼴이 되므로 섬사람들과 웃음거리가 되지 않을까 하는 생각이 들었다. 마음을 굳게 먹고 곧장 수백 보를 전진해 가서 북쪽 가의 오목한 곳에 당도하여 상봉을 바라보았다. 여기에 이르러 갑자기 중간에 움푹 팬 구덩이를 이루었는데, 이것이 바로 백록담이었다. 주위가 1리를 넘고 수면이 담담한데 그 반은 물이고 반은 얼음이었다. (……) 산남(山南)으로부터 에워싸고 있는 석벽이 마치 대나무를 쪼개고 오이를 깎은 듯이 하늘에 치솟고 있었다. 기기괴괴하고 형형색색 한 것이 다 석가여래가 가사와 장삼을 입은 형용이었다.

(……) 이 섬은 협소한 외딴 섬이지만 (……) 채굴하는 터전이 여기에서 취해 자급자족이 되니 이택(利澤)과 공리(功利)가 백성과 나라에 미치는 것이 금강산이나 지리산처럼 사람에게 관광이나 제공하는 산들과 함께 놓고서 말할 수 있겠는가? 뿐만 아니라 이 산은 궁벽하게 바다 가운데 있어서 청고(淸高)하고 기온이 많이 차서 자기가 견고하고 근골이 강한 자가 아니면 결코 올라 갈 수 없다. 그리하여 산을 올라간 사람이 수백 년 동안에 관장(官長) 몇 사람에 불과했을 뿐이어서 옛날 현인들의 거필(巨筆)로는 한 번도 그 진면목이 발휘된 적이 없다. 그런 까닭에 세상의 호사자들이 신선(神山)이라는 허무하고 황당한 말로 어지럽힐 뿐이고 다른 면은 조금도 소개되지 않았으니 이것이 어찌 이 산이 지니고 있는 본연의 모습이겠는가?"

"최익현은 '한라산은 금강산과 지리산처럼 관광이나 제공하는 산이 아니라 자급자족의 터전이며, 산을 올라간 사람이 수백 년 동안 몇 사람에 불과할 뿐이어서 현인들의 거필로 그 진면목이 발휘된 적이 없다'고 하는데, 우리는 벌써 몇 번째 올랐지요?"

"최익현이 다녀간 지가 불과 140여 년 전인데 참으로 커다란 시대의 변화지. 최악의 유배지 제주도가 최고의 관광지가 되고 말이야."

"대마도에서 최익현을 만난 적이 있어요. 최익현은 유배에서 풀린 이후 명성황후 정권이 일본과의 통상을 논의하자 이에 반대하는 척사소를 올려 흑산도에 위리안치 된다. 1895년에는 단발령이 내려지자 '목을 자를지언정 머리카락은 자를 수 없다'고 반대하다 투옥되고, 1905년 을사조약이 체결되자 고령의 나이에 400여 명의 의병을 모아 일본군에 대항하여 싸우다 순창에서 패배하여 체포되어 대마도에 유배되었지요. 유배지에서 주는 음식을 적(敵)이 주는 것이라 하여 거절, 단식을 계속하다 중단하였으나 그해 병으로 세상을 떠났어요. 대마도에서 만난 조선의 마지막 선비 최익현을 한라산에서 다시 만났네요."

하산길, 등산로는 물바다가 되었고, 등산객은 물귀신, 등산화는 물장화가 되었다. 깊어가는 가을 한라산에 비바람이 날리고 낙엽이 날린다. 비바람이 낙엽을 안고 낙엽이 비바람을 타고, 올레자가 바람 따라 낙엽 따라 빗속에 휘날린다. 세차게 비가 온다. 강수 바람에 빗줄기가, 빗줄기에 바람이 휘날린다. 낙엽도 날리고 사람도 날린다. 상념도 날리고 번민도 날린다. 날리고 난 자리에 평온이 깃든다. 비워야 채워지고 까뒤집어야 속살이 나온다. 새로운 속살이 생로에 새로운 힘이 된다. 그래서 바람이 불어야 하고 파도가 일어야 한다. 신은 깨달음을 위해 고해의 행로를 준비한다. 어느 것 하나 신의 은총이 아닌 것이 없다. "신이여! 신이여! 초월적인 존재여!" 신을 불러 본다. 한라산에서 신의 은총, 정령이 느껴진다. 달아날 수 없는 세상, 여기가 아닌 곳에서 보다 나은 삶을 살려면 여기서 죽어서는 안 된다. 여기가 아닌 곳에서 죽으려면 여기서 죽어서는 안 된다. 거센 파도를 피할 휴식처가 나타난다. 삼각봉대피소가 대피를 허락한다. 꿀맛 같은 휴식이다.

다시 출발, 구름 속에서 내려와 원시의 숲을 걸어간다. 가을날의 한라산 산행, 가을비에 흠뻑 젖은 올레자가 낭만에 대하여 노래하며 산길을 간다.

2017년 1월 1일 관음사코스의 겨울, 새해 일출 산행을 위해 제주에 왔다. 전날인 2016년 12월 31일 오후 5시, 제주시의 사라봉에 올랐다. 영주십경의 제2경 사라낙조(紗羅落照), 많은 사람이 자리를 잡고 있다. 한 해를 비추었던 태양이 서쪽하늘을 붉게 물들이며 달려간다. 2016년 새해 첫날, 녹담만설 일출에서 만난 그 해를 이제 사봉낙조 일몰에서 다시 만났다. 한해의 첫날 한라산 일출에서 만난 그 해를 한해의 끝날 사라봉 일몰에서 만나는 기쁨은 분명 감동이었다. 태양이 동에서 서로 걸어간 365일, 사람들은 각자 자신의 길을 갔다. 태양과 올레자가 다시 만났다. 한해를 돌아보며 서서히 이별을 준비한다. 마지막 불꽃을 태운 태양은 아름다운 노을을 남기고, 온기를 남기고, 감동을 남기고 사라져간다. 한 해 동안 제주하늘을 흘러가며 제주 시내를 비추고 제주 바다를 비추고 한라산을 비추고 오름을 비추고 올레를 비추었던 태양이 마지막 불꽃을 태운다.

태양이 해송 가지에 걸리고, 소나무 줄기와 가지, 솔잎이 입 안 가득 붉은 태양을 물고 있다. 마치 용이 여의주를 물고 있는 듯하다. 용의 입안에서 나온 여의주는 서서히 서쪽 하늘로 흐르고 흘러 아래로 땅 끝까지 낮아진다. 바다가 아닌 먼 도시의 지평선 아래로 사라져간다. 멀어져가는 여의주를 용은, 올레자는 안타깝게 바라본다.

태양은 제 갈 길을 간다. 서서히 사라진다. 낙조는 태양의 다비식, 살아 있던 태양이 영면으로 들어간다. 자연의 위엄 앞에서는 누구나 겸손해진다. 옆에 있던 할머니가 손자와 손녀에게 말한다.

"우리 기도하자"

함께 손을 잡고 눈을 감는다. 할아버지도 곁에서 눈을 감는다.

"하나님, 한 해 동안 사랑 가운데 지켜주셔서 감사합니다."

일몰의 신비만큼 아름답고 가슴 찡한 감동의 순간, 성스럽기까지 느껴지는 풍경이다. 탐라할망이 올레자를 보고 웃으며 짓궂게 놀린다.

"왜 눈시울이 붉어져?"

낙조를 촬영하던 휴대폰의 손이 눈가를 스친다. 태양이 사라지고 제주시내는 불빛이 하나, 둘 켜진다. 사람들은 하나, 둘 자리를 떠나간다. 이윽고 고요가 찾아왔다. 한 해의 마지막 해가 저녁노을 속에 지고, 별이 된 태양의 사리가 하나, 둘, 반짝이며 하늘에 뿌려진다. 눈썹달이 예쁘게 웃는다. 자기도 해님의 커다란 사리라고.

태양은 완전히 모습을 감추었고 낙조를 구경하기 위해 왔던 많은 사람도 모두 자리를 떠났으나 허전함과 아쉬움에 올레자는 자리를 뜰 수 없다. 모든 것이 멈춰버린 침묵의 시간, 어둠이 밀려오고 제주 시가지와 제주해안에는 새로운 손님이 찾아왔다. 도심과 해안의 아름다운 야경, 이별 뒤의 또 다른 만남이다. 서귀포의 새연교, 선운정사의 야경과 함께 제주도의 멋진 사라봉의 야경, 바로 그것이었다.

다음날인 2017년 새해 첫날 새벽 2시, 관음사탐방로 입구에 섰다. 시끌벅적했던 지난해 성판악과는 달리 한산했다. 관음사코스 산행은 탐방객에게 두려움의 존재이기에 쉽게 접근하지 못한다. 어둠을 헤치고 숲속을 걸어간다. 서늘한 밤하늘에 한기 먹은 별들이 추위에 떨고 있다. 밝은 별 흐린 별이 뒤섞여 웅성거리다가 올레자가 귀 기울여 바라보면 침묵으로 응대한다. 관심 있게 바라보면 아는 체하다가도 무심하면 저들도 제 마음대로다. 내가 세상을 관찰하면 세상도 나를 관찰한다. 내가 세상을 사랑하면 세상도 나를 사랑한다. 지혜로운 사람은 세상사에 무심하지 않다. 세상의 이치를 어느 곳에서나 발견하고 깨우친다. 야생동물처럼 온몸으로 겨울바람과 추위를 받아내며 야성의 새벽올레를 만끽한다. 사방이 어둠 절벽이다. 날짐승들도 깃을 접은 컴컴한 새벽, 세찬 겨울바람만이 살아서 울음소리를 낸다. 바람의 소리인가, 산의 울림인가. 아니면 내 영혼의 노래인가. 소리마저 없다면 적막한 산중의 밤의 고요에 질식해버릴 수밖에 없으리라. 가볍게 웃고 있는 탐라할망의 표정이 어둠살에 묻혀 깜깜하다.

길은 얼어 있었지만 삼각봉대피소까지는 아이젠을 착용하지 않고서도 산행이 용이하다. 산세가 험해 경험 많은 산악인들도 겨울철 산행은 꺼릴 정도라는 관음사코스, 지난 가을의 산행보다 몸과 마음이 가볍다. 일부 구간 정체가 있으나 소통은 원활하다. 왕관릉 북쪽의 제주 시내가 희미하게 한 눈에 들어온다. 동쪽 하늘은 이미 붉게 물들고 백록담이 어둠 속에서 희미하게 모습을 드러낸다. 성판악에서 올라온 수많은 인파가 정상 주변을 꽉 메우고 있다. 발 디딜 틈조차 없는 사람들 속에서 자리를 잡기가 쉽지 않다.

아침이 천지가 개벽하듯 열린다. 붉은 빛의 가루가 바다에 솟구치며 하늘이 검푸르게 변하고, 세상이 깨어나고 새들이 깨어나고 나무도 깨어나고 만사만물이 깨어나고 사람도 깨어난다. 삼라만상이 서서히 기지개를 켜며 새로운 아침을 맞이한다. 하늘에는 설산조가 날아오른다. 드디어 해가 솟아오르고 만물유도(萬物有道)라, 만물이 제각기 제 길을 간다.

해가 떠오른다. 새해의 새로운 해는 어제 사라봉에서 헤어진 바로 그 해였고, 1년 전 이곳에서 만났던 바로 그 해였다. 분명 그 해건만 그 해는 어디가고 새 해가 희망차게 떠오른다. 구름바다에서 떠오르고 마음속에서 떠오른다. 삼라만상을 비추고 대한민국을 비추고 제주도를 비추고 한라산을 비추고 백록담을 비추고 올레자의 마음을 비춘다. 한라산 신선의 길에서 태양빛으로 '아름다운 인생'이란 신선한 마애명(磨崖銘)을 마음에 새긴다.

백록담 암벽에는 옛 선조들의 발자취인 마애명이 남아 있다. 한라산은 예부터 신선이 사는 곳으로 여겨졌다. 지금처럼 쉽게 오를 수 없었기에 미지의 세계이자 동경의 공간이었다. 쉽게 오를 수 없는 산이었기에 선인들은 제 발자취를 백록담 암벽이나, 제주목에서 출발하여 주요 등산로인 한천 상류의 탐라계곡에 돌을 깎아 이름이나 시를 새겨 흔적을 남겼다. 신선산으로 불리는 한라산에 새겨진 마애명은 제주목사나 관료, 유배인 또는 제주유림 등이 새겨놓은 것이다. 오늘은 올레자가 그 마음에 마애명을 새긴다.

현재 한라산 천연보호구역에 발견된 마애명은 모두 35개로 백록담에 31개, 탐라계곡에 4개가 있으며, 백록담의 31개 중 20개는 성판악 등산로와 인접해 있다. 마애명 가운데 시기가 가장 이른 것은 유배객 김정의 마애명(1521년 추정)이다. 백록담 동벽에서 못가로 떨어지면서 파손된 것으로 추정되는 제주목사 조정철의 마애명도 있다. 백록담 내에서도 북벽과 동벽에서 주로 발견되는 마애명의 내용은 오른 사람의 이름과 동행인, 날짜가 주를 이루고 있으며, 간혹 오언절구도 보인다.

"한라산 정상에서 남긴 근·현대 대표적인 유명인의 글은 어떤 게 있을까요?"

"나라 잃은 암울한 시대에 노산 이은상은 1937년 국토순례를 떠나 한라산에 올라 노래했지. '창파 높은 곳에/ 님이 여기 계시옵기 찾아와 그 품속에/ 안겨보고 가옵나니 거룩한 님의 택(宅)이여/ 평안하라 한라산/ 물결이 험하오메/ 꿈속에도 어려우리 고도에 맺은 정을/ 다시 언제 풀까이나 내 겨레 사는 곳이니/ 평안하라, 제주도.'"

하산길, 한라산 산행의 추억을 돌아본다. 1980년대 초반부터 한라산 등산을 시작했으니 한라산과 맺어온 사연과 인연들이 새삼 고맙다. 2014년 중학생 늦둥이 아들과 눈보라 몰아치는 한라산 겨울 산행의 추억이 새록새록 다가온다. 힘들어서 안 간다고 했다가 진달래밭에서 컵라면을 먹을 수 있다고 하니 순진하게 따라나선 아들, 태백산 눈꽃산행 등 힘든 겨울 산행만 해서인지 산에 가자고 하면 잘 따라 나서지 않으려는 막내아들이 그리워진다.

언제나 포근한 안식처로 엄마의 품 같은 한라산은 알고 있다. 내가 저를 얼마나 사랑하고 얼마나 자주 찾았는지를. 한라산의 추억은 항상 가르침을 준다. 한라산 기슭에는 언제나 봄이 먼저 온다. 조금만 올라가면 아직 겨울이다. 같은 산인데 두 계절이 사이좋게 지낸다. 수박이 부럽다고 호박이 제 몸에 줄을 그을 필요는 없다. 달이 부럽다고 태양이 제 몸의 열을 식힐 필요는 없다. 다름은 틀림과 다르다. 다름을 인정해야 자신의 모습으로 어우러져 더불어 산다. 숲속의 모든 발걸음은 높낮이 없이 모두 제 걸음을 걸으면서 한라산다운 한라산을 이룬다. '꼭 사과나무나 떡갈나무와 같은 속도로 성숙해야 한다는 법칙은 없다. 그가 남과 보조를 맞추기 위해 자신의 봄을 여름으로 바꾸어야 한다는 말인가.'라고 데이비드 소로는 '월든'에서 말한다. 한라산에는 모두 다른 걸음들이 있다. 사람들에게는 모두 다른 걸음들이 있다. 나는 나의 걸음으로 나의 인생을 걸어간다. 한라산을 가슴에 품고.

한라산둘레길 – 환상숲길 에코힐링!

📍 **한라산둘레길** 81.1km

동백길(13.5)-수악길(16.7)-사려니숲길(34.4)-돌오름길(5.6)-천아숲길(10.9)

　야생이야말로 생명의 본질이다. 생명은 야생과 같은 것, 가장 야생
적인 것이 가장 기운차게 꿈틀거린다. 인간에게 정복당하지 않은 야
생이 인간을 더욱 새롭게 하고 기운 넘치게 한다. 생명의 어머니인
바다가 둘러싼 제주도, 야생의 생명을 포근히 감싸 안은 한라산, 제
주 올레와 한라산에서 생명의 근원과 야생의 품격을 누린 올레자가
아직 찾지 못했던 야생의 보고(寶庫), 한라산둘레길에 섰다.

　대한민국 둘레길의 3대 트레일은 한라산둘레길과 지리산둘레길,
그리고 북한산둘레길이다. 한라산둘레길은 천아숲길(10.9㎞), 동백길
(13.5㎞), 돌오름길(5.6㎞), 수악길(16.7㎞), 그리고 사려니숲길(34.4㎞)로 모

두 81.1㎞로 구성되어 있다. 제주 올레의 명성에 묻힌 원시의 길, 야생의 길, 찾는 이가 드물어 아직은 사람 구경을 거의 할 수 없는 원시의 숲에서 대자연과 함께하는 야생의 즐거움을 맛본다.

1. 동백길

2016년 4월 29일 촉촉이 비 내리는 아침, 동백길과 수악길이 만나는 돈내코탐방로를 찾아간다. 산행 중에 비를 만나면 더없이 행복하지만 시작 전에 비를 만나면 처연하고 어설픈 상념이 스쳐간다. '우천 시와 우천 후 2일 간은 통제한다'는 안내판이 있음에도 탐방안내소에서 통과시켜 주는 것을 보아 많은 비가 오지는 않을 모양이다.

동백길과 수악길이 만나는 갈림길, 이리 갈까 저리 갈까, 동백아가씨가 그리워 동백길로 간다. 동백길은 무오법정사까지의 구간이다. 일제강점기 항일운동의 성지였던 무오법정사와 4·3의 아픈 역사를 간직한 시오름주둔소, 동백나무와 편백나무군락지가 있고, 시오름과 어점이오름, 법정이오름이 반겨준다. 강정천과 악근천의 최상류 계곡이 흘러 물이 불어나면 통제한다. 특히 한라산 난대림 지역의 대표적 수종인 동백나무가 서귀포자연휴양림에서 5·16 도로변까지 약 20㎞에 걸쳐 분포하고 있어 최대 군락지를 이루고 있다. 철벅철벅 진흙길, 우거진 숲속으로 들어간다. 우의를 입은 처량한 몰골, 탐라할망에게 미소 짓는다.

"인적 없는 이런 날씨에, 참 재미있어요. 불광불급(不狂不及)이지요?"
"미쳐야 미치지. 미치지 않으면 미칠 수 없어. 강제로 시켜서 하면

벌(罰)이지만 스스로 좋아서 하면 복(福)이야. 어떤 혹독한 상황에서도 슬퍼하거나 좌절하지 않고, '좋아, 한 번 해보자!' 하고 말할 수 있는 강함, 긍정의 힘, 그건 좋은 거지. 의지! 초인의 의지 말이야."

"그래요. 긍정하는 순간 모든 것이 필연이라 생각되고 힘들고 어려운 일도 영웅적으로 헤쳐 나갈 수 있는 의지가 솟아요. 그래서 초인이 되지요. 그런데 이 깊은 숲속에 둘레길은 어떻게 조성했을까요?"

"한라산둘레길은 대략 해발 600~800m의 숲을 둘러싸고 있는데, 일제강점기 병참로와 임도, 표고버섯재배지 운송로 등을 활용하여 길을 개설했어. 친환경 환상숲길이지. 대한민국 최고의 명품숲으로 제주의 역사, 문화, 생태, 경관자원을 만날 수 있는 길이고, 제주의 내륙에서 자연을 온몸으로 느낄 수 있는 숲길이지."

"한라산에는 어떤 식물들이 분포하지요?"

"한라산의 식물분포는 해발높이에 따른 온도조건의 변화로 식생이 수직적 생식분포를 보여줘. 방위에 따라 다소 차이는 있지만 해발 600m까지는 난대상록활엽수림대, 600~1400m는 온대낙엽활엽수림대, 1400~1950m는 한대침엽수림대로 볼 수 있어. 제주도가 면적은 작지만 우리나라 전 지역에서 식생하는 식물을 볼 수 있는 것은 섬 중앙에 1,950m의 한라산이 있기 때문이지. 우리나라 전체식물 분포의 거의 절반에 가까운 1,800여 종이 자라는 식물의 보고야."

"그럼 한라산둘레길은 온대낙엽활엽수림대에 해당하네요?"

"그렇지. 한라산둘레길은 대부분 해발 600~800m 사이에 걸쳐 있기에 일반적인 식생대 수직분포에서 본다면 난대상록활엽수림대의 최상층부와 온대활엽수림대의 최하층부가 만나는 전이지역이라 할 수 있어. 난·온대식물이 공존하고 교차하는 식생과 식물상을 지니고 있지. 식생은 78과 254종이 분포하고 있는데, 졸참나무, 서어나무, 산딸나무 등의 목본류와 천남성, 둥글레, 박새 등의 초본류, 그리고 석본, 뱀톱, 고비 등의 양치류가 서식하고 있지."

"동물은 주로 어떤 게 살아요?"

"한라산에는 육식성 포유류인 오소리와 족제비가 서식하고, 천연기념물이자 환경부 지정 멸종위기 야생동물인 팔색조, 참매가 살고 있어. 큰오색딱따구리, 박새 등 산림성 조류와 원앙, 댕기해오라기 등 산림습지 주변에서 살아가는 조류를 관찰할 수도 있지. 쇠살모사의 밀도가 높고 멸종위기 야생동물 2급인 비바리뱀이 서식하고 있어. 제주 도롱뇽도 산림습지에 있어."

천년의 숲길 힐링의 숲, 힐링로드를 걸어간다. 원시의 야생동물이 되어 표고버섯재배장, 편백나무군락지, 삼나무군락지를 지나간다. 예전의 산림녹화정책, 경제림 육성 등으로 인위적으로 조림된 숲이다. 둘레길 전 구간에 걸쳐 일부지역에서 볼 수 있다. 한라산둘레길에는 다양한 수령의 삼나무조림지를 볼 수 있다. 제일 오래된 삼나무조림지인 동백길 시오름 주변에서는 일제강점기에 조림한 것으로 추정되는 수령 80년 이상의 거대한 삼나무를 볼 수 있다. 제주도의 인공 조림의 역사는 일제강점기와 때를 같이하는데, 일제는 1920년대 한라산과 제주 전역을 대상으로 벌채와 조림을 시작했다. 삼나무는 용재수로서 목재가 재질이 우수하여 건축, 토목, 술통, 조각, 가구재 등으로 사용되고 잎은 향료의 원료로 쓰인다. 삼나무가 뿜어내는 초록 기운이 알알이 온몸에 스며들고 보드라운 흙길 위로 한 발 한 발 내딛는 모든 걸음에 자연인의 운치가 살아난다.

4·3유적지 시오름주둔소가 숲속에서 모습을 드러낸다. 시오름주

둔소 표지가 바람에 쓸쓸히 날린다. 해발 600m 고지에 무장대를 토벌하기 위해 만든 군경주둔소에 역사의 상흔이 스쳐간다. 1948년 말경부터 서귀포의 서호마을 부녀자들이 동원되어 쌓다가 1949년에는 인근의 강정동과 법환동 주민까지 동원되어 쌓았다. 한 면의 길이가 40m, 전체 120m의 삼각형 형태로 높이 3m, 폭 1m의 주둔소가 지금까지 비교적 모습이 잘 남아 있다. 겨울에 식량 보급도 없이 한달 만에 쌓은 성, 둘러진 성안으로 다시 돌담을 쌓은 구조물의 흔적이 남아 있다. 이데올로기의 성에 올레자가 아나키스트처럼 지나간다.

어디선가 갑자기 '컥컥' 하는 짐승의 소리가 들려온다. 노루의 울음소리다. 노루가 지나가다 쳐다보며 자기 영역을 침범했다고 경고한다. 백두대간 야간 산행 시에 멧돼지 울음소리에 오싹했던 기억이 뇌리를 스쳐간다. 숲은 동물들의 안식처이기에 평화를 깨트린 점 '그대에게 평화가 있기를' 하며 손을 들어 사과한다. 새들이 자기들도 보라며 노래한다. 화전마을과 숯가마터를 지나가며 이 깊은 산속에서 살아갔을 그들의 일상을 떠올려본다. 계곡에 졸졸 물이 흐르고 이끼들이 무성하다. '이끼는 연약한 생명체 밟으면 죽습니다'라는 표지가 이색적이다. 물속에서 살던 원시적인 식물이 육지로 진화해 가는 중간단계의 식물인 이끼, 그래서 땅을 기면서 자라거나 관다발 식물의 줄기나 가지에 매달려서 자란다. 주로 축축하고 습한 곳을 좋아한다. 하지만 이끼가 정말 살 수 없는 데는 추운 곳도, 건조한 곳도 아닌 인간에 의해 오염된 지역이다. 놀라운 생명력을 자랑하는 이끼에게 낮은 곳에서 살아가는 강인함을 배운다.

온갖 나무의 빽빽한 잎이 하늘을 가리고 덩굴이 휘감아 우거진 원시림이 오랜 세월 자연이 가꾼 그대로의 모습으로 남아 있는 사이로 일제강점기에 만든 병참도로, 일명 하치마키도로 흔적이 보인다. 일제가 돌을 깔아 조성한 도로가 '머리띠를 두른 모양'처럼 생겼다고 해서 하치마키도로라고 불렀다. 울울창창한 나무들이 우거진 태고의 향취를 따라 걸어가는 길, 동백나무군락지가 나타난다. 걸어오는 사이사이에 동백나무를 보았지만 이 길을 왜 동백길이라 했을까, 의문이 풀린다. 수령이 어린 동백나무가 매우 높은 밀도로 분포하는 지역이다. 생장은 느리나 튼튼한 나무인 동백나무는 수명이 길어서 수백 년씩 자란다. 12월과 3월 사이에 주로 붉은색으로 피는 꽃이 아름답다. 올레5코스의 현맹춘 할머니가 한라산 동백의 씨앗을 가져다가 위미동백군락을 이루었으니 이곳의 동백이 그 뿌리다.

앞이 보이지 않을 만큼 하얀 안개가 길을 막는다. 50m 거리도 내다볼 수 없는 안개구름 속에서 숲길을 걸어간다. 앞에 두 사람이 걸어간다. 둘레길에서 처음으로 사람을 만난다. 외진 곳에서는 사람이 무서운 법, 거리가 좁혀지니 스님이다. 사람이 아닌 스님이라 안심이다. 동백길의 종점인 무오법정사가 가까워진다는 신호다. 숲에서 벗어나니 안개 속으로 건물이 희미하게 나타난다. 화산석 기둥으로 세운 둘레길 입구에서 건물 입구로 들어가니 의열사(義烈祠) 사당이다. 머리 숙이고 돌아 나와 상징탑을 지나고, 절터만 남은 무오법정사 항일운동 발상지에 이른다. 안내판이 3·1운동보다 5개월 먼저 일어난 제주도내의 최초 최대의 항일운동이자 1910년대 종교계가 일으킨 전국 최대 규모의 무장항일운동이라고 안내한다. 제주인의 항일운동, 저항정신에 다시 한 번 감탄한다.

법정사터에 불교성지순례길 '정진의 길' 코스 표지가 나타난다. 개통된 불교성지순례길은 정진의 길(18.6㎞)과 더불어 지계의 길(14.2㎞), 인욕의 길(21㎞)이다. 정진의 길은 존자암에서 법정사지, 한라산둘레길, 어점이오름, 시오름, 남국선원, 선덕사에 이르는 길이니 동백길은 그 일부에 해당한다. 참 나를 찾아 떠나는 제주불교성지순례길, 훗날 그 어느 날에는 그 길 위에 서 있으리라는 예감이 스쳐간다.

하산하는 길, 안개가 한 걸음 한 걸음 뒷걸음질 치며 모든 것을 제자리에 놓는다. 안개는 결코 무엇을 탐하거나 집착하는 일이 없다.

안개비가 부슬부슬 내리는 길 2.2㎞를 걸어 도로변에서 버스를 기다린다. 택시를 호출하니 멀어서 오지 않겠다고 한다. 춥다. 한기가 몰려온다. 손을 들어도 지나가는 차량 아무도 멈추지 않는다. 포기하려는 찰나, 허름한 승용차가 옆에 선다. '돈내코에 차가 있는데, 택시를 탈 수 있는 곳까지 태워 달라'고 하니 웃으며 '타라'고 한다. 한라산 고사리를 캐러왔다는 순박하게 생긴 20대의 청년, 허름한 옷차림, "저는 한라산에서 고사리 캐서 먹고 살아요. (……) 육지에는 한 번도 가본 적 없어요. (……) 그쪽으로 가는 길이니 돈내코까지 태워드릴게요. (……) 차비는 절대 안 받아요."

청년은 백이와 숙제를 알까 생각하는데 차는 이미 돈내코주차장에 도착했다. 성의껏 돈을 주니 결코 받지 않는다. 미안하고 고마운 마음에, "내가 직접 쓴 책이니 이 책이라도 받으세요." 하며 〈해파랑길 이야기〉를 건넸다. "저는 글도 잘 모르고 책 읽는 것도 몰라요. 주셔도 안 읽을 거니까 안 주셔도 돼요. 괜찮아요."라고 한다. 밝고 소박하게 웃는 청년의 얼굴, 한라산의 얼이 깃든 형상이다. 탐라할망이 '한라산 신령님이 현현하신 것'이라며 미소 짓는다. '화향백리

주향천리 인향만리'라, 향기 없는 동백꽃이 무성한 동백길에서 진한 사람의 향기를 맛보았다.

2. 수악길

계절의 여왕 5월의 첫날 수악길을 걷기 위해 다시 돈내코탐방로를 향한다. 수악 길은 돈내코탐방로에서 시작하여 사려니 오름(해발 523m) 입구까지 16.7㎞ 구간이 다. 산정화구를 거쳐 수악(물오름), 보리악 (보리오름), 이승이악(이승이오름)을 지난다. 수악길 중간에 있는 신례천은 한라산 사 라오름 남동쪽에서 발원하여 팔색조 도 래지인 수악계곡을 거쳐 남원읍 신례리 로 흐른다. 신성한 사려니오름을 오르려 면 사전예약을 해야 한다.

2011년에 구성된 한라산둘레길 첫 코스는 동백길이었고, 수악길 은 먼저 개장된 천아숲길이나 돌오름길과는 별개로 2013년 가장 환 상적이며 자연미 넘치는 환상숲길 구간으로 인정받으며 개장되었다.

맑고 화창한 날씨, 5·16도로가 나타나고 도로 건너 물오름탐방로 이정표가 있는 숲길로 들어서서 늘씬하고 울창한 삼나무 숲길을 따 라 걸어간다. 수악으로 가는 갈림길, 아쉬움을 남기고 '돈내코 8.0 ㎞, 사려니오름 8.7㎞' 이정표를 따라 본격적으로 밀림 속으로 들어간다. 사이사이에 벚꽃이 피어 있다. 수악길은 한라산의 벚나무 탐사길이다. 보통 '벚나무'라는 명칭은 '벚나무속(屬, 무리)'을 일컫는다. 수악길에는 4~5월에 왕벚나무, 올벚나무 등 대략 6종의 벚나무가 자란다. 정적이 감도는 숲길에 간간이 영역을 침범당한 텃새들이 텃세하는 외침이 들려온다. 푸르른 숲 위로 파란 하늘이 간간이 올레자를 내려다본다. '에코힐링 환상숲길' 노란 리본이 수악길의 저력을 보여준다. 명예나 권력은 타인이 인정해 주는 것, 리본에서 수악길의 명불허전에 새삼 기쁨이 밀려온다.

고요한 숲길에 계곡이 반겨준다. 뼈만 앙상한 하얀 바위들이 물을 그리워하고 있다. 하얀 줄과 노란 리본이 안내하는 길을 따라 가다가 삼거리를 만나다. 신례천 생태길과 연계되는 지점, 구분담들이 어디로 가야 할지 갈 길을 구분한다. 구분담은 일제강점기에 국유지와 사유지를 구분하기 위한 돌담으로, 토지를 강제적으로 빼앗기 위한 방책이었다. 일제 당국은 토지 조사를 실시한 후 소유자가 명확하지 않은 삼림지는 국유지 편입을 위해 마을사람들을 동원해서 돌담을 쌓았다.

계곡을 지나고 숲을 지나고, 작지왓과 흙길을 지나서 드디어 이승이악에 도착했다. 바람이 말을 걸어오고 구름이 흘러가는 산상의 풍경이 마치 신선의 놀이터 같다. 한라산둘레길에서 청복을 누린다. 청복을 누리기는 쉽고 열복을 누리기는 어렵다. 얻기 어려운 열복을 구하느라 얻기 쉬운 청복을 구하는 이가 적으니 열복을 누리는 사가 오히려 많다. 모아진 것은 흐트러지고 오름이 있으면 내림이 있고 융성함 끝에는 쇠퇴가 따른다. 기뻐도 너무 좋아하지 말며 슬퍼도 너무 아파하지 말고, 이제는 스스로 자신을 위로해야 할 나이라 스스로 위로하며 청복의 길을 간다. 기슭아래 잘 단장이 된 둘레길을 걸어간다. 주변에 커다란 바위 덩어리가 여기저기 흩어져 있다. 바위를 뿌리로 감싸 안으며 경이롭게 자라고 있는 노거목들이 눈에 들어온다. 단풍나무, 동백나무, 예덕나무 등 수종도 다양하다. 온대지역에서는 거의 볼 수 없는, 공중 습도가 매우 높거나 우기가 지속되는 열대, 아열대 지역에서나 볼 수 있는 경관이다. 바위가 다른 바위에 비해 훨씬 많은 수분을 함유할 수 있고, 오래 유지할 수 있어 나무가 자랄 수 있는 수분조건을 유지시켜 주었을 것이다.

2개의 갱도진지, 동굴과 숯가마터가 있던 흔적, 화산암과 화산탄에 관한 내용들이 현실로 다가오고, 피톤치드와 자연의 향은 그 농도를 더한다. 하늘 아래 모든 것이 신의 은총이고 축복임을 깨닫는다. 늘씬한 삼나무 숲길에 아예 자리를 깔고 앉으니 신선이 따로 없다. '보라! 이 아름다운 숲을!'이라며 환호하는데 숲길 따라 멀리서 사람 셋이 걸어온다. 수악길에서 처음 만나는 사람들, 반가우면서도 흥이 깨진 아쉬움에 자리에서 일어나 걸어간다.

수악길의 종점이 다가온다. 사려니오름은 예약을 하지 않았기에 사려니 남서쪽 자락을 따라 내려간다. 사려니오름 주변에는 삼나무림 내에 국내 최대 규모의 나도은조롱 군락지가 분포한다. 수악길의 종점, 택시를 호출해 놓고 한적한 길을 걸어간다. 따사로운 햇살이 비치는 나른한 오후 낯선 시골길, 그제 동백길에 이어 어제는 한라산 등정, 오늘은 수악길의 거친 여정이다. '탐라할망, 지쳐서 드디어 말이 없으세요?' 하는 순간, 할망은 '아아! 인생은 아름다워라!' 인생 예찬을 한다.

3. 사려니숲길

6월 15일 축제기간 개방으로 손님을 맞이하는 사려니숲길, 제주시 봉개동 절물오름 남쪽 교래리의 비자림로에서 물찻오름을 지나 남원읍 한남리 사려니오름까지 이어지는 숲길이다. 물찻오름 입구에서 붉은오름까지 10㎞, 월든 삼거리에서 사려니오름을 거쳐 출구에 이르는 12.5㎞, 월든 삼거리에서 성판악에 이르는 3.8㎞도 사려니숲길이다. 물찻오름 입구에서 붉은오름 입구의 사려니오름까지는 상시 걸을 수 있지만 성판악주차장 구간과 사려니오름 구간은 사전예약이 아니면 출입할 수 없는 통제구간이다. 하지만 지금은 축제기간이라 모든 구간이 개방되어 있다.

비자림로의 사려니숲길 입구에 들어선다. '2016제주산림문화체험' 현수막이 걸리고, '사려니숲길에 오신 것을 환영합니다. 2016. 6. 4~6.18 주관 사려니숲길위원회'라는 또 다른 현수막이 환영한다. 입구 주변은 사람으로 인산인해를 이루고, 도로는 온통 주차공간이 되어 차량이 산을 이루고 바다를 이룬다. 사려니숲길위원회가 주최하는 '사려니숲길 걷기' 행사가 열리고, 사려니숲길의 전 구간을 일년에 딱 한 차례 개방하는 때라 주차공간이 부족해서 별도의 주차장에서 셔틀버스로 사람들을 실어 나르고 있다. 사람 구경 어려웠던 동백길, 수악길과는 달리 인파가 숲길 가득하다.

사려니숲길은 원래 물찻오름을 가기 위해 다니던 길에 임도(林道)를 내면서 2009년 휴양림 산책길로 개방한 것이다. '사려니'는 '숲 안' '신성한 공간'을 뜻하는 제주어로, 한국의 대표적인 숲길로 각광을 받으며 유네스코가 지정한 생물권보전지역이다. 해발 500~600m에 위치한 완만한 사려니숲길에서는 삼나무숲, 편백나무숲, 4·3주둔지, 숯가마터, 표고버섯재배장 등 다양한 역사·인문·생태자원을 만날 수 있다. 붉은 오름으로 가는 길, 사려니숲길에서 숲해설사 탐라할망의 스토리텔링이 시작된다.

"아득한 옛날 제주 벌판을 호령하던 테우리와 사농바치들이 숲길을 걸었고, 뒤를 이어 그 길을 화전민들과 숯을 굽는 사람, 그리고 표고버섯을 따는 사람들이 걸었지. 한라산 맑은 물도 걸었고 노루, 오소리도 걸었고 휘파람새도 걸었어. 그 길을 그제는 아이들이 걸었고 어제는 어른들이 걸었고, 오늘은 졸참나무도 서어나무도 바람도 구름도 모두 모두 함께 걸어가고 있어. 사려니숲길은 명상의 숲, 치유의 숲이지. 사려니숲길은 신성한 자신을 발견하게 하고 영혼과 육신을 깨끗하게 해줘."

피톤치드가 몸과 마음으로 들어와 정화작용을 한다. 해충으로부터 자신을 보호하기 위해 나무들은 살균, 살충 효과를 지닌 방향성 물질을 내뿜는다. 그 특수한 향기인 피톤치드는 공기를 정화하고 악취를 없애주는 기능을 하며 항생제처럼 균을 죽인다. 숲을 걸으면 피톤치드는 자연스럽게 인체에 흡수되어 적절한 피부자극, 피부염증 방지, 우울증을 완화하고 스트레스도 치유한다.

올레4코스에서 만났던 천미천이 모습을 드러낸다. 천미천은 해발 1,400m 어후오름 일원에서 발원하여 물장올, 물찻오름, 부소오름, 게오름 등을 지나 표선면까지 이어지는 약 25.7㎞의 제주에서 가장 긴 하천이다. 극상림인 서어나무숲에서 고요의 소리가 들려온다. 서어나무숲은 극상림의 수종을 이룬다. 숲은 오랜 시간에 걸쳐 기후나 수분 조건에 따라 바뀌어간다. 이런 숲의 마지막 천이단계가 극상림이다. 숲도 태어나고 성장한다. 숲은 식물이 나지 않는 '나지'에서 시작해 지의류와 선태류, 1·2년생 초본류, 다년생 초본류, 관목성 목본, 양수성 교목, 음수성 교목 등의 순서대로 나고 자란다. 이 천이단계의 마지막 단계에서 극상림을 이루는데, 그 수종이 서어나무다. 숲해설사 할망이 숲을 해설한다.

"나지에 이끼나 곰팡이류 같은 지의류·선태류가 나타난 이후 냉이, 망초 등 1·2년생 풀들이 자라나고 다시 다년생 풀, 그 이후 점차 관목이 모습을 보이고 그러다가 소나무와 같이 햇빛을 받으면서 자라는 양수성 교목이 살게 되고, 양수성 교목들 사이에서 음수성 교목이 자라게 되지. 참나무 등 음수성 교목들보다 더 음지에서 자생할 수 있는 숲이 극상림이야. 천이과정의 마지막 단계인 극상림에서만 볼 수 있는 나무 중 대표적인 나무가 서어나무인 게지. 서어나무숲이 만들어지려면 100년, 또는 그보다 더 오랜 세월이 걸리지. 공해에 약한 탓에 도시지역에서는 극상림을 보기 힘들어. 숲이 천이되는 과정에서 숲이 피해를 받게 되면 전 단계, 그 전전 단계로 되돌아가, 천이과정이 중단되는 경우가 많지. 최근 남원이나 광릉숲 등 전국의 서어나무숲이 볼거리로 각광을 받고 있어."

스쳐보던 서어나무가 새롭게 보이고 새삼 아는 것이 힘이고 아는 만큼 보인다는 말이 실감난다. 탐라할망에게 노마식도의 존경스러운 눈빛을 보낸다. 꽝꽝나무에서 꽝꽝거리는 소리가 재미있게 들려온다. 나무를 불길 속에 던져 넣으면 잎이 갑자기 터지면서 '꽝꽝'거리는 소리가 난다고 하여 붙여진 이름이다. 아름답고 좋은 나무와 기묘하게 생긴 나무를 아울러 이르는 이름의 가수기목이 사려니숲길에 산재해 있다.

3.4㎞를 걸어 물찻오름 입구에 도착했다. 평소 통제하는 물찻오름이기에 기회를 놓칠 수 없어 1.42㎞ 거리의 물찻오름을 향한다. 해발 717m 전망대에서 한라산과 사라오름, 조천읍과 남원읍, 표선면의 경계선에 위치하는 오름들, 시원스럽게 펼쳐진 숲의 정원을 감상한다. 사람들이 밀려와 이내 자리를 비켜주고 분화구 쪽으로 내려간다. 분화구에 물이 있는 9개의 오름 가운데 하나인 물찻오름, 분화구에는 우거진 숲 사이로 물이 가득 차 있다. 할망의 스토리텔링이다.

"물찻오름은 '물을 담고 있는 성'을 의미해. '찻'은 '잣'이 변하였고 제주어인 잣은 '성'을 의미하지. 저 분화구에 낚시꾼들이 고기를 방류하여 낚시를 하면서 오름의 훼손을 막기 위해 부득이 출입을 통제하게 되었어. 사람들의 생각, 참으로 기발하지."

물찻오름 입구로 다시 내려와서 1.8㎞ 거리의 월든삼거리로 나아간다. 삼나무 숲이 우거진 월든삼거리, 붉은오름과 사려니오름의 갈림길이다. 사려니숲길의 축제 도우미들이 숲의 정령인양 친절하게 맞이한다. 월든삼거리의 월든은 헨리 데이비드 소로가 살았던 월든 호숫가를 말한다. 〈월든〉은 소로(1817~1862)가 28세의 나이로 고향인 콩코드 인근 숲속에 통나무집을 짓고 1845년 미국 독립기념일인

7월 4일부터 2년 이상 문명을 등지고 소박하고 원시적인 삼림생활을 했던 호숫가이면서 소로에게 불후의 명성을 안겨준 책의 이름이다. 소로는 가장 가까운 이웃과도 1마일이나 떨어진 숲에서 소박하고 원시적인 삼림생활을 하며 인습에 구애받지 않는 새로운 삶을 실험했다. 그는 손수 통나무를 베어 집을 지었고 밭을 일구고 물고기를 잡으면서, 문명사회의 온갖 편의를 훌훌 털어버리고 숲 속에 들어가 원시생활을 하는 등 마치 개척자와 같이 자연환경에 대처했다.

소로는 〈월든〉의 도처에서 자연을 사랑하고 보호하는 일의 중요성을 이야기하며, 산업의 발달로 자연이 훼손되어 가는 것을 가슴 아파했다. 미국의 작가 E.B. 화이트가 "만약 우리의 대학들이 현명하다면 졸업하는 학생 한 사람 한 사람에게 졸업장과 더불어, 아니 졸업장 대신 〈월든〉을 한 권씩 주어 내보낼 것이다."라고 말했다. 어린 시절 같은 동네로 이사 온 애머슨의 영향으로 자연에 눈을 뜨기 시작한 소로는 특히 애머슨의 에세이 〈자연〉을 읽고 큰 감명을 받았다. 훗날 애머슨은 "소로는 자신의 재능을 자기 고향마을의 들판, 언덕, 강에 대한 온전한 사랑에 바쳤고, 그로 인해 미국의 모든 독서인이 그의 고향마을을 구석구석 알고 흥미를 갖게 되었다"고 했다.

'내 삶의 주인이 되고 싶다'며 자연으로 돌아가 겪은 자신의 소박한 삶의 경험을 적은 〈월든〉은 자연주의 사상의 고전이 되었다. 멕시코 전쟁에 반대하며 인두세(人頭稅) 납부를 거부하여 투옥당한 후, 그때 경험을 기초로 쓴 〈시민의 반항〉은 훗날 비폭력 불복종 운동을 펼치며 인도 해방을 이끈 마하트마 간디가 늘 곁에 두고 읽은 책이었고 지금도 모든 시민운동의 바이블로 자리매김하고 있다.

새벽의 여신을 숭상하며 하나의 종교적 행사로 아침마다 월든 호수에서 먹을 감았던 헨리 데이비드 소로, 중국 은나라 탕왕의 욕조에 새겨진 "구일신일일신우일신(苟日新日日新又日新)"을 좋아했던 소로를 생각하며 삼나무숲을 지나서 붉은오름 방향으로 소로의 시를 노래하며 나아간다.

"저의 좌우명이 '일신우일신'인데, 소로의 〈월든〉을 사려니숲길에서 만나니 참 반갑네요."

"〈월든〉은 자연 예찬과 문명사회에 대한 통렬한 비판을 담은 불멸의 책으로 간디는 '나는 큰 즐거움을 가지고 〈월든〉을 읽었으며 그로부터 깊은 감명을 받은 책'이라고 했지. 하지만 소로 생전에는 독자들의 별다른 반향을 얻지 못했어. 소로가 호숫가의 숲 속에서 자연을 사랑하고 자연과 더불어 살았던 사상가이기에 사려니숲길에 '월든'이라는 이름을 썼으니, 숲을 찾는 모든 사람이 소로의 생각을 알아주면 좋겠지."

"그의 죽음에 대한 일화도 유명하지요. 45세에 폐결핵으로 고향에

서 죽음을 맞이할 때 〈월든〉과 더불어 또 하나의 대작으로 꼽히는 〈강〉의 마지막 장을 여동생 소피아에게 읽어 달라고 했고, 책 읽는 소리를 듣던 소로는 '이제야 멋진 항해가 시작되는군!'이라며 나직하게 중얼거리다가 숨을 거두었다고 전해져요. 임종을 본 사람들은 그처럼 행복한 죽음을 본 적이 없다고들 하지요."

3.6㎞ 거리의 붉은오름을 지나서 사려니숲길의 또 다른 출입구에도 차량과 사람들로 북새통이다. '사려니축제'가 넘치는 사람의 물결로 실감이 난다. 다시 월든삼거리로 3.6㎞를 되돌아와서 이번에는 사려니오름으로 향한다. 지금까지와는 다른 세상, 한적한 숲길이다. 사람이 간간이 보일 뿐 고요하다. 현재까지 걸은 거리는 16.44㎞, 사려니오름까지 남은 거리는 10.8㎞로 숲길 여행이다.

사람의 숲을 떠나 자연의 숲과 어우러지니 평화가 다가온다. 사람이 숲을 가꾸면 숲은 사람을 구한다. 숲이 사람에게 미치는 유익은 너무나 많다. 사람이 숲을 파괴하면 그 재앙이 자신에게 돌아온다. 붉은오름 가는 길에서 일광욕을 즐기고 사려니오름 가는 길에서 삼림욕을 즐긴다. 3대 자연욕은 삼림욕, 해수욕, 일광욕이니 내일은 해수욕을 즐겨야지, 꿈을 꿔 본다. 사람이 아닌 그 어떤 존재가 꿈을 꿀 것인가. 꿈꾸는 자유를 마음껏 즐긴다.

나무들이 뿌리째 뽑혀 쓰러져 있다. 죽은 나무는 죽어서 새 생명을 기르는 보금자리로 다시 태어난다. 생태계를 건강하게 만들어 주는 이끼류와 버섯은 죽은 나무의 축축한 곳에서 자란다. 달팽이와 도마뱀은 고사목에서 먹이를 찾는다. 큰 오색딱다구리는 죽은 나무에 구멍을 내서 둥지를 짓고, 나무 구멍을 내지 못하는 박새류는 큰 오색딱다구리의 옛 둥지에 둥지를 튼다. 죽은 나무도 버릴 것이 하나도 없다. 사람은 죽어서 이름을 남기고 호랑이는 가죽을 남기고, 나무는 새 생명을 남긴다. 인사유명(人死留名) 호사유피(虎死留皮) 목사유명(木死留命)이다.

사려니오름 정상에 서서 동쪽으로 성산일출봉, 남쪽으로 서귀포 바다와 문섬, 범섬, 서쪽으로는 산방산, 북쪽으로는 물찻오름, 붉은오름 등 섬과 오름의 물결이 사방팔방으로 흘러간다. 이보다 더한 제주의 아름다운 전망이 또 어디에 있을까. 사려니숲길에서 신령스러운 정기를 느끼며 수악길에서 만난 그 출입구에서 행사 측에서 준비한 셔틀버스를 타고 비자림 사려니숲길 입구의 주차장으로 돌아온다.

4. 돌오름길(5.6㎞)과 천아숲길(10.9㎞)

다음날인 6월 16일, 돌오름길과 천아숲길을 걷는다. 돌오름길은 거린사슴오름(해발 743m)에서 안덕면 상천리 돌오름(해발1,270m) 입구 구간으로, 색달천이 흐르고, 졸참나무와 삼나무, 단풍나무 등 다양한 수종이 자란다. 천아숲길은 돌오름에서 천아수원지까지의 구간으로 한대오름과 노로오름, 천아오름 등이 분포하고 있다. 노로오름 인근 한라산 중턱 해발 1,000m 고지 일대에 검뱅듸, 오작지왓이라고도 부르는 '숨은물뱅듸'가 있고, 무수천계곡으로 흘러가는 수자원의 보고인 광령천이 내려오는 곳에 천아수원지가 있다. 인근에는 어승생수원지도 있다.

1100도로를 따라 서귀포자연휴양림 버스정류소를 지나서 한라산 서쪽 돌오름 입구에 주차를 한다. 도로를 따라 조금만 내려가면 동백길로 이어지는 법정사 버스정류장이 있고, 거린사슴오름 전망대가 있다. '둘레길'이란 의미와 달리 동백길과 돌오름길이 둘레길로 연결되어 있지 않다. 단절된 곳이 없이 둘레를 한 바퀴 잇는 둘레길이 진정한 둘레길이라면, 한라산둘레길 조성은 아직 미완의 둘레길이다.

돌오름 입구에서 안내소 아저씨가 친절히 안내한다. 지금 시간 11시 40분, 천아수원지 버스정류소까지는 6시간 소요되니 도착하면 17시 40분, 그 지점에서 이쪽으로 오는 마지막 버스는 4시 28분, 버스를 탈 수 없고 택시가 잘 오지 않으니 미리 예약하고 가란다. 돌오름길과 천아숲길, 그리고 천아수원지에서 버스정류소까지 거리가 2.2㎞이니 모두 18.7㎞이다. 5시간 이내에 도착하면 버스 타기가 가능하다는 계산에 그냥 출발했다.

한라산둘레길에서 가장 짧은 돌오름길, 번식성이 강한 조릿대가 무성한 숲속으로 들어간다. 원시의 숲이 일렁이는 물결처럼 이어진다. 단단한 원시의 나무들이 인간의 사고를 강건하게 하고, 야생동물이 의지할 수 있는 숲을 만들어 준다. 수목이 울창하고 가없이 이어져 있는 숲, 그곳이 바로 자연의 힘이고 정수이다. 농장에 많은 거름이 필요한 만큼 사람이 건강해지려면 그만큼 넓은 숲이 눈앞에 펼쳐져야 한다. 쉴 새 없이 앞으로 나아가며 노력을 게을리하지 않는 사람, 빠르게 성장하며 바쁘게 살아가는 사람, 그런 사람은 풍부한 자원으로 둘러싸인 미개척의 나라나 광야에 있는 사람, 그런 사람은 원시림 나무를 타고 하늘로 오르려는 희망에 찬 사람이다.

자연은 위대한 도서관이다. 산과 바다, 숲과 늪, 사막과 광야는 시인을 키운다. 자연의 언어를 보고 듣고 만지고 느낄 수 있다면, 바람과 숲과 시냇물을 감동시켜 그 목소리를 들을 수 있다면 얼마나 행복할까, 욕심을 낸다면 끝이 없다.

2017년 올레자는 수필가와 시인으로 등단했다. 자연에서, 산에서 숲에서 바다에서 강에서 길에서 보고 듣고 만지고 느낀 이야기들, 사색의 시간과 공간들을 망각의 허공에 날려버리기보다는 표현하기 위해서였다. 야생의 청둥오리가 집오리보다 날렵하다. 이슬을 맞으며 울타리 너머로 날아가는 야성을 지닌 청둥오리가 되어 더 멋있고 아름다운 인생을 살고 싶고 글로 남기고 싶어 택한 길이다.

단테가 지옥의 입구에서 '모든 희망을 버리고 이곳으로 들어오라' 하는 것처럼 하늘도 보이지 않고 희망도 보이지 않는 어둡고 빽빽한 숲으로 들어간다. 미개척의 순결한 땅에 좁은 둘레길만이 인간의 출입을 허락한다. 길이 아닌 길로 들어서는 순간 이 세상과는 이별이다. 가장 어두운 숲에서 가장 커다란 환희를 느낀다. 표고버섯 재배장을 지나고 용바위를 지나간다. 현무암이 마치 용의 비늘같이 산등성이를 따라 일직선상으로 배열되어 주변에 넓게 분포되어 있다. 멧돼지들이 여기저기 파헤친 흔적을 지나서 삼나무 숲에서 땀을 식힌다.

"숲해설사 할망! 오늘이 마지막 일정이네요."
"그래, 아쉽네. 어디 마무리 숲 해설이나 해 볼까. 여기 이 삼(杉)나무는 속성수로 어디에서나 잘 자라기 때문에 헐벗은 산을 푸르게 만들기 위하여 심었는데 지금은 장대한 숲을 이루게 되었어. 향기가 나고 붉은 빛이 감도는 삼나무는 갈색으로 목조건축, 다리, 가구 등을 만드는 데 쓰였지. 특히 일본에서는 배 만드는 데 많이 이용했어. 가벼운 만큼 약하다는 것이 흠이지. 임진왜란 때 침략해 온 일본배가 대개 삼나무로 만든 것이었기에, 이순신 장군은 이 약점을 알고 뱃머리를 단단한 느티나무로 댄 판옥선(板屋船)으로 박치기를 해서 적선을 무너뜨렸어.

그리스신화에도 삼나무가 나오지. 로마의 시인 오비디우스의 〈변신이야기〉에 따르면 그리스신화에 나오는 케오스섬에 살던 미소년 키파리소스가 아폴론에 의해 삼나무로 변했어. 케오스섬에는 금빛 뿔을 지닌 아름다운 수사슴이 있었는데, 이 사슴은 태어나면서부터 카르타이아 님프들의 사랑을 받아 사람을 두려워하지 않았지. 키파리소스는 이 수사슴의 등에 올라타 말처럼 몰고 다니기도 하면서 친밀하게 지냈는데, 어느 날 키파리소스가 잘못 던진 창에 수사슴이 고통스럽게 죽어갔고, 이를 지켜본 키파리소스는 자신도 따라 죽으려 했어. 아폴론이 달래보았으나 어쩔 수 없어 결국 그 소원을 들어주어 키파리소스는 사이프러스(삼나무)로 변신했지.

〈변신이야기〉에는 오르페우스의 노래가 등장해. 오르페우스의 간절한 노래는 죽음의 세계에 있던 모든 혼백조차 눈물을 흘리게 만들었고, 수많은 나무가 깨어나 노래를 듣기 위해 그에게로 다가왔지. 들짐승과 새들도 떼를 지어 그의 주위로 몰려들었고, 심지어 바위들도 그 뒤를 따랐어. 자기 아버지를 너무나 사랑했던 금지된 사랑의 주인공 미르라는 욕망을 억누르지 못하고 마치 성경 〈창세기〉의 다말이 시아버지 유다를 유혹한 것처럼, 속임수를 써서 끝내 아버지와 사랑을 나누고, 아버지의 아이를 몸속에 안고 집을 떠나 떠돌다가 마침내 나무로 변했지. 그녀의 뼈는 단단한 나무가 되고, 가운데 골수는 그대로 남고, 피는 수액이 되고, 팔은 큰 가지, 손가락은 잔가지가 되고, 살갗은 딱딱한 나무껍질이 되었어. 자라나는 나무는 어느새 그녀의 무거운 자궁을 감고 그녀의 가슴을 덮고 그녀의 목을 덮었고, 그녀는 나무껍질에 얼굴을 묻었어. 나무가 된 미르라는 눈물을 흘렸는데, 그녀의 눈물은 향기로운 몰약이 되었지. 오르페우스는 나무와 꽃과 돌과 새들에게 애절한 사랑의 사연을 하나씩 심어주었지. 그의 노래에 매료된 숲과 야수들과 바위들은 노래를 들으려고 끝없이 모여들었어. 오르페우스의 노래는 사랑(Amor)이 주제였지. 오르페우스의 노래를 상상한 시인 오비디우스는 신화적 상상력을 통해 사랑으로 가득한 로마를 그렸어. 로마(Roma)를 거꾸로 읽으면 아모르(Amor), 즉 사랑이 되지. 'Roma Amor!(로마는 사랑!)' 사랑하면 세상이 달리 보이지. 봐, 나무와 새들과 바위들이 자연을 사랑하는 올레자의 사랑의 노래를 듣기 위해 몰려들고 있네."

"할망, 자연과 인간에 대한 말씀, 감동적이네요."
"올레자, 그대는 이순신 장군을 좋아하지. 저기 나무의 줄기는 하늘 높이 밝은 곳으로 올라가려 하지만 그 뿌리는 점점 강하게 땅속 아래로 어두운 쪽으로 향해. 하늘은 나무줄기의 길이고 땅은 뿌리의 길이지. 자연은 나무와 풀잎들이 하늘을 향하도록 펼쳐 놓았지만 인간은 발아래를 바라보지. 고개 들어 하늘을 바라보아야 해. 인간은 수목과도 같아. 인간은 똑바로 판자를 만들 수 없을 만큼 옹이가 많은 나무로 만들어졌어. 고난 속에 인생의 기쁨이 있어. 고난은 변장된 축복이야. 고난이 심할수록 가슴이 뛰어야 해. 이순신 장군은 필요한 일을 견디어 나아갈 뿐 아니라 그 고난을 사랑한 분이야. 위대한 인간이란 역경을 극복할 줄 아는 동시에 그 역경을 확실한 경력으로 만들어 사랑할 줄 아는 사람이지. 인생에 있어서 모든 고난이 자취를 감추었던 때를 상상해 보면 참으로 을씨년스럽기 짝이 없지. 인간만이 이 세상에서 깊이 고뇌해. 그렇기에 인간은 웃음을 발명하지 않을 수 없었어. 가장 불행하고 가장 우울한 동물이 그래서 가장 쾌활한 동물이 되었지."

"……."

"고개 들어 하늘을 바라보지만 문명에 물들어 있으면 생각의 본질을 찾아내지 못해. 자연으로, 야생으로 돌아가야 해. 자연과 문명, 경계인의 삶에서 자연으로 돌아가서 보다 위대한 생각, 위대한 사람, 전에 본 적이 없는 새로운 산, 더 높은 하늘을 볼 수 있어야 해. 인생은 끊임없는 전진이야. 후진은 없어. 퇴보가 아닌 진보를, 향하가 아닌 향상을 해야 해. 앞에는 산이 있고 언덕이 있고 냇물이 있고 진흙탕도 있지. 걷기 평탄한 길만 있는 게 아니야. 먼 곳을 항해하는 배가 풍파를 만나지 않고 조용히만 갈 수는 없잖아. 풍파는 언제나 전진하는 자의 벗이지. 풍파 없는 항해, 얼마나 단조로운가!"

인생의 세파를 헤치고 달려온 올레자 앞에 색달천이 고요하고 소박하게 흘러간다. 색달천은 중문천의 옛 이름이다. 한라산의 남서쪽 녹하지악 인근에서 발원하여 천제연폭포를 거쳐 제주관광의 효시라고 할 수 있는 중문관광단지를 지나서 바다로 들어간다. 베릿내, 곧 성천(星川)이라고도 불렸는데, 이는 '별이 내리는 내'라서 붙여진 이름이라는 설이 있다.

'천아숲길 시작 돌오름길 끝!'이란 나무 조각이 귀엽다. 돌오름길이 끝나고 천아숲길로 나아간다. 표고버섯 재배장을 지나서 임도를 따라 올라가니 한라산이 지척에 보인다. 한라산을 가운데 두고 한라산둘레길을 걷는다. 한라산에서 둘레와 올레의 만남이 이루어진다. 둘레를 보고 올레를 보았던 생각이 천아숲길의 종점에 스쳐간다. 오늘은 둘레길을 걷는 사람을 만나지 못했다. 온전히 우리들만의 길이었다. 천아수원지 인근 버스정류장에서 여유롭게 버스를 타고 출발지로 돌아왔다.

드디어 한라산둘레길의 마지막 여정을 마무리했다. 아직 연결되지 않은 한라산 북쪽의 둘레길이 완성되기를 고대하면서 한라산에서 한 판 놀음도 드디어 끝이 났다. 범아일여(梵我一如)라, 나는 너이고 너는 나, 우리는 하나다. 한라산둘레길에서 지리산둘레길, 북한산둘레길을 추억하며, 어느 날엔가 백두산둘레길을 걸을 수 있을까, 꿈을 꾼다. 꿈은 꾸는 자의 자유다. 아름다운 꿈! 제주에서, 한라산에서, 백두산을 향한, 대륙을 향한, 태평양을 향한, 세계를 향한, 새로운 하늘 새로운 바다 새로운 땅을 찾아 훨훨 날아가는 웅비의 꿈을 꾼다. 그날까지 나는 걷는다.

인생의 길목에서

2017년 추석 연휴기간인 10월 6일부터 5일 간 이 글을 마무리하기 위해 제주도 여행을 다녀왔다. 용인의 두 친구, 제주 올레 첫 탐사대장 서동철과 배를 타고 제주도 섬 일주를 계획한 여행이었다. 7일 아침, 날씨가 좋았다. 우리는 법환포구에서 만났다.

승용차로 제주를 한 바퀴 돌고, 걸어서 제주를 한 바퀴 돌고, 둘레길을 걸어서 한라산을 한 바퀴 돌고, 한라산을 7번 등산한 제주여행, 그 마지막 축제가 섬 일주였건만 배편 사정이 여의치 않아서 섬 일주를 포기하고 법환포구에서 범섬으로 건너갔다. 범섬에서 바라보는 한라산이 포근하게 다가왔다. 제주 남해안을 따라 서귀포에서 가파도까지 펼쳐지는 풍경들은 장관이었다. 10여 년 만에 찾아왔다며 서동철은 자신이 더욱 신이 났다.

아름다운 경치 앞에 생각나는 사람은 사랑하는 사람이라고, 동철은 핸드폰을 가져오지 않았다며 가파도에 있는 아내에게 전화를 해

보라고 한다. "미안해요, 너무 바빠요! 우리 동철씨 마지막 네 시 배로 꼭 집에 보내주세요!"라고 한다. 마침 토요일이라 정신없이 바쁜 해녀대장, '우리 아저씨는 내가 아무리 바빠도 안 도와줘요!'라던 말이 생각난다. 동철은 "나는 왕이야. 왕이 그래서 되겠어?"라며 왕처럼 군림한다. 그런 동철이 멋스러운 것은 사나이의 동류의식일까. 범섬에 얽힌 목호의 난을 비롯한 제주의 역사, 자신의 역사를 쉼 없이 이야기하며 동철은 추억 속으로 빠져든다. 밀려드는 파도가 출렁출렁 장단을 맞춘다. 이야기에 취해 동철의 목소리가 올라가면 파도 또한 세차게 몰아친다. 강태공들이 낚시도 않는 채 오랫동안 앉아있는 사내들을 신기한 듯 바라본다.

동철을 낳으시고 키우신 어머니를 뵙고 싶어 서귀포 매일올레시장의 '서명숙상회'를 찾아갔다. 87세의 동철 어머니, (사)제주 올레 서명숙 이사장의 어머니는 단아하셨다. 저 작은 체구로 세월의 풍상을 겪어 오신 그 위대한 힘은 어디에서 비롯된 것일까, 하는 생각이 스쳐갔다. 동철은 어머니 앞에서 귀여운 아이 같았다. 어머니의 손을 꼭 잡고 인사드렸다. 동철 어머니의 얼굴에 문득 내 어머니가 포개졌다. 5년 전에 돌아가신 어머니, 살아계시면 88세였다. 내게 있어 신이었고 존재의 의미였던 어머니가 그립다.

점심 식사를 하기 위해 식당으로 이동했다. 동철의 조폭 두목 시절 함께했던 10년 연상의 사장님, 입담이 구수했다. '동철은 조폭세계에서 살아있는 전설!'이라며, 둘 만의 추억 속으로 빠져들었다. 영화를 보는 듯, 소설을 읽는 듯, 현실의 세계에서 떠올리는 생생한 실화였다. 동철은 제주출신의 교수이자 유명화가의 그림을 나에게 선물로 주고 마지막 배를 타기 위해 모슬포로 갔다. 남은 우리는 용이 꿈틀거리는 용눈이오름에서 저녁노을을 맞이했다.

  다음날, 추자도로 가기 위해 제주항으로 갔다. 연휴를 끝내고 돌아가는 사람들로 대합실은 야단법석이었다. 예매를 하지 않아 대기번호를 받고 기다렸건만 우리 앞에서 끝, 허전한 마음으로 돌아 나왔다. 누나에게 성급하게 '간다!'고 전화까지 했던 상황이라 친구는 몹시 허탈해 했다. 어디로 가나, 일단 택시를 탔다. '도두항에 가면 낚싯배를 탈 수 있을지도 몰라요'라고 하는 기사의 말을 듣고 도두항으로 갔다. 운명의 그림자가 어른거렸다.

  고깃배는 북쪽의 추자항을 향해 파도를 가르며 바다로 나아가고 서쪽하늘에는 태양이 호위무사를 자처하며 따라왔다. 눈부신 행복감에 젖은 아름다운 인생, 관탈섬이 다가왔다. 조선시대 제주로 향하는 관리들이 제주가 보이는 이곳에서 관을 벗었다고 해서 이름 지어진 관탈섬에서 모자를 벗고 섬을 한 바퀴 둘러보았다. 신비로운 경험, 환상적인 장면들, 갈매기들이 부러워하며 쳐다보았다.

  드디어 추자도가 가까워지고 추자대교가 눈앞에 나타났다. 제주 올레 18-1구간 추자도, 반가운 마음에 일어서서 섬 풍경을 즐기는 순간, 쾅! 하는 소리와 함께 배는 요동치며 급정거했고, 배 안에서 한 쪽으로 쳐 박혔다. 수중암초와 충돌하는 순간이었다. 다행히 배는 뒤집히지 않았고, 친구의 머리와 갑판에 유혈이 낭자했다. 순간적으로 친구의 상처 부위를 억눌러 지혈을 하며 외쳤다. "선장님, 119부터 어서 불러요!"

  추자항에서 기다리고 있는 119구급차를 타고 추자보건소로 갔다. 의사는 제주도로 긴급히 이송해야 한다며 해양경찰에 연락을 하고,

헬기와 경비정을 수배했다. 잠시 뒤 때마침 인근에 있던 해안경비정이 출발했다고 연락이 왔다. 해양경찰 추자파출소에서 간단한 조사를 받고 경비정에 올랐다. 제주도까지 두 시간, 수시로 혈압을 재고 상태를 확인하는 해경은 아주 친절했다. 제주항에서 119구급차를 타고 다시 제주대학병원으로 갔다. 검진 결과 뇌에는 모두 이상이 없었다. 다행이었다. 다음날, 해양경찰서에 가서 두 시간에 걸친 피해자 조사를 받았다. 선장에게 불이익이나 처벌을 원하지 않는다는 합의서를 써주고 조사를 마쳤다.

김포로 가기 위해 제주공항에서 수속을 하고 있는데, 동철의 아내, 해녀대장에게서 전화가 왔다. "지금 제주대학병원에 왔는데 몇 호실에 있어요?" 사고 난 날 밤 병원에 있을 때 동철에게서 전화가 와서 상황을 설명했는데, 걱정이 돼서 가파도에서 함께 병문안을 왔다. "지금 공항에 있어요. 모두 괜찮아요. 괜히 걱정 끼쳤네요. 또 올게요. 안녕." 비행기가 활주로에서 이륙하자 제주의 추억이 점이 되고 선이 되고 면이 되고 원이 되고 갖가지 형상으로 창공에 훨훨 날아갔다.

이제 제주여행을 마쳤다. 바다를 건너고 올레를 걷고 한라산을 오르고 오름을 오르고 곶자왈을 걸었다. 허락하기에 여수에서 제주로 건너갈 수 있었고, 허락하기에 한라산 백록담에 오를 수 있었다. 허락하기에 제주 올레를 걸을 수 있었고, 오름도 곶자왈도 허락하기에 지날 수 있었다. 정복은 없었다. 바다도 한라산도 올레도 오름도 곶자왈도 정복당한 적이 없었다. 올레자가 제주도의 대자연의 품에서 노닐었다. 제주는 흔쾌히 허락했고 올레자는 설문대할망과 정겹게 지나갔다.

봄이 오면 돌담이 꽃을 품어내고, 여름이 오면 숲이 신록을 이루고, 가을이 오면 산하가 형형색색 물들고, 겨울이 오면 설국이 펼쳐지는 낭만의 섬, 평화의 섬, 자유의 섬에서 유유자적 떠돌았다. 낭만을 즐기고 평화를 맛보고 자유로운 영혼으로 제주의 멋에 취해 유랑했다. 바람 불고 눈비 내리고 동백꽃 피고 유채꽃 지고 단풍이 길 위에 낙엽 되어 가는 걸 보았다. 진달래와 철쭉으로 붉게 물든 봄의 한라산, 신록으로 푸르른 여름 한라산, 오색단풍 물든 가을 한라산, 녹담만설의 겨울 한라산에서 신선이 되어 거닐었다.

깜깜한 새벽 한라산에 올라 여명의 아침을 맞이했고, 운해 위로 떠오르는 신령스러운 붉은 태양을 노래했고, 흰 사슴 타고 신선이 되어 백록담에서 한라산을 마셨고, 구름 위로 솟아오른 정상에서 한라산을 노래했고, 그 옛날 제사 지내던 신성의 장소에서 하늘님께 기도했고, 가없이 탁 트인 하늘과 수평선 멀리 바다가 하얀 구름과 몸을 뒤섞고 있는 풍경을 만끽했고, 사방팔방으로 흘러내리는 오름의 물결들을 내려다보며 찌든 때를 벗는 상쾌함을 느꼈다.

원시의 인간은 모두가 부평초 같은 유목민이었다. 오스트랄로피테쿠스에서 비롯된 인간의 수백만 년 유랑의 역사, 역마살을 버리고 정착민이 된 것은 불과 일만 년 전의 농업혁명에서 비롯되었다. 유랑은 인간의 본능, 비우고 버리고 떠나는 유목민의 삶에는 낭만이 있다. 노마디즘을 노래하며 인디언처럼 자연의 리듬에 맞춰 살아가는 꿈을 꾼다. 망망대해의 수평선, 광활한 지평선, 호연지기 깃든 장엄한 능선을 걸어가면서 때로는 해양 유목민으로, 때로는 육상 유목민으로 온 세상을 누비는 꿈을 꾼다. 사람이 아닌 그 어떤 존재가 꿈을 꿀 것인가. 꿈은 꾸는 자의 자유다.

　순례는 손에 잡히지 않는 무엇인가를 찾아 떠나는 여행, 순례길을 걷는 것은 그 무엇인가를 찾기 위한 고통이다. 'TRAVEL'(여행)의 어원인 'TRAVAIL'은 노동, 고통을 의미한다. 순례는 고행이다. 고통스러우나 평화롭고 행복한 여행이다. 육체를 도구로 신을 찾고 자신을 찾는 영혼의 여행이다. 추운 겨울에 바람의 섬 제주 올레를 걷는 것도, 무더운 여름에 태양의 제국 산티아고 길을 걷는 것도 모두가 아름다운 놀이의 순례였다. 설문대할망과 산티아고(성 야고보)는 순례길의 착하고 성스러운 인도자였고 동행자였다. 이제 인생의 길목에서 은총을 찾아가는 새로운 놀이의 유랑, 순례를 예비하러 간다. 이제는 모두가 안녕이다. 끝.

숫자로 보는 제주

1. 한라산 대한민국에서 가장 높은 산. 가파도 가장 낮은 섬

2. 시(제주시 서귀포시)

3. 3다 3무 3보 3려 3성

4. 면(표선, 한경, 추자, 우도) 사다도(四多島)-삼다에 더하여 길(올레)

5. 한라산 등산로(성판악 관음사 영실 돈내코 어리목. 제주의 보물(관덕정 불탑사 5층석탑 탐라순력도 안중근의사유묵 김정희종가유물)

6. 제주의 사적(항파두리항몽유적지 제주목관아 삼성혈 제주삼양동선사유적 제주 고산리선사유적 추사유배지)

7. 읍(조천, 구좌, 성산, 남원, 대정, 한림, 애월) 산(한라, 산방, 송악, 고근, 영주, 군, 단)

9. 제주 부속 유인도 수. 제주 해안누리길 수

10. 영주십경

12. 영주십이경. 유수하천(예래천, 강정천, 대왕수천, 동홍천, 악근천, 연외천, 웅포 천, 외도천, 중문천, 효돈천, 산지천)

13. 지방도로의 수

19. 가파도 높이

26. 올레코스 수

31. 제주 남북간 거리(㎞)

37. 제주의 천연기념물 수

39. 마라도 높이

42. 추자군도(4개의 유인도와 38개의 무인도 사이(42)가 좋다.)

50. 제주에 가장 빨리 도착할 수 있는 제주와 김해를 잇는 하늘길 시간.

64. 제주 부속 섬(9개의 유인도와 55개의 무인도)

73. 제주 동서간 거리(㎞)

108. 108 백록담 깊이(m)

141. 6. 목포와의 거리(㎞)

200. 출륙금지령 기간

240. 제주의 11개 해안도로 총 길이(㎞)

255. 1. 대마도와의 거리(㎞)

263. 해안선 길이(㎞)

286. 5. 부산과의 거리(㎞)

368. 오름의 개수

425. 제주 올레의 길이(㎞)

500. 오백장군. 오백나한

1000. 제주의 용천수 개수(천여 곳)

1002~1007. 기생화산군 마지막 활동(휴화산이 됨)

1100. 가장 높은 도로 휴게소

1105. 탐라가 고려 역사에 편입(숙종 10년)

1214. 탐라에서 제주로, 제주란 명칭 처음 사용(고종 원년)

1271. 삼별초 입도 대몽항쟁

1273. 삼별초 진압 몽골 직할령으로 예속

1324. 오름 가운데 가장 높은 사라오름 높이

1374. 최영 장군 목호의 난 진압, 1세기 동안의 몽골 지배 종식

1394. 제주향교 설립

1416. 태종 제주목 정의현 대정현으로 행정구역

1448. 관덕정 창건

1629. 출륙금지령이 내린 연도

1653. 하멜 표도, 제주 유일의 정사 문헌인 '탐라지(耽羅志)'가 만들어짐

1720. 백록담 둘레(m)

1848. 85. 제주면적(km) 서울의 3배

1946. 제주도 승격

1950. 한라산 높이 1901년 최초 관측 당시 1950m 2003년 GPS측량 결과
1947

15000. 제주도가 한반도에서 분리된 지 추정연도

22000. 밭담 길이(km)

36000. 돌담 길이(km)

216000. 우리나라 최대 분화구인 하논분화구의 면적(평)